2009年11月3日，铁道部、安徽省联合在合肥召开合肥铁路枢纽南环线暨南客站建设动员大会。（郭润滋 摄）

2011年6月27日，铁道部副部长卢春房（前排左一）深入合肥铁路枢纽南环线工地检查调研。（况士 摄）

2014年6月13日，上海铁路局局长郭竹学（中）到合肥南环线工地检查工作。（况士 摄）

2013年5月5日，上海铁路局党委书记黄殿辉（左二）到合肥南站工地检查。（况士 摄）

2012年3月24日，上海铁路局常务副局长王峰（中）到合肥南站工地检查工作。（房传海 摄）

2014年7月11日，上海铁路局副局长李迎九（左一）添乘轨道车察看合肥南环线工程质量。（成石 摄）

合肥铁路枢纽指挥部指挥长张守利（中）在工地。（况士 摄）

合肥南站站场第一钻。（况士 摄）

钢筋织锦绣。（况士 摄）

挺进之路。（陈诚 摄）

南环线上架桥人。（吴怀球 摄）

一桥飞架。（陈诚 摄）

合肥铁路枢纽南环线跨金寨路桥梁合龙。（况士 摄）

合肥南环线经开区钢桁梁柔性拱特大桥。（路辉 摄）

长安集站改造夜间大封锁施工。（房传海 摄）

肥东站改造夜间施工。（成石 摄）

南环线会战。（陈诚 摄）

合肥站为合肥南环线工程精心进行施工配合，确保了安全。（苏楠 摄）

合肥南动车运用所建成后首次检修。（徐波 摄）

合肥南站桩基础施工。（况士 摄）

合肥南站建设工地。（孙婷 摄）

合肥南站钢结构施工。（成石 摄）

合肥南站幕墙钢索调整。（况士 摄）

合肥南站站房轮廓已现。（孙婷 摄）

合肥南站候车大厅一隅。（孙婷 摄）

合肥南环线安装的声屏障。（郭润滋 摄）

合肥南环线绿化。（薛贵宝 摄）

突击队浇注跨十五里河连续梁。（郑加威 摄）

工余欢声。（陈诚 摄）

建设者舞动青春。（陈诚 摄）

合肥南环线电气化接触网。（郭润滋 摄）

动车组试验列车奔驰在合肥南环线。（郭润滋 摄）

# 梦圆庐州

## ——合肥南环客运专线建设纪实

张守利　**主　编**
薛贵宝　**副主编**

中国铁道出版社
2014年·北京

**图书在版编目(CIP)数据**

梦圆庐州：合肥南环客运专线建设纪实/张守利主编．—北京：中国铁道出版社，2014.10

ISBN 978-7-113-19386-7

Ⅰ．①梦…　Ⅱ．①张…　Ⅲ．①纪实文学－中国－当代
Ⅳ．①I25

中国版本图书馆CIP数据核字(2014)第235073号

**书　　名**：梦圆庐州——合肥南环客运专线建设纪实
**主　　编**：张守利
**副 主 编**：薛贵宝

---

**策　　划**：熊安春
**责任编辑**：宋　薇　许士杰　**编辑部电话**：(010)51873204　**电子信箱**：syxu99@163.com
**封面设计**：崔丽芳
**责任校对**：龚长江
**责任印制**：陆　宁

---

**出版发行**：中国铁道出版社(100054，北京市西城区右安门西街8号)
**网　　址**：http://www.tdpress.com
**印　　刷**：中煤涿州制图印刷厂北京分厂
**版　　次**：2014年11月第1版　2014年11月第1次印刷
**开　　本**：700 mm×1 000 mm　1/16　印张：33.25　插页：11　字数：500千
**书　　号**：ISBN 978-7-113-19386-7
**定　　价**：150.00元

---

## 《梦圆庐州——合肥南环客运专线建设纪实》
## 编辑委员会

# 序

在承东启西的沪汉蓉快速大通道上，五千多名铁路建设者经过近五年春夏秋冬的烈日晒、寒风吹，一千七百多个昼夜鏖战，终于在2014年11月开通运营合肥铁路枢纽南环客运专线。这标志着沪汉蓉铁路上海至武汉段全线贯通，打通了“卡脖子”地段，结束了多年来沪汉蓉铁路在合肥枢纽低速绕行的局面。现在，穿行于合肥市区、长桥卧波、高铁站房高耸的合肥南环线，犹如一道靓丽的彩虹，为安徽经济展翅翱翔架设了金桥，这标志着华东地区六省一市最后一座省会城市告别了没有高铁站的历史，为合肥进一步融入长三角城市群提供了平台，为我国中部地区崛起提供了助推器，为华东铁路网的功能完善给予了强力支撑。

国家中长期铁路网规划的调整后，将京福、商合杭两条客运专线引入合肥枢纽。合肥南环线不仅成为沪汉蓉铁路的一部分，也是合肥枢纽客运系统的重要组成部分。合肥南环线线路虽然里程不长，但线路穿越市区，并建有安徽最大、最先进的特大型客运站——高铁合肥南站及两跨高速公路、同类型结构跨度居亚洲首位的钢桁柔性拱桥梁。

针对合肥南环线施工作业面多、施工技术难度大的工程特点，加上合肥南站站房又是集大跨度、大体量、交叉施工、高新科技运用于一身的高等级客站，这些都对施工组织提出了更高要求。“不留遗憾，不当罪人，建不朽工程。”这是以合肥铁路枢纽指挥部为核心的所有建设者的共同心声。设计方以人为本，更新设计理念，打造绿色交通；施工方科技创新，大胆探索，首次采用国内多项新技术、新工艺，打造优质工程、精品工程；监理方立标、严控，为打造百年不朽工程护航；设备接管方提前介入，协调配合，为顺利开通运营作出了贡献。

《梦圆庐州》一书是一部写在江淮大地上的不朽诗篇，是一幅合肥览胜长卷中的壮丽图景，是华东铁路建设史上又一座不朽丰碑！借此书出版之际，谨向一直关心支持南环线建设的各级领导和各界朋友致以由衷的谢意，向南环线的建设者致以诚挚的敬意！

上海铁路局局长 郭竹学

## 一、部省携手，合资共建



## 二、业主履职，勇挑重任

## 三、各级政府，共创和谐



## 四、科学设计，追求卓越



## 五、精心施工，品质一流

## 六、运营配合，提前介入



## 南环线工程大事记

# 承东启西的黄金纽带

## ——合肥南环线铁路建设巡礼

薛贵宝

“合宁”、“合武”、“合蚌”横空出世，“京福”、“商合杭”快速推进，高速铁路在江淮大地汹涌起伏、四处开花，安徽迅疾跨入皖人自豪的“高铁时代”，极大地改变了内陆省份人民的时空观、价值观、人生观，也大大改变了所在地区的社会经济面貌，高铁名副其实成为神州大地经济腾飞的助推器。目前，受安徽人民极大关注的合肥铁路枢纽南环线工程进展顺利，2014 年 11 月将全部建成并投入运营，届时这条有助中部崛起的合肥南环线，必将真正成为承东启西、紧密联系苏、皖、鄂三省的“黄金纽带”。

### 一、高铁赋予合肥新定位，合肥南环线铁路的建设，彻底解决沪汉蓉大能力快速通道瓶颈限制

华东铁路网的数十万名建设者，在国家铁路部门和上海、江苏、浙江、安徽三省一市政府部门的坚强领导和大力支持下，以“不留遗憾、不当罪人、建不朽工程”的豪情壮志，为东部铁路现代化立下丰功伟绩，打造出一批优质工程。2008 年 4 月 18 日，中国首条开通运营的时速 250 公里有砟轨道客运专线合宁铁路，以及 2008 年 12 月 31 日开通运营的合武铁路，就是其中的杰出代表。这两条钢铁大动脉架起了沟通苏、皖、鄂三省、穿越大别山的便捷“金桥”。

合肥位于合宁、合武铁路的中段，是建设中的铁路交通枢纽之一。

淮南线贯穿南北，向北延伸经淮南、阜阳与陇海线、青阜线衔接，向南与宁芜、皖赣、宣杭线衔接，为华东铁路网第二通道的重要组成部分；宁西线由西安经南阳、信阳、合肥直达南京，衔接焦枝线、京广线、京九线、淮南线、京沪线、宁启线，为大西北地区与华东、中南地区的第二通道；沪汉蓉由上海经南京、合肥、武汉、重庆直达成都，为贯通华东、中南、西南的一条重要快速通道；京福铁路（含合蚌客专）衔接京沪高速铁路，畅通了南北的铁路通道；合九线衔接安徽省和江西省，使合肥成为连接五条主要干线的重要铁路枢纽。

合肥古称“庐州”，位于安徽省中部，长江、淮河之间，巢湖之滨，有“江南唇齿，淮右襟喉”、“江南之首，中原之喉”之称。合肥地处国家关于东、中、西部地区梯度发展理论的网络节点上，对国家东部沿海和西部内陆地区的经济发展协调上，起到承东启西的经济桥梁作用。

合肥铁路枢纽在路网中位置适中，随着宁西线、沪汉蓉铁路的建成，大大增强了全国铁路网的机动灵活性，缩短西北、西南与中南、华东的运距，对当前我国实施的“西部大开发”发展战略，及加强和巩固国防具有重大意义。

合肥南环线既是沪汉蓉快速铁路通道一部分，又是合肥铁路环形枢纽的重要组成部分。合肥南环线建成以后，沪汉蓉通道的客车不再经合肥站，直接经由南环线通过，解决了沪汉蓉通道能力受合肥枢纽通过能力限制的问题，而且可以节省运营里程 8.642 公里，节省运行时间 19.5 分钟，这对于形成真正的沪汉蓉大能力快速通道，具有重要的意义。

合肥铁路枢纽范围内的南环线包含高铁合肥南站、合肥动车所，都是华东铁路网的重要组成部分。建设合肥南环线，不仅解决了沪汉蓉快速铁路和京福铁路，包含合蚌高铁引入后合肥枢纽能力严重不足的问题，而且使枢纽内整个运输通道通畅、快捷、灵活，保障各线铁路运输畅通，促进国民经济的发展和国防建设等方面都有十分重要的意义。新建合肥南环线，不仅能够满足客运量日益增长的需要，提高居民出行质量，满足城市总体规划的要求，同时南环线所在的合肥枢纽也是合肥综合交通运输体系中的重要组成部分，合肥地区铁路的改造不仅有利于促进合肥市经济快速发展，而且对于带动安徽经济腾飞也有着重要作用。

随着沪汉蓉快速铁路和京福铁路(含合蚌客专)等新线的建设,引入枢纽的旅客列车对数大幅度的增加,为使点、线能力相协调,充分发挥各条引入线的通过能力,提高各条引入线的社会、经济效益,适应和满足城市发展规划和建设,提高居民出行质量,修建合肥枢纽南环线和合肥南客站是十分必要的。

## 二、铁道部、安徽省从国家战略高度精诚合作,合资建设南环线,为中部崛起架设金桥

2006年下半年,安徽省、合肥市多次召开专题会议对合肥枢纽南环线工程建设进行研究。他们认为,随着西部大开发的深入,西南与华东的交流日益频繁,沪汉蓉通道作为沿江通道的升华已显得越来越重要,沪汉蓉快速铁路通道横穿上海、江苏、安徽、湖北、重庆、四川六省(市),是我国快速铁路网中"四纵四横"中的主骨架,主要承担我国中西部与华东地区的客货交流,随着合宁、合武铁路即将建成和今后合蚌高铁的引入,合肥枢纽通过能力和客运设备能力严重不足,将导致合宁、合武铁路的通过能力不能充分发挥,因此作为其组成部分的合肥枢纽南环线的修建,可真正形成沪汉蓉快速铁路大能力通道。省市达成一致意见,认为该项目的建设是适应地方经济发展和运输的需要,是完善沪汉蓉快速铁路通道和铁路枢纽总体格局的需要,对促进西部开发、长江经济带的发展均意义重大,并以《关于尽快实施沪汉蓉高速铁路引入合肥枢纽南环线工程的请示》(合政〔2006〕127号)发文给铁道部,请求尽快建设合肥枢纽南环线和合肥南客站,表态积极支持合肥枢纽南环线的建设。随着城市总体规划的调整,2008年3月合肥市建议合肥南站站址采用徽庐站址方案。

2008年4月18日,正在合肥考察铁路建设工作的原任铁道部副部长、现任中国铁路总公司副总经理卢春房,在安徽省人民政府会见了时任省长王三运和省委常委、合肥市委书记孙金龙,双方共同回顾了近年来安徽铁路建设取得的成果,研究了进一步加快推进的有关问题,为落实国家中部崛起战略部署,完善区域路网结构,促进安徽经济社会又

好又快发展，双方同意合资建设合肥枢纽南环线和合肥南站。

2009年7月1日，铁道部、安徽省人民政府发出《关于合肥铁路枢纽南环线工程可行性研究报告的批复》（铁计函〔2009〕904号）。2009年9月，铁道部、安徽省人民政府又发出《关于合肥铁路枢纽新建南环线工程初步设计的批复》（铁鉴函〔2009〕1303号）。

2009年11月3日上午，铁道部、安徽省联合在合肥召开合肥铁路枢纽南环线及南客站建设动员大会。出席大会的有时任安徽省委书记王金山，安徽省省长王三运，铁道部副部长彭开宙，安徽省委常委、合肥市委书记孙金龙，安徽省委常委、常务副省长孙志刚，上海铁路局局长安路生、党委书记刘涟清，以及铁道部、安徽省有关部门，合肥南环线沿线地方政府有关领导。安徽省委书记王金山宣布合肥铁路枢纽南环线及南客站开工。安徽省常务副省长孙志刚主持了动员大会。

合肥枢纽南环线工程始于合宁铁路肥东站，下穿合宁铁路下行线，上跨淮南线、老淮南线，经合肥市南郊城区后，上跨合九线、宁西铁路下行线，终至合武铁路长安集站，将合宁、合武铁路在枢纽内以高标准线路贯通，正线全长39.6公里，设计时速200～250公里；改建肥东站、长安集站。主要工程数量包括正线桥梁28.4公里/19座、正线路基11.2公里、正线铺轨76公里、站线铺轨47.8公里、铺岔154组、生产生活房屋132 600平方米及全线四电工程等。新建的合肥南站场采用分场设计方案，沪汉蓉场7台14线，合福场5台12线，其规模总共为22站台26线，含正线4条。站房总建筑面积9.88万平方米，车站建筑部分为地上二层、地下四层，局部设置夹层，合肥市轨道交通1号、4号及5号线通过合肥南站。新设合肥南动车组存车场，总设计规模30条存车线、8线检查库。

2010年3月7日，正值合宁、合武两条客运专线和铜九铁路相继开通运营，京沪高铁、宁安城际铁路、合蚌高铁、合福客运专线、宿淮铁路、阜六铁路、宁西复线、漯阜复线、合肥南环线等项目开工建设，皖赣铁路扩能、杭黄铁路、郑徐客运专线等前期工作加快推进之际，铁道部、安徽省人民政府共同开创了安徽铁路发展前所未有的大好局面，双方一致同意，进一步优化合肥南客站设计方案，将站台下部分路基填方区段调整为架空空间，架空后的空间留给出租车和其他社会车辆。

2010年6月16日，铁道部发展计划司与合肥市人民政府就合肥南客站初步设计方案的优化和投资分摊等问题在北京举行会谈，双方认为，站房设计要充分体现功能性、先进性的理念，为以后的发展预留空间，打造出经得起后人和时间检验的高品质综合交通枢纽。为此，双方对合肥南客站的南广场优化设计和312国道改造等达成共识。

2010年11月3日，时任铁道部副部长陆东福带领部计划司杨忠民司长，在时任上海铁路局局长龙京和周红云常务副局长、京福客专安徽公司总经理兼路局副局长张骥翼、李迎九副局长陪同下，检查合肥铁路枢纽工程建设。

2011年3月15日，上海铁路局和合肥市人民政府就合肥南客站工程建设、投资分摊及拨款事项达成协议。在建设分工方面，上海铁路局受铁道部委托，负责铁路高架站场、站房、站台、雨棚和高架平台、基本站台内的高架车道建设。合肥市负责基本站台外高架车道、与高架车道相关的引道、铁路高架车场下的停车场铺装和装饰及轨道交通等配套设施建设。

2011年5月12日上午，时任安徽省委书记张宝顺在安徽省委常委、合肥市委书记孙金龙，合肥市市长吴存荣等陪同下，率领省有关部门负责人深入合肥铁路枢纽南环线工程合肥南站施工现场检查调研。张宝顺说，20世纪90年代及以前铁路运输到合肥就断掉了，合肥南站及合福客专等相关铁路建设完成后，将打通断头路，使合肥的枢纽位置进一步显现，实现合肥真正意义上的区位优势。

2011年6月27日上午，时任铁道部副部长卢春房一行在检查地方水利工程间隙，深入合肥铁路枢纽南环线工地检查调研。检查过程中，卢春房对合肥南站建设过程中能坚持以“安全生产、创造精品”为目标给予充分肯定，并对南环线下一步的建设提出了三点要求。一是要高标准定位，合肥南环线建成后将打通沪汉蓉铁路的快捷通道，也使得合肥成为全国重要的铁路交通枢纽中心，工程建设要坚持高标准、高定位、严要求；二是要确保安全，工程建设中要始终把安全工作放在首位，不能掉以轻心，做好安全防护措施；三是要打造精品，工程建设质量标准要高，要打造百年不朽工程，把合肥南环线、合肥南站建成一流精品工程。

2011 年 8 月，铁道部、安徽省人民政府再次发出《关于合肥铁路枢纽南环线工程合肥南站工程补充初步设计的批复》（铁鉴函〔2011〕538 号），南环线工程初步设计批复总投资 108 亿元。

2012 年 8 月 3 日下午，时任安徽省委副书记、省长李斌，安徽省委常委、常务副省长詹夏来，省委常委、合肥市委书记吴存荣，在时任上海铁路局局长安路生陪同下来到合肥铁路枢纽南环线合肥南站施工现场，看望慰问施工人员，现场调研铁路建设工作，并主持召开全省铁路建设工作现场推进会。李斌强调，要坚持质量优先、安全为先的建设理念，努力建设精品工程、安全工程。各建设单位、施工单位要把质量安全这条生命线贯穿到项目建设所有环节，进一步加强管理、加大投入，严把质量标准关、现场管理关、质量检验关。李斌还要求各级政府部门、省投资集团等单位要积极履责，在政策、资金等方面全力支持安徽铁路建设事业，着力推进各项工作的有效落实。

铁道部、安徽省为加快安徽省铁路建设，推进皖江城市带承接产业转移示范区规划实施，从国家战略高度精诚合作，为合肥南环线铁路建设的多次磋商，达成共识，仅铁道部与安徽省人民政府就为此签订会议纪要 3 份。部、省领导多次深入合肥南环线检查指导工作，帮助解决重点问题，为我国中部崛起架设金桥作出了巨大努力。铁道部有关部门、上海铁路局、安徽省发改委、安徽省投资集团公司、合肥市人民政府及所辖肥东县、肥西县、包河区、经开区也都为合肥南环线的建设尽心尽力，作出了不可磨灭的贡献。

上海铁路局作为合肥枢纽指挥部的上级主管，对南环线工程提供更多的支持和帮助。局长郭竹学深入合肥南环线建设现场检查工作，实地查看合肥南动车运用所和合肥南站建设进展情况，组织召开由单位负责人参加的会议，听取合肥枢纽指挥部及合肥站、工务段、供电段、房建段等建设、运营、设备接管单位行政主要领导工作汇报，深入研究工程建设和提前介入等事宜，并提出要求：要细化时间节点，倒排工期，平行作业，立体施工，加快工程进度，确保按期联调联试、竣工验收和开通运营。

上海铁路局党委书记黄殿辉在工程进入关键阶段,专程到南环线施工现场指导工作。他高度重视党风廉政建设,提出:要针对新形势下党风廉政建设面临的新情况、新特点,突出重点,强化源头,持续深入开展工程建设领域专项治理活动,解决突出问题。

前任分管建设工作的上海铁路局原常务副局长王峰对南环线和合肥南站的建设高度重视,在站房方案、跨越高速公路桥梁施工技术创新等方面亲自组织、研究实施,多次同省市地方领导协调沟通,为确保全线控制性工程顺利推进,倾注了大量心血。

上海铁路局副局长李迎九多次深入南环线和合肥南站工地,掌握工程进度,狠抓安全质量。他组织路局督导组进驻南站工地,精心优化装修方案,反复研究关键部位尺寸、颜色等细节,精益求精,协调解决工程重大难题,引导打造放心工程、精品工程。

## 三、合肥枢纽指挥部勇担业主职责,精心组织,统一协调,以安全、优质的南环线建设成果,向安徽人民交出优良答卷

俗话说得好:“人无头不走,鸟无头不飞。”火车跑得快,全靠车头带。根据铁道部、安徽省人民政府 2008 年 4 月 9 日签订的《关于合资建设合肥铁路枢纽南环线的会议纪要》,确定“本工程委托上海铁路局负责建设”。上海铁路局将这个光荣艰巨的任务交给了合肥铁路枢纽工程建设指挥部,并任命长期从事工务、建设领导工作的张守利,于 2009 年 3 月走马上任,担任合肥铁路枢纽工程建设指挥部指挥长。同年 11 月,合肥南环线便拉开了鏖战 5 年的大幕。

从开工伊始,到工程进展关键时刻,合肥枢纽指挥部始终遇有“四大难题”:

一是征地拆迁难。南环线工程穿越合肥市区,对沿线民房、学校、商店和工厂等均有较大的影响,特别是金寨路至合九铁路段建筑物密集,即使采取设置声屏障和封闭窗户等降噪措施,仍会对沿线居民生活造成一定的影响,还有合肥市女子监狱和飞机场雷达站等敏感点的搬迁,都是非常棘手的难题,如果征地拆迁工作不能做到“兵马未动,粮

草先行”,那后续工程实施难度将会相当大。

二是工期压力大。合肥南环线工程在工期上面临的最大困难,是站前工程与站房工程开工时间不一致。站前工程 2009 年 12 月 10 日开工,至 2012 年 12 月,南环线项目站前工程施工大部已完成,进入站后施工阶段,肥东站改造和长安集站改造全面开通。而站房工程因是合肥市对城市发展规划提出不同要求,造成合肥南站在站房选址、配套工程上前后经历 3 次大的变化,导致初步设计方案一改再改,直至 2013 年才真正具备开工条件,中国铁路总公司又要求南环线 2014 年 10 月份必须开通运营。

三是安全形势严峻。随着合肥南环线、合肥南客站、合肥动车运用所、合肥南地铁换乘站等各项目的相继开工,各种施工方案、施工模式立体交叉,增加了潜在的安全责任,特别是路基、营业线、房建、桥梁等安全卡控重点,都带来新的安全隐患。同时,大量的高空作业、大型设备的起吊、钢屋面管网桁架的提升、接触网布线、大型客站消防安全等给施工质量、施工安全带来更大的风险,工期和安全质量之间的矛盾将更加突出。

四是资金筹集难。受国家宏观调控政策影响,建设资金筹集严重滞后,地方承担资金又不能及时到位,一定程度上影响了工程进展。

张守利指挥长作为南环线工程项目的统帅,深知“业主”所具有的作风,对其所率领的设计、施工、监理队伍具有决定作用。一个项目有个好的“业主”,就能带出一个敢于拼搏、能打硬仗的队伍,这个工程项目的前景就充满希望。

他多次召集指挥部领导班子认真分析面临的困难,认为严峻的形势,既充满了挑战,也蕴藏着机遇,必须审时度势,正确分析和判断内、外部环境赋予的有利条件和不利因素,胸有大局,迎难而上,统筹兼顾,务夺全胜。

正确的路线确定之后,干部就是决定的因素,而“一把手”又是决定因素的最重要因素。榜样的力量是无穷的,“一把手”的实际行动就是无声的命令。“一把手”的形象如何,作风好坏,在很大程度上决定着单位的稳定与发展。张守利深感肩上担子重千钧,他多次北上铁道部请示汇报，东赴上海铁路局寻求支持，在当地找安徽省、合肥市有关领导以及区、县、乡、村干部，那更是不计其数，甚至亲自到住宅小区向居民就噪音污染问题释疑解惑。“老天不负有心人！”“心诚则灵。”这些话得到了验证。他与分管征迁的指挥部副指挥长董传新经过不懈的辛勤努力，终于赢得当地政府的大力支持，也赢得了市民的理解。合肥市发改委、铁办等部门领导亲自为芙蓉路小区拆迁上电视台作正面宣传，亲自为南环线的敏感点拆迁而多方协调。4 年来，在合肥枢纽指挥部依法合规的凌厉攻势下，在以人为本的人性化操作下，南环线在合肥征地 3 000 多亩，拆迁房屋 40 多万平方米，仅在城区拆迁 20 多家民营企业、1 200 多户居民和业主，迁移改造 100 多项水、电、气各类管线，征地拆迁这个“天下第一难”获得了很好解决，保证了施工顺利推进，南环线经过的合肥城区实现了社会稳定，路地和谐，至今没有一户居民到省市地方政府和上海铁路局上访。

合肥枢纽指挥部与设计、施工、监理单位紧紧围绕“建精品工程、廉洁工程和百年不朽工程”这个主题，统一思想，形成共识：牢固树立“百年大计，质量第一”的思想，强化“高铁安全是重中之重”的思想意识，积极推进上海铁路局首创的“431”安全工作法和“一图四表”风险管理，在确保既有线施工安全的前提下，以确保工程质量为重点，科学组织、合理安排，实现期到必成，安全优质目标。

在南环线工程的深入推进过程中，基本实现了工程实体质量总体稳定，机械化、工厂化、专业化、信息化“四化”水平逐步提升，架子队建设深入发展，现场管理较为规范有序，也没出现较大的安全质量事故。但合肥枢纽指挥部轻看成绩，重看问题，从严查找存在不足之处。指挥部副指挥长王义宝直截了当地自我揭短，他对施工项目部经理们毫不留情地批评说：“南环线施工过程中的质量问题依然很多，部分参建单位和人员心存侥幸心理，施工中粗制滥造、野蛮作业，甚至偷工减料、弄虚作假，路基防护、现浇梁、原材料等方面的问题，屡查屡改、屡改屡犯，有的变成了惯性问题，甚至触及施工和运营的安全红线。”

质量是工程的生命，安全是铁路的核心。对质量安全问题“零容忍”，这是面对繁重的建设任务和严峻的质量安全形势，合肥枢纽指挥部所采取的坚定立场。他们从纵深推进铁路建设标准化管理入手，狠抓五个方面重点：

一抓设计措施。设计是工程建设的灵魂，是工程质量的源头保证。避免设计方案和工程措施与地质不符、与现场脱节，从源头上防止重大失误。

二抓原材料控制。砂、石料，混凝土添加剂，防水、止水材料，接触网线夹，低压配电柜，高压电缆等，重点是把住材料供货关和技术关。

三抓工装设备、设施。对道岔吊具和组装平台、钢筋对焊机、接触网放线车和混凝土拌和、运输、灌注设备等，要求各施工单位舍得投入、加大投入。

四抓工艺工法。优先采用国家级或部级工法，如路基填筑要按“三阶段、四区段、八流程”的施工工艺操作等。推行各种工艺工法，必须坚持试验先行，实行首件认可，在具体操作和实施过程中决不能走样，以保证工程质量无缺陷。

五抓保障措施。在抓好质量源头、过程控制的同时，注重质量管理等基础工作，体现事事有流程、有标准、有责任人的要求，确保体系有效运行，实现闭环管理，落实质量终身负责制和各项管理标准。

四年多来，合肥南环线工程在完成投资任务、工期保证的基础上，实现了安全持续稳定，杜绝生产安全较大及以上事故，工程质量不断提高，杜绝了工程质量重、特大事故，确保各工程安全质量合格率100%，正在向合肥南站争创中国建筑最高奖——“鲁班奖”目标奋斗。

## 四、建设者无愧春秋战庐州，精心设计、精益建造，为畅通华东路网无私奉献

近五年的工期，在一般人眼里似乎是漫长的，但对合肥南环线的建设者而言，始终是争分夺秒、如火如荼的。合肥枢纽指挥部原党支部书记、副指挥长万传新深有感触地说：“合肥南环线建设是个完整的系统工程，除了业主需尽心尽责外，设计、施工、监理单位的精心设计、精益建造，也是该工程实现完美必不可少的关键环节。”

在合肥枢纽总图方案确定后，合肥枢纽南环线线位方案和合肥

南站站站址方案合理与否，是降低工程造价、充分发挥合肥南客运站功能的前提。中铁第四勘察设计院集团有限公司聚集了站场、桥涵、路基、轨道、建筑、结构、环保、工经、动车、机械、电力、电气化、通信、信号、信息、给排水等20多个专业的设计负责人，精心比选，合理选定合肥枢纽南环线方案。分管副院长田要成、莫小玲和院副总工程师鄢巨平多次召开专题会议研究探讨。铁四院项目总体组充分征求安徽省、合肥市及沿线区县相关部门对线路走向、合肥南站及动车所站位的意见，收集最新地形地貌资料，全线现场踏勘，找出控制点，对线路走向、合肥南站及动车所站址、疏解区布置进行多方案比选。目前采纳的线路走向方案，充分利用了合宁高速公路的交通走廊，线路短直，技术标准高，避开了龙塘工业园区、天然气门户站、安徽省卫校，对城市干扰小，符合城市总体规划；合肥南站站址位于新老城区结合部，处于徽州大道与庐州大道间，是未来的城市中心，地理位置优越，与城市轨道交通、公共交通、长途汽车等多种交通方式有良好的衔接，旅客出行十分便利，动车运用所布局合理，充分利用了合福铁路与合宁高速公路间的夹角地，使城市宝贵的土地资源得到了充分地利用，有效地控制了投资规模。针对合肥南环线施工现场施工作业面多、施工技术难度大的工程特点，在指挥长吴家献的带领下，铁四院合肥枢纽南环线设计人员以强烈的责任心认真对待每项工作，始终树立"质量第一"的思想，积极协助建设单位，出谋划策，不辞辛苦，奔赴现场，为施工单位排忧解难，解燃眉之急，全方位地配合建设单位、施工单位进行合肥枢纽南环线工程的施工。

中铁二院工程集团有限责任公司、北京城建设计发展集团在联合设计合肥南站枢纽过程中，以人为本，追求无缝衔接，依据功能和交通条件，以"一轴两核，两场四片"的空间布局结构，形成以城市南北发展脉络及轨道交通线路为主轴，有机串连"高铁"、"长途"、"地铁"等多个分区核心，同时串连两个线下场站及四周开发地块，相融相合的交通综合体。场站布局做到高铁、轨道交通(1、4、5号线)、公交、出租车、长途客运与城市道路系统的无缝衔接。

合肥南环线经开区及南淝河钢桁梁柔性拱特大桥是沪汉蓉快速铁

路引入合肥铁路枢纽的重点控制工程。该钢桁梁柔性拱特大桥主跨229.5米,目前在国内乃至亚洲同类型桥梁中跨度最大;桥面采用的不锈钢复合正交异性桥面板,在国内铁路客运专线上首次大面积推广采用,属新材料,新工艺,新技术;万吨级、大跨度连续钢桁梁带拱顶推施工技术属国内首次采用;目前国内铁路与公路夹角最小,涉及交通安全风险高,协调难度大。由于特大桥跨越合宁高速公路,车流量大,不可能封闭施工,合肥枢纽指挥部和中铁四局集团经专家评审通过,采用带拱顶推施工方法。实践证明,钢桁梁带拱顶推的施工新技术具有机械设备投入少、施工现场工厂化作业、结构安全可靠、桥梁线型易成形、施工风险低等显著优点,并成功解决了在高速公路上方高空作业的施工技术难题,降低了安全风险,技术成果可供国内同类型施工提供参考。目前,这项施工已审报9项专利,施工工法获得“2012年度安徽省省级工法”,QC小组获“全国工程建设质量管理小组优秀奖”。

合肥南站站房作为集大跨度、大体量、交叉施工、高新科技运用于一身的高等级客站,由中铁建设集团承建。合肥南站站房项目部超前谋划、穿插作业,制定预备方案,加强现场监督,组织精兵强将加班加点、全天候不间断施工。他们在技术先行的指导作用下,充分发挥“样板工程”示范引领作用,以点带面,层层推进,保证了2 401根工程钻孔灌注桩会战告捷,保障了主体结构大体积混凝土的成功浇注,为合肥南站精品工程的顺利交付打下了坚实的基础。

由中铁十一局合肥南站项目部承担施工的工程项目,主要有站房桩基、送客高架桥、无柱雨棚、地源热泵系统(室外部分)、车站信息系统、站场给排水系统等工程。其中,无柱雨棚共有24座,每座无柱雨棚有960个焊点,另外还有成千上万个柱头、连接点。为了提高全体员工标准化作业意识,项目部专门成立了以安质部为核心的“自我检测体系”,自我检测、互相检测、班组检测、试验检测、安质部检测。最终,他们以无可挑剔的工程质量,获得监理和业主的高度认可,被评为上海铁路局“标准化项目部”和“标准化工地”。

穿城跨河筑坦途,龙腾江淮贯东西。在安徽这块不断腾飞的热土上,合肥南环线以前所未有之气魄,筑起了一条贯穿东西的黄金线。如果为南环线铁路“立此存照”，你会发现，在每一个需要凝聚力量、升腾意志、奉献才智的关键地段，都能找到中国铁路总公司、安徽省、合肥市、上海铁路局、合肥枢纽指挥部及设计、施工、监理等各参建者的身影。

“路就势成、路通利来。”我们期盼随着南环线、合肥南站的开通运营，进一步激发安徽加快发展的活力，加快合肥融入长三角城市群的步伐，华东路网也更加完善、通达快捷。

# 书写庐州大美画卷

## ——合肥铁路枢纽南环线工程建设纪实

陆应果

合肥，素有“三国故地、包拯家乡”之称。合肥，因东淝河、南淝河在此交汇而得名，古称“庐州”又名“庐阳”，有着 2 000 多年的悠久历史。

2014 年 9 月，这是一个注定要写进合肥乃至中国铁路史册的日子！经过广大铁路建设者 4 年多的艰苦奋战，安徽人民盼望已久的合肥铁路枢纽南环线及合肥南站进行运行试验。

这是一部写在江淮大地上的不朽诗篇。从这天起，合肥铁路枢纽南环线以高标准、高质量，“直线”连通合宁与合武铁路，高铁动车不需再从既有“老线”绕道合肥城区，合肥到长三角和武汉、广州等地的铁路里程再次缩短！

这是一幅合肥览胜长卷中的意象图景。从这天起，合肥又添新地标，一座彰显徽派建筑风格的现代化大型客站——合肥南站矗立在众人的眼前，串联合蚌与合福高铁，合肥铁路枢纽功能再次跃升！

这是华东铁路建设史上又一座里程碑。从这天起，合宁、合武、合蚌、合福等多条高铁在合肥南站交汇互通，安徽承东启西、连接南北的快速客运网形成，区域迸发新的活力！

### 规划引领，续写安徽铁路建设美丽画卷，放大“合肥效应”

合肥，安徽省省会，位于长江淮河之间、巢湖之滨，通江达海，承东

启西，接连中原，贯通南北，是中国中部最靠近东部沿海地区的省会城市，也是长三角经济协调会会员城市、皖江城市带承接产业转移示范区的核心城市。

合肥独特的区位优势，迫切需要建设辐射范围更广、服务人口更多的铁路大通道。改革开放以来，安徽省委、省政府和合肥市委、市政府都认识到“要发展、先修路”的紧迫性和重要性。

从项目规划、设计、立项，到项目招标、投资、建设，沐浴着改革发展的春风，省市领导多次与铁路部门共谋发展大计，明确今后一个时期安徽省、合肥市铁路建设目标。

“构建大交通，建设大合肥。”近 10 年来，安徽铁路大美画卷渐次展开，合肥铁路建设锁定目标，快马加鞭，高歌猛进，放大了“合肥效应”。

2008 年 4 月 18 日，中国首条时速 250 公里有砟轨道铁路客运专线——合宁铁路开通运营。8 月 1 日，合宁铁路首次开行动车组列车，从合肥到南京由 4 小时缩短至 1 小时，合肥到上海从 7 个半小时缩短至 3 小时内。

2009 年 4 月 1 日，合武铁路客运专线开行动车组列车，拉近了中西部地区与东部发达地区的时空距离，旅客列车全程运行时间由 8 小时，缩短为 2 小时左右，旅客纷纷改乘动车组列车。

2012 年 10 月 16 日，合蚌高铁顺利开通运营，这是安徽铁路发展史上浓墨重彩的一笔。合蚌高铁顺利开通运营，接入京沪高铁，进一步促进了合肥与长三角、环渤海湾的经济往来和人员交流。

如今，合肥高铁动车密集连发，形成“1234 城市圈”——从合肥 1 小时到南京、2 小时到武汉、3 小时到上海、4 小时到北京。

合肥至福州高铁正加快步伐，这条南北大干线即将于 2015 年建成，合肥至福州也将融入 4 小时城市圈。

“城市要发展，必须善于不断打破局面，增强承载力，提升辐射力，形成集聚力。”建设合肥铁路枢纽工程是安徽省、合肥市城市发展战略规划中的一个重要棋子。

合肥铁路枢纽南环线工程是沪汉蓉快速通道的组成部分，始于合宁客运专线肥东站，经合肥市肥东县、包河区、经开区、肥西县后，终至合武客运专线长安集站，线路总长 39.626 公里，设计时速 200 公里至 250 公里，工程包括改建肥东站和长安集站，新建合肥南站。

时代呼唤交通优先。2009 年 11 月 3 日上午，合肥铁路枢纽南环线及合肥南站建设动员大会在安徽合肥市举行。时任安徽省省长王三运指出，合肥铁路枢纽南环线及南客站的建设，对于增强合肥铁路枢纽功能，构建全省快速客运网络，全面提升安徽省及合肥市在全国铁路网的枢纽地位，具有十分重要的意义。

人心齐，泰山移。2009 年 12 月 10 日，合肥铁路枢纽南环线正式开工，全面掀起施工建设高潮。广大铁路建设者牢记使命，不负重托，攻坚克难，在这块美丽的土地上展开了一场无愧历史、无愧江淮人民的铁路建设大会战！

合肥铁路枢纽南环线及合肥南站从无到有、从孕育到发展，倾注了安徽省、原铁道部和上海铁路局等各级领导的厚爱，他们多次亲临现场，慰问建设者，检查指导，解决一个又一个难题，加快推进建设步伐。

合肥土地面积 1.14 万平方公里，常住人口 761 万人。如今，合肥是全省政治、经济、文化、信息、金融和商贸中心，也是全国重要的科研教育基地。近年来，合肥市围绕“新跨越、进十强”的奋斗目标，全力打造“大湖名城、创新高地”城市新名片，全市经济继续保持平稳较快增长，生产总值达 4 672.9 亿元，人均 GDP 首次突破 6 万元；规上工业总产值超 7 600 亿元；社会固定资产投资超过 4 700 亿元；社会消费品零售总额逼近 1 500 亿元；城镇居民人均可支配收入突破 28 000 元，农民人均纯收入超 1 万元。

“建设快捷、经济、安全、环保的铁路运输大通道，实现‘人便其行、货畅其流’梦想，拉动区域经济发展，早已成为当地政府和人民的热切期盼与自觉行动。”合肥铁路枢纽工程建设指挥部指挥长张守利说，未来的合肥，令人期待，还有多条铁路建设运营，综合交通更加便利，人民的生活更加富裕幸福。

合肥市的发展目标是，到 2020 年，GDP 在“十二五”基础上再翻一番，人均 GDP 达 2 万美元以上，在全省率先基本实现现代化。再经过 5

年至10年的努力，建成1 000万以上人口规模的区域性特大城市。

## 庐州会战，“大手笔”螺蛳壳里做道场，谱写铁路美丽诗行

合肥铁路枢纽南环线是沪汉蓉快速通道组成部分的“咽喉”工程。

合肥南站是合肥铁路枢纽南环线建设的点睛之笔、“亮点”工程。

为打造精品工程，合肥铁路枢纽工程指挥部注重顶层设计，采取“走出去、请进来、再创新”的办法，学会借力登梯，联系邀请中国科技大学、合肥工业大学等高校专家学者前来进行难点会诊、技术讲座，联手开展技术攻关，画龙点睛；邀请参加过上海虹桥、南京南、杭州东等站建设的技术精英，前来传经送宝；组织参建施工单位的技术人员南下北上，参加清华大学培训班集中学习，奔赴上海虹桥、南京南、杭州东和淮北站等实地考察，扬长避短，共同描绘合肥新图景。

“合肥铁路枢纽南环线穿越繁华的合肥市区，建设4座中桥、7座特大桥，桥梁占70%以上，桥墩数量、连续梁施工点多。”指挥长张守利对建设这段“黄金线”如数家珍。他说，在人口密集的市区建设高铁，牵一发而动全身，现场组织难度超出想象。

工程建设中，需首次对合宁线肥东站和合武线长安集站既有线站场进行“开膛破肚”手术；合肥南站地铁换乘站深基坑开挖深度最深达37米，土方总量达60.7万立方米；站房后期建设，空中焊花飞溅，安全风险点多，现场施工遇到的“拦路虎”一道又一道。

合肥铁路枢纽南环线及合肥南站工程，由合肥铁路枢纽工程建设指挥部负责建设管理，涉及中铁四局、十一局和中铁建设集团有限公司等多个参建单位，施工队伍庞大，立体交叉作业点多、工种多，高空塔吊、地面车吊、挖掘机、钻机等数百台工程机械及车辆在现场作业忙碌，最多时逾万名施工人员同时上线作业，同步推进线路、桥梁、站房和“四电”等施工。

有人说，合肥铁路枢纽南环线建设就像在“螺蛳壳里做道场”。

“安全责任大如天，安全工作压倒一切，高铁安全是重中之重!”在合肥铁路枢纽南环线建设过程中，合肥枢纽指挥部严格执行上海铁路局有关标准，实行安全风险管理，全面梳理关键点、风险源，分工包保，

对合肥南环线经开区、南淝河钢桁柔性拱、合肥南地铁换乘站深基坑开挖等重大安全风险源点实行挂牌动态管理；加强对施工单位的动态检查监控，严格考核，并对监理单位进行同奖同罚。

经开区、南淝河两座钢桁柔性拱特大桥，同等结构类型，主跨采用(115+230+115)米结构型式，全长460米。桥高80米，相当于25层楼高，犹如两道彩虹飞跨合宁高速公路。两座钢桁柔性拱创造了多项第一：1. 主跨230米是目前同类型结构亚洲跨度最大。2. 桥梁铺面采用爆破合成的复合不锈钢钢板，底层是14 mm的桥梁用结构板，面层是3 mm厚特种不锈钢，经爆破复合后，能大大提高桥面的使用寿命，在铁路建设中首次使用，属于新材料、新工艺。3. 其《带拱顶推拱脚合拢》施工方案属国内首创，解决了柔性拱架设及合拢均在高速公路限界外施工，消除了涉路施工的重大安全风险。

分别重达13500余吨的经开区、南淝河钢桁梁柔性拱特大桥，为全线重点控制性工程，双跨车流如织的合宁高速公路，安全风险极高。

“狠抓工序签认环节检查，突出全线关键工序管理。”为啃下这2座特大桥架设施工“硬骨头”，合肥枢纽指挥部协调组织各参战单位严格落实《工艺试验管理办法》，严格第三方检测工作制度，强化工艺试验管理，规范施工过程的工艺工法和工序流程，组织施工技术、作业人员推行“一图四表”管理法。针对每个工点，他们制定责任展开表，实行风险动态管理，控制难点，确保特大桥安全顺利合龙，实现“铁路桥施工与高速公路行车两不误”。

合肥铁路枢纽南环线工程，涉及对合宁线肥东站和合武线长安集站既有线站场改造大施工，这在中国高铁史上还是第一次。

中国高铁大多是白天运营，晚上检修。肥东、长安集站站改施工只能在晚上短短5小时左右的“天窗点”内进行，必须确保第二天动车正常安全运行。

在既有线施工过程中，合肥枢纽指挥部严格执行“行车不施工，施工不行车”的规定，并加强对机械设备管理，做到现场安全把关人员熟悉环境，实行“一人一机”安全设防。

2012年8月，长安集站硬横梁改造，最后一列高铁动车还未通过，中铁四局南环线“四电”项目部为抢时间，即开始吊装硬横梁，被晚上在现场把关的合肥枢纽指挥部原副指挥长宋涛贤等领导发现，他们立即制止，次日扩大分析，要求撤换施工队长。

施工期间，施工队伍层层分解责任，领导干部分片包保，项目管理人员、架子队队长承担安全责任，逐级分解，责任到人，不留死角。

“每次倒接试验施工拆配线 700 多根，稍有错线就会酿成事故。”中铁四局电气化公司合肥枢纽南环线工程“四电”项目部党工委书记陈诚说，“在站改施工的两年间，肥东、长安集站仅四电作业申请封锁施工天窗 600 余次，并严格按照《动态检测试验大纲》进行挂联试验 40 余次，II 级封锁施工各 1 次，站改插铺道岔等施工 16 次，实现拆配线数万次无差错，全线施工实现‘零事故、零伤亡’安全目标。”

2010 年 5 月，合肥动车运用所开工。该所为合肥南环线及合福高铁配套工程，新建房屋 33 100 平方米，设计出入段线 2 条，存车线 20 条，洗车线 1 条，牵出线 1 条，检查库线 4 条，临修库线 1 条，不落轮镟库线 1 条。远期预留检查库线 2 条，存车线 10 条。检查库、存车线均按 16 辆编组设计，主要服务于合福、合武、合宁、合蚌等客运专线，承担华东、华中地区部分动车组的检修任务，实现动车组高度信息化管理，满足合肥南站始发、终到动车的一、二级检修等作业。这项工程开工以来，合肥枢纽指挥部会同设计、施工、监理单位，严格执行“铁”的纪律，做到技术方案不完善，预控措施不到位，项目不准开工，对施工高频检查，有序推进作业标准化，确保工程优质。

## 踏石留印，创新工艺工法，建设人民满意“精品工程”

“不留遗憾，不当罪人，建不朽工程。”这是铁路建设者的共同心声。

“质量是铁路建设的生命线。”面对千头万绪的工作，合肥枢纽指挥部领导班子成员科学组织，当好表率，带领综合管理、工程管理、安全质量、计划财务和物资设备等 5 个部门人员，以踏石留印的干劲，学习有关铁路建设的政策法规、文件和业务管理知识；建立涉及教育培训、材料质量监控、工程质量自检、互检、交接检“三检”等质量管理制度，制订《铁路建设工程质量终身责任制实施办法（暂行）》，修订完善《质量安全进度考核办法》等细化措施；围绕“零缺陷、零事故”施工安全质量管理目标和关键控制点，制定细化工作展开方案，控制工程质量和进度。

合肥枢纽指挥部会议室墙上“工程优质、干部优秀”八个醒目大字，映红了建设者的面庞。合肥枢纽指挥部指挥长张守利说：“落实质量终身负责制，是设计、施工、监理和建设等单位的共同责任。”

合肥枢纽指挥部群策群力，抓好施工组织方案变更、工艺试验、工序管理、标准化评定、验收交接等关键环节，创建定期诊断、责任包保、动态监控、沟通协调、考核奖惩 5 项科学的推进机制，统筹协调处理工程建设中遇到的难题。参建单位协调动作，精心编制施工组织和作业标准，大到几百吨重的钢桁梁，小到一个几十公分的螺栓，都详细制定质量标准，将建设职责和标准明确到每个岗位上，使施工管理更具规范化。

架起的每片钢梁和铺设的每节轨排，凝聚着筑路大军的心血；不断延伸的路基和每座站场，闪烁着决策者的智慧。合肥枢纽指挥部突出关键工序，从施工方案、技术、管理、协调、服务等多个环节，严格工序签认制度，对搅拌站混凝土施工、箱梁混凝土施工、桥墩钢筋绑扎及混凝土浇筑、移动模架卸载施工等关键工序，现场设立工序签认标识牌，凡未履行签认手续的一律不得进入下一道工序，使其成为经得起历史检验的优质工程。

优质工程，“样板”引路。经开区、南淝河钢桁梁柔性拱特大桥，圆拱形造型结构复杂，制造工艺精度要求高。合肥枢纽指挥部组织“智囊团”和督导小组对施工单位实行动态检查监控，协调解决施工中的重点、难点问题，并对监理等单位实行严格考核；抓源头、控关键，抓好第一段路基、第一个墩台、第一个涵洞、第一片梁的施工质量控制，安排专人管理样板段，每天检查、分析、总结，在全面优质达标后，以点带面，层层推进。上海华东铁路建设监理有限公司与上海工程质量监督站坚持每月组织人员，深入现场进行质量监督，查找问题，督促整改。

“合肥铁路枢纽南环线施工现场有 6 个分部，作业点分散，采购的

物资设备，品种涉及2 000多种。现场怎么管理？施工质量如何控制？”安全质量部主任陈明新说，指挥部通过层层设防、破检试验等办法，派人外出驻厂，从源头卡控钢材、水泥、沙石等材料采购质量关，对钢材等甲供材料，实行网上招标，网络化管理；在施工质量上是严把“三关”，即首先由施工单位进行质量自检，其次由监理单位华东铁路建设监理有限公司组织平行检测，再次由建设单位聘请有资质的第三方进行质量抽验检测，对不合格的返工重来，确保路基填筑、挖翻、改良土、混凝土、桥梁墩等施工规范，达到100%合格标准。

“宁可得罪施工伙伴，决不放过质量隐患。”针对施工中发现的问题，合肥枢纽工程指挥部抓住不放，组织召开反面典型现场会和扩大分析会，严肃处理，吸取教训，督促参建各方牢固树立创精品工程意识。

2013年11月的一天，副指挥杨树林、王义宝与安质部主任陈明新在检查合肥南站站台雨棚圆柱钢板时，发现漏焊，并经第三方检测，同样发现存在焊缝不密实的问题。合肥铁路枢纽工程指挥部立即召开分析会，派出技术人员赶赴天津钢板原材料生产厂家进行交涉，对不合格的一批材料全部退回，并责成施工单位中铁四局吸取教训，从严卡控材料质量，杜绝不合格材料进入现场。

“合肥南站建设大量借鉴吸收华东现代化客站的精华，运用多项新技术，诸如采用耐久性、高性能与高强度混凝土新技术；采用后张法有粘结预应力混凝土结构技术；采用大跨度、大空间钢屋面管网架整体提升施工技术；采用地源热泵建筑节能设计和可再生地热资源利用工程应用技术等等。”合肥枢纽指挥部原副指挥董传新说，在施工建设过程中，通过减少不确定的和无序的因素控制，合理划分工程施工过程和步骤，提高了有序性和工效，减少了浪费。

“创先争优”在南环，建功合肥党旗红。在合肥南环线工程建设中，上海铁路局高速运转，调集上海大机运用检修段和合肥工务、电务、供电段等单位先进设备、“党员突击队”，合力为合肥铁路枢纽南环线、合肥南站和合肥动车运用所建设增添光彩，对线路进行维修捣固、边坡整形、道床稳定、设备配砟、钢轨打磨、线路精调和联调联试拉通试验、竣工验收和开通运营，他们用钢铁般的意志书写了铁路人对高铁事业的忠诚与热爱。

合肥枢纽指挥部党支部致力于党员队伍提素,由班子成员带头授课,各专业工程师积极备课,推行每周一例“技术党课”,坚持开展廉政教育,先后制作党课电教片6个课件500余帧。党支部书记万传新说:“枢纽指挥部多次荣获安徽省‘铁路建设先进集体’、上海铁路局‘标杆指挥部’‘立功单位’‘创新团队’等荣誉称号。”

“大鹏之动,非一羽之轻;骐骥之速,非一足之力。”在合肥铁路枢纽南环线建设的4年多时间里,现场一台台施工机械不知疲惫,昼夜轰鸣;一支支建设队伍在灯光下彻夜不眠,通宵施工;张守利、万传新、董传新、杨勇、杨树林、宋涛贤、黄雷、王义宝、叶守宏、张阳、何永昶、汪吉军、陈明新、谢永彪、李洪海等一名名党员鏖战庐州,创先争优,他们用辛劳的汗水,为合肥“大建设”添上了浓墨重彩的一笔。

# 让旅客少走些路少淋些雨

## ——合肥铁路枢纽指挥部倾力打造零换乘枢纽站

陈　凯

建筑面积雄冠江淮，站台数量省内最多，地下层数居首皖中，坐拥众多安徽省“第一”的高铁合肥南站，成为融商业服务为一体的综合性交通枢纽，并列上海铁路局特大型车站第一方阵。但大体量站房，却带来换乘走行距离较长的弊端。合肥枢纽指挥部坚持以人为本理念，不断优化空间布局，110 台自动扶梯垂直串连起多种交通方式，实现地铁、公交、出租车和社会车辆的立体化零换乘，千方百计让旅客少走些路、少淋些雨。

### 综合交通垂直衔接

概念设计全球征集，十几家设计联合体参与竞争。自起步阶段，合肥南站就定位为区域性综合交通枢纽。作为沪汉蓉快速铁路通道与京福高铁的交汇点，与安徽省承东启西的经济发展地位相契合，其主要办理东西方向及福州、北京等方向动车组到发和通过。

这是一幢安徽省内体量最大、投资最多的车站和地标性建筑，其设计理念定位为以铁路客运为中心，集城市轨道、市内公交、区域长途、出租车、私家车等为一体，多种交通方式和商业服务高度融合的“零换乘”车站。

“把最大的便捷让给旅客”，在合肥铁路枢纽工程指挥部指挥长张守利看来，这是以人为本导向下的自然选择。尽管“零换乘”设计理念下的车站设计和建设，带来了布局、结构等的影响，给工程的进度，甚至安全带来“拖曳”，但“把最大的便捷给予旅客，打造百年不朽工程，是合肥南站建设的精神内核，也是大局意识的体现，这个理念贯穿了建设的始终。”张守利目光坚定。

引入“零换乘”理念，并非临时起意，而是多次探讨和观摩、深思熟虑的结果。指挥部牵头组织包括地方政府规划局和轨道公司相关单位人员在内的考察小组，参观成都、郑州等地的高铁枢纽性车站，测算走行距离，评估换乘布置，了解站房布局，吸收优点，摒弃不足。

他山之玉可以攻石。考察小组总结所参观车站可以借鉴的优点，提出对问题克服改进意见。这样的考察对合肥南站系统考虑市内公交、社会车辆、长途客运和出租车等各种交通方式的相互衔接，起到了借鉴启发作用。

在车站建设者看来，实现零换乘目标，尽最大可能让乘降旅客少走些路、少淋些雨，是交通枢纽“环境友好”的最大体现。但要实现这一目标，却颇费力气。

地方交通系统的融入，带来参与单位的迅速扩大，两家建设单位，铁四院、铁二院、北京城建院、东南大学等数家设计单位和十几家施工单位，汇聚在一起。时任副指挥长兼总工程师的杨勇，对超前预想极为看重。他说，充分预想就是盯源头，如同下围棋，要预先谋好大局才能落子。

为了最大限度的减少路地双方结合部可能产生的问题，在指挥部建议和协调下，轨道交通换乘站由站房设计单位“一缆子”设计，有效避免了不同设计单位间的标准体系的差异，并牵头与多家设计单位协调水平、立面等三维坐标，实现无缝衔接。

“那些日子，仅各类协调会就开了几十次，会议纪要有上百份。”杨勇至今记忆犹新。日复一日，建设者们难以睡上一次囫囵觉，“零换乘的实现得从统筹规划、合理布局入手，并充分考虑减少不同交通方式间的交叉，尽可能让机动车辆的行驶与旅客换乘无干扰对接，这需要通盘布局，思考在前。”

## 不断打磨完善布局

换乘,不仅涉及不同交通工具间的"接驳",还涉及相同交通方式但不同方向间的转车。合肥南站引入三条轨道交通线,自西向东方向的地铁4号线位于地下四层,地铁1、5号线则位于地下三层,从南至北方向穿过站区,均布置于站房正下方,便于相互间换乘。

地铁站布置于站场下,地铁口与车站乘降口垂直对接。进出站乘客可通过自动扶梯换乘地铁或动车,免去了出站换乘可能遭遇的风吹雨打之苦。铁路和轨道交通间的零换乘问题得到了解决,但与公交等其他交通方式间的换乘空间如何布局,以实现"零换乘"目标,却成为横亘在建设者面前的一座大山。

合肥南站的站场最初是平面布局,22个站台面、26条线均填土筑起,形成两个车场,分别是沪汉蓉场和合福场。相应,各类汽车的停靠点,则与站场在同一平面,位于站场外侧。如此布局势必造成旅客在站区外换乘,从铁路站区到汽车站区,形成了较长的走行距离。

可否变起土筑路为架桥铺路,站场高架后所腾站下地面空间用于设置汽车停靠点?这"平改立"的变化,等于把过去横向平面布局不同交通工具间的换乘空间,改为纵向立体布局,增加线下空间共计11万平方米,通过自动扶梯上下串联,让零换乘成为现实。

"有桥才有了桥下空间",工程部副主任李洪海归纳道。他分析,最初的方案空间容量有限,站场设计由地面变为高架,无疑增加了空间容量,巴士、的士可直接停在高架站台下,这一空间布置公交总站、出租车和社会车辆停车场,不仅为旅客解除"跋涉"之苦,实现进出站客流无缝连接,也提高了客流周转速度。"这样的投入划得来。"李洪海并不讳言设计的修改,增大了资金投入。

高架站台下的线下空间,其东侧布置公交站场,占地约6.5万平方米,可设公交车发车位27个、落客位4个、蓄车位117个。西侧线下4.5万平方米布置出租车位400个,私家车等社会车辆上下客即走车位8个,停车位200个,并设大中型客车停车位200个。

为方便旅客进站,还在站房东西两侧设高架跨站场道路桥,将旅客直接送到高架站房的中部进站,从而形成了多层次、多方向的站内交通。甚至在站房匝道下方辟一块空间,用活动栏杆隔离开,用于停放节能环保的自行车和电瓶车,也纳入建设者的视野。

“实现零换乘,体现在超前优化换乘线路,不断打磨设计方案中,出租车通道采用下沉式,其行驶道路与下动车换出租车旅客的移动线路避免了交叉,实现客流与车流分离。”杨勇娓娓道来。

整个车站的交通组织采用“上进下出”为主,“下进下出”、“平进平出”为辅的客流线路设计,这种多点进出的流线方式,适应铁路与地铁、公交等不同换乘交通的综合接驳,大大减少旅客的行走距离。

## 直面挑战倾力攻关

铁路站房和轨道交通、南北广场、高架匝道、高架线下汽车停车场,均浓缩在南北宽 364. 25 米、东西宽 561. 8 米范围内,且要完成 42 米深基坑开挖、38. 05 米高空钢结构屋盖吊装,大面积、大跨度、多空间相互交叉作业,建设者面临着严峻挑战。

行动于进场之前,预想在开工之先。针对深基坑开挖、屋盖提升、高大模板支撑、预应力张拉、幕墙安装等关键施工方案和节点控制,合肥枢纽指挥部邀请高校、设计、施工、地方建委等各方专家,会审方案,共同研究施工的方法。

地铁 6 号出风口,以“6 号风井”之名被屡屡提及。副指挥长兼总工程师王义宝介绍,6 号风井位于高速公路的边坡上,原方案高速公路外移,在站前广场建一个“风亭”。但风亭不仅占用广场面积,影响视线和外观,而且公路外移因涉及面较广,增加了实施的难度。

“困难再大也决不能把地铁建设晾在一边不管不问,综合交通枢纽就得通盘考虑、统筹谋划,这个担子得挑下来。”王义宝加重了语气。经反复研究,采取风井与站房南立面结合的设计方案,但因紧贴 8 车道高速公路,必须垂直开挖,几十米深坑的直立坑壁犹如悬崖,而且开挖时不能中断高速公路运行,安全风险陡增。

提及施工困难,工程部主任谢永彪连称“堪比豆腐打洞”。专家组设计出纵向打钢筋混凝土桩,横向浇一圈支撑梁,形成一个箱体再开挖的方案,并制定相应实施措施,最终攻克了这一高风险难题。

钢结构屋顶盖,可是个重达数千吨的庞然大物,起先考虑整体移位,但因场地受限而放弃,选择了吊装法。在方案中,预先设计站房局部结构加固的措施,保证吊机作业时基础承载强度满足要求。“这是超前预想带来的好处,不仅解决了吊装难题,避免了后续加固带来的工期延长,而且节省了投资,可谓一举多得。”杨勇说。

最大的困难来自于布局地下空间管线的施工。垂直换乘的综合交通设计,带来电力、供水、排水、燃气、泄污和通风管线等会聚于站房下,管线上下纵横位置、施工先后和流程控制成为关键,一旦颠倒了顺序,就得推倒重来,指挥部充分预商平纵面施工图,明确界定交叉面等结合部,有效避免了返工。

王义宝提及出租车通道改为下沉式,降到地面以下约 8 米,对桥梁结构产生影响,基础方案得重新设计;为进一步开阔线下空间,综合管线由地下埋设,改为桥下吊挂,但要预留管线位置;为便于车流组织,进站匝道由三车道改为四车道,其下桩基础也要相应变化。“优化方案会带来变更,增加设计施工的工作量,增大安全风险,但只要能够惠泽旅客,再大的困难也要克服。”王义宝表示。

针对合肥南站综合性交通枢纽工序复杂、交叉施工多的问题,指挥部专门编制建设管理手册,每道工序干什么、怎么干、标准是什么一应俱全,人手一册,同时对钻孔灌注桩、梁板模板安装、钢筋绑扎等施工工艺,均组织培训、交底和演练,现场挂设工艺流程图,确保管理和操作人员熟悉掌握施工流程,保证施工优质高效展开。

## 未雨绸缪稳步推进

走进合肥铁路枢纽工程指挥部会议室,西墙上:“超前谋划,规范运作,精益建造,期到必成”的红色大字映入眼帘。“合肥南站的施工特点是铁路和市政工程处在同一个区域,大量的交叉作业无疑会影响工程进度,必须未雨绸缪、超前谋划。”张守利神情肃然。

合肥南站工程涉及多家施工单位。指挥部专门成立了施工督导组,由安质部的副主任任组长,驻点工地,随时协调交叉施工引发的问题,并从盯住工程设计和施工组织入手,先排出控制性项目,找出关键时间节点,以此为主线展开各项作业。

地铁换乘站位于高铁站房的下端,二者桩基共用,上部站房结构是下部地铁结构向上的伸展,地铁的施工进度直接影响站房施工。指挥部早在2009年就与地方相关部门反复协调,规划线下空间。为实现整体推进,提出了整体结构由合肥枢纽指挥部统一掌握的“委托代建”方案,这个建议得到了积极响应。

按照先地下后地上,先中间后周边、先主体后配套的施工组织原则,有效避免进场后前道工程还未完成,减少了等待时间。在站房开工建设之前,提前开工建设了地铁换乘站、正线桥等工程,有效压缩站房施工的前期等待时间,较大程度地缓解了施工交叉问题。

“尽管当时指挥部承担着合肥站改、南环线建设、既有线电气化改造和蚌埠南货场改造等任务,担子很重,但从减少交叉施工带来的协调难度和次数,加快工程进度出发,还是挑起了这副担子。”谢永彪介绍,2010年7月地铁换乘站开工建设,在站房工程招标前拿下了代建地铁项目,不仅为后续施工赢得了时间,还增加一千多万元建设管理费收益。

回溯初时,王义宝说,每周与地方规划、建委、轨道办和相关设计、监理、施工单位开推进会,施工现场常常有数千人同时作业,甚至春节也不曾停工,钢筋、水泥等材料的堆场和型材加工厂都设在一二公里范围之内,电梯等设备一旦具备条件立即安装就位。

前道工序结束及时检查验收,下道工序随即开展,工序的紧密衔接成为保障工期的重要因素,并提前建设好可用于材料运输的站前匝道,避免了出现前面工程施工后,后续工程无法施工或施工困难等现象。

提及地下结构工程的提前完成,中铁建设合肥南站项目部经理王伟,至今仍赞不绝口。他说,当施工队伍进场开工时,这一可能影响工期的最大问题得到了圆满解决,指挥部功不可没。

王伟把每天有300多辆混凝土车进出的施工现场比喻为“包饺子”, 十几家施工单位,再加上地方综合交通配套工程施工队伍,都得通过同一条通道。指挥部实施的第一个工程是通道硬面化,使这便道成为十多米宽的通衢,同时制定管理办法,凭通行牌通过,并安排 4 名便道交警,保证了施工道路的畅通。

为压缩工期,采取分块交错施工的方法,有效减少工艺流程要求产生的等待时间,同时把屋面钢结构由高空拼接,改为地面拼接后吊装。“交叉施工不是见缝插针,而是抢缝插针,每一个环节都可能产生‘卡脖子’问题,但在指挥部充分预想和周全措施下,得到有效化解。”王伟不胜感慨。

## 自我加压精益求精

翻开合肥南站质量目标,“100% ”触目可见。施工质量检验合格率必须达到 100% ,一次验收合格率必须达到 100% 。主要承重结构必须满足一百年耐久年限要求,同时每天要接受成千上万旅客的检验,装饰装修工艺必须精益求精,建设者们在给自己加压。

“不合格材料清场退回,责令责任单位整改并加以处罚。”安质部主任陈明新目光坚定。他身后墙上“确保黄山杯、争创鲁班奖、打造百年不朽工程”的大字颇为醒目。

原来,雨棚钢结构材料由施工方自行招标,在一次例行检查中,发现立柱钢管的焊缝出现漏焊问题,后经超声波检测,钢管焊接不合格。在全部退回不合格钢管的同时,赶赴生产厂家开分析会,同时对相关单位进行责任追究。

张守利表示,合肥南站施工由于涉及不同交通工具的站房、站台、换乘站等,建筑体量大,原材料繁杂多样,有些产品外部观感上一样,内在差别极大,在把控好原材料招标关的同时,严把进场关,从源头上确保工程质量。

指挥部对所有进场物资材料,进行电子网络化管理。对进场原材料,无论大宗料还是零散料,从石材、铝板、玻璃,到水龙头和螺钉,均建立含有招标单位、名称数量、采购者、单价和设计标准、检测指标等十余项内容的档案,构建起完善的材料质量追溯体系。

预埋作业被称为“隐蔽工程”,成为建设者把控质量的又一个关键点。大量的消防、通风、电力、给排水、通信信号等管线需预埋,指挥部在落实工序签认制度的基础上，严格执行工序联检制度，在隐蔽作业前，各相关专业负责人签署联检单。

对部分事关质量的重要工序，推行施工许可证制度。如承台施工，在绑扎钢筋前要确认桩检合格、垫层平整、注浆完成验收、锚固钢筋达标等，才发放绑扎工序的施工许可证。施工许可证覆盖前道工序所有验收项目，经监理验收合格并由总监签认后实施，施工许可证成为确保关键工序质量的“护身符”。

走进王义宝绿意盎然的办公室，各类资料码放得整齐有序。他把条理分明的习惯，运用到了工程建设中，“对于首片梁、首个桩基，都全程盯控，总结完善施工工艺，满足质量要求，相同工序才能全面铺开，同时对钢结构焊接等关键工序，实施第三方检测。”他说。

坚持试验先行、样板先行，先对钻孔灌注桩、钢结构焊接等工序进行工艺试验，得出合理参数，再进行大面积施工。在钢筋笼加工、钢骨柱安装等工序展开前，先施工样板工程，经建设、设计、监理、施工四方验收确认后进行推广，材料加工和工艺流程严格按样板实施，以确保施工质量。

“把合肥南站建设成精品工程，不仅体现在强度和耐久性等‘物理指标’上，外观的观感质量也很重要，不能出现麻面等问题。”张守利出语铿然。他说，对质量的精益求精，体现在每一道工序、每一个流程上，努力打造经得起时间检验的高品质工程。

# 妙手生花绘蓝图

## ——校企合作精益建造合肥南环线工程纪实

陆应果

合肥铁路枢纽南环线是经典之作，是沪汉蓉快速通道的一段“咽喉”工程。

合肥南站是点睛之笔，是镶嵌在合肥铁路枢纽南环线上一颗璀璨的明珠！

“合肥南站设计理念先进，地源热泵通过水循环自然调节站内温度，节能环保；合肥铁路枢纽南环线上的南淝河、经开区特大桥气势恢弘，钢桥梁首次大面积使用不锈钢复合桥面板，填补国内高铁建设空白；线路两侧安装的声屏障，质量精优，隔音降噪。”合肥铁路枢纽工程建设指挥部指挥长张守利高兴地说，“在南环线工程建设过程中，我们注重利用校企合作平台，发挥专家引领作用，运用精益化管理新理念，最大限度发挥人的潜能，大胆探索实践新的工艺工法，新线建设凝聚各方智慧，绽放出无限的精彩。”

### 合肥南站设计理念先进，采用多项管理新技术，地源热泵节能环保，自然调节室内温度

“合肥南站是南环线工程的亮点之笔、经典之作。”合肥铁路枢纽工程建设指挥部指挥长张守利与他的团队，注重顶层设计，采取“走出去、请进来、再创新”的办法，学会借力登梯，积极“穿针引线”，联系邀请中国科技大学、合肥工业大学等高校专家学者前来进行难点会诊、技

术讲座，联手开展技术攻关，画龙点睛；邀请参加过上海虹桥、南京南、杭州东等站建设的精兵强将，前来传经送宝；组织参建施工单位的技术人员南下北上，参加清华大学培训班集中学习，奔赴上海虹桥、南京南、杭州东和淮北站等实地考察，学习取经，共同对工程规划、设计、施工、采购等环节实行精益管理，精益建造，全力打造人民满意的“精品工程”。

“精益建造是一种基于生产管理理论在建设项目交付过程中以价值流为中心，运用专业技术和方法，实现顾客价值最大化，浪费最小化的建筑生产管理模式。”指挥长张守利说。

“今后市民和乘客来到合肥南站乘坐高速列车，无论是炎热的夏天，还是严寒的冬天都会感觉到站内温馨舒适。”施工技术人员说，合肥南站站房一年四季如春，主要是靠地源热泵发挥作用，因为地源热泵发出的能量相当于数百台空调的能量。

设计、建设、施工等单位的技术人员，在综合分析研究上海虹桥、南京南、苏州、杭州东等大型客站空调系统现状的基础上，对合肥南站站房空调系统进行优化设计，调整施工方法和工艺，通过减少不确定的和无序的因素控制，合理划分工程施工过程和步骤，增加建设过程的有序性，提高工效、减少浪费。

合肥南站地源热泵系统垂直埋管区域，选在东端站场线路咽喉区域和徽州大道西侧铁路两线间与疏解线围成的区域，防止地埋管因重物施压而造成的损坏，有利于保护地埋管，减少因外界因素对地源热泵系统造成的损坏。

在第一版水平管图纸中，一个环路有 30 多口管井，然后连接至区域分集水器。通过专家建议，优化设计方案，最终的水平管图纸中一个环路只有 6 到 9 口井，提高系统的可靠性。

项目建设管理过程，主要是“人、机、料、法、环”各方面的合理组织。指挥部每月召开月度推进会，每周一召开现场协调会，成立现场督导组每天深入工地，对施工现场及施工单位全方位督导，减少波动性，促使项目管理处在稳定状态。

针对施工安全、质量上反复出现的共性问题，指挥部结合建设实际,查找根源,提出整改对策,成立现场督导组,进一步完善督导检查;建立隐蔽工程验收前的联检制度,现场安全质量检查建立问题库,对问题进行归类、分析,找出根本原因进行总结,并在工序签认制度的基础上,积极推行重要工序施工许可证制度等。

“合肥南站地源热泵系统配备地温监测系统,能够在地源热泵系统正常运行期间,根据采集的实时数据,调整各区域运行时间,使各区域吸热量均衡,同时,地温监测控制系统与站房空调冷水机房节能控制子系统相互配合,实现冷热源系统的自动化控制。”负责地源热泵施工建设任务的中铁十一局四公司合肥南站项目部经理常登峰说,合肥南站站房采用的地源热泵系统,具有环保节能、运行费用低等优点,通过水循环自然调节站内温度,比直接用电节能 70% 以上,每年至少节约上千万元资金。

采用透光的幕墙设计和天窗采光,这是合肥南站的又一亮点。

站房大厅四周的墙壁采用透光的幕墙设计,这样可以自然采光,达到全明效果,节省照明费用。

记者站在候车大厅内,看到顶部中央位置为镂空。中铁建设集团合肥南站项目经理部经理王伟说:“顶部安装 2 200 块天窗,其中有 224 块是可以自动打开、关闭的,并且可随时调节候车大厅内的温度、光线,比传统方式更加节能。”

合肥南站工程下部设置地铁 1、4、5 号线,南北是地方广场,落客高架桥与地方匝道桥相连接,施工交叉。指挥部科学组织,按照先地下后地上、先中间后周边、先主体后配套的原则进行施工组织,避免作业相互干扰,减少等待时间。他们积极与地方市政管理部门沟通汇报,在合肥南站开工建设之前,提前开工建设地铁换乘站、正线桥等工程,有效地解决了施工前后交叉等待,相互干扰,浪费时间的问题。

“严格执行样板先行制度,各工序施工前,先施工样板,经建设、设计、监理、施工四方验收确认后进行大面积推广,材料加工和工艺流程严格按样板实施,避免材料、人工、工艺浪费。”指挥部组织各方分别对钢筋笼加工、承台绑扎、钢骨柱安装、框架梁板绑扎等工序制作样板,避免了不良作业方法的出现,节约了工期和成本。

## 万吨钢桥首次使用不锈钢复合桥面板，填补高铁建设空白，为合肥增添新景观

“合肥南环线工程有中桥4座、7座特大桥，桥梁占70%以上，其中经开区特大桥和南淝河特大桥分别长达7、8公里，为全线重点控制性工程，双跨合宁高速公路。”合肥铁路枢纽工程建设指挥部副指挥长王义宝说，工程施工难度、安全风险大。

“技术创新，推进项目建设科学化。”在设计方案可行性论证阶段，作为建设单位的合肥铁路枢纽工程建设指挥部，主动加强与施工单位中铁四局钢结构公司联系，向设计院提出调整、优化方案。他们先后组织科技攻关小组参观黄河、榕江和钱塘江等类似桥形，并与合肥工业大学、华东交通大学、西南交通大学、同济大学等国内多所知名院校进行项目合作，邀请桥梁专家对经开区、南淝河特大桥钢桁柔性拱线性控制、拼装支架、主墩沉降量、桥梁关键部位应力、变形和支点反力等进行科技攻关，从技术的可行性、工期的可控性、经济的合理性以及与周围环境的适应性对两种方案进行认真的论证和对比，施工方最终选择“多点同步顶推架设”方案，为确保施工进度和质量，打造精品工程奠定基础。

为保证顶推架设过程安全可控，建设、施工等单位成立科技攻关QC小组，联合合肥工业大学进行顶推建设工况分析及辅助墩基础、拼装支架、滑道梁等设计和验算；联合武汉理工大学进行导梁设计。两个月的奋战，通过铁四院严格复核。

经开区特大桥为全线最长的大桥，全长8 788米，有2 512根钻孔桩，252个墩台，该桥上跨宿松路、合作化路、金寨路、芙蓉路等16条城市道路和合宁高速。铁路南环线在跨越高速公路时，为了不在高速路上设桥墩，同时保证大跨度桥梁的稳定性，主跨采用150米+230米+150米的钢桁梁柔性拱。钢桁梁柔性拱是新工艺，圆拱形造型结构复杂，制造精度要求高。桥高80米，相当于25层楼高。大桥主体全为钢结构，全桥重达13 000吨，这还不包括辅助设施的3 000多吨。这是目前国内主跨跨度最大、高度最高、斜交角度最小、应用新工艺最多的一

座钢桁梁柔性拱特大桥。

经开区特大桥采用的是参与主桁共同受力的正交异性板整体桥面，桥面首次使用不锈钢复合钢板。复合钢板由两部分叠成，底层是14毫米的桥梁用结构板，面层是3毫米厚的特种不锈钢板。这种特种不锈钢板抗高温高压，耐腐蚀性强，大大提高桥面的使用寿命。

“不锈钢复合钢板采取焊缝无损检测，桥面对接的焊缝采取超声波探伤，而在十字接头处则是使用X光拍片检测。”参建技术人员与中国船舶725所和同济科技两家研究院所，对不锈钢复合桥面板应用技术进行专门的实验和研究，制定了钢梁制造规则、焊接工艺评定和复合桥面板无损检测方案，并通过专家评审。这些新工艺填补了国内相关施工领域空白。

2012年2月12日9时18分，最后一颗冲钉打入接口处，合肥铁路南环线经开区特大桥精确合龙。这座铁路桥高80米，全长461米，宛如彩虹，横跨在车流不息的合宁高速公路上，已成为合肥城南新地标。

承建特大桥的中铁四局钢结构公司相关负责人介绍，这座特大桥创下三个“第一”，长229.5米的钢桁梁柔性拱主跨为国内同类桥梁中跨度第一、大跨度连续钢桁梁“带拱顶推、拱脚合龙”施工技术为国内首创、还首次在铁路客运专线上使用特种不锈钢板的桥面板。

南淝河特大桥为等高度、连续、钢桁梁柔性拱桥，全长461米，桁高15米，拱高45米，总重13500余吨，小角度跨越合宁高速公路，跨度为114.75米+229.5米+114.75米；柔性拱采用圆曲线整体节点构造，结构复杂，制造和安装技术代表当今铁路工程钢结构领域高端技术，桥面采用参与主桁共同受力的正交异性板整体桥面体系，边跨9个节间，主跨18个节间。

2012年7月9日7时58分，南淝河钢桁梁柔性拱顺利合龙，为我国高铁桥梁建设积累了宝贵的经验。

“铁路桥跨上高速路，地下公路车辆穿梭，施工与行车两不误。”2013年4月，随着万吨钢铁长虹缓缓下落到桥墩上，南淝河钢桁梁柔性拱特大桥整体安全落梁就位。

经开区特大桥和南淝河特大桥首次大面积使用不锈钢复合桥面板，攻克和解决了导梁上墩、钢桁梁带拱顶推、柔性拱拱脚合龙、施工监控、BIM 技术应用和整体落梁等关键技术，有多项技术获得新型实用专利，施工工法获得安徽省省级工法，项目部 QC 小组多次荣获省部级、全国工程建设优秀质量管理小组一等奖。

蓝色钢梁，红色桥拱，两座“彩虹桥”光彩夺目，横卧合宁高速上，成为合肥城南的风景线与地标性建筑。

## 积极履行社会责任，线路两侧安装隔音降噪声屏障，一心一意服务为民

高铁穿城而过，两侧高楼林立，别墅群光鲜亮丽；美观的声屏障，高高矗立；满眼绿色，淝水流淌；“彩虹桥”横卧飞架，高速公路上车流如织。当旅客乘坐高铁行驶至合肥铁路枢纽南环线时，那醉人的都市景观，溢满现代合肥。

根据国家相关标准，铁路两侧 30 米处的噪声白天应低于 70 分贝，夜间应低于 60 分贝。

作为华东地区的重要铁路枢纽之一，合肥南环线及合肥南客站的建设一直得到了众多市民的关注。为减少噪音、电磁辐射对环境、居民生活产生的影响，合肥南环线注重发挥科技手段作用，在设计上采取了一系列措施解决民众关注的环保问题。

“在南环线工程建设过程中，各级组织高度注重噪声治理。南环线声环境、震动环境、水环境、空气环境和电磁环境的评价标准，均采用国家现行技术标准，采用无缝线路、有砟轨道等各种降噪减震措施。”合肥铁路枢纽工程建设指挥部工程管理部副主任李洪海，负责合肥南环线工程总体建设，话语透出强烈的责任感，“为民服务无小事，合肥南环线工程 80% 的线路穿过市区，对所经过的芙蓉路等 47 处繁华干道设置安装 3.4 米超高的直立式金属透明声屏障，这是目前在上海铁路局最高的声屏障，可降低噪音约 8 ~ 12 分贝，达到现有声环境状况，符合国家环保部规定的铁路外轨中心线 30 米处环境敏感点的振动、噪

声防治要求。”

“当噪声敏感点规模较大，距离拟建线路较近，环境噪声超过标准时，在其所对应的线路段敏感建筑一侧设置铁路声屏障。”李洪海指着居民区、高架桥线路边安装的声屏障对记者说，这种磨砂半透明的声屏障，满足了光照和美观的条件，隔音降噪环保，比起其他材料可多消除10% ~30% 的噪音。

声屏障工程是南环线建设中，校企合作、精益建造的又一经典之作。

“严格工序管理，做到流程化、标准化、精细化。”合肥铁路枢纽工程建设指挥部不当“甩手掌柜”，坚持标准，严守流程，牢牢抓住科技创新、工艺试验、工序管理、标准化评定4个环节，注重过程把关，实行分工包保，盯岗负责，并积极会同负责声屏障制作安装任务的中铁四局合肥铁路枢纽南环线项目部声屏障分部，以高标准、高起点、高品味作为项目建设的出发点，共谋校企合作新模式，借智借力，匹配“输血”，提供新材料、新工艺、新技术支持，不断挑战施工技术难题。他们建立健全质量管理体系，组织抽调技术精湛的施工、质检等管理人员参战，组织名校专家进行指导，培训人员，学习合同文件、技术规范和监理规程；在每项工作开展之前，都先对施工方案进行严格论证审批，模拟现场进行工艺性试验，严格按设计图纸、质量标准及监理工程师指令进行文明施工，编制完善了声屏障生产加工作业指导书及声屏障安装作业指导书，严格按规程施工，落实自检、互检、交接检的“三检制”，做到每个流程培训，每个流程交底，每个流程现场挂牌，在整个施工过程中形成一个符合国际ISO9001标准的质量保证体系。

在合肥南环线声屏障工程中，建设、施工单位集思广益，不断探索，对不协调的景观进行改造美化，对铁路桥及声屏障部分采用与景观相协调的永久涂料进行涂装，并对桥梁及声屏障部分配备自身发光体等。

“2013年6月30日，全线声屏障制作安装任务完成。”谈起合肥南环线声屏障工程建设，合肥铁路枢纽工程建设指挥部工程管理部主任谢永彪如数家珍。他说，合肥南环线声屏障项目涉及噪声敏感点16处，经过全体参建单位的通力协作，共计设置路基、桥梁声屏障23段，总长12 777.64米,达36 037平方米,立柱6 500根,确保工程达到优良,向合肥人民交出一份满意的答卷。

得益于合肥铁路枢纽南环线工程建设,一座现代化、雄伟壮丽的高铁车站——合肥南站以全新的姿态,屹立在合肥市区,这是上海铁路局继上海虹桥站、南京南站、杭州东站之后,建成启用的又一座大型客站。

伴随着合宁、合武、京沪、合蚌、合福等高铁的开通,这座园林城市、卫生城市、优秀旅游城市迎来了腾飞发展的黄金机遇。

高铁建设创奇迹,妙手生花绘蓝图。在湛蓝的天空下,融入徽派建筑造型特点、凝结多项新技术的合肥南站,彰显出"中部崛起"的蓬勃活力。

# 让事故远离世纪工程

## ——合肥铁路枢纽建设指挥部安全施工风险管理纪实

杨庆宁

风险，如一把利剑高悬在合肥枢纽指挥部上方。3 000 多个天窗点的两条既有客专线施工，数次跨越繁忙的公路、铁路，并完成了上海局管内高铁客运大站的收官之作、“百年不朽工程”——合肥南站。在如此繁重的建设任务面前，指挥部强化依靠科学管理，强化制度建设，盯控安全关键，最终化“险”为夷，实现了安全优质目标。甲午仲夏，在路局召开的一次施工安全事故分析会议上，路局分管领导特别表扬了合肥枢纽指挥部：“他们既有营业线施工，又有与地方市政交错作业等，可迄今没发生过一起大的事故，经验值得总结。”

### 抓好制度管理笼子，不让事故作祟

安全，像瓷器一样，它需要精心呵护。如果稍不小心，它就会从手中脱落坠地。安全的宿敌——隐患则像个幽灵，出没在安全的周遭，时常露出狰狞面目。只有制度这个“法器”，管控住这个幽灵，安全生产才有保障。

合肥指挥部安全压力来自所承建工程的复杂性。新建的合肥南站为 22 站台(面)26 线(含正线 4 条)，站房总建筑面积 9.93 万平方米，站房施工工地最多时集中 5 000 余人，大型起重机械设备多，高空作业面积大；而全长 39.6 公里、设计时速为 200 ~ 250 公里的合肥南环线从插铺道岔，到拆建接触网，都是在既有线上进行。天窗点作业时间几乎都在23:00至3:00，夜间施工靠灯光照明，能见度毕竟有限，工地上最多有千余号人干活，且架线车、平板轨道车、起吊设备等施工机械穿梭不停，加之每个天窗点时间都比较紧张，如果没有制度约束，岂不乱成一团？

在合肥指挥部管内的所有项目管理机构、施工单位项目部（分）、监理单位监理站的办公场所醒目位置，都张贴着一张《质量安全风险公示图》，其上标明了风险工点、施工里程、监管责任人等。这图是指挥部竭力推行的“一图四表”内容之一。实行“一图四表”管理制度，就是为了实施风险识别、分析、评估、监控、后评估的闭环管理。而与此相类似的还有“431”工作制度、每月一次的“三全”检查制度、干部把关制度、安全培训制度和安全巡视制度等。

南环线有一处跨H5（合武绕行线），原计划是采取悬灌梁方式进行施工，这种方式是施工中最常见也是施工人员较为熟悉的方法。但会审时，指挥部及监理方都觉得有些不安，因为施工过程时有列车运行，悬灌法施工万一出现什么闪失，后果将不堪设想。指挥部和监理坚持要求更改施工方案，即将外围部分实行全封闭，以满堂支架法施工，在接近轨道部分采用门架法，以便让列车通过。这一方案得到专家们一致认可，最终，整个施工过程十分平稳。

这便是显现制度作用的一则实例。而这样的例子在合肥南环线及南站房建设中不胜枚举。每个施工单元怎么划分？安全如何防护？各施工单元结合部责任如何界定？这些问题都得在协调会上彻底解决。在方案审查时，各方要派人，逐项反复推敲，一一过堂，有时也会争得面红耳赤，直到把能预想到的、可能会存在的风险因素排除干净。每月都要开安全例会，通报各工程项目安全质量方面存在的问题，提出次月的安全质量工作意见，不断强化各工程项目安全质量管理力度。“三全”检查也同样是每月一次，其目的则是着重解决施工过程监管薄弱、不认真履行施工和监理职责、安全生产责任不落实和质量低劣等难点问题，保证工程建设安全质量，杜绝重大及以上事故发生。

不仅如此，指挥部还根据实际情况，每月都要印制施工安全管理控制手册，明确施工内容要点，落实干部把关盯控。“五员一长”是安全防护骨干，必须经过培训，并经考试合格、领证后方可上岗。有10名退休干部组成的安全监督员队伍十分活跃，那是指挥部从工电等站段选聘的，每周要进行两次监督检查，对发现的问题及时通报、处置。对路局部署开展的安全大检查工作，他们认真结合工程实际，组织人员进行安全风险专项排查、质量安全大检查，安全突出隐患专项整治等活动，并建立安全质量问题库，认真落实整改责任和督办人员，确保问题及时整改到位，实现闭环管理。

落实制度要靠执行力。合肥指挥部以每月一次的“三全”检查为抓手，以现场施工作业控制为重点，对既有线施工安全、大型机械设备的吊装、登高等危险作业等进行全方位检查，全力排查各工种、各岗位作业安全隐患，发现问题及时处理，并不断完善控制措施。对于管理失控、防护措施不到位、联防互控不落实、习惯性违章违纪等突出问题，进行严肃处理，决不姑息。

“我们所建的都是世纪工程，能从事这样的一个伟大工程是我们的幸运，我们必须凭借着高度责任心，严格坚持制度管理，力求做到科学、规范，不留遗憾。”合肥枢纽指挥部指挥长张守利多次跟指挥部及施工、监理方的同志强调。

## 控制好关键环节，扼杀事故于萌芽

抓安全不能眉毛胡子一把抓，而要重点突出，盯控关键。被合肥枢纽指挥部列为头等大事的，便是精心梳理管辖工程的主要风险源、重要隐患点，及时公布，责任到人，采取稳妥可靠控制措施，由专人逐项销号，确保全过程受控。

发生今年春天的那一声巨响，让合肥南站站房工地上的许多人都大惊失色甚至吓出一身冷汗：那响声来自正在缓缓上升的一块长270米、宽140米，重达3 500吨的巨大“钢屋盖”，万一有个闪失，后果岂不是毁灭性的？可现场的枢纽指挥部同志及中铁建合肥南站项目部的同志却显得淡定，“因为我们早有了万全之策，一切都在掌控之中。”在场的施工负责人镇静地说。

事实上,那巨响是因上顶过程中细小偏差所致,而这种偏差是在绝对控制范围之内的。要知道,合肥南站站房的“钢屋盖”顶推,被合肥枢纽指挥部列为“头号风险控制工程”,整个钢屋盖长 440 米,宽 270 米,总重超过 12 000 吨。如此庞然大物,如何“举”到空中?指挥部请来设计单位、高校力学教授和铁路建设专家等,反复研究,最终决定将 12 万平方米的巨大屋顶分成五块,先小后大,由轻到重,通过液压机上顶,然后在顶上进行焊接成片。

14 台液压机均衡地分布在 7 根直径为 1.6 米的柱子上,然后以每分钟 0.5 厘米左右的速度向上推顶。这个过程,必须保持绝对同步,保证屋盖平衡、稳定上升!为了防止上推过程可能出现的停电现象,他们还准备了 3 路电源,以防万一。

2013 年 12 月 23 日,在人们喜迎西方圣诞夜的时候,合肥南站第一块“钢屋盖”开始上顶。因为是首次,他们选择了面积为 270 × 40 平方米、重约 1 000 吨的一块,是五块中最小、最轻的一块。数十台精密智能仪器自动定位跟踪每个液压机的推进数据,每顶 10 厘米就得停下复验一次,确保所有顶推点保持绝对平衡。顶推的速度几乎如蜗牛一般,2 天多的时间,才将第一块屋盖提升到 38.5 米的空中。这是一次空前的“战绩”,令人欢欣鼓舞,但人们却没有被喜悦冲昏头脑,因为他们清醒:更大、更重的推顶作业需要更谨慎方案和更周密的组织。

2013 年 12 月 27 日,他们开始第二块高屋面钢结构提升。这一次提升更加具有挑战性。从跨度上看,第二次较上次宽了一倍,为 84.5 米,面积是上次的 2.6 倍,重量为 2 080 吨。

在总结了上次经验后,第二次提升在速度由原来的最高速度 300 毫米/小时,提高到最高能达 400 毫米/小时的速度。整个提升时间大为减少。也同样是安全、平稳。随后的 3 块越推越顺。“最后一块的响声,虽然无碍大体,但也是对我们保证绝对安全一个小小提示。”中铁建南站项目部技术部部长陈昊十分清醒。

经常地、全面仔细梳理管内工程安全风险源,是合肥指挥部上到班子成员、下到每一位工程技术人员都高度重视的常规工作。而一旦发现风险,尤其是重大风险源,大家就立即督促施工单位、监理人员进行稳妥、快速地解决，不彻底消除风险，决不罢休。

奠定合肥南站站房基础的，是一根根深埋在地下的灌注桩。承台是站房墙面的基础，而灌注桩则是建承台的基础，属隐蔽工程，如果对其质量不进行过程控制，将会遗留难以设想的后患。合肥南站共有2 900根灌注桩。这些桩每根直径为1.2米，需先在地上打深达60米的灌注孔，然后再扎钢筋笼，再注入混凝土。这些根桩灌注好后都深埋在地底，日后检查十分困难，必须在施工过程中严加控制，方能消除可能存在的质量风险。孔打好后必须清理，孔内不能留一点杂物。钢筋是否符合要求，绑扎有无按照标准，焊接是否牢固，混凝土原料进货渠道是否正规，配比是不是严格执行规定……现场设立工序签认标识牌，未履行签认手续不得进入下一道工序。而每道工序都由施工方自检、监理公司督查、指挥部查验，真正做到了全过程、全覆盖盯控。

对重大安全风险源点实行挂牌动态管理。站房的高空作业容易发生堕落，指挥部指定进出通道，每天都对登高作业人员防护进行检查，对防护区域拉线警戒，并在距作业人员下方2米处安装安全网，以防作业人员坠落。用电防火，是又一大安全隐患。站房工地装饰材料、务工人员住宿的棉被等很容易燃烧，稍不小心就会被四处飞溅的焊花点着，指挥部加放防火盆、划定区域、加强巡视，严格考核，并强化应急演练。对合肥南环线经开区、南淝河钢桁柔性拱、合肥南地铁换乘站深基坑开挖、既有线施工、上跨立交、合肥南站等施工中钢结构的吊装等工程作业中，指挥部列为安全控制中的重中之重，严格施工现场检查监督，保证现场施工有序可控，确保了世纪工程的建设安全。

## 依靠科学技术，把风险降到最低

如果细数合肥南站建设的“之最”、“第一”，那么，其玻璃幕墙安装一定当列其中。

合肥南站的幕墙在上海局独树一帜，它采用的柔性幕墙，而不像其他大站用钢支架作支撑。这个墙面极大且无遮无挡，看上去清净明亮，晶莹剔透，完美诠释了“宽大通透”的徽派建筑理念。可其中却蕴含着安全风险,因为很少有人做过这个活,有许多未知的、不可靠的因素都有可能导致意外。

做预案时就将可能发生最糟糕的情况当成已然,探讨解决、处置的方法。这一招指挥部在所有工程都用,屡试不爽。一套方案下来,让大家心中有点底,可是似乎还没有太大的把握。于是他们又从合肥工业大学、铁科院邀请专家,将方案中的不足弥补,并组织人马进行了模拟试验,然后才开始正式实施。

2014 年 4 月 14 日上午,合肥南站玻璃外幕墙正式安装。省内外媒体云集可见雏形的新站房前,见证一个难忘的时刻。

这是一项艰难而复杂的安装施工,拉索、悬挂和明框三种工艺综合使用,其中拉索玻璃幕墙面积为 4 200 平方米。两根柱子竖起来后,上横向拉索,其上有 3 ×1.5 米的箱型梁,呈拱形,单块面积为 3 平方米的玻璃通过夹具拼接,其重量主要支撑在纵向单拉索上,通过多次张拉,直至将上方的拱形拉成水平……幕墙结构跨度大,横向结构跨度 42 米,竖向拉索支撑点高度达 25.2 米,为国内罕见。张拉力计算要求非常精确,大了,上面箱型梁会倒塌,小了,重量支撑力不够。合肥指挥部工作人员每天协同施工方盯控钢索张拉和调整,对整个张拉过程进行监测,保证拉索在承载力范围内顺利成型。“那些天,我们十分紧张,因为稍有不慎,就会造成可怕后果。”负责安装工程的中铁建装饰技术部部长喻尚龙现在提起施工过程中的感受,神情仍不自然。

用“跳挖”法化解地铁 6 号风井风险的事儿,合肥枢纽指挥部及施工单位同志都耳熟能详。其实,采取“跳挖”法也是被逼“走投无路”情况下的权宜之计,却又无可替代之举。

地铁 6 号风井离 312 国道仅有 10 米左右,因为这个井深达 30 米,曾被人视为“国道不安全因素”,而其因紧临合肥南站站房,倒成了地地道道的工程进度重大风险源。因为站房的墙承受压力巨大,而这井的存在就导致单边受力,一旦有风吹草动,就会造成难以想象的后果。那么,如何消除这个风险源?

指挥部、施工方联手从高校和科研院所请来教授,决定采取在风井

四周打防护桩的方法。可这本身也存在风险,因为防护桩在挖土过程中,依然存在因单边压力而塌陷的可能。于是进一步优化方案,采用“跳挖法”,即灌注桩孔时间隔开挖,挖好并灌注混凝土后,再开挖相邻的另一个。这样的方案,专家们先后研讨了 8 次,至于过程的把关、盯控,严谨程度更不在话下。

“跳挖法”原理,在南站站房建设时已经得到过运用,主要用于减少安全风险、提高工效。南站站房面积毕竟有限,云集数千上万人及数百台工程机械,指挥部将整个施工区域分成五大块,正是靠这个“跳”法,化解了安全与效率的难题。南站雨棚、地源热泵施工,也借鉴了上海局前三个大客站的经验,发挥了“后发优势”,将设计中 32 个井连在一起的井分开 8 大块,这样,如果有一口井有故障,就不必查找所有的井,既为施工创造便利,也降低了今后维护风险。此举功在当下,利在长远。

依靠科学技术和先进工艺,降低安全风险,确保工程质量,是指挥部一以贯之的思路。在南环线关键性、控制性工程——经开区、南淝河两座特大桥建设中,他们分别与西南交通大学、合肥工业大学进行合作,对大桥钢桁柔性拱线性控制、拼装支架、主墩沉降量、桥梁关键部位应力、变形和支点反力等进行科技攻关。与同济大学合作开展无加劲钢桁梁柔性拱正交异性钢板面板及刚性吊杆合理构造研究,完成典型钢桥面板、纵肋与横梁联结段模型试验,提出适合本桥的钢桥面疲劳强度完成无加劲钢桁柔性拱桥桥面的疲劳评估及设计建议。

在南环线建设中,采用 DFH 型恒张力接触网放线车,并与安装车组成电气化作业车组,满足接触网放线、安装和调整作业的要求。混凝土拌和、运输、灌注设备,采用了自动计量拌和站、混凝土输送车、输送泵等先进设备,充分利用信息化手段,实现混凝土从生产源头到施工过程的质量控制。南站钢结构材料有 10 万吨,周转料有 2 万吨,118 部电梯、8 万多平方米的装饰材料,指挥部与施工单位运用云数据等现代理念化解风险,确保质量,并将之列为“高速铁路大型站房精益建造项目管理”、“合肥南站电子单元网格化管理”两项课题,在实践中推进并顺利完成。

科技的力量，抵御了风险对安全的侵入，更为合肥南站这个百年工程的建设注入活力。南站投入后，人们会越来越多地体验到合肥南站的科技魅力。这个凝聚着广大参建者的心血与汗水的世纪工程，一定会给旅客创造出便捷、安全、温馨的出行环境。

# 绽放在芙蓉路高架桥的记忆

## ——记合肥铁路枢纽南环线文明施工

杨庆宁

阳春三月，古城合肥春意融融。

一群来自北京、上海等地的记者、作家、摄影家来到合肥参观。目睹了政务新区日新月异的变化、大蜀山城市旅游亮点接二连三的挖掘、滨湖新区突飞猛进的发展，他们深深为日益凸显的合肥交通地位感到兴奋：合宁客专、合武客专、沪汉蓉通道、京福高铁等在庐阳古城形成了“米”字形结构，成为华东乃至全国重要的铁路枢纽。而在建的南环高铁，更是吸引了他们的目光。当他们站在芙蓉路高架铁路桥上时，都被眼前美景所深深震撼。

“在中国，高铁穿过市区的不仅合肥，但高铁与城市如此完美结合，又如此符合大众审美的，合肥堪称独一无二。”北京一位知名媒体人感叹。

“她是彩虹，辉映着城市的发展欲望；是纽带，舞动着庐阳的魅力。当秋天来临的时候，动车像蛟龙一般掠过那森林般生长的高楼，盎然的诗意，从此引入碧霄……”一位诗人当场即兴吟道。

可是，许多人都不知晓，这如诗如画的高铁，曾引发了合肥市民维权史上一场罕见的风波。凭借着合肥枢纽指挥部和广大参建人员强化对环境的保护和文明施工，通过标准化管理，不仅平息了风波，而且为市民们上了一堂生动的高铁知识课，更为今后的施工留下了难能可贵的范本。

## 因建高铁引发的激烈维权战

事情可追溯到6年前,合肥南环高铁修建的消息在省城不胫而走。不期,引发了市民极大关注。而高铁要通过芙蓉路并已进行环评公布后,激起了附近居民的强烈反弹。一些不明真相的市民议论纷纷,新浪论坛、天涯论坛等有许多帖子,对此项工程质疑甚至谩骂。

南环高铁线的确要跨行合肥经济开发区的芙蓉路。此方案选择,是因为已建合宁客专肥东站和合武客专的长安集站已预留接轨条件,高铁南站规划建设的早已选址,此三点决定了南环线走向,线位的选择也符合高速铁路技术规范的要求。而且可以避开合肥铁路枢纽西南疏解区众多铁路联络线和道岔等。国家权威专家确认了现行线位方案。

芙蓉路特大高铁桥全长约2 700米,需在现有的交通主干道上,沿途经过两侧11个居民小区,其中,瑞格时代广场、港澳花园、九溪江南明珠湖畔、一里洋房等都是合肥市内有名的中高档小区,还有学校、医院等,涉及近数十万人口。

高铁改变了人们的生活方式,因此大受欢迎。有不少建成的高铁站因离城区太远而饱受诟病,在合肥却有了更好的选择时,因一些人的不理解,以为影响自己生活,便开始强烈抵触。

"高铁噪音将打碎我们幽静的小区生活。""高铁有辐射对人身有害。""这儿要建三年,建设的机械、灰土会让我们苦不堪言。"高铁的磁辐射、噪音污染等都被无限夸大。而这些似是而非的说法在民间、在网上疯传着,鼓动着居民们的不满情绪。有人竭力鼓动停建南环线,发动万人签名。还有人给合肥市委书记写信,要求南环线改向,甚至有人要组织群众去阻工。

建设的外部形势十分严峻。合肥当地人记忆犹新,当年媒体报道过的维也纳森林花园因与城市道路建设和大蜀山风景区的规划相悖而被迫实行高层爆破。而此次合肥南环高铁修建,参与面更广,涉及人更多。

指挥部的同志冷静地观察着,积极地思考着,积极研究着对策。

指挥长张守利、副指挥长董传新分头带领有关人员,一方面与合肥市政府及有关部门积极协调,解决具体问题;一方面,他们组织宣传力量,利用媒体进行宣传,并在沿线发放宣传单,告知市民,从北京、上海等地高铁运行已经证明,建设标准大大高于轻轨,其对路外影响明显低于城市轻轨,因此南环高铁对百姓影响不大。南环高铁将严格按规定实行降噪、减震措施,其噪声、振动等影响比高架、轻轨甚至城市道路要小。

2008 年 12 月 12 日,在合肥银瑞林大酒店召开政府环评业主代表讨论会,对 17 名业主代表就芙蓉路高铁工程高铁环保、降噪措施等作了说明。

## 勾勒美好图景,化解公关危机

其实,国家环保评审对噪音、振动等方面都有非常严格的技术指标,以保证把对沿线群众生活的影响减到最小。但如何拿出具体可行的方案,让百姓信服,支持高铁建设,这是个不小的难题。

南环线的环境保护目标主要为沿线分布的居民住宅、学校、医院、酒店等环境敏感目标有 44 处;如何避开拆迁芙蓉路段两侧众多住宅小区和安医大附属医院等既有建筑物?有关部门采取了将高铁线路骑跨在芙蓉路中间的方案,既在现有的公路上建高架线路,以原芙蓉路为中界,两边各建四车道,从而将原来的双向六车道,建设成行车道中间设置隔离带的双向八车道城市道路,并将原来的水泥路面更换为等级更高的沥青路面。

由于建设的高架使原来的绿化带受损,时任指挥部党支部书记万传新亲自挂帅,对绿化带进行恢复,并力求在原有的基础上有所提高,满足合肥市创建“国家森林城市”的要求。

高铁穿行闹区,如何化解市民对噪音的担忧?首先,要从设计源头开始,防止噪声和振动对居民造成的影响。南环线芙蓉路段为高架线路,为减少路面桥墩过密情况,桥梁尽可能加大跨度,其主跨在国内乃至亚洲同类型桥梁中跨度名列前茅;为减少震动,桥体采用了柔性拱,所采用的圆曲线整体节点构造,代表当今铁路工程钢结构领域高端技术,桥面采用参与主桁共同受力的正交异性板整体桥面体系，并运用了填补了国内不锈钢复合桥面板的新材料、新工艺、新技术，加大线路的稳固性。全线结合电缆支架设置隔声屏，并预留全线设置双侧折板式隔声屏条件；对居民区相对集中的区段及有重要环境敏感点的区段，设置双侧或单侧大型折板式隔声屏、弹性轨枕及无缝线路；特别是在噪声屏障上问题进行了反复研究，将国内通用的 2 米高的声障，加高至 3.8 米，为国内铁路最高，将大大降低列车产生的噪音。

如此设计，加之未来动车密封性更加良好，行驶会更为平顺、稳健，且列车进入市区有明文规定要低速行驶。数重保障，可以将噪声隐匿到最低限度。

## 施工前面，必须冠上“文明”

2012 年 9 月，南环线芙蓉路段破土动工。长达 3 公里的线路，被天蓝色的围挡封闭。其内，桩机林立、机械轰鸣。30 台挖掘机、旋挖机、压路机等大型机械和 300 多名工人紧张而有序地忙碌着。

每天，项目总工程师周雄好都要督办各架子队进行技术交底，让施工人员严格执行作业指导书。现场布置有板有眼，原材料堆放整齐有致，施工人员着装统一。安质部的同志时常会“偷袭”工地，检查安全工作，把控工作质量，规范文明生产。偌大的工地里，一切都显得井然有序。指挥部推行的开展标准化工地建设，在此有了最具体、最典型的演绎。

文明施工，这是指挥部从成立那天起就着手狠抓的事。为把南环线文明施工搞得更好，指挥部借鉴了合武客专、合宁城际、沪杭高铁等建设单位的经验，结合南环线实际，在原有文件基础上，进一步完善质量管理体系程序性文件，充分体现流程、标准和责任人三大要素，确保施工过程所有行为的有效受控。在每个工地施工前，都要把作业指导书和施工作业卡片放到每个建设者手里，把质量责任落实到各个工序、各个岗位。对施工单位都严格实行架子队管理模式，真正把施工技术交底交到“底”——作业层，并以原材料及成品、半成品质量、路基施工质量、混凝土施工质量、附属工程质量为重点，全面进行自查、整改，确保工程优质、高效。

而备受关注的芙蓉路段,文明施工则显得格外重要。指挥部班子多次亲临现场,叮嘱项目部:这是考验我们能力的地方,我们不仅要安全高质量地施工,还要文明有序地施工,让人们看到我们的风采。

是呀,因为这儿人群密集,如果工地尘土飞扬、杂乱无章,必定招来居民们的抗议。水泥路段要先毁后建,砸开水泥路面时,若不采取措施则会灰尘弥漫;打桩、挖掘时,也会发出震耳巨响。工期虽紧,但夜间必须停工,中高考时更是要提早收工……指挥部抓住重点,全力化解矛盾,努力做到不污染生态环境,不损害公共利益,不影响路地关系。他们多次召集施工单位负责人,要求严格遵守施工文明制度。

闹市施工困难重重。别的不说,光是地下管线就足以让人头痛。电力、燃气、通信等,无一不与百姓生活息息相关,稍有不慎,就会影响居民的生活。他们在方案上再三推敲,多次与市政部门协调,近10条管线基本一次迁移成功。为缩短工期,指挥部要求施工单位集中人马,并加大投入,力求在最短的时间内完成任务。为保证居民不受灰尘困扰,他们将路基原设计用的石灰土换为AB料,虽然加大了成本,但却不再会产生扬尘,还借来了洒水车,在机械施工时进行喷洒抑尘。他们还邀请市(区)容(城管)局等单位,到工地进行实地对接,现场点评文明生产工作,现场解决问题。

## 网友惊叹:这哪像施工工地!

施工在紧张进行中。从金风送爽的秋天,到寒风凛冽的冬天,建设者们与那些钢铁庞然大物相伴,在芙蓉路上,耸立一根根水泥塔柱。

芙蓉路区段近十万居民中,从开工之后几乎再也没有听到抗议和反对的声音了。虽呛声不再,居民的疑虑却有很多。一里洋房的张大爷是从省建安公司退休的,他感觉到有些不可思议:这工程怎么进展得这么快?这么快的工程在小区旁施工,居民们怎么没啥感觉?

是呀,昔日人们印象中的施工工地用“尘土飞扬”“脏乱不堪”言之毫不为过。可芙蓉路段高铁施工工地与市民们当初的想象大相径庭:没有“泥头车”乱窜的情景,没有灰尘蔽日状况。白天虽然马达轰鸣,夜晚却是一派宁静。那个被蓝色围挡封闭起来的工地里,到底是怎样的一个世界?在好奇心驱使下,某小区居民在QQ群发出提议:去看看一直被我们数落的南环线施工。

数十名网友相约施工现场,他们目光所涉的一切,都是井然有序的:施工区域尤其是沿街地带都被高180厘米的蓝色围挡与外界隔绝,外观美观、整洁;工地道路实行了硬面化处理,往来的车辆不见车轮带泥现象;工地出口设置了冲洗台和蓄水池,做到“车辆不密闭、工地不硬化、车轮不冲洗”绝对不出门;工程渣土车运输进行全密闭,并安装GPS定位、制定严格的安全生产规章制度。切实做到文明施工、规范管理……

网友们彻底信服了。回去后,网络终于见到了难得一见的正面评价:

网友咩咩鱼:虽然桥面还没有架设完毕,不过芙蓉路这段一眼看去不见什么大型机械,施工范围外的机动车道还是挺干净的。

网友贞元:周围观景无敌,芙蓉路高架线路好漂亮,大家去抢购附近楼盘。

Powerone:看了我脸上有点发烧。这工地是我见过最棒的,最震撼的。为合肥成为高架之城欢欣鼓舞!

悬梁刺股:工地这么干净、整洁,一直以为文明施工只是个提法,现在偶(我)亲身体验了。铁路人辛苦了!

……

2013年元月3日,芙蓉路段高架桥宣布竣工。尽管天气十分寒冷,但此刻,参建者无不心潮澎湃。这短短的百余天时间,他们经历了一场罕见的大建设。从向市民宣传环保,到应对网络舆论,从严格施工管理,到科学推进工程进度,从百姓的不理解不支持,到百姓的赞扬。这其中,指挥部实行标准化管理,坚持抓环境保护和文明施工,起到了决定性作用。

## 目标:让文明施工成为习惯

芙蓉路高架线路的文明施工,是合肥枢纽指挥部的一个缩影。加强文明施工管理,采取多种措施,降低环境污染,杜绝或减少施工对群众生产生活造成的干扰,确实造成干扰的,指挥部会花大力气抓整改。指挥部特地成立环保领导小组,从思想、组织、过程、检查、效果、目标、经济七个方面控制环保工作,实现总体环保目标。严格合肥市有关环保规定及管理办法,并建立完善的环境监测体系,制定环境监测计划,随时掌握环境资源变化,提供可靠的环境变化信息,适时采取相应对策,减少对环境的影响。指挥长张守利强调,一定要结合精益建造管理理念,突出标准化管理,严格落实现场布局和文明施工的规范和标准,认真抓好现场布局规划、设计、监督和检查,消除现场打架斗殴、破坏林木植被、乱排乱放、脏乱差等不文明现象。

文明生产与安全质量同等重要,已成为合肥枢纽指挥部所有人员的共识。在包河特大桥建设和合肥南站站房等所有的建设项目中,他们要求施工现场做到"整理、整洁、清扫和素养"。整理,就是对施工现场人、材、物定期梳理,及时处置不需要材料、机械等;整洁,就是按需将人、机、物、料科学定位,使人、物、场所处于最佳结合状态;清扫,则是及时清理建筑垃圾,保持现场环境干净整洁;素养则是通过教育让施工人员养成文明施工习惯,通过自我控制维护施工环境。

起初,不仅一些项目部的管理人员认为这个要求几近"苛刻"。"如果按这样要求,那我们就无法干活了。"一位项目部的技术人员曾向指挥部同志提出"抗议",虽然受到指挥部有关同志的批评,但思想上仍没重视。因管理人员缺乏认识,以致下面的架子队对文明生产掉以轻心。以为指挥部太讲形式而不重实效。在南站站场施工时,该架子队的一位职工在一堆装饰材料不远处进行焊接,安质部的同志发现后当场开了罚单。那位受罚的员工不服气地说:"我参加工程也不止一个了,以前一直就是这样也没人管,你们这样做是不讲工作效率。"安质部同志不为所动,坚持标准管理。后来,那位职工渐渐地发现,按照标准管理,实行文明生产后,不仅施工工地看起来美观,工作起来心情舒服，而且因为人、机、材实行了定置管理，十分科学，工作效率也提高了许多。

“我们将管理标准、技术标准、作业标准细化分解到作业指导书、作业卡片上，确保三大标准落实到现场、落实到岗位；并通过大力推进专业化架子队和专业工班建设，真正把文明生产落到实处。”张守利说，“这个做法，我们在今后的工程中还要继续坚持并不断优化。”

# 靠智慧理好财　用责任管好家

## ——记合肥铁路枢纽工程建设指挥部计划财务部

刘　勇

在铁路工程建设普遍预算大幅超支的情况下，合肥南环线工程总投资不仅没有超出预算，反而略有结余。不仅创造了铁路建设史上的又一个奇迹，而且折射出南环线的财务管理团队多么优秀。

这个团队几年如一日，默默耕耘，埋头苦干，扎扎实实地工作，始终秉承着高调做事、低调做人的精神；这个团队富有激情、充满活力，在团队里，你尊我敬，你追我赶，不知疲倦、愈战愈勇。

这个团队就是合肥铁路枢纽工程建设指挥部计划财务部。

五年来，上级纪委、审计部门对合肥铁路枢纽工程指挥部审计检查20多次，不仅没有发现触及红线的违规违纪问题，而且获得“项目清楚，成本可控，合同管理有序，投资控制规范”的正面评价。

几年来，合肥铁路枢纽工程指挥部承建的合肥南环线等五项工程总概算达到200亿元，流动资金130亿元，计财部经手的每笔资金都合规合法。资金的安全为建设优质工程奠定了基础。合肥铁路枢纽工程指挥部在同行业中脱颖而出，先后荣获上海铁路局“保质量、保开通创新团队”“立功单位”“标杆指挥部”等称号；连续三年荣获“安徽省铁路建设先进单位”荣誉称号。

“靠智慧理好财，用责任管好家”，这是合肥铁路枢纽工程指挥部计划财务部的郑重承诺。

为了这个承诺，计财部付出了太多的艰苦和心血。

## 上篇:靠智慧理好财

一位叫贝·泰勒的美国人这样说过:“如果理财中没有智慧,它会黯然失色。”有人说:“要想靠智慧赢得财产,就要学会理财。”在经济领域里,智慧就像一张空头支票,只有与理财结合起来,才会体现其自身价值。

在知识社会里,人人需要文化,更需要智慧,财务部门亦如此。没有一个智慧、负责任的财务团队,不可能有优质高效、所向披靡的企业。

合肥铁路枢纽工程指挥部计划财务部虽然只有 8 名员工,却是一个充满活力而富有智慧的集体。

为了理好财、管好家,计财部员工们站在历史的新起点上,不辱使命、不负重托,刻苦学习专业知识,积极为企业改革献妙计、谋良策。

指挥部人员并不多,却是家大业大,理好财并非易事。粗心大意,是财务人员的大忌。计财部要求员工只能为企业当好帮手而不能添乱,每件事、每笔账都要做得精细、准确、智慧。

俗话说:“三个臭皮匠,顶个诸葛亮”。计财部掌门人、工程硕士邱海林,是一个只有 38 岁的年轻人,为了发挥每个人的聪明才智,常常召开“诸葛亮会”,让员工发挥想象空间,各抒己见,尤其是对概算编制、筹集资金、控制资金风险、开源节流等重大问题,做到早谋划、早算账,鼓励大家多提意见建议,博采众长,明确分工后,大家分头行动。

对于计财部来说,理财首先要搞好合同的签订和投招标。

计财部副主任李岭回忆说:“在即将过去的 5 年里,计财部参与活动最多的是签订合同和招投标活动。”在大家看来,签订合同十分重要。建设单位只有通过签订合同,才能将施工、设计、监理等参建单位纳入到投资控制的范围之中,才能控制资金风险。在签订合同过程中,计财部坚持原则,态度严肃认真,做到合同条款清晰,款源落实,会签后即入档保存。同时做好合同责任的履行、计价、资金拨付、做好台账等工作,还要聘请专业法律顾问监督和协助审核账目,保证工程投资资金万无一失。

5 年来,计财部代表指挥部签订各类合同 1 000 多份,没有发生一起合同违规违法事件，也没有因合同违约而对簿公堂。

合同管理与招投标是一对孪兄弟，只有在完成各种合同签订之后，才会开锣招标。他们认为，招投标是降低工程造价的重要手段，需更加重视。他们主张，凡符合招标条件的工程，应该全部实行公开招标。2009 年 12 月以来，由计财部牵头办理的各种工程、监理招标多达 20 余次。在投招标过程中，自始至终做到公平公正，没有出现一例参标人投诉事件。

南环线铁路工程通过招标共节约投资 8 亿元，不仅降低了投资成本，而且保证了工程质量。

“钱从哪里来，又往哪里去?”始终是理财人中关注的核心问题。他们既要在工程需要钱时积极筹措资金，更要知道已到手的资金流到哪里去了，是否用在了该用的地方。

2012 年，合肥南环线工程资金全面告急，计财部主任邱海林多次找铁路局反复沟通，并以报告的形式请求下拨资本金。那一年，他们向铁道部筹集资本金 9.5 亿元。还与合武铁路安徽有限公司、商业银行等单位进行协商，最终达成共识:合肥铁路枢纽工程指挥部以短贷周转的形式借款，借贷资金 2.53 亿元。在极短的时间里计财部连筹两笔资金，大大缓解了南环线资金紧缺的状况。

最令邱海林难忘的是 2011 年。这年 2 月，铁道部发生了震惊全国的贪腐案，铁道部某领导锒铛入狱，铁路建设遭受建国以来最大打击。地方不看好铁路，资金借不到，银行不贷款，南环线建设因缺资金几乎陷入停滞状态。计财部天天马不停蹄地出去借贷，跑遍合肥市大大小小的银行，竟没筹到一分钱。指挥部领导忧心忡忡，施工人员一筹莫展。在那段心痛的日子里，邱海林彻夜难眠，只要是铁路贷款，银行就婉言拒绝，理由是，铁道部某领导下台，动车出大事故，铁路走向低迷，担心放出去的钱打了水漂。找到了心结，邱海林心里有了数。当他再次拜访工商银行行长时，就向他宣传国务院“中长期铁路发展规划”，讲铁路的“四纵四横”，打开“高速铁路辐射圈”示意图给他看，并带他到合肥南站进行实地考察。这位行长看到南站地下工程已经全面启动，高架桥规模也初见端倪，终于改变了想法，同意短期贷款 5 亿元。5

亿元，对面临“断炊”的南环线来说，真是雪中送炭。

为了这笔贷款，邱海林一个星期跑了20多趟银行，喊哑了嗓子，跑瘦了身体，但他无怨无悔。

在指挥部领导的支持下，五年来，计财部为南环线工程筹集资金达50多亿元。

跑来了资金，手中有了钱，如何控制资金风险、保证资金安全成为计财部必须面对的抉择。确保资金安全，一定把好钢用在刀刃上。为此，邱海林专门撰写了论文《铁路建设中的控制投资资金的管理》，提出了“全程监控投资、依法控制风险”的新理念。在指挥部的指导下，计财部制订了控制资金风险的强有力措施。

邱海林在论文中指出，要控制资金风险，首先对施工单位的资金流向必须进行监管。为做好此项工作，计财部将施工单位所有开户银行账户全部纳入指挥部监控视野之内。指挥部与施工单位、开户银行签订了三方资金监管协议，明确了三方责任，并能通过网上银行及时查询施工单位资金流向，一旦发现挪用、套取、转移建设资金的行为，必须坚决制止；已经转移出去的必须追回，并要追究责任。

2010年年底，计财部从网上银行发现，刚从工商银行转至南环线的6亿元建设资金流向有异常。此时，工商银行打来电话告知计财部，有施工单位已将6亿元建设款转至北京。计财部主任邱海林立即采取果断措施，他用电话告知施工方负责人：“如果这笔巨额资金不立即转回，或者挪为他用，发生的一切严重后果将由责任人承担！”在计财部门的步步紧追下，第二天，6亿元资金安全返回，上演了一场“巨资追讨战”，尽管有惊无险，却展现出计财部保证资金安全的措施周密有力，表现出“红管家”忠于职守的高尚品质。

奥地利人茨威格曾经说过：“责任感使人高尚。”大量事实说明，这个靠智慧理财的计财部不仅是筹集资金的能手、控制资金风险的高手，更是一群品质高尚、忠于职守的人。

## 下篇：用责任管好家

计财部带着沉甸甸的责任上路了，他们要用高尚的情操，坚守“靠

智慧理好财、用责任管好家”的庄严承诺。

有人说过：“高尚的代价就是责任。”换言之，责任来自崇高的品质。“用责任管好家”，不仅要有主人翁的责任意识，更要有高尚的道德情怀。

为了引导大家树立正确的人生观，成为有道德、品质高尚的管家人，计财部以指挥部开展的各种思想教育活动为契机，坚持以打造“工程优质，干部优秀”为目标，扎扎实实进行思想教育，组织大家参加廉政讲座，开展“人生观”大讨论，增强廉政意识和责任意识。员工们不论参加各种活动，还是单独执行任务，都能自觉遵守各项法律法规，廉洁自律，用铁路局“十不准”严格要求自己，从不以个人名义与施工单位发生经济往来、无介绍劳务队伍等不正当行为，拒绝收受任何形式的现金、购物卡及贵重物品，做到了不越红线，守住底线，树立了指挥部的良好形象，受到地方政府，施工、设计单位的高度赞扬。

除有高尚品质和责任心之外，管家人还要具备较强的管家能力。

计财部认为，要管好家必须开源节流。开源就是广开财源，找到源头，只有多挣钱，才能将“家”里的蛋糕做大。“家”里没有钱，这个“家”肯定是管不好的。

清理家底后他们才知道，合肥铁路枢纽工程指挥部原本 6 年的建设管理费只够用 4 年，出现了很大的资金缺口。

“不当家不知柴米贵。”这些缺口的钱从哪里来？难道伸手向铁路局要？指挥部决定，一不伸手要，二不违规操作。紧紧抓住开源节流这个法宝，靠智慧和艰辛补上资金缺口。计财部心有灵犀，比较准确地领会了领导的意图：开源节流一起抓，并将开源的重点放在了代建工程上。

俗话说：“君子爱财，取之有道”。在南环线工程建设中，地方政府承担了部分工程，当他们面对时间紧、难度大、人员缺的压力，无法完成工程任务时，主动向指挥部求救，指挥部在保证完成好自身施工任务的前提下，协助政府完成铁路施工任务。计财部秉承指挥部意图，帮助政府采购施工材料、联系施工队伍，进行工程设计、绘图制图等。工程竣工之后，政府依照相关规定拨给指挥部一定建设管理费。尽管钱并不多,可计财部却相当看重这部分管理费。因为这些资金解决了资金缺口,使任务繁重的指挥部保持正常快速运转。

5年来,指挥部参与了合肥南站站房、地铁转换站等多项代建工程,及时补上了资金缺口。“家”里底子厚了,职工干起活来更没有后顾之忧了。

其次抓节流。当活水不断流淌的时候,计财部又把重点放在节流上。节流就是让大家厉行节约,勤俭持家,增强过“紧日子”“苦日子”的意识。每年中期,指挥部都要召开一次经济活动分析会,除指挥部、各部门领导参加外,还特意让计财部全体员工参加。在经济活动分析会上,领导给大家摆实情、亮家底;计财部把上半年的成本支出、建设管理费、日常开销等合盘端出晒一晒,让大家心中有数。指挥部领导还提出下半年的节支目标,各部门列出资金使用计划。分析会主要是提醒大家富日子当穷日子过,使这个“家”既有钱花,又不铺张浪费,做到该花的钱一分不少,不该花的钱多一分不给。

开源节流稳定了职工队伍,然而他们并没有忘记“既是建设主力军又是弱势群体”的农民工。近年来,拖欠工资的现象愈演愈烈,他们的自身利益不断受到侵害。

指挥部领导把农民工当作大家庭的“特殊成员”,给予特殊关怀。每年开展为农民工“冬送温暖,夏送清凉”活动,定期召开“农民工代表座谈会”,倾听他们的意见和呼声。对农民工反映的工资问题,计财部不等、不推、不拖,指定专人马上办理,办得既符合政策,又让农民工满意。

合肥铁路枢纽工程指挥部指挥长张守利在会上不止一次地强调,“千方百计保证农民工工资的发放,任何时候不得拖欠他们的工资,这是一条不能碰的红线。”计财部把“保证农民工工资发到手”摆到重要议程上来,专门为农民工设立了银行账户,并在账户上始终保持300万元的现金,以备急用。每次农民工发放工资,指挥部都派专人到现场监督,工资是否真正发放到农民工手中。

2010年春节前夕,辛苦一年的农民工期盼着领到工资赶快回家过年,没想到银行却不愿支付,理由是“年底忙,现金周转不开,取不出钱来”。这可把邱海林急坏了，上午一上班他就直奔银行行长办公室，当面申述理由：

“这笔5 000万的工程款大部分是农民工工资，如果提不出钱来，农民工无法回家过年。可一家妻儿老小都眼睁睁盼望着他们回家团圆呢……”

在邱海林的耐心说服下，行长终于松了口，同意支付这笔钱。邱海林担心夜长梦多，立即赶回指挥部拿了支票交给银行。然后就在银行等，不支付款就不离开。中午，银行下班了，他就在附近吃碗面，又赶快回到银行继续等。银行员工被他为农民工讨钱的精神感动，很快将5 000万元支付给了指挥部。

“一个人若是没有热情，他将一事无成，而热情的基点正是责任心。”一位作家这样说。计财部用强烈的责任心终于为农民工领到了过年钱。

等到邱海林离开银行时，已是华灯初上。第二天一大早，他冒着严寒赶到工地，农民兄弟站在寒风里焦急地等待发钱……这一幕，永远定格在这位年轻人的记忆里。当他看到一个个农民兄弟领到那份本该属于他们的工资而兴高采烈时，他的心情再也无法平静了，他眼里噙着滚烫的泪水，亲眼目睹着财务人员把工资一一发到农民工手里，这才轻轻松了口气，脸上露出久违的笑容。“人生须知负责任的苦处，才能知道尽责任的乐趣。”梁启超先生如是说。用这句话形容邱海林当时的心情再恰当不过了。

4 年来，南环线给农民工开出 20 亿元工资，都能及时准确发放到手，没有发生民工讨薪事件，没有发生阻工事件，没有一名农民工上诉，保障农民工队伍的稳定。

随着时间的流逝，计财部的员工们愈来愈体会到“靠智慧理好财、用责任管好家”这句话的真正含义了。为了这个庄重的承诺，他们愿意奉献所有的智慧和艰辛。

汗水没有白流，春花终成秋实。

邱海林和他的团队没有辜负指挥部领导和职工们的殷切期望，在合肥南环铁路建设高潮中，屡立战功，受到地方政府和各级领导的高度评价。计财部被评为指挥部“先进集体”，主任邱海林被评为上海铁路局“建设强局先进个人”，副主任李岭被评为“安徽省‘争当南环线铁路建设先锋’劳动竞赛先进个人”。

# 活跃在南环线上的采购团队

## ——记合肥铁路枢纽工程建设指挥部物资设备部

刘　勇

这是一支特别能吃苦、特别能战斗的团结集体，这是一支活跃在南环线上的物资采购团队。这支团队只有 5 人，其中 3 名党员，文化程度都在大学专科以上，是一支睿智、善战、精干的团队。

自 2009 年 12 月以来，这支团队承担了南环线工程建设的甲供物资供应任务，采购物资 10 余万吨，1 000 多个品种，10 亿余件，出色完成了物资采购供应任务，受到上级领导的表扬。

这支团队就是合肥铁路枢纽工程指挥部物资设备部。

俗话说“兵马未动，粮草先行。”对于铁路建设企业来说，采购的物资材料就是“粮草”，因此他们还被称为“南环线上的‘粮草官’”。

办事扎实、为人厚道的张亚斌是团队里的掌门人。

在这个团队里，从主任到员工，个个都是普通人，却凭着对工作的挚爱焕发出不普通的行动；个个都是平凡人，却凭着顽强的毅力做出不平凡的业绩。他们怀着对物资采购工作的一腔热血，勇往直前，风雨兼程，成为南环线上脱颖而出的黑马。

### 宁愿自己吃苦　不让用户为难

“宁愿自己苦，不让用户难”这是上海铁路局合肥铁路枢纽工程指挥部物资设备部向用户的郑重承诺。为了这个承诺，员工们虽然吃尽了不少苦头，却换来了用户们的啧啧称赞。

物资设备部主要任务是为保证南环铁路材料供应而进行物资采购。干这一行十分辛苦,不论黑夜白昼,不分春夏秋冬,不管刮风下雨还是大雪纷飞,采购人都在不停的奔波,或冒雨采购物资,或因催货匆匆走在路上。

2012年8月,指挥部工程部告知:随着工程的快速进展,南环线要提前铺设钢轨。提前铺轨,钢轨生产不出来怎么办?身为物资部主任的张亚斌着急万分,他立即与工程部工程师李洪海乘动车赶到武汉物资办事处。8月流火,素有"火炉"之称的九省通衢武汉,正是热浪滚滚酷暑季节,张亚斌、李洪海不畏炙烤闷热,汗流浃背地来到武汉办事处,立即与主管部门领导进行商谈,希望钢厂调整生产计划,多生产南环线钢轨,以满足需求。武汉钢厂回应说,钢厂生产任务重,计划排得很满,眼下只能按铁道部运输局下达的计划进行生产,无法调整。张亚斌只好无功而返。可施工单位着急,天天来人找,电话催。钢轨铺不了,直接影响后续工程进展,指挥部领导也着急万分。张亚斌第二次乘坐动车直达武汉,上午下车后,他就与物总武汉办事处主管部门紧急磋商,武汉钢厂仍不松口。此时的张亚斌并不灰心,他对办事处领导说:"如果钢厂对南环线的钢轨不加大生产量,我就不走了!"办事处领导非常理解张亚斌的心情,经与办事处钢轨部相关同志协商,最终武汉钢厂同意其他项目暂时满足南环需要。此事一敲定,一直未吃饭的张亚斌才急忙吃碗方便面,立即赶往车站,乘坐当天3点的火车赶回合肥。这个问题解决了,他又开始对另一批急需材料的督催,匆匆走在路上。

物资设备部对待用户以诚实守信为本,说到做到,做就做好。因为这些用户都是南环铁路的建设者,他们是真正的上帝。为保证施工现场的物资供应,他们急用户所急,想用户所想,提出"自己宁吃千遍苦,不让用户一时难"。

合肥南站场施工即将进入铺轨阶段,急需高速道岔,其中包含两组板式岔枕,物资部立即找到中标的宝鸡桥梁厂,可该厂并不生产板式岔枕,宝鸡厂只好委托具有生产资质的株洲桥梁厂生产。然而株洲厂生产任务量大,一拖再拖。时间一天天过去,张亚斌急得团团转。无奈之下,他将电话直接打到株洲桥梁厂,株洲厂的态度却很冷淡:

“宝鸡桥梁厂欠我们200万元没有还，我们没钱买材料呀!”

张亚斌一听，脑袋都大了，怎么办？他又找到宝桥厂，宝桥厂虽承认欠款，却说“现在手头没钱”。

一句话把问题推到了死胡同。

本来是两家企业的经济纠纷，与张亚斌毫无关系。然而这一问题不解决，板式岔枕就无法生产，急着用料的客户怎么办？想到这里，张亚斌立即在两厂之间斡旋。

“如果你们宝桥厂不还钱，问题就无法解决!”

他先将球踢给宝桥厂，造成一定压力，然后又给宝桥厂反复做工作，在他苦口婆心的劝说下，宝桥厂终于同意分两次还款，现在先将140万元打给株洲厂。

在张亚斌的周旋下下，株洲厂也同意了宝桥厂的还款方式，并表态，立即生产板式岔枕。

直到株洲厂下单生产板式岔枕，张亚斌心里的石头才算落了地。

高速道岔和板式岔枕连夜运到合肥南站，施工单位的一位项目部领导感慨万分，紧紧握着张亚斌的手说：“这些岔枕真是雪中送炭啊，我们真诚感谢你们的全力支持!”

“满足用户需要，就是我们的最大心愿。”对“粮草官”来说，这决不是一句空话，而是他们最美心灵的展现。

“宁愿自己苦，不让用户难”。——物资设备部用行动实践了自己对用户的承诺。

## “三难”变“三通”　破解工地难题

不修新铁路，不知道征地拆迁有多难；不到合肥南环线，不知道物资采购有多难!

走进合肥南环线，才知道物资采购有“三难”。

一是队伍进场早，材料供应难。工程开标后，中标单位为保工期跑步进入施工场地。施工就需要材料。用户每天几个电话催，又是来人问，又是找领导。按照供料程序，施工材料招标计划应该由施工单位提供，经设计、监理单位审核后提供给甲方，甲方确认后再报上海铁路局，经过上海铁路局上报中国铁路总公司，总公司审批后，指挥部再向上级主管部门申请公开招标，中标厂家才能生产工地所需材料。这个过程至少需要3个月。现在的铁路建设，一般施工单位进场就要供应材料，为物资采购部门出了一道难题。

二是不知中标人，物资采购难。合肥南环线物资招标均有北京、南京公共资源交易中心等地方承担。在很多情况下，开标后都不能及时公示中标名单。此时，施工大军全部进入工地，天天催着要材料，物资采购部门左右为难，因为他们不确定中标，应该向谁采购。这是第二难。

三是标书、图纸有别，物资采购不统一。过去物资招标都是按照初步设计方案进行招标，在很多情况下，中标厂家按照设计方案生产出来的产品，与滞后的施工图纸不一致，采购的品种、规格、型号不相符合图纸要求。就要按照图纸变更生产计划及采购计划，再与中标厂家重新签订生产合同，重新申报、下订单，这个程序繁琐而复杂。这是第三难。

物资设备部面对“三难”，不是推脱责任或怨天尤人，而是坚持“物资采购超前谋划”的思路，充分发挥主观能动性，打破常规，千方百计满足用户需求。

物资部主任张亚斌说：“办法总比困难多。我们针对‘三难’打通了‘三条通道’。”

首先打通拟中标通道。物资采购开标后，在没有及时公布中标厂家的情况下，物资部虽不知道哪家中标，却知道拟中标厂家是谁。为解决工地急需材料，他们就找到拟中标单位，让他们先生产部分工地急需材料，以解燃眉之急。拟中标单位都给予积极配合，这样既保证了材料质量，又满足了施工急需。这是临时解决现场用料的权宜之计。

二是打通同期中标的通道。一般来说，凡是中标厂家都有一定经济和技术实力，不论材料质量还是取货时间都有保障。让前期中标的厂家生产同类部分急需材料，厂家当然乐此不疲，工地要多少，他们就能生产多少，解决了工地的燃眉之急。

三是必须打提前量。凡事预则立，不预则废。物资设备部的同志认为，粮草必须先于兵马行动之前。在这种理念的支配下，采购计划必须打提前量，留有余地，不能等到施工队伍进场后再采购。尤其是面对时间紧、采购任务重的南环线，物资设备部早就做好了提前供料的准备，所以，当现场急需材料时，他们才能沉着应对。

“三难”变“三通”，有效解决了“三难”给施工队伍带来的阻力和困惑，急需物资通过三条绿色通道源源不断地运到现场。死水再掀波澜，工地号子声响彻云霄，40 公里的南环线上红旗招展，一片沸腾。

## 公正透明招标　清清白白做人

物资设备部是个“花钱大户”，因此成为各类供应商追逐的目标。同时，物资设备部的工作是比较敏感的岗位，在这个物欲横流的年代，思想一放松就可能误入歧途。

为抵制社会上行贿受贿等不正之风，上海铁路局、合肥铁路枢纽工程指挥部相继制定了一系列反腐规定和措施，进一步规范了物资采购及招投标人员的行为。对此，物资设备部要求员工做到警钟长鸣，过好“人情关、金钱关、纪律关”，树立正确的人生观，从思想上建立一条反腐倡廉警示线，做到未雨绸缪，防微杜渐。

在工作中，他们坚持“不碰红线，守住底线，做个清清白白、干干净净的采购人”。

物资采购招标是必须经过的一道门槛。为保证工程质量，必须采购中标厂家生产的材料，这是一条铁律。然而，对参标人来说，中标虽然是个复杂的过程，却直接关系到本单位的经济利益，有的单位为中标千方百计找熟人、拉关系，请客送礼。为此，物资设备部警剑高悬，紧绷防腐倡廉这根弦，不论工作再忙，从不放松思想教育，他们紧紧抓住指挥部开展的“双优”工程（建设一项优质工程，培养一批优秀干部）这一契机，开展了具有本部特色的廉政教育活动，大家以已发生的职务犯罪典型案例为镜子，人人从思想上筑起一道拒腐抗变的道德防线。

他们在工作中，对自己高标准、严要求，自觉接受社会监督。在物资采购中，严格按照规定程序办理，做到公开、公平、公正；对于物资需求、合同的签订、账款支付等坚持做到部门会签，领导审批；拒绝供应商的吃请、礼品、礼金等，自觉与“吃、拿、卡、要”的行为作斗争。

在招标工作中，他们坚决执行上海铁路局规定的“十不准”，并将“十不准”抄写在本子上，即使不参加招投标的员工也都熟记会背，用“十不准”的条款约束自己的行动。

物资设备部主任张亚斌经常作为指挥部牵头人参加物资招标工作，出发前必须履行三道程序。一是认真阅读《招标人代表廉政告知书》，用心领会其精髓；二是填写《招标人代表廉政承诺书》，并在承诺书上签名；三是指挥部领导亲自与其约谈，谈话内容有专人记录。

张亚斌清楚地记得，有一次，他作为牵头人，在参加北京公共资源交易中心的招投标活动前，指挥长张守利找他进行了推心置腹的廉政谈话，向他提出了“不得干预和插手招标投标活动，不得与招标投标相关人员串通，不得泄露招标投标机密”等 9 项要求。张亚斌觉得指挥长提出的要求分量很重，句句掷地有声，成为耳边常响的警钟。他在交易中心招标期间严格约束自己的言行，拒绝任何赠品和宴请，严守保密规定，受到参标企业的好评。

在合肥南环线建设期间，张亚斌被评为“‘安徽省争当合肥南环线铁路建设先锋’劳动竞赛先进个人”“建设强局先进个人”。

## 严把质量关　保障物资供应

全长 39.6 公里的合肥南环线穿城而过，有大桥、特大桥十几座，线路长、跨度大，再加南站站房主体工程及全线电气化施工，所需物资材料数量巨大。

在时间紧、人员少、需求量大、物资资源匮乏的情况下，物资设备部打破墨守陈规、安于现状的旧习，树立“主动出击、优质服务”的新理念，突出服务的超前性、全局性和针对性，促进了和谐，凝聚了人心，提高了团队的整体素质，形成了党员带头，以老带新，互帮互学，共同进步的良好风气。

为保障南环线物资供应，物资设备部结合实际，建立健全物资管理制度，认真做好甲供、甲控、自购物资的采购管理等工作。同时，抓好内部台账记录、资料归档，及时掌握物资供应资金动态；对所签合同、物资计划、交接验收等单据进行整理登记，做到物资设备规范管理，动态供应井然有序。

物资设备部在满足施工物资需求的同时，尽最大努力降低物资采购成本。他们坚持“超前谋划，规范运作，强基固本，期到必成”的总体思路，在公正科学，合理低价的原则下，对指挥部各项目工程的物资设备进行了综合分析，并采取有效措施，严格控制材料采购成本。在保证产品质量的前提下，千方百计压低产品价格，将材料成本降到最低限度。

物资设备部的同志认为，掌控物资采购过程也是保障物资质量的基础。他们在采购过程中始终坚持“货比三家”“价比三家”，严把质量关。同时严格材料验收程序，杜绝不合格产品流入工地。对新到材料，首先由聘请的地方专业监理公司进行抽检，然后由指挥部安质部门牵头，会同物资部、工程部联合检验，对材料质量、数量、外观和技术证件进行验证，检查结果逐一登记，并对合同、协议、发票、出厂检验合格证、技术说明书等有效凭证进行认真核对。对于不合格产品记录台账，并联系供货厂家进行退换。2012 年，供应商运来一批电气化接触网，检验发现，因焊接点过多，致使钢管弯曲变形，物资部决定立即退货，并要求供应单位按规定期限供货，不得影响现场施工。

在物资采购时，物资设备部基本做到了“优质、适量、佳时”。优质：即与整体工程相配套的优质材料，盲目追求高质量会提高材料成本，加大成本开支。适量：适当的数量，在不影响施工的前提下，尽可能减少材料积压。佳时：最佳到货时间，提高材料周转率。

经过大家的共同努力，物资设备部在南环线建设期间，实现了“三个一”的目标：没有出现一起因采购质量不合格而影响工程进度的事件，没有出现一起因供应不及时而影响工程质量的事件，没有出现一起因供应成本失控而影响项目整体效益的事件。做到施工结束材料用尽，材料成本不亏不超，避免了施工中的材料浪费，为降低南环线投资建设总成本做出了贡献。

# 前瞻远瞩绘蓝图　科学决策谋发展

## ——记合肥铁路枢纽工程建设指挥部指挥长张守利

薛贵宝

## 引　言

贯通东西的沪汉蓉快速大通道急切地呼唤着——尽快建设合肥枢纽南环线客运专线，打通华东通往华中的“卡脖子”区段，让服务于中国经济最发达地区的华东路网充分发挥出整体效能。

合肥，古称庐州，历史上以“三国故地、包拯家乡”而闻名，素有“淮右襟喉，江南唇齿”之称，是长三角经济圈新崛起的重要省会级城市。随着国家中长期铁路网规划的调整，合肥枢纽新增了京福、商合杭两条客运专线的引入，将形成两纵（京福铁路及商合杭铁路）一横（沪汉蓉铁路）的客运专线“双十字”交叉格局。沪汉蓉引入合肥南站，京福和商合杭沿既有通道同时引入合肥南和合肥站方案。铁道部、安徽省人民政府在新建高铁合肥南站的大智慧上达成了共识。这标志着长三角地区上海、江苏、浙江、安徽最后一座省会城市将告别没有高铁站的历史，为振兴安徽省经济安上腾飞的翅膀。

“不当罪人 不留遗憾 建不朽工程！”合肥铁路枢纽工程建设指挥部指挥长张守利豪情满怀立下军令状，五千名建设者钢铁般的誓言在古城庐州上空回响激荡！

合肥南环线工程近 5 年来，实现了安全稳定，零事故，零伤亡；质量受控，施工中没发生任何质量事故，所有第三方检测合格率 100%，单

位工程合格率 100%；工程进度按计划目标实现；尤其在客运专线两个既有线车站长时间大规模改造，为上海铁路局历史上首次，实现了无一切事故的佳绩。

4 年多来，合肥枢纽指挥部先后荣获了上海铁路局“迎世博、超千亿、建精品”先进指挥部、安徽省铁路建设先进集体、路局标准化指挥部、路局标杆指挥部，路局“追求卓越，打造世界高铁品牌”创争活动十大立功团队等荣誉称号。

目睹合肥铁路枢纽翻天覆地的变化，多年来为铁路建设立下汗马功劳的安徽省投资集团副总经理杨俊社感慨地说：“这些非凡业绩的取得，是张守利及他的团队谋划在先、果断决策的产物，是智慧与力量完美结合产出的硕果。”

## 超前谋划绘蓝图，以智慧的光芒照亮建设征途

张守利一生与铁路工程结下不解之缘。他 20 世纪 60 年代初出生于神医华佗故里安徽亳州，从小就对铁路产生了浓厚兴趣。年少时，由于张守利家庭成分高、经济负担重，1978 年，尽管他中考时取得所在阜阳专区十余个县数万名考生中总分第一的好成绩，但他还是毅然选择南京铁路运输学校攻读铁道工程专业，后又获上海铁道学院铁道工程专业本科文凭。他勤奋好学，不断进取，历任蚌埠铁路分局淮北工务段线路工、技术员、工程师、技术室主任和阜阳工务段副段长、高级工程师。16 年在铁路工务工程领域的摔打，逐渐将张守利锻炼成一位铁路工务企业的优秀管理者。2005 年，东部铁路率先实现现代化的号角吹响，上海铁路局建设人才缺乏，组织上调张守利任合武铁路安徽公司副总工程师，后任副总经理，这是张守利进入四十不惑的第 4 年头，实现人生旅途上的华丽转身，从此他进入铁路建设领导者行列。

作为合武铁路这条我国先期建设时速达 250 公里的客运专线项目机构技术负责人，他主持编制全线指导性施组和主审路桥隧等 7 项施工作业指南，主持研究并实施双线整体箱梁制、运、架方案研究，长大隧道铺设双块式无砟轨道施工组织研究，全线精测网方案设计、实施及应用等课题。该工程荣获第十届詹天佑奖。2008 年在担任合蚌铁路客

运专线建设筹备组常务副组长后,张守利又于 2009 年 3 月任合肥铁路枢纽工程建设指挥部指挥长至今。

计划于 2009 年 12 月开工的合肥南环线工程规模不大,线路总长仅 39.6 公里,初步设计批复总投资 108 亿元,它比起沪宁、沪杭、宁杭、杭甬、合蚌高铁动辄数百亿的大工程,可谓小弟弟级,但它是穿城而过的客运专线,又需在长安集、肥东两个既有线车站展开连续 7 个月的夜间大封锁施工,安全风险度极高;加之合肥南站是上海铁路局管内最后一座省会城市高铁站,必须汲取前者经验教训,在车站功能布局、安全质量、工程造价、技术创新上都必须后来者居上,这些都对张守利构成巨大压力。

张守利说:“在合肥枢纽指挥部 60 多名成员中,我们确立了一个共同的理念,那就是增强责任感、自豪感,把干好南环线作为一生中的重要事业来做。”指挥部综合部主任汪吉军与张守利因工作关系接触很多,他谈起对张守利的印象,是“看得远,想得细,抓得实!”

考虑到合肥南环线建设事关合肥枢纽的运能充分释放,又是沪汉蓉快速铁路通道的最后关键区段,张守利上任伊始,将“超前谋划,规范运作,强攻硬上,期到必成”4 句话 16 字作为指挥部的建设方针。他多方征求安徽省、合肥市和铁道部、上海铁路局等多方意见,与设计、施工、监理和运营单位加强沟通,优化设计、优化施工组织,超前谋划建设蓝图,以智慧的光芒照亮征途。

除合肥南环线外,合肥枢纽指挥部还承担合肥站改造、合肥南货场搬迁、宁西铁路西安至合肥段增建第二线工程及皖北地区铁路更新改造项目和地方委托代建工程建设任务,张守利作为指挥长必须擅长“弹钢琴”,区别轻重缓急,急难险重,妥善安排。

合肥南环线工程面临最大的困难,站前工程与站房开通时间不一致。站前工程 2009 年 12 月 10 日开工,而站房工程 2012 年 10 月 17 日开工动员大会才召开。主要原因是合肥市城市建设发展迅速,各级领导对城市发展规划提出不同要求,造成合肥南站在站房选址、配套工程上前后经历 3 次大的变化,导致初步设计方案一改再改,直至 2012 年 10 月才真正具备开工条件,而中国铁路总公司要求南环线 2014 年第四季度必须开通运营，这让张守利深感肩上担子沉甸甸，如不前瞻远谋，统筹兼顾，势必会顾此失彼，延误工期。早在站房设计方案尚未最终确定前，张守利积极与合肥市发改委等部门协商，主动承担了合肥市在合肥南站的3条地铁工程施工任务，并提前在2013年合肥南站开工前全部完工，这为合肥南站的大干快上创造了先机，否则在同一处位置施工，地下、地上、高空同步作业，不仅相互干扰大，结合部协调工作难做，就连安全质量都会令人担忧。

现在回过头来看，如果当初张守利和他的建设团队不是集中力量将合肥站、合肥南货场前期建成优质工程、精品工程，成为全路和上海铁路局同类工程的典范，就不可能后期集中力量主攻合肥南环线；如果当初不敢果断拍板承担合肥南站地下的合肥市地铁结合部工程，就不可能交叉施工、在2年内完成浩大的站房工程。

## 依法合规走程序，“寓情于理”化难题

合肥南环线施工全过程既要按建设程序走，依法合规，又要人性化操作，情理并重，这无疑是对张守利这个工程第一责任人的又一重大考验。

张守利每次在上海铁路局参加建设系统现场经验交流会后，或是每年与分管建设系统局长签订安全质量承诺书后，都会给张守利带来巨大压力。夜深人静，张守利经常在临时租用的办公室内挑灯夜战，他认真学习铁路建设规范，苦思冥想一个个施工组织难题的解决方法。他结合自己多年来在工务段摸爬滚打的工作实践，又揣摩兄弟工程建设指挥部成功经验和失败教训，终于深深悟出一个道理：世上无捷径可走，只有通过艰苦努力，遵循“情”、“理”、“法”三字办事秘诀，总能找到克服困难的“金钥匙”。

合肥南环线正线里程不长，但绝大部分地段在合肥市区，尤其需穿过芙蓉路高档住宅小区、合肥女子监狱和高速公路以及收费站，征地拆迁的难度非一般人所能想象。作为指挥长，张守利深知“兵马未动、粮草先行”，“没搞定征地拆迁，工程难以展开”的道理，他排兵布阵，将征地拆迁“天下第一难”作为当务之急来抓。

合肥芙蓉路小区施工时，住户因担心噪声污染，网上有10万人联

名上书,坚决反对南环线在此通过,群体性阻工现象十分严重。在严峻时刻,张守利依法办事,积极向省、市、区政府汇报,由合肥市发改委出面散发宣传册,并在电视上对市民答疑解惑,宣传铁路是绿色、环保的,再采用声屏障技术,会让噪音降低到规定范围内。同时,他不回避矛盾,数十次到现场察看,倾听小区居民呼声。在学生高考、中考期间,尽管工期紧张,他果断拍板:“晚 8 时后、早 7 时前停止一切施工!”体现出人性化一面。他又组织住户代表乘坐沪宁高铁亲身体验,这些人回来后现身说法,消除了众人的担忧,群体性阻工得以解决。针对芙蓉路施工后,按计划恢复会产生一段 50 公分台阶式落差,张守利不算小钱算大账,宁愿多投入,修改原设计方案,采取缓坡、上栏杆等措施,方便居民出行。如今,当地居民目睹芙蓉路道路宽广通畅,两侧绿树成荫,铁路在高架桥上伸向远方,成了一道靓丽的风景线,对正常生活无任何影响,因此至今无一人上访,当地政府也称赞指挥部办事依法合规,人性化操作,把好事办得大家满意。

在纷繁复杂的施工组织中,张守利认为,情是奔腾咆哮的洪水,理是平静而秩序的两岸,情与理是人类精神活动的两个方面,既对立又统一,只有情理并重,才能收到事半功倍之功效,因此,他在遇到施工方不能圆满兑现合同等棘手难题时,往往不单靠处罚手段,更注重以情感人,以理服人,化矛盾为和谐。

合肥南站钢屋面以“四水归堂、五岳朝天”为设计理念,采用双向正交正放桁架结构。站房主体建筑结构面积 99 283 平方米,雨棚投影面积 61 280 平方米,且结构复杂、科技含量高,工期紧、施工难度大。浙江某大型钢结构公司中标后,积极调集数百人会战合肥,无奈首次采用超大型构件液压同步提升技术,工人们不很适应,自 2013 年 11 月 8 日合肥南站第一块钢屋面管网桁架提升后,屋盖钢结构施工进展缓慢,以致到 2014 年一季度尚未完成,影响到站屋装修、客服设备安装调试等一系列后续工作。

安徽省和合肥市铁路建设办公室以及上海铁路局领导多次亲临现场,要求采取得力措施,扭转被动局面,确保合肥南站按期开通运营。张守利对此多次召开诸葛亮会认真分析研究,结论是该钢结构公司在全国接任务多，精锐力量没有投入合肥所致。今年春节后，张守利放下业主身段，亲自到浙江绍兴拜访该钢结构公司总经理，既详细说明合肥南站按期建成对完善华东路网以及对促进安徽经济发展的巨大作用，又坦诚布公地介绍了上海铁路局对参建施工队伍所制定信誉评价机制的具体奖惩条款。该公司总经理为张守利真切而诚恳的态度所感动，当即表态，重新更换专业能力强的施工队伍，保证绝不延误工期。形势逐渐有了转机，到 4 月底除南站房外，金属屋面铺设全部完成，大幅度减少高架层雨水浸泡，为高架结构层场地合理规划和装饰装修创造了条件。

## “确保黄山杯，争创鲁班奖，打造百年不朽工程！”

面对合肥南环线 39. 6 公里客运专线必须与高铁大型客运站同步建成、同时运营的严峻形势，在工程快速推进的前提下，如何保证工程质量、安全平稳，这是张守利每天必抓的事。

“安全是合肥南环线的命脉，张守利总把确保绝对安全当成头等大事来做，投入精力最多，花费心血最多。”指挥部原党支部书记、副指挥长万传新如此评价安全在张守利心中的份量。他说，强烈的安全意识让张守利深感责任重大，这种责任感来自党组织多年的教育培养，来自他自身 20 多年工作实践的总结，来自安徽暨合肥人民对该项重点民生工程的普遍关注，这些都让张守利容不得半点疏漏。

张守利深知，责任落实是确保工程安全质量取得实效的根本保证，因此他把制度建设作为一项重要任务列入议事日程，亲自上手抓住不放，并让分管领导一项一项具体落实。他把上海铁路局制定了《标准化管理实施意见》根据本工程实际加以细化，又组织各参建设计、施工、监理单位积极创建“标准化指挥部”、“标准化项目部”、“标准化工地”、“标准化监理站”，不断提升管内标准化管理整体水平。他主持修订了《合肥铁路枢纽质量安全进度考核办法》、《施工安全质量卡死制度及处罚办法》、《合肥铁路枢纽建设工程营业线施工安全把关办法》、《工程项目创精品实施意见和工程质量管理实施细则》等 26 项规章制度，进一步规范工程建设管理，按照“谁主管，谁负责”的原则，及时和各项目施工单位签订四份承诺书，做到“八有”，即有工作机构、有工作人员、有工作计划、有自查报告、有整改措施、有治理成效、有监督办法、有规章制度，确保指挥部和各施工单位安全质量控制工作有序推进。

对于安全、质量和进度都创佳绩的施工单位项目部的经理和党工委书记，张守利奖激励从不吝啬，发放10万元兑现奖时让其他人羡幕不已；反之，对工作不按标准作业，安全质量出现隐患的责任单位和责任人，张守利惩罚起来也从不心慈手软。2013年6月份，张守利在合肥南站工地检查，发现某项目部在站房大梁浇铸、绑扎钢筋时杂物不清理干净，影响了施工质量。他立即把项目经理叫来狠批一顿，下令立即停工整改，直到整改措施到位才允许复工。“张指挥长几乎每周都有四五天往工地跑，就连节假日也挡不住他的脚步，如被检查中发现问题，那可真是一点情面也不留！”这位项目经理如此说道。

今年5月，正值站房施工进入紧张阶段，张守利发现从外地运来的大理石材料缺乏保护，时有损坏，如将缺角破损的大理石铺到候车大厅或站台，这不仅影响美观整洁，更重要的是重新采购、长途运输必将拖延工期。他再次祭起上海铁路局关于“零误差、零缺陷、零容忍”的“尚方宝剑”，当即在工地宣布规定：“谁碰坏，按10倍处罚！”有人劝张守利，这太不合情理了，照价赔偿就得了。张守利寸步不让，他说，赔偿事小，延误工期谁担待得了，我们得对国家负责。在高压下，这股只顾自己施工便利、损坏石材无人负责的歪风得以遏止。

在稳步推进中，张守利对合肥南环线安全质量控制信心越来越强，他向前来检查的上海铁路局局长郭竹学表态：“扎实推行‘一图四表’和‘431’工作方法，强化合肥南环线、合肥南站工程质量安全风险控制水平，杜绝工程质量重、特大事故，确保各工程安全质量合格率100%。”他也在施工现场代表各参建单位向安徽省李斌省长表述了奋斗目标：“确保黄山杯，争创鲁班奖，打造百年不朽工程！”

张守利做事干练果断，“言必信，行必果”是他一贯作风。南环线南淝河特大桥和经开区特大桥跨312高速公路，各有一联总长461米、主跨230米、重达1.3万吨钢桁柔性拱梁，跨度居亚洲同类桥之首。柔性拱的制作安装，代表当今铁路工程钢结构领域的最新领域，施工工法被铁道部列为重点科研课题，而且不锈钢复合桥面板新材料也是首次在铁路桥钢梁中大面积应用。他通过外出取经、专家指导论证、组织参建人员协同攻关，两联钢桁梁按期优质铺设完成。该工程中"高速铁路钢桥桥面板"等 8 项成果分别获国家发明和新型实用专利，参建项目 QC 攻关小组荣获 2011、2012 年"全国工程建设质量管理小组优秀奖"。

为确保合肥南站建设创精品目标，张守利组织指挥部分别与清华大学、北京交大联合开展精益建造、电子单元网格化管理两大课题攻关，在深基坑开挖和支护、3 500 吨单元网架采用液压数控顶进一次提升到位、站房玻璃幕墙首次在国内采用大面积单向拉锁悬挂式结构等方面，取得良好效果。

肥东、长安集站作为既有客运专线车站大规模技术改造，在上海铁路局历史上从未有过，安全风险极高。张守利沉到现场，亲自参与方案制定，强化安全措施。两站累计封锁 1 200 次以上，每次夜间封锁施工 150 分钟，全面更换接触网硬横梁 120 余架，增设股道，插铺道岔，实现了安全平稳受控，质量良好，为我国客运专线夜间多专业综合施工积累了宝贵经验。

## "常在河边走，就是不湿鞋。"工程优质、干部优秀是建设管理者的神圣职责

合肥枢纽指挥部所管工程涉及招投标、物资采购供应、征地拆迁赔偿、建设资金运用等，这些都对党员干部有诱惑，是容易滋生腐败的领域。作为指挥部党支部书记、指挥长的张守利深深领悟到："权力是一把双刃剑，既可以促使人奋发向上，也可能诱使人腐化堕落。"他明确表示，打铁只有自身硬，才能"常在河边走，就是不湿鞋"。为此，他提出：牢记"三句话"，算好"五笔账"。

他语重心长地告诫大家，一想得开，不把权力私有化、商品化、庸俗化；二看得淡，以平和之心对待"名利"；三守得住，时刻自重、自省、自警、自励。他还当众算了"五笔账"，政治账、经济账、家庭账、自由账、健康账，殷切叮嘱每一位同仁，切不可辜负组织，自毁声誉，丧失自由，

损害家庭及健康。

为了防微杜渐、警钟长鸣,他组织指挥部从党风廉政建设、工程建设管理等方面查找出6种廉政风险点的表现形式,制订出16条廉政风险点的防控措施;从工程技术、安全质量、计划财务、物资设备、综合事务管理等5个岗位,查找出24个廉政风险点和42种廉政风险点的表现形式,制订出25条18款廉政风险点的防控措施,起到了关口前移,堵塞漏洞的作用。

招投标环节是决定"工程由谁做、货物谁来供、价格怎么定"的关键环节,具有高危廉政风险。为此张守利再三强调"五把关、四严禁"工作制度,即:严把招标信息公开关、施工单位准入关、评标关、定标关、招投标结果公示关;严禁控制信息限制投标、控制标书发售等行为;严禁用假资质参与工程投标行为;严禁在招标文件上暗做手脚、量身定做、制定倾向性条款;严禁暗中勾结泄露标底的行为。到目前为止,指挥部所有成员没有一人受到违规举报。

张守利在指挥部是出了名的精细之人,南环线各个项目部的验工计价、资金拨付和大宗物资采购,他都了然于胸,亲自审查把关,绝不放过一个可能出现的差错。他把资金安排使用和投资控制作为工程建设领域中的热点,特别对验工计价不规范,材料使用和消耗数量是否符合设计,征地拆迁资金是否足额补偿到位,拖欠农民工工资等方面进行整治。合肥南环线工程已进入尾声,指挥部资金运用状况良好,不仅没突破预算,还实现略有结余。

艰苦奋斗、积极向上、无私奉献,是一个管理团体是否有战斗力的具体体现。张守利为此身先士卒,起表率作用。白天,他不是跑工地就是开会;夜晚,他挤出时间审批各种文件和思考近期关键问题,他的办公室经常亮灯至深夜,每天工作10多个小时,这已成家常便饭,他在合肥家中的妻子现在连埋怨他的话也懒得唠叨了。去北京、上海出差,他经常在火车站附近吃一碗面条,还对随行人员说:"这样节省时间。"

张守利中等身材,平日里处处体现出他皖西北人个性中固有的朴实、地道,但长期的管理岗位,又练就出他聪慧、坚定、果敢的特质。他常年着装朴素,经常身穿一套蓝色旧衣裤和脚蹬一双黑色旧皮鞋,全身上下无一件名牌，凡遇省市和铁路领导来检查，他也与平日无二样，如从衣貌取人的角度看，他怎么也没一个掌管上百亿元工程、率数千人队伍那样领导人的气势。

尤其是下现场徒步检查，这是张守利的“拿手绝活”，这要得益于他长期在工务段徒步巡视线路练就的“铁脚板”功夫。他不仅自己亲力亲为，还亲自率领指挥部全体管理人员对近40公里长的南环线工程实体进行全线徒步检查。南淝河特大桥、经开区特大桥、合肥南站高架站场、合肥南动车运用所等施工中的重点和难点到处都留下他的足迹，桥面系、路基附属、路基压实度检测等实作施工现场，处处都有他作点评时的身影。此后，他对徒步检查发现的问题归纳分析，纳入问题库，实行闭环管理。指挥部工程部部长谢永彪感慨道：“这次徒步检查，让我们看到了张指挥长的扎实作风，更增强了我们每一位管理者的责任心。”

近5年来，在张守利带领下，合肥枢纽指挥部连续4年被安徽省政府授予铁路建设先进集体，获省“五一”劳动奖章，数次被上海铁路局评为“十大创新团队”、“十大立功团队”、“标杆指挥部”。张守利本人被安徽省政府授予“五一”劳动奖章，被上海铁路局评为“十大杰出人物”、“十大建设先锋”。

庐州大地长虹飞越，华东路网鲲鹏腾飞！在合肥南环线即将建成运营的背后，是所有参建人员付出的心血与汗水，是他们让生命因奉献而伟大！张守利指挥长就是他们其中的杰出代表。

# 丹心明日月　正气写春秋

## ——记合肥铁路枢纽工程指挥部党支部书记万传新

水玉兰

夜深了,星星眨着眼望着窗前聚精会神盯着荧屏的人。湛蓝的夜空和电脑荧屏发出的微蓝光影交相辉映,渐至东方欲晓。这样的夜晚,究竟有过多少次?合肥铁路枢纽指挥部党支部书记万传新自己也记不清了。50 张自制的光盘,几百上千个从网上、书本中搜集整理出来的古往今来的廉政故事。一摞摞关于绿化方面的专业书籍,见证了无数不眠夜,一位老党员对党的事业的赤子情怀!

此时,南环线民工样板房里,累了一天的农民工,已沉沉进入梦乡,枕下压着他们汇往家乡的汇款单收据,没有人知道,每月汇往家乡的工资,倾注了万传新多少关怀、多少叮嘱的深情在里面。

### 丹心化春雨　润物细无声

在合肥枢纽建设指挥部有一套“宝贝”,经常被周边几家兄弟单位借来借去,它就是从书中和网上搜集整理出的一千多个古往今来反腐倡廉故事汇编的光盘。光盘里有法治案例和古代廉政故事,还有富有哲理的警世名言。

“光盘的成本不大,但是功效显著,凝聚了万书记很多心血在里面。”时任枢纽指挥部的副指挥长董传新说。

2009 年 12 月,合肥市民期盼已久的消息终于等来了。

合肥枢纽建设指挥部南环线高铁建设正式开始施工,建成后,将连接合宁高速铁路、合武客运专线、合蚌高铁、合福客运专线，成为华东地区乃至全国重要的铁路枢纽。工程总投资108.898 6亿元。面对如此浩大的工程，这让调来枢纽指挥部工作还不到一年、干了半辈子党政思想工作的万传新感到肩上的担子一下子沉甸甸的。

有人说建设单位是高危行业、高危发病区。这里有指安全质量上的一面，还有看不见的另一种潜在危险——行贿受贿。谁都知道铁路建设盘子大、金额大、周期长，自然而然就成了一些施工单位死咬紧盯的“公关”目标。遇到意志薄弱的干部职工，思想稍有动摇，就会给百年工程带来隐患，甚至带来灾难。中国自古就有“常在河边走，哪有不湿鞋”之说，然百年工程不但不能湿了鞋，连脚面都不允许被打湿。如何让经常在“河边走”的干群不湿鞋？如何才能保证工程优秀、干部优良？万传新在心里反复不停地思考着。

随着工程上马，万传新也在加大廉政思想教育的力度。每周他都要亲自过问指挥部门口宣传栏的廉政思想宣传内容，每个月组织党员干部听廉政思想教育课，围绕“建百年精品，做优秀干部”，展开廉政思想大讨论，指挥部的廉政气氛一下活跃起来。

一天晚上，有着读书看报习惯的万传新在一篇文章里读到一个古代廉政小故事，颇受启发，深感历史最好的镜子，以史为鉴，对镜整冠。这样的故事多找些出来，让指挥部的同志们多了解一些，肯定大有裨益。想到这里，万传新不顾夜已深，扔开报纸，打开电脑，上网搜索起来，直到东方渐白。接下来的夜晚，女儿突然发现爸爸不知什么时候变成了网虫，上网比年轻人还有瘾。直到有一天，万传新郑重地要拜她为师，学习制作幻灯片，女儿才恍然醒悟。

在女儿的辅导下，不到一个月，万传新制作出50张幻灯片：《中国历史上的十大清官》、《中华优良传统与廉政文化》、《福自廉处求，祸从贪中来》等等，在每一张幻灯片右下角，万传新都别具匠心缀上一朵代表清正的荷花。

第一次组织干群观看幻灯片就收到前所未有的效果，图文并茂的画面，富于哲理性的一个个历史上的廉政小典故，加上万传新深入浅出的讲解，员工们个个为之动容。幻灯片的消息刚传出去，立即就有几家听到风声的兄弟单位上门求借,后来干脆拿来刻盘直接刻录回去,“没有想到,廉政思想教育,这种寓教于乐的宣传方式更富有感染力,万书记不愧是干了多年思想工作的老书记,这叫润物细无声啊。”工务段借光盘的同志说。

出生于1954年的万传新,从1978年入路到合肥工务段,由开始的线路工到宣传干事,到合肥工务段党委副书记、阜阳工务段党委书记,再到合肥枢纽指挥部党支部书记,干了三十多年的党政思想工作。合肥铁路枢纽南环线建设将是他担任党支部书记即将离任的最后一站。

在退休之前,还能遇上这项宏伟的工程,他觉得不仅是自己的运气,更是对自己的一种考验,即使鞠躬尽瘁,也要以一个圆满的句号来收尾,给人生再添一份自豪的回忆。

由幻灯片带来的效果,万传新觉得趁热打铁,就会事半功倍。他开始了紧锣密鼓的下一步动作。请来铁路局运输检察院、蚌埠运输检察院的同志,给大家上法制课,以法律宣传、案例解说的形式开座谈会。中国是法治国家,但是对法律的认识很多人还处于一知半解中,知法才能更好守法,这种“敲边鼓”活动,万传新不单单要求指挥部内部员工认真听,同时又请来有关的施工、建设、监理单位负责人及重点岗位的人员一起参加。“预防针”不能只对一个地方打,大家一起预防,才会形成“抗体”效应。

听过法制案例课的四家单位的干部职工纷纷表态,不能让自己也成为“工程上马、干部下马”的又一反面典型,并请检察院的同志监督,共同签署了工程责任状和廉政协议承诺书,这一活动很快落实到工地上。

## 将心比心　工作何愁无动力

捧着厚厚一摞承诺书,万传新的心并没有松弛下来,他的目光掠过承诺书,投向一公里外热火朝天的南环线工地上。

作为党支部书记的万传新,经常不打招呼,“偷袭”工地。万传新来干什么的?施工单位的领导都很清楚,正在干活的农民工却不知道。万传新在工地上边看边走,瞅个空隙和农民工兄弟拉上几句家常,问问家乡是哪里?家庭情况怎么样?最后直奔主题:这个月工资有没有领到手?

万传新经常对身边的财务人员说:“建百年精品工程靠什么?靠一支专业的建设队伍,靠农民工兄弟不怕苦不怕累的拼搏精神;农民工靠什么,靠辛苦所得的工资养家糊口;如果我们不能保证他们的工资及时付给,将心比心,就很难保证有一个和谐稳定的建设环境。搞建设就像盖房子离不开钢筋水泥一样离不开一个和谐稳定的环境。如果做事都能将心比心,就不愁工作没有热情。

万传新身先士卒的工作精神令计财部的同志钦佩不已。每个月跟随万传新去南环线各分部监督农民工工资发放情况的计财部人员,工作起来认真仔细,查账本,现场询问农民工,一个分厂一个分厂地奔波,没有一个人叫苦叫累。五年来,奋战在南环线建设一线工地的上万名农民工,没发生过一起因工资问题出现的阻工和上访。这在重大建设工地上也是不多见的。

一位农民工说:“给南环线搞建设,工资月月兑现,就是累点也乐意,我们就图个心里头有底。”

在南环线上的农民工除了要求工资有保障外,很少再为自己争取其他权益,因为有人把他们的利益和冷暖时时放在心上。

一天傍晚,万传新去工地检查,看到一处农民工住的活动板房异常拥挤,没有洗澡的浴室,干了一天活的农民工拿着脸盆直接往身上冲凉,万传新对项目经理说:“三天后,我再来看浴室建成的情况!”

三天后,万传新看到了一个临时搭建的浴室。虽简易,但农民工再也不用穿着衣服冲凉了。

在中国,农民工是一个弱势群体,他们习惯了劳作,却不习惯发声。万传新为了倾听到他们的心声,想出一个办法。

2012 年终的时候,万传新和张指挥长让农民工选出的 40 位代表和各个施工现场的项目部书记一起参加座谈会,除了在会上认真听取他们的想法和意见外,每人还发了一份答卷请他们匿名答卷。一位交完卷的农民工说:“还是答卷好啊,让我们把平时不敢提、不好意思提的意见和想法都说了出来。”

答卷中有人提出自己的担忧,一年到头最担心的就是春运期间买不到火车票回家团聚。

2012 年临近春节，干旱一冬天的合肥凑热闹似的飘起了鹅毛大雪，天寒地冻，公路客运被迫减少班次，这让本来就紧张的铁路春运更加雪上加霜。农民工中大多不会上网买票，也没时间在车站排队。回家过年是漂泊在外一年辛苦劳作的农民工最后的期盼，如果不能保证他们过年回家团圆，来年的建设势必会受到影响。万传新一边给车站领导打电话，说明原因，请求照顾；一边安排指挥部里的干部职工到车站排队，给农民工买火车票。

一位拿到票的农民工眼睛湿润了："咱出来打工，不怕累不怕苦，就怕过年时候回不了家。"农民工继续说下去："在家过完年就回来上工，哪里都不去，以实际行动支持高铁建设。"

万传新的思想工作做得细做得及时，做到了大家心坎上。对于这一点，指挥部的工程部主任谢永彪就有深刻体会。2010 年，谢永彪的爱人带着孩子从蚌埠来到合肥定居，因为没有房子，只能暂时租房。谢永彪工作忙，没时间去看房子，爱人对合肥情况又不熟悉。万传新了解到情况后，就让老伴打听房价、了解地段，周末时，她就带上谢永彪两口子看房子。并很快敲定了一户商品房，帮助他们解决了一桩心事。谢永彪说："遇上连租房子都替你操心的好领导，如果不发愤图强拼命工作，实在说不过去啊！"在指挥部里，还有三位家在外地的年轻人，租的房子也是万传新帮着看好后带他们去后才敲定的。

## 不分内外　每片绿叶总关情

万传新对部下是关怀备至的好领导，对指挥部指挥长张守利而言，万传新则是他工作中的好搭档。

"责任心强，善学爱动脑筋，做思想工作很有经验，对我的工作支持很大。"指挥长张守利谈起万传新总是赞不绝口。

2011 年，随着高铁南环线的建设紧锣密鼓干起来，路基两边的绿化也正式列入规划。百年树人，十年树木，路基两旁的环境绿化不能落在建设后面。铁路绿化是铁路的门面工程，不但给旅客带来赏心悦目的视觉美感，同时也担负着防沙固土、化除噪音的重要功能，相对而言，科学性能要求更高、更广、更严，任务更加艰巨。

当时,指挥长张守利和其他副指挥工作繁忙,万书记就主动要求把绿化任务接过来。做思想工作,行动比语言更有感召力。

早在20世纪70年代,万传新下乡当知青时,因吃苦肯干,就被当地老乡选举为农村科技站站长,懂得一些园林知识,但是紧靠这些知识对于铁路绿化建设是远远不够的,于是,他让老伴给自己去书店买回三本园林绿化方面的书籍,万传新如饥似渴,挑灯夜读。

三本书读完了,他心里有了底。什么树四季常青耐寒耐热?什么树根系发达固土强基?哪些地方合适哪种树?哪地方应该铺草皮?他了然于胸。

万传新和园林专业人员就图纸设计方案多次提出自己意见,他的意见专业、内行,让经验丰富的园林专业人员都刮目相看。动车运用所的建设还没有正式完工,绿化建设刚刚完成了80%。整个动车运用所,在谋划布局上整体划一,优雅中透着四季的韵律,同类品种的树苗尺寸都差不多。他们哪里知道,这“差不多”的背后,花费了万传新多少精力。

万传新每次到苗圃选苗时,不但看树苗的直径、树冠、形状,还细心观察它的长势,确保每棵树苗的存活率。选好的树苗,万传新就让工作人员用白漆做上标记。苗圃里一位工人看到后说:“我见过不少领导选树苗,但像他这般细致认真的领导,我还第一次见呢!”

副指挥长董传新说:“万书记把全部心思都用在工作上了,甚至他的业余书法之作也在铁路建设派上了用场。”

“百年工程,质量第一”“工程优质,干部优秀”这样铿锵有力的字迹,在工地、食堂、会议室随处可见。中铁四局项目部食堂的墙壁上,有一幅万传新撰写的毛主席诗词《沁园春·雪》,丈二条幅占据食堂大半个墙壁,气势恢宏。读后令人感慨万千。中铁四局一位青年员工说:“我每次读到‘数风流人物,还看今朝’时,就受到极大鼓舞。”

2014年10月,万传新将要从他挚爱的党务工作岗位上退下来了。回忆往事,他情怀激荡。万传新用四个字给自己奋斗了大半辈子的铁路事业做了总结:“无悔无愧”。

“无悔无愧”四个字体现了一位老共产党员光明磊落的赤子情怀。

# 阳光总在风雨后

## ——记合肥铁路枢纽建设指挥部副指挥长董传新

刘 勇

2013 年 12 月 25 日，对合肥铁路枢纽建设指挥部副指挥长董传新来说，是个特殊的日子。上海铁路局一张纸调令将他调到合肥房建段任段长，结束了他整整五年难忘而火热的工地生活。

今天，他就走马上任了。

董传新与送行的同事握手告别后就上了车。汽车启动了，他深情地回过头来，看到了同事们热情地招手，看到了那座渐渐远去的三层小黄楼，孤零零的在冷风中傲立。对面就是高高架起的合肥南环线铁路，宛如一条腾空的巨龙。在这条 39.626 公里的铁路线上，从无到有，从建设到通车，董传新和他的同事们究竟洒下多少汗水，付出多少艰辛，他已经记不清了。

“阳光总在风雨后，乌云上有晴空，珍惜所有的感动，每一份希望在你手中。”董传新虽不擅长唱歌，但他很喜欢这首歌。曲子婉转动听，歌词更能打动人。在他看来，只有经过风雨后的阳光，才更加光辉灿烂，绚丽多彩。

如今，南环铁路如期贯通，风雨已经离去，金灿灿的太阳出来了，照在南环铁路线上，照在合肥这座美丽的现代都市上，他的脸上掠过舒心的笑容。

### 施工未动 征地拆迁必先行

一双长长的丹凤眼传递着忠诚，一张慈善的面孔洋溢着善良，加之

魁梧的身材使董传新成为同事眼中的“帅哥”。

20 世纪 70 年代初，一个春暖花开的季节，董传新诞生在安徽省阜阳市一个普通工人家庭里。父亲是一名建筑工人，为人忠厚老实，淳朴善良，对人总是彬彬有礼，可对儿子要求却异常严格，每次出门前要交代，回到家还要询问。老人一心希望儿子长大有出息，成为国家有用之材。

聪明的董传新深知父亲一生不容易，长大后决心做一名建筑工程师，为辛勤的建筑工人绘制美好蓝图。从中专、大专到本科，他报考的志愿中几乎都与工程建筑专业有关。

参加工作后，董传新对自己高标准、严要求，兢兢业业，任劳任怨，每项工作他都力求做到极致。他刻苦学习，不耻下问，从工区、领工区，再到机关，从基层做起，一步一个脚印。进入 21 世纪后，董传新成为一名光荣的工程师，这一消息令父亲十分欣慰，他为儿子的进步感到自豪。其实，董传新的表现远比父亲的想象优秀得多：他从蚌埠建筑段见习生起步，一路走来，风雨兼程，先后担任阜阳建筑段领工员、团委书记、人劳室主任、工会主席、蚌埠建筑段副段长等职。

令董传新没想到的是，2009 年 1 月 1 日，上海铁路局任命他为合肥铁路枢纽工程建设指挥部副指挥长，负责合肥南环新线的征地拆迁和对外协调工作。

在新的战场上，将要检验这位年轻人的智慧和魄力。

徐话说：“上天难，入地难，再难比不过拆迁难。”

南环铁路穿城而过，需征地 3 000 多亩，拆迁房屋 40 多万平方米，也就是说，要在合肥城区拆迁 20 多家民营企业、1 200 多户居民和业主，迁移改造 281 亩水塘和 100 项水、电、气各类管线，工作难度可想而知。

上级要求，征地拆迁任务要在一年内完成。

军中无戏言。人们的眼睛齐刷刷地看着董传新。

“开弓没有回头箭。困难再大，我也要走到底！”他的话铿锵有力。

一场新的战斗开始了。

“施工队伍未到，征地拆迁先行。”刚刚回到指挥部的董传新还没来得及喘口气，就立即驱车拜访了市、区、县有关铁路办公室，然后带领设计、监理及指挥部相关人员到现场查看实情，走访拆迁企业、社区及业主，为即将进场的施工搅拌站、制梁场、加工厂选择场地。

掌握一手材料之后，董传新连夜召开会议，研究征地计划，制订拆迁方案，请专家评估论证等。加班加点写请示报告、列计划、制订方案，时间就是速度，争取一分一秒往前赶。一份份征地拆迁报告、计划和方案很快出现在各级政府的办公室里。地方政府急铁路之所急，迅速论证、核实、会签、批转，为南环铁路建设加油打气，鼎力相助。

在此后的日子里，董传新与各级铁路办公室牵头，组织施工、监理、设计、乡镇等六家单位丈量土地，鉴定房产，并一一登记造册，紧锣密鼓地完成了房地产评估、照相、确认、签字等一系列程序，然后张榜公示，整个过程实行“阳光操作”，一切都在群众的监督之下。

在40多公里的拆迁地带，到处有他洒下的辛勤汗水，遍布他匆忙地足迹。合肥南站离他家只有半个小时的路程，在最紧张的时候，他连续19天没有回家，善解人意的妻子只好到工地看望他，并把脏衣服拿回家去洗。鞋子磨破了，两腿跑细了，嗓子喊哑了，他无怨无悔。董传新天天没黑没白地干，原来稍胖的身体明显消瘦了，体重从160斤降到130斤，一年瘦掉30斤。

在那个特殊时期，董传新最多一天主持过12个关于征地拆迁的专题会议。找他的人一拨接一拨，忙得他连吃饭、如厕的时间都没有。

中铁四局一位项目经理说：“董指挥精力充沛，干起工作来不要命，他把晚上当白天，把假日当上班。和他一起工作，我们的人都快受不了啦！”

董传新的身体也不是铁打的，连续的超负荷运转使他体力严重透支，疲惫不堪，医生要他住院治疗，被他婉言拒绝。医生叮嘱他务必每天打两次吊针，一次吊两瓶。第一次打针时，董传新刚注射十几分钟，就一连接了五六个电话，其中一个电话是铁路办打来的，希望他参加一个会议，董传新二话没说，拔掉针头就走，护士急得连喊带追却不见了踪影。

然而，董传新的汗水没有白流，征地拆迁终于在规定时间内完成了，这令合肥指挥部指挥长张守利十分高兴，他说："合肥城区的征地拆迁难度超乎想象，在严峻的考验面前，董传新同志迎难而上，忍辱负重，攻克一个又一个难关，使征地拆迁工作如期完成，为保证工期和施工队伍进场赢得了时间。"

## 走在路上　风风雨雨都接受

征地拆迁的风风雨雨，考验着这位血气方刚的年轻人。

设计方案表明，人口密集的芙蓉路是南环线的必经之路。消息在网上一公布，立即引起附近居民的强烈不满和反对，"十万人联名上诉""坚决反对铁路从芙蓉路通过"等帖子在网络上疯传，"污染""噪音""辐射"等成了主题词，负面舆论甚嚣尘上，阻工事件时有发生，甚至发生了肢体摩擦，严重干扰了征地拆迁工作的正常进行，引起了各级政府的高度重视。

透过现象看本质。董传新一眼看出其中端倪："群众的不理解，说明对南环铁路的宣传不到位。"

董传新积极组织人员写稿宣传，并向沿线居民发放宣传手册，让拆迁户真正了解南环铁路对合肥市经济发展有多么重要。

为平息负面舆论，地方电视台决定邀请政府相关领导接受记者采访，并安排现场直播。董传新决心抓住这次难得机会，组织人员加班加点整理材料，为政府提供论据充分、具有说服力的数据和事实。这位领导在接受采访时，面对镜头对答如流，用充分的事实回答了记者的各种提问。记者被说服了，电视机前的观众也被说服了。地方政府向群众展示了征地拆迁的正能量，南环线铁路建设逐渐深入人心。

这位领导见到董传新时说："铁路指挥部提供的材料太有价值了，衷心感谢你们！"

对于那些暂不理解修铁路的拆迁户，董传新就亲自登门拜访，耐心做细致的思想工作，用火一般的热情融化他们心中的冰。

征地拆迁中的问题错综复杂，有的靠背景，有的靠关系，有的借机漫天要价，有的进行"关系交换"。面对这些难题，董传新总能沉着应对，使出全身解数，做到游刃有余。在南环线电缆迁改中，某单位与铁路扯起了皮,顶着不办。董传新了解到,该单位前几年求铁路办事,跑了几年也没解决,对铁路很有成见。此时董传新找上门来,使他们看到了“希望”。

“如果帮我们办成几件事,我们就为铁路迁改开绿灯。否则,一切免谈!”

董传新虽然也一肚子气,但为了南环铁路尽早开通,他什么都能忍。跑北京,去上海,风雨无阻,想方设法把“某单位”的事情办成后,迁改问题也随之解决了。

董传新在征地拆迁中的体会是:“大局”为上,“苦”字当头,“忍”字为本。他说:“修建铁路是国家和政府行为,但处处牵扯到个人和集体利益。作为铁路使者一定要放下身架,耐心倾听,冷静处理,千万不可操之过急。”

在一次市政府召开的协调会上,有的企业对铁路拆迁有抵触情绪,说到动情处,不是拍桌子就是摔本子,性格秉直刚强的董传新哪受过这种窝囊气,他真想拍桌子对着干,然后愤然离去,但他没有这样做。为了南环铁路建设,他又“忍”了。这一招果然奏效,他的“忍耐和大度”终于感动了对方,在政府的协调下,双方很快达成了拆迁协议。

在风雨多次的冲刷下,董传新变得更加成熟稳重了。时任指挥部党支部书记的万传新说:“经过风风雨雨的洗礼,董传新变得更加坚强了。如果没有这场风雨的考验,他不可能有今天的成功!”

## 政府给力　珍惜所有的感动

“修建铁路必须紧紧靠各级地方政府,没有政府的强力支持,征地拆迁工作不可能这么顺利。”这是董传新的切身体会。

合肥市经开区有三处 11 万伏的高压电线横跨南环铁路,要把高压电线杆平移至安全地带,还要再跨高速公路。高压线、电线杆属电力部门管辖,高速公路属高速公路部门。董传新首先找到电力部门,对方态度强硬,条件苛刻。董传新又来到高速公路机关大楼,依然碰了钉子。两家企业为了维护本行业利益,与铁路打起了“阵地战”。

这可急坏了董传新,移电线可以往后推,可拆迁耽误不起,不能因为拆迁影响了整个工期。他找到合肥市铁路办,并向市政府求援。市领导当即明确表态:按照铁路指挥部的意见办,两家企业的思想工作有由政府出面来做。这一表态令董传新深为感动,他说:“没有地方政府的鼎力支持,就没有今天征地拆迁的大好局面。”

合肥女子监狱是安徽省最大的女监狱,也在被拆迁之列。该监狱要价高得令人无法接受,董传新找到合肥市领导,希望市领导帮助协调,狱方得知后却不屑一顾:

“监狱隶属安徽省,市里管不了!”

在合肥市主要领导的斡旋下,一位主管司法部门的中共安徽省委领导出面进行了干预,才使这一问题得到妥善解决。

征地拆迁中的疑难杂症在各级政府的帮助下治愈了,也治愈了董传新心中的担忧。董传新打心里感谢政府机关的鼎力相助,他说:“地方政府是征地拆迁的中流砥柱,只有依靠各级政府的力量,才能破解征地拆迁中的各种难题。”

在征地拆迁中,董传新忍辱负重,艰难前行,平时很注意“面子”的他此时却没了“面子”。为了说服对拆迁有抵触情绪的企业,他三番五次去单位拜访,人家一会儿说“出差”,一会儿说“不在”,反正不想见你,也不想让你进大门。好说歹说,让你进大门了,却不让进办公室。让你进办公室了,又不理不睬,让你坐也不是,站也不是。为了打破尴尬局面,营造良好氛围,董传新把“副指挥”头衔扔到一边,赶忙帮助办公室提水扫地,好像一个刚来报到的新学徒;不论他自己内心有多少苦衷,但脸上总带着笑。董传新认为,修铁路是国家大事,在坚持原则的情况下,只要对方同意签订拆迁协议,他都乐见其成。他不在意别人对自己的态度,更不在意个人的“面子”,他唯一在意的是国家利益不受损失。

他说:“征地拆迁刚开始的时候,被人家冷落,甚至讽刺挖苦,自己委屈得晚上睡不着,后来渐渐就习惯了,这个过程的确很痛苦。但一想到地方各级政府和铁路领导的强力支持,一想到南环铁路建成后给合肥人民带来的美好生活,就觉得一切都值得。”

## 南环贯通　风雨过后见彩虹

在长期铁路建设中,征地拆迁费用超支已经司空见惯。而在合肥南环铁路修建中,征地拆迁费用不仅没有超支,还略有节余,创造了南环铁路建设的一个奇迹,在铁路建设战线传为佳话。

为使征地拆迁费用不超支,董传新与同事们着实动了不少脑筋。

2010 年 6 月,南环铁路要穿过正在经营的一家食品冷冻厂厂房一角,修建路基要占用不少土地,拆迁费最少也在 8 000 万元以上,这对于捉襟见肘的拆迁费来说,是一项不小的支出。为减少拆迁成本,董传新组织设计、监理、施工等单位多次到现场查看,经过专家反复论证,决定修改设计方案,将路基变为桥梁,不仅占地面积大大减少,而且冷冻厂也不用搬迁了。这一方案节约了不少拆迁费用。没想到的是,该厂仍要求赔偿几千万的经济损失,理由是,厂里每年产值和上缴税金都很高,拆迁给工厂造成重大损失。董传新心知肚明,在他与铁路办的建议下,肥东县派出工商、税务、公安等部门对该厂账目进行认真核实,发现上报数字与实情相差甚远。经过各方协商,工厂签字,决定补偿该厂 500 万元的损失。仅此一项,就节省拆迁费用 7 000 多万元。

在董传新看来,拆迁费用不管多少,都属于国家财产。拆迁单位和个人,都要实事求是的申报财产,切不可借机漫天要价。在征地拆迁过程中,他坚持统一的补偿标准,各项政策公开透明。该补的,一分不能少;不该补的,多一分也不给。南环铁路有三处要跨越高速公路,在高速公路上面施工,需要栽桩搭架子,占用护坡和土地,对方要求三处补偿 4 500 万元。董传新觉得要价太高,他与地方铁路办多次找对方交涉,既算细账又讲大局意识,经过多次协调,最终三处只补偿了 1 000 多万元,为国家节省费用近 3 000 万元。

合肥铁路枢纽建设指挥部在规定时间里,完成征地 3 000 多亩,拆迁 40 多万平方米,实现了预期目标。在征地拆迁过程中,没有发生群殴事件,没有人到京沪上访和群体上访,没有对簿公堂,整个过程平稳有序,得到当地政府和上级部门的高度赞扬。

合肥铁路枢纽建设指挥部指挥长张守利说:“董传新在征地拆迁

工作中讲大局、善公关、肯吃苦、勤动脑，对外协调能力强，处理问题方法灵活，在他身上有一股不怕挫折、不达目的誓不罢休的韧劲，值得大家学习。”董传新先后被授予“上海铁路局五一劳动奖章”“优秀共产党员”“安徽省铁路建设先进个人”等荣誉称号。

董传新一路走来不容易，泥泞中充满信心，风雨中更显坚强，然而岁月的脚步却催生出这位不惑之年的年轻人两鬓几许白发。

现在，南环铁路征地拆迁的风风雨雨已经过去，他与同事们迎来了雨后的阳光。金色的太阳照耀大地，照耀在董传新的心里。阳光下的美景婀娜多姿，精彩迷人。然而，董传新没有时间驻足欣赏，因为前面还有很长的路要走，还有更重的担子等着他承担。

长风破浪会有时，直挂云帆济沧海。董传新弹掉身上征战的尘埃，轻轻地哼着那首他喜欢的歌，又踏上新的征程。

# 追逐梦想　庐州圆梦

## ——记合肥枢纽工程建设指挥部副指挥长宋涛贤

陆应果

心若在,梦就在;高铁梦,新地标。

2010 年 3 月,宋涛贤卸下上海铁路局合肥通信段党委书记、纪委书记、工会主席三副重担,带着踌躇满志的豪情,怀揣着搏击高铁的梦想,踏进合肥铁路枢纽工程建设指挥部,走上副指挥长的新岗位。

面对新任务、新挑战,宋涛贤始终牢记责任,凭着难能可贵的钻劲、韧劲、拼劲,参与高铁建设科学组织,亲临现场指挥,以一流的管理、一流的质量,一流的业绩,践行着铁路基层普通领导干部的人生追求。

合肥枢纽南环线“四电”工程的顺利建成,终于圆了宋涛贤的高铁梦!

合肥南站“四电”工程的开通启用,成就了宋涛贤平凡而又多彩的人生!

### 老将出马,不辱使命:急难险重任务敢于挑战

宋涛贤,脸色黝黑,两眼炯炯有神,笑容可掬,中等偏高的个头,挺拔的身板,上身着黑色圆领衫,一派知识者的风度。见到这位性格憨厚、平易近人的基层老共产党员、老领导,一种敬佩心情油然而生。

2014 年 5 月的一天,记者在合肥铁路枢纽工程建设指挥部采访到了忙碌的宋涛贤。

“来到合肥铁路枢纽工程建设指挥部,工作岗位和环境变了,我肩

上的担子越来越重啊!”宋涛贤慢条斯理地说,“转眼之间我到指挥部已 4 年了,主要负责合肥南环线‘四电’工程建设项目。”

合肥铁路枢纽南环线工程始于合宁客运专线肥东站,经合肥市肥东县、包河区、经开区、肥西县后,终至合武客运专线长安集站,线路总长 39.626 公里,工程包括改建肥东站和长安集站,新建合肥南站。

“合肥南环线从繁华合肥市区穿过,一端连接正在运营的合(肥)宁(南京)客运专线,另一端连接同样正在运营的合(肥)武(汉)客运专线。‘四电’施工大面积、跨度,多空间、工种,立体交叉作业,组织协调工作千头万绪,施工难点多,安全压力大。”宋涛贤深知这项工程的复杂性。他说,肥东站和长安集站改建施工主要是利用晚上有限的 4 小时左右“天窗”点时间进行,以保障动车组列车白天高密度上线运营安全。

高铁“四电”系统集成,涉及通信、信号、电力、牵引供电及相关辅助工程。它是基于控制技术、通信技术、计算机技术,集现代信息数字化、自动化、智能化为一体的设备系统。

“四电”系统技术含量高,需要消化吸收再创新;专业接口多,需要加强协调配合;建设工期紧,需要科学施工组织。在进行站场扩能改造施工过程中,技术人员不得有任何细微的差错,必须对既有合宁线肥东站和合武线长安集站“开膛破肚”,这是中国铁路人第一次对客运专线既有站场进行“手术”! 如何确保施工与行车安全?

面对一项项艰巨性任务,一个个关键控制点,宋涛贤感到肩上的责任重如泰山!

急难险重的任务,往往是落到敢于“吃螃蟹”的人身上!

关键时刻,老将出马。2010 年 3 月,宋涛贤从合肥通信段领导岗位调至合肥铁路枢纽工程建设指挥部任副指挥长,坚决听从组织召唤,为组织分忧。

“宋涛贤工作思路清楚,认真负责,不拖泥带水,在把握大局和方向上富有驾驭能力,是位难得的人才。”合肥铁路枢纽工程建设指挥部指挥长张守利非常敬重这位副指挥,对宋涛贤的为人处事很是佩服,“现在宋涛贤虽然阳光了,但组织上很信任他,仍然让他管理合肥南站

‘四电’工作。”

“我长期在普速铁路一线滚爬，有幸参加高速铁路建设，终于圆了回高铁梦想，让我的人生又多了一道印记！”宋涛贤感慨万端，曾经走过的岁月不再回头，一辈子奉献铁路，无怨无悔。

“谁英雄，谁好汉，南环线上比比看！”打造精品工程，是宋涛贤率领的团队坚定不移的目标。身为基层领导干部的宋涛贤，也算上是个铁路元老了，他没有领导的架子，在合肥南环线工程建设中从不以资深经历而自居，非常敬重自己的职业，履行好自己的岗位，敢于挑战困难，凡事认真，精益求精，争创一流。合肥枢纽南环线“四电”施工期间，宋涛贤风里来雨里去靠前指挥，召开现场办公会议，深入一线检查，亲密接触“神经中枢”，协调解决接口工程难点问题，确保工程顺利开展。

## 逐鹿合肥，攻坚克难：客专信号改造史无前例

合肥南环线肥东、长安集站施工，室外多种行车设备需移动，包括既有线高速道岔插铺技术控制，相关数据的更新，不是短短在几个小时内就能解决的。

要在保证客运专线正常行车的前提下，进行肥东、长安集站场技术改造，第一位的是保障行车安全。这对铁路人来说是严峻考验，没有可参照的经验，一切必须从零做起。

“既有线站场技术改造，关键是电务信号施工。信号是列车运行控制的中枢系统，它指挥列车何时走，走哪条路，走多快，何时减速，何时停，停多久，停哪儿……”宋涛贤说，“信号改造是在不影响正常使用的基础上增设新的进出口路径，这类似于在一棵树上嫁接出新枝。”

客运专线对安全管理极为严格，人员出入站场和线路都有一套管理措施，更别说接触设备了，所有施工只能在“天窗点”内进行，即当天夜间最后一趟动车通过以后到次日凌晨动检车开行前这一段空闲时间，施工人员在办理好各种封锁要点，配合要点等手续后，进入施工区域，在设备管理单位的监督下进行施工。

“有变化就有风险，办法总比困难多。为解决在既有客运专线上进行站改，列控软件频繁修改的难度，需要采取降低列车控制系统的自

动化程度,在一定区段内暂时将 CTC－2 列控系统改为 CTC－0 列控系统,即第一步以自动化程度稍低的技术替代成为站改,并在站改施工完成时恢复 CTC－2 系统。”宋涛贤作为建设单位的组织领导,带头开动脑筋,攻克客运专线站改技术难题。他说,最多时仅电务一个施工点就有 300 多名精兵强将上线作业。

“高铁建设必须处理好进度、安全、质量三者之间的关系,要在首先确保安全、质量的大前提下保证进度,不能逆势而动。”针对信号施工的特点,宋涛贤牢记安全责任和使命感,咬定难点不放松,积极会同中铁四局集团电气化工程有限公司等施工团队,协调设计、监理和工务、车务、电务、供电等单位的技术人员,共同制定、优化精细周密的站改方案,签订各方认可的施工计划,加强安全过程控制,摸索出了一套独特的安全施工模式,做到“人人肩上有担子、事事处处有人管”,形成了互相监督、互相制约的安全管理体系。

为了解决现场作业时间不足的问题,宋涛贤会同智囊团大胆摸索采用航空插座进行拆配线,节约挂联试验的拆配线时间,减少线头来回焊的安全风险,得到了设备管理单位的肯定。

“在既有线施工过程中,我们严格执行‘行车不施工,施工不行车’的规定。”宋涛贤按照“分级管理、分级控制”的要求,从严落实安全质量管理规章制度,并对照管理制度实现上下联动监控。施工队伍层层分解责任,领导干部分片包保,项目管理人员、架子队队长承担安全责任,逐级分解,责任到人,不留死角。他坚持每月初确定各层次的重点管理范围,明确检查频次、检查工点、检查内容,并组织建立各施工项目、检查管理人员安全检查纪实台账,做到安全管理严考核、可追溯。

施工期间,每次倒接试验施工拆配线 700 多根,稍有错线就会酿成事故。宋涛贤与他的团队总结出“放千条线条条准确,焊万个头个个牢固”的标准,就是病了他也要挺着坚持跑现场盯控。在站改施工的两年间,肥东、长安集两站申请封锁施工天窗 600 余次,挂联试验 40 余次,II 级封锁施工各 1 次,站改插铺道岔等施工 16 次,实现了数以万计的拆配线无一差错。

高密度的工作节奏,令宋涛贤体力透支。“工作枯燥寂寞吗?”“有点。”“苦吗?”“不苦。保障施工安全质量,耽误不起。”

在技术层面,宋涛贤督导施工单位技术人员对改造的信号系统,进行至少三次“摸线”查检,精确地掌握控制室与室外既有设备的连接状况;施工前进行试验,确认新设备的连接位置符合设计要求与现场实际;经过布线、焊接之后,在当天封锁点结束30分钟前,将既有设备恢复原状,先由施工单位进行试验,再由设备管理单位进行试验确认,从而保证动车组在施工期间、施工区段的安全正点运行,而在施工全部结束后,还须严格按照中国铁道科学研究院通信信号研究所、合肥铁路枢纽工程建设指挥部等单位联合编制的《动态检测试验大纲》,多次进行挂联试验和开通时的总试验。不厌其烦的摸线和试验检测,有效保证了安全生产与工程质量。

宋涛贤积极“穿针引线”,联系中国科技大学、合肥工业大学等高校专家学者,开展工程项目攻关,完成了《既有客运专线扩能改造信号系统施工技术研究》科技攻关课题,这一成果通过了安徽省科技厅组织的鉴定。

针对长安集、肥东站改的关键工序,宋涛贤组织技术人员研究、编写《既有客专线站改信号工程联锁、列控及CTC软件挂联调试施工工法》和《客运专线列控CTCS-2系统过渡CTCS-0系统施工工法》等;研制电缆开剥器、模拟试验箱、挡砟墙钻孔支架等三种作业工具,并成功申报了国家专利。一系列新的工艺工法和创新成果的应用,提高了工效,为客运专线站场技术改造积累了宝贵经验。

线路股道增加,信号机、道岔转辙装置、各种箱盒安装,列车运行控制记录装置LKJ基础参数的精确修改等,这些重要设备的更换、数据的变化,不仅是复杂的技术劳动过程,而且是他与全体参战人员安全优质完成任务、创造非凡业绩的有力证明。

## 勇于担当,殊死奋战:电力接触网施工不留遗憾

合肥南环线工程只不过是中国高铁建设的一个缩影。

扩大原有接触网硬横梁的跨度,安装电力新增设备,这是合肥南环线工程长安集、肥东站接触网技术改造中的又一“拦路虎”。施工中需

要重新安装支柱、架设硬横梁，然后把既有的接触网线移装到新的硬横梁上，这样就有了一个“装”与“拆”的复杂过程。

有人戏说，既有线站改施工是“牵一发而动全身”，像是在“刀尖上跳舞”，而对既有客运专线站场进行技术改造，则更像是在薄冰上赛跑！

接触网设备，属于“庞然大物”。站改中新架的硬横梁最长达 42 米，重约 12 吨，最大跨 9 股轨道，使用一定吨位的轨道吊车吊装虽算不上什么难事，但是在既有客运专线进行站改却是异乎寻常的难！

其一是要在既有网线中像穿梭子一样将这么大的“傻大笨粗”钢梁吊到位，现场施工组织者和技术人员没有几把刷子，这活难以扛下。试想，在吊装过程中，30 多米长的钢梁稍有晃动，会是什么后果？蹭上既有网线，就会损伤网线，轻则影响客运专线的正常使用，重则当场塌网致使站场瘫痪，造成难以想象的后果。

其二这是在夜间“天窗”点内进行的穿梭作业，视线不好，线上高空作业安全风险倍增，等等。

施工过程中的每一钩机械起吊作业，若有毫厘差错都会伤及客运专线安全运输，影响着中国高铁的声誉，这对现场指挥长来说是严峻的考验。

“从缆绳的绑扎位置，到起吊的时机，到吊臂的伸缩，时刻牵动着在现场作业人员的神经。”宋涛贤说，晚上施工，视线不好，给现场组织工作带来诸多困难。

宋涛贤严格依照上海铁路局评审通过和施工方案，组织施工技术人员，认真细化每一个工序，每一个节点，每一项作业。白天，他组织作业队长、吊车司机、起吊指挥人员和技术人员组成的“架子队”，在隔离护栏外进行施工调查，现场讨论作业方案，就地演练，充分预想，精心准备，使得技术、机械、人力融为一体，提高了施工效率。

在施工过程中，宋涛贤敢于创新，组织施工技术、作业人员推行“一图四表”管理法，针对每个工点，制订责任展开表，实行风险动态管理，控制难点，奏响了安全、质量、进度“三部曲”，保障了施工过程安全与质量。

“狠抓工序签认环节检查，突出全线关键工序管理。”宋涛贤强化质量意识，严格推行标准化管理，认真贯彻执行上海铁路局《标准化管理实施意见》，不断完善管理制度和工作标准。他认真落实《合肥枢纽指挥部工艺试验管理办法》，严格第三方检测工作制度，强化工艺试验管理，规范施工过程的工艺工法和工序流程，确保科学合理地开展各阶段、各项目的施工，不断提高管内工程施工质量。

2010 年 11 月夜晚，长安集站第一组硬横梁改造成功，拉开鏖战序幕。

“宁可得罪施工伙伴，决不放过安全隐患。”2012 年 8 月的一天，长安集站硬横梁改造，最后一趟列车还未完全驶过施工地段，中铁四局南环线“四电”项目部为抢时间，即开始吊装硬横梁，晚上在现场把关的宋涛贤发现后，立即制止，次日扩大分析，吸取教训，要求撤换施工队长。

“在合肥南环线施工中，我没有留下遗憾，但在家庭照应上却留下了永远的遗憾！”宋涛贤哽咽地说，“2011 年，合肥南环线施工的关键时刻，正值爱人重病弥留之际，我深知肩上的责任，自己照应家庭不够，只好找来家里的侄女帮助，到医院护理，直至 2012 年 4 月爱人病逝。”

为了高铁，为了人民，一代铁路人殊死奋战，在江淮大地谱写了一部叱咤风云、感天动地的英雄史诗。

2011 年 6 月 21 日夜晚，肥东站组立接触网改造第一杆，施工“突击队”成员把一根根白色的钢柱缓缓吊起，稳稳地站立起来，标志着肥东站接触网改造工程进入上部施工阶段。

经过两年多的苦战，2012 年 9 月 6 日凌晨 3 时，合宁客运专线肥东站广场上空礼花绽放，建设者欢庆国内第一次施工的客运专线既有线站场扩能技术改造工程顺利竣工开通！这是继 2011 年 6 月 26 日成功完成合武客专长安集站改造之后对客运专线既有线站改施工的又一次检验！

在肥东、长安集两站站场接触网改造过程中，宋涛贤带领施工技术人员共申请施工封锁点 420 个，架设和拆除硬横梁 111 组，安装和拆除各种钢柱 386 根，架设和拆除和调整各种导线 69.69 条公里。现场施工安全有序可控,实现了零伤亡、零事故。两站站改先后获得上海铁路局“安全文明标准工地”等荣誉称号。

“追逐梦想,成就希望。”人们送给这位铁路功臣的不仅仅是鲜花和掌声,更多的是温馨与虔诚的祝福!

2013 年初,合肥枢纽合肥、桃花店、合肥西站及合武客专长安集、南分路等站既有的通号院 LKD2 - T1 型列控系统升级改换为 LKD2 - T2 型、联锁软件修改、应答器报文升级、控显和操作台更换等施工任务准确、高效的完成;2014 年 6 月,“四电”工程完成……宋涛贤敢于吃苦,勇于担当,现场盯控工程质量和施工安全,脚踏实地投入合肥南环线、合肥南站和合肥动车运用所后期联调联试拉通试验,他度过了无数个不眠之夜。

追逐梦想,庐州圆梦。宋涛贤带领的团队,创造的非凡业绩,永远载入中国铁路发展史册!

# 高品质工程铸就者

## ——记合肥枢纽建设指挥部副指挥长杨勇、黄雷

陈 凯

尽管离开了为之奋斗了 1 400 多个日夜的合肥南站建设工地，但工地轰鸣的机械、璀璨的焊花、如林的吊塔、丛立的钢骨，仿佛仍在耳畔、眼前。合肥铁路枢纽建设指挥部副指挥长杨勇，这位从事了 27 年建设工作的“老把式”，虽说已告别了工地，但他的心从未曾远离过。当他把雄姿初展的合肥南站交给黄雷时，他看到了继任者坚定的目光。才智和汗水的接力式倾注，最终铸就了高品质的精品工程。

### 当面交任务转身抓落实

“白天到现场看，晚上把设计、施工、监理叫来，讲问题，商对策，交任务，夜里就到工地看落实情况。”工程部工程师马成义眼中的杨指挥一贯雷厉风行。他说，当面交任务，转身就抓落实，涉及安全质量和进度的事，杨指挥从不含糊。

开工于 2012 年 10 月的合肥南站，整个工期仅两年时间，可谓时间紧、任务重。为确保工程的安全、质量和工期，合肥枢纽指挥部建立了周保月、月保季例会制，回顾总结上阶段任务完成情况，找出问题所在并剖析原因，协调落实解决方案，部署下阶段工作。

这样的例会起初却成为轮流汇报、各自表功的“马拉松会”。杨勇则从改会风入手，先通报前阶段发现的问题，针对问题剖析根源、部署整改、落实责任。“超前思考是他的一贯作风，开个会都会把问题考虑

在前，在避免推诿扯皮的同时，保证工程有序推进。”马成义深有感触。

合肥南站工地建有四个钢筋加工场，在一次例行检查中，杨勇发现其中一个加工场未设加工棚。对方因搭棚子要增加投入，认为问题不大，以致不以为然。“必须得搭棚子，这事不能含糊，得阻止加工钢筋在露天作业和堆放。”他与施工单位较上了劲。

“钢筋因经过撇弯等受力加工，会加速氧化，如果露天摆放久了，极易出现锈蚀问题。这种生锈的钢筋如果用于施工，钢筋骨与混凝土两者粘接度达不到要求，会出现‘骨肉分离’问题，严重影响结构质量。”杨勇说。

较真的杨勇要求该场停止钢筋加工作业，并盯上了相关工程局指挥部的负责人，解决了搭棚子问题。“他善于抓住要害并盯住不放，不达到要求绝不罢休。”工程部工程师孙健钦佩不已。

工程部主任谢永彪眼中的杨勇时常绷着脸，“都是因为质量和进度问题，他心中着急。”2011 年夏天的基桩施工中，他对照进度计划现场核查时，发现进度跟不上，他当即一台台数起了钻孔机，发现要求上 19 台，现场却只有 15 台，他立刻找来项目经理，虎着脸要求立即补上钻孔机，并对相关责任单位进行了处罚。

“对于影响安全、质量和进度的关键环节，不能有半点差错。”副指挥长黄雷目光炯然。他举例说，钢结构焊接是事关工程质量的重要因素，就采取施工方和建设方均进行检测的方式，变过去单方检测为两次复检，以堵上漏洞。

在黄雷看来，近 30 余台塔吊和吊机、数千名施工人员集中在这不大的空间里，交叉作业多，相互干扰大，相应增加了安全风险，加大了管理难度，按要求，各施工单位每天均召开交班会，这是一个一杆子插到作业班组的会，反馈当天检查情况，通报各项要求的落实情况。

## 不想出招数决不会撒手

设计变更是影响进度的关键因素，也会造成投资的增加。如何把重达数千吨的钢结构屋顶盖安放到几十米高的顶部？最早的设计是整体平面移位，但因作业场地限制而被迫放弃，最终确定地面拼装、整体提升。

吊装提升时,场地条件能否满足要求?华东交大土木工程专业出身的杨勇,其高度活跃的思维触角,一下子接触到了问题的要害处。他知道,一旦吊机下部作业面浇注完成,而其强度达不到钢结构提升要求,就得变更设计,这可不是短时间和少量投资能解决的。他反复思考,建议采取吊机覆压楼面,局部加固补强的方案,最终破解了这一难题。

采访中,“超前预想”成了杨勇提及最多的词。工程超支几乎成了“流行病”,南环线工程要打破这个“魔咒”就得从认真审查设计图纸开始。杨勇经多方打探,请来十多名有关工程技术专家,对照图纸计算工程量,调查市场材料价格,逐项核对设计图与概预算以防止漏项。

“20 多天时间‘封闭’在宾馆中,从源头上保证设计的真实度。”杨勇说,同时下功夫认真编制指导性施工组织设计,优化设计方案,对关键部位的施工反复研究,尽最大努力减少工程变更。

由于工期较紧,施工的进度节点掌握和合理安排作业流程十分重要。桩基施工得在 6 万平方米施工区,打下 2 400 根桩。杨勇到现场观察,发现打桩的先后顺序安排不合理,这种不合理的程序设计影响了进度。他反复琢磨,提出了划片区作业的方法,并规划了科学合理的片区布局和时间排序,有效减少交叉作业。“问题看得准,所提对策和建议作用大、效果好。”孙健说。

工程部副主任李洪海至今对穿越徽州大道的桥梁工程记忆犹新。在与相关方商谈设计方案时,杨指挥建议公路由平面改为下沉,这一建议引来一片热议,一个个问题抛向了他。他胸有成竹,当场答复给水和污水管路问题。“这是不遗余力超前谋划的结果,缜密的思考,清晰的思路,科学和方案,折服了在场人员。”

凭着丰富的大站房建设经验,杨勇得了个“救火队员”的雅号,杭州东站、南京南站和苏州站,三个高铁站的工地上,都曾出现过他的身影,在那里他的身份是路局专家组成员,在督导的同时,帮助解决施工中遇到的难题。

“站房设计要了解,设计意图要掌握,工艺标准要领会。”尽管黄雷由工业和民用建筑科班毕业，但自从杨勇手中接手合肥南站建设任务后，从未放松对高铁枢纽性站房相关建设知识的学习。“他差不多一直泡在施工工地，在盯施工进度和质量的同时，非常注意观察和研究工艺流程。”朱立勇说。

## 谁打马虎眼立马跟谁急

看似平和的黄雷，较起真来可毫不含糊。一堵长6米、高3米多的隔墙已经砌就，对照手中图纸才发现差之毫厘、谬以千里，这是图外施工所致，当即要求施工单位立即拆除这堵计划外“添堵”墙。

“黄指挥经常独自下工地检查，他认真对待所发现的问题，以保证每道工序必须符合设计要求。”谢永彪说，到了施工后期的装饰装修阶段，各工序间交叉作业骤然增多，尤其是使用单位介入后，添隔墙、加楼层、增管线等要求变更设计的事相应增多，黄雷在耐心解释、多方协调的同时，坚决拒绝不合规范和施工工艺的不合理要求。

“能接手合肥南站这样的枢纽性大站，深感自豪和光荣，也感到责任重大。”对于自己肩负的重任，黄雷十分清楚，首先工作标准要高，严格落实安全、质量和工期要求，切实把建设责任落到实处。

急性子的杨勇其实是个有心人。合肥南站建设刚进入站台层主体结构施工，他就琢磨起后期装饰材料，要求尽早落实厂家。他明白，南站装饰材料品种多、规模大，贴面大理石、幕墙玻璃，都是几万平方米体量，必须给生产厂预留足够的生产时间；内墙面饰材、檐口材料，均为新型材料，质量要求高，必须提前订货；不锈钢扶手等特种材料，是形状差异较大的异形料，必须提前加工。

那段时间，每逢开协调会，杨勇都会要求施工单位，按装饰材料的品种规格，尽早落实生产厂家。此时，各施工单位都忙于抢主体，“后期施工所需材料，干嘛这么早准备？”面对着大伙的不理解，杨勇却据理力争，反复催促。

孙健至今还记得，前后约一个多月时间，杨指挥逢会必问“装饰材料落实得怎样？”，非得要见到完成招标程序，签完合同后才罢休。“现在合肥南站施工进入装饰阶段，因为前期督促到位、落实到位，装饰材料需要多少就立马送来多少，随要随到，从未因等材料而耽误工期。”孙健不胜感慨。

熟悉杨勇的人都知道，他从不轻易表扬人，每次他主持会议，开场白总是：“大家非常辛苦，这都能看到，不用我来表扬，今天只谈存在的问题，先说说上次所提问题的解决情况。”提出问题并解决问题是他开会的主旨，谁偏离了这个主题，他会毫不客气地打断话头。

杨勇非常关注文明施工，钢筋堆放是否下垫上盖，是否按规格堆码齐整，施工现场的扬尘是否处置到位，要求外美内实。安质部副主任谭洪斌告诉记者，杨指挥要求堆放的钢筋，地面要硬面化，下部要垫有方木，上部用彩条布覆盖，一次见到一堆钢筋堆放处下部到处是烂泥，他立即找来施工单位，要求立即用彩条布隔离。

## 把锥心之痛深埋在心底

面前的杨勇健步如飞，语速如飞。可他不仅自身的身体有恙，爱人也长期受病痛折磨。直到今天，杨勇依然记得，得知妻子患病后，从医院走出的那一刻，尽管街上热闹非凡，他只感到天地一片寂然，连迈步的力气都没有，那是一种锥心之痛。

“只要杨指挥出现在施工现场，总是生龙活虎的样子，他把病痛全然置之度外。”谭洪斌说，讲解建设管理程序如何依法合规，传授不同阶段如何抓安全和质量，他从来都不厌其烦，杨指挥是我们的良师益友，“他常常到医院吊水后，出了医院就直奔工地，他爱人有病的事从未提及，直到他调离后我们才知道。”

双眼布满血丝，衣服上飘散出淡淡的中药味。“昨夜为爱人煎熬中药，这中药得细火慢熬，头一副药因配方关系而弃用，又重熬了一副，一直到凌晨2点才熬好。”杨勇轻描淡写，或许在自己并陪同爱人与病痛的长期对阵中，他变得更加平和而豁达。

为了让“南站不难”，尽管手头的事千头万绪，他依然在下工地之余，主持编制建设管理手册，解决了施工中干什么、怎么干、标准是什么这三个核心问题，但编写的过程枯燥而繁琐。“有时遇到难题，有一种四周都是墙的感觉，不知道能否找到能够打开的门，但有了这手册，就找到了那扇门。”一位建设者说。

数月后，当记者与杨勇再次照面时，请他谈谈自己，他总是绕开话题，但提及编制建设管理手册，他立即眉头舒展。为了照顾重病的爱人，他调离了为之奋斗了27年的工地，人虽离去，有了这手册，他多年积累的本领和经验就留了下来。

合肥南站是杨勇接触的最后一个工程，他觉得无论为之操心付出再多都值得。如今，铁路建设工地的喧嚣声已经远去，但每次上街路过房建工地，他总不由自主地停下脚步，甚至隔着围挡墙的缝隙望上一眼。

“前期的扎实工作，为后期施工奠定了基础。”黄雷在十年前与杨勇就是搭档，“他是抓建设的一把好手，目前他的身体状况与长期劳累有着一定的关系。”可黄雷并未接受“教训”，也和他的前任一样，没日没夜地奋战在建设工地。面对合肥南站大体量工程和“打造百年不朽工程”的总目标，他停不下来。

“专业扎实，经验丰富，思路敏捷”，指挥长张守利如此归纳杨勇和黄雷的特点。他说，工作扎实认真的前提是责任心强，高品质大站房建设尤其需要有强烈的责任意识，这样才能切实把握好安全、质量和进度。

“领导带头，万事不愁。”指挥部的职工打趣道。正是因为有了杨勇、黄雷这样精于业务、勇于担当的领头雁，使这座“安全工程、示范工程、高效工程、创新工程”巍然屹立在庐阳古城。

# 儒将之风范

## ——记合肥铁路枢纽工程建设指挥部副指挥长兼总工程师王义宝

刘 勇

三国赤壁之战，周瑜火烧战船，击溃曹军80万，却风范犹在，成为名垂千古的一代儒将!

儒将，读书百卷却勇于征战沙场。

如今，合肥铁路枢纽南环线上也有一位儒将，他腹有良策，胸有谋划，驰骋铁路建设战场；他善于指挥协调，精于桥梁技术，勤于奔波施工现场；他参与策划、设计、施工的合肥枢纽南环线经开区钢桁柔性拱特大桥荣获上海市科技进步三等奖、上海铁路局科技进步一等奖；他积极参与研究的弱膨胀土地区新老铁路路基拼接技术成果荣获上海铁路局科技进步二等奖。在合肥枢纽南环线铁路建设期间，被授予“安徽省铁路建设先进个人”、上海铁路局“建设功臣”“优秀共产党员”等荣誉称号。

他就是合肥铁路枢纽工程建设指挥部副指挥长兼总工程师王义宝。

合肥铁路枢纽工程建设指挥部指挥长张守利说：“王义宝工程专业技术过硬，大胆进行技术创新，他是优化施工组织设计方案的高手。”

时任指挥部党支部书记的万传新这样评价王义宝：“他是一位优秀的管理人才，是称职的副指挥，他对前期工程的组织和设计施工方案的制订审查，无人替代。”

## 儒雅之风范

未见王义宝之前，许多同事用两个字形容他：儒雅。见到王义宝时，儒雅之气扑面而来，从他的言谈举止来看，还有“稳健”“老成”的元素。

初见王义宝是在2014年“五一”之后。五月的合肥正是花香四溢、绿树成荫的好时节。在百花簇拥的合肥市南郊独座三层小楼里，我们见到了忙碌中的王义宝。他中等个头，匀称身材，身着浅蓝色西服便装，乌黑的头发下戴一副近视眼镜，一张平静的面孔显得文质彬彬，说一口皖南普通话，声音不高不低，语速不急不慢，镇定自若。

他谈吐文雅，与他交流能感受到一股书卷之气。

他作风严谨，采访时他随时打开电脑告诉你准确数字。

文化大革命那年，王义宝诞生在安徽省桐城市范岗镇一个农民家庭里。王义宝兄弟六人，他排行第五。父亲王衍彩虽话语不多，却忠厚本分，勤耕不辍。王义宝上学的时候就对乡间小桥有了兴趣。从家到学校，要经过一条大河，河水很深，他们只好绕很远的路。如果河上能架一座桥该有多好呀！从那时起，他的脑海里就储存了家乡各式各样的桥梁。一提到桥，少年时的王义宝如数家珍，说出各式各样的桥：“木桥、石桥、混凝土桥、钢桥、钢筋混凝土桥、梁桥、拱桥、索桥，简支梁、悬臂梁、连续梁，钢架桥、斜拉桥、系杆拱桥”。桥的世界博大精深，他多么渴望揭开桥的神秘面纱，一探究竟。

在父亲眼里，王义宝能吃苦、爱学习，说话有分寸，是个有出息的孩子。王义宝从小学一直上到高中毕业时，父亲紧蹙的皱纹舒展了，因为在农村能读到高中的孩子已经不多了。更令父亲惊诧的是，儿子以优异的成绩考上了石家庄铁道大学桥梁系，这一消息为这个普通的农家小院平添不少欢声笑语。

1991年，紧张而愉快的大学生活很快就结束了。因离家远，一年只能回两趟家，平时假日里，早饭后他就一头钻进图书馆，如饥似渴的看书，一边看一边记，直到图书室关门。四年的大学生活使他收获颇丰，身为班长的他不仅以优异的成绩完成了学业，还因关心集体、乐于助人的高尚品德，多次受到学校嘉奖，并光荣地加入了中国共产党。

毕业后，在众多的就业岗位中，王义宝毫不犹豫地选择了上海铁路局，他被分配到淮南工务段桥管所，一个远离淮南市的淮河大桥脚下，周围是农田和农村，虫蚊满天飞，火车没站，汽车不停，交通极不方便，天天守候着淮河大桥，枯燥而单调，有的职工天天盼着离开这里。尽管大家用错愕的目光接受了这位“戴着眼镜，斯斯文文”的大学生，可是，巍峨宏伟的淮河大桥把这位有些腼腆的大学生深深吸引住了。书本上的桥梁理论与实际有很大不同，王义宝每天除了参与大桥的养护维修检查外，他对大桥的设计、造型也产生了浓厚的兴趣，他认真地翻开书本一边对照一边记录，别人下班了，他还望着大桥苦思冥想。丰富的桥梁知识和高度的责任心，使他走上了段桥梁室主任的岗位。王义宝很看重这个“芝麻官”，他倾听职工呼声，刻苦攻关，为现场解决了一个个桥梁难题，深受现场工人欢迎。

王义宝在淮南工务段一干就是十几年。

2005 年，上海铁路局蚌埠铁路分局的一张纸令，王义宝调到合肥铁路枢纽工程建设指挥部任综合部主任。王义宝兢兢业业、忠于职守，制订了指挥部职责范围及岗位职责，建立了工程质量管理制度、安全管理制度、施工质量控制要点、质量检查及验收制度等各项管理制度；从方案审查，到现场技术、安全措施的落实，王义宝都亲力亲为，严格把关，及时发现和解决施工中的质量问题和安全隐患，保证了工程质量和施工安全。

宁（南京）西（安）线引入合肥枢纽 I 类变更工程及合武铁路引入合肥枢纽工程刚刚完工后，王义宝没来得及喘息就又投入到新的工程之中。他又奉命参加了合肥站改造、南货场搬迁及新建铁路合肥枢纽南环线等新的工程，特别是新建铁路合肥枢纽南环线工程，是指挥部成立以来首次承担的高速铁路项目，这项新任务虽有压力却使他兴奋不已，虽然他参加过合武铁路引入合肥枢纽工程项目的建设，但建设的主体却不是指挥部，且合武铁路引入合肥枢纽工程的速度不高，而新建铁路合肥南环线工程是科技含量很高的高速铁路，要实现高铁梦，就不能失去这个学习机会,尽快掌握高铁工程建设技术。

王义宝抹掉脸上的汗珠,弹掉身上的尘埃,精神抖擞地踏上了新的征程。

## 顽强之风范

王义宝勤于耕耘、敢于创新的精神,使他像一匹黑马脱颖而出,尤其在工程管理和桥梁技术方面表现出很深的功底。2009 年,他被任命为指挥部工程部主任,随着业绩的攀升,他先后被聘为高级工程师、首席工程师;2013 年,上海铁路局任命他为合肥铁路枢纽建设指挥部副指挥长兼总工程师。

王义宝首先要做的是,组织制订合肥站改造工程、南货场搬迁工程和南环线工程的施工组织设计方案,审查南环线重点项目设计、施工方案,并组织开展科研攻关项目,运用新工艺、新技术实现对工程安全质量的有序可控。

2009 年 12 月 10 日,南环线铁路工程在一片锣鼓声中隆重开工,从开工到开通运营只有 30 个月的施工时间。

工期紧、质量高、标准严、任务重,大有将人压得喘不过气来的感觉。一场新的战斗序幕拉开了。对于王义宝来说,这不仅是体力和智慧的考验,更是顽强意志的考验。

面对巨大压力,王义宝像久经沙场的指挥员,冷静分析,沉着应对。他开动脑筋,找准"突破口",果断出手,快刀斩乱麻,一切程序化繁就简,采取专家指导、集中办公、专题例会、设计审核一条龙的工作程序,深受合肥市政府及施工单位的欢迎。

然而好景不长。正当千军万马战犹酣时,铁道部发生了建国以来最大的腐败案,原铁道部长某领导中箭落马,热火朝天的南环线建设受到重创。尽管后来铁路建设逐渐回暖,但施工工期、设计方案要做重大调整和修改,这就加大了工作量和投资成本。

从此,王义宝开始了漫长的"京沪游",他带着方案去北京,跑上海,找政府,报审一个个经过重新修改的方案。这期间,王义宝受了很多委屈和误解,但他从不把这些放在心上,他心里想的是:方案快些通过，千万别误工期。

合肥南站站房是南环线的重点工程，与其相关的配套工程则是合肥市的重点项目，由铁路和地方十多家设计、施工队伍参与建设，难免出现不和谐之音。王义宝与市铁办定期组织召开各方协调会，及时协调解决南站房、市政匝道、地铁、线下停车场、综合管线、南站与周边地区道路衔接等设计施工中出现的问题。仅 2013 年，王义宝就组织召开南站市政配套工程协调会 25 次，协调解决上百个现场出现的问题。

在紧急任务一个接一个，新问题不断出现的时候，王义宝头脑清醒，思路清晰，对影响工程进度的关键点、专业设计接口等脉搏把握准、动手快，显示了一个指挥员关键时刻冷静、果断和顽强的作风。

王义宝一贯作风严谨，有自己的独特见解。讨论会上他从不人云亦云、随大流，检查工作从不讲形式、走过场。在工作中，王义宝只讲标准，不讲感情；只讲原则，不讲关系。同事们说，王义宝待人一向态度温和，可是一旦发现施工中不该出现的问题时，微笑的面孔就会随之消失，晴转阴甚至会下大雨。工程部主任谢永彪回忆说，自今年以来，指挥部面对工期、任务、质量和作业环境的“四大压力”，作为副指挥的王义宝经常到施工现场督战。有一次，王义宝来到合肥南站高架站场，在一片繁忙喧嚣的工地上，他先检查了一台台施工设备，又数了数参战人数，他的脸色顿时严肃起来，他找到项目经理，郑重其事地说道：“工期这么紧，这点人怎么干得过来？上次开会说过，要增加现场施工人员，怎么没行动？下午再增加 100 人，否则，拿你是问！”

在同事眼里，王义宝是一位好脾性的副指挥长。但也有火气大发的时候。王义宝发火的前提是发现施工中出了漏洞。2014 年 4 月 5 日，他来到正在修建的合肥南站地下出租车场，看到施工现场设备乱放，泥水遍地，到处一片狼藉。一向儒雅的副指挥长突然怒形于色，厉声责问项目经理，最后撂了一句：“限期 3 天整改，整改不彻底，另请高明！”说完转身离去。一周后，王义宝又来到这里，施工现场完全变了个样：忙碌中的人员设备依然井然有序，施工环境干净整洁，各项安全措施到位。王义宝的脸上重新露出满意的笑容。

不论在施工现场，还是在专家论证会上，王义宝总是直言无隐，实事求是,丁是丁卯是卯。在上级领导和专家众目睽睽之下,王义宝为了论证一个设计方案与人争得面红耳赤,他也毫不在意。王义宝说:“当时脑子里只有方案、安全和工期,没想别的。”

王义宝顽强的工作作风令同事们赞不绝口。

“节假日里,常常见他一个人在办公室加班;夜深人静时,经常看到他挑灯鏖战。”兰州铁道学院毕业的大学生陈世敏如是说:

“我住单身时,星期日常到指挥部院里打篮球或去办公室看书,几乎每次都看到王指挥长在办公室聚精会神地工作,他这种精神令我鼓舞。”

采访王义宝时也感受颇深,几次约定,几次失约。电话打过去,手机中不是传来会上讲话声,就是传来施工现场的对话声。他总是在忙碌着,一个不知疲倦的人。

王义宝永远走在路上。

永远走在路上——既是对王义宝的真实写照,也是他在铁路建设战线上的工作常态。

永远走在路上——一位儒将的顽强风范。

## 钻研之风范

南环铁路因穿城而过,致使全长39.6公里的铁路,有近30公里是桥梁,这使深谙桥梁工程的王义宝有了用武之地,每天徜徉在桥的海洋里,兴奋之情溢于言表。尽管有人称他“桥梁专家”,他仍保持刻苦钻研之风范。每天看书学习,写笔记,带着问题从实践中求答案。王义宝说:“对我来说,学习钻研是一种乐趣,解决问题是一种享受。”在繁忙的工作中,他还把理论研究成果撰写成十几篇学术论文,分别发表在专业杂志和《标准化管理》系列丛书上,受到专家学者的好评。

王义宝十分重视科技攻关,用科学理论解决铁路建设中的技术难题。他结合现场实际,与施工人员一起开展新材料、新工艺、新装备、新技术的科技攻关活动。对于涉及南站站场和重大桥梁等施工方案,王义宝及时组织专家对施工工艺和施工技术进行专项论证和优化,并协助施工现场解决了许多疑难杂症,为确保工程质量和施工安全奠定了基础。

为保工期,施工大军跑步进场,但急需施工图纸,怎么办?王义宝一面组织设计专业人员加班加点,连夜绘制图纸,一面采取优先应急,分段分层供图等措施,在最短的时间里满足了现场施工对图纸的需求。

在他不大的办公室里摆满了各类图纸,一摞摞的施工图纸要等他一一审查,大量施工单位的报告报表需他一一过目。他要根据施工标准和现场情况修改数据、规范程序,还要组织人员绘制桥梁示意图。

除了组织制订各类方案之外,王义宝还要根据政府要求和现场情况不断修改完善设计方案。去年,合肥市政府提出了南站配套工程新的修改意见后,王义宝积极组织专家及设计单位进行论证,召集专业人员进行修改,既满足了南站配套工程的需求,又确保设计源头受控。为工作方便,王义宝出门时总把图纸带在身上,一进工地就把图纸与施工现场进行比对,一旦发现设计图纸与现场实际不符时,就及时通知设计院及有关单位进行现场分析、修改。在南环线施工中,图纸修改几千次,其中重大修改达几十次。

在南环线建设中,王义宝坚持专家论证、集体会诊、多方联合定案的方法,将工程建设损失降到最低。他积极倡导指挥部与清华大学合作,以合肥南站建设工程为依托,组织开展大型站房精益建造、电子单元网格化管理等科研攻关课题,收到很好效果。王义宝在项目立题、制订课题大纲、资料搜集中发挥了骨干和引领作用。

王义宝说:“现代化的铁路建设离不开科技的支撑,更离不开高、精、尖的专业化技术,我们只有在实践中不断学习,才能破解施工中的难题,为铁路建设保驾护航。”

合肥南环线桥梁占全线长度的70%以上,桥跨路、路下桥,层层叠叠,蔚为壮观。面对形式多样的桥梁,在王义宝心中分量最重、最亮丽的桥梁还是经开区钢桁柔性拱特大桥。这座长461米、高80米的柔性拱特大桥,是国内同类桥梁中距地面最高、跨度最大、斜交角度最小、应用新工艺最多的特大桥。蓝色的桥梁,红色的桥拱,恰似架在合肥城南的一道绚丽彩虹。为建造这座彩虹桥,王义宝付出了太多的心血和精力。他带着图纸多次到现场实地查看,召开现场会分析研究。在方案比选阶段，王义宝组织攻关小组成员参观了跨黄河、跨榕江等多座特大桥的施工现场，并邀请华东交大、西南交大等大学教授及专家对方案进行反复论证和比对，最终确定了“多点同步顶推架设方案”。南环线经开区及南淝河特大桥两跨高速公路，桥下每天过往几十万辆汽车，在桥上施工，掉个扳手也会酿成大祸。为保证大桥安全架设，由王义宝牵头，成立了特大桥科技攻关 QC 小组，并联合合肥工业大学、武汉理工大学进行顶推架设工况分析、拼装支架、滑道梁设计及导梁设计，先后 6 次聘请国内专家会诊评估。柔性拱拼装是项新技术，国内尚无先例，经过专家反复论证审核，王义宝代表指挥部最终从 3 个拼装方案中确定了“带拱顶推、拱脚合龙”的方案，这个方案虽然施工难度大，但科技含量及安全性高，属国内首创。

辛勤的汗水终于浇灌出累累硕果。2012 年 2 月 12 日，南环线经开区钢桁柔性拱特大桥成功合龙。这项新技术填补了我国桥梁史上的空白，荣获上海市和上海铁路局的科技进步奖。

王义宝风尘仆仆，一路走来，用顽强的毅力和丰富的科学知识，攻克一个又一个科技难关，解决一个又一个施工中的难题，展示了指挥员能文能武的光辉形象，成为活跃在铁路建设战线上的一代儒将。

# 铁肩担重任　热血铸精品

## ——记合肥铁路枢纽工程建设指挥部工程部主任谢永彪

水玉兰

他谦和低调，但在工地上不怒自威；他身材不高，但业务能力出类拔萃；他话语不多，工程部21名员工却在他的带领下拧成一股绳。他就是合肥铁路枢纽建设指挥部工程部主任谢永彪，一位不怕吃苦、不怕困难的热血男儿。

### 心系一线　为现场排忧解难

2005年6月，合肥枢纽指挥部刚刚成立，谢永彪从蚌埠建筑段调进合肥枢纽指挥部。9年时间，他从一名普通工程师到高级工程师再到工程部副部长，到现在的工程部部长。一步一个脚印，稳扎稳打，为合肥南环线高铁建设立下了汗马功劳。

1972年，出生安徽怀远县一个乡下农村的谢永彪，从小就非常懂事，看着父母亲为供养兄妹几个上学，日夜操劳，所以谢永彪的学习异常刻苦，他要用自己优异的成绩回报父母。

1991年，谢永彪以优异的成绩考取了华东交通大学，专业是工民建。小时候住的茅草房，让他打心眼里就对红墙黛瓦的建筑有一种热切的向往。

1995年，谢永彪大学毕业，分到蚌埠建筑段成为一名房建设计人员。两年后，谢永彪成为独当一面的房建工程管理人员。

2005年6月，一纸调令，谢永彪从工作9年的蚌埠建筑段调到合

肥铁路枢纽建设指挥部任工程师。合肥枢纽指挥部作为参建单位的龙头，对业务能力有着更全面更系统的要求。谢永彪知道枢纽指挥部是他实现抱负的大舞台。但要胜任工作，还得下苦功夫学习。

那段时间，谢永彪枕边、桌子上堆的都是关于铁路建设方面的书籍。在施工现场，谢永彪随身带着笔记本，遇到“疑难杂症”就记录下来。两年时间，他整理出三大本记录。

谢永彪踏实的学习态度，严谨的工作作风得到了指挥部上下一致认可和好评。

2007年、2008年，谢永彪连续两年被上海铁路局评为建设系统“先进个人”。2009年，谢永彪被选拔参与铁路局建设处组织的《铁路建设工程标准化评定工作指南》、《高速铁路施工工序管理要点》等专业书籍的编写工作。在编写过程中，使他对所学的理论知识进行一次系统的总结，为2009年合肥站改造工程中大展身手打下良好基础。

2009年6月25号，合肥站房改造攻坚战正式打响。谢永彪担任此项施工任务的主管工程师兼总体负责人。当时，铁路局下死命令，克服一切困难，力保2010年春运工作正常运行。在5个月的时间里，把站房全部拆迁到建成恢复主体部分使用，时间之紧，任务之重，困难前所未有。为了确保工期进度，谢永彪倒排工期，把施工计划分解到每月、每周、甚至每天，使施工进度一目了然。

每天晚上11点后，劳累一天的工人休息了。同样在工地上忙碌了一天的谢永彪开始组织项目部经理、监理和设计人员开现场碰头会，把当天工地上发生的问题进行解决。这种一天一总结的工作效率极大推动了工程进度。一位施工单位的领导开玩笑说：“这个工作频率，没有一副强硬的身板还真扛不住了。”

回想起当时站改情况，时任合肥铁路枢纽工程指挥部党支部书记万传新依然对谢永彪赞不绝口：“责任心强、业务能力高，在合肥站改造工程中他克服了很多困难。”其实合肥站改，谢永彪克服的岂止是工作中的困难，还有来自家里的困难也被他默默克服了。

合肥站改造期间，谢永彪平均每天工作在15个小时以上，合肥离蚌埠的家开车只需一个多小时，谢永彪却几个月都无法回去看望上幼儿园的女儿及爱人。

就在工地连夜加班奋战的时候，在医院当护士的爱人小张突然患上了带状疱疹，由于药物反应，又引发急性肾功能衰竭，小张医院的同事打电话给谢永彪，此时他正在施工现场与设计、监理人员开会制订封锁点施工方案。谢永彪心里很着急，但会议刚刚开始。他在电话里拜托那位同事先帮忙照顾着，说自己暂时抽不开身。那位同事一听就把电话挂断了，气呼呼地说："再忙，不能连老婆的命都不顾了？"小张听了，委屈的眼泪止不住地流下来。

第二天在医院，小张看到赶回来的谢永彪满眼血丝、胡子拉碴，心中的委屈顿时消失了。

谢永彪打电话叫来家乡的妹妹照顾爱人。安排好后，第二天他又匆匆返回到工地。

## 为保工期　他要一"盯"到底

2010 年 1 月 28 日，合肥站改造工程顺利完工并交付使用，展现了合肥铁路枢纽指挥部一流的战斗力，也展现出谢永彪努力拼搏的精神，谢永彪像一匹黑马脱颖而出。2011 年，谢永彪被任命为指挥部工程部副部长。

2012 年 3 月，谢永彪带着指挥长张守利的重托，到北京报审合肥南站房施工图批复。当时，南环线桥梁建设如火如荼，部分桥基已经建成。南站房的施工图批复还遥遥无期，这样一来势必影响到南环线整个施工进度，指挥部的几位领导心急如焚。

谢永彪连夜赶到北京，一下火车，提着行李箱直奔工管中心办公室，几个办公室跑下来，谢永彪得到的答复是："回单位等消息吧"。

谢永彪不甘心，人都来了，事没办成怎能回去？能早一天拿到批复，等于给工程建设节省一天时间成本。

谢永彪的"盯"劲上来了，住在北京工管中心附近旅馆的谢永彪，每天清晨一大早起来，买个油饼，边吃边往工管中心赶。在工管中心，谢永彪跟办公人员打起了"持久战"，他天天比办公人员去得还要早。

没几天，吃不下饭，睡不着觉的谢永彪嘴上起了一溜泡，跟办公人员说话时，笑容依然灿烂，一张口，话里却透着十万火急。办公人员被他深深感动了，主动帮他督促有关部门，事情才有了好的转机。

半个月后，谢永彪终于等来了南站房施工图方案的批复文件。在返回的火车上，他的脑子里在酝酿下一步工作：施工前的方案。

15 天后的谢永彪明显瘦了一圈。

从北京回来的谢永彪来不及休息，立即投入到紧张的工作之中。现场如战场，排兵布阵是关键的一步。一种大战前的亢奋充斥他身上的每一根神经，这时候的他感觉不到疲惫。

谢永彪开始着手制订工程人员分工、岗位职责，制订各个工程建设时间节点。制订方案，他细致到完美的地步：从招标准备、资格预审、施工招标、开工准备到完工时间。不打准备不细致的仗是谢永彪一贯作风。“打造百年工程，就要付出百分之百甚至百分之二百的心血和汗水。”谢永彪如是说。

合肥南站作为特大型站房一类建筑，上下四层，承重结构需要达到一百年耐久年限的要求。站房工程深基坑开挖、高大模板支撑、屋盖提升、预应力张拉、幕墙安装等专项施工方案，谢永彪倾注了大量的心血和精力。

在组织对专项施工方案的审查中，谢永彪可谓到了“谨小慎微”的地步，每个方案都力求做到细化，每个环节他总是反复推敲。即使是方案中的细小环节也从不放过。反复和专家分析、论证，直到优化为止。

合肥南站房工程涉及深基坑、高大模板、屋面钢结构提升等几个专项施工方案，为此，谢永彪先后组织了 35 次施工方案审查会。谢永彪对专家说：“我们坐下来多开一次研讨会，工程施工中就会少一份风险，百年工程就会多一份安全。”

## 奋力拼搏　梦圆南环线

“谢主任最让人佩服的是肯吃苦，晚上经常熬通宵，白天照常去工地检查，而且每次去都能发现毛病。”工程部的孙健由衷地赞叹。

在南站房工地上，很多认识谢永彪的施工人员对他都有几分敬畏，因为谢永彪的眼神太犀利了，只要他在工地上用眼睛扫一遍，就能发现问题。

一次,谢永彪在工地上检查,一抬头看见铁架上,一个正在焊接的工人竟然没有带安全带,谢永彪大声喊他下来,工人看着手里的活快要结束有点犹豫。

谢永彪边往架子上走边大声说:“我喊三,如果你不下来,我就上去请你下来,后果你要想明白!”工人下来了。谢永彪迎上去看了看工人的脸:“看样子你比我大,我叫你一声‘老哥’! 我老家也是农村的,咱们男人常把养家糊口挂在嘴上,连自己命都不懂得珍惜的男人,算不上真正的男子汉!” 那位工人虽然被谢永彪狠批了一顿,事后却是心悦诚服:“这个领导老弟,说的话有点狠,但听起来很入心。”

谢永彪积极推进科技创新工作,以南站房为依托,倡导指挥部与清华大学合作,开展了特大站房精益建造、电子单元网格化管理科研攻关课题,在资料的收集整理过程中,谢永彪倾注了大量心血。期间,实施的电子单元网格化管理在合肥南站工程建设中,有效地控制了工程的实体质量及原材料的质量,为打造精品工程打下了坚实的基础。

2013 年 11 月,谢永彪由工程部副主任晋升为主任,全面主持工程部工作。

谢永彪管理工程部,非常注重“带队伍”培养新人。他说:“高铁建设飞速发展,需要我们的后备力量迅速成长。”谢永彪手下好几位年轻大学生,入路时间不长,缺乏实际工作经验。谢永彪总是言传身教,从第一步干什么开始教,一点点把他们领上路。“谢主任对我们非常关心,他总是用行动指导我们,每次大家加班,他总是第一个到,我们家里有什么,他也总是热心帮助,我打心里敬重他。”工程部同事马成义说。

南站房工程建设,现场七八家施工单位,1 000 多人同时施工,交叉作业,工地机器轰鸣,车辆穿梭。在谢永彪的引导下,工程部的全体人员团结一致,相互配合,拧成一股绳。南站房施工现场始终井然有序,管理规范,工程进度日新月异。

为推动工程进度,谢永彪每周都组织召开南站房施工、设计、监理等参建单位的现场协调会,针对变更及其他妨碍工程进度的问题,现场及时协调解决。

协调会经常遇到僵持不下的场面，几家施工单位常常各自按照自己的观点发表看法。谢永彪总是通过翔实的数据、工程流程、建设法规等事实分析给大伙听。平时挤出时间学习的专业理论管理知识得到超强发挥。

谢永彪说："打造百年精品工程是我们共同的想法，施工现场如战场，谁要因为个人主义贻误了工期，就是贻误战机。我希望若干年后，回头看我们亲手打造的百年工程，内心充满的是自豪而不是惭愧。"谢永彪的话朴实无华却很能打动人，加上他平时言行一致的工作作风有着强有力的说服力，问题总是迎刃而解。

笔者收笔时，听到一个好消息：原定于 2014 年 10 月 28 日交付完工的南环线及南站工程，因为工程突飞猛进，决定提前竣工交付使用。

想象南站开通，在每一天迎来送往的人潮中，在每一趟快捷安全的往返中，那些乘坐在高铁上满怀喜悦的乘客，是否会想起曾经奋战在一线工地上的建设大军。正是因为他们的抛家舍业，正是因为他们的奋力拼搏，我们的出行才会越来越便捷舒适，我们的生活才能蒸蒸日上。

我想南环线会记住他们，合肥市人民会记住他们，历史更会记住他们——这些千里铁道的建设者是人们心中最可爱的人！

# 建好人生纪念碑

## ——记合肥铁路枢纽工程建设指挥部安质部主任陈明新

杨庆宁

合肥枢纽指挥部将是陈明新职业生涯的最后一站。这个工作勤勉却自称“能力不强”的人，却把工作做到了“群众夸奖、领导认同”。合肥南环线及合肥南站建设工程之巨，难度之大，困难之多实属罕见，至今却没有发生过一起事件。问及原因，陈明新称是“指挥部领导有方加之大家努力”。

谁都清楚，取得如此佳绩，他这个安质部部长功不可没。“我把南站当成我人生的纪念碑，没有理由不尽职尽责。”陈明新说。

### 凝聚团队力量，干出不凡成绩

一大早，陈明新又回到办公室。开会时，人们发现陈明新不仅眼睛红红的，就连鼻子两侧也肿了起来。

“陈部长鼻炎又犯了？”同事罗方丁关切地问。“没事，吃点消炎药就行了。”陈明新说得轻描淡写。而细心的人却发现，他不时侧过脸用纸巾擦拭着鼻涕，眼角不时地抽搐着，分明是在忍受着剧烈的疼痛。

鼻炎发作是因为过度疲劳导致免疫力的下降。长安集站施工如火如荼。深夜出发，到凌晨才收工，陈明新要全过程现场把关。毕竟已不年轻了，日复一日的连续工作，他身体有些吃不消了。那天夜里，他忍着鼻炎带来的痛楚，坚持现场盯控把关。

“吃点苦算不了什么，如果过于在乎，没有奉献精神，怎么带队伍

呢?”陈明新说。

带团队靠什么?靠人格的力量,靠领导模范带头作用。陈明新心里十分清楚。

从2010年至今,合宁客专肥东站和合武客专长安集站的改造封锁施工点多达1 500余个,高峰时段,两站每天都有夜间封锁施工点。在每月的施工把关安排上,他总是多安排自己。安质部高级工程师陈坤曾患胃溃疡在上海手术,身体不好,陈明新在工作安排上尽可能给予照顾,尽量减少他在现场的时间。即使是安排他做内业资料,也会以征询的口吻。“有这样尊重人爱护人的领导,我怎么能不努力干好工作呢?”陈坤说。

每次施工前,陈明新都组织大伙认真研究,结合施工计划,在现场严格要求,确保施工单位严格执行施工方案,各项安全保障措施落实到位。4年里他共计参加封锁施工352次,包括3次二级封锁施工。司机陈尚勇常年跟着陈明新,对陈明新的工作状态十分清楚。“不管是寒冬还是酷暑,他一个通宵接一个通宵地熬,真的很辛苦!”陈尚勇感慨万分。

“什么叫身先士卒?从陈明新身上我领悟了。”常与他“并肩作战”的工程部副部长李洪海说。

把关盯控,要盯到点子上、盯到关键处。这就得需要扎实的专业知识。高铁发展突飞猛进,高铁建设的新知识新技术既多又杂,自称是学电力“小专业”出身的陈明新,如何能把持住那些堪称“高精尖”的高铁工程的安全质量关口?

是的,陈明新20世纪70年代在南京铁路运输学校上学时,“高铁”这个词还不曾听说过。“没有退路,我只能拼老命学了。”陈明新下定决心要与高铁新知识新技术“恶拼”一场。可他毕竟是年近花甲的人了,记忆力大不如前,记得慢,忘得快。好在毕竟是正规院校毕业生,有功底且理解力较强,一本本厚厚的教材慢慢地装进了他的脑子里。

陈明新的“拿手戏”是“临时抱佛脚”。接触网施工了,他就把高铁供电猛学一阵子。要制混凝土箱梁了,他得找分子力学之类的书籍,要架梁了,他就得恶补一下工程力学等。细心的同事们发现,每一项工程开工前,他的案头就会多出几本书,白天跑工地检查督导,一有空暇便埋头苦读。遇到书中疑难，陈明新也十分坦然，因为他有“靠山”。他在建设系统干了那么多年，身边曾走出许多学历高且爱学习的年轻人。那些年轻人中有不少是铁路局建设系统的“精英”，他们对陈明新十分尊重。“不耻下问”的陈明新在向他们请教时，一点也不觉得难为情。

自己勤奋学，他人真心帮。陈明新在每次制订方案时，都成竹在胸，那么多隐患问题被他一一查出，也正得益于他的勤学善问。

## 像保护眼睛一样保护安全

初夏，合肥南环线南站施工现场马达轰鸣，焊花四射。陈明新头戴桔黄红安全帽，仔细地察看着现场每一个角落。合肥高铁南站是上海铁路局四大高铁站收官之作，落成在古城合肥，将成为安徽省会的新地标。望着壁上纹“福”、“四水归堂”，透着浓浓徽派建筑风格的雄伟站房，陈明新内心充满着激动与自豪。这里，凝聚着他和同志们的心血与汗水，他的职业生涯，将在南站开通后画上圆满的句号。合肥南站，将成为他人生中一道美丽的风景。他告诫自己，一定要善始善终，把高铁南站建设好。

合肥高铁南站整个站房工程包括深基坑开挖、高大模板支撑、屋盖提升、预应力张拉、幕墙安装等专项施工，作业难度大，危险系数高。指挥部下达的目标是：工程完工无安全事故，工程完工轻伤率控制在3‰以内。工程完工无火灾事故的发生。工程完工无重大刑事案件和治安案件的发生。杜绝一切行车安全事故，杜绝施工安全重大、大事故，防止一般事故的发生。

许多人都认定，这几乎是一项“很难完成的任务！”陈明新咬定：严防死守，要像保护自己眼睛一样保护安全。

合肥南站房主体建筑轴线间南北长364.25米，东西宽561.8米。这个区域里，有多家单位的数千名施工人员交叉作业，众多的建筑材料堆放，300辆汽车往来穿梭，20台塔吊高扬手臂舞动……因工期紧迫，各单位都要赶时间抢进度，如果没有科学而严格的管理，不树立牢固的安全意识，想保证安全只能是一句空话。陈明新从方案抓起，从源头抓起，利用市政府将地铁在车站下方的换乘站建设委托指挥部管理的优势,将工地划分为五大区域,实施“跳仓法”施工,排除施工单位彼此之间的影响。在管理方法上,采取项目部直管工班,减少中间环节,以利于对现场安全控制。不仅如此,施工法的每天调度会、安全情况通报、日清月结等制度,从制订到落实再到整改,他都真抓实干,一丝不苟。

“预想时一定要把问题想到最坏,围绕‘最坏’情形去制订方案。”陈明新说。这也是他抓安全的“制胜法定”。站房工地上堆置的包装物、包装袋等,容易被焊花点燃起火,民工临时住房用电、做饭等都是可能发生的消防隐患。这是陈明新的“心腹大患”。他严明纪律,要求操作人员必须具备资格,并规定,凡进行焊接、切割金属作业的,必须要指定专人防护,并且事先提出申请,明确作业地点、时段和防护措施等,然后由有关部门审批。作业前,要清理周边5米范围内和下部空间的易燃物,插旗或拉线设警戒区域。每个动火点都得接入临时消防水管。在高空焊接作业时,其下部要划定防护区,并要摆放接火盆。作业结束,必须清理现场,确认无火灾隐患后方可离开。为了提高施工人员应急处置水平,在有关部门配合下,他开展了多次消防演练。此外,他安排安质部门的同志每天都要到现场盯控、监督,真正做到消防检查月月有,火情隐患日日盯。

施工中常常会因需要临时挖基坑和孔洞,这些坑洞开挖时往往是单方面的,相关单位不知情。可有的坑洞直径超过2米、深达10米,是重大的隐患,一旦机械误入会车毁人亡,一不小心落入,轻则会摔伤,重则会丧命。这些安全隐患引起陈明新高度警觉。他告诉大家,这个隐患不彻底解决迟早会出大事,并带着安质部的同志,与施工、监理单位认真商讨对策,严格规定,在类似的坑洞四边,必须采取严格措施——基坑和洞口上方漆成红白相间颜色的防护围栏。可这个围栏也常会移动,隐患还会复现。于是,陈明新率领安质部与相关单位对此类地点实行动态管理,即施工后立即恢复,并纳入监控重点,努力做到万无一失。

“陈主任真是管得滴水不漏呀!”中铁建南站项目部经理王伟由衷地感叹。

其实,对陈明新而言,最大的挑战是来自来既有线施工。

合肥南环线的两端分别是肥东站和长安集站,自东向西衔接合宁、合武两条正在运营的高铁。1 500 多个天窗点的建设绝大多数时间都安排在夜间零时至 3 时。数千人挑灯夜战,数十台机械机具马达轰鸣,在外界人眼中宏观、热闹的场面,却让陈明新万分揪心。一个人,一个环节出一点点错,都可能酿成大祸。陈明新的心成天悬着,像个医生,他要治"未病"。他组织人马,对施工单位人员营业线施工安全知识学习、抽考,进行路基坍塌应急抢险演练,开展防护员安全知识竞赛等,对每天的施工方案、施工准备一点一点地抠,一个细节都不忽略。施工时,每个关键点都得安排人去盯控,严防"一步不到,满盘皆输"的结果出现。

略举一例吧。硬横梁是高铁站场悬挂支撑接触网的基础构件。每组硬横梁由两根钢柱和一组横梁构成。吊装硬横梁,是施工中较为常见的工作。可这与新建铁路不同,在既有线上吊装硬横梁可不是个好干的活儿。因为先要将原有的硬横梁吊下,再吊装跨长 30 米的硬横梁,一拆一装,下面要避开承载动车组的钢轨,上面不能碰供电的接触网。稍有不慎,后果了得。每天做方案时,他们都绞尽脑汁。拆装下的硬横梁轻放到平板车上,再将新的硬横梁用平板车运到指定地点,与钢轨呈平行状吊起,再在空中转角 90 度。这个过程写成文字显得有点"轻描淡写",可在吊装现场,没有人不捏一把汗。特别在寒冬或雨天,吊装作业更要小心翼翼。要是有一点闪失,就是了不得的大事!每当吊装作业完成后,陈明新都会如释重负。"不亲身经历,很难体验那种压力。"陈明新说。四年时间里,他共计参加封锁施工 352 次,包括三次二级封锁施工,没有出现过一次事故甚至险情。

## 在质量面前,没有商谈余地

陈明新待人和气,可是,如果遇到安全质量上问题,他就像换了个人,十分严肃,毫不讲情。

2013 年 11 月,初冬的江淮天气不冷,倒是有一件事让陈明新感到心寒:他一直比较信任的某施工单位的雨棚立柱不合格。监理公司人员在检查中发现,那家单位有一批立柱钢管焊缝不均且有虚焊、假焊等问题。

合肥高铁南站作为特大型站房一类建筑，主要承重结构必须满足一百年耐久年限的要求，每天要接受成千上万旅客的检验。指挥部确定的质量目标是：检验批、分项、分部工程施工质量检验合格率必须达到100%，单位工程一次验收合格率必须达到100%。实现一次性交接合格，并争创国家优质工程奖“鲁班奖”。如此高的建设目标要求，怎么允许这样的问题存在呢？

陈明新闻讯后当即赶到现场。“其实这并不影响质量，只是外观差点。”施工方负责人在一旁解释，“如果返工，一则浪费成本，再则耽搁工期。”“质量问题没有商量，必须撤下。”陈明新毫不犹豫回答。紧接着，他随着指挥部的分管领导火速前往天津，到钢管生产厂家实地调查协商，把那批钢管全部退了回去。

“抓质量就好比做出好的大餐，要想做好大餐，大厨必须要把好原料关。”陈明新告诉那家施工单位的负责人，并警告他，如果再犯，就会采取更严厉的措施。

从物资材料采购到物资材料进场，对不符合技术标准或合同要求、物理化学指标检测不过关的材料，陈明新绝不让其蒙混过关。可南环线和高铁南站建设，路基近14公里长，桥梁26多公里，施工单位交叉作业，6个分部独立工作，有6个搅拌站，其水泥、混凝土、钢筋、沙料的质量如何把关？陈明新带领安质部的同志一方面进行试工自检、请监理单位检测、聘请有资质的第三方机构检查，一方面采取“定期检查”和“飞行检查”及破查试验等方法。定期，就是经常去现场对原材料、工序、文明生产等情况进行程序化检查；而飞行检查则是试图看到施工单位对安全质量更真实的情况；通过破查试验便是随机抽检工程所需的混凝土制品进行破坏性试验，以检验产品的质量。对于大型钢构结构，派人去生产厂家亲自驻厂监造，以确保产品百分百合格率。

抓质量，必须要有制度保证。陈明新严格落实合肥枢纽指挥部要求，让所有施工单位，新人员上岗必须经过严格培训，经过考试并合格后持证上岗。每个项目的每道工序开工前，都要事先推出一个样板，经建设、设计、监理、施工四方验收确认后再进行大面积推广，材料加工和工艺流程严格按样板实施。

抓质量，就得要强化质量责任体系的落实，优化和规范项目管理工作运行机制和施工现场作业流程，有效控制质量过程行为。全员、全项目、全过程的月度“三全检查”，是陈明新所在安质部的一条工作主线。质量管理突出工艺试验，严格工序管理，结合工程推进情况，积极开展各类安全质量专题活动，确保措施落实到位。

合肥高铁南站建设复杂，陈明新率领安质部同志严格执行指挥部要求，坚持培训、交底、挂牌并抓的思路，督促施工单位每道工序均编制作业指导书，做到每个流程要培训，每个流程要交底，每个流程要现场挂牌，督促施工单位对钻孔灌注桩、基础钢筋绑扎、框架柱钢筋绑扎、梁板模板安装、脚手架安装、梁板混凝土、框架柱混凝土、无粘结预应力、有粘结预应力、柱钢模板、清水混凝土柱等施工工艺，均认真组织培训、交底，现场挂设工艺流程图。对给排水、消防、通风空调、电力、通信信号等预埋工程，在实行工序签认的基础上，严格执行工序联检制度，每道工序隐蔽前要各相关专业负责人签署联检单，确认预留预埋后方可埋设。

不仅如此，陈明新将铁路局的安全风险管理应用于工程建设中，建立了现场安全质量检查问题库，对问题进行归类、分析，找出根本原因，及时、准确地掌握工程进展情况，发现问题及时处理，实现主体质量“零缺陷”，督促监理单位严格落实旁站监理，实现对施工质量的全过程监控。

# 南环线上逐梦人

## ——合肥铁路枢纽工程建设指挥部建设者扫描

水玉兰

夸父逐日，这个流传千古的故事，激荡人心处，是他不畏万水千山一路艰辛逐日的历程，更有对梦想的执着追寻。而今，合肥铁路枢纽工程建设指挥部的建设者们同样以牺牲小我、成就大我的奉献精神，演绎了一场夸父逐日的豪情壮志。

### 李洪海：为“百年精品工程”奋力拼搏

2009 年 12 月，李洪海从合肥大修段调到合肥铁路枢纽工程建设指挥部时还是满头乌发，随着南环线一座座雄伟壮观的桥梁架起，李洪海的白发也如雨后春笋般一根根冒出来。

2010 年年初，李洪海担任南环线主管工程师及南环线项目总体负责人。

南环线工程建设总长度 39.6 公里，桥梁工程占据线路总长的三分之二。其中经开区和南淝河特大桥工程，三跨高速公路，一跨南淝河施工难度大，安全隐患多。同时在施工过程中，有五六家施工单位，几千人交叉作业，这项工程是一块难啃的骨头。

面对重重困难反而激起李洪海的斗志。自己有幸第一次参与建百年精品工程；负责南环线工程管理，是调进指挥部接受的第一项任务，两个“第一”的份量，即使豁出去了，也要把这份工作干好。

暗暗卯足劲的李洪海，在施工现场和工人同步作息，一起迎烈日战严寒。李洪海的口袋里装着一本笔记本,上面密密麻麻记着每天要解决的事情,对急需处理的问题,李洪海打一个红五星做记号,即使不吃饭不睡觉,也要拽住项目部经理一起把问题解决了才罢休。“搞施工就怕一个‘等’字,一等就会拖,等到问题堆在一起还怎么处理?”这是李洪海在每周现场协调会上的口头禅。

有一次,一家施工单位没和李洪海商量就把一台大型机械撤下来,自以为在几百件机械中少一两件李洪海不会发现。谁知李洪海在工地上转了一圈,马上叫来项目经理:“我虽记不住自己的生日,但工地上多少台机械我记得清清楚楚,现在工期这么紧张,你怎能不打招呼就把机械撤了? 限你两天时间,把机械重新拉回来,第三天还拉不回来,我马上报上级处理!”

经开区特大桥和南淝河特大桥是南环线上的重点控制性工程。为掌握工程进度,李洪海以指导性施组为纲,要求施工单位分解编制全线工程和重点工程实施性施组方案。李洪海针对实施方案,先后十几次组织监理、设计、施工单位对施工方案进行审核把关。在南环线工程建设中,施工进度基本与指导性施组相吻合,工期节点全部实现,在上海铁路局审核中得到一致肯定。

2011 年 4 月,李洪海被任命为工程部副主任。肩上的担子重了,李洪海对自己的要求也更加严格。

南环线工程建设中,有上千次夜间封锁点,大的封锁点施工任务,李洪海总是第一个到达现场,检查机械设备和人员组织情况。直到任务完成,他才最后一个离开现场。

长安集、肥东站两个客专线站改,在铁路局尚属首次,在没有成功经验借鉴的情况下,李洪海紧盯两个站改总体方案、过渡方案、专项方案的制订审查。那段时间,他的办公室灯光一亮就是一通宵。针对实施方案,李洪海组织监理、施工、设计单位开了 20 多次研讨会,对施工方案反复研究论证,确保万无一失。在南环线高铁建设两年多的时间里,李洪海休息日寥寥无几。

2014 年,南环线捷报频传。南环线重要工程之一,经开区钢桁柔性拱特大桥,荣获上海市和上海铁路局科技进步奖;李洪海参与撰写的《新建铁路工程钢桁梁柔性拱桥钢桥面疲劳强度研究》论文获得上海铁路局科技进步一等奖。

## 尹进:为节约资金我不怕跑断腿

夏日清晨,时间刚过6点,太阳已经像个火球挂在天空。这个时候,合肥铁路枢纽工程建设指挥部负责征地拆迁的工程师尹进已经出发了。有人说,征地拆迁是建设大军中的开路先锋,趟水过河踏荆棘,风吹日晒还要看别人的脸色。对于这些,尹进深有体会:“这份工作是很艰苦,正因为艰苦才充满了意义,充满了成就感。”面对笔者的提问,尹进不无自豪地说。

1985年出生的尹进,中等偏高的个头,敦实的身板,圆圆的脸庞,鼻梁上架着一副近视眼镜,言谈举止中显得憨厚而又不失儒雅。

2009年12月,南环线建设的序幕正式拉开,全长39.6公里线路,沿途是高密集度的民居房、企业,监狱及高速公路,给征地拆迁工作带来重重困难。

尹进知道想干好这份工作,紧靠责任心和耐心是不够的。尹进在网上买回了《土地管理法》、《法律法规》等专业书籍认真学习。在多次征地拆迁工作中,尹进就是通过对土地法知识的宣传,刹住了一些人的歪点子。

工作中除了跑现场,走访居民房、企业、高速公路管理所等所有红线内的建筑群做协调工作。尹进还负责组织评估人员对南环线重点工程进行评估鉴定。白天忙了一天的尹进,经常加班加点,还熬夜赶制工作报表,就为了不耽误明天的出发。

铁路办一位同志对尹进不知疲倦的精神十分佩服,称他是“铁人”。尹进说:“我也知道累,但困难摆在眼前,焦急比累更让我睡不着。如果累点能有效推动工作进度,我愿意天天累。”

在肥东县撮镇工业园内,有一家名为“佳佳宜”冷冻公司,公司厂房处在南环线红线内,尹进和铁路办的同志就这家企业拆迁问题前后登门十几次。企业老板一张口提出了上亿元的天价补偿款,态度强硬不容协商。

不能因为一家企业延误了百年工程的建设计划。尹进一边反复勘察现场,跟指挥部领导反映情况,并连夜起草工作报告送到省、市政府相关部门汇报。

那段时间,尹进不停奔波在工业园的企业现场和政府相关部门办公室。烈日炎炎下,尹进身上的衬衫一遍遍被汗水打湿,贴在后背上没有干的时候。

最后,经过安徽省投资集团、枢纽指挥部和中铁四院三家单位及专家在现场反复的核查后作出决定,采取工程上的措施,保住企业的主机厂房不拆迁,保障企业正常运营。

决定出来,大家以为事情会朝着好的方面得以解决。没有想到,针对被拆除的几间办公室和门卫室,佳佳宜企业老板跟着提出了 5 000 万元的天价补偿费。

钱是国家出,但每一分钱都必须花在工程建设的刀刃上。指挥部指挥长张守利作出指示:依靠政府力量,依法合规补偿每一户拆迁费,不合理的要求,绝不让步。

重新奔波在协调路上的尹进,陪同部门领导或单独作战,前前后后去省、市、县办公室跑了五六十趟。精诚所至,金石为开,在省市县各政府部门多次协调下,佳佳宜企业老板最终让了步,补偿费有原先提出的 5 000 万降到 500 万元。那一刻,尹进挂满汗水的脸上露出由衷的笑容。

能在征地拆迁工作中为铁路建设节省成本,对尹进来说是最高兴的事。

## 罗方丁:走路带风的默默奉献者

个子瘦高,成熟稳重,带一付深度近视眼镜的罗方丁,一眼看上去就知道属于经常伏案熬夜的人。这位老家来自湖南的小伙子,是合肥枢纽指挥部安质部协理兼工程师,一个在指挥长眼中的“安质部半壁江山”。

毕业于石家庄铁道大学的罗方丁,2009 年在南环线工程刚刚上马时调进指挥部。作为铁路局优秀青年大学生的他,也是铁路局送培同济大学在职工程硕士的一员。在指挥部,罗方丁的干练和勤奋使他成为部门之间的“抢手人物”。

“与小罗在一起工作是件非常惬意的事,小伙子干练、勤快,工作思路清晰,主动性强,很多工作根本不需要你安排,提前就推开了。”说起罗方丁,安质部主任陈明新一脸满意。

初见罗方丁是在工程部的办公室,罗方丁手里拿着一叠文件,一阵风似的进来,放下文件,交代几句后,又一阵风似的走了。“小罗是个做事认真的人,晚上办公室经常看到他加班赶做报表,平时还要兼顾现场的安全管理,工作责任心非常强。”工程部副部长李洪海介绍说。

从 2009 年合肥站改造工程、南环线开工以来,在四年时间里,仅肥东和长安集两站改造封锁施工点多达 1 500 多个,多在凌晨零点至 3 点之间。在 1 500 多个封锁点中,罗方丁参加夜间封锁点施工 316 次,是指挥部参加封锁点次数最多人员之一。

其实,负责现场安全管理工作同时又负责大量内业工作的罗方丁十分繁忙。大量的文件、汇报材料要起草,大量的信息要整理归纳,然后在分发给下面各参建单位。这些工作异常繁琐,且对时间要求非常高,罗方丁经常在办公室加班到凌晨二三点钟才回家。

2011 年底,罗方丁的儿子出生,远在湖南乡下的父母乐颠颠从湖南赶到合肥照看媳妇月子。孙子满月后,两位老人放心地回老家了。

父母回去没几天,罗方丁的小妹打来电话,质问哥哥,爸妈去了那么长时间:“合肥那么多景点,为什么一次都没有带他们出去转转?爸妈没去的时候就在家念叨,如果在合肥拍几张照片带回来也能‘炫耀’一下,这次白去了趟合肥。”面对小妹的指责,罗方丁不知道该如何跟小妹解释。赶忙打电话向爸爸道歉,哪知道电话里的父亲说:“看你那么忙,白天上班,晚上还值夜班,爸爸不怪你,知道你在为铁路建设出力,将来爸爸坐上你们建设的高铁时,再跟乡亲们夸耀也不迟。”罗方丁握着电话,眼中潮湿,久久说不出话来。

高铁建设飞速发展,离不开奋力拼搏的建设者,也要感谢默默支持他们工作的亲人。

## 孙波:难以兑现的蜜月之旅留给退休

孙波是笔者在南环线最后采访的一个人,去了几趟指挥部,孙波均在外地出差。我不得不电话和他敲定时间:“我下午在,明天还要走。”孙波在电话那头说。

笔者匆匆赶过去,推开办公室的门,看见一个年轻小伙子正一边打电话一边在纸上记着什么。

1984 年出生的孙波,中等个儿,不胖不瘦,看上去非常精神富有朝气。与尹进、罗方丁一样,孙波也是在 2009 年加入合肥枢纽建设指挥部这个大家庭的。

在许多人眼里,物质采购是一个很风光的工种。却很少有人体会到“风光”背后的艰辛。从 2009 年合肥枢纽建指挥部建设以来到 2011 年,两年多的时间,孙波多半时间在外面奔波。今天在上海,明天可能就在北京甚至更远的地方。遇到紧急情况出差,买站票一路站到目的地,下车后来不及休息第一时间赶到办事地方。不怕吃苦,做事重效率是他的一大特点。

孙波大学专业是土木工程,调到合肥枢纽建设指挥部,分配到物质部,干起了跟土木工程不怎么搭边的工作——物质设备采购。

既然工作需要,那就从头学起。

孙波从书店买来《合同法规》、《招投标流程》等书籍认真学习。他知道,如果没有丰富的知识做后盾,谈判桌上永远只配当听众。

工作性质决定孙波没办法捧着书本在房间里安心学习,他把书装进包里随身携带,在出差的火车上,在颠簸的汽车上,在旅馆暗黄的灯光下,孙波见缝插针、边干边学。

书本上无法领悟的知识,他就请教财务人员和部门领导,甚至专门跑到兄弟单位找高手赐教。刻苦的钻研精神让他很快上路,在业务中独挡一面。

2010 年 10 月,合肥站改造工程进入竣工阶段,控制电梯的一部分安装器械却还没到场。给厂家打去无数电话,对方都是口头答应,却迟迟不见发货。如果耽误了工期,对谁都无法交代。孙波连夜赶往上海,吃住在厂里，找到分管厂领导，晓之以情，动之以理，把工地上十万火急、工人日夜奋战的情景描述一遍，激起了工厂的生产热情，第二天全厂加班，把所需器械赶了出来，保证了工期。

谈起工作，孙波充满激情；谈到生活，孙波的声音压得很低。从结婚至今，给爱人的承诺没有兑现过一次。当初结婚，因为工期紧采购任务多，孙波劝爱人小陶把婚礼定在了礼拜天举办。结婚第二天，孙波就赶回单位上班，紧接着外地出差，一走就是大半个月。爱人说孙波欠他一个蜜月旅行，如今孩子一岁多了，这个旅行还遥遥无期。“也许退休后才能补上。”孙波喃喃地说。

孙波的话令人感动。中国铁路大建设，从梦想到蓝图，从蓝图变成现实。这中间，凝聚了多少建设者的辛勤汗水和奉献精神。

# 有梦的人生更精彩

## ——记合肥南站工程督导组团队

陈 凯

对面的谭洪斌，语调平缓，透着坚定的眼神中，留下一丝操劳的疲倦。在他身后不远处，合肥南站建设工地机械的喧嚣声已渐渐归于平静。请他谈谈自己，他不经意间就把话题拐到同事马成义、朱立勇、孙健那儿，这是与他为了同一个梦想，共同打拼了800多个日日夜夜的“站友”。当合肥南站的伟岸身姿展现在省城南部的地平线上时，他们忘记了辛劳，有的只是欣慰和自豪。

### 每一天作息都不分昼夜

采访谭洪斌可不是件容易的事，在指挥部和项目部办公室中先后等候5次才见到他。“只要不出差外地，他几乎成天待在工地，工地就是他的办公室。”同为合肥南站督导组成员的马成义指点迷津。

与谭洪斌打过交道的人，都说他是个“尽心尽责的建设者，对现场的情况了如指掌。”2013年冬季，在关键工序承台的施工中，为确保施工质量，他凌晨3点多来到现场查看，发现施工代班和旁站监督人员缺位，天亮后立即组织分析，并处罚了失职者。“必须防止监管失控”，谭洪斌不容置疑地说。

身为督导组长，谭洪斌明白自己肩负责任的重大。他的家远在百公里之外，为了不耽误孩子学习，他干脆在合肥租房子，把孩子接到身边。“虽说孩子在身边，因为合肥南站建设处于关键时期，他每天很晚才回去,并没多少时间照看。”孙健坦言。

与谭洪斌同为合肥南站督导组的搭档,负责安装工程的孙健,同样整天泡在作业现场。打电话到他办公室预约采访时间,传来的总是忙音。“修饰装修各项工序正紧锣密鼓地进行,意味着南站安装工程全面铺开。”孙健说,在合肥南站工程进入最后冲刺阶段,所遇问题千头万绪,都得在现场加以解决。

工程部主任谢永彪告诉记者,在南站施工的“收官”阶段,孙健基本放弃了节假日,连续待在施工现场。他脑海中似乎装满了工程安装中出现的各种问题,已装不进那个远在蚌埠的家。孙健母亲因腰椎间盘突出,在病房里躺了两个月,他把服侍母亲的事交给了姐姐,只是偶尔回家看看。年近90的老父亲患有老年病,也只是打电话问候。提及这事,这位壮实的汉子顿了顿,把话头又转到了工作上。

事不避繁,义不逃责。最忙碌时,孙健承担着合肥南站安装工程、合肥站照明改造工程、合肥站行包楼建设和蚌埠站改造工程,这四项工程的相关任务曾使他只恨分身乏术,常常周日晚赴京,次日在京处理有关事宜,周二出现在上海,参加工程协调会,当晚又出现在南站建设工地,但他从未想过打退堂鼓。期间,他曾经在工地上通宵督查、现场旁站,四天四夜没合眼。

同样肩负重担的马成义,负责南站房、南环线沿途四电用房、动车运用所房建,共计14.7万平方米房建牵头任务。一次,周末上午到上海开会,下午返程时顺道回来安县老家,下了火车转乘长途车,再搭乘三轮车才到了家,刚放下行李,就接到去北京办理变更批复的电话。他二话没说,立即乘三轮车、长途汽车返回车站,再乘动车抵达北京时,已是午夜时分。

## 每一道工序都盯牢不放

每根混凝土灌注桩旁,都得预埋两根用于超声波检测的声测管,在完成检测程序后,施工单位必须对声测管注浆。在一次检查灌注桩质量时,谭洪斌手持一根长钢筋,捣试灌注后的声测管,发现灌浆工序漏做,此时施工方已进行绑扎承台钢筋的作业。

孙健回忆道，发现此问题的谭洪斌大为光火，“谁干的，谁验的，谁签的，全到现场来。”他语速急促。对方刚欲解释，他立即绷起脸，严责道：“这是责任心的问题，南站 2 400 根灌注桩，容不得存在这样的质量隐患。”对方被这话噎得哑口无言。次日开分析会，要求举一反三，同时对责任人进行追究。

“这是最早一批施工的灌注桩，能否符合工艺流程和设计要求，对后续施工起着引领作用。”孙健分析，未做灌浆处理的声测管，日后会出现锈蚀，对桩身产生不利影响，留下严重的质量隐患。

从桩基到承台、墩身，基础部分若存在质量问题，严重时会导致站房下沉，保证其质量是督导组紧盯不放的关键点。那些日子里，大伙经常在问题易发的夜间到施工现场，发现问题则立即停工，整改合格后才能进入下道工序，对方稍有嗫嚅。“有困难请讲，没困难就立即整改。”一句脆嘣嘣的话立即扔了过去。

受访中，不断有电话打来，询问施工点防护问题，谭洪斌一一答复。“十几平方米的坑，得挖 5 米深，有时照明条件不好，防护措施得细致周到，不能有任何闪失。”谭洪斌把安全始终放在心上。他说墩柱十多米高，要严格检查作业中是否系好安全带，脚手架基础是否牢靠，保证高空作业安全。

深达几十米的大型深基坑开挖，存在着防止雨季坍塌的风险，成为督导组把关注的重点。支护桩是否到位，坑边隔离栏是否缺失，安全标识是否齐全，均被列为检查重点，正是这些周全的措施，杜绝了坍塌坠落等事故的发生，实现大型枢纽站施工零伤亡、零事故的骄人纪录。

为消除质量隐患，督导组引入第三方试验检测机制，并着力抓作业流程关和进场人员素质关，同时盯住了进场原材料，“进场原材料的高质量，是确保工程整体质量最基础、最基本的要求”谭洪斌说。

进场的钢筋，督导组不仅要求监理现场认证，而且要进行拉伸和强度检测。对钢铸件等材料，则干脆驻厂监造。混凝土进场前，已经在搅拌站对沙子、石子等“骨料”的粗细进行抽检，测量含泥量、检测水泥等是否符合标准，化验拌和用水和混凝土添加剂，甚至混凝土在途运输时间和石材有无色差也纳入监控范畴。

在混凝土浇注过程中,则对模板处理和捣固密实情况进行旁站、见证、取样并记录。正是这近乎刻板的过程监控,为把合肥南站建成为“百年不朽工程”奠定了坚实基础。

## 每一次协调都倾心尽力

“这是我踏上工作岗位后,接触到的最大工程,估计以后难逢这样的机遇了,我当然会不遗余力地迎接挑战。”督导组分担通信、车站信息系统的朱立勇出语铿然,已年届五旬的他,十分珍惜这次难得的机会。

合肥南站处在合武、合宁高铁的“牵手”处,“四电”施工按集成模式展开,但不同线缆间存在接口的不同、标准的差异,需要周密预想和协调对接。朱立勇举例说,数公里线缆槽道在不大的空间内四处盘绕,且常常与暖通等管线共用同一空间,涉及工期等问题,有时难以“相让”,这需要周密细致的施工方案和对现场情况的全面把握。

朱立勇负责的线缆总长度有几十公里,选择最佳走向,消除大折角,他说:“尤其是信息通道,对合肥南站的正常运行至关重要。这是面向旅客的服务系统,包括售取车票、进出站检票,还包括导向标志和候车、检票、乘降的信息提供,运用中不能有任何差错。”

“反复研究,反复沟通”是朱立勇说得最多的话。在勘察线缆路径时,他带上设计和施工单位人员,共同调查了解,制订修改方案,确定合理的线路走向。“大空间声源,几经优化设计,使得整个候车室的声音均匀一致,旅客在每个位置都能听到清晰的广播。正是前期的充分协调,大幅减少了变更,最大限度减少对建设进度的影响。”朱立勇说。

在谭洪斌看来,由于合肥南站建设涉及许多设计、施工、监理单位,往往在同一个作业面施工,交叉作业多,协调工作是督导组的一项重要任务。甚至对问题的整改也涉及到协调,他提及在一次例行检查中,发现基桩钢筋数量和直径不能满足设计要求,他不是简单要求整改并处罚了之,而是协调设计单位,通过增加梁和桩解决了地基承载力问题。

提及合肥南站工程地源热泵的设计变更,孙健说,考虑到地下热源不足,若遇恶劣天气,必须补充热源,防止旅客挨冻受寒,为了协调顺畅,干脆与设计院共同考察杭州东、南京南和上海虹桥站,一再共同探讨安装补充燃气供暖锅炉的可行性,最终啃下这块"硬骨头"。

一天,突降大暴雨,低洼的施工工地顿时成了一片汪洋。孙健立即赶到施工工地,协调各施工单位,集中了二十多台水泵抽水。"施工中,需要协调的事情很多,决不能怕麻烦而撂下不管。"孙健说,安装工程中的协调任务不仅涉及设计、施工单位,还要与市建委等地方相关单位衔接,由于协调到位,极大地减少了各类干扰,确保工程的有序推进。

## 每一个挑战都激发斗志

面前的谭洪斌,一口流利的建设俗语,俨然是一位建设专家。熟悉他的人都知道,谭洪斌出身铁道运输专业,踏上工作岗位后,一直从事运输工作。调至合武公司是他初次与高铁结缘,起初还以为从事运营管理,到后才知道与工程建设为伍。对于已过不惑之年的他,半途转行,无疑是一个巨大的挑战。

首次接触站房建设是全程参与合肥站改造工程,从拆除到投入使用,谭洪斌在工地整整奋战了 170 天。回忆起那段经历,他仍记忆犹新:"这是我接手承建的第一个站,通过这个工程,对房建有了初步了解。"

"过去从未接触过施工图的门外汉,现在却成天看图并跑现场对照,很快成为建设行当里的行家里手。"提及谭洪斌的勤奋好学,马成义钦佩不已。他说,凭着自身的悟性和勤奋,他的业务水平提高很快。

"越是深入接触这个行业,越是觉得博大精深。干啥讲啥,卖啥吆喝啥,既然从事了建设工作,就得学习和研究建设知识。"谭洪斌轻描淡写。

同样以能干著称的孙健,本专业是供电,为了担起安装工程的重任,他自学了给排水专业和暖气和通风专业,成为掌握房建配套工程安装部分的多面手。已经持有建造师和造价员证的他,依然手不释卷,一大堆专业书籍从不离身。

"尤其是工程验收阶段,要确认各类参数是否符合设计要求,并进行技术对接等,没两把刷子,根本完不成任务!"孙健挥动着手。他先后担当过滁州、宿州、阜阳站房的建设，现在又投身于合肥南站建设，所接触工程的规模越来越大，也越来越应对自如。孙健的干练自信，来自于善于钻研，来自于精湛的专业技能。

经常处理棘手问题的朱立勇，屡次提及“新技术、新材料不断出现，设备更新换代越来越快，越干越觉得知识储备不够，只有不断学习提高。”

随着铁路发展，最初以人工售票为主的设计需要调整，人工窗口由79个减少到30个，自动售票机由14台增加到54台。朱立勇钻研起自动售票机网线和接口布置，研究其预留位置和外形尺寸等参数，“不学习掌握新技术，很难适应和跟上时代前进的步伐。”他表示。

朱立勇是个爱追求完美的人。合肥南站的候车室空间高、面积大，他探讨起空间对广播声音反射和远端声音传送音量逐渐衰弱的问题，以克服候车室不同区域音量强弱不均。他向设计人员请教，到相关专业厂家咨询，尽最大可能解决了广播声响难题。

这是一支善打恶仗的团队，这是一群舍我其谁的奉献者。

“这支队伍作风实在，勇于担当，乐于奉献。”指挥长张守利眉头舒展。他说，正是因为督导组的善于学习，认真负责，保证了工程安全优质高效推进，交出了一份精彩答卷。

# “智囊团”助推高品质工程建设

## ——记路局合肥南站建设专家组

陈 凯

如果说,建筑是一顷良田,那么,精耕细作,收获的是高质量;如果说,站房是一方璞玉,那么,精雕细刻,展现的是高品质。耕耘良田的是建设者,雕刻璞玉的是合肥南站建设专家组。

把灵光一闪的思路,化为现实;把深思熟虑的谋划,变成行动;把精益求精的理念,落到实处。“汇聚各方精英,高标准打造精品工程”是上海铁路局副局长李迎九提出的要求,也是鸣响聚集各方英才的“集结号”。

在合肥南站建设进入“收官”阶段的关键时期,长期沉浸于建设领域的专家来了,曾经主持建设特大型高铁站的指挥者来了,遍历上海局省会级站房建设的督造者来了……组成了一支专业化智囊团队。这支集全局英才的精干队伍,为合肥南站建设上品质、建精品注入了强大的推动力量。

### 更完美,精心打磨细节

“进一步细化、深化、优化设计方案,坚持样板引路,强力打造精品工程。”提及落实副局长李迎九这一要求,合肥枢纽指挥部指挥长张守利神情肃然。他说,为了实现合肥南站建设的每个细节都达到最美、最佳状态,“智囊团”的作用功不可没。

张指挥提及站台吊顶设计的优化,不仅遮挡了外露的管网、吊杆,更为站房吊顶的整体外观效果增色，专家团队为此付出许多辛劳。当领受站台吊顶侧封任务后，专家团就明确了拓展思路、多方比选、样板引路的优化路线。

打开厚厚一本效果图，专家团成员王志立娓娓道来，吊顶侧封无先例可以借鉴，最初的方案是用扩张网，但效果不佳。接着选用百叶式铝合金材料，在现场做出小段样板后，显得呆板。然后又选用铝格栅，做出效果图后仍然不理想。

在短短三个月时间内，曾 5 次来到建设工地的李迎九副局长，对站房建设情况稔熟于心。他提出将扩张网和铝格栅组合在一起，充分运用不同材料的外观优势，以达到最佳效果。这一方案的提出，如同找到了打开思路的金钥匙。

“经过出效果图比选材料，做样板段观察效果，最终确定了吊顶侧封施工方案。”王志立眉头舒展。他说，吊顶侧封下部的铝格栅如同闪亮的钢轨、上部则像飞速行驶的动车车体，不仅本身效果前卫时尚，而且极好地衬托了轨道上方黑色建筑构件，整体效果极佳，“虽然在短短 10 天时间内，历经四轮、二十多个方案的调整优化，但看到眼前效果时，深感这些付出十分值得。”

采访中，张守利屡次提及“视觉效果”。在他看来，一流的地标性建筑不仅有“形”，还得有“范”。不锈钢扶手原设计安装方式为传统的焊接法，在专家组建议下，改为组合拼装式，不仅增加了立体感，还有利于以后的更换和维修。

王志立用“少走些弯路”来表述专家组在关键点所起的作用，“有过高铁特等站建设的经历，既有教训也有经验，教训得吸取，不能在同一块石头上绊倒两次；经验得光大，使站房建设方案更加周全。”

专家组对美观的追求可谓精细入微。合肥枢纽指挥部工程部主任谢永彪对此深有感触，他对出风口的布局调整记忆尤深，原设计三三两两无规律散布，专家组反复研究优化方案，最终确定了增加十余个装饰性出风口方案，实现均衡布局。

仅仅为优化出风口布局，专家组与设计和施工人员反复研究，一次从晚上 19 点一直讨论到 22 点，“在落实优化要求上，专家组对细节的把握可谓不遗余力，努力寻找最佳解决方案，甚至进站口连标识的尺寸也仔细琢磨，直到达到最佳效果。”谢永彪感慨万端。

## 更协调，彰显徽风皖韵

合肥南站外装修和内装饰均引入徽派建筑理念，注重体现地域文化特点，建筑整体具有浓郁的地方特色。但这一设计理念的实现，却依赖点点滴滴的细节把握和不断优化。

专家组成员范余华谈到雨棚端部挑檐的优化。原设计为简单的方形，与徽派建筑的飞檐翘角风格相悖。领受方案优化任务的专家组集思广益，与相关人员一同设计出多种修改方案，挑檐造型由最初的方形，改为有斜面的坡形，实现了与站房整体风格的协调一致。

“从尺寸、色泽到材料选择，都严格遵循整体装饰效果的要求，力求实现原设计的创意。”范余华还提到贵宾室装饰方案的变更，为实现装饰风格与地域文化的契合，对用材、标准甚至室内饰品进行了细致调整，前后经过多达 5 轮的修改，最终实现传统韵味中融入庄重大气。

对于意向性和思路性的优化要求，专家组倾注了大量“心血”。“几乎每个要求，都要提供三个以上的比选方案，十分严谨细致。”中铁十一局合肥南站总工施中原说，专家组蹲点在现场，每个方案都得经过他们的“法眼”，甚至连材料、材质的选择也严格按整体风格要求反复斟酌。

施中原举例说，一次确定封板设计，为体现风格的协调和美观，晚上 22∶30 出效果图并上报，23∶30 接到修改意见，专家组会同设计、施工人员连夜研究，次日一早新的效果图做出，随即展开样板段施工，“正是这种精益求精、力求完美的精神，实现了装饰细节与整体风格的融合。”他说。

如今，气势雄伟的合肥南站已矗立在合肥南部，其建筑外观体现“五岳朝天”和“四水归堂”的徽派建筑理念，蕴含崛起发展与和谐包容，吊顶和地板都呈地域感极强的灰白色。范余华以候车大厅北立面为例，原设计为浅灰色，后调整为深灰色，在现场实地考察后发现，深灰色与建筑整体效果不相呼应，最终确定为恢复最初设计的浅灰色。

这种体现主体设计思路、讲求整体效果的实例可谓俯拾皆是。开水间的门洞原设计不仅进深小,而且色彩与外侧背漆玻璃不匹配,专家组几经探讨,对方案进行了调整,在实现功能的同时,体现了美感。

为实现站台吊顶颜色与周边环境的协调,每一轮方案均出不同色泽的效果图,有时同一个方案专家组要求提供四种以上不同色彩和不同深浅度以供比选,力求达到最理想效果。“专家组对风格一致的追求可谓不遗余力。”施中原感慨道。

白色非通透背漆玻璃,象征白色的马头墙;“福”字形刻纹板,与徽派建筑的雕梁画栋相呼应;北大门造型设计,体现了包公方方正正……无处不在的徽文化元素,使得合肥南站精致现代中融入传统意蕴。

## 更舒适,体现人本理念

在合肥南站房进入内外装饰装修关键时期,李迎九副局长再次来到建设工地检查调研,他先后查看了进站广厅门斗设置、卫生间的管道选型和排风排污能力等,研讨进站门厅、高架显示屏等处优化方案,要求“完善方案提升品质,吸取其他客站经验教训,取长补短,努力实现总公司‘三个出行’的目标。”

“进站广厅的门斗经过反复推敲和细化,以求达到使用空间最大、视觉效果最佳。”张守利说,面对高标准打造精品工程的要求,在专家组具体指导下,紧盯细节,优化方案,使门斗尺寸的颜色都达到最优化状态。

专家组办公室内各种效果图触目可见,翻开进站广厅门斗效果图,只见南京南站、上海虹桥站门斗效果图赫然在目,不仅有外形效果,甚至尺寸细部都标示。

门斗是进站旅客聚集处,由于安检需要而滞缓了客流,若其面积较小,极可能导致旅客滞留于室外。为尽最大可能让旅客免受风寒暑热之苦,扩大门斗面积倾注了建设者许多“心血”。

专家组采集已建成特大型高铁站门斗效果图,并实地测量相关数据,了解其门斗在实际运用中存在的问题,最终确定将门斗宽度由过去的 6 米,增加至 7. 8 米,提高了其旅客容纳量,并将门标由 60 厘米宽,增加至1米，实现醒目、美观和实用效果，同时增设了侧门，以方便旅客进站。“经历了许多高铁车站建设，理应总结经验、吸取教训、越建越好。”范余华出语锵然。

8月14日，走进合肥南站项目部板房会议室，专家组全体成员正在与合肥站等相关单位商讨站台、候车室等处的绿化问题。“提前谋划绿化，为旅客提供更舒适的环境。”范余华介绍，原设计并未考虑绿化问题，现在增加绿化方案，在20米宽的站台一侧规划绿化带，贵宾室出入口也有植物点缀，候车室内则设花池，不仅衬托出环境的生机盎然，而且遮挡了广告牌底托。

高品质体现在细节的把握上。合肥站站长李亚伟对进站客流路径的优化赞叹不已，连称方便了旅客出行。原进站大厅两边各有一部电梯，本考虑旅客换乘从出站口下来，可直接通过该电梯进入进站层，但极易导致客流流向的紊乱。在专家组谋划参与下，几经研究，最终取消了四部电梯，在有效防止客流出现对流问题的同时，节约投资200余万元，同时更加有利于进站客流的灵活组织。

中铁建设集团合肥南站装修总工高爱军，对候车大厅卫生间的管道选型和排风排污能力的提高，至今仍津津乐道。他说，为落实卫生间防堵防污要求，专家组可谓不遗余力，加粗排污管道，加大排风功率，较好地解决了通风排污问题，以给旅客提供更加温馨洁净的出行环境。

## 更经济，用足每个空间

自5月中旬以来，合肥南站各工序进入决战决胜时期，建设处处长、合肥南站建设专家组组长金武，每周都现身建设工地，“这样高密度深入施工现场，倾力于一项工程的安全、质量和进度等可谓尽心竭力，有力地促进了合肥南站建设更好、更快推进。”张守利说。

高架落客平台东西两侧匝道边，原设计为低矮通透的阳光板幕墙，极可能因攀爬翻越而出现坠落等安全隐患，专家组为落实“安全出行”要求，经反复斟酌，将幕墙由2.1米，提高至3.3米，同时利用此幕墙设广告“席位”，不仅有效发挥其隔断作用，同时增加了面积达2 200平方米的广告空间，实现幕墙的多功能化。

"由双幅式固定帘，更改为三幅式电动卷帘，不仅实现可按气候自由开启和关闭，还兼具消防排烟功能，可谓一举多得。"高爱军反复谈及这一优化方案。他解释，原高架层天窗设计无调节功能，也不能满足消防要求，且造成空间的压抑感，在专家组指导下进行二次设计，确定了优化方案。

高爱军提及这项优化措施还依据实际使用的需要，运用半开启方式，即便于操作，满足了功能需要，又节省了造价，起着画龙点睛的作用，"该方案的优化过程，历经论证、深化和评审，有计划、实施和督促，最终结果与最初设想完全吻合。"

对于专家组而言，最初领受的任务往往只是"蓝图"，专家组的任务是深入领会意图，发挥团队作用，多方思考、比选和试验，找到解决问题的方法和途径，把"蓝图"变为现实，这样的实例不胜枚举。

站房一旦投入使用，客运、电务、供电、房建等"入驻"单位，需要大量生活、生产用房。由于原设计对驻站单位用房考虑较少，满足站房启用后接管单位用房需要的难题交给了专家组。

专家组数赴现场实地勘察并反复推敲，提出保留出站层内侧商业用房，把外侧商业用房改为生活、生产用房，并按新功能要求变更了设计。这一功能的调整，满足了接管单位用房配套的需求，也最大限度地减少对旅客购物需要的影响。

交谈中，张守利多次提及李迎九副局长要求的"不断完善方案、提升品质"，极好地归纳了"智囊团"所起的作用。"在合肥南站的建设过程中，从无到有，从有到优，建设高品质始终如一地贯彻落实着，尤其是站房'收官'阶段，持续改进，不断优化，精益求精的工作作风更是得到了充分体现，其中专家组发挥了关键作用，为努力建设一个一流的高品质车站做出了贡献。"

# 凝心聚力　砥砺前行

## ——合肥枢纽指挥部工程建设管理纪实

房传海

合肥,古称"庐州",扼居皖中。三国故里,包拯家乡,物华天宝,人杰地灵。安徽省的政治、经济、教育、金融、科技和交通中心,皖江城市带核心城市,国家综合交通和通信枢纽之一。就在这个美丽富饶的中心城市,有这样一支建设团队——合肥枢纽指挥部,为推动安徽省和合肥市地方经济发展做出了贡献。

合肥枢纽指挥部主要承担合肥站改造、合肥南货场搬迁、合肥南环线、宁西铁路西安至合肥段增建第二线工程及皖北地区铁路更新改造项目和地方委托代建工程建设任务。现有人员 60 人,其中:领导班子成员 6 人,各类工程技术人员 53 人。设工程管理部、安全质量部、物资设备部、计划财务部和综合部 5 个部门。指挥部自成立以来,全体建设者始终牢记使命之托、发展之望,坚持安全质量创先,立足岗位争优,抓班子和带团队双轮驱动,铸造精品,展示作为,走出了一条符合自身建设管理特点的路子,赢得了各级领导和社会各界群众的好评。

### 班子龙头示范,紧盯建设解难题

"大雁高飞头雁领",高质量完成管内各工程项目建设,指挥部班子的领导力决定着工程建设的成败。特殊任务、特殊使命历史性地落在了合肥枢纽指挥部领导班子身上。为此,指挥部领导班子紧紧抓住学习型班子建设这个核心,以破解建设发展难题为主攻点,持续提升班子的领导能力和水平。

重学习。面对高铁建设的快速发展，领导班子感到既有经验、既有能力和既有知识已经难以适应，学习成为了最为紧迫、最为突出的任务。一是抓系统学习，班子成员认真落实中央、总公司党组、路局党委关于学习贯彻党的十八大会议精神的相关要求，不断加强理论学习。学习宣传好“十二五”以来铁路取得的巨大成就，以此增强领导干部贯彻落实的自觉性和坚定性。二是抓坚持制度。由党支部按月制定中心组学习计划，利用周一交班会后时间，每月集中学习2~3次；班子成员制定自身学习计划，明确学习内容，做好学习笔记。三是抓学以致用，班子成员定期分课题、分专题，轮流主持中心组学习，集体研究决策，围绕安全、质量、工期、投资、稳定等，搞调研、究成因、寻对策、破难题，根据工作分工，班子成员每人每年撰写不少于1篇高质量调研论文，推动了工程项目建设安全优质。

讲责任。指挥部严格领导包保责任，强化作风督查，引导领导班子在实践中增长才干。积极推行“431”工作法和“一图四表”安全风险管理法。形成主要领导全面负责、分管领导分工负责、主管部门专业负责、作业层面岗位负责的责任体系。细化落实“三重一大”集体决策制度、支委会议事制度，严格中层干部履职考核，坚持全体干部述职述廉，每年底对指挥部全体人员分部门进行述职考评，奖优罚劣，激发干部队伍活力。在实践中培养优秀年轻干部，努力营造干部奋发向上、健康成长的良好氛围，促进了管理效能和班子功能的整体提升。

盯现场。在加强日常检查的基础上，坚持以月度“三全”检查为主线，班子成员带队，每月25日至30日，对管内工程项目进行全面的徒步平推检查，每月15日至18日，对管内工程项目进行一次重点检查，对检查中发现的突出问题立即召开分析会，并考核相关责任单位和责任人。坚持全项目每周安全质量例会、月度安全例会和施工方案审查等会议制度，对重点施工项目坚持实行每日点评会制度，明确各项目的具体责任人员及相关责任地段，并对标严格检查考核，建立安全质量问题库，认真落实整改责任和督办人员，确保问题及时整改到位，实现闭环管理。

## 团队合力攻坚,庐州战场立新功

指挥部充分发挥党组织的战斗堡垒和先锋模范作用,努力打造善于作战、敢于攻坚的团队,工程建设主战场再立功。

指挥部以适应高铁运营安全需求为重点,根据管内各工程项目特点,有针对性安排客专建设、站房建设标准控制、既有线施工安全方面的内容作为培训重点,本着相互学习,共同提高的理念,落实专业人员管理责任。坚持由班子成员带头授课,各专业工程师积极备课,推行每周一例"技术党课",通过季度全员考试检验培训效果,并与月度考核奖励挂钩。与参建单位一起,组织专业人员开展课题攻关 14 个,承担路局课题 3 项,其中 2 项成果获路局科技进步奖。

指挥部制定下发《合肥枢纽指挥部年度培训计划展开表》,举办各类工程管理培训班,强化全员培训工作。制定了专业人员现场包保责任制办法,推动专业人员深入一线、深入现场研究解决实际问题,掌握工作规律,组织力量攻关,创造性地开展和落实好各项工作,切实提高安全驾驭能力和实际管理水平。印发了《合肥高铁南站建设管理业务知识学习手册》、《既有线施工安全管理手册》等专业书籍,组织参建各方认真学习业务知识,并积极举办了 5 场施工业务知识竞赛,4 场安全防护员知识竞赛。联系路局职教基地,举办了"五员一长"培训班 5 期,204 人培训取证,进一步提升了参建队伍整体素质。

指挥部充分运用创建学习型团队平台,通过强化学习、深入实践、有效沟通、科学决策,以思维创新推动管理创新,广泛征求吸纳职工群众的智慧,找准创新点,选准突破口,组织相关人员围绕桩基、箱梁的制作、墩身的浇注、四电的迁改、征地拆迁、高空作业等施工中的重点、难点、关键点,创新思维,提出课题,破解难题,创造性优化施工组织,经受住经开区特大桥、南淝河特大桥、长安集、肥东站改造等施工中重、难点的重大考验。破解安全质量难点 72 个,领导班子述职测评群众评议满意率达到 98.5% 。

# 突出质量安全核心，续写铁路建设新篇章

指挥部牢固树立“以人为本、服务运输、强本简末、系统优化、着眼发展”的铁路建设新理念，坚持把确保工程质量安全摆在最核心的位置，对质量问题采取“零容忍”的态度，认真落实技术标准、管理标准和作业标准，严把工程质量源头关、过程关，全面推行质量终生负责制和质量问题可追溯制，保持了铁路工程质量总体稳定。

工程质量是铁路建设的生命线。建设单位在铁路建设项目管理中居于核心地位，指挥部结合管内项目的特点和实际，坚持率先示范，超前谋划，明确阶段目标、工作重点、推进措施、考核办法等内容，并将涉及设计、施工、监理单位的管理接口、工作内容和有关要求，一并纳入其中，形成以建设单位为主导，参建单位深度参与、协调推进的良好工作机制。同时，指挥部发挥“智囊团”作用，制定各种问题应急处理预案，对施工单位实行动态检查监控，协调解决施工中的重点、难点问题，发现问题，不留情面，狠抓整改，严格考核，并对监理等单位实行同奖同罚；抓源头、控关键，抓好第一段路基、第一个涵洞、第一个墩（台）、第一片梁等施工质量控制，安排专人每天一检查、一分析、一总结，以点带面，层层推进。指挥部还选取正反两方面典型，组织召开现场会，设立曝光台，大力弘扬先进，鞭挞后进，促进整体工程质量的提高。

打造精品工程，离不开行之有效的管理。指挥部在管内工程项目建设中，坚定不移地纵深推进标准化管理。一抓文明施工。指挥部要求严格落实现场布局和文明施工的规范和标准，认真抓好现场布局规划、设计、监督和检查，做到有标准、有考核、有整改。全面消除破坏林木植被、乱排乱放、脏乱差等不文明现象。二抓标准化作业。施工单位的作业队、架子队、工班，是实施标准化作业的主体，也是推进标准化管理的基础和保证。要求将管理标准、技术标准、作业标准细化分解到作业指导书、作业卡片上，确保三大标准落实到现场、落实到岗位；进一步提升施工工艺水平、强化工班组织、合理配置机具，大力推进专业化架子队和专业工班建设，明确标准化作业工序、工具、工艺、工法等要求。三抓工作流程。包括管理流程和作业流程，参建单位各级管理者学习

流程、汇编流程，执行流程，并且明确每个流程的工作标准和质量要求，明确责任单位和责任人，加强检查和考核，从而提高依法建设的水平。

指挥部注重引导各施工、设计、监理单位认真处理好标准化管理与企业内部管理的关系，以创建标准化项目经理部、标准化设计配合组、标准化监理站为切入点，以建设单位的标准化管理办法为主导，以企业先进管理办法为补充，动态完善现有的规章制度和管理办法，使之在内容上融会贯通，在执行中同步合拍，形成合力，提高管理的有效性。努力在企业内部营造浓厚的标准化管理氛围，让标准成为习惯、习惯符合标准、标准深入人心。

## 培育优秀人才队伍，创新科技攻难关

指挥部紧扣客运专线、高铁建设等发展需求，结合管内工程项目施工实际，加快推进人才队伍建设，科技创新破解难题，“以人为本，智力支撑”工作导向更加鲜明。

针对工作性格差异和专业工种特点，指挥部对工程、安质部门的专业工程师送出去培训，构建重点人才深度培养、紧缺人才加快培养、“十百千”人才精选培养的整体格局。共参加部局培训 45 人次，购买各类业务书籍 1 129 册，指挥部印制安全规章和站房规范 1 700 余册。目前，指挥部现有高级职称人员 11 名，中级职称人员 39 名，初级职称人员 3 名，路局“十百千”工程带头人 6 名，路局首席工程师 2 名，通过开展“传、帮、带” 经验传授、师傅带徒活动，带动了队伍素质的整体提升。

“地面火车奔跑，空中架桥铺路。”经开区特大桥、南淝河特大桥是管内南环线项目标志性工程之一，也是重点控制性工程之一。指挥部分别与西南交通大学、合肥工业大学进行项目合作，对经开区特大桥、南淝河特大桥钢桁柔性拱线性控制、拼装支架、主墩沉降量、桥梁关键部位应力、变形和支点反力等进行科技攻关。与同济大学合作开展无加劲钢桁梁柔性拱正交异性钢板面板及刚性吊杆合理构造研究，完成典型钢桥面板、纵肋与横梁联结段模型试验，“带拱顶推、拱脚合龙”施工技术成为国内首创，攻克了国内大跨度钢桁梁带拱顶推和大跨度钢桁梁柔性拱合龙技术难题,既实现了大跨度连续钢桁梁柔性拱桥跨越高速公路的施工,又保证了涉路施工的交通安全,被列为上海铁路局2010年十大科技创新项目之一。

“不留遗憾,不当罪人,建不朽工程。”这是铁路建设者的心声。合肥枢纽指挥部加大与高校专家、教授的合作力度,走专家治理、专家论证之路,加大重难点工程、控制工程施工工艺、工法的创新,集中进行技术攻关,解决影响和制约工程建设的难题,“专家治理,校企合作”的新模式,为管内工程全线创优打下了又一坚实基础。以“高速铁路大型站房精益建造项目管理”、“合肥南站电子单元网格化管理”为课题,组织力量进行科技攻关。先后对合肥南站进行了3次现场调研,对合肥南站材料设备和土建结构(包括桩基础、承台基础、主体结构、预应力)、钢结构等主要工作内容,进行网上调试及数据录入,推进“跳仓法”施工技术应用研究,并取得突破性进展。从工程开工建设到中途推进,从难点攻关到科技创新,从科学论证到技术推广,每一个环节都倾注了上海铁路局、西南交通大学、合肥工业大学和清华大学等单位领导、专家们的心血。

## 正面宣传注重引导,凸显亮点展风貌

坚持贴近一线、贴近实际、贴近职工,强化安全教育,发挥组织优势,推进教育活动具体化、有形化。

指挥部以部、局通报的事故案例,路局颁布的50条安全红线,安全风险教育,工程安全风险源、安全质量终生负责制及安全风险控制措施等为主要内容,抓住安全关键,突出质量重点,广泛开展安全质量教育,每天念好安全质量“经”。建立安全知识考试奖惩机制,明确考试内容和考试形式,细化奖惩办法,组织全体参建职工认真开展安全教育培训考试,较好地调动了全员安全业务学习的热情,在业务学习中激发干劲。

指挥部始终以建设一流铁路为目标,用最严格的管理,高标准建设经得起历史检验、社会检验、人民群众检验的“安全工程”、“精品工程”、“人民满意工程”。充分发挥党组织优势,把党建工作的优势体现在重大考验上,围绕“两站两场两桥”的主攻目标,先后组织开展了“高扬党旗战南环,建功合肥大建设”、“安全生产月”、“百日安全竞赛”、“三全”检查、“三保一促”活动,“奋力冲刺200天,按期开通南环线”、“两保”主题实践等竞赛活动,引导干部职工建设主战场立新功、做贡献。组织全员开展《穿越梦幻的时空》、《力量》、《巴山魂·西铁人》和《弘扬巴山精神劳模先进事迹报告会》等专题学习,深入开展“当代铁路职工核心价值观”和“热点问题面对面”主题教育活动,鼓舞士气,聚力凝心。

用正确的舆论引领,用先进典型激励。指挥部及时宣传报道管内项目施工组织、客站建设、联调联试、专项治理等建设亮点。先后组织拍摄了“高扬党旗战南环,建功合肥大建设”、“激情燃庐州”专题宣传片,开展了“铁龙驰骋,笔墨传情”中国铁路十人书法展、“谁持彩练当空舞”宣传画册,积极参与“钢铁脊梁、兴皖富民”安徽铁路建设摄影大赛等活动,以全景写实的镜头捕捉了管内工程建设热火朝天、日夜奋战的精彩场面。一批信息报道被各类媒体刊发采用,透过点点滴滴精彩瞬间,讲述设计、施工、监理、建设单位干部职工的酸、甜、苦、辣背后的故事,参建各方干部职工的精神风貌鲜活地展示在人们面前。

## 健全完善惩防体系,突出源头抓预防

干部的“干净”决定着职工的“干劲”。指挥部始终把反腐作为一项重大政治任务紧抓不放,始终致力于指挥部健康发展的环境建设、源头治理。

指挥部坚持“廉政教育每月一课”等活动,把教育和管理相结合、自律与他律相结合,每年专题性的集中教育活动不少于4次,切实把廉政教育贯穿于工程项目的始终。组织各参建单位观看《重药治顽症》解读专项治理的电视片;利用网络、多媒体等,刊登有关案例和上级的要求,提高员工对专项治理工作的认识。指挥部专门制作了26个专题1 468帧幻灯课件,先后播放讲解了《党员干部在工作中要具备的修养》、《“清醒做人”“诚实做官”》、《中华优良传统与廉政文化》、《中国历史上的十大清官》、《国有企业领导人员廉洁从业若干规定解读》、

《古代廉吏若干拒贿方法的启示》、《福自廉处求，祸从贪中来》等图文并茂的幻灯片，对全体干部职工进行廉政教育活动。旁证引说，博古论今，寓教于乐，深入浅出地分析讲解历史典故和正反两方面的案例，使干部职工在潜移默化中洗涤了心灵，净化了思想，提高了拒腐防变能力。不断深化建设系统反腐倡廉工作，确保工程建设与廉政建设同步推进。

指挥部始终突出重点领域加大执法效能监察和专项监督力度，特别是严抓工程建设领域廉政建设，健全廉政档案，实施专项考核，严格执行党员领导干部"述廉、评廉、考廉"、关键岗位廉政谈话和党员干部有关事项报告制度，促进了党风廉政建设责任制的落实。结合工程建设"点多、线长、面广"的实际，广泛开展了风险点防范廉政教育活动。每年签订一次廉政承诺书。班子成员、中层干部等风险岗位人员，根据岗位职责，签订一份廉政承诺书，进一步加强党风廉政建设。每年开展一次廉政谈话，指挥部按照逐级负责的原则，班子党政正职与副职领导谈话，副职领导与分管部门负责人谈话，部门负责人分别和项目总体、关键岗位人员及专业工程师谈话，有针对性地早提要求、早打招呼。指挥部深推专项治理工作的好的做法，被路局专项治理工作简报采用6次，其中经验材料《落实教育，创新形式，切实营造专项治理工作的良好氛围》在路局建设工作会议上进行了交流，获得了路局专项治理工作领导小组的好评。

指挥部分项目先后召开多次创"双优"动员会，联合各方共同签订了工程创"双优"工作廉政协议书。合肥铁路运输检察院检察长朱南斌，副检察长胡永利、宇宝华、谢本成，政治处主任陈昌美，反贪局局长杨友林经常深入现场调研合肥南站等项目工程建设情况。指挥部、检察院双方就进一步推进参建各方创"双优"活动，把创"双优"活动贯穿于工程建设的全过程，不断深化党风廉政建设和反腐倡廉工作，为管内各工程项目建成优质工程、安全工程、廉洁工程提供强有力的保证，进行研讨交流。指挥部、铁路运输检察院组织设计、施工、监理等单位紧密结合自身实际，围绕中心工作同频共振共创"双优"，主题明确，特色鲜明，为组织创先进、个人争优秀、企业上水平、职工提素质搭建了良好平台，确保了管内各工程项目“工程优质，干部优秀”，竭尽全力实现“建人民满意工程”的建设目标。

## 选树典型示范引领，一花引来百花香

指挥部坚持以人为本，从提升认可度和激励度入手，选树先进人物，拔亮一盏灯，照亮一大片。

选树典型引路，先后与安徽省总工会、中铁四局工会、京福安徽公司工会联合开展“争当合蚌合福合肥南环铁路建设先锋”立功竞赛活动，放大引领示范效应，层层选树“每月一星”、“安全功臣”和“先进”标兵，以此为带动，在指挥部内部建立了一支职工认可度高、岗位业绩优、先进示范性强的典型人物。先后涌现出一批先进个人：1 人获路局“迎世博、超千亿、建精品”竞赛活动十大杰出人物，2 人次荣获“迎世博、超千亿、建精品”竞赛活动百名建设功臣，6 人次荣获路局“五一”劳动奖章，11 人次荣获路局建设强局先进个人，3 人次获路局优秀共产党员，7 人获安徽省“争当合蚌合福合肥南环铁路建设先锋”劳动竞赛先进个人，8 人次荣获安徽省铁路建设先进个人，1 人获安徽省五一劳动奖章。

组织先进休养，深化铁路现代化发展成果宣传，让先进典型“走出去”。分批次组织先进人物、生产骨干异地疗休养，促进了个人愿景与企业发展的深度融合，思想工作的感召力更加有形。通过宣传上造声势、物质上给奖励、待遇上有倾斜、交流上抓互动，大力宣传先进典型，引导干部职工对接认同点、激发共鸣点、找准赶超点，形成了崇尚先进、学当先进的浓厚氛围，放大了先进典型的社会品牌效应。

坚持以人为本，落实“三不让”承诺，按季节开展夏送清凉冬送温暖活动，给施工队伍每人发棉运动鞋、水壶、毛巾等防寒防暑物品，始终把改善生活条件为重点，尽最大限度解决职工生活难题。切实关心困难职工，走访慰问生病住院职工及家属。为单身职工解决了住宿，加强指挥部伙食团管理，确保职工吃上卫生、热乎的饭菜。精心组织开展“南环杯”、“建设杯”篮球友谊赛，举办“和谐杯”乒乓球赛，女职工“三八”节活动，形成了和谐共建的生动局面。

高温酷暑、数九寒冬，在管内各工程建设的主战场，每一名共产党员都是建设的主力军，一名党员就是一面旗帜！不断延伸的路基和合肥南新站场，闪烁着决策者的智慧；架起的每片钢梁和铺设的每节轨排，凝聚着筑路大军的心血；厚厚的中国铁路建设安全史册，记录着合肥枢纽建设者们和广大共产党员的丰功伟绩！他们先后荣获上海铁路局“迎世博、超千亿、建精品”先进指挥部、安徽省铁路建设先进集体、路局标准化指挥部、路局标杆指挥部，“追求卓越，打造世界高铁品牌”创争活动十大立功团队等荣誉称号。

路虽远，行则必至；事虽难，做则必成。几年来，合肥枢纽指挥部全体建设者们以“山高人为峰”的气魄和胆识，以“衣带渐宽终不悔”的执着和坚忍，以“千锤万凿出深山”的务实和作为，在急难险重前勇于担当，在履行使命中展示风采，在攻坚克难中敢于亮剑，谱写了一曲“风展红旗如画，春来绿水如蓝”的华彩乐章！

凝心聚力、砥砺前行。合肥枢纽指挥部创造的非凡业绩，必将永远载入中国铁路建设发展史册！

# 寄寓路地理想　履行省方职责

安徽省投资集团

建设合肥枢纽南环线及南客站，是完善安徽路网体系，增强合肥铁路枢纽功能的重要举措。自合作共建机制推进以来，路地双方均给予了本项目高度重视，进行了多次会谈，项目的前期工作推进、建设进度安排等各环节均实现了快速推进，特别是项目的功能、规划、选址、规模均承载着路地双方打造区域铁路交通枢纽核心、提高路网运营效率、发挥省会城市辐射带动作用的愿景。在梦想和现实交汇的时刻，安徽省投资集团的员工们有激动、有振奋，更有着对过程的深深回顾。

## 逐步深化铁路综合枢纽认识

合肥枢纽南环线的前期工作推进了很长时间，从开始的线路走向，到后来的建设规模，路地双方进行了充分反复研究和论证。刚开始有的意见认为南环线穿过滨湖新区和经济开发区，会将这两个刚开始建设的合肥新区又破坏了，影响了城市的布局和发展。后来，随着安徽省投资集团领导对铁路枢纽重要性认识的不断提高，大家均觉得如果合肥枢纽不能把城市南面的这一横连起来，环线就不能真正形成，枢纽的运输能力将大幅降低，最后安徽省、合肥市达成了一致意见，支持原铁道部提出以路网大格局为重决定线路走向，合肥枢纽南环线最终确定了现在的线路走向。

在规模方面，安徽省早期就提出来，要把商合杭铁路、合福高铁等，当时规划的线路引入南环线，线路这么走大家都有不同意见，但最终还是形成了共识，所以合福高铁修了一条联络线，从合蚌高铁直接进入到南环线。合肥市也在城市建设中将地铁线与合肥枢纽南环线及南客站一道设计、一道施工，以南环线为合肥的主要枢纽集点，集聚了地铁、公交等城市交通要素，这就反映了地方对枢纽车站的认识逐步深化。

在最初的设计中，南客站的南广场是个很小的广场，面临高速公路，场地条件非常局促，严重限制了未来枢纽功能的发挥。为协调解决这个问题，提升南客站的站场规模，为以后发展留足空间，2010 年 6 月 16 日，安徽省发展改革委员会、合肥市政府和安徽省投资集团共同前往原铁道部，与当时的发展计划司进行了会谈，路地四方在会上达成了高度一致，下决心优化设计方案，把高速公路南移，拓展南广场的面积，形成车站两边旅客顺畅的通道。

这些都体现了路地双方对区域综合交通枢纽的认识不断深化，对枢纽功能的不断强化。安徽省投资集团一直希望能够通过建设合肥枢纽南环线及南客站，通过地方政府把城市的公交、地铁、城际铁路、轻轨等相关交通方式聚集，实现无缝对接和零换乘，真正发挥出枢纽的价值。

## 依法合规实施征地拆迁协调

2009 年，安徽省委、省政府下发的《关于加快铁路建设的若干意见》中明确要求，省投资集团参与协调铁路征地拆迁，作为省铁路征迁协调小组日常工作承办单位，安徽省投资集团承担了全省铁路建设征迁协调任务，工作成效直接关系到工程建设进度，关系到路方和地方政府的利益，更关乎到沿途地区群众生产生活和维稳工作。

南环线的征地拆迁主要特点就是线路主要位于城区，居民房屋拆迁难度大、企业搬迁数量多。线路经过的地方有刚开始卖的小区，亦有正在建的居房；有高科技类企业，如海外学者创业园，亦有传统的生产制造类企业，如刚拿到生产批文准备投产的药业企业。居民的商品房、开发小区、企业的搬迁以及土地出让等逐项工作马虎不得，群众的利益必须保护、国家重点工程又必须要严格按照概算建设，怎样即处理好国家重点建设投资又协调好路地关系，同时维护好地方相关权益人的合法权益，这正是安徽省投资集团和合肥市政府一以贯之的工作重点和原则。

安徽省投资集团坚持深入建设一线现场化解矛盾、及时处理各类重大个案问题，阳光透明的进行征地拆迁费用审核和支付。征迁赔偿方面，房屋赔偿标准我们坚持采用评估确定，聘请双方均认可的第三方专业机构进行评估，不以单个人或者某个群体的说法确定价格，很好的坚持了实事求是的原则，土地补偿标准同样是通过聘请第三方专业机构评估确定价格和补偿范围，坚持一把尺子量到底，不偏不倚、公正合理。这也是省投资集团能够把征地拆迁执行下去的一个重要因素。

在征迁工作上，安徽省投资集团绝不容忍国家重点工程的建设资金被浪费和被侵占，坚决向不合理的诉求挑战。南环线建设的时候涉及到某监狱的搬迁事宜，对方要价很高，双方一直没能达成共识，特别围绕出让用地赔偿、售出用地赔偿和搬迁成本赔偿的问题争论不断。经过与合肥市政府协商，安徽省投资集团提出，因铁路建设导致监狱搬迁，对监狱搬迁按成本价进行赔偿，实际花费多少钱省投资集团就认多少钱；对于每亩地一百多万元的售出用地，投资集团就聘请中介机构进行重新评估，最终在每亩土地58万元就把售出用地解决了。

安徽铁路的征地拆迁工作，依赖于实事求是的原则，没有损害地方的利益，也维护了国家重点工程的建设。使得地方政府、沿途群众、建设单位的利益均得到了切实保障，使得铁路建设各方拧成一股绳，共圆一个梦，为重点工程建设创造了良好条件，使安徽省合资铁路征迁工作呈现出了“遗留问题少、矛盾冲突少、费用总价少”的特点。

# 功崇惟志　业广惟勤

## ——记安徽省投资集团副总经理、省铁路办副主任杨俊社

刘　巍

在合肥枢纽南环线及南客站即将建成运营之际，2014 年 7 月 25 日下午，年近花甲的他又一次来到建设现场，组织召开项目征地拆迁协调会议，加快处理征迁遗留问题。他的这种务实的工作方式和勤勉的工作态度，早已被广大安徽铁路参建人员熟悉，大家总是习惯性的尊称他“老杨头”。他，就是安徽省投资集团副总经理、省铁路办副主任杨俊社，一个踏实的实践者，一个和时间赛跑，为安徽铁路事业无私奉献的优秀共产党人。

### 专注铁路，他坚定执着

他 14 岁在基层当工人，每日起早贪黑，加班对他来说更是家常便饭，但他却无怨无悔，沉浸其中。熟悉他的人都知道他走起路来像一阵风，做任何事，都是雷厉风行、坚决果断，这种工作风格一直延续到现在。

1991 年，原铁道部与安徽省合资共建合九铁路，作为安徽省优秀的青年人才，他被抽调了过去。当时的他，是一名彻底的铁路门外汉，他勇于挑战、毫无畏惧，虚心向铁路干部和职工学习，迅速成长为骨干力量和行家里手，从综合处处长转身为主管生产的工程处处长，颇受路地双方的信赖和支持。2004 年恰逢中国铁路进入省部合作的新时期，

他从合九铁路公司调至省投资集团，从事铁路投资建设工作。一直以来，他积极倡导为铁路建设单位提供细致、周到的“保姆式”服务，同时也要求铁路建设单位把所在的辖区和群众视同自己的家乡和亲人一样来对待。

为了保证及时提供铁路建设用地，为铁路施工创造良好的建设环境，每逢遇到制约工程建设的疑难问题，他总是迎难而上、攻坚克难，积极联系相关单位前往建设一线，逐户查看了解房屋拆迁情况，认真倾听群众百姓的诉求，并召集县乡政府、项目单位、设计和施工单位召开现场办公会，协调各方关系及时解决，保证问题不拖延。如在南环线的建设过程中，他顶住压力，成功完成了监狱、重点企业、在建小区的拆迁工作，切实维护了路地双方和沿途百姓的利益。

依据可查的数字显示，仅在2013年一年里，他深入现场协调解决问题达28次。他时常跟大家分享道：“走在施工便道上就找到了感觉，走在路基上就有了激情。”正是因为这种勤勉、务实和专业的工作态度，让他对全省铁路征迁状况了然于胸，博得了各方面的信任和好评，无论是项目单位还是县乡政府、施工单位，但凡路地协调的事宜都愿意向他反映，希望他出面帮助协调。

合九铁路开工建设以来的二十年，是安徽铁路稳步发展并实现赶超先进省份的二十年，更是他与时间赛跑的二十年。多少个日日夜夜，多少个酷暑寒冬，他丝毫没有停歇。

## 真情带兵，他严爱相济

“小王，你准备一下，周三我要去南环线现场办公。”

“小刘，明天和我一起去芜湖开征地拆迁协调会。”

“小戴，帮我安排一下去省地税务局协调建安营业税的问题。”

作为公司领导，他对每位员工的情况，都了如指掌，为了迅速培养队伍，他经常会亲自带兵。记得2012年铁路基金公司成立前夕，省政府临时安排听取专题汇报，当时他正在出差归程途中，便分派相关同志准备汇报材料。回到合肥已是晚上10点多，他立即赶到公司，亲自带领两位年轻员工修改汇报材料。在确定好汇报思路后，他边修改，边讲解，修改了三遍，他也讲解了三遍，直到凌晨三点，汇报材料终于定稿，陪同加班的小伙子也经历了一堂生动而深刻的人生课。而这，只是他对于工作的一个简单缩影，几乎每份材料他都会亲自修改，字斟句酌。记得有一次，因工作人员失误，错将他修改前的文稿报出。当他得知情况后，把相关人员叫到办公室进行了严厉批评。过后，他又找员工谈心，解除其思想负担，勉励其积极主动工作，认真用心做好每一件事，增强对公司、对事业的责任感。

……

每每讲起这样的经历，同事们都会对他油然敬佩，内心中更有丝丝感动，感动于公司领导能够像启蒙老师那样言传身教，感动于公司领导对下属的宽容和真情。

## 勤学朴实，他享誉业内

“干一行，精一行。”这是他经常告诫自己和教导下属的话。他40多岁还就读研究生，常自嘲自己是“范进中举”。他把每一次转换都当成一次挑战，一次学习，当成一次新的考验，一次挑战自己能否适应环境，能否坚持踏踏实实、兢兢业业的考验。事实证明了他的成功秘诀，那就是不断学习，学以致用，并始终拥有为事业奉献的执着精神。20世纪80年代他第一次接触工程项目时，为了尽快熟悉业务程序，他借了一大包建筑资料录像带，把自己关在屋子里，连天加夜反复观看，认真揣摩研究。靠着一股拼搏的劲、执着的劲，最终熟练掌握、游刃有余。连他身边的同事都惊讶于他竟能如此之快地熟悉项目建设程序，如此精准地把握好工程的每个节点，如此出色地完成了整个建设任务。

“杨总，能不能给我们介绍下安徽省铁路建设征地拆迁协调方面的成功经验？”

“杨总，安徽的铁路建设投资基金是如何创立的？运作的情况怎样？”

在同行看来，他早已是公认的专家。他的身边也总是拥簇着很多人，向他取经，请教各类专业问题，他都会毫不保留的与同行分享并且会说到，我们没有什么先进的经验、没有华丽的技巧，凭借的是一颗公道正派、持之以恒的事业心和责任心，促使安徽铁路抓住了机遇，实现了超越。

二十多年对于铁路事业的坚守，他如礁石般站立在安徽铁路建设的最前沿，任凭风吹浪打，无愧青丝白发。走过知命，走进花甲，他的心依然辽阔，辗转于办公室、会场、施工现场，他坚定执着地踏平坎坷，成就大道。这一切都源于他对铁路事业的挚爱。他用他的实际行动，感召着一个又一个团队，创造了一个又一个不凡的业绩，他把他的青春、智慧和力量无怨无悔地献给安徽铁路事业。

# 协调解决各方困难和矛盾

李　炜

作为服务于高铁合肥南站的大型综合交通枢纽工程，合肥南站枢纽在规划和设计阶段必然面临着“关注高、要求高、风险高；接口多、问题多、挑战多”等“三高三多问题”，合肥市相关部门在市委市政府的坚强领导下，团结协作、攻坚克难，圆满完成各项任务。

## 精细化的设计

按照合肥市政府的统一部署，2010 年 12 月开始，市城乡建委作为合肥高铁南站枢纽工程的设计业主全面推进项目的深化设计工作。规划设计工作做得好不好直接决定了项目建成后能否全面发挥既定功能，能否更好的服务群众。市城乡建委将合肥高铁南站枢纽工程及其配套市政工程作为城建工作的重中之重，安排市城乡建委总工程师分管具体工作。

合肥高铁南站枢纽建筑体量大、涉及专业多、影响范围广，既要按时完成设计任务，完成各项审批手续，保障工程按期开工，又要协调工程建设，确保工程按期投运，可谓是压力大、任务重、困难多。市城乡建委组织业务骨干和各行业的专家学者集思广益、群策群力，反复论证高铁站综合交通枢纽的建设方案，综合考虑场站布局与高铁、轨道交通、公交、出租车、长途客运及城市道路系统的无缝衔接，以实现以人为本、零换乘的设计理念。“作为一个城市建设的参与者，能够参加规模这么大的高铁站枢纽工程建设，我们有着无比的自豪感和强烈的责任心。”这是参与项目所有工作人员的共同心声。在设计过程中，市城乡建委反复与上海铁路局、省交通厅、合肥铁路枢纽建设指挥部等单位进行技术方案对接，充分论证南站枢纽南侧既有高速公路的改造方案；充分发挥专家组的技术力量，研究确定各子项工程的最佳建设方案；统筹谋划，做好南站枢纽与周边商业地块的交通联系和设计衔接；通过开展全国范围内的方案竞赛，好中选优确定具有一定地方特色、经济合理的装饰装修方案。

在各专项设计阶段，功能的细节研究堪称挑战，其设计历程艰辛复杂，高铁站线下架空场站的消防性能化设计就是其中的一项。为充分利用高铁站架空轨道线下的空间，市城乡建委合理布置了公交场站、出租车场站与社会车辆停车场，方便出站旅客实现无缝换乘。在满足功能的需要同时，线下空间的防火分区超出了国家规范标准。为做好线下消防设计，保证火灾疏散安全的需要，市城乡建委特地找到国家火灾重点实验室，委托中国科学技术大学进行实况建模，分析各种不利因素，通过性能化设计，增设高科技电子监控及自动控制消防设备等方式，既满足各项设计指标的要求，又保证了运营过程中的消防安全。

尽管过程困难重重，事情千头万绪，但是在市直各部门的支持配合下，市城乡建委充分发扬了“特别能吃苦、特别能战斗、特别能奉献”的“大建设精神”，高标准、严要求开展各项工作，按既定计划顺利完成了合肥高铁南站综合交通枢纽的立项审批、人防审查、环评批复、消防性能化设计、初步设计编制、空调冷热源方案比选、市政管线统筹、供电方案报批、与长途客运和周边地块的衔接设计等各项工作，并在 2012 年 6 月圆满完成了工程的土建、设备、装修、景观、照明、电气、导标等各专业施工图设计工作，为南站枢纽按期开工建设打下了坚实的基础。

当回首那段日子的时候，每个参与项目的同志会都笑着拿“炼狱”“煎熬”来形容。但在他们的言语背后，则充满着成功的喜悦和战胜困难的欢乐。这种欢乐是包含艰辛的笑，是拼搏后的畅快，更是自己人生意义的一种印记。这种印记，对于参与其中的每个人都是人生经历中的一笔弥足珍贵的财富，永远激励着他们向前奋进！

## 强有力的统筹调度

市委、市政府高度重视合肥高铁站综合交通枢纽工程的建设，市委

书记吴存荣、市长张庆军多次亲临现场了解工程进展情况，指导项目推进。市委常委、常务副市长周善武靠前指挥，及时解决重大问题，协调市直各部门全力配合工程建设，为项目顺利推进创造了极为重要的外部环境。受市政府的委派，市政府副秘书长、市城乡建委主任常先米坐镇指挥，统筹调度整个高铁片区各项目工程的建设。

在不足一平方公里的建设场地内，集中着高铁南站、枢纽配套、地铁 1 号线、长途客运枢纽、配套道路等十余个建设项目，涉及到 4 家建设单位、5 家设计单位、10 余家施工和监理单位，施工工艺复杂、交叉重叠多、相互影响大，施工阶段的统筹和协调工作尤为重要。仅以施工便道为例，由于场地狭小，各单位施工所需的便道相互交叉，同时还牵涉到各作业面施工时序的重叠，相互影响极大。在统筹协调的过程中必须细化各作业面的施工组织，合理安排、统筹调配。面对错综复杂的工程现场，常先米副秘书长高频次的对工程建设进行现场调度，按照“及时发现、提出措施、确定时限、督办落实”的原则，协调解决各方困难和矛盾。他统筹考虑施工环境、季节影响、工艺流程和实施难度等情况，要求现场按照“平行推进、交叉施工、科学组织”原则，确定总工期要求，亲自按照时间节点调度督办，督促各单位狠抓质量安全管理、精细化制定工作计划、优化整合人员和设备、适时调整施工方案，确保高铁片区的各项工程按期投入运营。

# 尽职履责　建设合肥铁路枢纽精品工程

## ——合肥铁路办勇于担当、积极推动高铁南环线建设工作纪实

刘动力

合肥位于安徽省中部，紧邻长江三角洲，地处国家关于东、中、西部地区梯度发展理论的网络节点上，在国家东部沿海和西部内陆地区的经济发展协调上，起到承东启西的经济桥梁作用。合肥作为安徽省省会，安徽第一大城市，是全省的政治、经济、教育、金融、科技和交通中心，经过建国60余年尤其是改革开放30余年来的建设，已经发展为重要的工业基地之一，其汽车制造、家用电器、化工橡胶、电子、建材等行业已颇具规模。

合肥铁路枢纽在路网中位置适中，随着宁西线、沪汉蓉铁路、合蚌客专等线的相继建成运营，合肥铁路枢纽在路网中的机动灵活性大大增强。同时，为进一步缩短与西北、西南、中南及华东地区的通行时间，适应国家“中部崛起”发展战略及承接长三角地区产业转移需求。加快推进铁路现代化实施步伐，不断完善合肥铁路枢纽已成为当务之急和必由之路。

近年来，在市委、市政府的领导下，在省铁路办的指导下，在市铁路建设协调领导小组成员单位的大力配合下，合肥市铁办在协调完善铁路项目前期手续、解决铁路建设地方配套资金、办理沿线征地拆迁等工作上，做了大量扎实的工作并取得累累硕果。尤其在实施征地拆迁工作中，市铁办全体工作人员本着认真负责，勇于担当的工作态度，立足

自身职责，并认真贯彻落实国家及省铁路建设会议精神，在努力做好群众思想工作的同时，广泛宣传拆迁政策，整个过程做到既依法合规又维护拆迁户权益。在对待征地拆迁工作的重点和难点时，积极找准突破口，以点带面，着力推进，取得了良好的效果和显著的成效，为铁路顺利建设实施铺平了道路。

## 整体把握，回顾铁路南环线工程建设基本情况

合肥枢纽南环线工程东起合宁线肥东站，西接宁西线、合武线长安集站，全线建筑长度为39.6千米。工程包括合肥南站、合肥南动车运用所、合福客专引入合肥南站以及正线范围内的站前等相关工程。其中南站房工程按综合交通客运枢纽设计建设，实现铁路、城市轨道交通、公交系统紧密衔接。主站房面积10万平方米，主要由地上二层、地下一层组成；高架站场11万平方米，由沪汉蓉、京福车场组成，共12台26线；无站台柱雨棚面积6.1万平方米；高架道路1.8万平方米。整个工程共需永久征地3 382亩，拆迁45万平方米。

## 统筹兼顾，实现铁路与城市道路建设协调统一

高铁南环线途径合肥市肥东县、包河区、经开区、肥西县，沿线人口聚集度高，道路网密度大，沿线与既有及规划道路交叉数量多。随着合肥城市化进程及城区规模的不断扩大，城市道路与铁路交叉衔接问题已逐渐成为市政道路建设的控制性节点，倘若前期衔接不畅或出现疏漏，以沪汉蓉铁路按照客运专线标准运行所需苛刻条件，必然会加大后期道路实施难度，造成投资浪费的同时甚至还会影响既有铁路运营安全。合肥市铁路办在充分总结合宁、合武等干线铁路建设经验的基础上，充分拓展思路，未雨绸缪，在项目前期一边与项目建设单位和设计单位保持密切沟通联系，一边积极协调城市规划、城乡建设、交通运输等部门，分门别类，认真梳理沿线相交道路，做到一一排查，逐一落实签订建设协议。对于近期拟实施建设的道路，协调相关部门结合铁路建设同步实施；对于预留待远期实施的，严格控制规划预留条件，确保为规划道路建设提供通畅立交通道。

## 多管齐下,争取群众理解与创造稳定环境并举

由于高铁南环线规划较早,线位距沿线既有居住小区较近,加之部分群众对动车运行影响范围了解较少,项目开展前期工作时,沿线不少居民对铁路南环线项目建设及运营后产生的噪音和振动有所担忧,存在抵触情绪,部分居民甚至出现了表达要阻挠铁路建设的反对态度。为做好该项目建设的维稳工作,保证国家重点工程顺利实施、平安推进。从 2008 年 6 月起,按照市领导要求,围绕南环线维稳,结合工程建设工期需要,市铁办因地制宜、多管齐下,采取多项措施并举的方式,有效消除了沿线群众对铁路建设的顾虑,为铁路南环线顺利实施提供了稳定的外部环境。

——加强正面宣传引导工作。通过采取多种媒体宣传和编印宣传手册等方式,全面介绍高速铁路的基本知识和国内外高速铁路建设的先行实例,从建设合肥、美化合肥,促进合肥经济腾飞,率先在中部实现崛起的高度,积极宣传项目建设的现实意义,同时加大对创建合肥区域性铁路枢纽城市的宣传,宣传高铁南环线和高铁南站工程建设对完善合肥铁路枢纽布局的必要性。此外,在 2008 年 8 月和 2009 年 4 月,市铁办通过制作大型实景效果图宣传广告、组织群众参与动车组乘坐体验等各项活动,全面解除群众的思想疑虑,增强群众的认知度和参与感,取得群众尤其是沿线相关群众对工程项目的理解和支持。

——积极向铁道部及有关部门反映群众建议、意见和诉求。在项目可研报批阶段,合肥市铁路办向铁道部领导和铁四院的专家及时反映沿线群众和社会最为关心的环保问题,请求南环线工程的环保措施采取国内外最新颖措施,最严格标准。在项目环评阶段,要求严格按照国家规定程序操作实施,通过采取调查走访、召开座谈会、听证会等多种形式,充分听取和征询广大市民和社会各界意见,最大限度降低高铁建设及运营对环境的影响,维护沿线人民群众和单位的利益。

——现场说法,为心存疑虑者创造现场验证机会。为进一步取得沿线群众支持,顺利推进工程建设,期间,合肥市铁路办会同合肥市环境监测中心站按照类比方法,严格按照国家环保技术规范要求,对合

宁、合武铁路运行产生的噪声和振动影响进行了实地监测，并邀请南环线工程沿线群众代表参与见证，通过实践手段彻底解除沿线群众疑虑。

——坚持维稳不懈，并以预防为主，提前做好长期维稳工作准备。从维护社会稳定大局出发，及时掌握和反映情况，做好群众说服教育和矛盾化解工作，加大对重点人员的监控，严防事态失控。通过深入调查摸底，彻底搞清维稳敏感点情况。注重与政法委的协调和配合，加大对重点人群和小区业主资料、信息的收集，并进行分析备案，重点掌握，重点防范。

## 全力以赴，确保征地拆迁和保障服务严格到位

征地拆迁工作作为铁路建设阶段工作的龙头，尤其是高铁南环线面临着人口稠密、涉及面广、征拆数量大、征拆程序复杂等难题，更需要路地双方未雨绸缪，精心准备。征地拆迁工作启动后，市铁路办组织全体工作人员学习省、市有关文件、政策、法规，并因地制宜，结合以往工作中典型案例，逐一剖析，由浅入深，由表及里，总结成功经验，汲取失败教训，在工作实践中扬长补短、举一反三。市铁路办通在严格执行征地拆迁相关政策的同时，保持与铁路建设单位密切配合，及时协调，统筹解决征地拆迁及铁路建设中出现的各种问题，为高铁南环线及高铁南站建设创造了良好的施工环境，确保了铁路建设顺利完成。

——积极协助，做好土地组卷报批工作。合肥市铁路办多次召开国土、社保协调会议，配合项目单位做好土地组卷报批工作。针对土地征用中的各种具体问题，一一排查，逐一落实耕地、集体土地、国有土地、建设用地等各类地的数量，准确掌握政策，确保不出问题，不走回头路，不做“夹生饭”，促使用地报批工作顺利通过。

——广泛宣传，营造良好社会舆论环境。市铁路办协同市直有关部门、沿线县(区)政府、铁路办，为给征地拆迁工作创造良好社会舆论环境，积极通过电视、报纸、网络等多种媒体，深入广泛做好宣传解释工作，使沿线各地、各部门充分认识到做好征地拆迁工作对铁路建设的重大意义，为工作具体实施创造良好社会舆论环境。

——耐心解释，化解信访群众心中疑虑。工程实施过程中遇到各

种困难和问题是难免的，对于高铁南环线及南客站这样的大型工程更是可想而知，但关键是敢于面对问题与矛盾。这方面，市铁办自始至终秉承着不回避、不推诿、不搪塞的工作作风，直面问题并想方设法予以解决。譬如征地拆迁过程中，部分农民因不理解征地拆迁政策，曾结伴到市铁办上访，对于此番现象，市铁路办领导积极认真对待，亲自带领铁办工作人员就地陪同上访人员学习省、市有关工程拆迁文件，并作耐心解释，使上访人员既能亲睹文件内容又能正确理解其具体涵义，全面化解疑虑，解除担忧。使他们满腹疑虑来，轻松放心回。政策解释清楚了，群众疑虑消除了，工作开展也就顺利了。

——加强监督，严格征地拆迁资金管理。高铁南环线及高铁南客站工程，涉及合肥四个县(区)，总投资约108.3亿元，其中既有原铁道部投资，又有省、市地方投资。工程征地拆迁工作中，市铁路办在执行《安徽省铁路建设征地拆迁资金拨付使用管理暂行办法》的基础上，结合合肥市情，牵头制定了《合肥市铁路建设专项资金使用管理办法》，并要求县(区)铁办严格按规定用途使用资金，杜绝截留、挤占、挪用及其他非法使用现象，做到了按时拨付验工计价款，保证了铁路建设资金的安全。同时，根据征地拆迁相关政策，要求沿线各县(区)必须制定征地拆迁实施方案，并根据相关文件规定严格执行，通过张榜公布等方式，使铁路拆迁补偿政策做到阳光透明、家喻户晓。为掌握征地拆迁工作中存在的主要问题并及时解决，市铁办工作人员经常深入一线，现场办公，使问题尽早得到圆满解决。

## 无怨无悔，忘却既有成绩并负荆前行不断攀登

合肥高铁南环线及高铁南站即将完工，一条东西直向枢纽连接通道即将发挥作用，她像一个宁馨儿，饱含着千万江淮儿女的期盼，承载着打造“大湖名城、创新高地”的构想，在省部共建的决策下，在地方各级政府、铁办的精心呵护下，在各参建单位的智慧心血和辛勤付出浇灌下，呱呱坠地，怎不令人欢欣鼓舞、欣喜雀跃！

回望近五年的建设历程，虽然有苦、有累、有难、有委屈、有不理解、甚至有抱怨。但今日，合肥市铁办可以骄傲地说：“我们完成了时代赋

予我们的任务，我们有幸参加了国家重点项目的建设，我们在经济腾飞的过程中贡献了我们的智慧和汗水，我们是真正的铁路建设者。”

在合肥高铁南环线及高铁南站即将建成运营之际，国务院在西安召开铁路建设会议，研究部署加快全国铁路建设工作。当前，途经合肥市境的庐铜铁路计划近期开工建设，商合杭客专获国家发改委立项批复，合安城际前期工作也在加速推进中，合肥铁路建设即将迎来新一轮的建设高潮，合肥市铁办义无反顾，必将以饱满的精神状态投入到新一轮铁路建设洪流中去。

# 门户枢纽　规划先行

## ——写在合肥南站即将通车之际

合肥市规划局

回眸历史，合肥素有“淮右襟喉，江南唇齿，吴楚要冲”之称；复看今朝，合肥南站必将成为未来“大湖名城·创新高地”的“襟喉、唇齿和要冲”。

面临国家新一轮高铁大发展的历史机遇，合肥幸运地成为“通江达海、抱拥巢湖、承东启西、贯通南北”的时代宠儿。合肥，从开始沪汉蓉客运专线上的不起眼的中途站，逐步演化为“沪汉蓉、京福、商合杭、合九等”多条高速铁路大动脉交汇的巨型枢纽站，这在合肥发展史上是从来没有过的。

### （一）“南线还是北线”

参与过合肥铁路规划建设的同志都知道，南环线及合肥南站的选址中间也经历了一翻波折。

在1996年编制确定的合肥市环形枢纽格局总体框架基础上，2003年，市规划部门根据沪汉蓉通道（上海—武汉—成都）的引入，结合合肥市总体规划调整，对枢纽总图进行了修编，确定了“两主一辅”的客运枢纽布局（“两主”为合肥南站和合肥站，“一辅”为合肥西站），同时对南环线及站点周边用地进行了规划预留，这也为后来的建设奠定了基础，避免了大拆大建。

像很多城市的高铁线路及车站选址一样，沪汉蓉通道在合肥的选

线也有过“北线”、“南线”之争。“北线”即在既有的合宁、合武铁路的基础上进行扩建，但由于既有线路标准低，运行速度慢，致使旅客列车通过合肥枢纽需要较长的时间。“南线”即沿312国道，新建一条东西向高铁线路，沪汉蓉通道的客车不再经过合肥站，而是直接由南环线通过，由于线型顺畅，可缩短运营里程8.6公里，对于形成真正的沪汉蓉大通道，具有重要的意义。

当时市规划部门组织论证会时，“南线”、“北线”争论一度白热化，甚至达到难以协调的程度。明显，“北线”优势在于对城市分割小、拆迁量小、易于迅速实施；“南线”优势在于从战略角度构筑合肥环形铁路枢纽城市，适应未来快速化、公交化的铁路出行需求，最终确定先期实施“北线”。

正当“分期实施”的折中方案刚刚确定的时候，京福客专的引入、既有合肥站客流趋于饱和等因素，使铁道部在2008年即着手开展铁路南环线及合肥南站的规划建设。

## （二）“全架空还是高路基”

合肥南站选址确定后，市规划部门充分认识到不能“坐等靠”，必须在与铁道部的“博弈”中占据先机。在市领导的大力支持下，迅速委托东南大学设计团队即刻展开南站综合交通枢纽前期规划研究工作。等到铁道部最终确定站房设计单位时，合肥南站枢纽综合交通规划方案已经完成并在市规委会上多次讨论并通过，其中最核心的即是向铁道部强推轨道线下全架空方案。

可以想象，与铁道部的协调工作非常困难！铁道部方案是高路基方式，就像高高的一堵墙，硬生生就将合肥滨湖和主城区隔开了。在方案论证阶段，铁道部从工程经济的角度，坚持按高路基方式设置。

市主要领导亲自带队，一次次地与铁道部沟通，规划部门带着设计单位，主动去找铁道部的专家，把方案用动画演示给对方看，用数字说话，图文并茂，据理力争，经过无数次的磨合、碰撞、争执，铁道部鉴定中心的人最终被说服了，笑言：“我们从来都是和各个城市的铁路建设指挥部打交道，还很少和规划部门进行过这么深入的沟通，你们掌握了这么翔实的数据，进行了如此充分的论证，我们同意架空了。”

尽管协调工作非常艰辛，但结果令每位同志都非常激动。参与协调工作的市规划局同志回忆：“2009 年、2010 年，几乎每次开会，都是坐晚上的火车，在火车上睡一宿，第二天一早，就赶到北京西客站边上的大方饭店，开一整天的会，晚上再坐火车赶回来，即省了住宿，也节约了宝贵的时间，很辛苦，但也很充实。”东南大学设计团队负责人朱彦东博士也感慨：“当初我们设计某省会城市铁路枢纽站的时候，跨线高架桥就协调一年多没能成功。合肥南站不仅跨线高架桥，就连线下空间架空总共用了不到半年解决，难以想象！”

最终铁路轨道线下架空长度达 550 米，宽度达 380 米，线下释放面积将近 20 万平方米的空间，除安排铁路出站通道及设施外，为布置城市接驳交通（地铁、公交、出租车、社会车停车场等）提供了充足的用地条件。

## （三）创新的“零换乘”

“出租车排队一排就是一两个小时”，“公交车站乱哄哄”，“出了地铁口走到候车室腿都累酸了”……即使在近几年投入使用被公认换乘规划较好的国内铁路车站，也经常听到这样的抱怨。

在合肥南站枢纽规划中，为了最大限度的提高换乘效率和旅客舒适度，市规划部门带队，几乎跑遍了国内诸多大型铁路枢纽，参观、学习、交流，为打造具有一流水准的合肥南站费尽心思。规划局同志回忆：“真不记得跑了多少个枢纽了。以南京南站来说，仅市领导就带队去详细交流学习了 3 次以上。”合肥南站交通总设计师朱彦东博士也深有感触：“出去调研收获是巨大的，好的经验学习，教训也要吸收。比如出租车辆排队区设置在外侧减少尾气污染，就是学习了虹桥枢纽的经验；同时‘人车分离’、‘多通道上车’等公交和出租车集散模式，就是深刻吸收其他枢纽的教训后创新出来的。”

合肥南站枢纽换乘共规划了 3 条城市地铁线、多条快速公交线、地面公交线以及大规模的出租车场站和社会车停车场。

轨道交通综合换乘站设置在铁路站房以下，靠近北广场，负一层为综合换乘层,负二层为轨道综合站厅层,负三层为轨道 1 号线和 5 号线站台层,负四层为轨道 4 号线站台层。

公交换乘枢纽、出租车上客区等,全部设置在铁路轨道线下空间。公交枢纽站设置在东侧(庐州大道侧),采用“人车分离”的全新设计手段,实现了旅客“落客 - 候车 - 上车 - 行车”完全分离的组织模式。出租车上客区设置在西侧(徽州大道侧),创新性的采用“矩阵式”发车组织,即旅客同时有 5 个出租车排队通道可供自由选择(相应的有 5 排出租车辆通道),将极大的提高换乘效率,减少旅客排队等候时间。

## (四)便捷的“快进快出”

“快进快出”,简而言之,就是只要在合肥市任何地点上了快速路,即可不经过一个红绿灯快速到达合肥南站候车厅落客车道(快进)。同样,旅客出站后,乘坐出租车或社会车辆可直接驶入快速路,快速离开合肥南站(快出)。

合肥市规划局交通处同志回忆说:“在实现公共交通完全零换乘的同时,我们最大限度的体现机动车‘快进快出’的设计理念。通过对南站地区路网重新优化梳理,对马鞍山路(南北高架一号线工程)、徽州大道、龙川路、庐州大道、繁华大道以及南二环等采取了全线或局部快速化处理,充分考虑来自各个方向的机动车能够快速到达高架候车层落客区。枢纽采用‘南进南出、北进北出、东进东出、西进西出’的流线组织,最大限度的减少车辆和旅客的绕行距离。”“未来最大程度的避免车辆拥堵积压在车道平台的现象,高架落客平台也采用了单向 8 车道设计,目前国内较大的枢纽站也仅有 6 车道。”

朱彦东博士回忆说:“为了使合肥南站的周边交通组织更加便捷,规划局与设计单位多次开会反复研究、修改、优化,一次大家开会到很晚,匆匆吃了个便餐后已经是夜里十点半多,原以为可以回宾馆休息了,却被规划局叫去看现场,当时内心真的很抓狂。深更半夜,到处是工地和荒草,几个人打着手电筒,对下午会上提出的南北高架连接高铁路的匝道方案,查勘、丈量、讨论,回来时已经是半夜 1 点多了。”

合肥南站站前广场设计单位负责人——北京城建设计发展集团股

份有限公司蔺震生提到:“有一次同规划局同志出差考察北京奥运村的广场,当看到连接广场的步行通道采用下穿城市道路时很有感触,一回合肥即开会研究将北广场穿越龙川路的通道由上跨桥改为下穿通道。从现在已实施的效果看,不仅方便居民过街,而且也减少了对合肥南站景观影响。”

“看着在南站开通前,徽州大道高架工程、包河大道高架南延及衔接工程、徽州大道-南二环立交工程等相继建成通车,南站快速疏散有了充分保障,想想之前的付出是非常值得的。”交通处同志接着说。

合肥南站的规划建设,是一个错综复杂的系统工程,也是合肥市近年来最重要的重大基础设施建设工程之一,对合肥市长远发展具有重要的战略意义,同时也关系合肥每一位市民的工作和生活。

庆幸的是,合肥市规划局在借鉴与吸收国内外经验教训的基础上,取得了一定的阶段成果。相信在各级领导的指导和关怀下,在广大市民的关心和参与下,一定能将合肥南站打造成让每一位市民骄傲的城市名片。

# 确保合肥南站北广场质量创优

合肥市重点工程建设管理局

合肥南站北广场项目占地面积约 4.6 万平方米,总建筑面积约 8.86 万平方米,以交通换乘、配套商业、大型社会停车库(停车位 894 个)等交通功能为主,总造价 7.84 亿元。本工程为三层建筑,地下二层结构层高 6.8 米,地下一层结构层高 5.95 米(5.4 米),首层结构层高 5.3 米(5.6 米)。总长 190.8 米,总宽 218 米。

## 一、工程前期工作

本项目前期启动工作在 2012 年初,按照合肥市大建设“小业主、大监理”模式,在施工图纸设计阶段,即完成了监理单位招标工作。将监理作为建设单位的延伸,开始进行项目策划、筹备及施工总承包招标工作。

按照本项目的特殊性,工期紧、任务重,须于 2014 年 10 月投入运营,鉴于设计任务重,周期长,设计图纸采取分阶段设计模式,即先出土建及机电安装图纸,后出精装修及景观图纸。按照此模式,对整个施工招标工作进行了策划,即先进行施工总承包招标,再分阶段进行精装修、景观绿化、智能化招标工作,同时对主要的装饰材料(石材、金属天花等)和安装设备(空调、水泵、变压器、发电机等)进行政府采购招标,以确保材料、设备质量。同时将各分包单位和供货商纳入总承包管理,从而确保了项目建设的高效管理。

针对本项目的特殊性,制定了《合肥南站综合交通枢纽配套北广场工程建设管理手册》简称《手册》,《手册》中明确了本项目建设管理的各项规章制定,质量、安全、进度、造价等控制措施和奖惩制度。并将

《手册》纳入招标文件,作为施工合同的组成部分进行管理。

招标文件明确了本项目的质量创优目标,确保“黄山杯”,争创“鲁班奖”;明确了安全文明施工目标,“安徽省建筑施工安全质量标准化示范工地”。

## 二、工程开工前准备工作

本项目于2012年9月20日正式开工建设,主要参建单位有:合肥市重点工程建设管理局(建设单位)、北京城建设计研究院有限公司(设计单位)、安徽省建设监理有限公司(监理单位)、中铁隧道集团有限公司(施工总承包单位)、深圳市特艺达装饰设计工程有限公司(精装修及幕墙施工单位)、中铁十三局集团园林环境工程有限公司(景观绿化施工单位)等。

1. 考察工作

由建设单位牵头,联合市招管局、监理单位、设计单位对预中标单位(施工或供货商)进行实地考察,主要考察其企业实力、类似工程业绩等。如实地考察了施工总包单位正在承建的南宁高铁枢纽项目、白珠白麻石材矿山等。

同时还组织各参建单位对外省市的类似项目进行实地考察学习,汲取管理经验,便于项目的有效建设。先后考察了上海虹桥枢纽、南京南站枢纽、杭州东站枢纽等。

2. 交底工作

对施工单位进行全面的各层次的交底。建设单位进行建设任务交底和第三方巡查交底;质监机构进行监督交底;设计单位进行设计交底;监理单位进行监理工作交底;总包单位对分包单位进行总包管理工作交底。

通过交底,明确了工期、质量、安全等各项目标和要求,指导施工单位更好的进行施工管理和建设工作。

## 三、工程施工管理阶段采取的主要措施

1. 建立了专家论证、咨询机制

根据本项目特点，工艺复杂、质量、安全要求高，本项目建立了专家论证、咨询机制，固定了核心专家组成员。对工程建设过程中的危险性较大工程、复杂工艺技术、安全文明创建等“疑难杂症”，均通过专家论证、咨询等方式进行处理。

如通过专家论证解决了本项目基坑加固设计图纸问题、基坑加固施工方案问题、塔吊与周边工地塔吊间的防碰撞问题，并提出了许多中肯的建议和意见。截至目前为止，本项目未发生一起伤亡事件。

2. 第三方质量安全巡查制度

合肥“大建设”坚持“质量零缺陷、安全零容忍”原则，实行动态监管与严管重罚相结合。为进一步强化质量安全管理，在传统质量安全管理体系之外，全面建立了第三方监督机制。

第三方巡查单位采用科学、灵活的巡查方法，对现场施工情况进行全过程跟踪督察，及时发现并排查质量和安全隐患，督促施工和监理单位完善质量和安全管理体系。

本项目第三方巡查单位共组织突击巡查 32 次，出具巡查报告 28 份，排查治理各类隐患 76 处，成为本项目质量安全管理的有效补充。

3. 全面落实见证取样送检制度

见证取样检测单位（第三方检测单位）由建设单位统一招标，与建设单位签订合同，检测费用由建设单位支付，而不与施工单位有任何利益往来，从而从源头上确保了材料/设备/构配件等检测数据的真实性。

见证取样送检工作由建设单位和监理单位在施工单位自检的基础独立进行，从而确保了送检样品的真实性。

本项目依据检测内容的不同，选择了五家第三方检测单位，对本项目的所有原材料、构配件、试块、试件进行全覆盖检测。

如监理人员对砼试块的取样、制作、养护、送检等环节进行旁站见证，并做好相应记录，之后填写送检委托单，与第三方检测人员一道送至检测机构进行检测。

4. 发挥经济杠杆作用，适度进行经济处罚和奖励

本项目累计下发处罚通知单 54 份，累计处罚金额二十余万；同时对各施工单位进行考评，分阶段对表现较好的单位及个人进行奖励，已

累计奖励两万余元。

5. 现场巡查制度

坚持每日进行现场巡查，每周组织各参建单位进行质量、安全大巡查，对巡查出的问题进行书面汇总，并限定整改期限，要求各施工单位进行整改并书面回复监理、业主，再由业主、监理牵头进行复查，从而形成了有效的闭合。

6. 危险源辨识及针对性措施

对重大危险源及重点控制部位进行识别，并确定工作方式方法和制定针对性措施。

7. 不定期约谈制度

建设、监理单位对各施工企业、供货商主要负责人进行不定期约谈，对项目上存在的问题进行梳理汇总，从公司高度对项目部进行检查和部署。

## 四、阶段性评估

本项目主体结构已顺利通过验收；文明施工已获得“安徽省双示范”工地称号。

## 五、完工准备工作及后续工作筹划

为确保项目如期竣工，制定了倒排工期计划，每日对现场完成情况进行核查。同时为做好各专项验收及竣工验收工作，针对电梯（特种设备）、人防、消防、防雷、白蚁防治、建筑节能、档案移交等编制了专项验收方案和计划，确保各专项验收顺利通过。

过程中还邀请了消防、档案等主管部门进行现场实地指导，将各项问题消弭在工程建设伊始。

# 服务南环铁路建设　带动地方经济发展

## ——肥东县铁路建设协调领导小组办公室工作纪实

陈　欣

合肥铁路枢纽南环线工程是沪汉蓉快速通道的重要组成部分，始于合宁铁路肥东站，终至合武铁路长安集站，将合宁、合武铁路在枢纽内以高标准线路贯通。南环线铁路工程将改建肥东站、长安集站，新建合肥南站，南环铁路对增强合肥铁路枢纽功能，促进区域性特大城市建设，对进一步发挥省会辐射带动作用具有重要意义。

合肥铁路枢纽南环线在肥东县全长14.2公里，途径肥东县经开区、撮镇镇、店埠镇。在县委、县政府领导下，县铁路建设协调领导小组办公室积极开展工作，因工期要求紧，施工任务重，县铁路办自觉主动地搞好服务，想建设施工单位之所想，急建设施工单位之所急，全面支持铁路建设，打造一流施工环境，打造百年不朽工程。在路地双方密切合作下，高铁南环线肥东段已近尾声。共协助铁路征地540.366亩，临时用地491.222 9亩，三改四电用地49.517亩，民房拆迁面积达42 773.748平方米。

自南环线建设开工以来，县铁路办通过各种媒体以各种形式进行宣传，营造良好的舆论氛围，争取社会各界对铁路建设的支持，特别是说服引导部分农民服从国家重点工程建设需要，宣传铁路建设对地方经济发展和农民增收的重要意义。要求各乡镇组织专门人员，并抽调精兵强将，统一进行土地丈量，逐户登记造册。目前已经全部完成合肥高铁南环线的征地拆迁任务。

因企业拆迁的特殊性,企业拆迁是此次铁路拆迁工作的重中之重,合肥高铁南环线穿过肥东县撮镇工业园,涉及四家企业。在上级主管部门的大力支持下,多次召开专题会研究,并根据上级要求,县铁路办主动配合评估公司进行现场丈量、登记造册和勘验等工作,客观公正的评估其拆迁费用,就拆迁补偿事宜与企业主多次沟通协调。铁路拆迁评估手续复杂,程序环节多,任务紧。铁路办人员首先进行换位思考,转变思路,做深入细致的工作,经过推心置腹的沟通,拆迁企业紧绷的玄终于有所松动。企业主从反对、抵触,不理解,到认可、配合、支持。经过一条曲折的道路,最终与安徽省新安制茶有限公司、合肥市协力金属结构有限责任公司、合肥市瀚坤机械有限公司、合肥市家家宜工贸有限公司等企业签订了拆迁补偿协议,及时完成拆迁工作并补偿到位。保障了铁路施工顺利进展。

肥东县铁路办在服务南环线铁路建设的主要做法表现在以下几个方面:

一是不等不靠。自我加压,肥东县南环线建设协调工作动员会召开后,铁路办不等不靠,主动出击,铁路办人员全力以赴强势推动。依靠自身力量解决了大量的矛盾和纠纷,充分发挥了地方主力军、主战场作用。他们还组织铁路沿线各乡镇政府、园区管委会一户户搞好土地丈量、登记造册、张榜公示。土地丈量结束后,施工条件已经成熟时,铁路办人员并没来得及喘口气,立即向县政府提出拨款报告,在铁路征地资金尚在办理拨付手续之中,县财政自筹资金 200 万元垫付了“三费”补偿,仅用两天的时间将资金全部发放到被征地户手中,让群众吃了“定心丸”。这次经验告诉我们征地拆迁工作“越早越主动,越迟越被动”,干工作靠的是“韧”劲,凭的是“锐”气,借的是“势”气,只有一鼓作气,乘势而上,才会攻破难关。如果在征地拆迁中,一个问题久拖不决,行动迟缓,举棋不定,就会增加工作难度,甚至付出数倍的人力、精力和财力。甚至会贻误战机,错失发展良机。

二是作风过硬,工作扎实。铁路办从主要领导到一般干部工作标准要求高,思想解放程度大,工作作风严谨、扎实、真诚,充分展示了“活力肥东”“效益肥东”的良好精神风貌。

肥东县主要领导高度重视铁路建设，亲自坐镇指挥，督促落实"三费补偿"的发放工作，每天必问必查铁路建设进展情况；对干部高标准、严要求，每位干部在规定的时间内必须确保完成规定任务。领导放手让干部大胆工作，锐意创新，充分发挥主观能动性；只要有利于工作的方式方法就鼓励干部大胆尝试，考核奖惩干部不看过程看结果，凭实绩论英雄，造就了"人心思进、人心思奋"的浓厚氛围。铁路办领导经常带着从国土、规划、司法等单位抽调的干部到一线帮助各地政府开展土地丈量、处理矛盾纠纷等工作，他们不分双休日，不分晴天雨天，哪里拆迁困难哪里矛盾突出，他们就到哪里去解决。为避免群众直接接触施工队伍，防止发生群发冲突事件，铁路办主任向群众郑重承诺："有难题找我们，我们与施工单位和业主协商解决。"同时也告诫施工单位负责人："一定杜绝野蛮施工，杜绝不文明施工，在土地面积尚未丈量完的情况下，钱还没发到群众手中，施工单位千万不要动工！有了问题由政府负责解决。如果施工单位发现少数群众在现场干扰施工时，及时告知我们，就是在夜里凌晨也要打电话通知县铁路办，铁路办干部一定会在第一时间赶到！"肥东县铁路办想群众之所想，急施工单位之所急，赢得了施工单位和沿线群众的赞扬。

三是政策公开，阳光操作。肥东县铁路办在兑现征地款工作中，坚持公开、公平、公正的原则，实行阳光操作，他们将制订的征地、补偿标准通过多渠道进行公开宣传，群众对照补偿标准细算账、互相比、共同算，铁路办与拆迁户一起不躲闪、不回避、理直气壮地讲拆迁政策，将补偿标准，坚持阳光透明，并做到一次性地将征地补偿费用足额地兑现给征地户。

四是确保民生，路地连心。农业生产需要水渠灌溉，但是铁路建设有时与水渠走向发生矛盾，这时就需要水渠改道。一边是万亩良田，一边是铁路建设，矛盾便产生了。每当出现这样的问题时，县铁路办工作人员都会带领施工人员到现场商讨改渠事宜。通过实地走访、考察，铁路办就能掌握铁路走向、用地范围和灌溉情况等第一手资料，然后再约请铁路建设指挥部和地方政府相关部门一起到现场专题会商、确定解决方案。既要保障铁路建设顺利进行，又要确保老百姓的利益不受损害。小郭岗农民杨大香家在新建铁路附近,去年家中房屋出现开裂现象,他认为是由于列车震动造成的。铁路办在调查时,发现杨家一贫如洗。按照程序,要认定房屋开裂的原因必须经过技术鉴定,但仅鉴定费就需要几万元,这对一个贫困户来说,无疑是个天文数字。县铁路办特事特办,在符合法律法规的前提下,最终在今年春节前,推动当地有关部门将杨大香的房子列入拆迁范围,让他们一家搬进了宽敞明亮、结实安全的安置小区房子里。此事,杨大香感触颇深,他说:“政府征地拆迁、修建铁路,都是为咱们老百姓过上好生活,我们一千个拥护,一万个支持!”

“只要为了铁路建设,再难的拆迁我们也要搞,再难的协调工作我们也要做。”这是肥东县铁路办主任最常说的一句。我铁路办工作人员也为参与南环线铁路建设感到自豪,这是我们埋头苦干的不竭动力。对工作的热爱和眷恋,让我们个个魂牵梦绕般地进入了忘我的状态,加班加点、熬更守夜已经成了工作习惯,有的同志生病了也不肯住院,依然坚守在岗位上,依然与大家一道工作、并肩作战。在那个特殊的日子里,大家没有节假日,没有星期天,大家没有时间辅导正在上学的孩子,更没时间看望需要照顾的老人。一千多个日日夜夜,有一千多个动人的故事。为了南环线铁路早日建成,为了肥东县经济早日腾飞,县铁路办的同志无怨无悔,再苦再累心也甜。他们坚信:“肥东梦”一定能实现!

# 凝聚正能量　为"巨龙"腾飞助力

## ——合肥市包河区全力服务保障南环线铁路建设纪实

孔令贵　沈　洁

包河区位居合肥中心城区,辖7街、2镇、1个省级工业园区、1个街道级大社区,区域面积340平方公里,其中巢湖水面70平方公里,人口122万,是合肥市面积和人口第一大区,也是安徽省综合实力第一强区。包河区濒巢湖,通长江,襟五河,是国内外产业和资本加快向合肥转移的重要站点。随着合武、合宁铁路相继建成通车,该区铁路交通中心的位置优势日益凸显,新建的合肥南站正置于该区范围,铁路南环线建成、合福线通车后,包河区现代便捷的交通体系将进一步完善,更加凸显门户优势。

自2009年南环线和南站房等铁路建设项目陆续开建以来,全区上下一心,举全区而为,突出重点,克坚攻难,有条不紊地推进工程顺利进行。几年来,包河区积极协调,主动服务,得到了省市政府和上海铁路局合肥铁路枢纽工程指挥部的充分肯定,连续三年荣获"安徽省铁路建设先进集体"称号。

### 营造建设氛围　做铁路建设"宣传员"

一个重大项目的建设通常会涉及多方利益,如果不加强正面宣传和正确的舆论引导,工作起来往往会事倍功半,得不到应有的效果。为此,包河区在支持铁路南环线和南客站建设的进程中,大力宣传铁路建设对地方经济发展的重要意义，扎实有效做好铁路沿线的征迁政策宣传，大力营造良好的建设氛围。

铁路用地征迁工作进展是否顺利，关键在于，一方面要严格执行政府的征迁政策，做到有章可循、公平合理，合理保护群众的合法利益；另一方面要切实关注群众生产生活的实际需求，及时帮助解决土地调整、搬迁、安置等各方面问题，着力帮助群众解除后顾之忧。为此，包河区委、区政府在市政府征迁政策文件出台后，立即组织召开了相关街镇单位主要负责人、铁路建设领导小组成员单位和施工单位负责人共同参加的铁路征迁工作动员大会。该区铁办按照领导小组的统一安排部署，将全区铁路建设征迁范围和政策以公告形式印发到铁路沿线，张贴到村居、组、户，努力让每一个群众、每一户家庭深入了解铁路征迁政策，同时以会议、明白信、宣传册、新闻媒体报道等各种方式进行宣传，真正把政策讲透，深入人心，切实让群众了解“铁路建设涉及国计民生，是国家宏观战略需要”，引导群众以舍小家顾全局，全力支持配合铁路建设征迁工作。

在铁路南环线及南客站建设用地征迁过程中，包河区实行“三榜公示”，利用新闻媒体，把征迁工作置于“阳光”之下，公开操作，创新做好宣传和舆论引导工作。在土地征迁和工程建设过程中，该区在中央、省、市媒体发表正面宣传报道稿件上百篇，还利用区级自有媒体《包河报》、包河新闻网、包河政府网等为征地拆迁、服务保障、环境保护、工程建设等各项工作做正面宣传和引导，为高铁建设营造了良好的舆论氛围。

## 快速征地拆迁　做铁路建设的“护航人”

铁路建设首要条件是要有建设用地，地方政府如何按政策及时提供铁路建设用地，更好地解决好铁路在用地征迁过程中的各种矛盾，科学处理好铁路建设用地和地方建设发展用地之间的利益关系，是对地方党委、政府执政能力的一次综合考验。

铁路南环线及南客站在包河区全长约 12.4 公里，需征地约 510 亩，拆除房屋近 6.5 万平方米。涉及常青、望湖、骆岗、淝河等 4 个街镇。为全力保障铁路工程开工建设,包河区委、区政府高度重视,加强组织领导,积极做好铁路征迁和协调工作,专门成立了铁路建设协调领导小组,设立办公室,具体负责铁路南环线及南客站等铁路建设征迁和各项协调工作。

征迁工作政策性、业务性强,涉及方方面面,关系千家万户,加之时间紧,拆迁量巨大,包河区将铁路工程征迁作为锻炼干部的战场,把铁路征迁列为全区工作的重中之重。区铁办积极协调区住建局、国土分局和相关街镇,组织专人入户对房屋进行勘察丈量,对附属物及构筑物进行清点丈量,按照要求附上户主照片、身份证、房屋平面图等,并登记造册。严格执行政策,做到一个标准,一个口径,一视同仁,阳光操作。通过 4 个多月的艰苦努力,圆满完成铁路南环线五百多亩征地和六万多平方米的拆迁任务。

由于受命于紧要关头,包河区征迁工作人员心中充满了责任感和使命感。2010 年春节前的农历腊月 25 日,为保证铁路南环线红线和临时用地交付使用,拆迁人员冒着严寒风雪,穿着胶鞋,不顾沼泽泥泞,仅三天就完成了裸地丈量的征地任务。在征迁一线的工作人员回忆当时的工作时感慨万分:“在风雪交加的田野里丈量,就像在冰库里烤火,衣服不知汗湿了多少回,被冻硬了多少回!”包河区凭借“要像高铁速度看齐”的思路,在 2010 年春节前,以最短时间完成了南环线征用土地的丈量登记工作,及时为施工单位提供了关键性工程施工用地,从而为施工单位赢得了施工时间,保障了铁路南环线施工的顺利进行。

## 心系百姓冷暖　做群众利益的“捍卫者”

“地方政府作为铁路建设的协调保障的指挥者,既要保障铁路工程顺利实施,也要听取群众诉求,维护群众合法利益。”包河区区委书记在多种场合多次强调,要把群众利益放在首位,服务为民,才能得到群众的拥护和支持。在铁路站拆迁工作中,该区坚持把群众利益放在首位,充分理解被拆迁群众为城市建设发展作出的牺牲和贡献,真心实意帮助拆迁居民解决遇到的各种困难,得到群众的理解与支持,收到和谐拆迁的实际效果。

凌大塘社区是包河区铁路站片区拆迁工作的重点区域，也是率先启动的区域，涉及131户居民，共需拆迁6.3万平方米。为顺利推进该区域的拆迁工作，凌大塘社区干部们首先带头拆迁，为群众动迁树立了榜样。居民组的民兵营长李世飞在第一天交房，同时动员自己的5户亲戚朋友一起交出钥匙，为百姓拆迁带了好头。社区工作人员还换位思考，十分理解拆迁给居民带来的困难和不便。他们从居民的所想所需出发，积极跟进服务，在住房、生活、水电、医疗、就学、就业、法律咨询等各方面，为群众排忧解难。为解决群众找房难、搬迁难的问题，他们成立了“房源小组”和党员义务搬迁队，主动深入周边居民小区，甚至上房产网站“搜房”，帮助拆迁户寻找房源200多套。对于生活困难的孤寡老人和残疾人，社区不但免费为他们提供集体公房临时居住，还组织党员志愿者搬迁队主动上门帮助搬家。凌大塘社区在征地拆迁过程中细心热心的服务工作，只是包河区在铁路征地拆迁中心系百姓、服务为民、充分保障群众利益的一个缩影。

自铁路南环线及南客站征迁工作启动以来，包河区在群众工作中坚持热情周到服务。区铁办工作人员不论酷暑严寒，都是深入到一线，深入到群众家中，认真了解社情民意，诚心听取百姓呼声，及时为群众答疑解惑，排忧解难。包河区在桐城南路桥涵加宽设计、关镇河防洪设施损毁恢复、席井路道路改造、主次干道树木移植、水系破坏恢复、乡村道路损坏修复，以及坟墓迁移、广告牌拆除、相关鱼塘和葡萄园等个案处理协调时，都坚持以人为本，真心为民办实事，从而赢得了沿线群众对铁路建设的主动支持。

坚持群众利益无小事，及时补缺。包河区铁路办坚持“以人为本、关注民生”的理念，在工作中力求细了再细，实了再实，对群众合理的要求积极给予解决。包河区坚持实事求是、依法办事、有错必纠的原则，对在征地拆迁中清点登记和勘丈中漏登错登的包河工业区院塘、大墙社居委的68.057 5亩集体土地和中铁四局四公司的19.691亩国有土地，再次清点勘丈并重新核算补偿费用，切实维护和保障了被征迁群众和单位的利益。

严明纪律，严于律已，规范操作。包河区要求工作人员在工作中坚决做到“四严禁”:严禁任何单位和个人截留挪用征地拆迁费用;严禁街镇、村居在房屋拆迁和青苗、附属物补偿及征地补偿等方面弄虚作假;严禁在征地拆迁中优亲厚友、乱开口子;严禁任何人因私欲私愿未满足而设置障碍。“四禁止”树立了包河区政府真心为民的良好形象,促进了铁路建设协调工作稳步开展。

## 优化美化环境　做铁路建设“服务员”

铁路工程战线长,涉及千家万户,跨越许多道路、沟、塘、渠坝。铁路建设所到之处,现有的生态环境都将彻底改变,耕地废弃、房屋拆迁、道路改移、通行受制、水系改道等等。如何让铁路沿线群众在短期内接受并适应这种改变?如何让铁路建设对本地环境的破坏程度降到最低?如何让百姓由被动征迁转为主动给铁路建设让路?这些都是铁路征迁工作是否顺利、当地发展能否和谐稳定的关键因素。

“我们希望施工单位在施工过程中,始终把当地群众的利益放在心上。”包河区铁办负责人如是说。为优化施工环境,保障铁路建设,包河区对涉及使用的地方道路、临时用地等严格按规定程序办理,在施工过程中帮群众修好路、挖好渠、整好田,确保施工期间群众有路走、水要通。遇到严重影响群众生产生活的问题及时处理,努力创建和谐施工的良好环境。

为减少铁路建设对本地生态环境的破坏,保障生态平衡,包河区成立“三线三边”建设办公室,专门指挥铁路沿线等生态恢复建设。2013年开始在铁路南环线沿线重点打造淝河生态公园,全面提升铁路沿线生态环境。淝河生态公园位于高铁南环线和合肥绕城高速之间,西起包河大道,东至南淝河,总面积约200万平方米,公园建设以“会呼吸的绿飘带”为主题,顺着铁路东西方向延伸建设滨水景观带,以栽植大片林木、建设“会呼吸的绿飘带”,不仅打造出独特的景观廊道,扮靓省城出入口,还能给周边居民提供休闲游憩的场所。随着公园建设渐入佳境,铁路周边环境也日益提升,群众对铁路建设的支持率大幅提高。

与此同时,包河区全方位服务,努力为合肥铁路枢纽指挥部、施工单位驻地创造良好的工作和生活环境,协调相关部门通路通水通电,做好周边道路建设、绿化提升、商贸服务，为建设施工单位进场打好“前站”，当好“服务员”。

铁路铺展无限春光，延伸发展新希望。今天，凝聚着包河区党委政府的心血和广大建设者汗水的南环线、合肥南站即将竣工通车，腾飞的铁路必将成为包河区经济社会发展的“快速通道”。

# 南环线上的好"铁长"

## ——记合肥市包河区铁路建设协调办公室主任孔令贵

沈　洁

在合肥铁路枢纽南环线和合肥南站建设的主战场包河区，参加施工建设的同志说起当地政府对铁路建设的支持，都是赞不绝口："搞铁路施工这么多年，从来没有遇到过像合肥包河区这样好的施工环境，在施工过程中不论遇到什么难题，只要向区铁路办反映，都能很快解决。"铁路建设方对包河区施工环境的良好感知，源于包河区委、区政府的高度重视和关心，自然也离不开包河区铁路办主任孔令贵的协调斡旋和大力支持。

自合肥南环线开工以来的四年多时间里，包河区铁路建设协调办公室主任孔令贵每年都有 200 多天在施工现场度过。工作中，他吃苦耐劳，认真负责、踏实肯干、廉洁自律的工作作风得到了省市政府的充分肯定，连续两年被评为"安徽省铁路建设先进个人"，也得到了铁路建设方、区里领导和同事们的高度认可。在包河区，凡是接触过孔令贵的人都亲切的称他"铁长"。

人们都说征地拆迁工作是天下第一难事，而铁路的征拆工作更是难上加难。作为包河区铁路办主任孔令贵，却不畏艰难，知难而上。他说；"只要一心想着修铁路给合肥带来的经济发展，想着给群众带来的便捷，天下第一难就不会再难！"在实际工作中，孔令贵积极把党和政府为民谋福利的情怀传递给广大群众，把发展的美好愿景告诉广大拆迁户，耐心细致地做好政策宣传和说服工作，既与群众算拆迁补偿安置的“小账”，也算铁路建设带动合肥经济发展的“大账”。孔令贵设身处地为拆迁户着想，对于拆迁户提出的合理请求，在不违反政策的前提下，灵活变通，尽最大能力给以解决，用真情感动群众，积极化解群众怨言。

拆迁补偿标准是敏感问题，又是矛盾的焦点。为把工作做实做细，孔令贵会同工作人员制订了征迁实施方案和相关表格，聘请区国土分局、住建局的专业技术员进行土地勘测和房屋丈量登记，做到一套人马，一把尺子，一个口径，一个标准，一户一档。然后张榜公示征迁补偿人员名单，把工作置于“阳光”之下，公开操作，主动接受群众监督，做到了征拆主迁“零差错”、“零失误”。

合肥铁路枢纽南环线是国家建设的重点工程，征地拆迁的补偿依据是勘测界定图，土地测绘数值明确到村，上级要求一分一厘都不能突破。但要把这个土地数分解到每户非常不容易。在征迁协调过程中，孔令贵坚持原则，严格把握政策，不搞特殊关系、不讲私人感情，“一把尺子量到底”。在淝河镇拆迁时，孔令贵的一位朋友住房距离拆迁红线仅一米，朋友多次找到孔令贵，请求帮忙把他家房子算到征迁范围内一起拆迁。孔令贵耐心说服并婉言回绝，还多次请村居会人员做朋友的思想工作，直到说服了朋友为止。人问他，这样做，就不怕得罪亲戚朋友？孔令贵笑道，“就算亲朋好友不理解，挨几句骂，也不能违反原则啊！”

在外人看来，做铁路协调工作的，在建设单位、施工企业都认识不少人，帮助亲朋承揽些工程应该是很方便的。孔令贵却把这个“方便”当作廉政建设的红线决不能碰。得知孔令贵担任包河区铁路建设协调领导小组办公室主任之后，有的朋友来找他想承包一些铁路工程。对于这些请求，孔令贵总是干净利落地回答两个字“不行”。但是没想到，自己的亲弟弟也找他想承包铁路工程。原来，孔令贵的胞弟早就开了一家工程建筑公司，几次让他帮忙介绍一些工程。面对这种情况，孔令贵一方面坚持不做违反原则的事，另一方面又担心破坏兄弟感情，无奈之下，他只好请 80 多岁的老母亲出面劝说弟弟，然后自己又推心置腹的跟弟弟说:“让你的公司在铁路上干工程,几方面不落好。你想想,铁路方面碍于我的面子,不好监督你们公司,有人在背地里就会戳我的脊梁骨,我以后干工作,腰板也挺不起来了!挣钱的机会多得是,但不能在我工作范围内干活,那样会让人看不起咱们。”讲的次数多了,弟弟最终理解了哥哥的苦衷,也不再提承揽铁路工程的事。

孔令贵经常告诫身边工作人员,一律不准插手铁路的事,更不准为亲友承揽铁路工程,只有这样才能身正气顺,搞好铁路建设。一位负责街镇铁路征迁的工作人员深有感触地说:“我们在协调工作中吃了不少苦,流了不少汗。但有孔‘铁长’为我们树立了榜样,从区里到街镇没有一人插手铁路工程的,所以在协调工作中,我们说话有分量,令人信服,圆满完成了各项任务。”

当好“铁长”,不仅要为属下做好表率,“铁长”的责任贯穿高铁建设的始终。

2010 年夏天,铁路南环线跨越 100 多米的关镇河大桥开始建设,巨大的桥墩坐落在河道中央,阻挡水流,给当地抗洪防汛带来巨大压力和隐患。孔令贵心系沿岸百姓生命安全,把协调关镇河防汛工作紧紧放在心上,积极协调区农林水务局、铁路设计和施工单位、淝河镇等多家单位采取防范措施,并多次召开现场协调会,会后穿梭在各单位中间优化施工方案,使关镇河防汛工程在汛期来临之前完成建设,保障了夏季关镇河安全度汛,保护了沿岸百姓的生命财产安全。

人们常言:“支铁办,支铁办,全靠嘴巴和脚板。”合肥铁路枢纽南环线在包河区全长约 12.4 公里,共需征地约 510 亩(含临时用地),拆除房屋约 6.5 万平方米。在四年多的时间里,包河区铁办主任、包河人民的好“铁长”——孔令贵深入征地拆迁、工程建设的一线,进村入户、多方斡旋、亲力亲为、风雨兼程,在高铁建设征程中燃烧着自己,为合肥铁路枢纽建设奉献光和热!

# 为南环线建设保驾护航

## ——记合肥市经开区铁路建设协调领导小组办公室

徐志青

合肥市，长三角的西大门，正以高铁的速度驶往区域性特大城市的行列。

平坦富饶的江淮大地，一幢幢高楼拔地而起，一条条热闹的道路让整个城市血脉偾张。“大湖名城、创新高地”，内外兼修的合肥创造合肥速度，更涌起了大步踏向更广阔天地的渴望。

唯有高速铁路才能匹配合肥的快速发展。近几年，合宁客专、合武客专、合安城际铁路、商杭客专等相继开工筹建，合肥高铁发展飞快，合肥南环线是铁道部和安徽省的又一项重点工程。保障南环线的建设，征地拆迁是最重要、最基础的工作。合肥经开区铁路办积极配合，为南环线做好全方位的服务。

### 成立办公室　为南环线保驾护航

合肥铁路枢纽南环线线位的选择和定位，是经过反复论证，铁道部和专家组最后确认了现行线位，是最科学、最合理、最经济的线路设计方案。这就使得合肥铁路枢纽南环线与合肥市经开区结下了不解之缘。

为保证南环线的顺利开工，合肥经开区成立了铁路建设协调领导小组办公室，机构设置、人员配备到位后，所有人员提前进入角色，开始调查摸底和宣传动员工作。合肥经开区是国家首批体制改革示范开发区之一，机构精简，一个部门可能要对应市里面几个部门的工作。从那一天开始，铁路办就是为高铁南环线的建设保驾护航。

凡事要立必先破。城市建设的现代化推进，首先需要的是保障拆迁用地。合肥经开区铁路办提前做好一切准备，只为等待它的到来。

经开区段虽然是整个高铁南环线最短的一段，但却是任务最艰巨的一段。为做好项目服务保障工作，铁路办加强宣传舆论引导，密切关注沿线小区居民的反映和做好维稳工作，将矛盾化解在问题之前，是保障工程建设顺利实施的头等大事。

2008 年，南环线的准备工作开始了。除了骑跨人口密集的芙蓉路之外，南环线还经过合肥的主干道——金寨路，惠风汽车、海外学者创业园、一里洋房、美安达集团等都在金寨路两侧，每一家、每一个单位的拆迁都是一场严峻的挑战。

面对困难，经开区铁路办冷静分析，沉着应战。他们提前谋划，在开工前一年就开展各项宣传动员，每个小区责任到人，上门入户为小区居民解释高铁建设的重要意义，还邀请市环保局、规划局、发改委等部门为群众现场答疑解惑，消除群众的顾虑。为让沿线小区居民对高铁有个更直观的了解和体验，经开区铁路办的同志还创新工作方法，组织在南环线沿线各个小区的 200 多位居民代表免费乘坐高铁到上海，观察沿海发达城市的高铁建设及沿线一座座花园式的居民小区，让他们实地感受高铁为沿线居民带来的好处，他们终于打消的疑虑，转变了态度，坚决支持铁路建设。由于铁路办前期工作做得扎实，南环线开工时几乎没有遇到阻力。

## 保障征地　打个颠倒换位思考

俗话说“兵马未动，粮草先行”，高铁建设能够顺利进行，相关基础配套设施跟得上是至关重要的，比如：混凝土搅拌站、梁场一般都是要提前建设的。早在高铁南环线未正式动工建设之前，经开区铁路办就协助施工单位中铁四局合肥南环线项目部一起到规划部门、国土部门办理混凝土搅拌站、梁场临时用地手续，更是协调相关部门开通绿色通道,仅用3天时间就跑完了临时用地的报批及审批手续,又利用2天时间完成了临时用地范围内的地面附属物的清障工作,确保了南环线施工前,搅拌站、梁场顺利投入使用。中铁四局南环线项目部五分部书记陈忠清说:"南环线经开区路段前期工程这么顺利,这与铁路办的大力支持是分不开的。"

由于南环线从经开区民营企业园穿越而过,民营企业园内遍布大小企业100多家,这些企业经过长时间的打拼和发展,均已形成一定规模。现在部分企业面临拆迁,老板一时无法接受。为此,经开区铁路办的同志未雨绸缪,提前着手,经过缜密考虑,他们决定首先从国营企业国正药业入手,铁路办与当地街道的同志一起,多次找到国正药业负责人讲企业发展与高铁建设的关系,经过几次沟通协商,企业负责人表示支持国家铁路建设,同意拆迁让地于高铁建设。第一家企业拆迁工作的顺利完成,对其他单位的拆迁产生了积极影响,同时也大大鼓舞了铁路办同志的士气,为下一步工作开展打下了坚实的基础。

在征地拆迁过程中,经开区铁路办的同志急企业之所急,切实为帮助企业解决实际困难。安徽微纳生命科技开发有限公司(阿幸食品厂),是一家从事绿色食品加工、发展较快的日资企业,他们在开发区有3处生产厂区,南环线涉及两处需要拆迁,其中需要拆迁的生产区内有配电房、锅炉房,如果拆除,将导致2个厂区无法正常生产,给企业造成巨大损失。开始,企业负责人坚决不同意拆迁,怎么办?只有通过其他方法来解决,特事特办。铁路办考虑到企业的实际情况,便安排专人通过开发区建设部门找到合肥市供电总公司协商,终于说服供电部门采取先恢复供电供水、然后拆除的方式,这样既不影响企业的正常生产,又能确保铁路建设。经过多此做工作,该企业终于同意了拆迁,很快完成了该企业的拆迁转移工作。

南环线由高铁站引出后,在大成汽配公司开始骑跨芙蓉路,这是一座长约2.4公里的双线铁路桥。为保障高铁建设顺利施工,经开区铁路办协调城管部门、道路绿化养护单位每天组织上百人在芙蓉路上移植树木和市政杆线,在短短三天时间内就完成了芙蓉路绿化、市政设施及杆管线的迁移工作,确保芙蓉路在规定时间封闭施工,受到高铁施工单位的高度赞扬。

征地拆迁工作离不开各级领导的关心和支持,在拆迁中,铁路办也遇到许多困难和问题,有些问题是他们无法解决的,他们就及时向上级主管部门汇报,并把基础资料准备齐全,为上级决策提供参考和依据。上级领导还多次到经开区指导工作,帮助铁路办解决了不少实际问题。安徽省投资集团副总经理杨俊社、合肥市政府副秘书长张维宏、市发改委副主任纪开学等协调解决了企业夹角地、边角地的疑难问题。

## 精诚所至　外国业主为之动容

在征地拆迁过程中,也有很多难啃的骨头。海外学者创业园“格林硅谷”,这里一共有 6 幢别墅的科研办公单位,涉及海归、外籍人员,对拆迁补偿有较高的心里期望值。其中有一家印度业主。当时,印度人远在深圳,铁路办主任潘成好带着律师、翻译和相关规定文件到深圳面谈,为了让印度人更准确的了解合肥的房地产情况,铁路办专门邀请他和他委托的律师到合肥实地了解,并重承诺无论是中国人还是外国人,在这里拆迁都是一个标准,不会有超国民待遇。真正做到拆迁补偿公平、公正、公开。经过几轮商谈,印度业主被铁路办人员的诚意打动,在创业园 6 户被拆迁户中,印度人第一个签订了拆迁安置协议。

金寨路上的惠风汽车是第一家需要拆迁的企业。因为要现场浇筑连续梁,施工周期长、难度大,属于控制性节点。惠风汽车是一家很大的 4S 店,但国家的相关规定中并没有营业损失的补偿。为了减轻业主压力,减少企业因为拆迁过渡的损失,铁路办的同志们积极联系沟通,帮助其在安徽省国际会展中心临时租了一块地,留给惠风汽车一年的时间来过渡。

铁路办在工作中充分发挥主观能动性,实行多创新之举,红线外的土地代征问题,是切角用地的企业要求对切角后无法继续使用的土地及贯穿用地的企业两侧剩余的土地进行代征,并要求按照市场评估价给予货币补偿。根据合肥市人民政府专题会议纪要精神,铁路办建议对部分边角地、夹角地可采取土地置换或提高容积率的办法加以解决。省投资集团和市铁路办将被拆迁企业现有国有出让土地评估后的全额土地补偿款支付给经开区，由经开区提供土地与乙方进行等价置换。在确定土地置换无法实施时，铁路办又多次写材料上报省投资集团、市发改委等部门。经多部门研究，鉴于这部分土地在铁路建成后确实无法再利用，建议这部分土地按以补代征方式处理。

“把我们当作你们”，正是这些“要想公道，打个颠倒”贴心的服务，拆迁单位和个人深受感动，才使南环铁路沿线的征地拆迁工作进展的十分顺利，保证了南环线的开工建设。

拆迁过程中不会是一帆风顺的，总会出现这样那样你意想不到的问题，有时个别人为了利益，做出了过激行动，甚至是责难和辱骂，但铁路办的人员毫无怨言，仍然坚持原则不动摇。

如今，全长39.62公里的南环线即将开通运营，将开行设计时速200公里以上的动车、高铁；合肥南站设有22个站台和26条线，站房总建筑面积为9.88万平方米。这是合肥铁路的新骄傲，也是合肥辐射全国的新功能。

# 协调专家潘成好和他的同事们

徐志青

在合肥铁路枢纽南环线的建设中,有一位副局长和他的同事们为征地拆迁、居民安置日夜奔波,面临千变万化的复杂情况,他们沉着、冷静面对,以诚意感动别人,用实际行动说服居民,用满腔热忱融化一颗颗冷漠的心。他们说话办事有理有据有节,被人们称为“活跃在南环线上的协调专家”。

他们就是合肥市经开区社区管理局副局长潘成好和他的同事们。

潘成好和他的同事们是保障南环线建设的先行兵,他们用最大的努力为南环线的建设扫清障碍。播种需先犁地,他们就是那一群默默耕耘的人。他们舍小家顾大家,既保国家建设大局,又千方百计为拆迁群众争取利益,做到公平公正,公开透明。

## 赴上海去深圳　感动外国业主

协调专家们的高明之处在于掌握群众心理,让实际行动说话。南环线沿线的商品房居多,居民素质较高,有很多人工作在各设计院、研究院,对噪声、辐射等环保情况比较敏感。除了上门宣传、发放资料外,2008 年,经开区铁办组织了 200 多名居民代表,从合肥坐高铁去上海,在沿线感受高铁的舒适快捷和高铁对附近小区的影响,让大家有了最直观的了解。这一趟上海之行打消了很多人对新建高铁的顾虑,对房屋拆迁起到了积极地推动作用。

然而,当拆迁安置工作真正开始,总会面临着很多的利益纠纷。如何在刚性政策和群众需求之间找一个平衡点,不仅需要勇气,更需要智慧。

南环线沿线有一个海外学者创业园“格林硅谷”，里面有 6 栋别墅式办公楼需要拆迁。业主以当时买房时有合肥市房产局颁发的商品房预售许可证为由，认为该房屋属综合和商业用地性质，强烈要求按商业办公或住宅别墅来评估。经开区铁路办严格按有关征迁政策标准执行，双方在拆迁补偿标准上产生重大分歧。

格林硅谷创业园里里有一家印度业主，名叫麦克。其余 5 家业主都愿以他为核心，争取更大的经济利益。当时麦克在深圳。

2010 年一个周五的下午，潘成好和麦克约好时间，带了专业律师和翻译，赴深圳商谈。他们做了全面的准备，带齐发改委和环保部的材料、格林硅谷的土地性质证明等材料，并请麦克也找个律师。商谈中，潘成好有理有据有节，表示会按照规定一视同仁处理问题，既不会有任何“超国民待遇”，也不会对中国业主有任何偏袒。

之后，潘成好又约麦克到合肥实地进一步商谈。第一次来时，双方并未谈拢，但麦克夫妇对经开区铁路办工作人员的服务态度印象非常好。双方又通过邮件交流一个多月，麦克夫妇对拆迁政策有了更全面的了解。

最终的转折点在第二次见面，而潘成好是用诚意打动了他们。

当天，潘成好让麦克夫妇去合肥市场上了解房价。谈话进行到下午，潘成好特意挑了个素食餐厅请他们吃饭，并且开车亲自送他们去机场。

这些细节让麦克夫妇对潘成好的好感倍增。在去机场的路上，双方交谈甚欢，麦克夫妇表示决定立即签约。这是格林硅谷的第一个签约业主，标志着格林硅谷的拆迁签约的坚冰终于被打破。

但是，潘成好还是向麦克夫妇保证，今后签约的业主补偿价格不会超过他们，都将一视同仁。这也让麦克夫妇没有了顾虑。

现在，潘成好和麦克夫妇还因这次拆迁成了好朋友。

## 装路灯疏交通　做群众贴心人

2008 年，合肥市经开区成立了铁路建设协调领导小组办公室（简称铁路办），成为保障南环线征地拆迁的重要部门。潘成好就是值得大家信任的带头人。

在很多人看来,从事拆迁安置工作的人像是“为政府代言”,但在经开区铁路办工作人员看来,拆迁安置更多的是倾听每一位居民的需求和呼声,替他们协调,在政策法令和实际需求中间寻找平衡点。

南环线在经开区范围内全长约4.8公里,占地约141亩,贯穿经开区芙蓉、莲花及海恒3个社区,需要征迁14家企业。全程设计均为高架桥,桥面最低高度为12米,桥面宽11.5米至12米,共计152个桩墩。跨312国道的最大柔性钢梁桥长230米,此桥的两个桥墩分别位快捷假日酒都和312国道南侧,属本段工程施工建设的重要控制节点,工程建设工期预计15个月。由于牵涉的居民多、想法各种各样、利益诉求不同,征地拆迁工作十分复杂。

2010年春节前,经开区铁路办就展开了相关征迁和宣传维稳等保障工作,确保建设施工环境实现了“三个稳定”,即信访维稳形势稳定、沿线群众情绪稳定、施工现场秩序稳定,有效保障了高铁南环线经开区段工程的顺利建设。

当时,经开区铁路办要求莲花、芙蓉等社区委(街道)设立现场办公室,建立信访维稳联席和包保责任制度,实行24小时值班,在沿线重点小区门口设立高铁南环线建设宣传咨询点;在潘成好和铁路办的影响和带动下,各居委会深入到各家各户,发放高铁南环线建设知识ABC宣传册2 400多本,积极宣传解释高铁南环线建设的重要意义,普及环保知识。

由于合肥铁路枢纽南环线的建设,芙蓉路多条路段封闭。为保障居民出行,区铁路办、交警、公安、城管、社区委等相关部门相互配合,在每个路口安放可移动交通信号灯,抽调警力对重点路口进行疏导,保证交通顺畅。

为了保障夜晚沿线居民出行安全,经开区铁路办与中铁四局协商,增加了临时路灯的数量,并根据工程建设的要求,对暂不影响施工的路灯暂时保留。为保持整洁的市容环境,经开区铁路办要求中铁四局做好渣土清运和临时围墙的围挡等工作,增加保洁人员,对产生的路面垃圾及时清理。

细节见态度,行动是最好的语言。

## 边角地补代征　创新工作模式

协调专家在保障基本立场的同时,还需要灵活变通。南环线经开区段的拆迁工程中,经开区铁路办有很多创新。

14 家企业中属于切角用地企业,包括国正药业、美安达房地产、合肥财经学院(嘉日成、金谷丰)、桑尼生物医药、安徽海外创业中心、阿幸食品、瑞泽源置业(一里洋房)等。安徽海外创业中心、国正医药等部分属于切角用地的企业要求对切角后,位于高铁南环线另一侧面积较小且无法继续利用的土地进行代征,并按照市场评估价给予货币补偿;属于贯穿用地的惠风汽车 4S 店(商住用地)、强超工贸、宏志电子、美安达塑业、大成汽配等 5 家企业以及属于切角用地的美安达房地产公司(商住用地)共 6 家单位,要求给予土地置换安置,以保证其后续发展,由于现在商住用地需要竞拍,被征迁企业要求市政府直接基于置换。

这些要求,并没有找到相关的政策加以保障。潘成好思索再三,便和经开区铁路办的同志多次写材料报告上级,请求处理。

潘成好和同事们还四处奔波和多方打听,为惠风汽车 4S 店寻找过渡店址,最后在安徽国际会展中心暂租了一个地方,保障了公司的正常运营。

按照要求,经开区铁路办与合肥铁路枢纽指挥部共同委托金诚测绘公司到现场把红线外边角地、夹角死地及受影响的土地面积测算出来,鉴于这部分土地在铁路建成后确实无法再利用,潘成好和铁路办的同事建议这部分土地按以补代征方式处理。最终,边角地的处理圆满解决,边角地的处理是拆迁补偿的创新之举。

南环线征地拆迁工作,从前期宣传到最后完成,历经两年多时间。在此过程中,潘成好和同事们是一个战壕的战友。他们常常挑灯夜战,一起研究工作,一起走进居民家里了解情况。

走过来的路再回头看看,南环线的征地拆迁期限似乎过得很快,因为在征地拆迁道路上绝非一帆风顺。翻开那一篇篇日报,潘成好才意识到，这过去的一切并不是那么容易，他和大家究竟跑了多少路，吃了多少苦，碰了多少钉子，连他自己也记不清了。

无数次的语言沟通、无数个关注细节的行动，他们架起政府和被拆迁居民之前的桥梁，支持了国家铁路建设，保障了群众的切身利益。为了交通和经济发展的大局，为了安徽和合肥的明天更加美好。潘成好和他的同事们天天走乡串户，夜夜加班加点，顾不上孝敬老人，顾不上照顾家庭和孩子，心中时时对家人有种难言的愧疚。如今，南环线即将建成通车了，但对于个人的成绩，潘成好和他的同事们都不愿意说太多。“一切归功于团结的集体，一切归功于通情达理的群众。”潘成好如是说。

# 为南环线建设跑好第一棒

## ——铁四院合肥枢纽南环线工程勘测设计纪实

胡明星

在合肥枢纽南环线所有建设单位中，有一支队伍格外引人注目，他们承担了合肥枢纽南环线全线的总体设计和配合施工任务，被称为工程建设的“源头和灵魂”。

他们就是来自全球最大咨询设计企业之一的铁四院。

在铁四院这支队伍中，人才济济，有合肥枢纽南环线站场、桥涵、路基、轨道、建筑、环保、动车、机械、电气化等20多个专业的设计负责人，也有现场经验丰富的普通技术人员。他们在建设管理单位合肥铁路枢纽工程指挥部的统领下，与施工、监理、咨询及兄弟设计单位的干部职工风雨同舟、和衷共济，共同谱写了合肥枢纽南环线铁路会战的壮丽篇章。

### 科学设计：抓好总体布局　合理选定方案

合肥是安徽省省会，位于安徽省中部，紧邻长江三角洲，是全省的政治、经济、科技、教育和文化中心，且处在国家东、中、西部地区梯度发展理论的网络节点上，对国家东部沿海和西部内陆地区的经济发展联系和协调，将起承东启西的经济桥梁作用。

合肥是建设中的铁路交通枢纽之一，淮南线贯穿南北，为华东二通道的重要组成部分；宁西线由西安经南阳、信阳、合肥直达南京，为大西北地区与华东、中南地区的第二通道；合九线衔接安徽省和江西省；建成通车的沪汉蓉铁路合宁、合武段，由上海经南京、合肥、武汉、重庆直达成都，为贯通华东、中南、西南的一条重要快速通道；合蚌客专已建成通车，使合肥成为连接五条主要干线的重要铁路枢纽。

2005 年，合宁铁路、合武铁路正式开工建设，鉴于当时合肥市城市总体规划尚在修编中，对铁路的定位、第二客站的选址与铁道部有较大的争议，因此初期采用了沿既有通道引入合肥站方案，但存在合肥站规模小、两端衔接线路标准低，不能适应沪汉蓉大能力通道需求，无法解决合肥枢纽内绕行距离长、运行时间长的问题。2008 年初，随着合宁、合武铁路即将建成通车和合肥市城市总体规划修编的完成，铁道部、合肥市开始启动沪汉蓉铁路合肥枢纽南环线项目的勘测设计工作。

2008 年 1 月，铁道部计划司委托铁四院开展合肥枢纽南环线预可行性研究工作，2008 年 4 月完成预可行性研究报告并通过审查。2008 年 10 月，国家中长期铁路网规划调整，合肥枢纽新增了京福铁路、商合杭铁路的引入，枢纽格局将发生极大变化，枢纽总图方案合理与否，将直接影响到合肥枢纽南环线的总体布局。对这次因新增线路引起的方案调整，铁四院高度重视，分管副院长田要成、副总工程师鄢巨平多次召开专题会议研究探讨。为了做好总体设计，总体组全体人员全身心投入工作中，对合肥枢纽总图格局、各引入线的方案等进行了专题研究。

合理的总图方案是确定合肥枢纽南环线建设方案的前提。随着南北向京福铁路及商合杭铁路相继引入，合肥枢纽将形成两纵（京福铁路及商合杭铁路）一横（沪汉蓉铁路）的客运专线“双十字”交叉格局。铁四院线站处副总工程师郑洪提出：“京福铁路与商合杭铁路均经由淮南、合肥、巢湖，要研究好合肥枢纽总图方案，应将淮南、巢湖地区一并纳入合肥枢纽统一研究”。根据这一思路，为使总图方案更符合现场实际，郑洪带领总体组人员到合肥、淮南、巢湖收集资料，踏勘现场，与各地政府的发改委、规划局对接沟通，积极向铁道部有关领导和专家汇报，深入论证补充完善，结合合蚌客专即将开工的实际情况，经过详细研究，多方案比选，提出了枢纽总图形成“客专＋普速环形放射式”大型枢纽格局，货运逐步集中于城市外围货运线，实现“客内货外、客货分线、作业集中、点线协调”，客运系统形成合肥南站、合肥站两个主要客站的格局，客专线路沪汉蓉采用沿312国道北侧并设合肥南客站，商合杭铁路与京福铁路并行沿既有通道引入合肥站，同时沟通合肥南站，合肥南站引出线路经长临河至巢湖东站，合肥站引出线路经肥东站至巢湖东站；合安九城际在合肥西南疏解区接上南环线引入合肥南站，同时沿既有合九线引入合肥站的方案。

2009年3月，铁四院研究的合肥枢纽总图方案得到了铁道部专家的认可，认为调整后的总图格局具有客站分布合理，客站间互补性强，规模适当，能力协调匹配，客车径路顺捷，运营组织灵活，具备较强的“蓄水、调峰”能力，能很好地适应客运量增长及节假日增开大量列车的变化和客运快速化、公交化的发展趋势，从而形成一个区域性客运中心；总图规划的线路实施后，其路网的机动灵活性大大增强，缩短了西北、西南与中南、华东的运距，对当前我国实施的“中部崛起”发展战略、承接长三角地区产业转移，及加强和巩固国防具有重大意义。同时，加强合肥与北京、上海、杭州、南京、武汉、南昌、郑州等地间联系，促进合肥都市圈的发展，为合肥市经济的发展和迅速提升其城市地位具有重要意义。

合肥枢纽总图方案的确定，不但为南环线下一步工作创造了条件，还为京福铁路的顺利实施打下了基础。

精心比选，合理选定方案。总图方案确定后，合肥枢纽南环线线位方案和合肥南站站址方案合理与否，是降低工程造价、充分发挥合肥南客运站功能的前提。在研究过程中，铁四院项目总体组充分征求安徽省、合肥市及沿线区县相关部门对线路走向、合肥南站及动车所站位的意见，收集最新地形地貌资料，全线现场踏勘，找出控制点，对线路走向、合肥南及动车所站址、疏解区布置进行多方案比选。推荐的线路走向方案，充分利用了合宁高速公路的交通走廊，线路短直，技术标准高，避开了龙塘工业园区、天然气门户站、安徽省卫校，对城市干扰小，符合城市总体规划；合肥南站站址位于新老城区结合部，处于徽州大道与庐州大道间，是未来的城市中心，地理位置优越，与城市轨道交通、公共交通、长途汽车等多种交通方式有良好的衔接，旅客出行十分便利，动车运用所布局合理,充分利用了合福铁路与合宁高速公路间的夹角地,使城市宝贵的土地资源得到了充分地利用,有效的控制了投资规模。

注重细节,优化方案,为项目顺利推进打好基础。合肥枢纽南环线经由合肥市主城区,沿线两跨合宁高速公路,跨越包河大道收费站和十多条城市主干道(含规划道路)。针对跨越合宁高速公路交角仅为23度,不满足公路设计规范要求的情况,项目总体组进行了安全论证、视线分析,确定了合理的净高,采取230米大跨度桥梁跨越公路、128米系杆拱梁跨越收费站,保证了公路运输安全。并适当预留了高速发展条件,为后续的技术和施工方案评审顺利通过奠定了良好的基础,保证了控制工程的顺利推进。针对线路跨越城市道路多的情况,总体、站场、桥梁专业人员与合肥市规划局从东到西逐条路进行对接,根据每条道路路幅布置特点和交角情况,采取加大道路绿化带宽度的方式,合理确定南环线桥梁孔跨布置,既满足了合肥市规划道路下穿的要求,又节省了工程投资。

立足长远,为其他工程顺利实施创造条件。南环线建成后,未来还有商合杭铁路、合安城际铁路引入枢纽,这两项工程均与南环线工程有关。设计时在推荐的枢纽总图方案框架下,铁四院对相关线路引入枢纽的接轨方案进行了详细研究,在合九线以东预留了合安城际铁路接轨条件,并将接轨点的路基工程一次建成,肥东站道岔号码的选择、轨道铺设标准预留了商合杭铁路引入条件,大量减少了商合杭、合安城际铁路引入后的既有线改造工程量,降低了既有线改造的施工风险,也减少了对正常运输组织的影响和工程投资。

## 以人为本:更新设计理念　打造绿色交通

以人为本,精心设计。合肥南站是合肥市乃至安徽省最大的铁路客运站,本着以人为本的原则,围绕服务运输,结合城市规划,将合肥南站打造成集铁路与公路、公交、长途汽车、轨道交通、出租车等多种交通有机结合的综合交通枢纽,实现了各种交通工具的无缝衔接,旅客出行和换乘时十分便利。

环保措施打造绿色交通。合肥枢纽南环线穿越市区。在资源利用和环境保护方面,充分利用合宁高速公路交通走廊、铁路与高速公路间的夹角地,有效地节省了土地资源,减少了铁路对城市规划的影响。全线采用电气化牵引,设置隔声屏障、隔声窗等来防治噪声影响,解决了外部噪声、振动传递、电磁辐射等对环境的影响,实现了科技减排、低碳环保的现代交通运输。

路基边坡根据不同路基工程类型的特点,采用空心砖内撒播草籽、拱形截水骨架内撒播草籽、灌籽等,铁路两侧栽植灌木等草灌结合的绿色景观防护设计。合肥南动车所在满足生活、工作、休闲等基本功能的基础上,以传统的江南园林的设计理念为指导创造出现代的江南园林作业区。合肥南站充分利用可绿化空间,并于周围环境相协调,站内景观绿化设计达到所有宜种植站区范围内不露黄土、一处一景的景观绿化效果;树种遵循适地适树原则,做到绿色防护融入到大自然的景色当中,营造生态的、可持续性的、经济的植物景观,与自然和谐统一。

铁路桥梁墩台采用流线型设计,对大跨度桥梁采用特殊梁部结构厚度较小的结构形式,将使南环线成为一条亮丽的风景线。

## 科技创新:多项新技术新工艺为国内首创

合肥枢纽南环线跨越合宁高速公路采用钢桁梁柔性拱的特大桥,与传统的钢桁梁柔性拱相比含有很多新技术、新工艺。其主要特点:

一是钢桁梁柔性拱特大桥为国内最大跨度的无下加劲弦钢桁梁柔性拱桥。

传统的钢桁梁柔性拱,如九江长江大桥、福厦铁路闵江特大桥、厦深铁路榕江特大桥均设有下加劲弦。本桥因小角度斜跨合宁高速,是线路高程的控制点,如果也采用下加劲弦,必将抬高线路高程或增加主跨跨度,从而大幅增加工程投资。为节约工程投资,本桥取消下加劲弦,成为国内最大跨度的无下加劲弦钢桁梁柔性拱,其设计难度大于传统的钢桁梁柔性拱。

二是钢桁梁柔性拱特大桥首次将复合钢板桥面应用于铁路桥梁。

钢桥面作为主要受力构件,直接承受铁路荷载,其耐久性要求尤为突出,传统做法是在正交异型钢桥面板上设置钢筋混凝土道砟槽板,道砟槽和钢桥面采用剪力钉连接。该方式道砟槽板易开裂，钢桥面板上焊接剪力钉影响其抗疲劳性，同时混凝土道碴槽板自重较大，又不能参与整体受力，额外增加了结构用钢量。

该桥设计首次采用不锈钢复合钢板作为钢桥面板，利用其良好的耐腐蚀性能来提高结构耐久性，节约了工程投资，减少后期运营维护工作量。

三是国内首次对上跨高速公路的大跨度钢桁梁柔性拱采用多点顶推架设方案。

合宁高速公路车流量较大，该桥采用多点顶推架设方案对交通运输的干扰最小，且安全性更高。但同时工况较为复杂，主结约束条件不断变化，杆件拉压交替，结构架设阶段受力与运营状态相差很大，大大的增加该桥设计难度和设计工作量。该桥联长 461 米，顶推重量达10 746吨，是国内罕见的。

## 诚信服务：认真干事　努力成事

合肥枢纽南环线穿越合肥市区，是安徽省最大、最先进的特大型客运站，其具有独特性、复杂性。铁四院分管副院长莫小玲对此工程非常重视，多次深入现场指导工作，率队开展回访；主管副总工程师鄢巨平经常深入工地，解决施工难题。一次认真的现场交底，一次细心的技术指导，就可能弥补工程建设的缺憾；一次负责的设计优化，一次及时的设计回访，都能提升工程建设的质量。

南环线大部分位于市区，道路立交、征地拆迁与地方政府协调工作难度大，特别是穿越市区芙蓉路地段，受大量住宅小区、学校、医院的影响，铁路采用骑跨芙蓉路的方案，对沿线居民影响较大。项目总体胡明星带领总体组穿梭于武汉和合肥，奔波于项目现场及各种协调会上，在建设单位的组织下，通过与合肥市铁路办、规划局、上海铁路局以及沿线居民群众的持续沟通，确定了各条线路引入枢纽的可实施性，为合肥铁路枢纽建设奠定了基础。

为确保 2009 年底全线开工，按时供图，铁四院合肥枢纽南环线设计人员采取集中办公、设计审核一条龙以及优先应急、分段分层供图等措施加快设计供图。

合肥枢纽南环线重大控制点有南淝河特大桥、经开区特大桥等工程，这一特点决定了桥涵专业成为施工供图的急先锋，是决定全线能否按期完工的最重要专业之一。作为主持全线桥涵设计的负责人万立新，深知肩上责任重大，也为此付出了艰辛的劳动。设计开展前，他超前谋划，多方搜集资料，千方百计稳定设计方案，并和主管总工程师一起制订设计原则，为推进设计进展打下坚实基础；设计开展后，万传新根据工期控制情况，确定工点设计的先后次序以及单个工点各分部分的出图顺序，合理安排设计人员；设计过程中，万传新带领一班人，急供图之所急，加班加点，有时通宵达旦。为缩短设计周期，铁四院桥梁处主管总工程师刘智春与大家一起通宵达旦地工作，提前介入方案研究，基本做到了设计、复核、审查平行化，为按时完成施工供图创造了条件，确保工程如期开工。

2010 年 3 月，合肥南站改按高架站设计，成为全线最主要的控制工程之一。针对高架站房方案不确定因素多，与铁二院、北京城建院设计接口多的特点，铁四院充分发挥总体设计院的责任，主动与兄弟设计单位沟通协调，理顺接口关系，遵循“便于设计、便于施工”的原则，与兄弟设计单位细化分工，不怕啃骨头，对有争议的方案由多方共同协商，各自优化细部设计方案，并相互复核检算，共同解决正线墩台与高架站房墩台、地铁结构相冲突等问题，为南环线工程的顺利推进奠定了良好的基础。

车站设计是站前工程与站后工程相衔接的总体专业。肥东、长安集站是第一次在客专线路上进行车站改造，不但涉及面广，而且各专业的接口繁多，其中能否保证施工安全是设计者首先要考虑的问题。合肥枢纽南环线既有改造车站 2 个，新建车站 1 个，动车运用所 1 处。设计中最复杂的是合肥南站，车站规模大，市政配套设施多，有多家设计单位参与设计，设计接口多，接口设计的好坏直接影响现场施工质量；对安全影响最大的是肥东、长安集 2 个既有站的改造，其总体设计方案的好坏直接影响施工安全是否可控。站场专业副总工程师郑洪亲自指导，项目总体胡明星协调各个专业，各专业负责人勤勤恳恳，任劳任怨，在紧张的设计周期内完成了高质量的设计，为现场施工顺利进行奠定了基础。

2009年12月，为了配合合肥枢纽南环线的开工建设，铁四院成立了合肥铁路枢纽南环线工地设计组，隶属沪汉蓉通道指挥部直接管辖，吴家献担任建设指挥部指挥长，项目总体胡明星担任工地设计组组长。

针对合肥南环线现场施工作业面多、施工技术难度大等特点，在指挥长吴家献的带领下，铁四院合肥铁路枢纽南环线设计人员以强烈的责任心认真对待每项工作，始终坚持“质量第一”的思想，积极协助建设单位出谋划策，不辞辛苦奔赴现场，为施工单位排忧解难，解燃眉之急；全方位配合建设单位、施工单位进行施工。

“客专线路上的车站改造施工难度大，安全风险高，施工过度困难”是合肥南环线工程给人留下的整体印象。为确保工程顺利，铁四院设计人员加班加点完善优化过度设计，尤其是站场、轨道、信号专业、接触网等专业人员，为确保过渡工程的顺利实施，度过了许多不眠之夜。

从2014年7月开始，为配合联调联试准备工作，铁四院指派10多名技术人员参加上海铁路局组织的静态验收、动态验收组，保证了沿线各个工作机构均有人员驻点。

七年磨一剑，忠诚书传达。合肥铁路枢纽南环线及合肥南站的开通运营，标志着安徽境内的沪汉蓉快速铁路全部实现了高速贯通运行，不仅节省了运行时间，还解决了沪汉蓉通道能力受合肥枢纽通过能力限制的问题。

今天，安徽省省会合肥终于结束了没有高铁站的历史。南环线及合肥高铁南站将为安徽省、合肥市的经济腾飞插上翱翔的翅膀。

# “明星”总体绘彩虹

## ——记铁四院合肥南环线总体胡明星

李再良

2014 年 9 月，经过五年建设，合肥枢纽南环线开始了联调联试，标志着沪汉蓉铁路上海至武汉段全线贯通，结束了多年来沪汉蓉铁路在合肥枢纽低速绕行的局面。南环线犹如一道彩虹穿行于合肥市区，长桥卧波，站房高耸，而绘就彩虹图的人就是铁四院合肥南环线总体胡明星和他的设计团队。为了这一刻的到来，他为之付出了太多的艰辛和汗水。

### （一）

胡明星从长沙铁道学院本科毕业后，1991 年来到铁四院站场处从事站场设计，先后参与和负责路内外的 20 多项普速、高铁项目，担任宁西铁路引入南京枢纽、京沪高速、宁启铁路、合宁铁路、合武铁路、合肥南环线、合福铁路等项目的副总体或站场专业负责人，成为了站场专业独当一面的总体人才。

随着沪汉蓉铁路合宁段、合武段的建成通车，原合肥站规模小、两端衔接线路标准低，不能适应沪汉蓉大能力通道需求，合肥枢纽内绕行距离长、运行时间长的问题开始显现。2008 年初，铁道部、合肥市要求铁四院尽快启动沪汉蓉铁路合肥枢纽内贯通线路——合肥南环线项目的勘测设计工作。

2008 年 1 月，铁道部计划司电话通知铁四院进行合肥枢纽南环线

预可行性研究工作。铁四院接到通知后，立即成立项目总体组，他作为总体设计负责人从硝烟还未散尽的合宁、合武铁路战场迅速转战至合肥枢纽南环线。

随着国家中长期铁路网规划的调整，合肥枢纽新增了京福、商合杭两条客运专线的引入，合肥枢纽客运系统格局的外部条件发生了极大变化，合肥枢纽将形成两纵（京福铁路及商合杭铁路）一横（沪汉蓉铁路）的客运专线“双十字”交叉格局。而合肥枢纽南环线不仅是沪汉蓉铁路的一部分，也是合肥枢纽客运系统的重要组成部分。合肥枢纽南环线线路长度虽不足 40 公里，但从东向西穿越整个合肥市，建筑物密布，方案复杂。因此研究合肥枢纽南环线方案首先必须研究合肥枢纽总图方案，枢纽总图则成为了南环线的设计灵魂和钥匙。

自 2004 年以来，合肥市进入了经济快速发展时期。为引导城市快速、有序发展，2007 年编制完成了新的城市总体规划，提出了“星形”的空间形态结构，规划年度内城市规模和人口都将有很大的增长。因此客运系统布局及其衔接线路走向如何与城市的发展有机结合，是决定方案是否合理的主要因素。

为稳定枢纽总图方案，胡明星带领总体组相关人员多次与合肥市发改委、规划局沟通探讨，收集城市总体规划资料，积极向铁道部有关领导和专家汇报，深入论证补充完善，根据合肥枢纽既有铁路现状和规划客运专线的宏观走向，结合在（拟）建的合宁、合武铁路、合蚌客专工程和城市总体规划，经多方案比选，确定了合肥枢纽采用两个主要客站的客运系统格局。在此基础上进一步综合研究“两纵一横”客运专线引入枢纽客站的选择及通过枢纽径路，提出了沪汉蓉引入合肥南站，京福和商合杭沿既有通道同时引入合肥南和合肥站方案。该方案两个客运站分工合理，规模适当，能力协调匹配，客车径路顺捷，运营组织灵活，同时与在建、拟建工程和规划线路有良好衔接，工程具有可实施性，并针对“两纵一横”客运专线在枢纽交汇、跨线及折角车流多的特点，完善配套了相关联络线设置。

小项目也要有大作为，胡明星用他的聪明和睿智做出了证明。2009 年 2 月，合肥枢纽总图方案得到了铁道部领导和专家的充分肯定，为合肥枢纽南环线和合福铁路设计的顺利进行奠定了基础。

## （二）

枢纽总图格局确定后，针对下一步需要设计解决的详细方案，胡明星带领总体组站场、地质路基、桥梁、环评等专业人员充分征求安徽省、合肥市及沿线区县相关部门对线路走向、合肥南站及动车所站位的意见，收集最新地形地貌资料，进行全线现场踏勘，找出控制点，对线路走向、合肥南及动车所站址、疏解区布置进行多方案比选，不遗漏重大方案，如线路走向比较了高速公路南侧与北侧比选方案，龙塘工业园区比较了北侧、中穿与绕避方案，合肥南站站址比较了徽庐、滨湖新区、黄山公园站址方案。推荐的线路走向方案虽两跨合宁高速公路，但避开了卫校、天然气门户站、包河区政府机关、包河苑小区等众多建筑物，充分利用了高速公路的交通走廊，对城市干扰小，符合城市总体规划。合肥南站站址位于徽州大道与庐州大道间，处于新城区与老城区的结合部，位置优越，与城市轨道交通、公共交通、长途汽车等多种交通方式有良好的衔接，旅客出行十分便利；动车运用所布局合理，充分利用了合福铁路与合宁高速公路间的夹角地，使城市宝贵的土地资源得到了充分地利用；疏解区布置充分考虑京福、商合杭和合安城际铁路的引入，进路灵活。上述方案在各设计阶段的审查中均得到了铁道部工程设计鉴定中心和合肥市有关部门的认可，顺利通过评审。

南环线建成后，未来还有商合杭铁路、合安城际铁路引入枢纽，这两项工程均与南环线工程有关，因此设计时需立足长远，抓好综合配套。南环线设计时在推荐的枢纽总图方案框架下，对相关线路引入枢纽的接轨方案进行了详细研究，在合九线以东预留了合安城际铁路接轨条件，并将接轨点的路基工程一次建成，对于肥东站道岔号码的选择、轨道铺设标准，都预留了商合杭铁路引入条件，大量减少了商合杭、合安城际铁路引入后的既有线改造工程量，降低了既有线改造的施工风险，减少了对正常运输组织的影响。

针对受城市既有建筑物和规划控制，跨越合宁高速公路的铁路线形无法满足设计规范规定的交角不小于60°要求的情况，胡明星带领相关专业和建设单位一起多次与高速公路有关部门协商沟通，通过开展视线分析、安全评估等工作，采取230米大跨度桥梁一跨跨越高速公路的方案得到了合宁高速公路运管部门认可。

南环线经由合肥市肥东县、包河区、经开区和肥西县，需跨越既有及规划的近20条城市主干道。为稳定桥梁设计方案，从初测开始，胡明星就和桥梁专业负责人万立新一起，与合肥市规划局从东到西逐条道路对接。根据最终的道路路幅规划方案合理确定了南环线桥梁孔跨布置。这样既满足了合肥市道路交通需求，又避免了因城市道路规模变化引起的设计变更，确保了工程的顺利实施。

## （三）

胡明星因长期担任多个项目的站场专业负责人、总体，练就了他工作认真负责、大局观强的秉性。铁四院设计的合肥枢纽工程全长39.6公里，以及合肥南站和合肥南动车运用所等大型站段，其中大中桥11座、27 327延长米，特别是跨高速公路、南淝河、金寨路和合肥南站高架桥等特殊结构桥梁，结构复杂，施工难度大，是全线工程建设的主要控制点。2010年5月，合肥南站正式改按高架站设计，成为全线最主要的控制工程。

胡明星，人如其名。在设计和施工现场，胡明星风风火火，东奔西跑，永远是最活跃的“明星”。渐渐地，“明星”之名就被业主单位和施工单位所熟知，他成了南环线上真正的明星。面对施工单位进场快，保设计图交付、保施工工期成为合肥枢纽建设的首要任务。针对设计人力资源紧张的现状，胡明星组织总体组专业人员认真梳理控制工程图纸，及时了解施工过程，确定各阶段供图重点。胡明星坚持从大局出发，牢固树立上道工序为下道工序服务的理念，协调相关专业人员及时提供资料。在胡明星的率先垂范下，参加合肥枢纽建设的人员团结协作，苦干加巧干，为按时提供施工图付出了艰辛的劳动，有的放弃节假日和公休日，加班加点保供图；有的频繁往返于现场和武汉总部之间，既提供现场服务，又兼顾专业供图；有的无暇顾及家人，长期驻守在施工现场。

针对高架站房方案不确定因素多，铁四院与铁二院、北京城建院设计接口多的特点，胡明星带领设计团队与铁二院、北京城建院密切合作，理顺接口关系，稳定柱网布置，本着“便于设计、便于施工”的原则，与兄弟设计单位细化分工，不怕啃骨头，对有争议的方案多方共同协商，各自优化细部设计方案，并相互复核检算，共同解决正线墩台与高架站房墩台、地铁结构相冲突等问题。针对合肥南高架桥设计周期短的情况，胡明星和他的设计团队提前安排补充勘测勘探，充分做好开放设计前的准备工作，组织桥梁、结构专业梳理不受站房方案影响地段，优先研究墩台结构方案，主动与建设、施工单位拟定施工组织方案，根据合肥南站分场设置、中间为高架站房的特点，采取将合肥南站高架桥分为若干个小单元单独成册出图等措施，保证了合肥南站高架控制工程于2010年9月开工建设的目标。

辛勤耕耘换来累累硕果，胡明星多次荣获合肥南环线建设“先进个人”的称号；2011年，他领导的铁四院合肥工地设计组荣获“先进集体”称号；2012年，荣获“安徽省铁路建设先进个人”称号。这些荣誉就是对他多年来艰辛工作和辛勤付出的最好回报。

# 永不停步的探索者

## ———记铁四院合肥南站桥梁专业负责人刘智春

余艳霞

铁四院桥梁处副总工程师、合肥南站桥梁专业负责人刘智春,作为铁路总公司评标专家、湖北省建设工程招标评标评委,是铁路、公路、市政各个行业的桥梁设计能手。

### 桥梁奇迹的创造者

1984年,刘智春毕业后在铁四院工作,至今已经30年。从见习生到高级工程师、从设计人员到桥梁处副总工程师,他以一丝不苟、勇于创新的工作态度,成就了多个奇迹,创造了多个从无到有的辉煌,他将自己的青春、热血奉献给祖国的建设事业,将自己对祖国的热爱化成一座座精美的桥梁,一个个成功的设计方案。

上世纪八十年代中期,我国公路及城市道路勘测设计还在起步阶段,很多设计原理、理念和相关标准都不完善,刘智春勇挑重担,投身到广州环城高速公路(北环段)勘测设计工作。

为了完成好工作,填补国内空白,他系统调研了美国、日本、德国、法国、英国等国的公路及城市道路的设计原理、理念和相关标准,制订了公路路线交叉专业设计相关标准及具体指标,成功应用于广州环城高速公路(北环段)的互通式立交设计中,采用的技术标准和各项具体指标与此后国家发布的高速公路相关规范完全一致。

针对公路、城市桥梁设计,钢箱梁上铺设的沥青路面经常起壳、被剥离的问题,他率先采用上下钢混结合的形式,改善了结构受力,较好解决了该类问题。

刘智春还在公跨铁立交上采用双防撞墙设计(每侧双防撞墙之间设置防撞缓冲平台),他是公跨铁安全的先行者。目前这种做法已在铁路行业得到了广泛的推广和应用。

在借鉴公路、市政行业桥梁设计经验的基础上,刘智春率先将公路、市政桥梁门式桥墩的做法应用在铁路桥梁设计上,取得了较好的景观效果,避免了采用较长的特殊结构,并能够避免在小曲线半径上布置过大跨度的桥梁。目前也得到了广泛的推广和应用。

在主管的众多铁路项目设计中,刘智春提倡结合具体情况,力争经济合理、简单可行的设计思路,任何设计,他都不怕困难和麻烦,争取做到最优最省最合理。

南环线合肥南站是一个大型铁路车站,桥梁全长549.9米,共26股道,13个轴线,143个连续刚构,东西两侧大部分桥梁均是曲线渐变桥梁。桥梁结构受力工况复杂,上覆雨棚立柱,中承送客高架通道,两侧支承站台梁,桥下跨过机场专用线,地面以下穿过地铁及出租车通道。合肥南站是多专业工程在高架桥上的集成。桥梁设计需考虑因素很多,难题亦多,如站房设计未进行任何的纵横向分缝而与桥梁结构共基础设计的难题,地铁的设计位置限制了桥梁的设计位置的难题,桥梁设计与其他相关专业设计阶段不同步等种种难题。

在主管合肥南高架车站的设计工作中,他充分考虑到了铁路高架车站的特殊性、桥梁结构的合理性、景观性和匹配性,桥梁梁部设计采用半椭圆形的鱼腹梁结构形式,桥墩采取独柱花瓶形桥墩并在墩顶横向将圆弧延伸到梁底,外包墩顶支承垫石及支座并与梁部鱼腹梁外侧曲线相互衔接、呼应,桥梁孔跨布置尽量均匀一致并与站台雨棚柱相对应,并通过采用连续钢构、墩梁固结的形式,使站台雨棚柱绝大多数均直接支立在固结墩的桥梁梁部上,少量小的站台雨棚柱通过梁部、支立在桥墩顶上,避免了桥墩设计为满足站台雨棚柱的设置要求、体量过于庞大的弊端。对站台梁采用网格式小截面纵、横梁体系并支立在桥梁梁部上,使高架站桥下形成了开敞的空间,且整齐、统一,避免了墩柱凌乱的现象。在桥梁孔跨布置及具体设计中,充分考虑了尽量兼顾桥下地下停车场、公交站及地铁站的具体布置以及桥上高架站房立柱、送客高架桥立柱的设置,并做好了工程各部位的相互衔接,取得了很好的效果,整体设计及布置经济、合理;在成为铁路高架站的同时,满足了城市对高铁站与各交通方式进行无缝衔接的各项功能要求,且景观效果好。

## 年轻人眼中的良师益友

刘智春对自己严格要求,不断创新,勇攀高峰。对身边的年轻人,他是一个肯给机会的人,是年轻人尊敬和喜爱的桥梁专家。

有时候会觉得他很严肃,那是因为他对待工作的严谨与一丝不苟,是因为他高度的责任感。但更多的时候又会觉得他很亲和,那是因为在工作之余他是那么放松和随意,富有幽默感,对待晚生后辈,他没有领导的架子,做得不对或不合适之处,他都不是直接的否定或者批评,更多的是对包容和悉心指导,他会给年轻人讲解其中的关键点,让大家明白了怎么样全局把握,怎样做是更合适或者更好的处理方式,他是年轻人眼里的良师益友。他以师长的身份,用他的睿智和果断带领年轻人走进了更高的境界,提升了他们的业务能力。

## 永不停步的探索者

现在,刘智春正奋战在龙岩大桥斜拉桥主桥上,该项目为世界上最大转体吨位(25 000 吨)、最长转体悬臂(且左右不对称)、桥塔横向(下塔柱)最大倾斜角度的宽幅、独塔、双索面、半漂浮体系斜拉桥,其斜拉索的锚拉板设计,在国内外锚拉板设计基础上进行了设计创新,且在桥上双防撞墙基础上增加了防双层集装箱松脱、被甩出桥下的安全功能。这又是一个辉煌的创造。

创造了无数的辉煌,刘智春并没有因为取得的成就而停止,他正带领着桥梁人奋勇前进,朝着更高更远的目标攀登,永不停步,勇创辉煌。

# 倾心雕琢 尽显风华

## ——中铁二院工程集团合肥南站设计纪实

郑馥璇

### 古今合璧巧夺标

“四水归堂，五岳朝天”这八个字浓缩了徽派建筑的文化精髓，也是如今合肥南站最显著的建筑特色。作为安徽省一张崭新的文化名片，合肥南站以传统徽派建筑的文化元素为基础，结合现代站房的建筑体量、造型、色彩、材质，既体现当地悠久的历史文化，又兼具现代特大型站房的时代感，以古今合璧的从容姿态迎接八方来客。

对该项目的设计总体单位中铁二院来说，这样一个设计方案的出炉，可谓汇集了众多建筑师的集体智慧，经历了无数次修改的千锤百炼。中铁二院副总工程师、合肥南站设计总体金旭炜坦言，尽管自己设计过的铁路站房很多，但合肥南站的确让他和他的设计团队煞费苦心。

刚接到合肥南站的设计标书时，中铁二院的设计人员都为之一振，毕竟这是全国为数不多的特大型铁路站房之一，也是二院人进军华东市场的又一次绝佳机会。然而，接下来面临的一切却让大家倍感压力。压力首先来自项目本身，建成后的合肥南站将是安徽省最大的标志性建筑，其所处区域正是著名的“徽派建筑”发祥地，如何向这个具有浓厚建筑文化的地区交出一份优秀的建筑设计作品，这是设计者面临的巨大考验。压力还来自业主单位，由于上海铁路局的铁路站房建设水平处于全国领先水平，此前已建成了以虹桥站、南京南站等为代表的一大批非常优秀的车站，而合肥南站作为上海局的“收官之作”，其对设计方案的要求必定很高。压力更来自参加投标的众多单位，2009 年正是全国站房设计投标的高峰期，有二十多家国内外设计企业参与了合肥南站的设计投标，尤其在面对铁四院、华南院等强劲的竞争对手时，中铁二院应如何突围？

俗话说：“没有金刚钻，别揽瓷器活。”中铁二院立即组织设计人员投入了热火朝天的投标工作。为充分了解站房所在地的地域文化，项目组赴华东地区考察调研，他们深入各地博物馆、文化局、图书馆、高校……甚至走遍了合肥的大街小巷，在实地的文化浸染中汲取点滴灵感。安徽省既是中国南北文化的交融区，又处在东西部的交接点，呈现出南北交融、东西衔接的文化特色。以徽派建筑为代表的徽派文化是中国传统文化的重要组成部分，作为中国最重要的传统建筑流派之一，徽派建筑集徽州山川风景之灵气，融汉族风俗文化之精华，历来为中外建筑大师所推崇。同时，此地历史悠久、人杰地灵，以中科大等为代表的一大批科技型单位，又让合肥充满了现代化的气息。

文化是建筑设计的灵魂，创意是优秀方案的核心。中铁二院项目组在这文化交汇之地找到了古今合璧的平衡点，并最终将合肥南站的设计方案定位于：体现徽派传统文化与现代化交通建筑的结合，以现代化交通建筑为主，建筑形态方正厚重、简洁大方，同时将传统建筑文化的元素创新性地融入建筑材质、造型和细部设计。以这样的设计理念为基础，中铁二院的方案在第一轮投标中就脱颖而出，得到了原铁道部的重点推介和各评审专家的广泛认可。随后，经过进一步优化设计，在第三轮投标也即地方评审时，中铁二院的方案得以全票通过，可谓大获全胜。

## 专家云集绘蓝图

如果说，合肥南站的设计方案给了业主和当地政府一个大大的惊喜，那么对于设计方来说，这样的惊喜却绝非偶然。因为在这几近完美的设计图背后，凝聚了众多专家、学者的倾心付出。

中铁二院副总工程师金旭炜、北京市建筑设计研究院副总建筑师吴晨,两位设计主创人都是业界知名的建筑师。自中铁二院和北京院成立设计联合体之后,他们就组织起各自的精兵强将投入设计创作。概念性方案设计期间,作为设计总体的金旭炜更是率领中铁二院的设计团队长驻北京,与北京院展开了全面合作式的集中办公。联合体还邀请了来自清华大学等高校和科研机构的专家、院士,对设计方案进行了深入细致的研讨。

对合肥南站这个来之不易的项目,中铁二院的领导层也给予了高度重视和大力支持。公司总经理朱颖多次牵头组织相关专业的专家们,举全院之力对设计方案进行会审和指导。大家几次围着长长的图纸,讨论起来激情飞扬,不知不觉中时间过得飞快,散会时发现外面早已夜色浓重,大家已是饥肠辘辘,这时已是晚上 10 点多。

“大家为方案争得面红耳赤是常有的事,一起通宵达旦地画图修图也是必需的,但那时真不觉得累,因为有种创作的激情在那里,大家都是为了追求最佳的设计效果。这种头脑风暴式的方案创作,让合肥南站的设计图在一次又一次的碰撞、比选、修改下趋于完美。”金旭炜如是说。

设计方案中标后,中铁二院项目组成员还来不及举杯庆贺,就立即进入了异常紧张繁重的初步设计阶段。2010 年,时值原铁道部颁发施工图招标文件,合肥南站由此成为第一个施工图招标的特大型站房。按照业主要求,设计单位要在 2010 年 3 月底完成实施方案,40 天完成初步设计,初步设计审查后在 2 个月内完成施工招标图,年底完成图纸并概算核备。

如此紧凑的节奏在特大型站房的设计流程中是前所未有的。在中铁二院领导的全力支持下,项目组开展了集中设计会战,各专业紧密配合,平行作业,审查前置。经过全体设计人员的共同努力,中铁二院项目组不仅严格按照工期要求完成了设计任务,还在站房设计上实现了多个突破:

首先是建筑方面,合肥南站在建筑外观上突出表现了地域文化特色,同时,其功能布局吸取了其他车站的成功经验,并结合合肥市的城市规划需求进行合理布局,最大化地利用了站房的地上地下空间,将车站功能、城市功能和商业服务功能等完美结合，创造出一个集铁路、城市轨道、城市道路交通功能换乘于一体的现代化、人性化的大型交通枢纽。站房总体设计将车站与地铁、公交、出租车、社会停车、长途等布置于线下空间，各类车站之间联系紧密，旅客换乘非常便捷，综合交通效率在国内车站居于前列。

值得一提的还有站房的幕墙设计，合肥南站的玻璃幕墙为国内首创，设计中还融入了徽州特有的文化符号，充分彰显了地域文化特点。这个玻璃幕墙连业界顶级专家在参观时都赞不绝口："从未见过如此特别的设计！"

其次是结构方面，合肥南站作为一个顺轨结构宽度达 170 米的特大型站房，在建筑结构、桥梁结构、钢结构、地下结构、市政道路桥梁结构等方面都面临着全新的课题。中铁二院的结构设计不仅实现了合肥南站"站桥一体"的结构形式，还以此编写了《铁路站桥一体结构设计规范》，填补了复杂结构的大型站房设计规范上的空白。

另外在节能方面，中铁二院将节能环保的理念贯穿于合肥南站各个细节的设计中，并充分总结了其他大型车站在这方面的不足，着力进行创新和改进。例如暖通专业，其设计方案创造性地解决了地源热泵可再生能源的技术方案：一是充分利用站场三角区布置地埋管，既有效利用土地又安全可靠；二是将地温监测控制系统与中央空调连接，完善了辅助热源设置；三是在设备布局上充分考虑检修便利和运营安全。

## 初出茅庐显身手

细看中铁二院参与合肥南站设计的人员名单，你会发现其中大部分是非常年轻的设计人员。合肥南站庞大而繁重的实质性设计工作，竟出自这些年轻人之手，这也让人不由得发出"初生牛犊不怕虎"和"后生可畏"的感慨。

年轻设计人员在项目中的作用从"中铁二院合肥南站房项目青年突击队"的组建上就可见一斑。青年突击队成立于项目设计之初，当时 14 位成员的平均年龄仅 29 岁，这是一支年轻、生涩、欠缺经验的队伍，却也是一支活力、奋进、富有激情的队伍。因为年轻，他们有更多的开拓意识进行设计创新;因为年轻,他们对繁复的画图工作充满热情;因为年轻,他们能够以无所畏惧的勇气和闯劲迎接一切困难和挑战。

“我很庆幸,刚工作不久就能参与合肥南站的设计,这种特大型站房对我们来说很难得,能跟随这么多的业界专家一起工作更加难得,在这个项目中我收获了很多,包括专业技术、组织协调、服务理念等方方面面。”即使在四五年之后的今天,回想起当初为合肥南站日夜奋战的日子,青年突击队队长李伯鹏依然感慨万千,因为他就是从合肥南站锻炼出来的青年才俊之一。自称刚接触合肥南站项目时“什么都不懂”的他,现在已经担任了多个项目的专业负责人甚至总体设计负责人,成为中铁二院建筑专业新一代的栋梁之才。

“这个项目的战线比较长,大家共事的时间久,而且都是年轻人,性格上比较合得来,我们在工作中始终相处得很愉快,在设计上也经常能碰撞出一些创新的火花来,大家都充满激情,经常相互鼓励,相互帮助,所以工作开展得非常顺利。”作为青年突击队的成员之一、合肥南站暖通专业设计负责人张发勇谈起这个团队时十分自豪。

2010年国庆节,这是合肥南站全体设计人员最难忘的一个节日了。因为在那个举国欢庆的长假里,项目组设计人员却为了赶交施工招标图,在中铁二院建筑院的会议室里集中办公,在夜以继日的突击会战中度过了极其紧张的七天。由于设计周期短,各个专业必须紧密协调,才能尽量避免出现配合失误和方案上颠覆性变化。同时,这是一座包括各种交通换乘的综合枢纽型站,大家随时要在一起开会讨论,认真分析各种车站类型并进行比较和归纳,确保整个设计过程有条不紊地进行。

国庆长假的集体加班取得了显著成果。2010年10月底,各专业陆续交付施工咨询图;11月,咨询意见返回并修改完成;12月,强审意见返回并修改完成。短短时间内,他们的工作量之大令人咋舌,中铁二院图文公司的员工早已见惯了各式各样的设计蓝图,但在合肥南站的图纸晒出时,那数百份图纸堆满厂子的壮观场面却让晒图工人都惊叹道:“从没见过这么大、这么多的图纸!”

在合肥南站即将交付运营的今天,当年“青年突击队”的小年轻们很多都已成长为各个专业的能手、各个项目的骨干。在人们对其工作成绩赞不绝口之时，只有他们自己知道此间的辛酸和无奈。处于这个年龄段的年轻人，很多都是“新爸爸”和“新妈妈”，生活和工作之间的冲突也不可避免地在他们身上轮番上演。

李伯鹏、张发勇、黄建，都是在合肥南站项目工作期间结婚、生子。为了投标，他们享受不到新婚燕尔的甜蜜，几乎“每周一差”地在各地奔波；为了协调工作，小孩刚出生，初为人父的他们照顾不了妻儿，又匆匆踏上了赶往现场的路途。结构专业的工程师郭燕也是一位新妈妈，因为长期加班孩子在家没人照顾，加班期间她只能把孩子带到办公室来，而且还经常开玩笑地说，这样的“早教”能让孩子早日成为一个“小小工程师”。

## 强强联手铸精品

合肥南站的参建单位很多，而且都是行业里的佼佼者。只有各方强强联手、密切配合、通力协作，才能共同铸造一个真正的精品工程、样板工程、百年工程。为此，提前做好细致有序的工作计划，并与各方进行良好的沟通协调，成为设计总体单位中铁二院的重要工作内容之一。

早在设计方案投标之初，为了在充分了解业主需求、深刻理解当地文化的基础上，创造出一个令各方都能满意的设计方案，金旭炜就经常率领各专业设计负责人在成都、北京、上海、合肥之间辗转奔波。从业主单位到地方政府，从合作企业到科研机构，从当地百姓到业界专家，中铁二院的设计师们满怀着建设世界一流工程的热忱，展开了大量繁琐的调研工作。

为了赶时间、出创意，他们经常在飞机上就开始画草图、拟大纲；为了参加一个紧急推进会，他们千里迢迢随叫随到，风雨无阻；为了站房的一个设计细节，他们不辞辛劳地向专家虚心讨教。也正是这种精益求精的态度，让中铁二院的设计方案最终获得了满堂喝彩。

方案中标之后，协调工作的难度就更大了，不仅要和设计联合体的北京院保持紧密合作，还要随时与合肥地方政府、规划、交通、地铁和其他各个部门密切沟通。为了加快车站实施方案落地，稳定初步设计方案，中铁二院项目组主动协调轨道公司、规划建设主管部门，提前完成了轨道交通的衔接方案，并参与了综合交通规划和站前广场、地下空间与车站的方案协调。

期间，项目组成员几乎每周都要从成都飞往合肥，与轨道公司、规划局等部门协调轨道交通衔接方案和综合交通规划衔接。合肥南站的三线地铁站规模极大，且与铁路车站一体化建设，为此总体组多次向轨道公司和合肥市政府汇报轨道交通车站设计，合理确定地铁站位、盾构区间与铁路高架站场的结构关系，从而确保按既定工期完成任务。

与城市规划的协调也是一项重点工作，项目组坚持出动出击的服务理念，将站房设计与高架站场的综合交通功能布局和南北广场相结合，得到了规划部门的大力褒扬。同时，项目组与地方各部门的协调，妥善解决了车站与城市规划、综合交通各部分的关系，确保了整个综合交通体系的形成，也确保了车站设计和建设进度要求。在配合施工阶段，各专业设计人员也随时赶赴现场进行技术指导和沟通，与施工单位进行技术交流，讨论施工工艺，及时解决施工中出现的问题，赢得了枢纽指挥部和施工单位的赞许和信赖。

今天，合肥南站在众所瞩目中即将投入运营。当一座宏伟的铁路站房拔地而起，纵横交错的铁路网上增添的是一个重要的交通枢纽，当地的黎民百姓看到的是城市里的又一个标志性建筑，南来北往的旅客们感受到的是旅途中方便快捷的驿站……而对设计工程师来说，却仿佛看着自己孕育并抚养的孩子终于长大成人，如今的合肥南站，正可谓是中铁二院的设计师们倾心培育出来的一个风华正茂的天之骄子。

# 千淘万漉虽辛苦　吹尽狂沙始到金

## ——记中铁二院合肥南站站房总体设计负责人金旭炜

孟美辰

合肥，素有“江南唇齿、淮右襟喉”之称，历来为兵家必争之地。

随着历史演进，京杭大运河的开通，逐渐弱化了合肥在水运交通体系中的重要地位。进入新世纪以来，立体化交通网络的不断完善，再次使合肥具有了“承东启西、联南接北、居皖之中”的重要区位优势。

2012 年 9 月，由中国中铁二院工程集团有限责任公司与北京建筑设计院联合承担设计任务的合肥铁路枢纽“咽喉”工程——合肥南站房正式开工建设。这一具有里程碑意义的重要时刻，必将被历史铭记。很快，这座建筑面积达 10 万平方米、融徽派建筑神韵与现代建筑追求于一体的重要交通枢纽，将在江淮大地奏响“万商西进”的华彩乐章。届时，合肥南站将与南京南站、上海虹桥站、杭州东站共同组成“华东四大铁路枢纽站”。

当人们对这个上海铁路局下辖的最后一个特大型站房翘首以盼时，他的心中却百感交集：“建筑师是一个很特殊的职业，每个建筑都像是自己的孩子，那些属于自己的独一无二的灵感和设计理念是他们成长的母体，从雏形到成熟的过程，要不断汲取历史和文化的养分，赋予他们自然和生命的气息，虽然过程艰辛，却感到无比骄傲，因为这是一种精神的延续，也是建筑师难以割舍的情节吧！”

说这番话的人，正是中铁二院副总工程师、合肥南站项目总体负责人金旭炜。

## 是金子　总会发光的

1992 年，金旭炜毕业于东南大学建筑系建筑专业，同年 7 月就职于中铁二院以来，历任中铁二院建筑院副总工程师、建筑院总建筑师。现为中铁二院副总工程师，教授级高级建筑师，国家一级注册建筑师。

平凡的岗位，踏实的作风，卓越的才能，无言的奉献，使金旭炜赢得了诸多荣誉：中国中铁股份有限公司专家库专家，第五批中铁二院专业技术带头人，中铁二院 2005 年度劳动模范等等。

一项项荣誉，既是对金旭炜突出业绩的肯定，也是对他勇往直前、再创佳绩的鞭策和鼓励。

青锋淬火添剑气，梅花沐雪分外香。虽然刚刚四十出头的年纪，金旭炜却有着丰富的从业经验。

金旭炜一直从事铁路站房工程、民用建筑工程、轨道交通工程等项目设计工作。先后承担了洛湛线、胶济线、厦深线、福厦线、海南东环线、郑西线、成绵乐城际铁路、重庆轻轨、重庆江北站房、北京地铁 5 号线、杭州地铁、重庆西站、委内瑞拉铁路等一大批国内外重点建设项目工程的站房和房屋技术管理、审查及主要建筑技术方案会审。作为项目负责人，他先后主持承担了贵阳站房、成都北站改造工程、北京北站、成都东客站、合肥南站等众多国家重点大型、特大型工程项目设计。获得多项省、部级优秀工程设计等奖励。20 多年的成长历练，让金旭炜在交通建筑领域积累了丰富的设计经验，并通过创新工作方式方法，多次在设计竞标中取得优胜，获得了良好的经济效益和社会效益。

## 真金不怕火炼

合肥南站概念设计竞赛就要开始了，作为上海铁路局辖区内首个施工图招标的特大型站房项目，多家国际、国内设计联合体参与竞标，竞争异常激烈。到底何种设计方案才能从中脱颖而出？什么样的建筑内涵能体现合肥的地域文化特点？如何通过创新手段使合肥南站有别于南京南站、上海虹桥站、杭州东站等建筑风格，凸显华东四大铁路枢组之一的独特魅力？

“只有‘器’‘道’相谐，兼顾传统与现代的建筑，才配成为衔接淮南线、宁西线、合九线、沪汉蓉、京福客专、华东二通道客专等6条主要干线的城市名片；只有体现‘以人为本’的设计，才能成为经得起时间和人民品评的经典作品。”金旭炜和他的团队在合肥南站的设计中，坚定地朝着这个方向努力。

金旭炜对工作始终抱着极大的热情，他与项目各专业人员驻扎在中铁二院北京分院，大家在一起不分昼夜地讨论技术亮点，优化设计方案。可是在第一轮方案竞赛中，由中铁二院与北京建筑设计院组成的联合体只获得了第二名。一时间，该站房的现代建筑功能与徽文化特色在众人心中的占比开始失衡，是否改变合肥南站的设计定位成为大家争议的焦点。金旭炜认为，安徽具有非常独特的地域文化特点，其地理位置具有南北交融、东西衔接的特点，以中国科学技术大学为代表的一大批科技型高等院校、知名企业云集于合肥，江淮地区现代化大都市的宏伟蓝图正逐步展现出来，而以徽派建筑为代表的徽派文化更是中国传统文化的重要组成部分，一脉相承，源远流长。因此，他认为合肥南站应该通过徽派传统文化与现代交通建筑的有机融合，呈现方正厚重、简洁大方的风格特征，同时将传统元素融入建筑材质和细部设计，从建筑体量、造型、色彩等多个角度，体现安徽和合肥的悠久历史文化。

为了深刻领会其中的意蕴，项目组主创人员到处查阅大量书籍资料，考察徽派文化特点，向知名专家学者请教徽文化内涵，同时充分考虑铁路站场与站房、站前广场等的交通和功能关系，组织头脑风暴式的方案创作，不断优化设计方案。

经过不懈努力，2009年底，由金旭炜和北京建筑设计院吴晨博士为主创核心的设计团队历经多轮比拼，最终以“四水归堂，五岳朝天”为主题的设计方案成功中标。

## 千淘万漉虽辛苦，吹尽狂沙始到金

一个项目能否顺利推进实施，“舵手”的作用至关重要。

作为项目总体负责人，从制订设计方案到招投标，从技术协调到配合施工,从科研创新到资料管理,金旭炜的工作可谓千头万绪。

合肥南站设计时间紧,任务重,这就要求从初步设计到施工图设计需要各专业密切配合,避免出现专业间的配合失误和方案上的颠覆性变化。合肥南站站房又是一座集铁路、城市轨道、城市道路交通功能换乘于一体的现代化大型交通枢纽,车站类型复杂,规模大。针对这些特殊情况,金旭炜组织人员打响了集中设计大会战,平行作业,审查前置,确保了站房设计和建设的进度要求。

李伯鹏说自己是金旭炜的徒弟,他是合肥南站项目青年突击队队长,他对金旭炜的工作作风和顽强精神感触颇深:"金总是一个很细致的人,设计过程中的各个节点都要亲力亲为,虽然项目要竣工了,但他还是频繁赴合肥现场进行技术指导,不断与施工单位进行技术交流,及时解决问题。他几乎每周都要到北京、合肥等地,与铁道部鉴定中心、合肥铁路枢纽工程建设指挥部、上海铁路局、地方规划部门等进行汇报和沟通,协调各方关系,这也是整个设计过程有条不紊、顺利推进的重要原因。"

金旭炜对自己所负责的各项工作都抱有极大的热情,为专业建设和发展付出了辛勤汗水,这份坚定和执着也感染了周围的年轻人。

"他是一个非常敬业的人,凌晨 2 点多睡觉是常事儿,而且每次出差都会在飞机上办公,待飞机降落后就把已经梳理好的工作大纲交给我们,事无巨细,我们很幸运能跟着他学习。"合肥南站房项目青年突击队的一位青年人自豪地说。

对大家的赞誉和肯定,金旭炜却极为淡然:"我所做的是所有建筑师都在做的,一个好的建造师必须是有情怀的人,必须是热爱生活,且孜孜以求地追求完美、成就完美的人。"

黑格尔曾说过:如果说音乐是流动的建筑,那么建筑则是凝固的音乐。此时此刻,当我们为金旭炜的成功欣然鼓掌时,他却用自己的独特情怀,继续吟唱着一首首平凡而伟大的事业之歌。

# 敦厚力行的好师长

## ——记中铁二院合肥南站设计副总体高夕良

陈思怡

“我第一次跟高总做设计项目时,高总指着图纸详细地跟我讲解这里要怎么改动、那里要怎么调整。他专门拿一张白纸,示范计算书和图纸应该如何编制,要包括哪些内容。第一步是什么,第二步是什么,重点是什么……这种细致入微的教导,对我后来的设计工作和成长的帮助很大。我打心底里觉得我以后要成为高总这样的人就好了。”

说话的是中铁二院建筑院的结构工程师黄建,他已经跟随高总完整地参与了成都东客站和合肥南站的结构设计,在合肥南站项目中负责地下结构和北站房设计,他说:“我看到的高总总是那么忙,他协调很多东西,常常跟我们一起加班。从年龄上讲,他和我父亲同辈,我很敬佩他。”

另一位负责合肥南站地下结构和北站房设计的结构工程师郭燕回忆道:“还记得2010年国庆节期间,为了准时交付施工图,高总和我们一样连续三个月都没有休息。他很亲切,办公室的门随时敞开着,每天从早上8点到深夜,有问题都可以找到他。”

黄建和郭燕口中的这个废寝忘食、平易近人、谆谆教导的“高总”,就是高夕良,中铁二院建筑院的副总工程师(教授级高级工程师、一级注册结构工程师),在合肥南站设计中担任副总体,全面负责工程的结构设计工作。

# 善为人师　身正为范

合肥南站为合肥铁路枢纽南环线和京福客专上的新建客运站，站房建筑规模 10 万平方米，有 3 条轨道交通线路引入站区，是中铁二院继成都东客站之后设计的又一个省部级规模的大型站房。

成都东客站是中铁二院承担的第一个大型站房设计项目，高夕良作为项目的结构总体，在国家还没有关于大型站房的结构标准的条件下，发挥自己的专业水平，制订了适合本工程的结构体系和技术标准。当时，有几个刚参加工作的研究生，虽然理论知识丰富，但缺乏实际工作经验，对高夕良制订的技术标准心里没数，不理解，惧怕为设计工作负责。针对这种情况，高夕良从专业角度耐心辅教，以父辈的角色关心他们的生活，提高他们的工作自信心。这群年轻人跟着高夕良学习和磨砺，在多个站房的设计中，受到了极大的锻炼。他们逐渐理解了规范和标准，也摸索出了一套经验。

如此种种，不一而足。

高夕良善为人师，对于年轻人的传、帮、带，对于中铁二院站房结构专业设计质量和水平的提升功不可没。他常告诫手下的年轻人："搞结构绝对不能出一点差错，任何时候都要把结构的安全放在第一位，安全是百年大计。"和年轻人开玩笑时，他会说"搞结构的，不能像搞建筑的一样'天马行空'，我们既要规行矩步，但也不能完全刻板套用规范，要在理解的基础上应用规范和标准。"他要求结构工程师一定要谨慎、细致，要沉淀下来，踏踏实实的画图，只有认真理解了工程，才能做出精品工程。

学高为师，身正为范。高夕良不仅严以律人，更严以律己。在多年的共事中，他一丝不苟的工作态度深深地影响着他的徒弟。他们在图纸上力争把错误降到最少，减少了纠正的工作量，从而加快了设计周期，也提高了设计质量。

通过合肥南站站房，"站桥合一"结构体系的设计理念又一次在高夕良带领的设计团队设计中得到了发扬和完善。中铁二院的大型铁路站房设计实力，也逐步在业界位居翘楚。

高夕良认为,每一项工作任务对他自己都是一个学习和提高的过程,对之后的项目都有重要的指导意义。在合肥南站站房之后,高夕良又带领设计团队完成了重庆北站、重庆西站、贵阳北站、成都北站等大型铁路站房的设计工作,高夕良正将大型站房的结构设计的理念传承和发扬。

## 攻关克难　永不退缩

高夕良曾作为技术和项目负责人主持过多项国家、省部级重大工程项目设计,在站房设计上具有深厚的造诣和实践能力。

他作为结构设计负责人参与的昆明站房,获2005年度中国铁路工程总公司“优秀工程设计一等奖”获铁道部铁路工程“优秀工程设计奖一等奖”。他作为结构设计总体的成都东客站,项目获2012年中国铁路工程总公司“优秀工程设计一等奖”和四川省住房和城乡建设厅2012年“工程勘察设计‘四优’一等奖”。成都东客站的承轨层结构型式获得了国家实用性专利,科研《成都东站工程设计施工综合技术研究》获2011年中国铁路工程总公司“科学技术奖一等奖”,获中国施工企业协会“特等奖”。

高夕良常咀嚼推敲,将工作中形成的经验转化为理论的结晶,他在国际级刊物《铁道工程学报》等发表了《大型火车站台结构的地震作用下扭转不规则分析》、《逆作法梁柱节点设计和计算分析》和《合肥南站国铁和地铁结构共用基础沉降及沉降差研究》多篇学术论文。

对于过去完成的重大项目和个人取得的成绩,高夕良很少提起。在他看来,成绩只是已然阖上的书页,而未来才是他和他的团队们施展“拳脚”的地方。

合肥南站的设计参建的单位多达四个:枢纽总体单位是铁四院,站后总体单位是中铁二院,还有北京院和中铁二院土建一院的桥梁专业。回首设计历程,高夕良认为对项目进展的策划很重要。毋庸置疑,他对合肥南站的策划是成功的,细致到标准的确定、几个参建单位的分工、设计计划、工作推进的节奏、每个人负责的任务、图纸怎么出、分几册……按部就班,基本上没有返工,从而保证了时间和图纸的设计质量。

在合肥南站这个庞大的工程和多个单位参建的系统里，高夕良有效地发挥了组织协调作用，让总体设计单位顺利地完成了工程。

中铁二院在合肥南站负责的是地面以下的工作，用专业的形容是“承轨层结构”。有些人并不知道，“承轨层结构”的设计体系曾经让高夕良设计团队感到非常困难。“当时碰到了很多难题，都不知道怎么解决。”

合肥南站站房的初步设计始于2009年底，当时，中铁二院完成的大型站房设计并不多。之前的成都东站设计工作有法国铁路公司参与，在国内外专家指导完成，相对比较轻松。而合肥南站站房是高夕良团队独自承担完成。合肥南站站房的顺轨结构宽度达到170米，无法设缝。超长结构的温度应力、混凝土收缩徐变内力很大，常规的钢筋混凝土结构已经无法满足设计的需要。确定结构方案的那段时间，高夕良带领工程师们多次进行案例分析，查找翻译资料，开会研究，甚至连吃饭时都在讨论。高夕良认为，合肥南站站房与南京南站站房的情况类似，在结构设计上有一定的借鉴意义。南京南站承轨层采用了全型钢混凝土结构，投资相对较高。按照当时铁道部的投资控制要求，设计团队在对南京南站站房设计思路消化的同时，分析每一处设计的原因，再研究决定自己的方案。经过多次的研究比选和论证，终于确定了采用部分型钢混凝土、部分钢筋混凝土的结构方案，使合肥南站站房的“承轨层结构”安全、经济且合理。

合肥南站站房工程规模大、结构跨度大、“桥建合一”、结构体系非常复杂。构件形式多：钢结构屋盖、预应力钢筋混凝土高架层、部分型钢混凝土、部分钢筋混凝土的承轨层。“承轨层结构”设计既要满足建筑结构的规范要求，又要满足桥梁结构的设计要求。然而桥梁结构设计和建筑结构设计是两套理论，将其系统地融合在一起还没有先例。高夕良瞄准了复杂结构的大型站房设计规范上的空白，根据工程特点，结合实际经验，细致总结、多方征集意见，牵头主编了《铁路站桥一体结构设计规范》。

男儿立志如鸿举，不待扬鞭自奋蹄。高夕良认为，一个项目完成，必须有科研的成果为设计做支持。在合肥南站的设计过程中，他根据难点,与西南交通大学一起完成了《合肥南站列车动载作用下候车舒适度和结构安全研究报告》和《合肥南站国铁和地铁结构共用基础沉降及沉降差研究》这两个科研项目,为合肥南站站房的结构设计提高了强有力的技术支撑。

## 并肩奋斗　激发活力

回忆最忙碌的时段,高夕良说那是2010年秋季交付施工图之前。

合肥南站站房是当时铁道部实施施工图招标的第一个大型站房,2010年6月初步设计评审后,业主要求在3个月时间内完成初步设计修编和施工图设计。系统工程大了,接口多,要协调的工作量很大。高夕良既要解决施工图遇到的问题,又要审图,还要调整计划,那段时间几乎已经忘我。“国庆时大部分图都做出来了,各个环节我都要把关。”项目组的所有人都记得,2010年国庆节期间,高夕良夜以继日的在办公室里审图。大量施工图付印的时候,高夕良的桌子上待审的图纸都堆不下了。“大假期间办公室很安静,也没有其他的日常工作打扰,那几天我效率特别高。”高夕良如是说。

苍天并没有给他什么独得之厚,高夕良的每一步前进,都付出了通宵达旦的艰苦劳动和霜晨雨夜的冥思苦想。

合肥南站站房的设计工作中,高夕良还有段“不打不相识”的经历。

集团公司总经理朱颖从美国请了一名加籍华人的专家,叫谷学东。正值盛年的谷学东刚回国,就被安排到合肥南站项目组担任结构专业的设计负责人。此前谷学东一直在国外工作,藉着美国的观念,很不理解中国铁路上一套设计标准和做法。谷学东完成的工作也沿袭了他的风格,无法达到我国铁路设计的要求。因为施工图的事,谷学东还和高夕良多次产生分歧,这让高夕良感到既烦恼又无可奈何。

高夕良分析,他和谷学东的分歧主要是因为双方思维方式不一样。中国的施工图是很精细的,图纸上有的内容,施工人员才能照着做;而美国的施工图相对是很粗糙的,施工单位一边施工一边深化设计。正是因为中国和美国的设计管理方式上的差别,造成谷学东专家设计的图纸达不到要求。高夕良认识到谷学东的特点后,尽量多抽时间和他沟通,慢慢地让他适应了国内的设计环境,掌握了国内的设计方法。谷学东通过合肥南站项目,也逐渐展示了他在钢结构方面的强项。后来二人成为了工作上的好搭档,经常在一起切磋技艺,高夕良也常常听谷学东讲美国的一些设计观念和设计管理模式,吸取国外的设计先进理念。

北京建筑设计研究院作为专业的设计院,和中铁二院组成联合体,双方的工作配合密切,相得益彰。

合肥南站的设计施工组织有些交错:中铁二院负责承轨层以下结构设计,北京院负责上部的高架层和屋盖;中铁二院是总体单位,负责计划和组织。刚参建的时候大家小心翼翼,为便于开展工作,双方签署了很多细致入微的协议,明确规定了分工,甚至细到一个图标的签定。在设计施工的过程中,高夕良发现北京院大跨度设计方面的优势,组织设计团队向北京院请教学习,渐渐和北京院的专业工程师们结下了并肩奋斗的情谊,双方同心并力、互相帮忙,发挥各自的长处,共同提交精良的作品。如今中铁二院也会定期派工程师去北京院交流学习,扬长避短,开拓设计思维,激发人员活力。

作为一名技术干部,高夕良敦厚、笃实、身体力行,他以埋头苦干和不遗余力的执着,带领每一个工程的设计团队,发挥自己的最大能量,成为企业改革发展的排头兵和中坚力量。

他对笔者说:"我们这一级的技术干部,如果管不好的话,就会出问题。我必须按照项目的计划,把自己的事情做得完美。其实每个人只要清楚自己的职责,并努力把它做好,什么工作都能做的完美"。做事如立人,朴实无华中,高夕良倾注智慧与汗水的一座座固若金汤的站房,将带着它们浓郁的地方文化特色,给过往的宾客舒适的体验,迎来送往,笑傲四方。

# 盛开在合肥南站上的并蒂莲

## ——记中铁二院华东公司项目负责人陈祖伟和建筑负责人阳凡

童定君

合肥南站综合公共交通枢纽是结合高铁合肥南站建设的大型综合交通枢纽,其集结:高速铁路、城际铁路、轨道交通、公路客运、快速公交、常规公交、出租车、社会车辆、慢行交通等9种关系的换乘与衔接于一身,是合肥市未来最重要的陆上客运交通门户。

作为合肥南站综合公共交通枢纽的重要组成部分的轨道交通高铁站是轨道交通1号线、4号线、5号线三线换乘车站,其中1号线、5号线车站同台换乘,并与4号线车站"T"型换乘。1号线、5号线车站主体位于合肥南站站房下面,部分主体与4号线位于北广场下面。1号线、5号线车站总长454.55米,为地下三层15米宽岛式站台车站;4号线车站总长169米,为地下四层14米宽岛式站台车站,三线同期设计,土建同期实施,车站总建筑面积达41 500平方米。

合肥高铁站与国铁、市政南北广场、线下空间开发及高速公路等均有接口工程,其设计协调量大、建设时序长、工程极为复杂。该工程从2010年4月份开工建设以来已4年有余,在工程设计、配合施工过程中涌现了一大批青年才俊,其中中国中铁二院工程集团有限责任公司该工程的项目负责人兼结构负责人陈祖伟及建筑负责人阳凡表现尤为突出。

人们称项目负责人陈祖伟和建筑负责人阳凡是盛开在合肥轨道交

通高铁站上的并蒂莲。

## 爱岗敬业　独当一面

阳凡是中铁二院华东公司建筑处主任工程师,在 2010 年 7 月加入华东公司后,便被派往合肥作为高铁站的建筑牵头人。整整 4 年时间,从初步设计到施工图,再到车站土建工程基本实施完成,一如既往的坚持在工作岗位。阳凡政治上积极要求进步,思想觉悟高,工作信念始终如一。

陈祖伟是中铁二院华东公司土建处副处长兼副总工程师,自 2012 年 4 月起常驻合肥作为高铁站的项目负责人兼结构专业负责人。该同志政治上要求进步,爱岗敬业,责任心强,技术扎实,协调能力强。

两位同志的工作态度、工作表现都非常出色,多次受到业主及上级部门领导的表扬。

阳凡初到合肥接手高铁站时,刚从一名普通设计者转变成技术管理人员,就负责合肥南站这样的复杂车站。高铁站为三线换乘站,土建规模大,对外接口工程多。车站附属设计极其复杂:北侧附属位于市政北广场内,与之一体化设计;东西两侧附属位于线下空间开发范围内,采用地面侧出风方式;南侧附属与国铁南立面一体化设计,紧邻现有 312 高速公路;剩下的附属位于国铁站房内,与国铁风亭合建。但是,困难再大,阳凡毫不退缩,大胆的承担起各项生产任务。作为建筑专业的牵头人,他碰到任何需要协调的事情,总是第一时间亲自进行沟通和协调。凭借良好的业务能力和沟通水平,很好的完成了各项接口工程的协调任务。

陈祖伟同样在负责高铁站这样的复杂车站时,顶着巨大的压力,毫不退缩。作为项目负责人兼结构专业负责人,凭借良好的业务能力和沟通水平,他很好的完成了技术方案的制订和各项接口工程的协调任务,为设计工作的顺利推进作出了积极的贡献。同时,在复杂的外部环境下,保持清晰的思路,讲究沟通协调的艺术,懂得借力打力,为工程的顺利开展作出了很大贡献。

## 虚心学习 力求上进

阳凡、陈祖伟两人在平日里时时严格要求自己、完善自我，在工作生活中不断学习，并将理论应用于实际工作中去。

在繁忙工作之中仍力求政治上的上进，定期写思想汇报，总结其在思想上的进步以及工作、生活中的得失，积极参加各种活动，学习理论知识，不断提高自己的思想觉悟和政治素质。

他们努力学习、虚心请教，不断加强思想政治水平，不断提高管理能力和专业技能。

阳凡在进入华东公司工作之前虽已从事了多年的地铁建筑设计，但他始终以谦虚的心态，谨慎的工作态度，对工作尽心尽力，处处严格要求自己。华东公司成立之初，设计任务重、设计人员紧缺且分驻各处，2010 年 7 月初他一报到便派往合肥。当时高铁站围护结构工程已经开展施工，土建施工图刚刚开展，且很多外界条件还未稳定，时间紧张。只要是需要对外协调的事情，不管是不是自己专业的问题，他都能迎难而上，顶住压力，不等不靠，克服和战胜各种困难，为施工生产任务的顺利完成，作出了不可磨灭的贡献。

陈祖伟主观能动性强，有很强的自学能力与精神。陈祖伟为了提高自己的业务水平，在繁忙的工作之余仍不断学习本专业及相关专业的新知识、新技术、新方法、新工艺，不断拓宽自己的知识深度和广度。在工作中始终以谦虚的心态，谨慎的工作态度，对工作尽心尽力，处处严格要求自己。

## 不计得失 无私奉献

阳凡、陈祖伟在自己的工作岗位上勤勤恳恳，兢兢业业，一丝不苟，精益求精；为了工作，不计个人得失，舍小家、为大家，为企业的发展奉献自己的全部智慧和力量。

他们作为年轻的技术牵头人，始终将工作放在第一位。派驻合肥期间，每年出差天数都在 300 天以上。在节假日里，只要有工作需要，就绝不放假。每年春节前夕，也是坚守到腊月三十才离开工作岗位。

经过这几年的磨练，他们始终以饱满的工作热情、充沛的精力面对各种挑战。他们认为，再复杂、再困难的事情，只要细心、冷静、多沟通就能较好的解决。人生的价值，不在于得到了多少，而在于付出了多少，奉献了多少。正是因为有这样的品质和思想境界，使他们成为思想过硬、作风过硬、爱岗敬业、勇担重任、乐于奉献的人。在平凡工作岗位上，他们却用不平凡的行动给同事们以鼓舞、激励甚至鞭策，为公司的发展不断努力，不断奉献着，他们的精神成为一面旗帜引导者大家不断向前。

# 北京城建：精心绘制立体交通画卷

杜　娟

南环线合肥南站交通枢纽工程的设计是北京城建设计发展集团重点工程设计任务之一。在时间紧、任务重的条件下，北京城建设计发展集团的设计者们用三年时间，集全公司智慧，群策群力，共同绘制了一幅立体交通的画卷。

## 亮点纷呈的合肥南站枢纽

合肥南站交通枢纽配套工程地处合肥市包河区及经济开发区交界处，连接着新老城区和滨湖新区，是以高速铁路、城际铁路、轨道交通、公路客运、快速公交、常规公交、出租、社会车辆、慢行交通九种交通换乘方式为一体的大型综合交通枢纽。

在南站配套工程的设计中，北京城建院的设计人员巧妙地采用了以站房为轴线，沿南北轴线分别在国铁站房和地铁繁华大道形成两个主要交通及景观核心区，在合肥南站南北两个广场及站房四周形成“一轴两核，两场四片”的规划理念、以“天人合一”的指导思想，大胆采用了“综合开发、安全使用，结合换乘、便捷使用，浅层为主、上下协调，体现规划、动态适度，树立典范、低碳节能”的空间利用策略。

合肥枢纽工程的方案设计风格取自徽派粉墙黛瓦，简洁大气，典雅清新；同时引入“四水归堂”的设计理念，使徽派文化印迹尽显其中；在南北两个广场的设计中，设计人员强调景观绿化的作用，让“绿色”融入到工程的每个细节；在立体交通设计的考量上，充分体现“零换乘”的设计理念，与轨道交通 1、4、5 号线、公交、出租、长途客运与城市道路系统的无缝衔接，站台采用高架方案，充分利用站台下空间布置公交场站、出租车停靠站与社会车辆停车场;而"节能、节地、节水、节材"等新技术的应用,更为这一建筑添加了现代化车站的许多亮点。

明确定位,成就"天作之合"。合肥南站枢纽总体设计以实现合肥市城市发展战略目标为指导,构建"高效、便捷、安全、生态、和谐"的一体化现代综合交通系统,以便为居民提供安全、便捷、舒适的交通出行服务,同时为货物提供社会化、专业化、信息化的便捷快速物流服务。城建设计人员将合肥南站、南北广场、周边商业开发、各种建筑物以及通路、桥梁、人行街道等有机地设计在同一立体空间,充分体现"天作之合"的总体设计理念。

以人为本,追求无缝衔接。依据功能和交通条件,南站枢纽以"一轴两核,两场四片"的空间布局结构,形成以城市南北发展脉络及轨道交通线路为主轴,有机穿连"高铁""地铁"等多个分区核心,同时穿连两个线下场站及四周开发地块,相融相合的交通综合体。场站布局力求做到高铁、轨道交通、公交、出租车、长途客运与城市道路系统的无缝衔接。

合肥南站枢纽在设计对外交通线路时重点构筑了"五个体系":即以高速铁路、高速公路为骨架的对外交通体系,以快速路、Ⅰ级主干道为骨架的城市道路运行体系,以轨道交通、快速公交为主体的城市客运体系,以高速铁路、高速公路与主干道为主体的货运体系,以零距离换乘和无缝衔接为核心的枢纽内外衔接体系。据测算,至 2020 年,每天进出南站枢纽的客流约有 17 万人次;2030 年每天进出南站枢纽的客流约有 32 万人次。至 2020 年,每天进出南站枢纽的车流(公交车、出租车和各类社会车辆)折合成小汽车约有 4 万辆车次;2030 年每天进出南站枢纽的车流折合成小汽车约有 7 万辆车次。

面对如此巨大的人流车流压力,北京城建设计发展集团设计人员合理组织换乘客流和集散人流的空间转移,以发挥南站枢纽的最佳经济效益和社会效益,为客流提供良好的换乘空间和设施,达到系统衔接的最优化,成为枢纽的总体交通目标。

建成的南站枢纽,将作为多种运输方式为一体的城市综合交通换乘枢纽,服务于合肥全市对外道路交通出行需求、高速铁路接续服务及市内交通转换,是合肥市最主要交通集散节点之一,必将成为合肥乃至全省最重要的陆上交通门户。

关注细节,力求路路畅通。为服务高铁南站建设,北京城建设计发展集团精心统筹,将南站周边五公里范围内的市政路桥项目进行了新建、改建设计,设计人员对关键道路局部细化,使车流人流更加流畅。南站枢纽核心区设置 BRT、公交专用车道及公交环廊,保证公共交通出行通畅、倡导公交出行方式,进一步缓解道路压力。

置入元素,彰显徽派风格。合肥南站主体建筑设计引用了徽派民居中“四水合一”的概念,为了与南站主体建筑风格相统一,枢纽的景观工程亦延续徽派建筑古朴典雅的建筑风格,南站广场设计有瀑布、山石、古树等,凸显天人合一的东方文化,外修饰上多采用砖、木、石雕等材料,力求与徽州当地文化相融合,在风格上与主建筑相统一。

## 一脉相承的“铁军”文化

负责南站枢纽及配套工程设计任务的是北京城建设计发展集团。该集团成立于 1958 年的,最早隶属于铁道部,在企业文化上也一脉相承。业内人都知道,北京城建院是设计中国第一条地铁——北京地铁一号线的设计者,是地铁设计领域的鼻祖,在地铁设计技术方面具有较强的优势。但很少有人了解,他们也是城市交通枢纽的探路者和领航者,早在 2000 年,他们就设计完成了中国第一个真正意义上的立体化交通枢纽北京动物园交通枢纽。

众所周知,立体化交通枢纽的概念来自美国,其中最有名气的是位于纽约的中央车站。国内开始兴起时已至上世纪九十年代末期。到目前为止,北京城建设计发展集团已在全国各地参与设计了 19 个立体化交通枢纽,其中北京八大交通枢纽中就有四个出自他们之手。与单纯的房建设计不同,交通枢纽工程大多建于地铁、火车站上盖及周边,技术含量高,设计中几乎涵盖了所有专业,包括城市规划、勘测、轨道、交通、线路、桥梁、结构、设备林林总总九大领域,需要各专业技术人员密切配合、默契协作,而这正是城建设计发展集团的长项。北京城建设计发展集团目前拥有各类专业设计人员 2 000 余名,城建优秀的军旅文化传统使他们更注重团结协作及互相配合，这些都是设计枢纽类工程的基本要素。

精英团队，精诚协作。北京城建设计发展集团是合肥地铁一号线的总包单位，其雄厚的技术实力和员工的敬业精神一直为业主所认可；2010 年 6 月，合肥南站枢纽项目进行招标，城建设计合肥分院在第一时间介入方案投标，并由总院在第一时间派出由副总工程师李敏带队，由市政桥梁设计专家王文红、交通枢纽设计专家卢齐南、深圳北站一线设计人蔺震生等 20 余人组成的专家小组到合肥现场进行首次调研。2010 年 6 月 21 日，合肥市相关部门正式发放招标说明书前，城建专家小组已经进行了三次设计投标方案的讨论会议，随着工程骨架的相对清晰，大批项目设计人员集中到了合肥，共同完成工程的前期投标及方案编制工作。经过 25 天的集中设计，城建设计团队最终拿出了以“天作之合”为名的设计投标方案，并以技术标、经济标第一的成绩一举中标。

技术成熟，经验丰富。合肥南站枢纽是城建设计的第 19 个公交枢纽，无论是从程序管理还是从配套技术都有一套成熟的模式，这些成熟的技术和经验，用在工程设计上，能起到事半功倍的作用。特别是合肥南站枢纽在功能和规模上与城建刚刚完成的深圳北站相似，已有的经验，成熟的技术，让各专业在设计时有许多可借鉴之处。

精心设计，追求极致。1968 年，北京地铁一号线在建之即，毛泽东同志亲自为当时铁道兵地铁设计院（北京城建设计集团前身）和北京地铁指挥部题写了了“精心设计，精心施工”几个大字，从此，“精心设计”就成了城建设计发展集团的企业精神。多年来，城建设计严格遵循着这一院训，在设计过程中要求精益求精，让自己在行业中立于不败之地。在合肥地铁设计过程中，设计人员严格要求自己，精心画好每一笔，每张图纸在经过校审、审核、院审三级校审后，还需进行技术审订，才能最终出炉，但即使已形成蓝图，还有可能碰到专家的图纸抽查。在经过了层层审查后，图纸最后还要经过专门审图公司的图纸强审，这样严格的程序，保证了图纸的质量。

# 乐于奉献的设计团队

北京城建设计发展集团是合肥地铁一号线的总体设计总包单位,其雄厚的技术实力和员工的敬业精神一直为业主所认可。依照惯例,城建设计采用了集中办公、半军事化管理的方式来进行投标方案的制定工作。所谓的集中办公,就是将各个专业的设计人员集中到一个较大开间的办公区域,将设计者以某种规律组合安插,设计人员之间不设隔断。南站枢纽集中办公共汇集了百余名设计者,设计阵容之大令合肥当地设计院的人员惊叹不止。

合肥枢纽设计工程至今历时 4 年多,在这四年多的时间里,城建设计发展集团的设计者们为国家舍小家,不少人终日奔波于北京与合肥之间,为工程的顺利进行和开通运营贡献自己的一腔热血。

城建设计发展集团副总工程师李敏、卢齐南、叶飞、李武,是南站枢纽的主创;结构设计师李博宁、建筑设计师王璞、强弱电工程设计师葛守彬、给排水设计师刘勇等等,都是设计的实施者,由于他们的出色表现,使合肥南站枢纽工程设计得以完美收官。此外,该项目还有两个贯穿始终的灵魂人物,一位是合肥分院院长闫阳,是他在前期的不辞辛苦,才将北京城建与合肥枢纽工程结缘;另一位是目前枢纽工程的项目负责人蔺震生,由于他不懈地坚持和坚守,才使这一独具特色的设计以最完美的形式得到体现。

合肥南环线及南站开通在即,让我们为他们加油,为他们喝彩!

# 一个建筑设计师的青春梦想

## ——记北京城建合肥南站交通枢纽配套工程总体负责人蔺震生

杜 娟

2014年6月16日清晨6点,蔺震生就已经起床了。

这一天,他要开三个协调会。上午他要与合肥市规划局交通规划处的常文军处长讨论合肥南站开通时,全市公交、出租、长途、社会等各类车流在南站枢纽片区道路的交通组织等问题。为准备材料,他在前一晚加班到凌晨3点。这是蔺震生目前工作的常态:现场检查、挑灯鏖战、准备材料、一个接一个的会议。南环线通车在即,合肥南站枢纽工程作为合肥市门户,对工程的顺畅使用起着举足轻重的作用。他心中的弦天天绷得紧紧的。

蔺震生自担任北京城建设计发展集团合肥南站综合交通枢纽配套工程的总体负责人兼主设计师以来,今天是日历上的第1 446天。在来合肥之前,他是深圳北站交通枢纽西广场工程及景观设计的总体负责人。2010年,深圳项目尚未完成,他就被调去组织合肥南站枢纽工程设计投标。此前,城建院的相关领导拍着胸脯向合肥市分管领导承诺,"这个工程,我们配备最有经验的主设计师!"事实证明,蔺震生的确是城建院最好的工程设计师。为了南站枢纽工程,他放弃了即将返京在总院工作与家人团聚的机会,直接由深圳飞赴合肥,踏上新的征程。

## 青春萌动，唤起一帘幽梦

合肥对于蔺震生来说，是冥冥中命运的安排。他喜欢城市建筑设计这个职业，更喜欢设计与城市交通有关的大型公建项目，如果说在深圳北站交通枢纽项目中，他经受住了挑战，那么合肥南站枢纽项目是他事业上又一新的挑战。

蔺震生一直是作为专业画家的父亲当作接班人培养的。从小到大，他严格按爸爸的规划学习丹青技艺，直到高中毕业前夕，他才告诉父亲自己志不在此。他执意报考了自己喜爱的建筑学专业，并发誓要穷此一生，去圆当一名建筑设计师的梦。蔺震生认为，"画画体现的是个人的爱好与意愿，而公共建筑的设计则是真正为大众服务，为社会造福，更值得骄傲与付出。"他凭着与生俱来的艺术天份和无限的空间想象力，以及所擅长的理性逻辑思维，在建筑设计的道路上顺风顺水。

自师从央美导师张绮曼先生起，蔺震生就开始过上了空中飞人的生活，进入北京城建设计发展集团后不久，他便被委以重担，先后派驻威海、马来西亚的空中快车项目做主设计师。合肥南站交通枢纽项目，则已经是他的第二个综合交通枢纽工程。"大型综合交通枢纽工程的设计工作特别复杂与困难，但可以给人以最大的锻炼与提升，可以把自己的艺术作品呈现在更多的人面前，可以给更多的人以美的享受，造福社会是我人生价值的体现。"蔺震生如是说。

## 精心设计，力求完美表现

蔺震生首先面对的挑战是对城市的陌生。自接手项目之日起，蔺震生和他的团队即积极投入紧张的工作之中，从零做起，从一张张图，一条条路开始熟悉这座城市。白天，他带领团队穿行于合肥的各条道路，对于重点道路和路口，更是天天走，日日看，仔细体会作为乘客的使用感受；黄昏之后，他们即进入修炼，厚厚的招标资料，他们不放过每一页、每一个数据。作为工程的主设计师，蔺震生所做的工作不仅这些，还要组织设计南北广场的建筑造型、景观并制作渲染效果图、多媒体，要摆放站内各类交通组织及场站的区位，要综合各专业的设计等等。总体设计方案交稿之前的那一周，蔺震生房间里的台灯从没关掉过。而这样的努力，也终于得到了合肥业主的认可和信任，让业主放心的把合肥一号工程的设计任务交给了这位30多岁的年轻设计师。

空间窄仄是南站枢纽设计中遇到的又一困难。枢纽工程担负着连接老城与滨湖新区，解决高铁、城铁、地铁、公路客运、公交、出租车、社会车辆、自行车与行人等9种交通方式换乘与衔接的作用，功能繁多，但占地面积是有限的。合肥南站站台及线路位置、标高被限定；南站地下穿过三条地铁线路和地铁换乘车站，基本位置被限定；而其他部分，主设计者需要在南北广场地下及站台周边地下合计40万平方米的空间内，设置进出通道、换乘大厅、公交换乘站、长途客运站、出租车接驳站、社会停车库等，同时留出足够的商业开发空间、足够的办公用房空间，足够的乘客生活空间和足够的绿地，难度可想而知。

这正是蔺震生的拿手好戏。这个从小连看连环画都要观察背景物品摆放的男孩子，对三维空间有着特殊的敏感。他的大脑里，装满了全世界各地大小广场的各种设计布局。每年单位组织建筑师去国外学习考察，让领队最头痛的就是他。每到一处，他都要看了又看，拍了又拍，画了又画，即使是去就餐，他也要对着餐厅的布局多看几眼，一路下来，他的收获也是考察队伍里最多的。

南站枢纽对他来说就是一块画布。与大多数人看到的平面不同，蔺震生看到的这块画布是立体的、多维的，作为建筑专业的主设计师，他在这块画布上尽情释放着自己的灵感，把脑子里的要素经过加工，合理地整合成一幅幅建筑效果图呈现给业主，他的灵感，他的巧妙构思，他的合理布局，每次都能让业主眼前一亮。他为南北广场设计了两个下沉广场，不仅把绿地还给城市，加大了广场的使用面积，也解决站厅的通风与采光问题，增加了大厅的通透感；他在南广场大门的对面设计了流水瀑布，暗合了徽州文化"四水归堂"的设计理念，也调节了局面自然环境，加强了景观效果；他将丑陋的风亭设计为广场的大型公共雕塑，将单调的屋顶设计成为起伏的绿色山坡，让难点变成亮点。而这一切，都让枢纽的外观与内涵日臻完美。

## 统筹协调，态度决定成败

南站枢纽工程是合肥的城市门户，在建时也是各方关注的焦点。在合肥南站枢纽建设中，凡是参建的单位，无论是政府部门还是企事业单位，没有一家不需要与枢纽的设计方打交道的，而这样的多头参与，考验的是设计负责人的协调和统筹能力。蔺震生的手机里存储着与南站枢纽有关系的电话号码200多条，上至铁路指挥部领导、合肥市有关部门负责人，下至施工方的技术负责人。无论谁有了问题，首先想到的就是找设计总体协调，他们知道，这个经验丰富的年轻人是值得信赖的，他总是用丰富的专业知识和经验毫无保留地帮同事解决问题，而不惜体力与精力。

一般而言，站房建筑与枢纽之间的变形缝经常被双方所忽略，而在工程建成后成为跑冒滴漏的重点地区，蔺震生在设计中凭着以往的经验，预见到了这个问题，主动找铁路指挥部领导及站房的设计人员沟通，共同协商变形缝防水方案并落实到施工图纸中，使问题得到了很好的解决。在枢纽北广场结构设计过程中，蔺震生不放过总院专家与设计人的点滴建议，积极组织项目各专业设计人员根据板体上方使用区域不同的特点，有针对性地对结构板进行合理瘦身，不惜在设计稿已通过会审的情况下主动要求重新核算承载，替换已经送审的施工图纸，仅此一项即为工程节省资金2 000万元。

点滴小事，在不知不觉中拉进了他与业主、与铁路指挥部、与施工单位的距离，使他工作起来得心应手，大家之间的关系更加和谐。

## 侠骨柔情，演绎家国传奇

“这么多年，结了婚也不着家，你一直在忙些什么啊？”近几年，每年春节回家，身为画家的老父亲越来越频繁地向蔺震生提出这个问题。没时间多与家人见面，一起谈谈工作与生活，这也是蔺震生心中长久的痛。直到今年，蔺震生特意花了一整天时间，打开电脑，铺开图纸，像向领导汇报一样把自己的工作和家庭生活详详细细地向老父亲汇报了一遍，这才打消了老人家的疑虑。而对自己的妻子，心灵的默契，早已超载了任何言语。

蔺震生的妻子是国内优秀的神经外科专家，与他一样，也有自己值得去奋斗的事业。对于自己的丈夫，她比任何人了解得都多，她知道，建筑设计是他一生的痴迷与梦想，就像她自己痴迷于医学一样，爱他，就该给他自由的天空。俩人虽然离多聚少，但他们的心和理想紧紧地连在一起。

2013 年 7 月，南站枢纽工程已进入施工阶段，蔺震生因为长期超负荷工作，身体出现严重透支，出现了连续多天感冒发烧症状，接着便产生了严重心悸现象，远在美国的妻子在电话中发现了问题，“勒令”他马上回京住院，但就在他已经买好飞机票回京治病的当天上午，他被通知，下午有重要协调会议必须参加，于是他不得不改签机票，直到在协调会上差点晕倒。蔺震生后来被确诊为急性心肌炎，被仪器检测到心脏曾在深夜停跳了 33 秒。听到这个消息，蔺震生自己也吓了一跳，而他的妻子则在电话的另一头无声地抽泣起来。

得知儿子工作辛苦，蔺震生的父亲一直埋怨儿子当初没有听从自己的安排，当一名画家，但他却告诉父亲，他也是在画画，一直在画，他画的是一幅特别大的画，一幅能让许多人看到、许多人喜欢、许多人受益的画。

他答应父亲，等他的画作完成了，他一定腾出时间领着老父亲及家人参观一下他的作品。

# 古今融合　创意新站

## ——合肥南站建筑设计回顾

北京市建筑设计研究院有限公司

2009年4月、5月间，铁道部第二勘察设计研究院（中铁二院）和北京市建筑设计研究院（BIAD）等组成了设计联合体，共同参加由铁道部组织的合肥南站项目的建筑设计投标工作。北京市建筑设计研究院（BIAD）以副总建筑师吴晨博士领衔的设计团队，参与了从项目最初的创意阶段到中标后反复优化修改，以及施工图设计和工地现场服务的全部过程。为了打好设计攻坚战，北京市建筑设计研究院（BIAD）组织了一支精干的设计队伍，一场历时四年的设计长征由此启程。

**粉墙黛瓦、五岳朝天——鲜明的地域文化结合交通建筑的空间构成，展示"中部崛起"的蓬勃活力。**

**精雕细缕、四水归堂——舒展的城市大门集聚着八方宾客四方财富，奏响"万商西进"的华彩乐章**

苏晨，合肥南站方案主创之一。纤瘦、知性，表情刚毅仿佛永远在思考，一个典型的资深女建筑师，如今已是BIAD中汇国际城市规划与建筑设计院副院长。回忆起当年的设计历程，并没有设计师干了大工程的兴高采烈和滔滔不绝。苏晨拿出了一张张设计草图，语气平和，仿佛在她的母校——天津大学的课堂上，给学弟学妹讲述经典案例。

众所周知，安徽省历史悠久、人文荟萃。包含了淮河文化、桐城文化、新安文化(亦称徽文化)在内的安徽文化内容丰富、地域广阔、南北兼容。“五岳朝天、四水归堂”,徽派建筑和徽州文化在千姿百态的中华地域文化中独树一帜,书写了异常辉煌的篇章,影响深远绵长。(三绝——牌坊、祠堂、民居,四雕——砖雕、石雕、木雕、竹雕)。但是,如何从浩瀚的地域传统文化海洋中精选并提炼出最有代表性的文化符号?如何将传统宜人尺度、多留存于民居的装饰性文化符号转化成与使用功能巧妙结合的建筑语言?如何将基于传统文化的建筑语言跟现代交通建筑的城市形象良好地结合起来?一系列问题都是联合设计组面临的极大挑战。

经过设计组在北京和成都两地多次召开的方案研讨会上反复争论,大家的意见终于趋于一致,联合设计组认为:在尺度巨大的现代化交通枢纽——站房建筑上,不宜直接采用过于符号化的装饰手法,地域文化的韵味要有所体现但不能简单地照搬。传统民居上那些相对比较精巧含蓄的空间组成技巧和细部装饰手法,一定要经过转化和提炼,成为能够令人意会的符合地域特征和文化的建筑语素,才能跟现代化站房巨大的尺度相匹配。

意见虽然统一了,但如何能够化解体现地域文化特征和现代化站房尺度之间的矛盾?如何把握一种微妙的平衡来实现两种特性的兼容?如何转化成建筑手法真正落实到站房建筑的空间和造型设计上?

经过分析,方案主创人员吴晨、苏晨发现,作为省会的合肥市不仅拥有傲人的文化底蕴,同时由于邻近“长三角”经济圈,接受来自东部发达地区经济辐射的优势得天独厚。随着高速铁路等交通基础设施的建设,合肥市已经率先成为“万商西进、中部崛起”的先锋。在这样的宏观发展形势下,合肥南站更需要的是以其现代性和先进性彰显出省会城市的包容与魄力,更需要的是一座敞开胸怀的巨构大门,而不仅仅是浅吟低唱的庭院小景。

意在笔先,确定了站房的“城市大门”这一主题后,种种矛盾迎刃而解,古有“四水归堂”,今有“万商西进”;旧有“五岳朝天”,新有“中部崛起”。一座宏伟壮观但不失徽派神韵,气势恢宏但仍序列层叠的古韵新站跃然纸上,既以神似的建筑语素呼应了地域文化特征,又以宏大的气势，满足了现代化站房的使用功能、体现了城市的发展脉络。造型设计充分结合了建筑功能、简洁端庄、地域特色鲜明。站房室内空间与站房外部造型和谐统一，相得益彰。

## 斗室匠心、挑灯夜战——每一张草图都是用心血勾勒的华厦，背景是工作室里的不眠灯光

## 京蜀奔波、无惧寒暑——每一次修改都是过协同设计的蜀道，用心是重点项目的精益求精

2010 年 7 月，阳光炙烤下的北京，柏油路面能煎熟鸡蛋。夕雾氤氲的成都，空气中仿佛能拧出水来。一天之内从“烤箱”到“蒸笼”，王亮、王骅、梁海龙他们已经记不得这是第几次体验了。为了更好地设计，联合设计团队在成都设立了工作营，每隔两周，北京院的设计师要到成都与铁二院的设计师共同工作。发现的问题要在第一时间解决，方案要在第二天汇报。于是，宾馆的标准间成了夜班工作室。

王骅个子不高语速不慢，总能魔术般把吴晨博士和苏晨总工的意图迅速呈现。厚厚的方案本册在他嘴里如数家珍般道来，好像全不费力。只有他鬓角隐约早生的华发，讲述了一个双独家庭的顶梁柱，对四个老人和两个孩子，那些不为人知的牵挂。这个如今以快手著称的设计师，当年只是 30 出头年轻人，说起加班岁月，却只有淡淡的一句：“干设计哪有不加班的？”

年轻设计师黄华峰曾被派到中铁二院成都本部工作。对数据，一对就是凌晨两三点钟。白天黑夜连续工作了 10 天，该定的都定完了，小黄长长地松了口气，在打车去机场的回家路上，心想终于可以见到 2 岁的女儿了。刚到机场，还没等下车，铁二院的电话来了，说有部楼梯的数据有分歧需要再确认。电话里说不清楚，小黄决定马上回去与二院设计师再核实。的士司机满脸疑惑问了句：“再回去？到了机场又马上回去的，我还是第一遇到呢！”

2010 年 7 月，合肥南站开始初步设计阶段，主任工程师王亮被抽调出来，作为项目组负责人之一推动该阶段北京院部分的设计工作。虽然北京院的设计团队已完成多个火车站项目，但团队里依然有年轻

人还没有车站项目的设计经验，时间紧迫，需要在不到3个月的时间里全面完成初步设计修编和施工图，完成报部的室内控装方案、幕墙和屋面专项方案，就必须带领团队全速推进。同时由于本项目为北京院与中铁二院的合作设计，项目组负责人还要在完成本院设计工作的基础上，积极协调合作方的专业协调和对接。

王亮是一个要求严格的设计师，素有“项目推土机”之称，有着丰富的施工图经验。他首先将建筑专业设计工作分为不同的工作包，并根据自己团队成员的能力特点、设计经验分配工作包，并对每个工作包的设计进度制定详细的进度节点，同时将这套管理办法推广到其他专业，使大家能同步前进。由于设计周期的超常规，一方面跟大家提前说明工作难度和强度，同时为本项目管理设计出一套评价体系和奖惩激励体系，保证大家有一种良好的心态投入设计工作。

杨帆的工作经验已经可以作为团队的“资深”建筑师，但设计大型铁路站房，还是头一次，但他依然勇敢的承担了团队里最大最难的工作包:立面及外幕墙。工作初期，由于设计难度超出预期，一度曾经情绪波动，但在项目负责人的关怀和指导下，杨帆逐渐找回状态，越战越勇，以设计团队内的最高评分完成了自己的设计工作。

虽然这段时间发生在四年前，回忆起自己和整个团队的那段战斗艰苦的岁月，王亮依然感慨不已:“那段时间，我白天围绕每个工作包解决技术难题，帮助年轻设计师绘制复杂部分的技术图纸，晚上我还要看大家留下的图纸，同时静下心来解决设计难题，甚至自己建三维模型来推敲深化方案。由于是合作项目，为了使沟通更顺畅，还数次带领团队成员去成都共同工作。”

对于一个国家级的大型公建，王亮经常口气严厉的要求大家有强烈的负责感，保证不出纰漏，对一些深度不够的技术图纸更是每版必看，直到修改到位为止。同时要求每个建筑专业人员要仔细看懂专业图纸，保证图纸能够完整交圈。

当大家最终按时交付业主图纸时，每个人都觉得自己被激发了最大潜能，完成了一项看似不可能完成的任务。

**深入工地、现场服务——把精益求精的态度延伸到施工现场，保证了设计效果的完美呈现**

**奇思妙想、科技攻关—用积极主动的工作配合上业主要求，优化了车站屏幕的使用功能**

京沪高铁，从北京到合肥，一度成了设计师王亮、常为华、黄华峰们的通勤车。从火车站到工地最后300多米的泥泞路却只能深一脚浅一脚趟过。

交了图对于一个大型公建来说，只是万里长征走了一大步，尤其是对于铁路站房。在随后的几年岁月里，围绕合肥南站项目还要进行很多项专项审批，然后是二次深化设计，最后还要进行长达两年之久的现场服务，才能保证这座建筑完整的呈现出来。在紧张的施工配合阶段，设计师的工作点从写字楼搬到了工地。

2014年5月，站房的轮廓初见端倪。设计师黄华峰背着行囊来到工地。40平方米的办公室挤满了施工方的管理人员，别人办公桌边上挤出了一个放电脑的位置，就成了黄华峰的办公桌。

小黄回忆说，到了现场后，才知道现场的事情要比想象的要多，尤其在外装与内装过程中，有很多的图纸需要审阅。上海铁路局客运处与车站使用方对站房的运营提出了许多新的要求，有的门加高，办公区的卫生间加淋浴、出站层的隔断抬高，局部加入广告位等等，东西门斗随着设备的进入对原方案造成影响等等，这些站房的局部设计，最初是没有效果图的，每一个细节都决定这整个站房的形象和后期使用的方便程度，局部还要重新在模型上推敲后出效果图，经各方讨论后再深化图纸。工期很赶，工作强度非常高，小黄每天早上8点准时到办公室，晚上11点下班，一忙就是一整天。

高架层显示大屏支撑方案的设计是北京院设计团队现场服务神来之笔。

很多站房在高架层大屏设计中，往往把大屏放在主入口附近。从效果来看，主入口附近的旅客使用方便，但在候车厅其他部位的旅客使用就很不利，为此，上海铁路局临时提出横向挪动大屏，与交通单元结合的要求。对这个重达30吨的大家伙来说,挪一步都是大调整。为了支撑大屏,曾提出了很多方案,有的是在支撑柱上做大反梁,反梁上做花池来掩盖,有的是在大屏底部做四根柱子,同时支撑在多根大梁上。但讨论后发现,这两种方案都不理想,影响功能和美观的基本要求。

结构专业的设计师常为华做和建筑专业的设计师通过现场勘查,经过反复协商,提出了加固大屏底部四根支撑梁,大屏的支撑柱底部做长条形扁钢,均匀放在四根支撑梁上,利用均匀受力原理,给大屏的支撑柱套上一个大“脚”,侧向受力与交通单元的钢桁架连接,这样就与交通单元形成了一个整体结构,这种方法节省造价和工程量,同时满足功能与美观的双重要求,最后各方一致认为,这是一个实地勘察后解决问题的典型案例。

从方案创作到初步设计,从施工图绘制到现场服务。合肥南站就这样一步步从概念变成蓝图,从线条变成大厦。这其中凝结了北京院设计团队多少付出和汗水。在长达4年多的设计及建设期间,吴晨、苏晨、王骅、王亮、常为华、梁海龙、刘力萌、杨帆、黄华峰、王新平、徐子亮……这一个个设计者的名字,连同他们的心血和青春,一同浇筑起合肥南站这座建筑丰碑。

作为团队的负责人和设计主创,北京市建筑设计研究院(BIAD)副总建筑师吴晨博士近年来先后主持设计了如北京南站、南京南站、和新广州南站等7个超大型交通枢纽建筑的设计,是我国交通枢纽设计领域最重要的建筑师和专家之一。对于合肥南站,吴晨博士这样总结他的得意之作:每一项伟大的工程都是一个伟大时代的注脚。作为中国高铁建设的一颗明珠,合肥南站,这样复杂的一座城市综合体的落成,需要负责决策的“八方圣贤”们的鼎力支持,需要参与其中的“各路神仙”们的不懈努力,历经磨难和波折,才能共同奏响“天人和谐”的优美乐章。

# 构筑安徽铁路大交通

## ——中铁四局南环经理部打造魅力合肥工程建设纪实

李元春

历经近五个年头的工程建设，备受社会各界关注的合肥铁路枢纽南环线已面貌一新，近40公里长的线路，蜿蜒起伏，置身于现场，放眼望去一个个高高耸立的桥墩、一段段整齐规范的路基、一榀榀美观精致的箱梁跃然眼前，一条巨龙在庐州大地上腾空而起。合肥南环线工程和合肥南站的建设，将合武、合宁、合蚌、合福四条高铁汇集合肥，同时合肥市1、4、5号地铁线从南站地下穿过，形成了立体综合交通格局，使合肥一跃成为全国铁路交通的重要交通枢纽，为合肥构筑大湖名城，建成区域中心城市乃至安徽省的经济发展奠定了坚实的基础。

合肥铁路枢纽南环线工程是沪汉蓉通道的重要组成部分，也是合肥综合交通运输体系中的重要组成部分。该工程位于合肥市南郊，呈东西走向，东接轨于合宁线肥东站，西与宁西线、合武线长安集车站接轨，线路长度为39.6公里。全线路基12.2公里，占标段总长的31%，桥梁总长27.4公里，占全总长69%，全线共设肥东、合肥南、长安集三个车站，其中合肥南站为客运站。时速200公里至250公里。线路工程由中铁四局总承包。

### 铮铮誓言，建好家门口工程

合肥铁路枢纽南环线是安徽省的形象工程，合肥市的窗口工程，上海铁路局的重点工程，更是中铁四局的"家门口"工程。

该工程具有“重、近、难”的特点。重,重在它是确立合肥铁路枢纽地位的标志性工程,施工范围包含合肥南站和合肥南动车运用所、合福客专引入合肥南站相关工程,合肥铁路枢纽南环线及南客站工程。合同工期要在两年半时间里完成53亿元投资,工期紧、任务重。近,近在管段线路位于合肥市市区或郊区,横跨“两区两县”,跨市区主干道19条,其中有跨包河大道收费广场特大桥、跨南淝河特大桥、跨经开区高速公路特大桥等三座特大桥,还要横跨既有合武客专线。难,一是桥梁繁杂,技术标准高,全线桥梁所占比重大,特别是柔性拱、系杆拱、大跨度连续梁、高铁箱梁等,施工工艺新,技术门类齐全,技术难度大;二是质量要求高,跨路大桥高墩多、横跨长,高铁施工工艺新、技术难度大;三是难在安全质量风险大,跨铁路、国道、市政主干道、高速公路、收费站等,交错施工频繁,保障交通疏导组织难,现场安全管理难度大。

面对难度如此之大的项目建设,中铁四局按照建百年不朽工程的指导思想,迅速从下属八家子(分)公司抽调精兵强将进驻现场,涵盖了综合施工和专业施工项目人员。并成立由四公司代局指－中铁四局南环经理部,由局南环经理部统一协调指挥。按照“快进场、快开工、快形成大干局面”的三快方针,以“建好南环铁路,打造魅力合肥”为己任,全力以赴建好家门口工程。2009年12月初,中铁四局南环经理部挂牌成立。经理部根据现场施工实际,成立了13个分部、3个制梁场、1个工地材料厂。2009年12月7日召开第一次全线技术交底大会;12月13日局组织召开了南环线建设动员大会。12月10日,南环线正式开工,工程建设大幕拉开。

## 劳动竞赛推进施工进度

劳动竞赛是加快工程进度,推进项目管理的有效手段。为此,经理部以开展“比安全、比质量、比进度、比管理、比效益、单位争第一、个人争明星”为内容的“五比两争”劳动竞赛活动。竞赛当中,经理部采取“日通报、周考核、月兑现”的方式,坚持加大过程监督,加大奖罚力度。经理部领导每天夜里坚持巡查,并将90%的精力放在现场,按照工期计划要求,详细排定了节点1 866个,将节点细化到每天。为充分调动全员投身大干的积极性,经理部加大了节点工期的奖罚力度。

2010 年 3 月份劳动竞赛正式启动,在劳动竞赛开展过程中,经理部将劳动竞赛和施工节点工期、安全、质量等重难点项目,与具体活动结合,营造了竞赛拼搏的氛围。2009 年 12 月 26 日,南环四分部率先完成全线第一钻;2010 年 1 月 14 日,率先完成全线第一墩。2010 年 4 月 12 日,包河制梁场经过 6 小时的奋战,成功预制出全线首片 32 米箱梁。2010 年 8 月 26 日,凭借优质的产品质量、完整的文件资料,肥东制梁场获得了铁道部专家组的一致认可,最终以 91.4 分通过认证,并刷新了全局梁场认证的最高分纪录。9 月 25 日,南环线第一片重达 750 吨的 32 米箱梁稳稳落在南淝河特大桥桥墩上,标志着南环线施工进入架梁阶段。11 月 28 日,钢构分部施工的合肥铁路枢纽南环线工程经开区特大桥第一榀导梁顺利吊装成功。合肥铁路枢纽南环线工程经开区特大桥主跨 229.5 米,是目前国内同类桥梁中跨度最大的;其导梁长 102 米,顶推最大悬臂长 153 米,最大顶推牵引力设计为 1 500 吨。五分部是全线连续梁施工最多的分部,其中跨金寨路和翡翠路施工难度最大。工地材料厂在南环线近 70% 是高架桥梁工程,在桥梁所需支座数量大、品种多的情况下,提前保障了 2 982 个支座的供应。四分部在南环线起到了“领头羊”的作用,“刘承良突击队”在南环线上攻坚克难,创出日产值达 680 万元的最高纪录。

置身于施工现场,劳动竞赛烘托了大干氛围,高峰时期参战人员达 7 000 人。合肥南站、经开区特大桥、南淝河特大桥、动车运用所、肥东站、长安集站,一幅幅“万马奔腾战犹酣”的大干场面呈现在合肥市民的眼前,整个南环线工程施工进展顺利,工程质量和安全管理受到安徽省、合肥市和上海铁路局的好评。

2010 年 7 月 30 日,全省重点工程建设劳动竞赛推进会暨劳动竞赛启动仪式特意选在了中铁四局合肥南环线工地举行。省、市领导和兄弟单位的同行在参观完南环线工地后的赞誉声,成为对经理部和全体参战将士的最高褒奖。经过三年的竞赛拼搏,2013 年,作为主参建单位中铁四局四公司获得了安徽省“五一劳动奖状”,3 名同志获得“五一劳动奖章”,5 个分部获得省级“先进集体”称号,30 名同志获得省级“先进个人”称号，2 单位被授予“安徽省工人先锋号”。

## 党建活动工程建设提供有力保障

进入南环线施工区域，印有“高扬党旗战南环、建功合肥大建设”的党建主题活动的旗帜随处可见。把口号喊起来，把工作干起来，把党建品牌树立起来，把中铁四局形象展示起来，这是经理部党工委开展保生产促党建的又一特色活动。2010 年 2 月 10 日，经理部党工委组织召开了“高扬党旗战南环，建功合肥大建设”党建主题活动动员大会，动员全体党员积极投身主题实践活动，在合肥大建设中勇当先锋，再立新功。党建主题活动得到了各分部党组织的高度重视，大家根据自身项目的实际，紧扣主题，将党建主题活动融入到施工生产中，开展了“共产党员岗位承诺制”“南环工程争先锋、立足岗位当明星”“三争一创”“推行标准化管理、实现五个无目标”“高扬党旗战南环，物资保障冲在前”等一系列叫得响、拿得出的各具特色的活动。分部各党、工、团组织积极响应，紧紧围绕“急、难、险、重”项目，组建各自有特色的突击队攻克施工难关。先后成立了“南淝河突击队”“刘承良突击队”“安全生产突击队”“科技攻关突击队”等 10 支以党员骨干为主的突击队，成为拉得出、打得响的生力军。这些突击队在南环建设中充分发挥了基层党组织的战斗堡垒和党员先锋模范作用。

二分部开展了“党员先锋工程”活动，该分部管段地处南淝河两岸，地理环境非常差，泥泞沼泽遍布，尤其是跨南淝河特大桥连续梁，河床流沙易踏孔，河面过往船只频繁，安全风险大，施工难度大。党员突击队率先垂范，置身现场，通过一次次的技术攻关，一次次的难题破解，一次次的拼抢，2011 年 10 月 23 日，主跨 100 米的连续梁安全完工，该工程获得了上海铁路局“安全标准化工地”称号。2010 年 3 月 18 日，南环三分部党总支在经开区特大桥组织举行了“共产党员岗位承诺”宣誓仪式，16 名党员面对党旗，向党组织做出了庄严宣誓：“我是共产党员，在南环线建设中，带头拼搏奉献、带头安全生产、带头精心施工、带头文明施工、带头争先创优……”每名党员结合自身岗位的实际，公开承诺，纷纷向党组织递交了《承诺书》，自觉接收党组织和群众的监督。

包河制梁场党总支结合梁场标准化管理的实际，提出了“推行标准化管理，实现五个无目标”党建主题活动，明确了以“工程无次品、身边无事故、环节无浪费、工作无违章、工期无拖延”为内容，制订了详细的确保措施。在第一片梁的浇筑施工中，党组织根据施工工序，专门安排党员各把一个环节，并坚持8个小时盯在现场，确保了首片箱梁的浇筑成功。该制梁场荣获“安徽省环境保护示范工地”称号。

南环四分部党组织建立后，在党员中喊响了“南环工程争先锋、立足岗位当明星”的口号，树立“干就干最好，争就争第一”的管理理念。每周组织开展一次岗位明星评比活动，极大调动了党员群众投身大干的积极性，促进了施工生产快速进展，该分部所施工的经开区特大桥起到了“样板引路”的作用。全线架梁于2012年5月28日完成，铺轨于2013年12月结束。

党建活动开展以来，先后有14个分部党组织被评为“红旗党组织”，56名党员被评为“党员先锋标兵”，27名农民工获得“大建设功臣”称号，8家单位被评为“项目政治思想示范点”，7个分部获得“先进单位”称号，85名员工获得“先进工作者”称号，分部“标准化工地”22个。2011年5月，经理部制作的“高扬党旗战南环、建功合肥大建设”党建主题专题片获得了“安徽省第五届《先锋》专题系列一等奖”。

## 唱响科技创新主旋律

南环线工程的科技含量高，最具代表性属跨包河大道收费站的128米系杆拱和跨合肥绕城高速两处的钢桁梁柔性拱。

在系杆拱施工中，采用1～28米下承式尼尔森提篮，全长132米，桥面宽17.8米，拱高25.6米。全桥由拱肋、系梁、拱脚、吊杆、横撑、支座、桥面系及检查设备七部分组成。由于绕城高速公路车流大，施工期间不能封闭，该拱的施工难点和特点为交通疏导和安全防护难度大；系杆的预留孔道精度高；拱肋为提篮式内倾9度，线型不易控制；拱肋焊缝长度达到两千多米，焊接质量要求高，拱肋高于梁顶25.6 m，拱内混凝土压注一次成型，控制难度大。

该桥采用先梁后拱的施工工艺，系梁采用支架法现浇，支架由螺旋钢管、贝雷梁、工字钢等组合而成，被局列为技术攻关项目和重大危险源监控项目。从 2010 年 11 月 25 日开始施工以来，项目班子成员亲自挂帅，带领作业人员每天 24 小时昼夜奋战在系杆拱大桥，仅用 55 天就完成了 489 吨钢筋绑扎、近 7 000 平方米模板安装、45 个箱型内模的安装，完成了 56 组吊杆的精确安装定位和 4 组尼尔森体系提篮拱脚的精确定位和安装；4 个半月后，完成了临时支墩施工、膺架贯通、系梁浇注、张拉作业、拱肋安装等施工任务；2011 年 1 月 22 日 22 点，经过 200 多名参建员工近 30 个小时的奋力拼搏，包河特大桥 1 – 128 米系杆拱桥成功浇注。5 月 5 日，系杆拱拱肋压浆混凝土结束，标志着技术、工艺复杂的系杆拱主体结束。南环线包河特大桥系杆拱获全国“优秀焊接工程”。

经开区和南淝河特大桥跨绕城高速钢桁梁柔性拱，为 114.75 米 + 229.5 米 + 114.75 米下承式等高度连续刚性桁梁拱桥，目前为亚洲第一。其主跨跨度在国内同类型桥梁中居首位，全长 461 米，桁高 15 米，拱高 45 米。该钢桁梁柔性拱制造和安装技术代表着当今铁路工程钢结构领域的高端技术，尤其是不锈钢复合桥面板首次在铁路钢桥梁大面积使用，属新结构、新材料、新工艺，被列为上海铁路局 2010 年十大科技创新项目之首，“柔性拱施工技术研究”被列为原铁道部重点科研课题。

该拱自 2010 年 9 月份施工以来，多次组织有关人员考察了跨黄河、跨榕江、跨钱塘江等几座桥型相同大桥的架设施工现场，施工组织设计以及施工方案多次请专家评审论证，采用了“带拱顶推、拱脚合龙”施工方案。施工中，经理部与分部制订了周密的施工组织方案，克服了高速公路、紧邻高架桥基础以及 6 000 吨辅助钢结构需要在现场制造和安装等困难，克服大体积砼灌注、大体量钢结构的准确测量以及大型起重设备安装等难题，同时委托合肥工业大学进行顶推架设工况分析及辅助墩基础、拼装支架、滑道梁等设计，导梁委托武汉理工大学设计。从基础到上部钢结构都经过专项设计和安全检算，并通过中铁四院检算等环节和程序，两处柔性拱分别于 2012 年 11 月 29 日和 2013

年3月15日顺利完成。该工程获得国家级专利9项。

## 严把安全质量关，建百年不朽工程

自工程开工建设以来，经理部成立以项目经理为组长的安全质量管理领导小组，制定了《安全生产管理办法》、《工程质量管理办法》、《环境保护管理办法》等36项管理办法和制度，并结合不同的岗位，细化了每个岗位人员的安全质量责任，经理部与各部门、经理部与分部、分部与架子队之间层层签订了责任书，为安全生产管理提供制度和组织保证。每个分部均配备了安全总监，并挑选业务强、综合素质高的人员充实到安全质量管理岗位上，同时各所属分部还从员工和协作队伍中选拔业务技术精、综合素质强的人员担任群众安全监督岗员，充实到施工生产第一线，履行安全质量监督管理职责。

经理部重点抓好施工过程中的安全和质量控制工作，以建指每月“三全”检查为契机，坚持每月召开正反两方面现场推进会，对在安全、质量方面做的较好的，组织开展“创精品观摩会”，在全线加以推广；对在安全、质量管理方面做的较差的，选出典型进行反面警示教育，以此加以触动。坚持每周生产交班会曝光制度，对本周现场安全、质量、文明施工存在的问题和好的做法拍成照片，编辑成幻灯片在会上曝光或加以表扬。在这样的管理制度下，全线精品、亮点不断，路基、骨架护坡、桥梁、墩身等质量均受到了各级领导的好评。

既有线施工，长安集、肥东站改施工时间全部在夜间11点以后，夜间对视线的影响，安全防护困难大，又要克服夏天的高温，夜间蚊虫叮咬，冬季的严寒，冬季夜晚铁路结冰以后更加阴冷湿滑，接触网改造大多都在高空作业，一不小心抓空踩滑，施工环境异常复杂，尤其在肥东站和长安集站大拨接的施工中，施工人员一次就需要七八百人，有时火车还要在身旁驶过，一旦出现安全事故，都会在铁路中发生很大的震动，为此经理部、九分部、铺架分部对既有线，站改施工安全制定了详尽的安全制度，采取了周密的防护措施，每一次夜间施工，经理部都坚持领导现场值班制度，于现场分部人员一同巡查，于业主、监理对接。站改施工以来，共有二级封锁点3个，三级封锁点83个，2013年5月份完成,实现了既有线和车站站改安全无事故。

经开区特大桥跨金寨路连续梁,安全压力也非常大。金寨路是合肥市交通最繁忙的一条市政道路,每天汽车流量高达9万辆,车辆几乎是一辆接着一辆行驶,如果在桥上掉下一个石子,都可能砸坏一辆车。为此,该分部制订了周密的防护措施,同时错开高峰期浇筑混凝土,加强监督、检查、旁站力度,24小时不间断防护,形成指挥、引导、监视、上下呼应的立体防护系统,确保了全线最繁忙的交通路段的施工安全。

南环线建设还受到了外国政府和国际友人的关注。2011年11月5日,乍得驻中国大使馆参赞携夫人一行,2012年5月15日,委内瑞拉FERROLASA公司总裁爱尔南先生、副总裁艾德华多先生先后到合肥南环线参观考察,对工程建设规模、科技含量、施工难度感到惊讶和赞赏,并表示要进一步增进交流、扩大共识、深化合作、携手共进。

2012年8月3日下午,安徽省铁路建设工作调研暨现场推进会在合肥铁路枢纽南环线合肥南站工地召开。时任安徽省省长李斌亲自率省委常委、常务副省长詹夏来,省委常委、合肥市委书记吴存荣以及省发改委、建设厅、交通厅、财政厅、国土资源厅、省投资集团、国家开发银行安徽分行、合肥市、淮南市主要负责人等来到合肥南站莅临会议,上海铁路局、京福客专安徽公司、合肥枢纽工程建设指挥部等7家建设单位和中铁四局等20家施工单位负责人等参加了会议。会议有力推动了当前的工程建设,为南环线早日竣工通车起到了保障作用。

如今一条巨龙腾空而起,当动车疾驶在南环线上的时候,广大建设者都有一个心愿:穿着崭新的衣装,坐上第一班开通后的动车,经过自己亲手建设的南环线,那将是何等的骄傲和自豪!

# 古城奏凯歌

## ——中铁四局一公司合肥南环铁路施工管理纪实

文良诚　栗金凤

古城庐州有着两千多年的悠久历史，素以“三国故地”“包拯家乡”而闻名海内外。2009年12月9日上午，随着时任安徽省委书记王三运宣布合肥南环铁路正式开工。一场铁路建设大会战在合肥内外摆开了战场，中铁四局所属的多家施工单位纷纷参战在39.6公里长的合肥南环铁路管段抢晴天、战雨天，奋勇拼搏。

春去秋来、岁月飞逝。现在翻开合肥南环铁路建设荣誉簿，中铁四局一公司合肥南环铁路一分部、二分部、三分部和制梁场多次获得业主综合评比的“优秀项目分部”和“标准化工地”荣誉称号，在局指组织的综合评比中也多次获得好名次，成为合肥南环铁路建设战线上的佼佼者。

### 擒缚工程建设的“拦路虎”

合肥南环铁路是中铁四局的“家门口”工程，而且大部分管段接近中心城区，工程包含三个车站，纵贯两区两县，跨越五条铁路既有线，与近30条城市道路交叉，征地拆迁任务繁重。一公司合肥南环铁路六分部负责施工的管段为南环线终点，施工过程中需要协调的单位、部门多达数十家，另有9 000余座坟墓迁改，高压管线拆改移工作异常艰巨和复杂，牵扯到供电局、自来水公司及移动、电信、天然气、格力等18家产权单位的40多组管线。征地拆迁工作成为横亘在项目部面前的“拦路虎”。

明知山有虎，偏向虎山行。为了擒缚这个拦路虎，建点一开始，项目部就把征地拆迁作为头等大事抓紧抓实。调整思路,统一思想,由项目部党工委书记蔡保青统筹安排布置征地拆迁工作。他们在拆迁政策不明朗,补偿标准不确定的情况下,不等不靠,积极主动地与地方政府和相关部门联系沟通,通过“先用后征、适当补偿、见缝插针、两头延伸”的方式,不遗余力地推进征地拆迁工作。虽然在征地拆迁过程中,征地协调人员屡受挫折,跑断了腿,磨破了嘴,受尽了委屈。但他们毫不气馁,在蔡保青的带领下,每天起早贪黑,找迁改单位、迁坟户做耐心细致的思想工作,他们与拆迁户谈合肥南环铁路建设的重大意义,建设时间上的紧迫性,讲征地拆迁的有关政策和法律法规,以理服人,以情感人。使广大拆迁户了解拆迁政策、理解拆迁意义、自觉支持并配合征地拆迁工作。

功夫不负有心人。2010 年 8 月 20 日,项目部开始对 9 000 余座坟地进行迁移,并在一周内全部迁完,长安集站站改内管线拆迁完成,确保了工程顺利进行。

二分部 7.2 公里的管段则跨一区一县,分布着两个镇和四个社居委,包括 1 200 多户的拆迁工作。征拆工作还要跟地方单位打交道,不可控因素多,协调难度大。项目部一进场,领导班子就果断地把征地拆迁作为重中之重来抓,做出了“宁可跑断腿、磨破嘴,决不让国家和企业多付费”的承诺。他们成立了征拆工作领导小组,负责征拆人员主动找地方政府、跑村镇,往返多次也毫无怨言。关键时期,班子成员每天召开一次碰头会,研究商讨公关策略,并采取了“见缝插针、两头延伸、强攻硬上、突破重点”的措施。他们积极与地方政府沟通,不厌其烦的到乡、镇寻求协调帮助,挨家挨户做工作,巧妙的同“钉子户”周旋,想方设法打开南淝河、二十埠河等重点地段施工局面。面对有的村民阻工干扰,他们依靠地方政府力量耐心做说服工作,用坚韧和诚心打开了工作局面。

一份耕耘、一分收获。二分部率先实现全线无障碍施工。全线征地 560 余亩,房屋拆迁 3 万余平方米,解决了取土场用地及跨河道、天然气管道、省道交叉施工等问题,为二分部顺利展开施工大干,实现局指节点目标奠定了基础。

## 牵住工程质量的“牛鼻子”

合肥南环铁路横跨合肥城区,建设标准高、施工要求严,成为合肥市民关注的焦点。因此,作为参建单位之一的中铁四局一公司三个分部和制梁场,认真秉承“建一项工程,树一座丰碑”的理念,以“不给工程留缺陷”“开工成优,一次成优,全面创优”为质量管理目标,通过对工程项目事前控制、过程控制等几大环节的科学管理,有效地牵住了工程质量的“牛鼻子”。

一公司各分部领导班子组织职能部门与设计单位主动参与线路方案选定和现场勘察,深入调查地形地貌及沿线地面拆迁等,掌握第一手资料,并与设计单位沟通,使施工设计做到科学合理,经济安全。

在项目实施过程中,首先各分部成立了由经理、党工委书记、总工程师为首的工程创优领导小组,建立了质量管理责任制与质量管理网络,层层落实质量责任制,将质量标准细化到每一个岗位、每一道工序、每一个细节。其次,健全完善质量监控网络,认真落实质量三检制,在工程的重要部位、关键工序实行 24 小时全过程质量旁站监督检查制度,把质量隐患消灭在萌芽之中。建立了完善的试验检测机构,配备必要的试验仪器和试验人员;工程技术人员做到图纸审核、技术交底、施工测量及时准确,所有技术交底、测量放样资料均实行复核签字制度,由技术主管签字审核后才能进入下道工序的施工;加强工序质量控制,制定各工序、各环节的操作标准、工艺标准和检验标准,对工序标准执行情况做出纪录,使工序衔接有序;严把材料采购、进场、使用检验关,对水泥、普通钢材、高级钢材、锚具、混凝土添加剂、土工格栅等主材提出严格质量要求,由项目部各部门联合对材料供应商进行实地考察,对考察的结果进行筛选后择优汰劣。真正做到“一丝不苟建精品”。同时,中铁四局一公司党委积极发挥党员质量岗作用将质量意识教育党课搬到了南环铁路各分部施工现场,举行“践行承诺、保安全、保质量”宣誓活动,把党员质量岗“一带三”活动与质量责任工序卡签认制结合起来,让党员用自己的先锋模范带头作用带领员工保质量、铸精品。此外,各分部积极开展“工程优质 干部优异”的创双优活动,成立了创双优工作领导小组出台了《创双优领导小组职责》、《工程项目廉政谈话制》、《大宗料管理制度》、《机械租赁管理制度》等一系列制度，此举加强了项目党风廉政建设，促进了党员领导干部和关键岗位人员提高防腐拒变的自觉性，保证了工程质量的稳步提高。确保各分部工程质量合格率达100%，优良率达97%以上，

为了保证重点分项工程的质量，中铁四局一公司南环铁路二分部的参战员工砥砺奋进，勇于拼搏。其中，南淝河特大桥100米连续梁是中铁四局南环铁路施工管段内的重头戏，跨国家三级航道，枯水期通航水位达12米深，其中165、166号水中墩桩基长度60余米，承台开挖后深水基坑作业安全风险大、技术要求高，同时要做好跨汛期施工的防洪工作以及100米连续梁悬臂浇注的线型控制等可以说难上加难。针对上述情况，分部以局指“高扬党旗战南环、建功合肥大建设”党建主题活动为主线，以共产党员在急、难、险、重、新任务中的突击作用为平台，在全线开展“南淝河突击队”活动，并在启动仪式上进行南淝河突击队授旗仪式。“我自愿加入南淝河突击队，带头学习提高，带头争创佳绩，带头服务群众，带头遵纪守法，带头弘扬正气。坚决做到：最艰苦的担子我们挑，最危险的地方我们去；最紧急的关头我们上，最困难的时刻我们到；服从工作安排，吃苦在前，冲锋在先，为队旗争光，为党旗添辉，高标准、建设南环示范线，讲科学、铸造南环精品线，不懈怠、保卫南环安全线。”南淝河突击队授旗仪式上，30名热血队员在南淝河突击队旗下立下这样的铮铮誓言，从此无论是炎炎烈日下，还是凛冽寒风中，二分部的施工现场，总是有一面鲜艳的“南淝河突击队”旗帜迎风飘扬，而肩抗这面充满着昂扬斗志旗帜的正是这30名突击队员。

他们以无私的付出践行着他们的誓言，在工地现场创新工艺，创新方法，经过不断调研，收集分析材料，找到了南淝河100米连续梁施工的新工艺、新方法，解决施工难题，为南淝河连续梁顺利施工铺开了局面。2011年7月20日上午10点半，跨南淝河连续梁顺利合龙。

如今，一排整齐的墩柱高傲地站了起来，一段平实的路基不断向前延伸，古城庐州见证着这条高速铁路逐渐成长。然而，这群筑路人并没有停下匆匆地脚步，他们弹掉身上的尘埃，继续勇往直前，用智慧和汗水奏响那激情昂扬的筑路凯歌，再铸历史辉煌。

# 大湖名城铸国脉

## ——中铁四局四公司合肥铁路枢纽南环线施工纪实

项　建

中铁四局四公司承担着合肥铁路枢纽南环线高铁南站、动车运用所土建施工任务和经开区特大桥、包河特大桥的线下施工任务和预制梁生产任务，承担着合肥铁路南环线的主要施工任务，设有南环线三、四、五三个项目分部和包河制梁场。

开工以来，四公司南环线各参建单位紧紧围绕施工生产中心工作，严抓精细化管理，不断从强基础、提素质、抓实效等方面着力提高项目管理水平，又好又快地推动了施工生产。

### 强基础　完善制度促规范

无规矩不成方圆。进场以来，南环线四分部就把制度建设作为统领各项工作的中心，结合项目管理实际，制定了《项目施工管理办法》、《安全生产管理办法》等60项行政工作管理办法及71项党群基本工作制度，并汇编成册，指引各项工作有序开展。为强化各项制度的学习，该分部制定了“边学习、边排查、边整改、边提高”的学习措施，通过每月的内、外业务平推检查，了解每个岗位、每名员工的制度执行情况，对不符合要求的员工，责令限期整改。在整改过程中，分部领导指定工作经验丰富、制度执行情况较好的员工与其结成帮扶对子，帮助其整改提高。在这里，生产交班会又经常是制度学习会。在生产交班会上对施工便道建设情况进行交班时，还结合项管会制度等相关规定对地材采购程序和情况进行介绍，通过现实案例帮助与会人员有针对性地学习各项制度。四分部有各类管理服务人员 109 人。为了让各项规章制度和工作内容落实到人，实现“人人头上有指标、人人肩上担责任”，分部组织制定了《岗位职责手册》。陈俊显是一名普通见习生，但是他的岗位职责中依然详细地列出了他所负责的每一项工作内容：“负责经开区特大桥桥面系、D1、D2、D4 线桐城路以西路基、桐城路和宿松路框架路面恢复的技术工作……”这样的工作手册不仅增强了每一名员工的责任感，还将项目管理进行了层层分解和细化，使各项规章制度真正落实到各个岗位，保障了各项任务和目标的顺利完成。

## 提素质　骨干带头做表率

再好的制度也需要人来执行。在高素质人才培养上，分部有恳谈会、党建活动、导师带徒的“三大法宝”。作为提升领导班子素质的重要措施，领导班子恳谈会已经连续召开了 25 次。每月月底，该分部的班子成员都会聚集到一起，总结本月各自的工作情况，介绍自己在工作、生活、思想上遇到的问题，查找日常管理工作中的不足，并对下一步工作进行规划。班子成员之间则针对出现的问题和不足互相想办法、找对策。这种方法既缓解了班子成员的精神压力，又能帮助他们更好地解决思想上、工作上和生活上的问题，从而达到共同提高的目的。党建主题活动是项目党建工作的主要载体，也是提升党员素质的有效手段。为实现“一个党员一面旗、创先争优铸佳绩”的创先争优承诺，四分部除了参与全线的党建主题活动外，“党员先锋岗”“党员突击队”等党建活动开展的有声有色。分部党总支把党员安排到急难险重的施工中去锻炼，让他们在施工中挑重担、作榜样，极大地激发了他们的潜力。在“南环线上争先锋、立足岗位当明星”党建主题活动中，共产党员李明结合施工特点，主动将其丰富经验应用到合肥动车所施工中，采取不定期施工培训的形式，带动一大批技术人员掀起了学知识、学本领的热潮，他本人也因工作出色晋升为四分部总工程师。四分部的“导师带徒”活动不仅在新入职员工中开展，还涵盖了整个分部，被称为“一岗带五岗”活动。活动中，一名领导班子成员与五名中层管理人员结成帮扶对子,一名中层管理人员与五名普通员工结成对子。每组帮扶对子每周至少开展一次谈心交流,妥善处理帮扶对象反映的问题,引导他们正确面对工作中遇到的困难,协调解决施工生产中遇到的阻力,并填好每周一次的交流谈心记录表。同时,帮扶责任人还要指导帮扶对象学习理论和专业知识,传授工作经验和方法;指导好日常工作,监督岗位职责的落实,坚持每季度作总结,并根据月、季度、年度考评,抓好月度、季度优秀和较差评选,分别给予奖励和处罚。帮扶对象每季度轮换一次。这种方式可以快速有效地将工作经验传给帮扶对象,从而达到提高员工队伍整体素质的目的。目前,该分部已结成帮扶对子 23 组,涵盖了四分部的全部管理人员。“三大法宝”大大提升了领导班子、党员和员工的素质,一大批管理能手迅速成长起来。四分部先后有 5 人被公司提拔进项目领导班子,6 人晋升为部门负责人,21 人被选聘为业务主管。人员素质的提高直接带动了施工生产的快速推进,该分部创造了日产值 680 万元的南环线最高纪录,受到了业主的高度赞扬。

## 抓实效　科学组织保生产

18.8 亿元的生产任务、千余人的参战队伍、5.5 公里的“战线”,组织不好就会成为一盘散沙。如何科学的组织生产是四分部面临的最大难题。为了加强生产一线的生产组织能力,四分部把管理重心下移,将安质部等部门的主要管理人员直接“下放”到架子队,负责架子队施工生产的督导工作,并及时将架子队遇到的新情况和新问题反映给分部。分部工程部的主要管理人员分别被安排到各架子队“驻点”,定期回分部参加交班会,将架子队的施工生产情况反馈给四分部,然后再将四分部的会议精神和阶段性生产重点带回架子队,传达给一线的生产人员,并负责在日常的施工生产中对各班组的执行情况进行监督。这种方式有效加强了四分部对各架子队的组织管控。为了将每名参建人员都凝聚到生产这一中心工作中,四分部层层签订了 142 份安全责任书,明确了安全生产责任制,划分了安全责任区,实现了“安全重担大家挑、人人身上有指标”。从制度上将每名管理人员纳入安全生产管理体系,使他们主动把安全生产作为一项重要工作来抓。为了保证生产进度,四分部采取“见缝插针”的施工思路，把施工计划细化到每周、每日，将奖罚标准和责任直接落实到人，不放过任何一个施工空隙。为了科学合理地调整施工生产，四分部在制订生产计划时将影响生产的因素考虑进去，及时组织做好适当的物资储备工作，依据实际情况及时调整生产内容，将不需要产生额外费用的内容作为施工重点，避免了因材料不到位造成周转料利用率低等情况的出现，既确保了施工生产任务的实现，又有效合理地控制了成本。每天施工结束后，四分部各架子队的技术员、安全员、班组长等主要管理人员都会在现场进行一次短暂的碰头会，总结经验，安排次日工作，交流施工中存在的难点，及时汇报、部署、分析、解决问题，最大限度地提高机械、人力、物力的使用效率。这种碰头会在该分部已经实施了近两年，真正实现了“现场问题现场解决”。

## 抓成本　精细管理保效益

南环线三分部施工的南环、合福铁路工程量大、工期紧。长达 13 公里的管段，有 2 900 多根桩、279 个墩身，管理的精细与否不仅决定了工期和质量，更关乎项目的效益。项目部在不折不扣执行局和四公司管理制度的基础上，三分部大胆创新，大处着眼，小处着手，将精细化管理落实到项目管理的全过程。

物资管理是项目管理的难点，现场人员对物资损耗最清楚。项目的物设部严格执行物资管理制度，现场队长和领工员负责物资的损耗，丢失的要赔偿。对废旧物资的集中处理，仅钢筋头就卖了 50 多万元，而有些工点通常的做法是把钢筋头由施工队自行处理。在“账实相符”方面，三分部做得更细一些，租来的脚手架每段时间都要清点数量，发现丢失的及时报失，可减少租赁费用。每天消耗的主要钢材、砼等主要物资，现场负责人当晚必须发到项目部班子成员手机上，发现问题及时纠偏，避免了造成损失再亡羊补牢和无偏可纠的“马后炮”。砼供应不仅做到出站与现场数量相符，与其他工点不同的是，项目部十分注重施工便道的畅通，每次打灰前都在便道贯通上做足准备。如果道路不畅，砼罐车在等待中的油耗是惊人的，而用油通常由分部负担。在伍平看来，这种控制消耗非常必要，如果在罐车运输途中经常等待发生了大量的费用,协作队伍没挣到,项目部也没有得到,什么益处都没有,就是项目管理不能容忍的失误,必须杜绝。

在三分部,引进的作业队伍数量仅为同规模项目部的三分之一。三分部管理者敏锐地觉察到,每家队伍都有管理层,减少作业队伍的数量,也就是在减少管理人员的绝对数量,对项目的整体成本和效益不言而喻。作业队伍家数少了,还避免各家队伍争设备争混凝土的混乱局面,可以使项目部更有效地协调大型设备的使用,既提高了设备利用率,又减少了窝工和扯皮。

“细节决定成败”在项目管理中尤为重要,不仅要拣芝麻,更要抱西瓜,点点滴滴都是效益。他们还把南环铁路使用过的旧模板使用到合福铁路中。型号不一致时,一方面进行加工改造,同时积极主动到设计院去做工作,在不影响质量的前提下,力争取得设计院的理解和支持。在三分部,仅此一项就节约150多万元。得知合蚌铁路施工过的旧钢模与合福铁路的墩型一致,他们就去合蚌铁路“淘宝”旧钢模,成本仅3 000元一吨,而新钢模造价是每吨7 000元。用完后再出售废钢,每吨市场价为2 000元。淘来的三套钢模节约成本20多万元。在处理废旧钢模时,他们显得很“小气”。因为他们把废旧钢模全部拉到分部过磅,做到心中有数。在谈好价格收取保证金后,有三家单位谈拢价格,拉着钢模过磅后与分部所报的数据差额较大,又把旧钢模送回了分部,直到第四家收购单位的数量与自秤的重量一致时才成交。

为掌握每台砼罐车的油耗,三分部建立起了每台砼罐车的油耗登记台账,实行末位淘汰制,综合评比下来,油耗最大的车被清退。因铁路投资环节的变化,为减少支出,三分部根据生产节奏减少了罐车数量,及时退租了三台社会车辆,还把分部办公地点从原租住房搬到了搅拌站的活动板房里,每年节支数十万元。

三分部年轻员工较多。分部党委认为,只要引导好,年轻人都是宝。他们让年轻人大胆工作,热心指导,犯错误时该罚就罚,做得好的该奖就奖,让正气在项目处处呈现。精细化管理也促进了员工的成长成才,分部的6名员工晋升为中层管理人员。

辛苦的努力换来丰硕的回报。2011年,在铁路建设节奏放缓的形势下,三分部仍完成产值1.7亿元,超额完成了既定目标,全年未发生一起质量安全事故,未发生一起拖欠农民工工资现象。今年初,他们相继捧回“红旗项目部”“项目思想政治工作示范点”牌匾。去年上半年和下半年,经理部都被上海铁路局合肥枢纽指挥部评为“优秀分部”“标准化工地”。在2011年上半年四公司的综合大检查中,经理部在公司荣获第一名。伍平被局授予了“先进生产者”称号,同时被四公司评为“十大标兵”,被上海铁路局合肥铁路枢纽指挥部两次评选为“优秀项目经理”。张跟平的爱人被公司评为2010年度“贤内助”。

# 栉风沐雨战南环

## ——中铁四局合肥枢纽南环线长安集、肥东站改施工纪实

杨　谦

安徽合肥,江南唇齿,淮右襟喉,是我国重要的综合交通枢纽之一,具有承东启西、贯通南北的交通咽喉优势。为将沪汉蓉客运专线引入合肥枢纽南环线及高铁站,增强合肥的交通枢纽功能,需要将南环线的长安集站、肥东站进行站场改造。

一场站改千人大会战在合肥热火朝天地展开。

### 凝心聚力　首战长安

长安集站位于合肥西端,在合武、宁西铁路正线上,是合肥"141"战略西部组团中心。随着铁路路网的需求增加与合肥枢纽的逐步成型。需要对长安集站进行站场改造,将合武、宁西线与合肥南环线连通。在既有客专线上进行站改施工,这在全国铁路建设中尚属首次。施工方案与过度方案工艺复杂,安全压力大。用铺架分部经理周长昶的话说:在客运专线站改就如燕巢幕上、鱼游釜中,一旦出现纰漏就是无法挽回的事故,容不得半点懈怠与马虎。

2011 年 5 月 4 日,长安集站拆除 7 号道岔,打响了合肥枢纽南环线站改的第一炮。这一战,也牵动着各级领导的心,合肥铁路枢纽建设指挥部、中铁四局合肥南环经理部和负责施工的中铁四局八分公司等协作单位负责人均来到现场督战。

5月4日23点45分,随着最后一列火车的快速驶过,一声急促地哨声响彻夜空。标志着合肥南环线站改施工战役正式打响。严阵以待的工人从线路两旁涌入线路,鲜亮的黄马褂瞬间将线路覆盖。一时间,管理人员指挥哨声,工人们整齐的号子声和锯轨机切割铁轨声交织在一起,如一首动听的歌。站改的时间是宝贵的,一分一秒都不能浪费。这支施工队伍从不打无准备之仗,详细的施工计划已刻印在每一位参战人员的脑海里,大家按着施工计划、时间节点、有序推进着。拆岔、清碴、运送每个步骤环环相扣。

在人们早已酣睡的深夜,长安集车站灯火通明。大家在热火朝天的紧张施工。为搞好后勤供应,铺架分部党工委成立了后勤保障组,为现场所有参战人员准备了茶水和宵夜。确保大家精力充沛的进行战斗。

任何一个细节都可能关系到站改成败,只有面面俱到才能确保万无一失。随着第一列列车徐徐驶过,合肥枢纽南环线站改工程首战告捷。

## 一鼓作气　再战肥东

肥东火车站与长安集站不同的是,该车站作为合肥枢纽前方站,是合肥通往江浙沪一带的咽喉要道。白天车站跑动车,晚上站内要点施工。有效施工时间短,可利用场地狭窄,在营业线上施工犹如虎口拔牙、刀尖跳舞,大家高度集中,不能有半点疏忽。项目部考虑到现场施工条件,决定采取先铺设对既有线没有干扰的线路和道岔,待条件成熟后进行线路改造大封锁。

铺架分部适时成立肥东站改队。他们跑步进场、快速开工,积极加强过程管控,制订安全卡控措施;实行临近既有线施工1人1机防护制,严防机械设备侵界;多次举办既有线施工安全培训教育,8人取得了上海铁路局的防护员证;现场施工严格执行领导带班制;投入数十万元建立防护隔离网,把作业带与既有线完全隔离。正是这种"不揉一粒沙子进眼睛"的防患于未然的意识。保证了铺架分部从2011年开工至2014年未发生一起事故,也没有施工人员伤亡。

夏日烈日当头，冬天寒风刺骨，工程施工的环境是艰苦的。但为保证施工进度，担任施工任务的肥东站改队的员工们克服外界条件带来的困难，日夜奋战在施工一线，按照节点工期按质保量地完成了任务，为后期的“大封锁”施工奠定了良好基础。

合肥枢纽建设指挥部关心参建员工的生活起居，多次开展“送温暖”“送清凉”活动，为现场员工送去慰问品，营造出和谐南环的良好舆论氛围。

## 及时调整　节约成本

2012 年无疑是铁路建设企业最艰难的一年，随着中国铁路高层的宏观调整，铁路基础建设市场发生了重大变化：由最初的“高标准、讲科学、不懈怠”转变为“保在建、上必需，重配套”，大批在建铁路项目“急刹车”。铁路施工，没有足够的资金堪比巧妇难为无米之炊。突如其来的资金断链让经理部始料不及，部分在建工程处于停工或半停工状态。这给铺架分部出了道难题，没有资金就干不成活，就没有效益，可项目还要干，员工工资还要发，怎么办？

越是困难时期，越是挑战和考验。能不能守得住阵地？有没有办法把项目维持下去？这正是衡量项目领导班子管理能力和综合素质水平的时候。铺架分部经理周长昶深刻意识到项目成本管理，不该花的钱一分钱也不多花，花公家的钱得和花自家钱过日子一样，要精打细算，大到设备、物资采购、现场管理，小到办公用品、吃住行，他都以效益为尺度，审批前首先要问起：这钱该不该花？能不能省？

2012 年初，得知项目无限期延期的通知，周长昶将分部驻地由在外租用的办公楼迁至项目轨排场的活动房内。仅此一项一年就节约 10 余万元。

针对 900T 架桥机拆解运输，项目部积极实施议标和招标的方式进行筛选。通过几轮的集中招投标，有效地节约了运输成本。

铺架分部党工委努力做好职工、农民工和材料供应单位的思想工作，给他们说明铁路投资放缓的大环境所带来的影响。同时制订了农民工工资管理办法，采取直接把工资发放到农民工手中。加强与供应商的沟通,做到承诺必践。竭力保障他们的切身利益,减少因外部环境对施工带来的影响。在非常时期,通过这些切实的举措,维护了项目部的和谐发展,塑造了中铁四局诚实守信的形象。

## 奋战肥东啃下“硬骨头”

2012 年 8 月,上海铁路局下达了施工计划。按照计划,铺架分部要在 9 月 2 日至 9 月 15 日大封锁点内完成拆除既有道岔一副、插铺新道岔 8 副、500 米线路拨接及相关焊接、大养捣固等施工任务。其中 60 千克 30 号道岔插铺在中铁四局八分公司还属首次,该组道岔长 121 米重约 50 吨,如何推岔移岔?封锁期间,在有限的区域内,近千人的夜间交叉作业,内容涉及到道岔的拆除、横推、纵移、安装和线路的拨接、氧割、焊接和四电施工的信号设备更换、电路改造等工作,同时交叉作业,如何确保安全?接触网改线和地面线路拨接的千人肥东大会战是一场没有硝烟的战斗。对项目部的安全管控与技术管理都是极大的考验。在困难面前,铺架分部的员工没有一人退缩,干部员工从项目驻地搬至肥东,决心啃下这块“硬骨头”。

封锁前一周,分部工程部与各生产部门的专业技术人员一起在线路上走了许多遍,对现场情况了如指掌。在掌握了大量的一手资料的基础上编制了施工计划,并采取分层技术交底的方式,让每一个施工人员都能清楚整个封锁计划和自己在封锁期间的位置。确保所有人在封锁点内都能按照计划节点按时完成任务。

站改施工时间紧、任务重,最怕关键的时候缺少材料,铺架分部专门成立了机物保障组,对现场所需的物资一件件清点。大到高强照明灯,小到一个螺栓螺帽,准备的周到严密。铺架分部物资部长黄陈是一个典型的 80 后,没有参加过任何站改施工,然而他并没有被陌生的环境和困难吓倒,多看、多问、多学,使他很快适应了工作。为确保关键时刻不出错、不掉链子,他总是盯在现场,积极与技术员、施工员交流现场情况,一旦发现材料缺乏的情况,就是不吃饭不睡觉也要想办法补齐,当日事当日做完。

大封锁施工,最大的挑战是安全风险大。千人会战人多设备杂,安全工作如临大敌、如履薄冰，仅靠铺架分部的现有安全员是很难确保万无一失的。项目部通过与上海铁路局合肥工务段、华东监理站等单位反复协调，优化和细化了施工安全方案，并与每位员工签下军令状，现场的每位员工都是兼职安全员，都要对安全负责。一套方案、数10部对讲机和数百只眼睛形成一张安全监控网，做到能自控、有互控、听总控，万众一心严把安全关。

八分公司高度重视此次站改，工会主席程从东受公司总经理李朋谦之托，带领一支由公司技术中心、工管中心、安质部组成的站改工作组在封锁前赶到现场，配合项目部安排方案及现场指导施工。各兄弟项目部也纷纷抽调精兵强将赶来支援。这些精英们放下身段干工作，挺起肩膀挑重担，本着高度的责任感和使命感，全身心地投入到繁忙的施工中去。

“各组注意：封锁施工现在开始!”现场总指挥下达了封锁命令，现场顿时沸腾起来，近千名工人们立即冲到既定位置，开始了紧张地封锁拨接工作。钢轨碰撞声、电锯锯轨声、防护口哨声交织在一起，响彻云霄。工人们用撬棍将旧钢轨一段段拨出线路，每拨接一段，工人们便快速奔向下一个拨轨位置。随着旧轨排的推出，另一批人马又迅速用新道岔填补到线路上。14天的披星戴月，施工现场洒满了筑路人的辛勤汗水。

站改队队长林海廷一直坚持战斗在肥东站改现场，白天八九点就要开始准备和安排工作，晚上要去合肥工务段参加作业总结会，夜间还要坚守在站改施工第一线，每天平均睡眠时间只有三四个小时，十来天瘦了十几斤。

9月15日，随着最后一个封锁点结束的哨声响起，肥东“大封锁”站改施工取得了阶段性胜利。

征尘未洗，豪情满怀。“高扬党旗战南环，建功合肥大建设”等劳动竞赛活动正推动着施工生产滚滚向前。铺架分部全体员工砥砺奋进，誓将合肥枢纽南环线打造为精品工程、百年工程。让中铁四局的功绩永远在这片热土上传颂。

# 南环线上奏凯歌

## ——中铁四局电气化公司南环线施工纪实

陈 诚 唐海燕 邹 耀

一项工程的建设如同一项大会战,往往需要集中各方力量,才能取得成功。2009 年 12 月,汇合多个参建单位的合肥铁路枢纽南环线工程正式动工,战幕至此拉开。

作为南环线参建单位的电气化公司,从开工伊始,就加快筹备工作,跑步进场,转战南环线周边大部分地区,施工于合肥南站、合肥南站动车运用所及整个南环铁路线。如今,这场“大会战”到了最后的关键时刻。

### 以安全树品牌

南环线工程是沪汉蓉快速通道的组成部分,始于合宁铁路肥东站,终至合武铁路长安集站,将合宁、合武铁路在枢纽内以高标准线路贯通。电气化公司主要负责南环线站前“三电”迁改和站后“四电”工程。

正因为南环线两端分别连着合宁客专和合武高铁,提升了此项工程的危险系数,仅前期迁改就涉及 24 家电力产权单位、15 家通信产权单位及 4 家路内产权单位。南环线三电迁改工程囊括了跨越电气化高铁运营线、高速公路、水塘沼泽、市政主干道的 110 千伏电缆沟等迁改施工最怕遇到的难题。同时南环线是国内首次对客运专线进行技术改造,将 C2 列控系统改为 C0 列控系统,站改施工完成时恢复 C2 系统,这样的施工没有现成的经验可供参考。在站改实施的两年时间里,肥东站和长安集站信号施工就涉及申请封锁天窗共约600余次，挂联试验40余次，II级封锁施工一次，站改插铺道岔施工16次。每次倒接试验需要拆配线700多根，哪一个环节出现问题，都可能造成行车事故，有人形象的把南环线施工比作“吃螃蟹”、“刀尖上跳舞”。

为确保南环线这项高风险工程施工安全，电气化公司南环项目加大管控力度，每个星期召开生产交班会，就安全质量和文明施工进行强调说明，指出本周施工安全防范重点，每个月召开项目安全例会，针对下个月施工生产安全危险源、施工生产安全卡控的重点进行告知，要求项目专职安全员对重大风险源进行重点布防。

项目还注重做好安全文化的营造，在施工场所张贴安全提示语，积极倡导“放千条线条条准确，焊万个头个个牢固”的信号施工安全标准要求，积极做好信号电缆施工的“三摸六试”，即不管是经过多次改造的信号系统还是初次改造的信号系统，都必须进行至少三次“摸线”；“六试”则是施工开始前要进行试验，封锁点结束30分钟前既有设备恢复原状要试验，设备管理单位进行确认试验，车务运输管理单位要进行信号开放试验，施工过程中进行挂联试验和开通前的总试验，确保施工的万无一失。

在南环线建设中，项目还充分发挥领导干部和党员模范带头作用，制订并落实领导班子成员带班盯岗制度，根据既有线施工安全需要，经理部由安质部主责，制订了盯岗带班制度，除专业领导与安全质量总监外，经理、书记和财务总监都安排了带班任务，形成了以生产技术为主导的专业带班和以管理为主导的管理带班双循环，对作业现场的安全生产实行无缝监管。

在认真执行既有线安全生产红线管理、安全卡死制度等规章制度的基础上，针对客运专线既有线站场技术改造特点，项目开展以“党旗耀枢纽，四电争先锋”为口号，以“安全、质量、执行”为主题的党建活动，先后在党员与入党积极分子、申请入党人员中开展身边“无违章、无隐患、无事故”竞赛活动，以既有线安全生产规章制度学习竞赛活动，建立党员安全教育联系点，由安全生产总监与党委生产委员负主责，按照党员责任区划分党员联系点，让党员深入作业班组开展安全教育活动，从而推动项目管理制度和安全措施落到实处。与此同时，项目还组建了一支由项目总工和作业队长组成的党员突击队，在安全培训、技术管理、过程演练等重要部位分兵把守，积极发挥党员“一带三先锋岗”的作用。

肥东站和长安集站接触网施工，共产党员、机械作业队长李拥每一钩起吊，对他来说都是一次考验。从缆绳的绑扎位置，到起吊的时机，到吊臂的伸缩，无不考验着他的神经，强光电筒在他的手上无异于一个大棒，这个大棒舞动起来，毫厘的差池都会伤及企业、伤及客专线运输，影响着企业的声誉。为确保接触网硬横梁吊装安全，李拥白天在隔离护栏外进行施工调查，施工方案讨论和就地演练，晚上则在天窗点进行30多米长的钢梁吊装，使得技术、机械、人力融为一体，提高了施工效率，保障了施工过程的安全。

正是由于规范到位的安全举措，电气化公司南环项目快速安全地完成一批急难险重任务，在60分钟的封锁时间内完成两条线路较大规模跨铁路既有线施工。2010年10月15日至11月18日，短短一个月的时间里，完成了合肥市供电公司管辖范围内的13处10千伏电力线路，合肥市五水厂等4家产权单位的4处10千伏电力线路的迁改任务，被当时在南淝河特大桥武汉台路基段现场视察工作的局合肥铁路枢纽南环项目常务副指挥长杨红卫称赞道：“开工晚，行动快，这才是‘南环速度’”！

## 以苦干保工期

工期一直是制约南环线建设的瓶颈，南环线建设高潮正处在铁路大波动时期。自工程开工以来，南环线三电迁改施工举步维艰，市内电力线路迁改工作陷入搁浅状态。经过八个月的反复磋商和艰苦谈判，在2010年9月最终确定迁改标准。2010年10月15日，合肥市供电公司管辖的第一批六处10千伏电力线路迁改合同签订，市范围内的电力线路迁改才正式进入实施阶段，比原计划落后了近一年的时间。受铁路整个大环境的影响，南环线建设在2012年底前几乎处于半停工状态。项目一启动，合肥铁路枢纽指挥部紧接着下达了5月15日送电、7

月 1 日满足静态验收条件，保证 10 月 1 日南环线顺利开通的关门工期。面对如此紧张的工期压力，电气化公司南环线电力项目负责人肖继宗在自己的 QQ 签名上写到“快到极限了”。

为了弥补前期耽误的时间，迅速形成大干快上的局面，电气化公司南环线项目合理调配人员，在电力工程施工方面，项目成立三个工作组，分别负责与合肥电力设计院、城市规划设计院、电力安装公司、各街道社区联系，协调解决催要各类图纸、办理审批手续、征地赔青和民事协调等工作。在深入调查的基础上采取了“你慢走我跟后，你跑我也跑”的施工策略，指定技术人员实时跟踪土建施工进度，对管线预埋和设备安装位置随时确认并适时安排预埋，对可以提前抢工的活，项目提前安排，其中在南环线电力工程施工中 20 天内抢出 9 个 21 米投光灯基础，防止因为南环线铺轨切断施工作业面，增强后期施工难度和成本投入。

在 2013 年春节前，项目对南环线进行了一次全方位的剩余工作梳理，照着 6.30 节点工期进行安排，分解时间节点和明确责任人，要求技术人员把 3/5 的时间放在现场，并在施工过程中进行动态调整，每半个月根据施工进度进行重新安排，对滞后的节点工期分析具体原因，及时根据分析出来的数据进行部署，避免打乱仗，确保关键工期。

在工期最为紧张的时期，现场技术人员放弃节假日休息，奋战在施工一线。洪辉泽是这些员工中的典型代表，一年前，这个 29 岁的技术员被项目从密密麻麻一页土建人才名单里挑中，刚到项目不久，就凭着踏实肯干、吃苦耐劳的精神赢得了领导的信任。之后，他便一头扎进了工作堆里，从早忙到晚。有人跟他调侃：“咱这边披星戴月，可连看星星的时间都没有，你到这儿可是亏大了吧？”他憨憨一笑：“不亏，不亏，学到了很多，是赚了”。征地拆迁也是制约南环线项目推进的一个瓶颈。前期由于征地赔偿款一直没有谈妥，征地村民更是漫天要价，一直阻挠工程推进，为此从其他项目抽调了协调经验丰富的李锋进行协调，李锋一到现场就打开了局面。正在此时，李锋年迈的母亲去世，为了项目顺利推进，不影响工期，李锋从大局出发，直到将赔偿协议由原来 40 万赔偿费谈妥降至 11 万，才赶回去参加母亲的葬礼。正是由于这些默默无闻可爱的员工付出，才确保了南环线施工的顺利推进。

## 以管理保成本

控制好成本，是项目获得效益的关键。南环线项目树立“项目亏损就是失败的”管理理念，要求管理人员必须会算账，每个月项目都会召开成本分析会，对人力花费和材料花费做一次系统的规划预算。

在人力成本考量方面，项目合理择优选择外协队伍。在外协队伍进场前，项目进行多轮劳务谈判和竞争性谈判，尽量做到货比三家，减少外协队伍费用成本。在外协队伍引进以后，项目还加强过程中的监控，对违反安全操作规范，因劳务队伍施工不到位造成的返工进行处罚，每个月从劳务经费中扣除相关处罚，每次安全违章行为处罚以拍照作为证据，最后费用扣除情况由安质部汇集到项目工经部，由项目主要领导复核，达到中间环节有人抓，执行环节有人管，落实环节有依据的效果，这样既保证了现场施工的安全质量，又节约了因项目监控漏洞造成的成本流失。

在物资采购方面，规定超过 20 万的自购物资一定要进行招标，20 万以下采用物资评审，找 3 ~5 家进行综合报价，最终选中有合格资质，产品质量可靠，拥有生产能力的厂家以最低价进行采购。对于零星采购，项目严格按照物资采购手册进行，严格控制成本支出。在内部物资控制方面，项目与上级单位签订责任成本书，使项目使用每一分钱都有计划。在物资发放方面，项目建立物资发放管理台账，每天在项目作业队黑板上写好物资领用情况，料库物资领用严格规范程序，由作业队长负责，凭领料单进行每日物资材料领用，严格做好现场剩余物资回库，减少材料损耗。

项目每个月还加大对技术人员的考核，把成本管理考核作为绩效考核的重点，对月度考核不合格的技术人员扣除部分绩效工资，并在项目内部进行通报批评，强化技术人员对项目成本重视，增强工作的主动性和责任感。为避免返工对成本的影响，项目抓好质量管理工作，把好物资进口关，施工过程中坚持“三检制”，对关键工序旁站，确保工程施工质量。在施工规范方面，项目尽量做到标准规范，因项目电力工程施工,要穿越合肥南二环的包河大道和南淝河路,牵涉到电信、供电、排污、交管、园林绿化等众多单位,第一次顶管作业就因没有施工经验,施工器具占道未及时处理,使施工机械被未收,影响到项目施工成本。为此,项目在后期施工中制定了“泥土不落地、泥浆不外冒,落地杂物及时处置干净”的城市主干道施工文明规范要求,确保城市主干道施工顺利推进,减少因协调产生的成本支出。

历经四年风雨,电气化公司南环线项目成功实施了首次客运专线站改施工,完成了数十次复杂电力线路的迁改施工,克服了产权协调单位多,地方协调难度大等一系列难题,为南环线其他单位施工扫清障碍,奏响了电气化公司在南环线的胜利凯歌。

# 筑起物资保障的“生命线”

## ——中铁四局合肥铁路枢纽南环线经理部材料厂供应纪实

卫功存

合肥铁路枢纽南环项目经理部材料厂，主要承担合肥铁路枢纽南环线工程各种物资供应工作。在紧张的南环线建设中，材料厂面对资金不足、拉闸限电、物价上涨，甲供、甲控材料招标滞后，材料不能及时到位等诸多不利因素，不断完善保供机制，增强服务功能，筑起了一道强有力的物资保障供给线。截至 2014 年 4 月 10 日，已供应钢材 177 951吨、水泥 501 210 吨、地材 4 154 765 立方、粉煤灰 19 732 397 元、矿粉 17 760 473 元、外加剂 51 931 047 元、线上料 4.1 亿元、油料 2 611吨，累计完成物资供应额 20.529 亿元。

### 围绕中心　确保供应

确保物资供应，推进工程施工，是项目党建工作作用于项目建设和管理工作的最直接体现。在物资供应中，材料厂党支部在员工中不断深化“物竞不止，超越不息”的企业理念，坚持“宁肯自己千辛万苦，不让用户一时为难”的服务承诺，积极构建优质服务的平台，提升物资人员服务现场、服务一线的意识。

合肥铁路枢纽南环线是安徽省的形象工程、合肥市的窗口工程、上海铁路局的重点工程，更是中铁四局“家门口”工程。为确保施工现场物资供应的及时到位，在部分物资招标滞后的情况下，材料厂不等不靠、提前介入，利用物资公司的资源优势，多次派人驻厂催料。每年6月汛期到来之前，材料厂根据季节变化提前选定多个备料场地，加大物资存储量以备应急，并对施工现场采取不间断地巡视、巡查，主动与各分部取得联系，随时掌握现场物资存储情况。由于南环线一直处于边设计边拆迁边施工，现场存料条件差，送多了放不下，送少了供不上，根据施工现场特点，厂里专门成立现场服务小分队，不间断地服务与施工现场，并实行首问负责制，对施工现场反映的问题，不管谁接到电话或接到现场求助，必须在第一时间赶到现场，掌握第一手资料，跟踪到底，直至问题解决。每日下午17:00前召集各业务人员对当日物资供应情况进行汇总、分析、总结，同时安排好次日工作，做到问题不过夜。

2010年夏季，安徽省出现了多年不遇的洪水，安徽周边河水暴涨，道路中断；世博会、国庆节对炸药雷管的严厉管控，使得砂石材料供应紧张形势突显。为了保证南环项目经理部各个节点的施工，按期完成南环指挥部投资任务，材料厂提前介入，主动突击，多方联系料源，扩大库存场地，锁定库存量，备足各类材料，使得各分部在洪水季节和世博会期间保证了施工生产的正常进行。

## 捍卫质量　精细管理

质量是企业的生命，合格的材料对提高工程质量起着决定性的作用。为保工期、创优质、铸精品、树信誉，南环材料厂一直把物资材料的质量放在首位。一方面，强化员工"建精品，创国优"的质量意识，唱响"捍卫质量、保卫安全"主旋律，通过影像、图片、签订质量安全承诺书、开展安全承诺宣誓活动、邀请物资专家来厂讲课等形式，宣传质量安全重要意义和管理知识，使每一个员工树立"质量就是生命、质量就是效益"的意识，进一步营造"重视质量、追求质量、崇尚质量"的良好氛围。另一方面，加大对市场的跟踪力度，对所供应的材料实行每月进行一次质量评审，对供应的产品严格把关，对每一批次原材料进行质量追溯，做到物资进场必须具备合格证、质检书、检验报告单等要件才放行。

为保证合格的材料进场，厂领导先后对方圆200公里以内的各种建材资源进行实地调查，对300多家物资供应商进行资质审核，建立合格供方名录。对所供的所有材料，会同厂家、现场监理、实验室、各分部物资部人员共同现场考察、源头取样，采取相互监督共同把关，实行“四统一、一集中”（即：对所有物资供应实行统一考察、统一送检、统一定价、统一招标；集中采购）。厂里采取的“四项举措”，使得上级检查机构、施工单位和供应厂家三方都满意、放心：一是对所供物资实行统一招标采购，协助经理部对工程所需主要物资全部采取招标，以实现集中供应价格优势；二是建立电子网络信息库，通过网络第一时间掌握各类物资采购价格、走向及招投标资讯，及时掌握每日市场动态；三是加强周边物资市场调查，由经理部物设部、材料厂及各分部物资部成员组成的三方调查组，实行阳光采购，不定期对周边市场进行调查，进一步加强物资采质量和购价格监控；四是建立本地市场信息对比机制，通过每月与本地发布的《合肥市建筑市场价格信息》以及与沿线其他参建单位对比价，确保采购物资质优价廉。材料厂在甲控钢材供应采购中，招标工作一结束，第一时间掌握中标信息，及时下达中标通知书，简化办事程序，要求中标供应商接到中标通知书后，及时与材料厂签订中标供货合同，终止临时供料，提前履行合约。既节约了成本，又控制了质量，充分体现了集中采购的质量和价格优势。为打破用料资金和供应商独家垄断经营局面，厂里采取一种物资多家中标方式，将大额材料款分摊到多家供应商以缓解工程用料压力。在粉煤灰供应紧张时，某供应商以种种借口，要求加价，不能及时供料，材料厂主动出击，组织市场调查，起用另外有实力讲诚信的供应商家及时供货，确保了施工需要。

## 科学组织　攻坚克难

“手中有粮，心中不慌”，2010年9月至11月，正值施工生产大干的高峰季节，国家对节能减排提出了整体要求。特别是10月以后，安徽省为完成国家“十一五”节能减排目标，对建材生产企业等能耗大户长时间拉闸限电，部分厂矿停工，主要保供的水泥厂停产，致使水泥、矿粉、粉煤灰市场供给严重不足；同时，政府多个部门联合开展查治超载违规车辆行动,罚款与扣车并举,水泥运输严重受阻;受涨价预期等因素影响,柴油供应紧张,远不能满足需求。种种不利因素的出现,造成南环项目施工可能面临停工待料的局面。

为保证施工节点工期,将不利因素影响降至最低,南环材料厂党支部领导高度重视,迅速调整工作重心,集中人力、财力,将水泥保供工作列为当务之急,成立"保供应应急领导小组",分工协作、分片把关。一是利用物资公司的资源优势,召集多年来讲诚信、有实力的合作伙伴作后备;二是对所有签约的供应商要求严格履行供货合同;三是厂领导会同局经理部、建指领导一同前往生产厂家进行攻关、洽谈,力保国家重点工程建设。厂长杨建治在第一时间到水泥厂,与水泥厂领导进行协商、沟通,征得厂家的理解和支持;副厂长詹杰蹲点守候水泥厂家,从水泥厂开票、车辆排队到装车出厂全过程监督发货。厂里合理调配铁道水泥厂和巢东水泥厂有限资源,在不影响供应总量的情况下,减少P. O42.5 水泥,增加 P. O52.5 水泥,保证了重点工程、卡控节点工程的用料。在拉闸限电两个多月的期间,材料厂共组织 16 692 吨水泥到达工地,平均每天供应 1 000 吨左右。在合肥市许多建设工地处于停工待料的情况下,合肥枢纽铁路南环线工地上仍呈现出一派繁忙的景象,

施工物资的集中采购,不仅能保证施工物资来源的渠道正规,质量可靠,更能够降低施工成本。材料厂在物资采购中把握"三个环节":一是注重信息管理,充分发挥市场信息网络优势,及时了解掌握市场行情,为采购物资提供信息支持。二是实施"量、价双控",材料厂按照项目经理部物资部下发的物资采购供应计划,及时、准确、齐备、经济、合理地进行组织订购与催发材料,对各项目分部实行第一级控制发料,杜绝无计划采购;各分部全过程控制材料的消耗量,做到"工完料尽",形成共同管理,双向负责的有机整体。三是对主要物资进行"货比三家""价比三家""质比三家"的纵横向比较,尽可能扩大供料物资调查范围,确保所供材料单价在当期同质材料的价格中最低。

## 创先争优　确保服务

南环线材料厂党支部坚持以"修一条铁路,培养一批人"的指导思

想，狠抓物资供应中的廉政建设。在合肥铁路枢纽建设指挥部和局经理部开展创“双优”活动的总体部署下，材料厂结合本厂实际，在员工中开展了“服务优质，员工优秀”活动。为确保经营中不出现违法违纪现象，厂里与所有供应商签订了廉政协议，与每位员工签订了廉政承诺书，明确双方的责任与义务，定期开展警示教育，建立健全了各项廉洁从业制度和廉洁从业台账。为形成党风廉政建设的健康环境，积极推进创“双优”活动，厂党支部制定了“廉政承诺制度”，并将“廉政承诺制度”牌张贴醒目位置，建立举报箱、公示举报电话，接受群众的监督。同时，为维护工程项目物资招投标工作“公开、公正、公平”的原则，材料厂与所有供应商签订了《廉洁协议书》，明确了廉政规定和监督要求，对违反协议规定的供应商，随时取消供货资格。

材料厂党支部紧密配合局经理部党委开展的“高扬党旗战南环，建功合肥大建设”党建主题活动，在厂里开展了“高扬党旗战南环，物资保障冲在前”活动。南环铁路建设具有重点工程多、施工难度大、质量要求严、技术标准高、工期要求紧等特点，为了确保安全、优质、科学、高效地完成南环铁路工程建设任务，材料厂党支部在认真贯彻落实局党委两个《实施意见》中，结合南环线物资供应任务实际，开展了“抢重点、保架梁、争先锋、大干 150 天”党组织公开承诺和党员承诺活动。党支部积极做好组织发动、思想动员工作，针对各阶段施工的不同特点，厂党支部及时召开党员大会、职工大会，庄重承诺，确保供应。领导班子明确分工、各负其责，围绕施工生产重点开展了“物资保障突击队”、“青年安全质量监督岗”活动，对急、难、卡控节点实行 24 小时全天候服务，哪里有困难，党员们就在哪里坚守。

合肥铁路枢纽南环线近 70% 系高架桥梁工程，桥梁所需支座2 982个，数量大，品种多，工期紧，任务急。针对这种形势，2010 年 7 月，在业主还没有进入桥梁支座招标的情况下，材料厂厂长杨建治冒着高温酷暑，带领业务人员深入施工现场，与各分部技术人员一起看图纸，查资料，对每个桥梁、墩台图纸进行逐一落实，按照架梁顺序，编制物资供应到货时间表。厂里提前与物资公司长期合作的有信誉的商家进行沟通，超前安排厂商按照支座图纸提前生产。超前的意识赢得了宝贵的时间,在业主公布中标供应商的第3天,厂里就将施工现场所需的桥梁支座送到工地,为大干120天提供了强有力的物资保证,受到上海铁路局合肥枢纽南环指挥部和中铁四局南环项目经理部的高度评价和嘉奖,为南环线顺利建成奠定了坚实的物资基础。

# 用高科技打造合肥新地标

## ——中铁四局南环线经开区特大桥科技创新侧记

江龙余

由中铁四局钢结构公司承建的合肥铁路枢纽南环线经开区特大桥，是目前国内主跨跨度最大、距地面最高、斜交角度最小、应用新工艺最多的一座钢桁梁柔性拱特大桥。经开区特大桥高 80 米，全长 461 米，其中主跨 229.5 米，建成后，将成为安徽省会合肥市的新地标。

### 小角度下的大跨度

合肥铁路枢纽南环线经开区特大桥是南环铁路的重点控制工程，有三大特点：一是连跨两个繁忙的既有线；二是斜交，且角度小，夹角仅 26 度；由于前两个特点，直接造成第三个特点，即跨度大。

经开区特大桥原设计方案是吊索塔架双向悬拼法，拿到设计图纸后，钢结构公司根据现场分析提出了自己的见解。吊索塔架双向悬拼法要求吊索塔架双向同时拼装，跨中合龙。这个跨中合龙的“中”正是合宁高速公路的正中心，在距高速公路正上方 60 米处辅助悬拼，长时间大量的高空作业，对安全生产非常不利。在方案的可行性论证阶段，有着一批精兵强将的钢结构公司结合长期的施工经验向设计院建议提出了“多点顶推架设法”。

“多点顶推架设法”作为一项施工方法在国内中小桥梁建设中并不鲜见，这个方案可以多作业面平行交叉施工，高空作业少，辅助设施少，但这个方法技术难度特别大，又要求施工场地开阔，因此一般仅见于跨度较小的桥梁架设。为了调整方案，钢结构公司先后组织科技攻关小组参观了跨黄河、跨榕江、跨钱塘江等几座类似桥形的特大桥施工现场，并邀请了包括合肥工业大学、华东交通大学、西南交通大学等国内多所知名院校的桥梁专家从技术的可行性、工期的可控性、经济的合理性以及与周围环境的适应性对两种方案进行了认真的论证和对比，终于确定了“多点同步顶推架设”这一最终方案。

方案确定了只是第一步。设计图纸上辅助性设施均为原方案设计，方案改变，所有辅助性设计全部要变。根据多点顶推施工方案，辅助设施如主跨临时墩、边跨拼装支架、滑道梁及导梁均需要专门的设计和验算。为保证顶推架设过程安全可控，钢结构公司成立了经开区特大桥科技攻关 QC 小组，公司总工程师方继担任小组长。QC 攻关小组联合合肥工业大学进行顶推建设工况分析及辅助墩基础、拼装支架、滑道梁等设计；联合武汉理工大学进行导梁设计。经过 QC 小组多次复核、检算，经过两个月的奋战，仅专家评审会就开了 6 场，所有的基础和上部钢结构均通过铁四院严格复核。

## 大跨度上的新高度

多点顶推架设法作为方案已经固定，桥梁上的柔性拱拼装问题又浮出水面。经开区特大桥为下承式、等高度、连续、刚性桁梁柔性拱桥，全长 461 米。桥面采用参与主桁共同受力的正交异性板整体桥面，钢桁梁采用带竖杆 N 型三角桁架，节间长度 12.75 米，两边边跨各 9 个节间，主跨 18 个节间。主跨 18 个节间全部要架设柔性拱，钢桁梁柔性拱矢高 45 米，桥梁最高处拱顶至地面相对高度达 80 米，因此柔性拱拼装涉及的高空作业时间长、风险大。钢结构公司提出三个柔性拱拼装方案，分别是：带拱顶推，拱脚合龙；先梁后拱，拱顶合龙；先梁后拱，拱脚合龙。第一种方案是一边架设柔性拱，一边顶推，顶过去拱脚合龙；第二种方案是先把桥架好，再从桥两边往中间拼装柔性拱，在最高出的拱顶合龙；第三种是先把桥架好，从反方向往回架设柔性拱，再拱脚合龙。

三种方案相比较，第一种属国内首创，却技术难度最大。另外两种方案相对比较成熟，但都有两个问题，一是工期长，二是既有线施工，尤其是拱顶合龙,安全措施即使做到“一万”,但谁能保证没有“一失”?再者,合宁高速公路管理单位出于安全行车考虑,也不会通过方案,即使通过方案,仅安全措施费即以数千万元计。效费比差,工期又不等人,怎么办?

钢结构公司权衡再三,决心上马第一种方案。新的设计就意味着旧的要全部打破重来。原设计,每个节间的 N 型三角桁架能不能承受加上柔性拱后接受的巨大推力?原有的基础承台能不能满足全负荷的重压?等等。钢结构公司的技术人员从原始资料查阅开始,仔细测算,认真制作方案,把考虑的都考虑进去了,计算、复核,再计算、再复核,心里有了把握,拿出了方案。2011 年 6 月 27 日,“带拱顶推,拱脚合龙”方案经由铁四院、西南交大、合肥工业大学等多所院校的国内知名专家组成的评审组一次审核通过。经开区特大桥为类似的特大桥科研开发树立了一个崭新的高度。

## 新高度里的新工艺

经开区特大桥重达 13 000 吨,这还不包括辅助设施的 3 000 多吨。庞大的重量完全依靠千斤顶拉动钢绞线反方向使力推进,难度可想而知。“多点顶推”的基础是多点,重点是顶推点的设置,关键是对多点顶推过程中力的平衡。同时由于是带拱顶推,拱高而重,如果顶推用力控制不均,横向的重心很难控制稳定。为了保证桥梁的顺利顶进,钢结构公司投入资金和人员,设计了一套顶推液压控制系统,并在桥上计算选择出了 6 个顶进受力点。这套顶进系统采用了电脑控制,在施工过程中,由电脑操作人员统一发布顶进指令,确保了各个着力点受力绝对均匀。

经开区大桥的桥面采用的是参与主桁共同受力的正交异性板整体桥面,桥面使用的是不锈钢复合钢板。复合钢板由两部分叠成,底层是 14 毫米的桥梁用结构板,面层是 3 毫米厚的特种不锈钢板。这种特种不锈钢板是化工行业才会使用的特殊材料,具有抗高温高压,耐腐蚀性强的特点,成功使用将会大大提高桥面的使用寿命。但这种特种不锈钢板是第一次用在铁路客运专线的建设中。

因为与化工产品的静态载荷不同,用在大桥上的是动态载荷,要能扛得住时速达250公里及以上列车的高速冲击,因此对钢板之间的叠合与焊接提出了相当苛刻的要求。比如普通钢板与特种钢板之间的叠合,采用的是爆炸法一次叠合的工艺。需要在两层钢板之间敷设炸药,利用爆炸产生的高温将两层钢板完全叠合。这就对炸药的用量,爆炸产生的温度控制提出了很高的要求。

复合钢板焊接的焊丝有三种,分别用于底层、面层和两者之间的过度层,同时焊接施工对周围的温度、风度和湿度也有要求。焊接完成后,还需要对焊缝进行检测。不锈钢复合钢板要进行焊缝无损检测,桥面对接的焊缝需要进行超声波探伤,而在十字接头处是X光拍片检测。钢结构公司的技术人员与中国船舶725所和同济科技两家研究院所对不锈钢复合桥面板应用技术进行专门的实验和研究,制定了钢梁制造规则、焊接工艺评定和复合桥面板无损检测方案,并通过专家评审。这些新工艺填补了国内相关施工领域的空白,走在了前面。

## 新工艺解决大难题

采用“带拱顶推,拱脚合龙”施工方案,对柔性拱的加工精度和拼装过程的监控要求就比较高。为确保钢桁梁和柔性拱的加工精度,南环线项目部制定了钢桁梁柔性拱“制造规则”和“焊接工艺评定”并组织专家评审。在杆件加工中严格执行工艺要求,并在工厂进行钢梁试拼装,试拼装合格后再运输到架设现场。南环线钢桁梁特大桥的正交异性桥面板首次采用不锈钢复合钢板,属于新材料、新技术,新工艺,属于上海铁路局2010年十大科技创新项目之一。焊接工艺要求严,质量标准要求高,焊缝检测难度大。要求对焊缝表面100%渗透检测,焊缝内部100%超声波探伤,焊缝接头100% X射线探伤。项目部通过焊接工艺试验,制定桥位焊接指导书;联合专门院所,共同制定复合桥面板焊接无损检测方案,并通过专家评审,填补了国内不锈钢复合桥面板在客运专线上运用的焊接检验空白。桥位焊接一次探伤通过率达到98%。在钢桁梁架设过程中,项目部坚持对桥梁杆件结构的应力、线型、拱度和温度进行现场跟踪测量监控,确保桥梁施工状态始终处于监控允许范围;在柔性拱拱脚合龙中,认真分析和计算拱脚合龙点的应力、千斤顶的起顶位置和起顶力的大小,坚决保证了施工质量。

2012 年 2 月 12 日,南环线经开区钢桁梁柔性拱特大桥顺利精确合龙,2012 年 11 月 29 日完成全桥落梁安装就位,南淝河特大桥于 2012 年 7 月 9 日柔性拱顺利合龙,2012 年 11 月 30 日,南淝河特大桥顶推架设完成,攻克了国内大跨度钢桁梁柔性拱合龙技术的难题,创造了国内落梁施工的新高度,实现了小角度跨越高速公路施工安全质量无事故的既定目标。

## 大难题锤炼新人才

通过不断攻克技术难题,南环线项目部锻炼了一批钢结构桥梁技术人才。一是每周组织二、四、六的学习日活动。定期邀请了省、市相关部门人员进行了涉路施工交通安全知识培训,不定期组织了桥面板焊接工艺、钢桁梁顶推作业指导书、钢桁梁拼装工艺等专业技术团课 40 余次。二是先后组织了青年科技攻关小组 8 名队员到跨黄河、跨榕江、跨钱塘江几座桥型相同且架设方法相近的特大桥施工现场进行参观学习,并邀请局内外专家多次到现场帮助指导,为多点同步顶推施工方案奠定了基础。三是走校企合作模式,充分发挥“实践教学基地”职能,并聘请 1 名合肥工业大学研究生到项目部进行业务指导和交流。鼓励优秀青年员工带着施工生产技术问题去学习,先后派出 3 名青年科技攻关突击队员到合肥工业大学学习交流、10 名青年技术人员到中铁山桥加工厂参观学习,多途径提高了青年员工的技术业务素质和实践操作能力。

QC 小组活动是解决制造和现场安装的实际问题,增进施工现场活力,改善和提高质量的有效方式。项目部分课题成立 QC 小组,通过小组成员的自身专业技能解决了钢桁梁柔性拱制造和安装出现的问题。“钢桁梁拱肋制孔精度控制”QC 小组制作专用工装,保证拱肋杆件群孔加工质量满足设计要求,使大跨度柔性拱精确合龙由理想变成现实;“钢桁梁带拱多点顶推同步性控制”QC 小组通过实践摸索,解决了多点顶推不同步、杆件及临时墩局部应力过大发生变形失稳的安全问题；“正交异性不锈钢复合桥面板焊接质量控制”QC 小组经过反复研究调查，克服了现场不锈钢复合钢板焊接一次性合格率低、焊接变形量大的问题，确保了桥位现场焊接质量。在科技攻关过程中，青年技术人员们发挥了不可取代的重要作用。

南环线项目结束后，项目部的这一批青年技术骨干们继续走向了南宁英华大桥、宁北环线甬江特大桥、齐济黄河特大桥等更多的大型钢桥梁项目，成为中铁四局钢结构公司的重要新生力量。

目前，南环线项目部申报的“高速铁路钢桥桥面板”“带拱顶推钢桁梁柔性拱支撑框架”“带拱顶推钢桁梁柔性拱支撑抱箍”“钢桁梁柔性拱桥正交异性桥面板板块的拼装胎架”“大跨度连续钢桁梁带拱顶推装置”“大跨度钢桁梁多点顶推系统及其顶推工艺”等 9 项专利中已获得 2 项发明专利，5 项实用新型专利，另 2 项发明专利处于实审阶段。“三跨钢桁梁柔性拱桥分段拼装多次带拱顶推施工工法”分别获得 2012 年度国家级工法和安徽省省级工法，项目部 QC 小组分别荣获 2011 年、2012 年“全国工程建设质量管理小组优秀奖”。其中高栓施拧 QC 小组获得 2011 年全国工程建设优秀质量管理小组及铁道部优秀质量管理小组；钢桁梁安装 QC 小组获得 2012 年全国工程建设优秀质量管理小组一等奖。在《铁道标准设计》、《土木建筑工程信息技术》、《桥梁建设》、《工程与建设》等杂志与期刊上发表论文 9 篇。2013 年，南环线项目部获得安徽省工人先锋号称号。2013 年 10 月，高速铁路桥梁技术深化研究——合肥枢纽南环线新建工程钢桁梁柔性拱施工技术研究获得中国钢结构协会科学技术奖一等奖。2014 年 2 月，高速铁路桥梁技术深化研究——合肥枢纽南环线新建工程钢桁梁柔性拱施工技术研究获得中国铁路工程总公司科技特等奖。

# 因你而出彩

## ——记中铁四局合肥铁路枢纽南环线经理部常务副经理刘继飞

李元春

无论在寒风瑟瑟的冬季，还是烈日炎炎的夏日，在合肥枢纽南环线工程现场，总会看见一位30多岁的年轻人，正在一丝不苟检查和指导施工生产，他就是四公司副总经理兼中铁四局合肥铁路枢纽南环线经理部常务副经理、党工委书记刘继飞。

2011年1月，刘继飞从上海动车段奔赴合肥，进点以来，他认真履行代局指“沟通、协调、保障、监督”职能，迅速进入角色，凭借他对工作的热爱和对事业的追求，干出一番轰轰烈烈事业来。

一份耕耘就有一份收获，工程进度、安全质量、项目管理受到各级领导的好评，工程先后获得多项国家、省部级荣誉，其中具有代表性的有合肥南站获得团中央“青年文明号”，跨包河大道收费站系杆拱获得全国“优秀焊接工程”，钢桁梁柔性拱获得9项国家专利，经理部获得安徽省“工人先锋号”等称号。面对这些成绩和赞扬，他没有骄傲自满，他深知今后的工作和任务更加艰巨，他用自己的实际行动描写青春诗篇。

### 精心组织　迎难而上　确保工程顺利竣工

合肥枢纽南环线工程是安徽省、合肥市重点工程，上海铁路局形象工程，工程建设的好坏直接影响到中铁四局在合肥市、上海铁路局的信

誉。因此,作为常务副经理他深知自己肩上担子的份量。上任以来,刘继飞凭借不怕言败、勇往直前的开拓精神,坚持到一线、看现场,了解工程建设情况,并根据工程实际和现场所遇到的实际困难,制定相应的措施,来协调、保障各分部工程进度。

工程自 2009 年 12 月建设以来,经过不懈努力取得了阶段性胜利。2011 年,随着工程全面展开,施工生产再掀新高潮,工程建设进入关键阶段,面对南环线如此大的工程量,他根据总工期的要求,结合现场施工生产实际情况,根据各分部每周制订的生产计划,在交班会上分别提出要求,对重点、难点、控制点的地段认真研究,把工作细化到具体部位。

刘继飞根据工程建设实际,继续深化“比安全、比质量、比进度、比管理、比效益,争当星级员工、争当红旗标兵”为内容的“五比”“两争”活动,每月底带队,分别对所属各单位的内外业进行检查,进行百分制考核,并对前三名的单位给予重奖,对最后一名实行重罚;同时每月对各专业岗位人员进行星级员工的评比,极大地调动了各单位员工生产工作的积极性,确保施工生产顺利进行。

2011 年在受外部环境形势影响下,仍然完成了几个高风险地段和控制部位的节点工期目标,其中全线的特大桥桩基、墩台身全部结束,跨南淝河特大桥连续梁于 7 月 20 日合龙,随着经开区特大桥跨金寨路连续梁于 8 月 30 日的完成,全线设计的 20 座连续梁全部完成,经开区特大桥跨高速公路钢桁梁柔性拱和南淝河特大桥跨高速公路钢桁梁柔性拱分别于 8 月 2 日和 9 月 5 日跨过高速公路,包河特大桥跨包河收费站系杆拱于 5 月 25 日完工,肥东梁场制架梁于 9 月 23 日全部结束。在劳动竞赛的推动下,合肥南站高架站场如火如荼进行,具有技术含量高、工艺复杂、材料新颖的柔性拱稳步推进,肥东车站、长安集车站站改有条不紊的扩大战果。

2012 年他按照合肥枢纽指挥部对工期要求,围绕 2012 年年底线下主体工程竣工的奋斗目标,面对资金、物资不能及时到位的情况下,他按照全线施工生产稳步有序推进、重点部位(合肥南站站场、动车所、钢构柔性拱等)不放松的原则进行施工。实现制订节点工期目标:

全线制梁于5月2日完成,架梁于5月28日全部结束;2013年12月全线正线铺轨结束,2014年初,正线四电工程全面展开。由于组织有力,科学施工,工程节点目标不断完成,多次受到合肥铁路枢纽工程建设指挥部发来的贺电。

## 抓管理、促规范,发挥代局指职能

经理部属分布有17家,如不能协调、沟通好,不能保障、监督好,就会形成一盘散沙,因此,公平、公开、公正是刘继飞工作的方针,统一制度、统一标准、统一协调是他管理的措施。

一是将工程量层层分解,制订了节点工期和分项目会战目标;二是实行领导班子分管段负责制;三是实行安全质量责任制,安全质量进度责任到人,加大激励奖罚力度;四是施工生产中人、机、物等资源的科学配置;五是实行周交班会和碰头会议事制,在每周一的生产交办会基础上,还坚持每天的早碰头会,及时解决施工中存在的问题和难题;六是主动出击,加大征地拆迁工作力度,多渠道、多方面入手,与业主和地方政府紧密联系,以签订共建协定、文明协议为契机,积极沟通、通力协商。通过这些措施的执行,施工作业面得以保证,施工生产顺利进行。

二是过程卡控,确保安全施工。南环线是沪汉蓉铁路的组成部分,沿线地质复杂,管线、道路交错密集,技术和施工要求标准高。他重点抓好施工过程中的安全和质量控制工作,以建指每月"三全"检查,为契机,坚持每月召开一次正反两方面现场会。对在安全、质量方面做的较好的,组织开展"创精品观摩会",在全线加以推广;对在安全、质量管理方面做的较差的,选出典型进行反面宣传,以此加以触动;坚持每周生产交班会曝光制度,对每周现场安全、质量、文明施工管理情况好的做法、存在的问题要求相关部门拍成照片,编辑幻灯片在会上曝光;坚持大型机械、特种设备的集中管理。坚持铁的手腕,对发现的问题及时制止,并采取一竿子插到底的调查方法并对相关责任人进行严惩,及时将安全隐患消除在萌芽状态之中,并始终坚持夜间施工领导巡视制度,在长安集、肥东站改过程当中,无论再忙他晚上都要到现场巡视一趟,确保安全质量基本在卡控之中。

三是物资采供管控,保证优质有效。他对物资的最基本要求就是价廉物美,优质服务,实行招标采购、阳光采购。针对新材料、特殊材料,在采购招标过程中,他和班子成员,相关部门负责人一起探讨研究,主要采用了以下几种方法:“分解法”“竞标压价法”“广告效益法”等,结果采购到了价廉物美的产品,不仅降低了成本,而且带来可观的效益。

责任成本管理的好坏,是关系一个工程项目是否盈利的先决条件。因此,他多次在会议上强调控制责任成本的重要性,要求各部门、各分部理清责任成本核算思路,明确统一工作步伐,责任到人,要细化、量化。主导一月一次工经推进会议,主要从优化设计图纸、物资采购、办公费用、对外经营、交通通讯等方面进行控制,取得比较好的效果。

## 发挥思想工作优势　树立党建品牌形象

刘继飞搞安全生产经营是行家,抓精神文明建设、企业文化建设也是好手。作为经理部的党工委书记,他一手抓生产,一手抓党建工作,做到五个结合。

与“标准化管理”相结合,提升了项目管理水平。在“把合肥枢纽南环线建设成为具有世界先进水平的精品工程”思想指导下,他严格按照上海铁路局“四个标准化”管理要求,对工地的“七牌一图”做了具体统一的要求。同时要求各单位在驻地、工地主要路口、重要施工部位等处,设置各类党建主题活动宣传栏、评比栏、创建牌、公示牌,涵盖“高扬党旗战南环,建功合肥大建设”党建主题活动,争创党员先锋工程、共产党员承诺,创“双优”、项目思想政治示范(点)线、青年文明号等内容,做到了统一规划、统一设计、统一设置,严格按标准化管理,通过规范化、程序化的榜示,全面提升了项目的管理水平。

与考核评比相结合,激发了大干热情。几年来通过形式多样劳动竞赛活动的开展,共评选管理之星、技术之星、安质之星等 8 个岗位明星 125 人次,对 8 个劳动竞赛先进集体和 4 个落后集体进行了奖励和罚款,极大地调动了参战队伍员工投身大干的积极性。经理部结合 15 个单位的实际和确保竣工目标,详细排定了节点 1 866 个,共设立节点工期奖近百万元。激发了党员和广大群众大干的积极性，施工产值节节高升。

与创建“学习型党组织”相结合，保持党的先进性。党的先进性首先表现为思想理论上的先进性。经理部党工委通过“学习型党组织”活动的创建，按照干什么学什么、缺什么补什么的原则，认真组织好每周三“学习日”活动，营造了浓厚的学习氛围。有时他亲自授课，一般员工每个人主讲一个课题，系统地学习了《中铁四局标准化管理手册》、《工程项目管理细则》、代局指管理办法，认真组织观看了《感恩》教育片。通过学习党的基本知识、基础业务知识，不断提高党组织、各级领导班子和广大党员的思想理论水平，不断加强和改进党建思想政治工作，进一步提高业务水平，理清工作思路，破解技术难题，转变工作方式、提升工作质量。

与创建“双优”相结合，打造廉洁工程。实现上海铁路局提出的“工程优质、干部优秀”的廉洁目标，他首先从“早”抓起。专门组织经理部领导班子就创“双优”工作进行了要求，成立了工作领导小组。其次是从“实” 抓起。下发了《关于在合肥铁路枢纽南环线工程建设中开展争创“工程优质，干部优秀”活动的通知》，建立健全了“廉政教育活动记录”“集体议事记录”“收(拒)礼品礼金情况记录”“重大事项报告记录”“党风廉政状况分析”等台账，分别于各单位签订了廉政协议。各分部层层签订廉政承诺书。对外公示了监督举报电话。在每个单位的驻地，分别安装了廉政举报箱，接受员工的监督。

总之，在项目施工过程中，刘继飞以“工程建设工作要结合实际、符合实际、寓于实际”的理念，不断创新、不断完善、不断总结，达到建“设优质工程，队伍综合素质提高，企业综合实力强大”的目标。

# 南环线上的精彩人生

## ——记中铁四局一公司合肥南环线二分部党工委书记朱恩胜

粟金凤

“身为党工委书记,我的双肩扛着组织的信任和参建兄弟们的期望。竭尽全力做好各项工作,用高标准把南环线建设好,是我的责任,也是我的目标。无论遇到什么困难,都要迎难而上。”这是朱恩胜就任中铁四局一公司合肥南环铁路二分部党工委书记时的发言,他在南环铁路建设中用行动践行自己的承诺。

### 履职责攻坚克难显才干

“协调先锋”的称号由来已久。

入路19年来,朱恩胜先后参加12个工程项目的建设,积累了丰富的工作经验。每到一个工地,面对最麻烦、最棘手的问题,总是风风火火地冲在最前面,化解一个个难题。果不出其然,到南环线仅三个月时间,善解疑难杂症的他从纷繁杂乱的头绪里硬是理出一个个解决问题的办法,与形形色色的阻力从容应对,以出色的公关协调能力为工程施工保驾护航。中铁四局一公司合肥南环线二分部7.2公里的管段跨一区一县、分布着两个镇和四个社居委,1 200余户的征拆工作成了开工的“拦路虎”,这些工作大部分要跟地方单位打交道,不可控因素多,协调难度大。就是因为难,激起了朱恩胜的倔劲。“个别难点确实很难!但绝不能退缩,不能被难吓倒!如果吓到了,公司要我干什么?”朱恩胜自我加压,项目一进场,他就把征地拆迁作为重中之重来抓,并做出“宁可跑断腿、磨破嘴,决不让国家和企业多付费”的承诺。在建华村房屋拆迁时,朱恩胜带领着两名协调员跑地方政府、跑村镇,往返20多趟。关键时期,组织班子成员一天一个碰头会,研究对策,采取“见缝插针、两头延伸、强攻硬上、突破重点”的方法,同地方政府沟通,多次到乡、镇寻求协调帮助,挨家挨户做工作,动之以理,晓之以情,用智慧说服“钉子户”,想方设法打开南淝河、二十埠河等重点地段施工局面。面对村民阻工干扰,朱恩胜借用地方政府力量耐心做说服工作,用坚韧和诚心打开工作局面。一份耕耘、一分收获。截至6月3日,合肥南环铁路二分部率先实现全线征地560余亩,房屋拆迁3万余平方,实现全线无障碍施工,解决了取土场用地、跨河道、天然气管道、省道交叉施工等问题,为项目部节点目标的实现奠定了基础。

## 抓党建　强堡垒　促生产

中铁四局一公司合肥南环铁路二分部由于先期路改桥导致图纸供给滞后,使整体工期相对压缩,面对工期紧,任务重,困难多。原材料靠唯一的纵向便道供给且受雨季影响大;有三处连续梁跨越河流和天然气管道;南淝河特大桥水中墩基坑深且地质条件复杂,大部分桩基、承台、墩身施工被南淝河、二十里埠河隔开,沿线许多地方跨省道、航道及天然气管道,多处为沼泽湿地,水深至膝盖。按照节点工期要求,项目要在三个月的时间完成1 547根钻孔桩施工,管理难度和施工组织难度之大超乎想象。

如何解决难题,如何激发挑战南环线的热情,砥砺全员奋进,是迫在眉睫的事。朱恩胜作为党工委书记,深知搞好党建工作对项目施工生产的重要意义,他积极推出建设“五大工程”和推行党建工作“五个标准化”的新思路,寻找项目党建思想政治工作与施工生产的结合点。

按照党建工作标准化建设的要求,他以组织设置、制度建设、主题活动、文化建设、资料管理五个方面为抓手,推行工程项目党建工作标准化管理,建立统一规范的项目党建工作制度体系,提高项目党组织的凝聚力、战斗力和创造力。为充分发挥党员在施工现场的突击带头作用，他强化阵地建设，把支部建在桥头上，成立南淝河突击队党支部，以“五好”为目标，以创建“党支部建设示范点”为载体，结合施工现场实际，组织支部成员与项目部签订安全、质量、进度责任合同，明确责任目标，建立奖罚机制，坚持定期考核评比，强化党员责任意识。

开工以来，注重将党建主题活动与施工生产相结合，打好促进生产的“组合拳”，着力于“五大工程”的建设，激发党建工作内在活力。通过争创“示范党支部”，强化“基础工程”；争创红旗项目部，铸牢“保障工程”；开展“双创”活动，活化“细胞工程”；争创思想政治建设示范点，锻造“灵魂工程”；争创党风建设示范点，打造“双优”工程等“五大工程”创建，推动施工安全、优质、高效运行，营造创先争优浓厚氛围。

## 当模范不眠不休保节点

为抢进度，赶工期，朱恩胜和项目经理张华明密切配合，根据公司及业主下达的计划，以点带面倒排工期，向前推移每项、每段工程的节点完工时间，合理的配置队伍和材料设备，并根据这个思路在不同阶段都制订了班子成员轮流值班，一级带着一级干，一级做给一级看。在施工现场，真正做到把党员身份亮出来，把党员口号喊出来，把党员职责担起来，以自己的模范行动影响身边广大员工，为节点目标任务按时优质完成营造良好氛围。

为确保10.2架梁工期，保证工程建设进度，朱恩胜带领全体党员实行24小时在岗，他晴天一身土，雨天一身泥，经常衣服干了又湿，湿了又干，但却无怨无悔。作为项目书记，为使各项工作顺利展开，他白天跑前跑后协调各种关系，晚上和项目经理仔细斟酌研究并安排项目的征拆、进度、安全等问题。多少个夜晚，他的办公室都是彻夜通明。在7.2公里的战线上，每一处现场都有他忙碌的身影，每一个角落都留下了他匆匆的脚步，倾注了他辛勤的汗水，就靠着韧劲和拼劲。他以开展“党员先锋工程”、创建“党员示范岗”为契机，充分发挥每个人的潜力，用活每一个党员，建立起有着高度凝聚力和战斗力的团队。他带领参战的全体人员，不断攻克着“保工期、保质量”“保安全、保效率”“保优质、争精品”“保形象、树信誉”的道道难关，风餐露宿，沐雨淋风，不眠之夜和挑灯夜战对于他来说都已司空见惯。

2011 年春节前夕，是否回家过年的问题摆在了大家面前。朱恩胜告诉大家，"春节期间这里的施工任务重，很多工作必须要在月底完成，否则就要影响工程进度、影响全线的进程、我们不能拖南环铁路建设的后腿，今年春节回不去，我和班子成员都在工地一起过年。"朱恩胜说到做到，大年初二深夜两点他还盯岗在跨南淝河 100 米连续梁现场。

在忘我工作、克己奉公的党工委书记朱恩胜的带领下，二分部各项工作取得骄人的成绩，得到了各级领导的肯定和一致好评。2010 年，中铁四局一公司合肥南环线二分部被上海铁路局合肥铁路枢纽工程指挥部评为"年度优秀分部"和"标准化工地"；荣获"安徽省环境保护示范工地"称号；顺利通过共青团安徽省委"青年文明号"工地验收；荣获中铁四局"红旗项目部""三工建设示范单位"荣誉称号；先后荣获中铁工程总公司、四局指挥部"思想政治示范点"和"红旗项目党组织"等称号。朱恩胜多次获得"先进个人""先进工作者""征拆之星""管理之星""党员先锋标兵"等荣誉称号。

这就是中铁四局一公司南环铁路二分部的党工委书记朱恩胜，他以自己的诚心、真情和奉献精神在平凡的工作中创造了不平凡的事迹，他始终牢记使命，坚守职责，用无畏的精神和坚韧的毅力在这个特殊的战场上谱写着一曲筑路赞歌，用自己的实际行动在职工心目中树立起一面旗帜，体现了一个优秀共产党员的先进性。

朱恩胜不骄不躁，始终兢兢业业工作，任劳任怨做奉献。因为他知道，他肩上的担子还很沉重，前面的路程很长很远。

# 架起通向梦想的桥梁

## ——记中铁四局二公司机械分公司南环线架梁队长赵波

刘　爽　班　丽

2004年,毕业于西南交通大学的赵波,落户于中铁四局二公司机械分公司,先后辗转于杭州湾南接线、武广客专线、石武客专线、宁杭客专线、合肥南环线、杭长客专线等新线建设,负责箱梁架设任务。多年的现场工作实践,使他练就了一身硬功夫,对各种大型机械设备,特别是铁路、公路梁运架设备的管理和操作造诣颇深。务实的作风,严谨的管理,造就了赵波团队的辉煌。在他的带领下,架梁队曾多次荣获“先进班组”“优秀项目部”等荣誉称号。赵波个人先后被上级和业主单位评为“先进工作者”“先进个人”“优秀共产党员”。

2010年7月,刚刚完成石武客运专线架梁任务的赵波,接到通知,要求架桥机从石武线转场至合肥南环铁路枢纽,承担合肥南环铁路枢纽296孔箱梁的架设任务。在2个月的时间内要把900T架桥机设备从河北邯郸转场到合肥南环线,同时要确保9月28日架设首孔箱梁。这不是一件容易的事,赵波陷入工期紧逼的困境,面对重重压力,他沉着镇定、运筹帷幄;面对挑战,他不等不靠、迎难而上。凭着多年的施工组织经验,他迅速理清思路。将项目队人员分为两个作业队开展擂台赛,一队负责在邯郸工地对设备进行维护整修,引进专业的吊装队伍拆、运设备,他带领另一队马不停蹄赶往合肥工地,紧锣密鼓地展开了抢拼装、抢调试、抢认证等工作,一场与时间赛跑的架梁鏖战拉开序幕。

在赵波心里只有一个目标：全力以赴加快设备安装、调试，确保“9.28”合肥南环铁路枢纽成功架设全线首孔箱梁。为了赢得更多宝贵时间，他身先士卒，通宵奋战，带领全体队员每天围着架桥机忙碌。困了就在设备旁打个盹，饿了就啃方便面。在赵波的带领下，队员们团结一心，加速推进施工进度，为后期工程施工全面展开奠定了基础。

现实往往不尽人意。架梁机拼装到一半，赵波突然发现合肥梁型规格与石武客专梁型不同，比石武客专的梁低40厘米，运架设备根本无法满足箱梁架设需求，必须新加工一套下导梁。新的难题再次成为制约工期的障碍。赵波通过与厂家联系后，得知改造费用高达300万元，他沉默了。为节约生产成本，赵波在第一时间成立了QC创新技术公关小组，一头扎进工作室，潜心研究架桥机技术改造方案。他白天请教专家，沟通了解架桥机与桥梁间在不同工况下的受力情况，熟悉架桥机性能构造，晚上带领技术人员“泡”在工作室研究论证，最终确定了新的运架方案：将架桥机下导梁降低20厘米，桥面上增加一套高20厘米带斜面垫铁，解决了运梁车上导梁高差问题；将起重天车纵向增加17厘米，保持吊点位置一致；将纵行天车吊杆加长30厘米，直接吊梁。此项创新技术的成功应用，不仅使整体功效提高了四倍，还为企业节约生产成本300多万元。

能力越大，责任越大。施工过程并非一帆风顺，在合肥南环线包河特大桥架梁施工中，架梁设备需要多次转场，多次横跨高压电线，转场跨度大，安全风险高。并且分公司原有的DCM900型小轮胎运梁车，在长距离运输箱梁过程中，极易出故障、使用成本高。面对诸多潜在的危险和不确定因素，赵波脑子里又有了新想法：能否研制出一台经济实用、性能优越的中轮胎运梁车来替代小轮胎运梁车？2011年6月份，赵波带着新想法，通过与厂家对接，共同找到原有DCM900型运梁车设计中的不足，积极研究并反复论证改进方案。付出终有回报，历经3个多月的精心研制，赵波和他的团队将336个小轮胎改成68个中轮胎，悬挂系统由原来84个改成34个，液压、动力、转向和升降系统由整体改成独立，把运梁车由原来的摇控器驾驶改为方向盘驾驶，一台便于操作和维修又具有小轮胎轻巧、灵活等优点的新式设备成功诞生。改造后的运梁车长38米，宽6.1米，自重252吨，最大载重量高达1 000吨。不但解决了架梁设备在转场、长距离运输方面的问题，还成功弥补了摇控器与设备信号接触不良，存在安全隐患等缺陷，为顺利完成架梁任务做出了巨大贡献。

2011 年，对赵波带领的架梁团队来说是极具挑战的一年。根据铁路枢纽指挥部要求，2012 年 5 月 12 日前，架梁队必须完成全部箱梁架设任务。巨大的任务量意味着巨大的安全管控压力。为了做好安全生产保驾护航工作，赵波日夜坚守施工一线，与大家吃住在现场，各关键节点亲自把关。“相比卡死的工期，更让我放心不下的是安全!”谈及那段紧张而艰苦的架梁时光，赵波如是说。参加工作 10 多年来，他走到哪里，就把安全的理念、叮嘱带到哪里、哪里是安全管控的重点、难点，赵波忙碌的身影就会出现在哪里。

“安全无小事”，这是赵波时常念叨的一句话。作为队长，赵波在精心组织施工的同时，始终把安全管理放在首位。他针对箱梁运架过程中的安全管理工作，带领全体队员对存在的危险源进行排查、辩识和风险评价，建立健全了各种安全制度及奖罚措施二十余项，悉心编制了《安全生产责任制保证体系框构图》《重大危险源识别与监控措施》，将安全责任逐级分解，形成纵向到底，横向到边的安全管理体系。为使员工可以利用空闲时间，随时学习架梁安全操作知识，他将运架梁安全与分公司安全管理文件相结合，编制了《运梁设备安全教育知识手册》小本子，发到每位队员手中，确保了各项工作的顺利完成。

赵波不仅是施工生产的能手，也是思想政治工作的好手。受线下工程影响，南环线后期架梁多次长时间停工，架梁队错失了黄金施工季节，不可抗拒的生产任务集中加压在 2012 年上半年，民工思想一度浮动不定。对此，作为外协队伍“党员代表”的赵波，充分发挥自身优势，严格按照《外协队伍“党员代表”委派制工作手册》开展工作，坚持每周进行走访，找思想浮动比较大的外协员工谈心，掌握外协员工的技术特长、就业意愿，尽可能帮助他们解决实际困难。赵波的耐心交流，悉心指导和真心关爱，赢得了农民工的充分信任，每当外协员工遇到困难时，首先想到的就是找赵波帮忙。赵波用实际行动把创造条件、迎难而上的理念置于民工心中，稳定了员工思想。赵波满足的是民工的需求，民工回报给他的却是大干的热情。

在架梁项目队，赵波是最受欢迎的人，因为他有着过硬的技术和扎实的工作作风。身边的同事都亲切的称他“香饽饽”。现场干活的时候，只要看到有他在，大家心里才更加踏实，而赵波也总是出现在别人最需要的地方。架梁队里缺乏有实践经验、熟练的技术工人，他主动承担起导师带徒弟的重担，每天带领员工在干中学、干中练。一天工作结束后，赵波又利用休息时间，指导员工参加理论学习。他还利用施工间隙，有针对性的进行现场培训，自己首先演练一遍，然后让每个学员再去实际操作，取得了立竿见影的培训效果，为架梁作业队培养了一批能够独当一面的技术人才。迎着星星走，顶着月亮归已经成了赵波的习惯。每次架梁前，他几乎都是早上5点多就出发，到了现场自己先对架梁设备进行安全检查，等大家都来了，再带有关人员踏勘现场，查看桥梁到位后，能否直接从运梁车上吊架，不能吊架的该往哪卸，临时卸梁空间够不够等一系列问题。准备工作做足以后，他要求在架梁前，人员、机具提前一个半小时全部到位，严格执行班前施工安全讲话，强调安全注意事项，及时掌握桥梁到位时间。施工期间，为了加强现场防护，他片刻不离，盯控指挥，直到所有工序全部完成，他才真正松一口气。然而，这并不代表赵波一天的工作结束了，工人下班后，他还要再对机械进行一次检查，确保运架设备第二天能够顺利作业。他说：“费点事儿不怕，已经习惯了，这样我晚上才能踏踏实实睡个安稳觉。”

这个在工地上神龙活虎，备受欢迎的七尺硬汉，内心却也有着不愿流露的“伤心”，那就是对家人的愧疚。2012年5月12日，机械分公司在经开区特大桥成功架设了最后一孔自重552吨、长24米的双线铁路箱梁。已经一年多没回家的赵波，本以为可以好好休息一段时间，他拨通了家里的电话，告诉妻儿老小这个喜讯，可是话刚刚说完，又接到了新的任务：6月，杭长客专1 095孔的箱梁架设即将开工，架梁队立即出发。面对突来的任务，赵波连工装都没换，他收起对家人的牵挂，整理行囊，又一次踏上新的征程。

在十来年的时间里，赵波和他的架梁团队究竟付出了多少心血和汗水，架了多少座桥？他也记不清了。他只知道，他所架设的每座桥梁都是通往幸福的桥梁。

# 刘承良和他的突击队

## ——记中铁四局南环线四分部项目经理刘承良

许乃见

中铁四局四公司合肥铁路枢纽南环线四分部承建了合肥铁路南站、动车运用所,内跨庐州大道、机场专用线、徽州大道、经开区特大桥、包河大道特大桥等工程,项目总造价近20亿元。

负责该分部施工组织任务的就是32岁的刘承良,他是中铁四局四公司合肥南环线四分部项目经理。在施工中,刘承良和他的突击队围绕工程建设展开大干,全年完成产值6.6亿元,在南环线上打造"责任、拼搏、奉献"精神。

### 管理篇:工程建设管理标准化

提起中国中铁股份公司"优秀共产党员"、中铁四局"优秀共产党员标兵"刘承良,熟悉他的人都会竖起大拇指:"这个小伙子不简单,能干!"

被认可的背后是一连串的忙碌和艰辛地付出。从早上一起床刘承良就开始思考全天的工作了,每天七点二十分的点名会上,他要求自己必须清晰地把全部方案告诉职工。每周末的会议,开完局指的交班会后,再开分部的会议,细化任务,时间过得飞快,经常在不知不觉中就是午夜时分,会议结束时才猛然想起晚饭还没吃,办公室准备的方便面派上了用场。让他感到欣慰的是亲人的理解和支持。远在四川的岳父及亲戚来到合肥时,刘承良甚至抽不出时间来陪他们吃上一顿饭,他们理解刘承良是在“干大事”；久未见面的妻儿来到合肥，还是半夜才见到刘承良，见他忙成这样，第二天一早，妻儿踏上了返程，他们不愿让刘承良分心。

刘承良说：“工程人都是这样，在绘制祖国美好明天的同时，是很难顾全到自己小家的。”

不能照顾家，刘承良就把自己的满腔热情都投入到工程管理中，他在管段内全面推行四个标准化（管理制度标准化，人员配备标准化，现场管理标准化，过程控制标准化），并以标准化为主抓手，大力推进合肥南站项目建设标准化管理进程，使工程建设有序可控。

开工伊始，他就以管理制度标准化为基础，全面推进架子队全员教育培训工作，提升标准化工地建设能力。他依据铁道部《铁路建设项目现场管理规范》等文件，紧密结合项目特点，制订完善了《架子队管理文件及台账汇编》《质量保证体系文件汇编》《安全保证体系文件汇编》《党群工作文件汇编》等厚厚的几大本管理制度，结合项目实际，把公司及业主的管理要求细化，制定完善了各专业工程标准化作业实施方案等 9 类系列管理制度汇编，内容涵盖安全、质量、工期、成本管理、环境保护、技术创新等 6 大方面共 50 项管理制度、34 项操作规程，规范了制度的管理过程，并在合肥南站、动车运用所等各架子队成功运用，为推行标准化建设奠定了基础。

与此同时，刘承良加大现场管理标准化的力度，准确定位标准化工地建设标准，做到施工现场生产区、办公区、生活区布局合理；按照架子队机构设置要求，配备了专职队长、技术负责人，充分发挥架子队的现场监控作用。为提高作业人员安全防范能力，他组织全体人员进行安全培训，针对吊装、深基坑开挖、施工用电等人员进行重点授课，增强了作业人员的安全意识，强化了安全操作技能。

经过一年的辛勤付出，刘承良管理的管段在标准化建设方面，取得了良好的成绩，并在上海铁路局 2010 年二季度铁路标准化建设优胜单位评比中荣获“标准化工地优胜杯”；在合肥铁路枢纽建设指挥部评比中荣获 2010 年度“优秀项目分部”“标准化搅拌站”“标准化工地”“标准化架子队”等，刘承良个人获得 2010 年度“优秀项目经理”称号。

成绩的取得，源于他良好的传统习惯。早在2005年，刘承良在天津轻轨工程施工中参加的突击队就荣获了当时团中央的“青年文明号”，这也使他所带的队伍一直都有突击队的传统。

为了确保工程的顺利建设，刘承良在他的管段组织成立了“刘承良突击队”。“刘承良突击队”是一支朝气蓬勃、团结进取、拼搏奋进的战斗队伍。自组建以来，在刘承良的带领下，突击队员坚持“等不起”的紧迫感、“慢不得”的危机感和“坐不住”的责任感，紧盯安全质量，严把节点工期，力争产值效益，在“大干120天”活动中掀起高潮，最高日产值达680万元。

“刘承良突击队”针对分部所承建的经开区特大桥、合肥南站高架桥群、徽州大道框架桥和动车运用所等工程工期紧、难度大、技术高、质量严的实际，一方面，做好突击队的各项规划，大力宣传突击队，使分部全员自觉融入到突击队中。另一方面，以党建活动、劳动竞赛为载体，深入开展“刘承良突击队”活动，实现了哪里有困难哪里就有突击队员的身影。他们先后参加了南环线全线“第一桩”“第一台”“第一墩”施工，荣获局指挥部3月份劳动竞赛第一名。在合肥铁路枢纽建设指挥部2010年第一季度评比中荣获第一名，上半年评比中荣获“优秀项目分部”荣誉称号。

成绩的取得离不开每一个队员的辛勤付出。卞卫东是刘承良突击队队员，按照分工，他负责后勤。去年11月底，卞卫东妻子临近分娩，没人照顾，打电话让他回家照顾，当时合肥南站站场刚掀起大干热潮，他知道自己不能回去，就劝慰妻子，让家人代他去照顾。12月初，女儿出生时，他正在工地为拼抢产值而忙碌，根本顾不上照顾家和去看看刚出生的女儿。但也正是他们这种舍家为工程的精神，感动了身边的每一位人，南环四分部圆满完成年度任务，这是对舍小家为企业辛勤付出的员工们的最好回报。

刘承良突击队在大建设中还积极服务社会。7月12日，合肥市遇到了罕见的强降雨，望湖城小区浸泡在水中。刘承良突击队接到救援通知后，立即赶赴受灾现场：开挖沟渠、架泵排水、清理淤泥，连续2天2夜坚守在抢险现场，最终挖开了一条200米长、15米宽、12米深的

“战壕”，打通了地下排水管道，解除了防汛警报，得到了当地政府和群众的高度评价，合肥市给他们送去了“心系群众解民忧、同心协力共排涝”的锦旗。

2014 年 1 月 20 日，合肥下起了大雪，很多道路结冰，人车行走艰难。这时，刘承良突击队中的 6 名成员带着 2 辆平地车对包河区庐州大道道路进行清扫，确保了道路畅通，得到市民的好评。

## 施工篇：工程质量百年终身制

“合肥南站 1.5 平方公里范围内打下的 2 426 根钻孔桩，每个桩打入地下多少米，需要多少吨钢筋，谁绑扎的都进行了实名记录。”？合肥南站项目经理刘承良如是说。今后只要是施工过程中的哪个环节出现质量问题，可以立刻找出当时的管理人员，技术人员、施工人员以及监理人员，责任一目了然。

在标准化建设过程中，为确保各项工程质量，精心打造精品工程。刘承良在合肥南站积极推行工程建设终身记名制，他把每一个工程、每一道工序都责任到岗，分解到人，并严格执行《工序签认制度》，落实质量安全终身负责制，全面推行主要工序的交接验收确认、签认和留名制。施工中，合肥南站按照各种施工作业的特征，明确工序质量控制关键，规范填写内业表格，由相应管理及作业人员对各工序作业质量控制情况予以签字认可，并由施工班组、架子队队长、技术负责人、安质组长和质检工程师、质检员，监理单位监理工程师、监理员按规定进行现场检查确认。

工程建设终身记名制的实施，建立起了每个施工工序与环节的质量责任界定、追溯体系，一旦发现某个环节存在质量问题，可以立即找到责任人，在落实工程质量责任的同时，也强化了作业人员的质量意识，实现了过程控制标准化，为安全、优质、高效地建好合肥南站打下了坚实基础。

4 月 16 日，在南环线四分部最大墩身——包河特大桥 61#墩砼浇注施工中，为严控工程质量，“刘承良突击队”的队员们时刻盯在现场，吃饭喝水都在 8 米高的作业平台上，始终不后退一步，他们做到了全程旁站，并对墩身浇注进行严密监控，反复检查。持续奋战30多个小时，直到第103车混凝土浇注完成，他们才拖着疲惫的身躯走下墩身，最终一次性成功现浇了721方混凝土。包河特大桥跨越宿松路浇注连续梁时，项目书记李祥平带领管理人员全程监控，为确保1 000多方混凝土一次性成功现浇提供了保障。

在跨庐州大道框架涵施工中，“刘承良突击队”持续奋战了40天，有时要连续施工25小时，最终为确保8 000方混凝土的框架涵顺利完工奠定了基础。8月10日，包河大道特大桥连续梁需要一次性浇注混凝土，突击队中青年队员们发挥自身年轻的优势，从凌晨五点一直奋战到晚上八点钟。在中午时分，连续梁内模的温度达到了45度以上，负责浇注的人员进去就是通身的汗水，但他们依然坚持在各自的岗位上，并分成多个班组，半小时轮换一次，直到混凝土一次性现浇完成。

# 青春之歌

## ——记中铁四局八公司南环线枢纽项目副总工程师王锴

杨　谦

中铁四局八公司南环线枢纽项目经理部副总工程师王锴，有“80后”少有的成熟与稳重，在党旗下谱写了一首忠诚与责任的青春之歌。不了解他的人第一次看到未满30岁就当上项目总工程师的他，也许会有诸多疑虑，但是了解他的人，无不被他的精业和敬业所折服。刚从校园出来时的翩翩少年到如今辛勤耕耘的帅气工程师，工地就是他的家，企业就是他的舞台，在这个社会大舞台上展示了王锴的精彩人生。

细心的人可以发现，在每周的例会上，王锴都会提出一些建议和意见，尽管有时因为工程部事务繁重可能忽视了他的想法，但他总能乐此不疲。王锴勇于发现问题，敢于提出问题，善于解决问题。王锴还是一个热爱集体，融入集体，善于建设团队的人。

### 超前安排工作　合理组织施工

王锴担任八分公司南环线枢纽项目经理部副总工期间负责技术工作。领导技术工作与施工生产紧密结合，在站改期间事先做好施工的贯通测量、底砟摊铺、长轨铺设等步骤，并结合南环施工现场的实际情况，编制了切实可行的综合性施工组织设计，年度、季度施工计划及每月施工安排。他对重点和要害控制工期的工程编制了合理的专项施组和作业指导书。将项目工程细化为每道工序，逐一进行具体的施工安排和技术交底,并落实到人头,真正做到了技术指导服务施工现场,为南环项目部顺利完成肥东、长安集两大站改奠定了基础,使项目部在工程实践中得到了有益的锻炼。

## 爱岗敬业深入现场　服务一线指导施工

在南环项目部2012年底大干的施工高峰期,王锴经常深入施工现场,指导施工技术工作,并及时做好原始资料的积累和总结工作。长安集站改是在既有客专线上进行站改施工,这在全国铁路建设设计中尚属首次。施工方案与过渡方案工艺复杂,安全压力大。王锴在分析施工会议上说:“在客运专线站改就是燕巢幕上、鱼游斧中,一旦出现纰漏就是无法挽回的事故,容不得半点懈怠与马虎。”

站改期间他临危受命,详细的施工计划早已印刻在王锴的脑海里,井然有序的指挥大家都按照施工计划的时间节点、工序的交替有序推进。拆岔、清碴、运送每个步骤环环相扣。他知道任何一个细节都有可能关系到站改成败,只有面面俱到才能确保万无一失。

他本着严肃的原则,在技术工作方面,严格执行公司项目部的各项规章制度,保障了生产的安全有序、技术基础的正确。一是针对从事技术工作职工的纪律性,二是从事现场技术工作作业的规范性,从源头上杜绝安全隐患、技术隐患的产生。对于现场技术工作,强调标准化和规范化,严格按照相关技术指标及文件精神。如在2011年至2013年曲线和道岔的养护,历来是设备养护中最难也是最薄弱的。运用绳正法每次将曲线整治好后,保持时间很短,因而,在实际工作中也是投入劳动力最大的。2012年12月,王锴带领员工对管内的2条曲线进行了一次彻底整治。具体方法:一是先找出曲中点,然后两侧分点。二是找水平、拨正曲线,均匀石碴达到石碴饱满、捣固均匀。三是改轨距、打磨钢轨达到轨控标准不超千分之一标准。四是定位五大桩的埋设和标志、标识的从新刷写,最后用地锚拉杆按标准进行锁定。经过精心的整治和通过3个月观察检查,曲线稳定变化率低,有效的控制了曲线难整治问题。道岔的养护仿效了曲线整治的办法效果良好。

## 重视现场管理　坚持勤思好学

副总工程师王锴上任之初,由于工程技术人员紧缺,他要担负着整个工程的施工任务。为了缓解技术人员不足的矛盾,他前后引进见习生10余名,充实生产一线,由于见习生缺乏经验等原因,一时无法满足施工现场需要。面对这种情况,王锴采取了积极有效的措施:一是岗前讲课,安排见习生对简单的施工工艺上台讲课,锻炼了他们的胆量和口才,培养了他们的自学能力,量才使用。二是岗位培训,安排技术主管现身说法,组织新员工参观施工现场。三是结对子,项目部根据技术员的特点给他们配成10对"2+1"师徒对子,由导师、师傅进行传、帮、带。四是本着干什么、学什么,缺什么、补什么的原则,利用雨天和业余时间,进行专题讲座、课题讨论、问题解答、经验交流。五是思想教育,不但要带技术,还要带思想、带作风、带做人。王锴大胆采用技术分片负责制,让实习生'挑担子',负责一至两个道岔或者一段线路,进行分片技术管理,为他们的成长提供便利条件。在日常的工作管理中,他常鼓励同事奋发好学。利用晚间休息时间,工程技术人员之间相互学习,对于工作的合理分配及技术工作、资料运算进行交流,并积极鼓励其他人员白天到现场采集具体资料,回到项目部结合实际将线路技术资料的运算更加精准性、全面性。

王锴一直坚持勤思好学的习惯。利用工作之余,带领工程技术人员自觉认真学习党的路线、方针、政策,始终坚持向书本学,向群众学,向实践学,不断提高自身理论水平和综合素质,以适应社会经济发展新形势的需要。坚决执行党组织的各项决议和规定,做到多请示、多汇报,积极参加党组织的各项活动,主动和其他同志交流学习经验,沟通思想。通过加强理论学习,进一步强化了党政意识和服务一线意识,努力做到监管与施工、与技术、与服务、与提升的统一,不断提高自身综合能力,提升服务质量,使自己从思想到行动完成了由一名团员到一名党员的思想转变,适应了新的工作环境。在政治思想方面,严以律己,加强政治理论知识学习,不断提高自身的政治素质。在工作生活中时刻以身作则,引导、建议其部门其他技术人员保持积极向上的心态投身于火热的工作之中，并积极制定工作措施，同志之间展开相互批评与自我批评，将每个技术人员当作工作中的主人，真正发挥技术人员的积极性，增强了部门的凝聚力。

征尘未洗，豪情满胸。王锴表示在以后的工作中，一如既往，不懈追求，一步一个脚印奋力向前，用自己的行动再上新台阶。

# 梅花香自苦寒来

## ——记中铁四局电气化公司南环项目部九分部总工程师孙俊

邹 耀

在合肥枢纽南环线建设工地上，每天都活跃着一个忙碌的身影，凡是信号封锁要点的施工，都能看到他在现场从容的进行各项技术准备工作，尤其是在长安集站、肥东站站改施工过程中，从方案评审、施工组织到现场把关，大大小小几十次封锁施工，均能正点或提前开通，树立了电气化公司南环项目部的良好形象，为南环线工程建设立下了汗马功劳。

他就是中铁四局电气化公司南环项目部九分部总工程师、信号技术负责人孙俊。

### 技术先行　确立标准

合肥南环线是国内首次对客运专线进行技术改造，技术标准要求高。信号作为铁路运输系统的中枢，不能出半点差错，尤其是两端与既有客运专线合武线长安集站、合宁线肥东站接口改造工程，是改造的重中之重。面对客运专线的首次改造，孙俊没有成熟的技术标准和施工方案可参考，必须摸着石头过河。

摆在孙俊面前的第一个难题，就是站场形状随着道岔插铺不断改变，如果采用稳定的过渡模式，则每次变化都需要对列控中心及应答器报文数据进行修改，不仅给铁路运输造成很大的影响，而且软件多次修

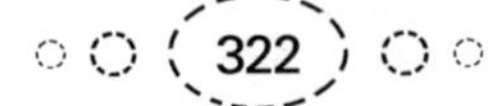

改需要昂贵的费用、潜在的安全隐患等,都给施工增加了很大的难度。为此,孙俊采取 CTCS2 - CTCSO 的过渡模式,这样能够尽可能避免大量数据的修改和安全风险。CTCS2 - CTCSO 的过渡修改在全路客专改造施工尚属首创。

过渡修改在技术上虽然可行,但由于没有实际施工先例,有没有成熟理论指导,所以谁都没有把握拍板。然而在合肥铁路枢纽工程指挥部的大力协调和支持下,孙俊联系多家设计院单位、原铁道部科技司、上海铁路局电务处、合肥电务段、各设备供应商技术专家、列控厂家等相关单位,进行研究论证,查找相关资料,虚心请教专业人员,在有关专家指导下,经过半年的研讨才确定了在长安集、肥东站两端进行 CTCS2/CTCSO 切换的方案,并决定把合肥枢纽内列车运行模式全部改为 CTCS0,待长安集站、肥东站站改结束后,恢复整个合肥枢纽的 CTCS2 运行模式的站改方案。2011 年 6 月 26 日,在经过设备管理单位以及上海铁路局评审通过后,进行一次性施工改造成功。

孙俊考虑到客运专线 CTCS2 区段站场改造,在全路施工尚属首次。为了总结 CTCS2 区间改造施工经验,为以后客运专线、城际铁路及高速铁路信号施工,提供一整套可借鉴的施工经验和技术,孙俊带领技术人员参与编制完成了《既有客运专线扩能改造信号系统施工技术研究》《既有客专线站改信号工程联锁、列控及 CTC 软件挂联调试施工工法》《客运专线列控 CTCS - 2 系统过渡 CTCS - O 系统施工工法》《客运专线扩能改造信号系统施工技术研究》课题,申报了电缆开剥器、模拟试验箱、挡砟墙钻孔支架等三项专利,科技成果已通过中铁四局和安徽省级评审,为今后客运专线、城际铁路及高速铁路信号改造施工,提供一套可借鉴的施工技术和经验。

## 鏖战现场　攻坚克难

“黑夜当被,大地当床,天上的星星就是明亮的灯光。”这是孙俊施工期间的真实写照。由于既有客运专线改造施工,大多施工点都被安排在夜晚,孙俊作为信号专业技术主管,他从设备挂联调试开始,几乎每个封锁点都坚守在现场,从人员安排到各设备厂家、设备管理单位的协调,试验过程中故障处理到每一个细节,他都安排得井然有序,一直到凌晨3点封锁点结束,参加完碰头会,孙俊回到项目部驻地天已经大亮了。这样的挑灯鏖战持续了一年多。回忆起那段时光,孙俊说只要把手机一关,躺下就能打呼噜,并且可以一直睡到中午,由于白天他还要安排协调夜晚施工的事情,因此一到上班时间,他的电话就响个不停。职工说,凡是孙俊参加的封锁点施工,那天他只能睡2至3个小时,因为他早去晚归,责任心非常强。

在合武线南分路站T1平台改造施工中的艰苦状况令孙俊记忆深刻。当时正值寒冬腊月,大雪纷飞,下车后要走几公里路才能到信号楼,半夜三更踏着皑皑白雪,到信号楼后鞋子里的雪都化成了冰水,冻的脚生疼。从南分路站到项目部驻地将近3小时路程,每次封锁点结束孙俊回到项目部时别人都开始上班了,为此他只能在回程的车里眯瞪一会儿。

除了克服夜间施工的艰苦,孙俊还要负责解决现场出现的技术难题。长安集站是合武线和宁西线交叉站,原计划2011年8月开通,由于列控平台设备需由原T1型号更改为T2型号,联锁增加双接点采集等变更,造成原试验完的联锁、列控、CTC软件全部要重新编写;由于长安集地理位置的特殊性,在夜间合武线运营天窗无行车后,宁西线还有部分普通客货列车运行,整个站场无行车时间就只有60分钟,给软件挂联和设备调试带来很大难题。

为了破解这个瓶颈,孙俊结合多年的信号施工经验,与工程技术人员、现场作业队长一起,针对现场实际情况,利用航空插座进行拆配线,不仅大大节约了挂联试验的拆配线时间,而且减少了线头来回焊的安全风险,得到了设备管理单位的充分肯定,并在后续的软件挂联试验、设备联合调试过程中发挥了重大作用。

2012年12月5日,通过近6个小时的大封锁施工,牵涉到联锁、列控、CTC等厂家,南分路、合肥西、桃花店、雷麻店站等多处施工点,工务、接触网、信号等多专业交叉施工,在经过近400个夜间天窗的施工准备后,终于在2012年12月6日凌晨4时5分安全正点开通了长安集站站改信号工程,为南环线既有线站改画上了一个圆满的句号。

## 强化管理　勇挑重担

面对有效施工时间短，资金不充足带来的影响，孙俊倒排工期，加强施工组织，采取“分清轻重缓急，两头向中间合龙，集中突击合肥南站”的思路，充分发挥技术人员的智慧潜力。在施工最紧张期间，孙俊需要协调长安集站、肥东站、合肥南站动车所、合福铁路等信号项目的统筹管理。现在项目部又承担了贵广四电集成施工、宁西增建二线站后通号工程施工等重要工程，因项目信号技术人员严重缺乏，孙俊为此经常晚上失眠，但由于重担在身，孙俊向管理要效益，加强协调和提高管理能力，做好现场技术交底书和技术指导书，进行技术方案把关，确保现场施工平稳有序。

合肥铁路枢纽工程指挥部下达了6月30日完成节点工期，7月1日达到静态验收条件的关门工期，延迟一天完成任务处罚两万元，没完成的单位在上海铁路局信用评价将受到影响。合肥铁路枢纽建设受资金短缺和工期滞后等影响，项目施工成本递增，员工收入不稳定，施工积极性受到影响。面对外部工期和内部压力的严峻形势，孙俊积极与车站协调施工天窗点，确保施工连续性，在最短时间抢出施工作业面，把任务提前完成，防止后期因为抢工期加大人力投入而造成的成本压力。

面对员工因收入问题产生的情绪的问题，孙俊每次都在施工间隙与员工多聊天，多沟通，化解员工思想顾虑。同时在大干期间，他积极为员工争取绩效工资的发放额度，向员工承诺的事情一定兑现。孙俊还利用个人跟作业人员、技术人员平时建立的良好关系，希望他们讲使命感，讲责任心，讲大方向，确保合肥南环线施工按期保质完成。孙俊还经常给员工和作业人员解决生活后勤问题，去年冬天，有作业人员反映作业队驻地洗澡不方便，孙俊积极和项目领导协商，及时给作业队配备了热水器，解决了洗澡问题，同时还给作业人员解决了床上三件套，消除了作业人员的后顾之忧。

自从全面负责合肥南环线信号工程施工及技术管理工作以来，孙俊常常怀念过去的岁月。孙俊开玩笑说，现在是孤雁独飞。由于公司项目不断增多,信号技术人员的短缺,以前奋战在南环线的战友纷纷奔赴公司急需的各个岗位,以前有了技术难题大家还能在一起相互探讨商量,自己可以专心从事技术工作,现在他需要统筹管理各项工作,常常感到身上的重担非常沉,面对压力,孙俊常挂口边的一句话,“信号不能出一点事,出一点事就是大事”。正是这份责任感,让孙俊无论遇到多大困难,都能从容应对,他现在最大的目标就是把合肥枢纽南环线建设好,为企业在家门口树立信誉,为企业早日建成一流电务施工企业奉献力量。

孙俊的汗水没有白流,他多次荣获合肥铁路枢纽工程指挥部“先进生产工作者”“先进个人”等光荣称号,并于2013年2月晋升为中铁四局南环线项目部九分部总工程师,负责南环线站后三电的技术管理和信号专业施工生产,肩上的担子更重了。南环线即将开通,后面的任务还很重。孙俊决心再接再厉,为合肥南环线顺利通车,促进安徽省社会经济大发展谱写新的篇章。

# 奋战在南环线上的热血青年

## ——记中铁四局交通园林公司南环线声屏障分部总工程师简敏

宫　乾

一提到简敏，熟悉他的人脑海中就会呈现出一位头戴安全帽，身披安全服，在工地上往来奔波、忙忙碌碌的年轻人。作为交通园林公司一名基层管理者，他用自己的辛劳和汗水践行了公司“百折不挠、锐意进取、志在必得”的企业精神，谱写了一曲青春赞歌。

简敏意志顽强，拼搏奉献，不知疲倦，是一位名副其实的热血青年。自2010年大学毕业后分配到交通园林公司以来，简敏先后参与了南京南站静态标识、石武客专河南段声屏障、合蚌客专等工程项目，在其指挥管理下的石武河南段声屏障项目获得业主颁发的“优质样板工程”奖项。2013年9月17日，他带领施工队刚刚完成了石武客专河南段声屏障施工安装后，还来不及喘口气，就又奔赴合肥南环线的铁路建设之中。

### 狠抓管理促生产

“勤勉务实”是同事对简敏的一致评价。自调任南环声屏障分部任项目总工程师以来，简敏始终坚持以勤勉的态度、扎扎实实的工作作风，开展施工管理工作。

交通园林公司承揽的中铁四局合肥铁路枢纽南环线声屏障项目总计设计声屏障23段，声屏障总面积为36 037平方米。产品型号涵盖桥梁2.15米、桥梁3.556米、路基2.95米等多种高度、型制的金属声屏障,设计工期10个月。交通园林公司作为局内唯一一个专业从事声屏障制作安装的单位,南环线声屏障项目给公司带来巨大压力,作为中铁四局“家门口”的声屏障项目,项目施工生产质量倍受社会关注。其中芙蓉路段桥梁声屏障需要横跨繁忙的市区菜市场及合九铁路干线,存在高空作业、人流密集、环境复杂等诸多困难,项目施工难度大风险高,给项目施工人员带来了极大的挑战。

顾不得洗去一身征尘,刚来到南环项目工作岗位的简敏就立刻投入到紧张的工作中去。当时人员设备尚未进场,整个项目部百业待举,他和项目经理一起,一不靠等、二不靠要,迅速理清思路,找准方向,从制度管理和工地标准化建设入手,做好管理工作。在项目部建场的同时,他配合项目经理严抓制度建设,组织制定了适合本项目特点的《声屏障分部施工管理办法》,对项目各部门、各分管人员的岗位分工、职权范围做了详细的交底,使项目部各项工作有章可循。按照工厂化、专业化、流程化、规范化的“四位一体”原则,抓好工地标准化建设和文明施工,努力做到施工生产制度化管理。在对外联络方面,他积极与业主、监理单位沟通联系,在较短的时间内理顺了上下级的管理脉络,打开局面,为项目部迅速投入生产创造了有利环境。

## 认真钻研创效益

南环线声屏障生产安装项目的任务工期为10个月,涵盖了生产、运输、安装、调试等多个环节。上万块金属声屏障屏体的加工组装、安装调试等工作,要在短短的10个月内完成,节点工期异常紧张。身为项目总工程师,简敏肩负着统筹安排施工生产的重任,他深知自身的责任重大,在施工生产的每个环节,他都把提高效率,节约工期作为一项重要的工作。为了节约生产工期,他带领工程部技术人员仔细研究了声屏障屏体喷涂工序,在原有的喷涂吊钩基础上进行优化改良,在不增加生产线长度的前提下,将线上屏体悬挂数量从原来的8个增加到12个,大大提高了单位时间内的喷涂速度,有效的提高了生产效率,仅此一项,就节约生产工期20余天。

在屏体板折弯制作过程中，简敏发现以往的折弯设备都是依赖后侧定位，实际过程中由于操作人员视线经常被模具遮挡，视线受阻，无形中造成了废品率的提高。通过与技术人员论证并多次试验后，将定位工序调整为前侧定位，实际操作过程中，操作人员可以清晰看见工件位置及尺寸并准确定位，大大降低了折弯废品率。

## 亲力亲为保安全

安全生产是一个永恒的主题。南环声屏障分部所承担的安装任务，以跨主干道多、跨居民区多、跨既有线多的“三多”而著名，施工安全压力大。为确保安全，简敏每天都要深入现场，亲自检查现场安全管理工作，亲力亲为，保障安全。在现场安装过程中，他根据现场实际情况，并针对跨芙蓉路及跨合九线声屏障高空作业、人流密集等特点，组织编制专项安装方案及安全防护方案，详细规定了安装过程中，在螺母栓等小型材料安装制作点下布设防坠落设施；在立柱吊装过程中设置双重保护装置等，确保施工作业安全。每天他还亲自检查地面安全疏导员及桥面施工防护等安全保障措施，对现场发现的安全问题，立即指出并就地整改，确保了施工过程的有序可控。在整个施工过程中，未发生高空坠物人员伤亡事故，安全管理取得了显著的成效。

## 规范资料建章立制

“精细化管理的基础在于规章制度的健全”。这是简敏经常强调的一句话。作为南环线所属分部，施工日志、产品试验报告、检验批、生产工艺规范等都是公司要求的必不可少的内业资料。

早在石武客专河南段声屏障项目的时候，他就体会到，完善的编制内业资料，不仅可以锻炼一个技术人员的能力，也是一个项目施工管控优劣的关键要素之一。因此，在南环项目施工过程中，他非常注重内业资料、文字及影像的收集和积累工作。在南环线的施工生产过程中，他多次强调，工程部、工经部、物资部必须按照规范要求编写日常动态、施工资料，每周他都组织检查，确保资料编制准确无误。他还要求工程、安质等部门加强对新工艺、新方法的收集整理工作，在施工过程中一些好的方法、有效的点子都要形成书面材料，编制存档。项目生产后期，在他的主持下，声屏障分部编制了成套的《声屏障制作加工工艺及质量控制要》、《声屏障安装工艺》等资料，填补了公司声屏障领域的制度空白。他还配合公司工经部门编制了适应现场实际操作的声屏障施工组织设计交底方案?，为公司今后的声屏障施工生产打下了良好的基础。

## 关心职工育人才

“没有不合格的员工，只有不合格的领导”，这句管理学上的名言也时常挂在简敏的嘴边。作为项目总工程师，简敏始终严格要求自己，专业技能、管理规范绝不含糊，以自己优良作风的形象，影响和教育了身边的年轻人。在南环线声屏障项目施工生产过程中，他坚持“建线育人”的原则，培养了一大批优秀的技术人才，从厂区生产到现场安装，通过召开技术交班会、导师带徒、现场作业指导等多种方式，对新分配到分部的学生用心培养，为刚刚工作的青年技术人员学习实践提供了良好的平台。同时，他还组织开展了场区加工岗位和现场安装岗位互换活动，使技术人员能全面了解声屏障从加工生产到安装成型的一整套过程，通过工序的相互了解，对工艺能有自己的独到见解。通过一系列举措，为公司培养了一批优秀的声屏障技术人才。

简敏同志作为百瑞得公司南环铁路的一名建设者，以他严谨的工作作风、扎实的专业技能受到了项目部和公司领导的一致好评，他以自己的实际行动，履行了一名项目总工程师的职责。正是由于他的不懈努力，南环声屏障分部先后荣获南环线业主“先进集体”、中铁四局“三工”建设“示范单位”、中铁四局“青年文明号”等荣誉称号，他个人也先后获得中铁四局“青年岗位能手”、中铁四局“优秀青年安全监督岗员”等荣誉称号。

简敏用自己的辛勤汗水谱写了一曲青年人成长之歌，用聪明才智为企业的持续发展做出了新贡献。

# 筑造通往梦想的钢铁长虹

## ——记中铁四局南环经理部钢构分部项目经理张雪松

江龙余

在安徽铁路交通的建设史上，合肥南环铁路枢纽注定是浓墨重彩的一笔，那高架在市区南部近 40 公里的客专线，开启了合肥快速铁路四通八达的新时代。在这蜿蜒壮观的桥梁群中，小角度跨越合宁高速公路的经开区及南淝河两座钢桁梁柔性拱特大桥犹如两道绚烂的彩虹，这是中铁四局集团有限公司员工奉献给合肥人民的一份厚礼，是中铁四局钢结构公司南环线项目部经理张雪松带领员工在党旗照耀下，为合肥大建设攻坚克难、拼搏奉献的钢铁承诺。

“要干就干最好，要争就争第一”这是张雪松干工作时给自己提出的要求。两座钢桁梁柔性拱特大桥施工均要跨越高速公路，施工区域跨度大、涉及两个行政区和 4 个村，施工临时用地需要移植树木、高压线改迁和广告牌拆除等较多，涉及地方政府 8 个部门，手续复杂，施工干扰非常大。面对如此大的拆迁量和复杂的地方关系，张雪松并没有退缩，而是义无反顾地挑起了这副重担。在跨高速公路施工协调中，涉及 11 个地方部门和单位，施工许可手续办理十分繁琐，兄弟单位办理施工许可手续历时 4 个多月。张雪松坚持每天一上班就跑省交通厅，省交通规划设计院，省高速公路公司，省、市交警大队，组织召开了 4 次协调会，终于在 1 个半月内办理完了所有跨高速公路施工的手续，并节省施工配合费用 1 200 多万元，受到业主的高度赞赏。他积极奔走在村委会、区管委会、土地局、规划局之间，通过多次的来回协调和利用社会资源优势,在没有交纳保证金和补偿费用的情况下,经开区特大桥于2010年9月5日进场施工,为施工生产赢得了时间和效益,仅此一项就为项目部节省70多万元。

作为南环铁路枢纽蜿蜒数十里的桥群中独具特色的两座特大桥各长461米,总重23 500吨,229.5米的主跨跨度居亚洲同类桥梁之首,柔性拱的制造、安装,代表当今铁路工程钢结构领域的高端技术,其施工工法被列为铁道部重点科研课题,不锈钢复合桥面板也是新材料在铁路钢桥梁中首次大面积使用,被列为上海铁路局2010年十大科技创新项目之首。两座特大桥小角度跨越合宁高速公路,更加大了安全施工的挑战性。张雪松领衔成立了科技攻关突击队和科技攻关QC小组,组织工程技术人员分别就加工制作和架设中的技术难题进行科技攻关。

"我们首先是'走出去,请进来'",张雪松先后邀请了在国内桥梁教学、研究和建设上享有盛誉的西南交通大学、合肥工业大学等院校来工地现场授课,还花大力气制作了关于这两座桥的三维动画。同时,还与合肥工业大学建立了"实践教学基地",成立了校企联合科技攻关小组,小组由项目部的技术人员和合肥工业大学的研究人员组成。合肥工业大学定期和项目部举行技术交流活动。"他们有理论,我们有现场经验,两家结合,互补互利,大家都有益。"同时他还鼓励员工带着施工生产技术问题去学习,先后派出6名科技攻关技术人员到合肥工业大学学习交流、10名技术人员到中铁山海关桥梁加工厂参观学习,多途径提高员工的技术业务素质和实践操作能力。在两年多的时间里,7名同志被公司提拔任用,通过传帮带,10名新分来的大学生和3名顶岗实习生都成长为独当一面的人才。

尊重科学,走专家治理路线,确保方案最优。针对合肥南环线钢桁梁柔性拱特大桥设计提出的吊索塔架双向悬拼方案,张雪松带领工程技术人员先后参观了跨黄河、跨榕江、跨钱塘江几座桥型相同且架设方法相近的特大桥施工现场,并邀请局内外专家多次到现场帮助指导,通过多次桥位勘察,并进行详细的施工调查,根据钢桁梁柔性拱无加劲弦的结构特点,提出了钢桁梁"多点顶推架设方案"。通过桥位精测,6位专家论证,从技术可行、安全可靠、工期可控、经济合理以及对高速公路影响五个方面综合比较,最终经专家论证确定了“多点同步顶推架设”这一方案。

科学严谨,深化设计,施工工艺精益求精。柔性拱拱顶至路面高80米,高空拼装作业安全风险大,柔性拱合龙难度大,无可借鉴施工经验,其施工工法,被列为铁道部重点科研课题,是本工程的安全控制重点和施工技术难点。张雪松组织科技攻关QC小组成员与合肥工业大学对柔性拱架设方案进行研究,反复核对有关数据,通过对技术、工期、安全、经济等方面综合比较,提出了国内首创的“带拱顶推,拱脚合龙”施工方案,得到设计院的和业主的认可。采用国内首创的“带拱顶推,拱脚合龙”施工方案,对柔性拱的加工精度和拼装过程的监控要求比较高。为确保钢桁梁和柔性拱的加工精度,制定了钢桁梁柔性拱“制造规则”和“焊接工艺评定”并组织专家评审。在杆件加工中严格执行工艺要求,并在工厂进行钢梁试拼装,试拼装合格后再运输到架设现场。

本工程的正交异性桥面板首次采用不锈钢复合钢板,属于新材料、新技术,新工艺,被上海铁路局列为2010年十大科技创新项目之一。焊接工艺要求严,质量标准要求高,焊缝检测难度大。张雪松要求项目部技术攻关人员通过多次焊接工艺试验,制定了桥位焊接指导书;联合中国船舶725所和同济科技两家科研院,共同制定复合桥面板焊接无损检测方案,并通过专家评审,填补了国内不锈钢复合桥面板在客运专线上运用的焊接检验空白,桥位焊接一次探伤通过率达到98% 。

科技创新,攻克施工技术难关。在钢桁梁架设过程中,对桥梁杆件结构的应力、线型、拱度和温度进行现场跟踪测量监控,确保桥梁施工状态始终处于监控允许范围;在柔性拱拱脚合龙中,通过认真分析和计算拱脚合龙点的应力、千斤顶的起顶位置和起顶力的大小,2012年2月12日柔性拱顺利合龙,2012年11月29日完成全桥落梁安装就位,南淝河特大桥于2012年7月9日柔性拱顺利精确合龙,攻克了大桥架设的一项重要技术难关,标志着钢桁梁带拱顶推柔性拱拱脚合龙方案的成功。钢桁梁柔性整体落梁施工中,经过精确计算、精心准备和周密部署,利用4台1 000吨竖向千斤顶,通过机电液集中控制系统同步起顶,经过8个轮次100毫米的落梁施工循环起落,于2012年11月30日整体落梁就位,创造了国内落梁施工的大吨位、新高度,实现了小角度跨越高速公路施工安全质量无事故的既定目标。业主3次发来贺电对项目部取得的成绩表示祝贺。人民日报、中国建设报、中国企业报、人民铁道报、科技日报、安徽日报、安徽工人日报、安徽新闻联播、合肥新闻联播等多家新闻媒体对柔性拱架设中的科技创新点、技术难点进行专题报道,扩大了企业的知名度。

通过外出取经、校企联合、专家指导和刻苦钻研,南环线项目部申报的"高速铁路钢桥桥面板""带拱顶推钢桁梁柔性拱支撑框架""带拱顶推钢桁梁柔性拱支撑抱箍""钢桁梁柔性拱桥正交异性桥面板板块的拼装胎架""大跨度连续钢桁梁带拱顶推装置""大跨度钢桁梁多点顶推系统及其顶推工艺"等9项专利中已获得2项发明专利,5项实用新型专利,另2项发明专利处于实审阶段。"三跨钢桁梁柔性拱桥分段拼装多次带拱顶推施工工法"分别获得2012年度国家级工法和安徽省省级工法,项目部QC小组分别荣获2011年、2012年"全国工程建设质量管理小组优秀奖"并在《铁道标准设计》《土木建筑工程信息技术》《桥梁建设》《工程与建设》等杂志与期刊上发表论文9篇。2013年6月,张雪松荣获安徽省"争当合蚌合福合肥南环铁路建设先锋"劳动竞赛先进个人。同年,南环线项目部获得安徽省工人先锋号称号。2013年10月,高速铁路桥梁技术深化研究——合肥枢纽南环线新建工程钢桁梁柔性拱施工技术研究获得中国钢结构协会科学技术奖一等奖。2014年2月,高速铁路桥梁技术深化研究——合肥枢纽南环线新建工程钢桁梁柔性拱施工技术研究获得中国铁路工程总公司科技特等奖。

一束束弧光在桥面闪烁,一根根杆件在空中舞动,一颗颗高栓在杆件中穿梭,它们连接着桥梁也连接着张雪松与桥梁的感情。两座"彩虹桥"见证着他的成长,他也目睹着大桥的飞越!

日复一日,在合宁高速上空巨大的钢桥在6个水平千斤顶的推拉下渐渐的向路的中心延伸,直至凌空跨越。蓝色的钢梁,恰似湛蓝的海面,中国红的桥拱,犹如初升的太阳,两座彩虹桥以近25层楼的高度矗立在合肥市的南大门,俯瞰着东来西往的车流。挺拔的身姿映衬在斜阳下,在合肥市民的眼中,它毫无疑问的是又一座新地标。

“钢肩担重任,铁手绘彩虹。”面对难啃的硬骨头,张雪松在党旗的引领下恪守钢铁承诺,以挑战自我,超越自我的理想信念,在一座座钢桥梁建设中迎难而上,勇往直前,带领全体员工攻坚克难,勇闯难关,拼搏奉献,在安徽的土地上飞架了一道道绚丽的彩虹,谱写了一曲曲桥梁颂歌!

# 情系工地“物资人”

## ——记中铁四局合肥铁路枢纽南环线材料厂长杨建治

卫功存

杨建治，长期工作在一线建设工地，先后担任宁启、宣杭、铜九、阜阳站改、上海动车段、杭州东站、合肥南环线、宝兰线等工地材料厂厂长。杨建治服从组织安排，任劳任怨，虽然工作地点不断变动，环境不断变化，但对物资供应的热爱和执着精神，勇于追求、永不满足的工作热情从未改变。

2009 年 12 月 3 日还在出差途中的杨建治，接到命令后火速赶回合肥，接受了新的工作任务：担负合肥铁路枢纽南环线工程物资供应的任务。紧迫的工期，严峻的形势，容不得他多加思索，便全身心投入到火热的施工建设当中。南环铁路具有建设工程量大、工期紧、技术标准高、质量要求严等特点，又是安徽省的形象工程，合肥市的窗口工程，上海铁路局的重点工程、更是中铁四局的“家门口”工程，杨建治决心安全，优质、高效地完成物资供应任务，树立中铁四局的良好形象。

安徽省省会合肥市正处于大建设、大发展时期，整个城市就是一个建设大工地，由于资源竞争激烈，造成资源匮乏，尤其是地材都要从上百公里以外采购。身为一厂之长的他，急得吃不下饭，睡不好觉。工程刚中标，材料厂还未来得及组建上人，工地就开始急用材料。凭多年的工作经验以及供应商资源优势，一面积极保供应，一面广泛做好资源调查，先后深入到车站、码头、采石场、砂场、发电厂、钢材市场等实地考察。一双刚换不久的新鞋，不到 20 天，鞋底已磨去大半个，每天天不亮出门,晚上深夜才回厂。南环铁路工程施工单位点多面广,由于工程刚开工,近10个参战单位的施工便道尚未形成,各供料点存料条件差,材料送多了放不下,送少了供不上。全线8个搅拌站,水泥、粉煤灰、砂石料、钢筋加工场等都要合理调配,白天忙于工地和资源调查,晚上还要谋划安摊建点、新厂筹建、人员安排。凭着自己多年的经验,杨建治以最快的速度在南环经理部中率先完成安摊建点,迅速掌握了资源一手资料。为选择有资质、有实力、讲诚信的供应商,他建立了合格供应商名录,由经理部、各分部、材料厂参加的招(议)标,实行阳光采购,公开竞标,迅速形成供应能力,严格控制物资采购质量安全,对所有物资经过货比三家,比质、比价、比服务,并对所有商家以及地材源头进行实地考察,取样送检,不合格物资严禁进入施工现场,一经发现立即清场。由于各项工作超前谋划、组织严密,为整个南环工程掀起大干热潮赢得了时间,争得了荣誉,受到业主和经理部的一致好评。

俗话说:"没有规矩,不成方圆。"为加强各项管理,必须建立一套行之有效的管理措施、制度和预案。杨建治从细微入手,规范管理,动员全厂员工献计献策、深挖潜力。他先后制定了21项管理办法及制度,4项应急预案,严格各项内业资料的收集、整理,要求业务人员深入施工现场,按照物资进场程序严格验收,及时办理各种物资出、入库手续,坚持每天到现场了解库存情况,适时掌握材料消耗规律,及时建立"物资限(定)额供应台账",并建立责任追究制,提高服务现场意识,真正体现了"宁肯自己千辛万苦,不让用户一时为难"的服务理念。

为充分调动全厂员工投身到大干热潮中,展示材料厂的风采,他适时组织开展了"五比两争建南环,物资保障冲在前"劳动竞赛、"高扬党旗战南环,建功合肥大建设"党建主题实践活动以及创"双优"(工程优质,干部优秀)活动。团结带领广大员工以实际行动诠释"勇于争先、永不满足"的理念,激励员工人人争当学习型、知识型、技能型、创新型员工,个个争当"星级员工",使活动不断引向纵深发展,促进物资供应保障工作。在2011年9至11月全国开展节能减排期间,各地分别进行了为期3个月的拉闸限电行动。特别是10月份,安徽省周边省份也都进行了拉闸限电,几乎所有的水泥企业已停产等电,周边省份根本无水泥可以调剂使用，直接造成水泥价格飞涨，甚至有价无市。南环线的中标水泥厂家完全靠库存进行供料，由于当时安徽省开展联合治超一号行动，以及柴油价格疯涨，汽车加油难等现象，造成水泥供应紧张，附近单位的工程有的已停工。在这种情况下，杨建治带领材料厂一班人沉着应战，启动应急预案，做好全盘分工，各司其责，分片把关。为确保水泥顺利到达，专门安排一名副厂长驻巢湖，督促水泥厂家多往南环线发货，派人到运输车辆的必经路段进行巡查，为运输车辆探路，并为运料司机下高速到工地路途中带路；在司机到工地卸车后，由工地配合进行加油，确保水泥供应充足。为留住运料司机，为司机提供盒饭等。在资源有限的情况下，进行统一安排，将不同品种的水泥按用途调至最需要的地方。由于措施得力，合理组织，在合肥市许多建筑工地停工待料的情况下，南环线工地仍呈现一派繁忙景象，保证了施工的顺利进行。

作为一名党员，杨建治深知自己的一举一动都会影响到身边的同志，他总是以一颗平常心去对待每一个人，把党组织的温暖通过自己的言行传递给每位同事，处处身先士卒，急工程之所急，忧工程之所忧，让共产党员这一光荣称号在身上闪烁发光。

# 工程“创双优”　庐州“铸丰碑”

## ——记中铁建设集团合肥南站项目部

李青华　张晓丽

这是一片古老而又令人瞩目的土地。合肥古称“庐州”，是一座有2 000多年历史的古城，素以“三国故地、包拯家乡”而闻名海内外。

合宁、合武、合蚌、合福等多条高铁在此交汇。2012年9月，中铁建设集团有限公司合肥南站项目部“跑步进场”，在这块美丽的土地上“屯兵扎寨”。自进入合肥南站施工现场以来，合肥南站项目部以“保质量、保进度”为主线，攻坚克难，全面落实以“安全、质量、工期、效益、环保、创新”的建设方针，积极开展争创“工程优质、干部优秀”活动，出色完成了各项施工建设任务，在庐州大地铸就出一座地标性精品工程，向安徽人民交上了一份满意的答卷！

## 安全生产：承载建筑生命的厚重

安全，多么美好的字眼，让人倍感亲切！然而在现实生活中，却常常发生令人触目惊心的事故，每次事故都提醒人们：“安全重于泰山”。

在安全生产教育培训会上，中铁建设集团有限公司铁路工程总指挥部安全总监戎建军说：“安全靠什么？安全靠责任心。在我们的工作中，安全隐患随处存在，事故随时都可能发生。只有增强责任心，强化安全意识，安全生产才能不受威胁；只有增强责任心，安全才有保障，生命才会更美好。”

合肥南站建设工程规模大、周期长、劳动强度高。在建设过程中，项目部始终坚持把安全装在心中,时刻绷紧安全这根弦,严格贯彻安全生产方针,落实施工安全管理制度、建立安全生产责任制,制订并落实《事故应急预案》,坚持“安全第一,预防为主”的原则,把安全贯穿于生产全过程。

在合肥南站建设历程中,项目部领导亲力亲为,雷厉风行,坚持以标准化管理为主线,以“431”工作法为抓手,突出全员、全过程、全覆盖、全项目的行为管理,严抓质量与安全,带头实行领导责任包保,坚持现场办公,督促关键性施工,竭尽所能加快所有工程项目进度,不断领悟和演绎着“捍卫质量、保卫安全”的真正内涵。

合肥南站项目部在每个单项施工过程之前,都要进行安全技术交底,认真执行安全技术措施,围绕深基坑的开挖、洞口的临边防护、超高模板的支拆和高空危险作业等难点施工,建立有效的安全防护措施,杜绝发生事故。

合肥南站项目部员工 80 余人,党员 15 人,大学本科学历有 50 多人,其中 35 岁以下的员工就占 46% 。如何让这支年轻队伍,既团结又有战斗力,项目部总经理王伟和党支部书记张光庆、副经理孙大鹏、安全主管闫振兴可下了功夫。他们坚持定期对施工现场和生活区进行安全生产检查,不管是现场施工中的安全防护措施,还是消防设施的摆放、消防器材的检查、安全警示标语的粘贴等等,细心查找可能存在的安全隐患和风险源。

对于查出的风险源,项目部立即建立台账,并派专人负责,定期复检,把一切隐患消灭在萌芽之前,做到安全生产零隐患。

针对有些工人安全防范意识薄弱,不注意防护自身安全的情况,项目部定期召开安全生产培训会,让每名工人充分意识到安全生产对自己生命和家庭的重要性。“事故往往就是在精神走神、思想溜号、违章操作的情况下出现的。一旦出了事故,轻则受皮肉之苦,重则缺胳膊少腿,甚至连生命都没有了,家人还要为你承担痛苦与不幸。”张光庆对大家说,“我们的生活是美好的,家庭是温暖的,何必为一时之错、一念之差,付出如此沉重的代价。”他的话语字字千斤重,句句扣在工人们的心上。

## 样板技术:彰显建筑生命的灵魂

合肥南站站房建筑共六层,地下四层,地上二层,局部设计夹层。在工期紧、任务重的施工条件下,项目还面临着高强度、大体积、混凝土浇筑、超高模板支撑体系的搭设、缓粘结预应力新型施工工艺的探索、拉索幕墙新型技术的运用等难题,这些困难考验着项目部的施工组织能力,考验着建设者的精神意志与胆略。

面对困难,项目部迎难而上,认真梳理施工组织方案,加快重难点工程、控制性工程进度。在建设中,为了保障施工质量,项目部经理王伟经常告诫大家:"要严格执行好下属施工单位的技术交底,必须使每位工人明白施工的步骤、施工过程中的重难点以及预控方案;同时加强推行样板先行的科学制度,通过样板检验材料、工艺设备的选择,明确专业交叉施工的注意事项,指导后续全面施工的步骤。"

2013 年 1 月,合肥南站站房进入主体结构施工阶段。站房主体的大体积高强度混凝土浇筑是施工难点,其中的 104 根带圆弧清水混凝土框架柱全部采用聚羧酸外加剂高强混凝土浇筑,成型质量要求高,施工时气泡不易排出,且施工时弧角模板安装偏差不易控制等,容易导致框架柱施工后外观质量较差,与设计要求存在较大的偏差。

为避免问题的发生,项目部多次邀请铁路建设行业资深专家就清水混凝土浇筑成型的质量技术、风险预控专题进行全面培训,形成专家论证。在项目总工程师李双来的带领下,白天项目部的技术成员顶着炎炎烈日穿梭于施工现场,观测记录清水混凝土框架柱样板浇筑并记录数据资料,分析质量风险因素;晚上拖着一身疲惫埋头于办公桌前查询施工技术的资料,不断修正施工技术方案。项目部提出严格对模板清理、打磨以及涂刷脱膜剂的验收管理,保证模板表面平整光洁,强度高、耐腐蚀,并具有一定的吸水性。

项目部的技术成员为了降低弧角钢模板安装偏差产生的质量风险,反复进行弧角模板预拼装,直到观测整体合格后编号组装。

为保证钢模板的透气性,他们确定了更加合理的混凝土外加剂配置比例,使控制气泡数量在可控范围 5% 之内。在项目副总工程师朱雯清的组织下，通过多次试验混凝土的配合比较，在浇筑的同时采用附着式振捣器固定在模板外侧进行振捣，从而使气泡能从混凝土中均匀排出，浮浆表面无气泡。通过技术先行、样板先行的科学方法，最终保障了104根带圆弧清水混凝土柱子表面平整光滑、色泽均匀、无碰损和污染。

样板引路，层层推进。项目部在技术先行思想的指导下，充分发挥“样板工程”示范引领作用，以点带面，抓好现场管理和过程控制，保证了2401根工程钻孔灌注桩会战告捷，保障了主体结构大体积混凝土的成功封顶，为合肥南站精品工程的顺利交付打下了坚实的基础。

## 质量控制：支撑建筑生命的脊梁

合肥南站破土动工以来，项目部“跑步进场”，经过3个月桩基施工、2个月承台开挖、5个月紧张主体施工，全年无休、火力全开，快速推进工程建设进度。期间，项目部克服2013年江淮地区50年不遇高温天气，在持续37至40摄氏度高温中错峰施工，上午早上班，晚上多加班，合理安排施工工序，抓节点，抢重点，全力保证施工进度不受高温天气影响。昼夜不停进行施工生产，取得了丰硕成果。

在安质部部长张坚的推动下，合肥南站站房建设项目从开工进场就严格落实质量保证体系，坚持质量管理制度，建立健全质量岗位责任制和质检跟班作业制度，保证每一个部位、每一片区域都有专人落实、专人负责。

“质量就是企业的生命，是支起企业这座大厦的脊梁，也是支撑自己命运的保障。把握质量就是给企业添砖加瓦。因此要视责任如泰山，在细节中要追求精益求精，用真诚的态度对待每一道工序。让我们把‘质量就是企业的生命’这一观点用心、用脑融入到工作中去，让我们的产品能够经历时间的检验，五年、十年、二十年，甚至一百年，我们的产品依然屹立不倒，这就是质量部门的历史使命！”张坚经常对部门员工说，“在工期紧、任务重的压力下，我们不忘超前谋划，制定预备方案，全面推行标准化管理，抓质量控制。组织精兵强将加班加点，采取穿插作业，全天候不间断施工，强化现场监督，确保施工质量、安全和进度。"

项目正式开工前,在项目经理、项目总工程师的策划下,负责工程质量的技术人员细致地研究施工图,就合肥南站整体施工的质量策划,从源头防范质量风险。张坚带领安质部成员对于每一道工序,严格执行《质量验收规范》,从严把控原材料实验关,跟班盯控现场半成品加工和施工过程管理,发现问题立即通知架子队质检员改正,层层落实责任。在质量验收过程中,采用三步验收的做法:首先让施工队伍自检,其次再由项目部组织验收,确认合格后再上报监理单位验收,以确保每一个部位都符合要求,保证每一个细部节点都是精品。炎炎的烈日晒黑了这群年轻人的皮肤,却晒不黑他们充满激情的心;倾盆大雨淋湿了他们的衣服,却淋不湿他们忠诚于人民的高尚情操。

钢筋的锚固长度、弯钩的尺寸、直螺纹套筒的连接、梁柱节点的衔接、主梁与次梁交接的吊筋箍筋、模板支拆、混凝土的振捣等等,都一一检验,符合要求后才能进入下一道工序。为了提升项目部员工的质量意识,规范施工队伍的操作,质检人员一手拿相机,一手拿笔记本,穿梭于施工现场的每一个角落,随时记录并保存质量检查的第一手资料,建立质量问题台账,并在每天的工程例会上以幻灯片的形式播放,对问题则责令施工队伍限期整改,以保证合肥南站的施工符合规范的要求,从而实现合肥南站的"精品工程"的目标。

2013 年 5 月,张坚在现场检查站房承载层和 20 米长框架梁(截面 1.5 米 ×2.4 米)施工,发现钢筋接头质量不合格,当即要求拆除重新加工绑扎,班组 8 名成员经过 3 天的紧张施工,直到合格完成任务。

安质部及时组织开展混凝土质量通病治理、科技攻关、劳动竞赛和质量创优提升等活动。在频繁检查中,项目部始终以最优质的工程质量、最全面的现场管理、最有序的施工组织展示在各级领导面前。

## 科技创新:推动建筑生命的动力

合肥南站是合肥铁路枢纽南环线工程的点睛之笔、经典之作,徽派建筑的功能性与文化性尽显其中。其设计有机融入"粉墙矗矗,鸳瓦鳞鳞,棹楔峥嵘,鸱吻耸拔"的徽派建筑元素。新站房整体简洁大气,典雅清新，彰显“粉墙黛瓦、五岳朝天”的徽派建筑风格；轻盈舒展的屋面，与徽派建筑“四水归堂”的建筑形式巧妙结合。

合肥南站作为大型铁路站房工程建设项目，任务重、单体工程量大、工程交叉施工、结构复杂、科技含量高，建设工期只有两年时间。项目部多次组织召开技术创新大会，集思广益，扩展新思维，积极探索和采用新工艺、新技术。

2013 年夏季持续高温，这给合肥南站大体积、高强度混凝土浇筑带来了技术上的难题。按照施工技术规范和施工节点的要求施工，后浇带需要经历 60 天的时间才能进行有效施工。在间隔如此长的时间段，有时会有垃圾杂物不慎落入后浇带，而梁板钢筋密集、清理难度大，导致施工中存在一定的质量隐患；同时超长后浇带贯穿于整个结构体系，遇梁断梁，遇墙断墙，遇板断板，给施工带来诸多不便，严重制约着整个工程的进度。

如果不能及时完成高架候车大厅混凝土浇筑的施工，就不能为屋面钢结构吊装和站台层的 12 块站台板的施工提供作业平台，这将严重影响整个项目工期计划，也为 2014 年沪汉蓉全线按时通车蒙上了一层阴影。

在严峻形势下，只有修改方案、采用新型的施工工艺技术，才是项目部唯一的自救良方。项目部经理王伟、总工程师李双来多次与建设单位和设计单位进行沟通，阐明采用新型的“跳仓法”施工工艺，取消高架候车层后浇带的施工作业的必要性。

按照“跳仓法”的施工进度和质量要求，项目部根据施工图将整个高架层分为 4 个施工区域，31 个仓段；四个区域跳仓施工，分仓浇筑，平行作业，互不干扰。为控制混凝土的内外温差和应力变化，项目部技术人员、试验人员、质检人员全天候驻扎现场，一点一点、一步一步的测量、记录数据，保证每一仓的变化都在可控范围内，保证每一块的混凝土浇筑都满足设计要求，保证每一区的弹性模量、偏差都符合技术规范。

通过“跳仓法”的成功实施，不但缩短了高架候车层施工工期，同时还为后续屋面钢结构的整体提升、站台层的大面积展开赢取了宝贵的时间。

新型"跳仓法"施工工艺的运用,只是合肥南站技术创新的一个缩影。它与大跨度拉索幕墙、大跨度悬索幕墙等一系列新型工艺的运用,共同构成了合肥南站创新建设的一大特色。

项目部秉承"铁道兵"善打硬仗、能打胜仗的优良传统,发扬"特别能吃苦、特别能战斗"的铁道兵精神,以"保质量、保安全、保稳定、保开通"为目标,夜以继日,挑灯鏖战,追求卓越。用"以人品赢取尊重,以精品回报社会"的理念,用对事业的忠诚和辛勤的汗水,共同铸就合肥南站的辉煌,为锦绣河山的皖江大地树立起一座丰碑,惠及一方百姓。

## 廉政建设:保持建筑生命的洁净

"工程建起来,干部倒下去。"近年来,工程建设领域的职务犯罪案件多发。如何进一步强化预防重点工程建设职务犯罪?如何加强工程管理,打造优质工程、精品工程、百年工程?

合肥南站项目部全体员工从未忘记过自己的职责与身上的担子,时刻警醒自己,保持内心的洁净,用朴实的心服务人民,用真挚的情努力工作。

在工程建设中,为加强工程管理,强化预防职务犯罪,项目部党支部和合肥枢纽指挥部、合肥铁路运输检察院积极开展争创"工程优质,干部优秀"活动,并以此契机,做到项目建设和廉政建设"两个工程"一起抓,"工程优质、干部优秀"两个目标一起创,项目安全和干部安全"两个安全"一起管,对工程的每一个环节,标准要严格,流程要细化,监管到位、问责到底,为党员干部营造不敢腐、害怕腐的监督氛围。

"党风廉政建设,不是纸上谈兵,要落到实处。工作中坚持原则,实事求是,不弄虚作假,不搞特殊化,不利用职权和工作之便向任何单位或个人吃、拿、卡、要、收、送各种礼品,尤其我们的个别岗位和环节,每天都会和资金打交道,绝对不能为一时的利益蒙蔽双眼,做出后悔一生的事情。"张光庆在全体员工大会上说,"我们项目就工程招投标、合同管理、资金使用、物资设备采购、财务管理及劳务工管等方面都设立了严格的规章制度,这些制度就好似行车的车轨,按章办事,按轨道行使,才可以走得更远。”

“为了实现‘创双优’目标,我们先后制定了合肥南站项目部《项目经理廉政责任制》《工程项目廉政谈话制》《项目经理廉政责任追究制》《党组织在工程建设中的廉政议事规则》《廉政议事规则》等管理制度,建立了长效机制。”项目部经理王伟说,党支部不定期组织党员开展廉洁教育、观看反腐倡廉宣传片。

本着“教育在前、预防在先”的原则,项目部党支部成员分层次、有针对性地开展教育谈话,定期与关键岗位的同志谈话,了解廉政情况,力求通过教育谈话筑起思想的防腐屏障。党员领导干部和管理人员,纷纷承诺自觉遵守相关法律法规,廉洁从业。

关口前移,使各项权利在监督下科学行使。在工程建设施工中,项目部成员参与招投标、材料和设备的采购和检验、验工计价、竣工验收、工程款支付、财务管理等重要环节注意跟踪监督,发现问题进行廉政议事,及时提出意见并要求有关部门整改,并对违反廉政责任的领导、干部实施廉政责任追究制。

项目部不定期举行廉政协议签署会议,时刻警醒每一个员工恪守本职,不为歪风邪气所动摇。此外,合肥南站项目部与合肥枢纽指挥部、上海华东监理站、中铁二院工地设计组联合签署了廉政建设协调互控机制协议,在每月末工程例会上,项目部总是不忘对“创双优”情况进行点评,努力改进不足,保持队伍纯洁性、先进性。

百舸争流,奋楫者先;创先争优,持恒者远。新落成的合肥南站,闪烁着决策者的智慧,凝聚着建设者的心血。合肥南站建设者的丰功伟绩永远载入中国高铁建设史册!

# 巧用“六招”　保障“粮草”

## ——中铁建设合肥南站物资材料管理纪实

邹　杨

新落成的合肥南站，像一株亭亭玉立的广玉兰，高洁、挺拔，舒张她玉琢冰雕的花瓣，展示她生生不息的力量。

建设合肥南站，所需的各种原材料类别多、数量大，管理稍有疏忽就会造成原材料的巨大浪费。

如何控制成本支出难题？如何保障现场每立方水泥、每根钢筋、每平方米石材等原材料的安全、优质、经济、精确供应？这些难题考验着中铁建设集团合肥南站项目部管理人员的智慧与能力。

“办法总比困难多。”项目部努力探索实践，当好“账房先生”，巧用“六招”，管控原材料采购“供应链”，优先必保“粮草先行”，保障了合肥南站重点工程如期建成。

### 一招：控制材料计划

“兵马未动，粮草先行”。建筑工程中的材料就像行军中的“粮草”一样，它是现场施工稳步推进的后备保障。物资部材料管理人员就像是合肥南站的“粮草押运官”，人人以高度的责任感，履行职责，不遗余力做好材料的管控工作。

“采购材料在工程项目中占成本投入的比例达 60%，有的甚至高达 70%，而且进场材料的质量又直接影响着建筑工程的整体效果，采购材料的成本支出将直接影响建设工程的最终效益。”谈起工程管理，物资部部长李春安说。

在工程管理中，物资部时刻牢记“没有亏损的项目，只有亏损的管理”理念，建立健全物资管理体系，严格执行原材料管理制度，努力通过合理、有效、及时的方法管控项目材料。

合肥南站项目经理部在项目成本策划完成后，编制出《物资责任成本管理策划书》。这是对整个施工过程中预计使用所有材料的总策划，也是对项目部整个施工阶段材料款的总预算，对今后的材料采购计划起着指导和管控作用。而其中的《物资成本策划分析表》和《周转料策划方案》更是需要物资部合理规划、细致统筹，确保合肥南站工程质量、进度、工期有效运转的前提下，实现项目的整体经济效益。

物资部是后勤保障的重要部门。物资部 7 名管理人员在制定《物资成本策划分析表》时，着重掌握各项实体材料和非实体材料的收入和支出情况，清晰了解总承包合同中的相应条款和价格组成，并进行有效的成本效益分析。在制定《周转料策划方案》过程中，他们主要是针对钢模板、木胶合板、碗扣架、U 托、安全网等周转材料的策划，包括对周转材料的周转次数、使用数量和使用时间等内容，严格遵照本项目编制的《施工组织设计》要求进行编写。

根据《施工组织设计》和《施工方案》等技术文件，物资部精心编制《物资总备料计划》，以指导整个施工过程进料和管理；在项目施工过程中，根据工程进度和现场物资材料的使用情况和剩余情况，执行《物资月份采购计划》。月计划是针对下月的材料所需作预计，如计划中存在遗漏或不足，可在当月规定时间内为完善原计划，再做一次补充计划。

为配合现场做好材料进场准备工作，在每批材料进场前，物资部要求技术人员需出具《物资进场通知单》，以保证材料计划的合理性、及时性和有效性。

## 二招：遵章实施招投标

“只有拥有稳定的供应结构，才能使原料的质量保持长期稳定。”物资部人人明白，工程中所用到的材料，无论是钢筋、水泥、混凝土等结构性材料，还是防水、防火、管道等功能性材料；无论是租赁的设备材料，还是采购的设备材料，均需严格执行招投标管理制度。

材料的采购工作，从招投标开始。项目部在招投标活动中，严格遵守《招投标法》，并认真落实《物资管理办法》的相关规定，从供应商的资质、生产能力、公司规模、业绩状况等硬件入手，结合招标材料在市场中的供需状况和价格波动，与投标方的报价材料做比对，根据综合评比，最终确定中标单位和中标价。

“用最合理的价格，采购最优质的材料。”物资部作为招标采购行为的主要部门，在招标工作中恪守“公正、公开、公平”原则，以严谨的工作态度，为项目部的材料采购严格把关。

项目部通过对材料人员进行招投标管理，信息系统的培训，在实际操作过程中加强信息电子化管理。项目部对材料的招标工作，从拟定招标文件、发布招标公告、发标、回标、开标，到评标、定标的整个流程，都在招投标管理信息系统中体现。最终的评标汇总表，清晰地表述当次招标活动中的中标价、中标单位和中标理由。通过这种操作模式，使项目部的各项招标工作更加明确、完整地在系统中呈现，亦对项目部的物资采购管理工作起到了监督和促进作用。

同时，在需要询价采购的情况下，项目部通过实地考察、网络询价及电话询价等多种方式相结合，坚持“货比三家”的原则，对各询价参与方进行综合评比，最终选定材料供应商。

通过上述方式，他们从材料采购的源头上管控了材料采购，有效地防止了不合格的材料进入采购环节，为项目的施工质量打下了良好的基础。

## 三招：依法签订合同

国无法不治，民无法不立。

合同是一种具有法定约束力，并通过法律来保护供需双方合法权益的协议。工程建设中处处可见合同的身影。同样，在建筑材料的采购或租赁活动中，合同也不能缺少，需方通过与供方订立物资买卖或租赁合同，可以有效地避免供应采购过程中的潜在风险。例如，材料供应的数量、质量标准、验收方法，材料的运输和交货方式等，都需要在合同条款中有明确体现。

通过对合同条款的细化，明确供需双方各自的权利和所需履行的义务，既可保障项目部工程材料需求的数量和到货时间，也可规避潜在的风险，降低损失，保障了项目部的合法权益。

项目部在合同履行完成之后，还应对供应商进行履约评定，建立诚信档案，如实记入《供方履约评定表》，并以此作为定期更新《合格供方名册》的依据，这对今后的再次合作或是公司其他项目部的供方选择，会起到一定的参考作用。

项目部将法律武器和规章制度有力的结合，通过执行《物资管理办法》和《合同管理规定》等相关规章制度，材料管理体系更加趋于完善，确保了项目部材料质量符合标准，为有序推进精品工程，安全、优质施工提供了有力的保障。

## 四招：规范进场验收

合肥南站工期紧、任务重、材料需求量大。项目部始终坚持"周密策划，精心建造，优质高效，实现承诺"的质量方针，加强对进场材料的验收，无论是对钢筋、水泥、混凝土等主体材料，还是对用于形象外观的装饰材料，或是对整体提升的钢结构，项目部都组织相关人员组成验收小组按照《物资管理办法》和合同的规定，进行统一验收，以保证施工中所需的材料符合设计和施工图纸要求，保障合肥南站工程建设施工的整体质量。

每当材料进场前，物资部就新到材料要求技术人员出具《材料进场通知单》，在材料到达项目部后，组织材料、质检、安全等相关专业技术人员及监理单位共同验收，强化监督制约。核对来料的批次、时间与《进场通知单》是否一致；检查材料的规格、附件等是否齐全有效，特别注意钢筋等大宗材料的质量证明文件与实收材料是否一致，并在接收清单上注明；通过点验、尺检或过磅的方式检查来料的数量与《进场通知单》是否一致，并与供方货单核对无误后签字确认。通过相关人员共同验收，有效避免了来料的潜在风险，确保了材料的质量。

## 五招:科学存管材料

材料到达项目部,经过验收合格后,应及时发放施工队伍,并签订《限额发料单》,或入库存放,建立台账,避免因随意放置而导致材料损伤或丢失。

库存是保护材料品质和数量的关键环节。在库存过程中,要针对不同类别的材料,采用对应的储存保管方式。

项目部建有多个小库房,用于分别存放不同特性的物资材料。比如,电缆电线与螺栓螺帽、铁丝及废机油等材料,需分门别类地置放。在库房内部合适位置,贴明标签,清楚地标记了材料的品名、规格及数量等信息,以方便区别和取用。

按照《物资管理办法》的要求,项目部对于钢筋、钢模板、木胶合板等大型材料,码放于室外设定的料场内;对于碗扣架、各种型号的卡扣要区分型号、码放整齐,各种材料在存放过程中均需按入场时间的先后顺序,从里到外,依次码放,确保材料的使用遵循先进先出的原则。

项目部运用科学的存储方式和管理方法,切实做到材料的防盗、防火、防渗、防潮、防变形,有效地保持了材料的品质;每日对库房和现场存放的材料进行巡查,重点检查现场材料的使用量和剩余量是否一致,存放位置是否便于现场施工,并形成相应的数据资料加以保存;同时落实每月盘点工作,核对各种材料的发料数和库存数,以此为依据建立相应台账。

## 六招:明确账目细结算

内业资料是反映材料管控的实体介质,在材料管控中的每一步操作,都应在内业资料中有所体现。例如,发料形成的限额发料单,材料出料场形成的出门证等。

项目部严格执行标准化管理,以现场实际施工状况为基础,使用统一的表格、单据,进行内业资料记录和填报。分门别类,存放各类资料。例如,明细账、收发料记录、出门证、限额发料单等,使用资料盒区分存放,并附上侧封和标签,这样就使各类资料一目了然,在查阅的时候也非常方便。

材料的结算和付款，主要以合同和进场资料为依据，严格执行《合同结算管理办法》。针对当月进料的供方，负责材料款结算的人员明确记录好所进材料的验收合格情况，包括合格材料的品名、数量、规格、时间等，与供方核对各项信息无误后制作对账单。根据对账单报财务结算，最终按合同条款在次月按比例给付货款，形成结算和付款台账。

诚信、创新永恒；精品、人品同在。合肥南站的建设，从场地的平整到地基的施工，从主体工程的浇筑到屋面钢结构的提升、二次结构的砌筑，从幕墙方案的初步探讨到整体精装修，铁路建设者走过 600 多个日日夜夜。物资部从点滴做起，做实、做细材料管控工作，为推动合肥南站工程建设立了汗马功劳！统计材料显示，2012 年 10 月至 2014 年 7 月 20 日，物资部安全、优质、高效地完成了物资材料保障供应任务，5.6 万吨钢筋，10 万吨水泥，22 万吨沙子，34 万吨石子，已凝结成了美丽的合肥南站。

# 鏖战三国古战场

## ——中铁建设合肥南站项目部工程纪实

薛晓强

安徽合肥，中国中部地区一个正在崛起的城市。这个今日声名鹊起的“大湖名城、创新高地”，1 700 多年前，曾是三国古战场，张辽大战逍遥津的故事一直在这方热土上流传。甲午马年金秋，一座标志性雄伟而美丽的建筑——合肥南站在这儿耸起。

合肥南站设计最高集聚客流量 9 500 人，具有结构复杂、科技含量高、设计标准高、质量要求高等特点。承担站房建设的中铁建设合肥南站项目部的建设者们，以直面困难的担当意识、追求卓越的执著态度、敢打硬仗的无畏勇气、不断创新的进取精神，倾力打造这个百年工程，用汗水和精神在包公故里留下一段传奇佳话。

### 疾进，像夸父逐日一样追赶工期

2012 年 10 月 17 日，合肥南站举行开工典礼。

在此前的一个月，中铁建设合肥南站项目部已开始运作了。集团公司 2012 年 9 月 18 日中标后的第 10 天，合肥南站项目部就开始在合肥安营扎寨。9 月 30 日，看完现场后的项目部经理王伟、党支部书记张光庆等不由得眉头紧锁——周边的建设都在干得轰轰烈烈，就剩下南站长不足 400 米、宽不到 200 米的一个“孤岛”。处于被“包围”状态的他们，如何将大型机械开进来？怎么把建筑材料送达工地？如果不及时解决这些问题，怎么可能在两年时间里完成这个总造价 20.69 亿元、总建筑面积 99 284 平方米的巨大工程?

项目部兵分数路,火速行动。大批人马立即开始平整场地、修建临设;工程技术人员加紧研究图纸,熟悉场地;部分项目部领导及管理人员抓紧时间走访兄弟单位,协调关系,特别是施工便道需要从别的单位借用,这更是当务之急。

孙大朋从哈尔滨工地上飞到合肥后,身份就由哈尔滨项目部架子队队长变成合肥南站项目部工程管理部部长。新晋职务后的他首个考验,就是解决便道问题。

一圈跑下来,到处吃闭门羹。工期压力下,他无奈只得偷偷地使用别人的便道,可对方毫不客气地给阻拦了。孙大朋也是年轻气盛,可是,他强压下自己的脾气。通过各项关系周旋,好容易找到那家单位的负责人,可对方根本不理。他硬是在他办公室门口呆着死死守候了 3 个多小时。终于,精诚所至,金石为开……

工期,建设者的生命线,绝不可懈怠的。抢工期不可取,可是,通过科学组织和加大投入,把工期掌握在控制范围内,才能为自己争取主动。所以总体方案明确后,不仅要步步紧逼,而且要未雨绸缪,防止可能再出现的影响工期因素。

“战斗”从基础工程打响。项目部决定要这首个环节打一个漂亮仗。在合肥枢纽指挥部和中铁建设工程指挥部指导下,他们根据场地及运输等条件,将桩基础施工分为三个区域,同时展开施工。灌注桩直径最大为 1.2 米,桩长最深的 70 米,共 1 370 根。按照合肥枢纽指挥部的要求,工期在 12 月底全部完成。面对工期压力,王伟显得十分冷静。其实,干过几个大客站站房的他们都积累了一定的施工经验:增加设备,全天候开工,人休机器不歇。他与项目部班子磋商后,急速从各地调集了 28 台旋挖钻、冲击钻等大型机械,项目部领导、管理人员带班作业,施工现场桩基实行 24 小时不间断施工。

那段日子,合肥地区的秋雨连绵,给施工带来极大困难。工地上“王伟青年突出队”旗帜高高飘扬,突击队队员生龙活虎,干劲冲天。项目部加强后勤保障力度,为现场管理人员配发棉雨鞋、军大衣,晚上送夜宵,现场管理人员鼓足了干劲,踏着泥泞,不分白天黑夜,紧锣密鼓的施工,日成桩最高达30根,于2012年12月20日全部完成桩基础施工任务,创造了桩基施工的奇迹。

开挖承台,预示着主体结构建设开始。但遇到的问题比桩基础施工有过之而无不及。王伟又组织了深基坑开挖专题方案小组,邀请知名专家,根据现场实际情况,制订了相应的基坑开挖方案及防治塌方的预防措施,安排了施工工序,保证了承台开挖的顺利推进。在南有高速公路,东、西、北三面都有单位紧张施工,四周道路十分拥堵情况下。项目部主动与各兄弟单位沟通,不到一个月,站前单位按照项目部拟定的移交顺序,交接了作业面,为项目部道路硬化提供便利,实现了施工便路畅通无阻。

一难刚破,一难又现。2013年1月20日项目部接到文件:站前单位运梁车2013年5月通过合肥南站站房D轴轨道层结构,务必于2013年4月30日完成该区域结构,交出工作面;2013年7月15日沪汉蓉正线铺轨,该正线桥两侧结构至高架层于2013年6月30日完成……那一天是农历大寒,王伟接到文件后心里也凉了半截:因为按这样的节点,将给站房后续施工带来极大困难。还有一个更现实的问题:20天后就要过春节了,前段时间甩开膀子拼命干活的员工正急切等待回家团圆呢。可如果春节放假,工程的节点肯定是无法保证。

项目部果断提出:春节无休,管理人员要坚守一线守岁,继续施工。项目部党支部及时开展思想工作,号召党团员发挥带头作用。党团员、管理人员和技术骨干纷纷响应。春节时,全体参建人员只在除夕下午和大年初一上午各休息了半天。项目部还开展了劳动竞赛活动,工程总指挥部常民书记强调,要以劳动竞赛活动为载体,将竞赛着力点放在如何加快施工进度、完成节点工期中心任务上来。乍暖还寒,工地上却是一派热火朝天的景象。

2013年4月24日,是中国第一颗人造地球卫星上天纪念日。就在这一天,合肥南站站房D轴轨道层最后一块浇筑顺利完成!

尽管建设者拼命追赶着工期,但因施工"逆作法"等影响,保证工期还是相当困难。大客站承轨层、高架层及楼面混凝土浇铸,都是采用"后浇带"法,却每隔5米左右距离时,要留一条约80厘米"空白",在2

个月后再进行浇铸，以释放钢筋的内应力等。如何把这2个月的时间争取回来？项目部专题研讨觉得，民用建筑上"跳仓法"施工给他们以启示，即将整个层面划出31个单元，从两端隔一个单元、跳着进行混凝土浇铸，如是，则完全可以消弥两个月的时间"天窗"！项目部将方案提报、审批后，2013年6月15日，组织召开了高架层跳仓法施工方案专家论证会，认定切实可行。这样，大大加快了承轨层、高架层的施工进度，更为后期抢抓屋面系统施工进度打下坚实基础。

3个月桩基施工、2个月承台开挖、5个月紧张主体施工，全年无休息，快速推进工程建设进度。期间，还遇到了江淮地区50年不遇的高温天气。项目部不分昼夜，仅2013年9月就浇筑梁板21块，混凝土量超过1.56万立方米，创下集团公司单月浇筑之最。

2013年10月底，历经8个月的全力奋战，合肥南站主体结构接近尾声。而此前3个月，项目部已经着手二次结构施工前期准备工作。统筹组织，合理安排，合肥南站项目部不懈地追赶着工期，确保工程如期完工。

"这真是一支名副其实的铁军!"合肥枢纽指挥部指挥张守利感慨道。

## 高标，安全质量不容出半点差错

合肥南站建设的工程质量目标是：全部验收合格率100%，争创中国建设工程最高奖——鲁班奖；安全目标为：确保零伤亡、零事故。

要实现这个目标，谈何容易。合肥南站协调难度大，工程涉及铁路站前和地方地铁、市政南北广场、东西高架匝道、高架线下停车场、合宁高速公路改迁等多个项目，大面积、大跨度、多空间相互交叉作业，施工队伍多，专业技术复杂，组织协调工作千头万绪。工程包括深基坑开挖、高大模板支撑、屋盖提升、预应力张拉、幕墙安装等专项施工，危险因素多……

在项目正式开工前，项目部就对合肥南站整体施工的质量策划，从源头防范质量风险。一开工，便全面落实"安全、质量、工期、效益、环保、创新"六位一体的建设方针，坚决贯彻"431"工作法和"四图一表"

的科学模式,严格落实质量保证体系。他们抓原材料控制。砂、石料必须水洗后方可使用,严把防水、止水材料的采购关和进场检测检验关。接触网线夹、低压配电柜统一招标后要做好驻厂监造、出厂试验、现场检验、现场试验等工作;抓工装设备、设施。对道岔吊具和组装平台、钢筋对焊机、接触网放线车及混凝土拌和运输、灌注设备,严格检验,科学使用。抓工艺工法。优先采用国家级或部级工法;推行新工艺工法,必须坚持试验先行,实行首件认可,在具体操作和实施过程中做到不走样;抓保障措施。围绕质量保证体系的建立及运行,体现事事有流程、有标准、有责任人的要求,确保体系有效运行、过程严格受控,实现闭环管理;围绕落实质量终身负责制和各项管理标准,完善激励约束和考核评价机制,提高质量监管的针对性和有效性。严格技术交底,让每位工人明白施工的步骤、施工过程中的重难点以及预控方案;特别是强推行样板先行的制度,通过样板检验材料、工艺设备,指导后续全面施工的步骤,对质量的保证至关重要。

2013 年 1 月,站房进入主体结构施工阶段。站房主体的大体积高强度混凝土浇筑是施工难点,其中的 104 根带圆弧清水混凝土框架柱全部采用聚羧酸外加剂高强混凝土浇筑,因施工时气泡不易排出,且弧角模板安装偏差不易控制等,容易导致框架柱施工后外观质量较差,达不到成型质量要求,但内在质量并无影响。但项目部意见一致:把建好的柱子砸毁,对质量不能有丝毫马虎。

如何解决这一问题?继续走“专家”之路!项目部多次邀请资深专家就清水混凝土浇筑成型的质量技术、风险预控专题进行研究,并对项目部技术人员进行全面培训。项目部工程技术人员白天顶着炎炎的烈日穿梭在施工现场,观测记录清水混凝土框架柱样板浇筑并记录数据资料,晚上埋头于办公桌前查询施工技术的资料,分析数据,修正方案。最终决定:严格对模板清理、打磨以及涂刷脱膜剂的验收管理,不仅保证了模板表面平整光洁,而且具有强度高、耐腐蚀,并具有一定的吸水性的优点。为了降低弧角钢模板安装偏差产生的质量风险,他们反复进行弧角模板预拼装,直到观测整体合格后编号组装。为保证钢模板的透气性,他们确定了更加合理的混凝土外加剂配置比例,使控制气泡数量在可控范围5%之内。他们通过多次试验混凝土的配合比，在浇筑的同时采用附着式振捣器固定在模板外侧进行振捣，从而使气泡能从混凝土中均匀排出，浮浆表面无气泡。通过技术先行、样板先行的科学方法，最终保障了104根带圆弧清水混凝土柱子表面平整光滑、色泽均匀。

项目部对质量要求从严从高。比如，钢筋的锚固长度、弯钩的尺寸、直螺纹套筒的连接、梁柱节点的衔接、主梁与次梁交接的吊筋箍筋、模板支拆、混凝土的振捣等等，只有符合要求后才能进入下一道工序。为保证施工质量，项目部的质检人员一手拿相机，一手拿笔记本，穿梭于施工现场的每一个角落，随时记录并保存质量检查的第一手资料，建立质量问题台账，并在每天的工程例会上以幻灯片的形式播放，对问题则责令施工队伍限期整改，以保证合肥南站的施工符合规范要求，从而实现建设合肥南站“精品工程”的目标。

2013年10月23日，合肥南站接受建筑工程优质奖“长城杯”评审专家们的检查。评审团专家对工程建设、安全质量十分满意，给出了“组织得力、目标明确、措施齐全、质量不错”的正面评价。

质量过关，安全也同样出色。在南站建设过程中，项目部认真落实“安全第一，预防为主”的原则，把安全贯穿于生产全过程。在每个单项施工过程之前，都要进行安全技术交底，认真执行安全技术措施，对于深基坑的开挖、洞口的临边防护、超高模板的支拆、高空危险作业等建立了有效的安全防护措施。高空坠落，是南站建设一大安全关键。项目部不惜成本，在所有施工区域全部安装了防坠网，并实施严格管理制度。消防是又一安全重点，他们划分区域，严格用电制度，在可能引发火灾的地方加强消防器材配置，并多次进行大型消防演练。不仅如此，他们对现场和生活区进行经常性的安全生产检查，不管是现场施工中的安全防护措施，还是消防设施的摆放、消防器材的检查、安全警示标语的粘贴等等，检查不留死角，处罚不留情面。对于查出的风险源，立即建立台账，并派专人负责，定期复检，把一切隐患消灭在萌芽之前。

“南站建设过程中没有发生一起安全事故，可以说是个奇迹。”合肥枢纽指挥部党支部书记万传新说。

## 创新,以后发优势打造完美站房

合肥南站单体工程量大、工程结构的复杂,而建设工期只有仅仅两年时间。项目部确定以创新思维、创新力量,去保证工期、保证质量、保证安全。

通过交换作业面,突破交通难题,保证材料运用通道,是创新;以“跳仓法”施工,将民用建筑工艺用于铁路大客站站房建设,为工期争取 60 天有效施工时间,是创新;清水混凝土浇筑成型时采用外加剂配置排除浮浆表面气泡,保证柱体光滑、完整且环保,是创新……创新的旋律,一直在合肥南站上空回旋、飘荡。

合肥南站造型设计与徽派建筑造型特点交相辉映,站房取徽派建筑粉墙黛瓦的风格特征,引入“四水归堂,五岳朝天”的设计理念,徽派建筑的文化性和功能性尽显其中,整体简洁大气,典雅清新,将站房实用性与观赏性完美融合。其屋面面层采用铝镁合金板,中间安装采光天窗玻璃,外观宏伟大气,内感舒适温馨。其建筑采用双向正交正放桁架结构。桁架结构平面投影为矩形,最高点高度 38 米,最低点 32.2 米。桁架屋盖南北长约 390 米,东西长 201 米,东西向悬挑 27.5 米,南北向悬挑 24.5 米,总重 10 754.6 吨。如何把如此沉重的一个巨大的“顶盖”,“举”到空中? 这也是国内大客站站房建设中难得一见的创举。

项目部通过多论证,首次采用超大型构件液压同步提升技术。可钢屋面面积之广,跨度之大,使得网架整体结构及每个细节的精确度成为一个重大考验;结构之繁,不仅仅考验项目部钢结构技术员,同时对焊接工人来说也是挑战。他们先将如此庞然大物分割五片,首先将最小最轻的一块重约 1 000 吨的钢屋盖,14 台液压机均衡地分布在 7 根直径为 1.6 米的柱子上,以每分钟 30 厘米的速度进行提升,提升过程中必须绝对同步,绝不容许有毫厘差错,否则就会造成不堪设想的后果。他们以高精密的跟踪仪器监视同步情况,又升一段距离,再停下测量、确认,直到完全同步、绝对平衡才进行下一步工作。

第一片“钢屋盖”升空后,他们循序渐进,面积不断增大,重量不断增加，速度也不断地加快，陆续将其他 4 块也“举”了上去，终于，将巨大的钢屋盖安全“举”到空中，安徽建筑史上一项纪录也由此诞生。

在合肥站南的幕墙前，中国幕墙协会一位副会长驻足良久：幕墙晶莹通透，采光极好。更让他着迷的是，那些金属装饰条上无牵引、下无支撑，怎么会悬浮玻璃中呢？

这是一个美妙的创意，又是一个大胆工艺创新。合肥南站的幕墙采用的技术在全国铁路所有大客站中独树一帜。大跨度拉索幕墙、大跨度悬索幕墙等一系列新型工艺的运用，成了合肥南站创新建设的一大特色，也赋予了合肥南站与众不同的品质。

其实，作为上海铁路局第四大客站站房，合肥南站项目部充分发挥了“后发优势”，项目部人员先后请教上海虹桥站、南京南站、杭州东站建设指挥部负责同志，充分借鉴他们的建设得失，在这些基础上提升建设品格。此前大客站站房，出现屋顶雨天漏水现象。这是因为那些建筑的屋顶上都有消防所需的排烟装置——烟窗，以便万一出现火灾时排出室内的烟雾。这烟窗与屋顶是用胶条咬合的，胶条是化工产品，时间一久胶条老化便不能“严丝合缝”，雨天时特别是大雨时，雨水就会从胶条处渗下。项目部在合肥枢纽指挥部支持下，采用改用民间的“老虎窗”形式，让其侧面作为排气口，万一火灾，烟雾可冲开侧面的通气口，但雨水无论怎么大也淋不进室内。

像上海铁路局所有新建客站一样，合肥南站也采用地热泵，通过水循环自然调节站内温度。这种十分环保的建设理念，在南站得以光大，135 个天窗，可以用来控制站房的温度、光线，比起传统方式，更为节能降耗。但相对而言，合肥南站的供暖效果会更好，因为增加了一个锅炉辅助设备，当遇到寒冷天气的时候，这个辅助设备可使室内达到理想温度。可以想象，它将为铁路总公司倡导的“三个出行”，提供了良好条件。

合肥南站，一座现代化的站房，昂首在巢湖之滨，她像一个美丽的音符，凝固在充满希望的江淮大地。马年金秋，一列列动车组如一条条蛟龙从那儿鱼贯而出。安徽人民知道，那是中铁建设集团在江淮大地的杰作，那是“特别能吃苦、特别能战斗”的铁道兵精神在三国故地的绽放。合肥南站项目部全体员工，秉承中铁建设集团“诚信、创新永恒，精品、人品同在”核心价值观，以实际行动，诠释了“建一个工程，立一座丰碑，交一方朋友”的誓言，用“以人品赢取尊重，以精品回报社会”的理念和对事业的无比忠诚，践行了“实现共赢”的团队理念，向安徽人民，向中国铁路交上了一份满意的答卷。

# 奏响成本管控“五部曲”

## ——中铁建设集团合肥南站项目部合约部精细化管理纪实

孔智勇

2012 年 9 月 18 日，中铁建设集团有限公司成功中标新建合肥南站站房工程，合同总造价 20 多亿元。

这项工程总建筑面积 99 284 平方米，雨棚面积 61 280 平方米，站场总规模为 22 站台面 26 线。站房建筑分地下一层，地上二层，具有体量大、结构复杂、科技含量高、设计标准高、质量要求高、工期紧、施工难度大等特点，对施工单位的施工技术水平、成本控制要求严格。根据建设单位要求，集团公司积极谋划，迅速建立起合肥南站项目部架构，跑步进场，组织施工。

成本管控是一篇大文章。面对合肥南站这一重点工程，如何加强预算管理，科学控制成本，把每一分钱都花在刀刃上？

在合肥南站建设过程中，中铁建设集团有限公司合肥南站项目部合约部围绕“抓效益、保安全、促进度”九字方针，积极探索精细化成本管理新思路，精打细算，多措并举，奏响成本管控“五部曲”，实现了降本增效的预目标，为高铁建设成本管理积累了经验。

### 第一部曲：注重成本前期策划，有效管控成本

“凡事预则立，不预则废。有一个好的开篇布局，成本管理就等于成功了一半。因此，前期策划工作则显得尤其重要。”合肥南站项目部

合约部商务经理邓开慧说,成本策划属于项目成本的事前管理,是实施项目全面预算管理的基础,是项目生产经营管理的重要组成部分。

合肥南站项目部合约部努力做好成本策划,大力推行"全方位、全过程、全员化"的成本管理体制,提高成本管理的科学性和预见性,形成了一套科学、规范、系统的责任成本管理体系。

工程开工后,项目由合约部牵头,技术部、物资部、财务部等部门配合,及时熟悉并落实总包合同条件和图纸,分析工程盈亏点,研判合同潜在风险,确定造价管理特点和难点,深入研讨对策,拟订有针对性的、详尽的施工方案和各种预控措施。经过项目部各部门通力配合及上级单位的精心指导,他们制订了成本策划书,达到技术方案和成本策划双预控。

一是对总包合同及承揽背景、总包合同条款进行交底分析,不利合同条件采取规避及应对措施,有利合同条件做出具体规划并落实到人。

二是按照现有施工图,制定切实可行的技术方案,充分考虑人工市场价格、当地施工定额、造价管理配套文件等因素,组织相关业务部门测算项目的预计收入及支出。

三是对亏损项目进行分析,制定相应方案,经过"三堂会审",确保扭亏。

四是建立健全项目成本管理责任体系,明确业务分工和职责关系,把成本管理目标分解落实到各业务部门,由承担各项指标的部门提出,经各部门负责人讨论决定,将各项成本费用控制指标结合各岗位职责分解到具体人员,并签订协议。

五是制订变更索赔策划方案,根据现场施工情况变化,项目部定期召开成本策划调整会,对策划成本进行动态调整,分析成本偏差及原因,采取措施纠正偏差,制订下一步的整改措施。

## 第二部曲:健全完善招投标手续,择优甄选劳务队伍

合肥南站总造价高达 20.69 亿元,中铁建设集团有限公司承建部分逾 17 亿元,因此涉及到的招投标工作、劳务队伍、材料供应商等甄选工作内容繁多,操作难度大。

为避免由于招投标工作不及时导致延误工期或劳务队无合同进场的违约违规行为,项目部合约部在进场时就对劳务队伍、铁路总公司允许的专业分包、物资设备等分供资源的进场时间进行详细策划,制订招标总体计划及年度招标计划。

在具体实施中,他们首先对参与投标的单位进行资格审查,审查主要包括:是否具有独立订立合同的资格,是否具有履行合同的能力,资质证书中的注册金额可承揽的最大合同额度审核,是否具有所需资质及相应的等级,是否处于被政府部门责令停业、投标资格被取消、财产被接管、冻结、破产状态,是否被列入集团公司非诚信合作单位名单。在近三年内有无骗取中标和严重违约、重大工程质量问题及违反法律、行政法规规定的其他资格条件等,最终参与投标的劳务分供单位原则上不得少于 3 家,标的额大的原则上不得少于 5 家。

在确定参与投标的单位后,项目严格按照国家及铁路总公司的有关法律法规进行开标评标手续,个别关键项目,项目部还邀请上海铁路局或合肥枢纽建设指挥部的专家参与评标,真正做到合法合规、公平公正。

在每次招投标过程中,项目部合约部均有项目部或上级单位的纪检监察部门参与,杜绝了一切向投标单位"吃、拿、卡、要"、内外勾结、徇私舞弊、收受贿赂等影响恶劣的行为。

## 第三部曲:严格现场架子队管理,避免人工及材料损失

对架子队伍的管理,项目部执行"谁用工谁负责、谁使用谁管理"的原则,坚持"依法用工、稳定关系、长期合作、共同发展"的用工宗旨,遵守国家有关政策、法律法规,严格按照规定选好、用好、管好架子队。

工程管理人员在施工前,根据技术方案、现场工作面情况,合理安排架子队上工人数,避免因无工作面交叉施工造成窝工。

项目部对于现场临时用工,实行派工单制度,派工单明确用工目的、用工人数、工时等信息作为日后费用结算的依据,派工单由项目部审核并由项目经理签字审批后方能派工,有效控制项目零工的使用,避免不合理用工造成的经济损失,有效节约人工成本。

对于架子队材料使用管理，项目部除执行项目部、供应商、施工队三方验收和剩余材料、废料共同处理外，要明确节约率和分成比例，对于超用的数量，要明确扣款的单价。其目的是鼓励合理消耗，减少不合理损耗。

为加强对架子队的优胜劣汰，项目部向集团公司推荐优秀的施工队伍，在架子队伍撤场后 15 天内做好信誉评价工作，被公司认可的架子队将收录到合格名册中，有效激励架子队加强自身管理，为项目成本管理夯实了基础。

在合肥南站施工成本控制中，人人肩负起创效指标，个个环节都有卡控措施。

2012 年 12 月至 2013 年 1 月，在合肥南站装面承台、桩基施工期间，邓开慧检查发现混凝土损耗量在 2% ~10% 不等，通过预算、计划、进场“三量”对比，按照最低量计算，整个合肥南站工程仅混凝土损耗量的资金就会超过 256 万元。他们及时与工程技术等部门协商，科学调整工作流程，在混凝土施工完毕后第二天对比“三量”，分析原因，及时纠正存在的浪费问题，最终使混凝土损耗量控制在施工定额内。

## 第四部曲：“表格式”管理直观准确，一线挖潜争创效益

合肥南站作为铁路站房项目重点工程，具有施工任务紧、质量要求高和工程体量大等特点，且现场施工点多面广，劳务、分包队伍多，交叉作业面多，增加了项目成本管理的难度。

针对这种情况，项目部率先进行了大胆探索，在结合公司管理制度的基础上，建立一套表格式的管理体系，实现成本管理“数字化”，内容涵盖现场材料使用计划、物资调拨、生产生活用水用电、机械使用登记等，利用表格的形式，将实际的施工情况用数字体现，使现场管理情况一目了然。

合约部针对每一分项内容设置了对比分析表，实行计划量、实际用量、预算量“三量”的对比分析。在此基础上，他们根据员工的岗位职责和工作内容，提出有针对性的奖惩措施，激发团队真抓实干的氛围。这项制度富有实效，达到了预期的目标。

为做好成本管控，项目部在工程部设置了成本管理岗位，由合约部选派专人调配到工程部，针对施工中出现的问题，及时解决。

合约部加强合同成本管理，每天坚持到施工一线了解情况，避免材料浪费、机械闲置、劳务人员使用不合理等问题的发生。成本管理人员通过深入现场的方式，及时完成成本报表的统计，并对发生的费用进行合理的对比分析，按图纸做法及现场条件，科学编制不同清单，既保证施工质量，又严格控制成本。

## 第五部曲：实现成本管理全员参与，提高项目员工成本意识

一项工程的建设包含众多环节，成本管理是这些环节中的重要一环。单靠项目部一个部门无法完成对全部环节的成本管控。

合肥南站项目部合约部实行全员参与成本管理，对各部门人员的成本管理职责做出了明确规定，要求工程技术人员根据施工现场的实际情况，合理规划施工现场平面布置，包括机械布置，材料、构件的堆放场地，车辆进出现场的运输道路，临时设施的搭建数量和标准等，为文明施工、减少浪费创造条件。

合约部严格执行工程技术规范和以预防为主的方针，减少零星修补，消灭质量事故，不断降低质量成本；根据工程特点和设计要求，运用自身的技术优势，采取实用有效的技术组织措施和合理化建议，走技术和经济相结合的道路，为提高项目经济效益开拓新的途径。

“严格执行安全操作规程，减少一般安全事故，消灭重大人身伤亡事故和设备事故，将事故损失减少到最低限度。”合约部要求材料人员对材料采购和构件加工，要选择质高、价低、运距短的供应（加工）单位，对到场的材料、构件要正确计量，认真验收，如遇质量差、数量不足的要进行索赔，切实做到降低材料、构件的采购（加工）成本和减少采购（加工）过程中的管理损耗，为降低材料成本打好基础。

根据项目施工计划，合约部及时组织材料、构件的供应，保证项目施工的顺利进行，防止因停工待料造成的损失。在构件加工的过程中，他们按照施工顺序组织配套供应，以免因规格不齐造成施工间隙，浪费时间和人力；在施工过程中，严格执行限额领料制度，控制材料消耗。

同时，做好余料的回收和利用工作，为考核材料的实际消耗水平提供正确的数据资料。

钢管脚手架和钢模板等周转材料出现场，合约部组织人员认真清点、逐一核实，以减少缺损数量；使用以后，及时回收、整理、堆放，并及时退场，即可节省租费，又有利于场地整洁，还可以周转，提高利用效率。根据施工生产的需要，他们安排材料储备，减少资金占用，提高资金使用效率。通过制订各部门人员成本管理职责，成本管控有效，项目人员成本意识得到了提升。

# 呕心沥血建丰碑

## ——记中铁建设合肥南站项目部经理王伟

孙 婷

一眼看上去斯文、沉稳的王伟，每次从工地上归来都是满身尘土，像所有奋战在施工一线的工人一样，他脸上的皮肤黝黑发光，但浑身上下散发出一种浓浓的知识分子气息。鼻梁上架得一副近视眼镜，仍难以遮掩他眼中的血丝。连日来的奔波劳累，让他看上去显得有些疲惫。

自从2012年10月他率队伍开进了合肥南站以来，他就像拧紧发条的钟摆，一刻不停地运作，又像是被不断抽打的陀螺，一直处于旋转状态。身为中铁建设合肥南站项目部经理，王伟凭着智慧、才能和勇气，带领项目部全体同志完成了上海铁路局第四大客运站房建设任务，为三国故里、大湖名城打造了一个地标性建筑，也为自己的人生履历增添了浓墨重彩的一笔。

### 工期，一定要竭尽全力保证

2014年8月16日，合肥南站的1号变电所送电。这是中铁建设合肥南站项目部工程工期的一个重要节点。此前的一周，王伟没有睡好一个囫囵觉。通信控制房、信号机械室、电力设备及客服用房等，都必须在这个节点交出，保证按时送电。否则，接触网送电以后，设备就处于"运营"状态，要想整修、处理就必须要"天窗点施工"才行。可事情总有不巧，有的材料厂家不给力，在项目部一再催促之下，直到3天前才将货送达……如此局面，除了加班加点，还能有什么办法？

其实王伟早已习惯这样的状态。保工期,似乎也成了他南站建设一个“劲敌”,考验,一个接一个,困难一次比一次难,但收获也一次比一次大,信心更是一次比一次强。唯其艰难,尤显勇毅。

2012 年 10 月,王伟奉命从北京来到古称庐州的安徽省省会合肥。来不及休整,便立即投入到工作之中。合肥南站定于 2014 年 10 月开通运营,关门期为当年 9 月底。上海铁路局大客站收官之作,将在眼前这长满杂草的空旷地带拔地而起,这需要怎样的匠心绘制蓝图?这是一个充满挑战的事业,王伟虽经历过长春站站房改造和厦门北客站建设的磨练,此时的他仍觉得身上的担子沉甸甸的,因为这是中铁建设集团第一个施工图招标项目,也是当时集团承揽的最大客站项目。

而协调会的首日,他就闻到一股浓浓的火药味:他们工地的四周早就入驻了其他单位,现在差不多就被限在一个不到 400 米长、180 米宽的区域里,当提出要借用一下运输便道时,没有一家单位响应,这让带队伍远道而来的他顿时感到有些心寒。还有一个更为可怕的信息:合福铁路运梁通道要到 2013 年 12 月才能交付!合肥南站是桥建合修建筑,A、B 轴所在的 2 万平方米范围由别的单位先行施工,再交付中铁建设集团推进后续工序。如果要等一年后再开工,那是绝对不可能的事。

怎么办?现在能做的,就是把运梁通道视为既定事实,在此基础上再做方案。中铁建设“干一项工程,立一座丰碑,交一方朋友”的倡导,王伟时刻铭记。一方面,他派人攻关,解决施工人员进场后的运输通道问题,一方面对施工设计方案提出大设想——先打桩,上面的结构先施工,夹层结构先抛开,再由上往下进行。这个想法大胆却不乏科学性,为此,王伟请来了设计院的专家,对这一想法进行论证。经反复研究,认定为可行。于是立即行动,一鼓作气打下了 240 根深 70 米、直径为 1.2 米的桩,然后,在桩上建承台,起柱子,让屋面钢结构先焊接好,再顶起来。

这样情形干活,因为机械等难以施展开,成本要增加许多,工效受到一定影响。但为了保证工期,王伟坚定自己想法。善于思考的他还琢磨起工序时间差,采用穿方式,进行上下衔接,最大限度缩短工序间隔。在钢桁架提升之前,他率项目团队考察了所有施工部位,研究决定将天窗及檐口龙骨安装工序提前插入屋面钢桁架施工工序之中，采用双向平行施工，又缩短了施工时间。为争取时间，王伟主动找合肥枢纽指挥部汇报，与设计院沟通，推动方案审批和样板，同时派技术人员到国内已建站房学习经验。缜密的计划、周详的安排、扎实的方案，让钢桁架提升工作一路绿灯，比原计划提前了 2 个月。

保证工期，可以创新，但不能“冒进”，必须要基于科学基础，大胆突破。铁路站房施工，需要将结构架扎好后，不是整体浇铸，而是要留出 80 厘米宽的空隙，释放钢筋的内应力，过 2 个月后浇铸混凝土，此法被称之为“后浇带”法。这样的方法，要白白耗去 2 个月的光阴，这对于王伟来说实在太可惜了。专业出身的王伟想到民用建筑时普遍采用的“跳仓法”，便果断决定进行“跨界”。他将 370 × 170 米的结构板划分成若干个单位，分别从两端隔一个单元进行施工，即“跳仓”施工法，让“后浇带”的施工方式带来的影响彻底消弥，60 天的时间就这样被争取回来。

## 管理，必须要完全按照标准

王伟的脾气好。无论是项目部班子成员还是架子队普通工人，都觉得他和蔼可亲。的确，生活中的王伟是个与人为善的人，也处处为别人着想。谁家有困难了，他会立即帮助解决，就连项目部的民工们都说，王经理是个好人，总是替我们着想，我们最关注的薪酬他从不有意拖欠。

可是，工作的王伟有时也会露出“凶”的一面。项目部的同志至今记忆犹新，他曾经为之发过的几次“超级大火”，原因都是因为质量。

今年 6 月，合肥南站西北面的售票厅墙面开始装修。王伟检查时，发现那面 500 平方米的墙面已经装修完毕，可是，饰面的石材有细微的色差被王伟看出来了。王伟叫来供应商，供应商纵然心疼，但自知理亏，除了拆掉重新施工，还有什么办法呢？因为在项目部干活的所有人都清楚，在这些问题上，他不会有半点商量余地。

2013 年 4 月，合肥南站站房南面开始浇铸混凝土柱子。一天，

王伟检查时，发现其中一根7米高的柱子上有一些不起眼的麻点。王伟神情突然变得严肃起来：工程一开始就出现这样的情况，必须严厉处置。他叫来施工人员质问。对方不以为然，说，这个只是表面小问题，并不影响工程质量，再说，这柱子外面还要进行装饰，装饰材料上去后一点也看不出来。王伟叫身边的管理人员将其他施工人员都叫了过来，指着这个柱子大声的说：你们谁敢说这是小问题？我们建的是百年工程，我们要夺鲁班奖，刚一开始就这样抓质量，我们能实现目标吗？说罢，便抡起了锤子狠狠砸向柱子。众人从没见过发这么火的王伟，一时都被吓住了。“这柱子必须毁了重建，下次谁的质量出现问题。谁给我滚蛋。”施工队的负责人面面相觑，从此对质量更加小心了。

严把质量关的同时，项目部还积极推行更严格的质量管理，按照“四三一”工作法，坚持试验先行，积极组织各方开展工艺试验，试验过程突出试验方案，认真对作业指导书、技术交底、工序签认、评估验收等各环节开展工作。通过工艺试验得出各项参数，对比设计参数，合理分析，然后进行大面积施工，确保施工质量高标准。对大量预留预埋工作，如给排水、消防、通风空调、电力、通信信号等预埋，在工序签认的基础上，严格执行工序联检制度，每道工序隐蔽前要各相关专业负责人签署联检单，确认预留预埋后进行隐蔽。

“不注重质量，我们就会成为历史罪人，这个也是对我自己负责。”王伟说。

质量把关紧，安全上王伟管得特别严。防高空坠落与消防安全是项目部两大重点工作。抓安全就少不了投入。项目部投入了200多万元，实行“满铺”兜网方法，将70 000平方米的施工面全部安装了安全网，万一工人失足就会被兜住而不至于伤亡。消防工作上，王伟进行了大胆突破，将原来一般只安装到9.8米的消防层，一直延伸到了38米的钢屋盖顶。对焊接、取电、工人营房取暖照明都有一套严格而有效的管理制度。项目部在整个施工过程中，没发生过一起工人坠落摔伤事故、没有发生过一起火灾险情，就是最好的证明。

## 创新，誓为世纪工程增色彩

合肥南站为上海局继上海虹桥、南京南站、杭州东站之后的第四个高铁大客站。这是一个百年工程。作为一个迅速崛起的希望之城，合肥对合肥南站寄予了厚望。王伟和伙伴们努力创新，不断超越，尽心打造三国古战场的城市文化的名片，也为自己的人生旅途植入一段美丽的记忆。

不了解微文化，就难以打造安徽省的地标性建筑。合肥南站以“四水归堂，五岳朝天”的安徽文化寓意的建筑创意为基础，通过现代与传统相融合的建筑体量、造型、色彩，体现安徽和合肥悠久历史和文化特色。让王伟更有信心的是，合肥南站具有“后发优势”，他能在“踩”在前三个大站的肩上进行创新，把站房建设得更好。

合肥高铁南站的一个特点就是技术和环保理念先进。“四水归堂”的天井是约 8 000 平方米的玻璃，类似的玻璃，其他地方都是以 4 平方米一块为单元拼接的，但考虑到面积越大承受重量越大容易导致玻璃破损，王伟与伙伴们决定，将玻璃单元减小一半。

屋顶雨天漏水现象，是前几个大站均出现过的问题，原因何在？原来是屋顶上排烟窗作祟。这个为防止火灾而设置的窗靠胶条与窗框咬合，时间一久胶条老化便不能“严丝合缝”。王伟与合肥枢纽指挥部一起，决定改用“老虎窗”，让其侧面作为排气口，让雨水再也不会漏进室内。合肥南站也采用地源热泵，通过水循环自然调节站内温度；并安装了 135 个天窗，其中 27 个是全自动的，这些可以用来控制站房的温度、光线，比传统方式节约能耗。与其他车站不同的是，合肥南站的供暖效果会比其他站好，因为增加了一个锅炉辅助设备，可使室内达到理想温度

合肥南站的幕墙最具特色，拉索幕墙、柔性幕墙等工艺。而柔性幕墙工艺更是在全国大客站首创。从外面看，玻璃晶莹剔透，采光效果极好，而更为神奇的是，玻璃中的装饰金属条，上无拉吊线，下没支撑点，像一根根悬浮在真空中的金属棒，十分独特。中国幕墙协会一位副会长称之为“神来之笔，全国罕见。”

创新,必须基于对科学的了解,还必须要理会、掌握徽文化。合肥南站造型设计响应了徽派建筑“粉墙矗矗,鸳瓦鳞鳞,棹楔峥嵘,鸱吻耸拔”的造型特点,站房吸取徽派建筑粉墙黛瓦的风格特征,整体简洁大气,典雅清新;轻盈舒展的屋面与徽派建筑中四水归堂的建筑理念相结合,又与当下的生态节能理念吻合。而建筑材料采用花岗岩作为建筑基本材料,结合金属、玻璃等材料构成徽派建筑特有的建筑风格,站房整体恢宏大气、彰显文化底蕴。实现了功能性,文化性和经济性。

“徽文化让我对合肥南站建设特点更有把握,这一大气而独特的徽派建筑,将成为了我人生最为骄傲自豪的‘作品’。”王伟说。

## 奉献,人生永不过时的主题

采访中我问王伟在工程中吃了多少苦?王伟一直微笑,称,不苦呀。

说不苦,那是因为吃了太多苦,让他对苦的概念已经淡化麻木了。

项目部副经理孙大朋描述了王伟近期的一段工作状况:他每天起得很早,要处理各个部门反映的事情。四电机房因为工程进展不太顺利,他硬是每天盯,连续一周时间,他像个机器人一样,挨个机房转悠、检查,一圈下来至少要用 2 个小时,汗水和着泥土把衣服弄得一塌糊涂……

这是个画面感特强的叙述。同样是夏天,今年比起去年来,真是“不可同日而语”。

2013 年,江淮大地出现了 50 年不遇的高温。工期的压力虽然大,但王伟采取人性化管理,让工人们“干两头,休中间”,还特意买了空调,给架子队的工人装上。可是,他自己和管理人员却不曾停歇。每天,他踩着滚烫的地面,钻进闷热的工房,身上的衣服湿了又干,干了又湿,留下一道道白色的盐霜……就在那个盛夏,项目部一个月内浇筑梁板 21 块,打下超过 1.56 万立方米混凝土,创下中铁建设集团 30 多年施工之最。

脏、累、苦、险,王伟样样不惧。为检查地基硬度是否达标,他将手伸向高支模体底部预留的孔,弄得满手泥浆;大规模浇铸承轨层混凝土时,他在现场一呆就是近30个小时……

王伟是出了名的“拼命三郎”。2012年10月,在合肥南站工程开工动员大会上,王伟从时任上海铁路局常务副局长手中接过一面殷红的“党员先锋队”旗帜,高高地挥过头顶。王峰叮嘱王伟:“一定要建好合肥南站!”

从那一刻起,王便带领着一支精英团队,以最快的建设速度、最高的建设标准,全力推进着南站的建设。在工期最为紧张的时候,王伟总会毫不犹豫地站出来。他亲自挂帅组建了“王伟青年突击队”,带领工程、技术团队提前策划、查准切入点,及时与相关单位协调沟通,保证30多道工序合理有序穿插作业,分部分块平行流水推进,在桩基、承台开挖、主体结构施工中全年无休,火力全开,快速推进。唯其艰难,尤显勇毅。

这样一个忘我工作的人,对家人的歉疚是难免的。对家里的欠缺就自然很多。去年过春节,项目部没有放假,作为“第一把手”他只在大年三十下午和初一上午停下了手中的工作,用一天时间来陪伴前来“探亲”的爱人与女儿。同在一个单位的爱人理解他,女儿2岁时,他就一直在外,长期不回家,与女儿的感情自然陌生。“我打电话给她,她也不接。”王伟说这话时,努力让自己表现得自然、平静。可我从他眼镜后面的双眼窥见,一股心酸正涌向他的心头……

# 退伍不褪色　勇当排头兵

## ——记中铁建设集团合肥南站项目部党支部书记张光庆

关　翔

张光庆,中铁建设集团合肥南站项目部党支部书记。他没有惊天动地的英雄壮举,也没有气壮山河的豪迈誓言。

张光庆是“中铁建设人”的杰出代表。他在庐州这片热土上,带领一支优秀的项目团队,在合肥南站建设中执着追求,无私奉献,用行动书写了投身建设中国高铁事业的壮丽篇章。

### “合肥南站工期紧张,需跑步进场。”

55 岁的张光庆,矮个头,胖身材,黑皮肤,大嗓门,不修边幅,好似猛张飞却心细如发。至今,他依然保留着军人的风格。

张光庆 6 年军营生涯,2 次荣立个人三等功;20 年书记岗位,获得“中华全国铁路总工会积极分子”“中国铁建优秀工程项目部党支部书记”等荣誉称号。

2012 年 9 月的一天,中铁建设集团副总经理吴永红亲切地对张光庆说:“组织信任你,你到合肥南站施展身手吧?”

“坚决服从组织安排,请领导放心!”张光庆掷地有声,从长春西站转战庐州。

“合肥南站工期紧张,需跑步进场。”他刚到合肥南建设工地,现场水、电、路不通,连办公场地也没有。从此,千头万绪的协调工作成了张光庆肩上最沉重的担子。他带领合肥南站项目部成员，平整场地、修建临时宿舍，拉开了建设大幕。

计划的办公用地是一片菜地，菜农问题处理不好就容易引发不愉快的事情发生。

个头不高的张光庆，主动走访当地政府、社区和村民，加强沟通协调。有一天，他被埋在黑压压的人堆里，扯着嗓子喊：“我也是农村人，知道土地的重要。请大伙放心，答应你们的事情，我张光庆绝对办到，大家对合肥高铁建设一定要多给支持！”推心置腹的一句话，让聚在门口闹事的菜农无话可说。之后，张光庆一边跑甲方，为乡亲们争取优惠政策，一边拎上油和米，挨个住户的走访。在暑热未消的 9 月，张光庆每天热心地帮菜农丈量菜地，不让菜农吃一点亏，最终敲定了 2.5 万平方米的区域用来建设办公区。

合肥南站工程体量大，占地面积近 10 万平方米，单就桩基施工阶段，高峰期出土每天达 5 000 立方米，24 小时不间断施工给道路清洁带来了很大压力。加之合肥冬季雨雪频繁，放晴两天后土方才能外运，对抢抓施工进度来说无疑雪上加霜。为争取有利条件，张光庆成了城管办公室里的常客，经过多次协调沟通，终于取得“在保持路面清洁前提下，允许土方外运”的特殊待遇。张光庆拿到批条后如获至宝，丝毫不敢马虎，专门组织班组每天一早清扫路面，遇有土方洒落随时清扫，从未给交通带来任何麻烦。真诚的态度与行动感动了对方，城管大队也经常派出保洁车帮助冲洗路面。政企联手，终于解决了棘手的土方运输难题，为抢抓工期提供了保障。

无论是和哪一方打交道，张光庆总结出“感情在于走动，工作在于沟通，心里有对方，合作自然顺畅”的宝贵经验。就靠这条经验，破解了不少协调中的难题。

2013 年 2 月，为更好的与甲方进行专业对接，项目部两次调整组织架构，四个工区合并为两个架子队，部分管理者不得不退居二线或变为部员，个别员工一时有想法，消极怠工，导致重点部位盯防薄弱。张光庆提前做了功课，了解员工为人、性格特点，晓之以理，说明职务升降原因，陈之以弊，讲清消极怠工的危害，动之以情，用兄弟情谊留人，同时还在员工大会上表扬识大体、顾大局的同志，在短时间内就稳定住了人心。在张光庆的感召下，大家工作热情高涨，日夜连续作战，轻伤不下火线，各项工期节点连战连捷，以最快的速度、最优的质量，全面推进工程建设，出色完成了各项施工任务。

## “关心劳务人员，他们是我们的亲兄弟。”

工程项目部党支部书记既要管员工，还要和数千名农民工打交道，管理难度非常大。有着管理经验的张光庆划分责任区，开设文化生活园地，像对待员工一样为每位农民工制作《爱心档案》和床头卡，遇有生病住院的农民工，张光庆必定亲自前往医院探望。

“以后别叫农民工，劳务人员也是我们的亲兄弟。”每当有人习惯性的叫出农民工时，只要张光庆听到就会立即郑重地给予纠正。

合肥南站项目部全天候拼抢桩基施工时正逢寒冬，大雪过后地冻路滑，为防止劳务人员在疲劳状态下不慎摔伤，张光庆带着员工前往劳务队生活区扫雪清路。

“关心劳务人员，他们也是我们的亲兄弟。”2013 年，合肥遭遇 50 年不遇的高温炙烤，太阳升起不久，现场的混凝土就晒得烫脚，人一碰钢管就会燎个泡。用电高峰，生活区电压不够，如何保证安全、质量、工期，对项目部来说是个严峻的考验。张光庆牵头组织多次会议研究对策，调整施工组织和作业时间。他先是跑到合肥供电局要增容，供电局要排队，时间来不急，随后找到中铁四局寻求解决也未果，后来他只好马不停蹄跑到包河区盛大村，找到片区主管用电的负责人苦口婆心协商，同意安装增容，买变压器，买电缆，施工安装，10 天时间奇迹发生了，600 多台空调安装到位，2 000 多名劳务人员在酷暑中睡上了安稳觉。张光庆顶着炎炎烈日，买白糖、绿豆、清凉油，亲自发到现场、送到职工手上，一抹清凉让农民工感动不已，留下了美好的记忆。

为将人性化管理落到实处，让工地充满家的味道，在张光庆的建议下，施工现场建起了夫妻房和淋浴房，既满足劳务人员夫妻同住和配偶探亲团聚的现实需求，又避免了工地宿舍乱搭乱建现象，稳定了劳务人员的思想。张光庆还是项目的义务“监督员”，只要发现劳务队拖欠农民工工资，他就从中斡旋，要求劳务队领导按时、足额发放工资，并有现场录像、签字确认，同时邀请甲方、监理监督，这些措施成为劳务人员心中的定心丸。

“服务好劳务工兄弟，如果只停留在物质层面，怎能让他们感受到劳动的快乐？只有发挥凝聚力，才是政治思想工作的全面体现。”张光庆不仅这么说，更是这么工作。

经过长期走访和观察，张光庆发现劳务工人以同乡居多，相互熟络并自成体系。劳务人员中的党员往往技术过硬，有一定的管理经验，并且在老乡中威信较高。充分发挥劳务工中的党员作用，管理施工班组，既符合架子队管理模式，又适应中国乡土情节，可以起到“星火燎原之势”。

经过项目党支部决定，张光庆邀请劳务工中的党员一起参加党员大会，同学习、同决策、同奋进。在支部大会上，对现场了然于胸的劳务工党员畅所欲言，他们提出，将承台返梁直立开挖改为放坡开挖，将网架满堂红架子方案改为滑移方案，既加快施工进度又节约成本。项目部及时采纳了这些合理化建议，并给予3 000元奖励。在研究制定施工方案、技术交底过程中，大家共同出谋划策。项目部还专设安全、质量、进度、节约、创新和合理化建议六大类奖项，先后评选出7名劳务工党员走上领奖台。

## “考验大家的时候，党员、领导就要冲在前面。”

按照职务分工，项目部党支部书记抓好人员思想工作和后勤工作就行了。但张光庆却始终不忘一名老党员的使命和责任，坚持党性高于职务，带头攻克了多个施工卡脖子节点工程。

张光庆乐观豪爽，总爱说：“没问题，这事好解决”。为协调现场施工作业面和道路问题，他与站前单位中铁四局、十一局和二十四局相谈甚欢；为处理地方事务，他与当地城管、派出所及其他政府部门也沟通得游刃有余。

2013年3月，合肥雨水较多。市政府城管部门规定，雨后3天不得进行土方施工，以防止雨后土方施工出现环境灰尘污染。执行这一规定，合肥南站施工土方，不能及时外运，将直接影响到施工工期。心急如焚的张光庆，主动与总经理王伟反复商讨，果断决策，成立土方运输小组，明确分工。张光庆担起了总协调的重任，多次到城管部门说明合肥南站工程的重大意义和施工节点。在对方的支持下，张光庆安排人员 24 小时值班，修建 30 米长的洗车池，让每辆车经过时冲洗带泥的车轮，为加快施工进度赢得了宝贵时间。

"考验大家的时候就是现在，党员、领导就要冲在前。"张光庆经常对施工现场的党员这样说。张光庆说话快人快语，工作上从不拖泥带水。在遇危、难、急、险等任务时，他总是与总经理、总工程师等班子成员定岗定责定位，现场跟班作业，盯控重点人和关键过程。

2013 年 10 月，工程进入钢桁架安装阶段，钢结构不仅总重量超过一万吨，且横跨在东西 170 米、南北 370 米，高度 38.5 米的巨大空间内。如按常规搭满堂红架子，需要钢管上万吨不说还要消耗大量人力，安全、质量、进度都不理想，将严重影响候车厅及其他工序进度。看着大家绞尽脑汁设计施工方案，张光庆主动召集班子成员、一线党员和技术人员集思广益，经过测算对比，权衡再三，提出了液压整体施工方案，后经专家论证，同意分段提升，既为项目节约了大量成本，又保证了正常施工。主体结构施工结束后，周转料不仅占用大量资金，还关系最终成本。张光庆主动承担此项工作，牵头成立周转料清退小组，昼夜带队倒运清退，不到十天就清退方木 3 000 立方米、废木胶合板 2 000 立方米。

项目劳动竞赛活动，张光庆是主心骨。2013 年 9 月 8 日，项目工程经理孙大鹏找到张光庆，希望他能牵头组织一场劳动竞赛，否则"十一"前封顶的承诺很难完成。按照剩余工程量，至少需要 45 天才能完成，但留给项目的时间只有短短的 21 天。

张光庆不是没有想过任务的艰巨性，但严峻的形势没有任何退让的余地。张光庆立即召开领导会议，不容置疑地说："考验大家的时候，党员、领导就要冲在前面。"领导班子成员当场画押，签下军令状，当晚便召开全体职工动员大会，拉开了劳动竞赛大会战的序幕。

鼓劲是面子，实干是里子。张光庆和大家商定后，重新梳理了施工组织安排，专门拿出 10 万元对优秀集体和个人进行奖励，并把竞赛成绩纳入年终考评。同时，项目团队开足马力，全员上阵，加班加点，不分昼夜向着目标发起冲刺，他们在 24 小时内打下 2 100 立方米混凝土，刷新了中铁建设集团同等条件下混凝土作业的新纪录。合肥南站项目部经过艰苦奋战，终于顺利完成封顶目标，并受到合肥枢纽指挥部和监理单位的交口称赞："你们是当之无愧的铁军！"

## "党风廉政建设，不是纸上谈兵。"

近年来，工程建设领域的职务犯罪案件多发。如何进一步强化预防重点工程建设职务犯罪？如何加强工程管理，打造优质工程、精品工程、百年工程？努力做好这方面工作显得极为重要。

在工程建设过程中，为防范"工程建起来，干部倒下去"的问题，合肥南站项目部党支部书记张光庆带领项目部全体人员树立正确的世界观、人生观、价值观，以及权力观、金钱观，时刻不忘自己的职责与身上的担子，时刻警醒自己，保持内心的洁净，用朴实的心服务人民，用真挚的情努力投身铁路工程建设。

为加强工程管理，强化预防职务犯罪，项目部党支部积极与合肥枢纽指挥部和合肥铁路运输检察院积极开展争创"工程优质，干部优秀"活动，做到项目建设和廉政建设"两个工程"一起抓，"工程优质、干部优秀"两个目标一起创，项目安全和干部安全"两个安全"一起管，对工程的每一个环节严格标准、细化流程，严禁工作人员利用职权和工作之便向任何单位或个人吃、拿、卡、要、收、送各种礼品，加强监管问责，为党员干部营造不敢腐、害怕腐的监督氛围。

"党风廉政建设，不是纸上谈兵，要落到实处。"作为主抓项目工程廉政建设工作的党支部书记张光庆，逢会必说廉政。他反复向涉及工程招投标、合同管理、资金使用、物资设备采购、财务管理和劳务工管理等人员提醒、告诫，一定要按章办事，按轨道行使，绝对不能为一时的利益蒙蔽双眼，做出后悔一生的事情。

"创双优"关键是要推进制度完善和落实，建立廉政建设长效机制。为实现"创双优"目标，项目部本着"教育在前、预防在先"的原则，制定了《项目经理廉政责任制》《工程项目廉政谈话制》《项目经理廉政责任追究制》《党组织在工程建设中的廉政议事规则》等管理制度，对违反廉政责任的领导、干部实施廉政责任追究。张光庆主动挑大梁，带领党支部广泛深入开展廉政教育，不定期组织党员观看《溃穴》及《重点领域防治腐败警示录》等反腐倡廉宣传片，让党员干部人人头戴紧箍咒。他分层次、有针对性地开展教育谈话，定期与关键岗位的同志面对面地进行谈话，了解廉政情况，从思想上筑牢防腐安全屏障。党员领导干部和管理人员，纷纷承诺廉洁从业，自觉遵守相关法律法规。

项目部加强跟踪监督，关口前移，从严卡控“三个环节”，即一是对参与招投标相关人员进行从严卡控；二是对采购原材料和设备的相关人员进行从严卡控；三是对检验、验工计价、竣工验收、工程款支付和财务管理等岗位人员进行从严卡控，发现问题进行廉政议事，及时提出意见并要求有关部门整改，确保了各项权利在有效监督下科学行使，工作坚持原则，实事求是，不弄虚作假，不搞特殊化。

项目部不定期举行廉政协议签署会议，时刻警醒每一个员工恪守本职，不为歪风邪气所动摇。此外，合肥南站项目部与合肥枢纽指挥部、上海华东监理站、中铁二院工地设计组联合签署了廉政建设协调互控机制协议，大家互相监督。在每月末工程例会上，项目部总是不忘对“创双优”情况进行点评，努力改进不足，保持队伍纯洁性、先进性。

退伍不褪色，勇当排头兵。如今，合肥南站的建设历程，张光庆一路风雨走来，不仅体味着身心的煎熬和艰难的磨砺，也收获着拼搏的喜悦和成长的幸福。在合肥大建设中，他用行动诠释了对党的承诺，用灵魂书写了对企业的忠诚，展现了一名共产党员的坚定信念和执着追求。

# 逐鹿合肥　履行约定

## ——记中铁建设合肥南站技术总工程师李双来

李国卿

新建成的合肥南站是江淮大地上的一座新地标，是中国铁路建设史上的又一座里程碑。

合肥南站的背后凝聚着广大铁路建设者的心血与智慧。中铁建设合肥南站技术总工程师李双来作为建设大军中的一员，如之即来，来之能战，他用辛勤的汗水和忘我的付出，为庐州这片美丽的土地又增添了一道独特的亮丽风景。

### 鏖战合肥，他义无反顾

李双来，30岁出头，1米8，个头瘦高。

秋后的一天下午，记者在合肥终于与李双来见了面。身着一件短袖衫，戴着一副眼镜的李双来，风度翩翩。说话慢条斯理，性格憨厚。

2012年9月，李双来受组织委派火速赶到南京参加合肥南站建设招标开标会。凭着丰富的实战经验，与同事一道一举拿下了合肥南站项目工程。

“这位土木专业毕业的高才生，年轻有为，自2009年参加工作以来，哈大线、长春站和中铁建设集团经营部等工程建设都留下了他闪光的足迹。”中铁建设集团合肥南站项目部党支部书记张光庆说，这些年来，李双来从技术员到技术部主任，2013年又担任了合肥南站项目部技术总工程师，成为最年轻的总工程师。身上的担子更重了，肩头的责任更大了。

在合肥南站建设中，李双来充分展示了技术管理才能。

合肥南站作为特大型站房工程，项目总工程师要面对深基坑开挖、高大模板支撑、屋盖提升、预应力张拉、幕墙安装等专项施工，作业难度大，危险因素多。这对于刚刚上任的李双来来说困难很多。

李双来说："我刚到合肥南站的时候，由于没有经历过特大型站房的建设，对于工程建设没有清晰地概念，很多事情都是在不断摸索。"

逐鹿合肥，建功高铁站。李双来带着踌躇满志的豪情，怀揣着搏击高铁的梦想，不停地研究图纸，一有空就到现场走一圈，把每个角落都走遍，虚心向现场工作人员请教，在一次次会议与讨论中他汲取营养，学习新知识。

"刚接手工作的时候，一切都显得那么生疏。"开会之前，他会搜集整理一切有用的资料，想好可能会被问到的问题，并将自己想好的答案在心里打下腹稿。

久而久之，李双来业务娴熟，总能在第一时间回答上甲方、监理、设计提出的问题，总能在第一时间给出最精准的数据，李双来似乎成了合肥南站的"问不倒"人物。会议桌上，甲方、监理等也总在开会前习惯性问他到了没有。

"奋斗是一种信念，更是一种精神。"当李双来被问及如何练就好记性时，他总是谦虚地说："我是一只先飞的笨鸟嘛，提前准备可以弥补我的短板。"

## 使命光荣，他重任在肩

项目技术优化、变更，效益创造……作为合肥南站技术主管，李双来肩上的担子沉甸甸的。

在许多人看来，李双来很少在一个地方能固定待上些日子，他经常在风雨中奔波。由于合肥南站的设计单位中铁二院和北京设计院分别在成都和北京，每一次方案编写完成后，他都需要向两个设计院以及甲方进行报告。他成了设计院、甲方的"常客"。合肥至北京，合肥至成都，这两条铁路线似乎是他的"专线"。

很多时候，李双来在一个地方待最多两天、一天，甚至半天，就要辗转到另一个会场、另一座城市。有一个星期，他每天都要坐5个小时以上的火车，曾经在2天内他跑了合肥、上海、北京、成都4座城市。

工程量大，钢筋密布，现场可操作性差，不必要的钢筋浪费造成了成本的增加，节点位置混凝土浇筑困难，李双来发现了现场存在的问题。

李双来与技术员一次次计算受力，调整钢筋排布，对混凝土浇筑后钢筋位置变化进行预测，不断进行科学的设计优化。与设计院的沟通工作，再次落在他肩上。

此时，设计院业务量大，根本没有时间进行优化审计。刚到成都的李双来便碰了“钉子”，但李双来并不气馁，一天不行等两天，两天不行等三天。

等的时间很难熬，会场的沟通更难做。李双来将优化设计的可行性和必要性一遍一遍地讲清楚，态度谦和却据理力争，最终完成了设计优化，不仅现场施工降低了难度，还加快了施工进度，提高了工程质量，受到了业主的好评。

与其他站房项目不同，合肥南站外幕墙由单向干挂玻璃幕墙、悬挂玻璃幕墙、横隐竖明玻璃幕墙、刻纹铝板幕墙、镂空点式玻璃幕墙、明框玻璃幕墙、石材幕墙等7种幕墙类型组成。这是摆在项目部面前的一道难题，既不能破坏徽派建筑的美感，又要在更改方案的同时保证幕墙质量。李双来带领项目部技术人员从最基本的塑形入手，一点点尝试，一点点比对，由原先的石材板到后来的铝蜂窝板，从粉墙黛瓦的徽派建筑到镂刻精美的石雕花纹图案，他和技术员通过无数次的尝试与试验，终于将图纸上的设计理念落实到实际施工之中。

合肥南站高架候车层尺寸为150米×360米，单层面积大，原设计需设置后浇带，由于后浇带封闭时间较长，影响整体施工进度。2013年8月至9月那段时间，施工遇上持续高温，对施工质量会直接产生影响。李双来带领安质、技术等部门的40多名技术员，全天候盯控在实验室、拌合站，反复讨论对原材料进行控制，借鉴相关超长混凝土结构经验，并结合工程的实际情况，决定对站台票房施工采用“分块跳仓法”代替后浇带，混凝土量达 30 万立方米。使用“分块跳仓法”，减少水泥用量，降低了水化热，有效控制了混凝土有害裂缝，确保了工程抗裂安全度。同时，这对提前完成混凝土面合龙，增加周转材料使用次数，降低周转料成本，为钢结构拼装提供了有利条件，加快了屋盖施工进度，确保了合肥南站的节点工期，创造了可观的经济效益。

## 履行约定，他别无选择

合肥南站技术难度大，最大梁跨度 24 米，高达 3.7 米，出站通道宽度几乎与站房宽度等同，需要大量混凝土浇筑。很多技术实施方案需要独自完成，现场施工需要布置，各种会议需要参加，大量工作需要协调。

“建好高铁是我们的责任，造福百姓更是我们的追求！”李双来说，“很长一段时间，我白天围着室外工地转，晚上缩在不足 5 平方米的小房间撰写方案。”

站房建设期间，李双来先后完成近 60 份专项方案，仅专家论证的方案就有 20 余份，召开专家论证会 10 余次。为了完成地铁回顶方案撰写，他和项目部技术员通宵达旦。

在困境中，李双来用智慧和意志塑造了中铁建设人的坚强品格。

2012 年 9 月 28 日，李双来完成了 6 年的爱情长跑，终于同老家的女朋友完婚。

李双来刚办完婚事，顾不得休息，更没有蜜月，就与爱妻爱依依惜别，急忙奔赴合肥参与高铁站施工建设。两地分居的煎熬，新婚妻子不是很理解，他只好对妻子说：“这样做，不仅为了铁路建设，为了合肥人民，更因为这是我的工作，必须服从，请你给以理解。”他说服了妻子，并通过自己的努力，出色地完成工作重任，受到了领导的高度评价。

2013 年 6 月 30 日，李双来迎来另一个身份，他当上了爸爸。当时正处于夏季高温施工与第二个节点工期攻坚战的关键时期，李双来作为技术总工程师，他只请了 5 天假，迎接小生命的到来，还没来得及为儿子取名，他便匆匆回到项目部开始了紧张的工作。

李双来原本打算满月时将妻儿接到身边，可是众多的会议与出差任务接踵而至,他不得不把与儿子团聚的时间一推再推。

在入职简历中,李双来在兴趣爱好一栏写下“音乐”“电影”。和爱人一样,李双来也是一个充满浪漫情怀,向往温馨生活的时尚青年,自从来到中铁建设集团公司,李双来仿佛变了个人,往日面对的钢琴变成了钢筋,图纸、混凝土变成了终日相伴的朋友。高铁建设,让他别无选择。

李双来为了履行与高铁的约定,婚期推迟了,业余爱好搁浅了……为了中国高铁事业,他放弃太多,他欠妻子和孩子太多。

当别人问起想不想孩子的时候,李双来哽咽地说:“等孩子长大,我带他来合肥好好游玩,让他看看合肥南站的美丽!”

# 战地指挥官

## ——记中铁建设集团合肥南站项目副经理兼安全总监孙大朋

薛晓强

“要找孙大朋,别到办公室,他十有八九在现场。”“孙大朋是我们项目部最辛苦的人。”“在我们项目部,如果数在现场时间最多的人,非孙大朋莫属。”在中铁建合肥南站项目部,如果问孙大朋,人们会这样告诉你。孙大朋是南站项目部副经理兼安全总监,这位1983年出生的小伙子也是中铁建设集团最年轻的项目副经理之一。他以生活朴实、为人诚实、工作扎实赢得领导和同志们的一致好评。

### 他的办公室在工地

天刚蒙蒙亮,孙大朋就起床了,简单吃扒上几口饭,便立马出发匆匆赶往工地。施工队伍7:00进场,他6:30就先到工地查看情况。施工人员21:00离开工地,他还要在人全部走完后,再检查一遍现场才离开。这个时候一般都是22:00左右。

在项目部,孙大朋分管生产和安全工作。重任在肩的他不敢有丝毫懈怠。“人盯守在现场,能够及时处理施工中遇到的问题,监督大家抓好生产进度和质量安全关,这比待在办公室感觉心里踏实多了”孙大朋说。

如果把施工的现场比作是战场,那么孙大朋便是一名合格的“战地指挥官”。

“战地指挥官”最突出的特点就是一个字:忙！也难怪,几百上千人的施工现场,每天要解决的事一桩接着一桩,孙大朋的手机铃声总是现场“最热闹的”。以前买了个普通手机,电池永远不够用。后来换了部电池为2 000毫安的手机,仍然不行。孙大朋只得把充电宝每天随身带着,充三次电才能把一天打发掉。

中铁建合肥南站项目部2012年10月进场时,周边的施工队早就干得热火朝天了。那时,“空降”到合肥南站项目部任工程部部长的孙大朋,在施工现场一看傻了眼:他们项目部的工地已被“包围”在特定的区域——南站站房单层面积总长370米宽约170米。这么乍看起来不小的面积,因其集中了44支施工队伍的3 000多个人干活,现场陡然显得狭小拥挤起来。更要命的是,还有大量的机械设备也集中在那儿——18台旋挖钻在轰鸣着、8台塔吊和7台汽车吊在舞动着手臂、数十辆运土的汽车穿梭其中……这是一幅怎么繁忙的建设场景！可是现场施工的实际工作不是吟诗作画,热闹的场面背后,对施工现场的指挥者却是一场严峻考验。新履职的孙大朋深感“亚力山大”。

“塔吊我们要先用。”“我们任务紧,首先使用权应该归我们。”主体结构施工时,四家单位在现场发生争执,彼此互不相让,只能眼睁睁地看着塔吊停在那里。孙大朋很火,本来工期压力就很大,哪还能因“内讧”而窝工呢？孙大朋当场果断宣布,吊车使用采用“时空”轮换法,他将整个工地划分成五大区域,四家需要用塔吊的单位也划分使用时段,每家单位根据工程量大小,使用二三小时后,立即交由下一个单位使用。这样一来,各家不再争执。而且,因为要在规定单位时间里完成任务,各家必须严格安排工序,生产效率也相应得到提高。“如果不在现场,化解这样的矛盾就不会那样方便。”孙大朋说。

在现场时的孙大朋,大脑一直处于高速运转状态。那么多单位,哪个先干,哪个后干？还有,人员如何分布？车辆怎样进出？材料如何堆码？如果哪一个环节出现问题,那全盘就会一团糟。表面上不急不慢的他其实成天都在考虑这些问题。好在合肥南站是他干过的第三个大客站,从厦门西站和哈尔滨西站那儿他积累了丰富的经验,这些经验给他现在的工作带来极大帮助。所以,白天,他在现场总是把工作安排得井井有条,各施工队出现的问题,他都能及时妥当地处理。“项目部的王经理、张书记对我的工作帮助很大,对我也特别信任,让我放手管理。”谈及自己的工作心得,孙大朋由衷地说。

孙大朋在日常管理中力求做到科学、合理。他善于倾听大家的意见与建议。每天19:00,工作例会雷打不动,各参建单位集中起来,将白天出现的问题、次日需要协调的事儿全部晒出来。能当场解决的,就当场解决,不能当场解决的,及时向项目部、指挥部汇报,决不让问题过夜。更为重要的是,孙大朋每晚回到宿舍,无论再晚,他都要雷打不动对次日的工作做足“功课”——施工方案、步骤、方法、可能出现的突发情况、如何应急处置等等,都要细细在脑海过滤一遍。未雨绸缪,方可做到成竹在胸。这让孙大朋无论何时在现场,都是沉着冷静,指挥若定。

## 沟通凭真诚　攻坚靠智慧

看上去朴实憨厚的孙大朋属于话语不多的人,但每说出的话很有分量,的确也不是一个很善言谈的人。身为项目部副经理兼安全总监,他经常不得不与各式各样的人打交道。这既是工作需要,也是一种人生历练。“与别人交往我不懂得什么技巧,但我相信,只要真诚待人,就一定会交到朋友。”孙大朋说。

到合肥南站项目部遇到的第一件棘手的事是要解决“三通一平”问题。合肥南站占地10万平米,需要数千根桩,如果现在不抓紧进行桩基施工,必定会给后期承台开挖造成困难,当时正值雨季,到处泥泞不堪。因为别人当时早就没有运输道路。如果要运送设备材料,必须要“借道”他人。可是,独自从异地来到合肥,他能认识谁呢?他跟别人陪着笑脸跟到别的单位去商量。可是,单位管事的人连个照面也不打。他们运输车辆也一再被阻在途中,无法进入工地。是呀,别人花钱征来的地、修好的便道,不让你走也算正常。可是,本就紧张的工期哪能再耽搁呢?怎么办?孙大朋硬着头皮找人,跟别人说明项目部的工期及困难。有一次,他打听到某单位负责人在办公室里,便顶着太阳在门口硬等了三个多小时,最终感动了对方。“真没想到这个黑黑的小子这么有耐心,这么真诚。我们不能亏待想干事的人。”于是,对方为中铁建设合肥南站项目部大放绿灯,一个横在大家心中的问题从此得到解决。而且,孙大朋也与对方成为很好的朋友。

孙大朋兼任安全总监。对南站而言,防高空坠落与消防安全,是两件十分重要的事。两米网的防护网、电焊工资格验证、消防措施、消防演练等,他都抓得有声有色。整个工程期间,没发生过一起高空坠落事件、没发生一起重大火灾险情,这不能不说是一件很了不起的事。这其中,孙大朋现场组织、关键盯控起了重要作用,更重要的是:他们形成了一套有效的管理制度,实行了管理制度标准化和作业标准化。

孙大朋在现场着力推进专业化架子队和专业工班建设,将管理标准、技术标准、作业标准细化分解到作业指导书、作业卡片上,确保制订的标准落实到现场、落实到岗位。在日常管理中,他按章办事,有章必依,对违章违纪人员处罚从不手软,竭力维护制度的权威性、严肃性。某施工队在施工过程中,图方便,将防护网拆了后没有恢复,孙大朋警告后不久,发现那家又“旧病复发”,孙大朋毫不客气地下了罚单。还有一家施工单位没有按标准化作业,孙大朋组织监理进行验收,居然3次验收都不合格。那家施工单位负责人考虑到自身整改既费工又费力,成本太大。于是试图找孙大朋,施以恩惠,希望他“放一马”,将大事化小,小事化了。孙大朋说:“你觉得有这种可能吗? 我造的是要拿鲁班奖工程,怎么能容忍次品出现呢?”他不仅坚决让那家单位重新返工,而且还对他们进行了处罚。

文明施工,也是孙大朋主抓的。孙大朋为此也费尽了心血。今年四五月份,屋面钢结构施工一结束,大规模的初装修及精装修工程开始插入。装修材料数量惊人,如果不科学合理安排,现场可能连走路的地方都没有。孙大朋首先由北向南对完成的结构楼板进行“地毯式”清理,将前期遗留下来的工程废料彻底清光,然后划分区域,用钢管隔出方阵,将装饰材料按照“同类头齐,不同类分开,高度不能过2米”的规定进行堆码,再挂上标识,指定责任人。对乱停乱放、不文明生产行为,他用照相机拍下来留证,在每天晚上召开的工作会上用投影仪放出,并对相关责任单位、责任人进行处罚,从而消灭了乱排乱放、脏乱差等不文明现象。

## 在他的字典里,查不到"苦"字

能吃苦,是大家对孙大朋的一致评价。这也是孙大朋在而立之年就成为项目部领导的一个重要原因吧。如果你在现场遇到他,你说不定会将他误以为是参加施工的架子队工人——皮肤黝黑,身上的衣服常沾满泥灰,因为泡在现场时间太久,所戴的安全帽漆已脱落。成天穿着雨靴总是粘满泥巴,身上穿的衣服也总是灰蒙蒙的……可是,学生时代的他却是个长得白白净净、穿着十分讲究的一个人。"施工现场就是与灰尘泥巴打交道,我们的心与工人贴近,形也要与工人接近,这才叫与工人打成一片。"孙大朋说这话略带几分调侃,却是其生活的真实写照。孙大朋在现场颇有威信,这威信不是靠职位凌驾之上,而是靠自己苦干实干,靠努力拼搏赢得的。

2013 年 1 月 20 日,合肥枢纽指挥部下达文件,要求站前单位运梁车 2013 年 4 月 30 日通过合肥南站站房 D 轴轨道层结构,务必于 2013 年 4 月 15 日完成该区域结构交出工作面。接到通知,所有人都神经紧绷。因为再过 10 多天就是春节了,春节一放假,只剩下不到 2 个月的施工时间,根本无法保证工期节点。那一年,孙大朋的女儿刚刚出生,项目部党支部书记张光庆准备让他回家过年,看看老婆孩子。孙大朋其实也十分想念妻女,可是,工期迫在眉睫。作为现场主抓施工生产的他怎么能离开呢?他坚定地留了下来,精心地组织施工,有条不紊地推进着工程。

可天公不作美,一场大雪从天而降。那天,孙大朋像往常一样,清晨就赶到工地。让他意外的是,不见往日热火朝天的情景,只有皑皑白雪覆盖在偌大的工地上,没有一个人影。怎么回事呢?"天太冷,又下雪,加之连日来工人们都有点累,大家都不愿上班。"一位架子队负责人悄悄地跟孙大朋说。孙大朋一听,十分震惊。他当然体恤同志们的辛苦,可是,工期的压力压在身上,不干怎么行呢?他二话不说,带领 20 多个管理人员,拿起除雪工具,将工地上的雪一点一点扫去。施工队的负责人十分感动,当即跑到工人的住处,把大家领到现场……

当千家万户都沉浸在节日融融的欢乐中,孙大朋却在进行最艰难的煎熬。寒冬里,每天他照样要加班到深夜,认真推敲施工方案。实在太累了,就伏在桌子上睡一会或靠在椅子眯一下眼睛,误了饭点时自己就泡碗方便面……连日劳累,他口腔溃疡,嘴角干裂,嘶哑的嗓门喊不出声来。那时,远在北京的爱人在视频里见到他憔悴的模样十分心疼:“你是国家一级建造师,到哪儿干不行呀。”面对镜头里妻子的心疼埋怨,孙大朋反而笑起来,安慰妻子:“建设百年工程,不是每个人都有机会赶上,这可是一次难得锻炼的机会,再苦再累我也在所不辞!”妻子只能在视频里叮嘱他多注意身体。

中国铁路大建设从梦想到蓝图,从蓝图变成现实,飞速发展的后面,凝聚了多少铁路建设者抛家舍业的奉献精神、拼搏精神。

# 合肥南站，将记住他们的名字

## ——中铁建设集团合肥南站项目部人物素描

张光庆

这是一群可爱的人，为了合肥南站这个百年工程，他们别妻离子，从首都北京长驱直入古城庐阳——合肥，在充满希望与活力的巢湖之滨，他们从事着上海铁路局大客站的收官之作。他们挑战风险，克服困难，烈日不惧，寒风无阻，在异地他乡，用智慧才干和辛勤汗水，打造正在腾飞的中部省会的地标性建筑，为出行的人们筑起了一个美丽而温馨的驿站，也为自己的人生旅途植入了一道独特而令人骄傲的风景。他们，就是中铁建设集团合肥南站项目部的一群汉子。

### 戎建军：像保护自己眼睛一样保护安全

戎建军是中铁建设铁路工程总指挥部安全总监。这位上级派驻的老同志，抓工作有板有眼，十分到位。合肥南站项目部工程体量那么大，却没有发生一起高空坠落、火灾险情。项目部的同志们都说，这个功劳得为戎建军大大记上一笔，他像安全的守护神，为合肥南站建设安全付出了太多心血。

合肥南站是安徽省单体面积最大、一次性投资最多的特大型站房工程，也是中铁建设集团第一个以设计图纸招标且当时建设体量最大的大客站站房。身负重任的戎建军不辱使命，他紧盯施工生产，面对工期紧、任务重的南站工程，全身心扑到安全生产中，不仅指导项目安全管理工作，还要帮助项目部调节工程进度，缩短工期。

戎建军对工作十分负责。项目部大大小小的安全问题，他心里有一本清账。像项目的工期、节点、重难点工作、危险作业名称他烂熟于心。他还有个习惯，就是随手携带着一本笔记，遇到什么事，就会立马记下来。一个工程下来，厚厚的一本笔记本差不多用完了。打开内页，你会看到上面密密麻麻记录着安全问题和解决方案。大家说，戎总监的这本笔记可是整个项目部的“安全宝典”哟。

戎建军身为工程指挥部的领导，对项目部的工程十分上心。项目部的班子成员对他也十分尊重。项目部经理王伟遇到关键问题了，总会与他商量，而他也总是竭尽全力地帮助施工项目做好安全管理工作。“有他在，处理疑难问题时我们心里就有底了。”合肥南站项目部副经理孙大朋说。

每天早上 7 点 30 分，吃过早饭的戎建军就带上安全帽和笔记本，一声不吭地往工地走去。自合肥南站开工起，戎建军就深深扎根施工一线，一去几个小时，天天如此。在现场，他认真检查每一处施工操作，监督指导周转料进场，嘱咐吊装施工要事先做好验证。每天他都到安质部询问当天施工安全状况，到调度室询问每个工区有多少工人在作业。只要在项目部，他都要参加工程例会，并在会上把当天现场看到的问题详细讲一遍，言传身教，告诉大家在工作中需要注意的问题。戎建军常常这样告诫大家：“工作分两种，一种是把工作当工作，另一种是把工作当责任心。”

戎建军有个特点，就是干什么事都要善始善终，凡经他处理的事，他必须要问清缘由，打破砂锅问到底，否则决不罢休。有一次发现有一处临边没有及时恢复，他问了附近几个人，都说不清楚。他抓住不放，最后才弄明白是一位送材料的司机擅自挪了防护。但他仍不放过，追究了施工防护人员及施工队负责人的责任，对他们进行了相应的经济惩罚。

戎建军热心帮助新员工的技术业务素质提高。不论是在施工现场盯防的安全员，还是负责做内业的资料员，他都手把手地教，把自己的工作经验无私地传授给他们。凡是能自己做的，他绝不推到别人身上。安质部的资料员小卫刚刚接触新岗位的她，对工作无从下手，戎建军专门到办公室和她聊天，教她如何整理安全生产施工资料，提醒她需要注意哪些问题，有哪些窍门，还特意利用休息时间，将各种资料的范本整理成册，为小卫工作提供范本。戎建军注重把握职工思想动态，善于开展思想政治工作。闲暇时，他喜欢与年轻员工聊天，让他们谈谈自己的学习工作与生活，从内心里把年轻人当作自己的孩子一样，给他们亲自传授人生经验，教导他们做人的道理与方法。“他真的像严师慈父一样，从他身上既能学到种技能和本领，还能得到处世方法，与他在一起很有收获。”一位年轻的技术员感慨道。

戎建军身边的员工都知道他常说的十个字：学习、沟通、监督、落实、总结。这是他多年工作的经验总结。谦虚好学，踏实肯干，工作从早至晚不辞辛苦，从不抱怨。戎建军还告诫大家要不断学习来充实自己。他自己总是身先士卒，不断学习专业知识，用来武装自己。面对合肥南站这个特大型站房工程，戎建军虚心向各级管理人员学习现场管理经验。他多次在会上说：“我们是一个团队，大家各有专长，要取长补短，但如果每个人都只顾自己，在实际工作中肯定会出纰漏。”

## 王和平：年轻有为的钢结构专家

合肥南站用钢量多达25 000吨，其数万吨的钢屋盖提升、幕墙的柔性拉索技术等，颇为引人注目。而主导这些的，竟是一位29岁的年轻人，他叫王和平，合肥南站项目部副总工程师。

为人忠厚正直的王和平快人快语，勤奋好学。凭借自己出色的工作业绩，用较短的时间完成了从技术主管、钢结构工程经理和项目部副总工程师的路程。

王和平在技术管理过程中努力推行“新工艺、新结构、新材料、新设备”的理念，以创新的姿态和进取精神，努力把自己的工作做好、做精。

合肥南站站房钢结构规模之大，对王和平来说也是头一次。针对管辖中的大吨位、大跨度、大面积的超大型构件，王和平在考察完国内其他站房施工工艺后，提出了放弃传统的搭设满堂红脚手架的高空散装法，采用柔性钢绞线或刚性立柱支撑、提升器集群、计算机控制、液压同步提升新原理的液压同步技术。这一新技术的应用可减少提升重量、跨度、面积及高度，构件可在提升过程中的任意位置长期可靠锁定，且设备体积小，自重轻，承载能力大，操作方便灵活，安全性能好，大大加速了工程进度。但是项目部员工都是第一次接触这项技术，为了顺利完成提升，从2013年8月甲供物资屋盖钢结构进场，王和平不等不靠，完全把甲供物资当作项目的分包管理，紧盯钢屋盖提升施工。指挥部非常认可其工作能力，称“王和平是钢结构专家”。

桁架整体提升对前期的焊接工艺提出很高的要求，合肥南站屋面面积7.8万平方米，单个构件最重的达到6.7吨，因此原有的焊接工艺难以达到工程需要，于是王和平提出了“单杆双焊、双杆单焊，隔榀焊接，分榀错位合龙”的焊接方法，在确保焊接质量前提下，有效降低了焊接过程中的应力变形，并将施工速度提到最快。

2013年10月15日，上海铁路局常务副局长王峰到项目部检查工作。晚上8点多，王峰到施工现场去查看。此时正值合肥南站第一块钢屋盖焊接拼装阶段，为了保证按期完成提升，整个施工现场热火朝天。王峰局长对项目部采用的“单杆双焊、双杆单焊；隔榀焊接；分榀错位合龙”的焊接方法很感兴趣，作为一名资深的工程建设人员，王峰经过详细检查，给予项目部“可创精品工程，评优质金奖”的评价。

## 杨正洪：动真碰硬的好厂长

2014年刚好而立之年的铁路工程总指挥部合肥南站项目部钢筋加工厂负责人杨正洪，坚守岗位，把偌大的钢筋加工厂管理得有条不紊；他的朴素的工作作风、顽强的斗志和坚守信念，给人以深刻的印象。而更为广为传颂的是，他勇斗歹徒，不怕流血受伤，用生命保护国家财产的事儿。

2014年3月6日，杨正洪像往常一样在料场监督工作，见到一辆装电动车从现场方向急驶而出，感觉异样的他便拦停电动车。只见车里堆满了蔬菜。如果是蔬菜，他何苦这般紧张？他果断地掀开表层的蔬菜，果然发现蔬菜下方是钢筋废料。对方见行迹败露，便把电动车加足马力，准备强行冲出料场。杨正洪死死拽住车头，用身体硬生生拦住去路。

僵持之间，有七八个人冲了过来，把杨正洪团团围住，毫不留情地动起手来。胳膊打肿了，眼角打出血了，杨正洪还是寸步不让，并大声呼救，直到附近的工人闻声赶来，对方丢下工地上的建材仓皇逃离。杨正洪被紧急送往附近医院治疗。两天后，他又缠着纱布，出现在了钢筋料场。

杨正洪的事迹远不止这一件。项目部到达合肥后，施工人员跑步进场，杨正洪也从哈尔滨火速赶到合肥。他一踏进工地，就立即开始熟悉现场，编制专项施工方案，接手各项管理工作。受地质、天气和现场因素的影响，桩基施工成为“卡脖子”工序，钢筋笼能否及时跟进，决定着工程进度。杨正洪临危受命，接手钢筋加工厂，专啃这块“硬骨头”。猛然转到工程，让长期从事技术工作的杨正洪一时摸不着头脑，为了尽快熟悉工作，他整天驻守在加工现场，这里看、那里问，从各个方面寻找制约钢筋笼加工进度的因素，积极协调，主动与同事交流请教，头一次上手，就将后台加工管理得有条不紊，出笼速度显著提升。

2012 年冬天，30 岁的杨正洪迎来期盼已久的婚姻大事，可当时正是大干快上的关键时期，已将婚期推了又推的他再次放弃了婚假，婚后 3 天就迅速回到管理岗位。春节期间项目没有停工，杨正洪主动要求留守工地，放弃与家人、新婚妻子团聚的机会，与 50 多名员工一起坚持施工现场，一人包揽人员统计、盯防工程进度、调配机械等项工作。春节后，杨正洪又主动请缨，带着工人清扫马路、清理现场，收拾废旧材料；每天上班第一件事就是到现场周围检查道路情况，下班之前又在现场走一圈，不放过任何蛛丝马迹。

中铁建设优势传统在合肥南项目在传承、光大，正能量在包公故里集聚、辐射，这正能量也在“杨厂长”身上得到充分体现。昼夜巡视料场、再三推迟婚礼又放弃婚假、与歹徒奋勇搏斗……这一个个故事，是他对工作的认真、对集体的热爱，对企业的忠诚的真实写照，是杨正洪永远不悔的坚守。

## 万辉：不善言辞的测量主管

“闷油瓶”是合肥南站项目部同志对万辉的昵称。的确，万辉不善辞令，与人打交道不是他的强项。可能是因为职业习惯吧，他早习惯与

“仪器”打交道，与建筑物“对话”，把自己的工作做得让人没话说。

合肥南站测量室一共就三个人，万辉是主管，带着两名测量员。他们的办公室位置不错，就是资料室与会议室当中，按理说应该是“门庭若市”。可事实上却很少有人去串门。个中原因，除了万辉性格外，与他们平时工作繁忙程度有很大关系。

从项目部组建、工程破土动工，万辉便跟随而来，驻扎在合肥。他并不是让人留下印象最深的，却是最让领导放心的，从未缺席过一次会议，从不争功要名。一年来，他带领测量室，为合肥南站工程建设默默奉献，换来工程的一路绿灯。

在工程建设过程中，测量员们的工作总让人觉得他们是辅助其他部门。在现场，他们也总是三三两两的工作，定位测量仪，瞄准，测得数据，记录结果。其实，施工的每一步都离不开测量工作，既要保证平面高程位置的正确，又要保证垂直度不发生偏差，这是一项检验技术，又考验耐心的工作。万辉就是在这样的工作岗位上默默工作，散发自己的正能量。

有人说他像一匹骆驼，不慌，不慢，不叫苦，不停歇，工作踏实勤恳，任劳任怨。每天一大早，万辉吃过早饭，计划好一天的工作量，便带着测量员们背着测量仪器赶往现场。返回时，鞋子上总是积了厚厚的一层泥，回到办公室里，万辉将数据记录完毕，上报每天的资料。日复一日、长年累月的高强度工作，每天扛着仪器满场跑，他的背上出现了和他年龄不相称的弧度，长期与灰尘泥土相伴，无暇关注自己的形象，与人见面时，总会憨憨一笑。谁能相信这个沉闷寡言的测量主管其实年龄只有30岁呢。

测量工作不是关起门来搞建设，需要和工程、技术部门共同配合，也要按时上交工作资料。他虽不善言辞，工作上却从不拖沓，“我最了解的万辉，就是做资料了，他的资料如有任何疑问，我们要求他改，再忙他也会谦虚的听我们讲，然后按照我们的意见改，从不拖延，很快就把改好的资料报来了。”项目部资料员们是测量室的邻居，也是工作上的伙伴。说起万辉时，她们总是满肚子的赞赏：“工作扎实认真，勤勤恳恳，资料做得及时，每天不管早晚都背着测量工具忙来忙去，从没有怨言。”合肥南站项目员工大会上，万辉是领导用来鞭策大家的正面例子。而所有的同志都对万辉十分认可。事实一再说明，“老百姓的心是定砣的星”，万辉的今天成绩，正是因为他在日常生活和在工程建设中的辛勤劳动和无私付出。

# 用“心”攻坚克难攀高峰

## ——中铁十一局集团南环线合肥南站项目部施工纪实

肖秀珠　柯昌旺

孙子兵法中云:“用兵之道,攻心为上,攻城为下;心战为上,兵战为下”。意思是说,用兵之道,不战而屈人之兵,为上策;用武力攻城拔寨,为下策。

其实,无论是战场还是竞技场,或是施工现场,都不仅仅是实力的考量,更是心智和精神的角逐。

作为以年轻人为主体组成的中铁十一局集团合肥南站项目部,有的职工都是第一次从事站房施工,第一次接触“地源热泵”这样的新技术,项目经理常登峰也是第一次由项目书记改任行政主管。但他们却做到安全可控,高质量运行,工程进度一路领先,信用评价一直位居上海铁路局第一名,被上海铁路局授予“标准化项目部”“标准化项目部优胜杯、标准化工地优胜杯”奖牌,被集团公司评为“成本管理先进单位”。

他们是怎样做到一飞冲天、一鸣惊人的呢?经理常登峰说:“两个字‘尽心’!”

### 潜　　心

合肥南站是华东地区及上海铁路局四大高铁站之一,也是集铁路、城市轨道、城市道路交通功能于一体的、现代化大型交通枢纽。

由中铁十一局集团合肥南站项目部担负施工的“地源热泵”系统,

乃是上海铁路局和国家建设部积极推广运用的“四项新技术”之一。然而,对于项目部的工程技术人员来说,很多人对“地源热泵”这项新技术不了解,有的甚至都没有听说过。当项目经理常登峰将攻克这项新技术的任务,交给一向少言寡语、参加工作不到两年的年轻技术人员周强时,大家投来怀疑的目光,他自己心中也没底。

常经理对大家说:“任何事都是学而后知,而不是先知先觉。天下无难事,只要肯用心。我相信周强包括大家,很快就由‘门外汉’跻身‘地源热泵’专家行列。”

地源热泵系统是指利用浅层地能进行供热制冷的一种新型的环保能源利用技术系统。简单的说,地源热泵就是通过地下土壤蓄热蓄冷的能力,利用系统本身的运行将能量传到建筑物上,实现节能减排的功能。

周强先在网络上购买关于地源热泵的书籍资料,从地源热泵的发展历史到它的应用前景,从它的基本原理到工艺技术,都潜心钻研,弄通弄懂。他听说华中科技大学地源热泵研究所的袁教授,是国内专家,特地拜师求教。武汉地源热泵有限公司总经理郁云涛,从事地源热泵系统施工多年,具有丰富的施工经验,周强又成为郁经理的门下弟子。

“纸上得来终觉浅,绝知此事要躬行”。从书本上和老师那里得来的知识和经验,需要在实地工作中去实践。按照技术要求,地源热泵地埋管井中的水平管安装前,需要打压 1.6 兆帕的气压,下管到位还要打压一定的气压。然而,按照这样的施工要求下管后,水平管发生了爆裂。是不是管子质量有问题?经检验,管子质量是合格的。是不是预先打压的气压过大所致?周强又将打压过的水平管降压到 1.2 兆帕,下到地埋管井后,仍然发生爆裂?究竟是什么原因导致管道爆裂呢?经 20 多天的反复试验,周强终于找到了管道爆裂的“症结”所在,也摸索出了一套水平管安装工艺技术:在对水平管进行打压后,需要静放一段时间,然后泄压至 1.2 兆帕再下管,待水平管落至地埋管井后,再打压。

“功夫不负有心人”。周强的热心、潜心,换来了丰硕的回报。合肥南站地源热泵系统 1 980 口地埋管井钻井的水平管安装焊接,一次性成功率达到99.9%,创造了国内地源热泵系统施工新记录,受到业主的高度赞扬。

## 精　心

合肥南站对于华东地区、安徽省以及合肥市来说,都是一座标志性工程,但对于中铁十一局集团合肥南站项目部来说,则是一座标牌式或是里程碑式工程,因为这是他们第一次接受站房工程建设。因此,中铁十一局集团提出要组成最精干的项目班子,配备优秀技术骨干,选聘业绩突出的作业队伍,购置最精良的机械设备,建造精品工程,向合肥市人们交出一份满意的答卷。

在对工程质量的把关上,更是精雕细刻、精益求精。有一次,常经理对安质部部长李巍和试验室主任李源淇说:“你们是掌握着合肥南站工程质量的‘哼哈二将’,一切都要先做试验制订出标准来再施工,破除‘差不多就行’的传统理念,一点都不能差,差一点都不行。希望我们笑着进场,笑着离场,将来还要笑着面对历史的检验。”

由中铁十一局合肥南站项目部承担施工的工程项目主要包括,站房桩基、送客高架桥、无柱雨棚、车站信息系统、站场给排水系统等工程。其中,无柱雨棚共有24座,每座无柱雨棚有960个焊点,另外还有成千上万个柱头、连接点。安质部长李巍颤颤抖抖地爬上站台无柱雨棚,细致地检查焊接质量。

焊接施工队的赵队长告诉他,监理已经检查过了,并且已经签字认可。李巍说:“监理进行检查是监理的责任,我来检查是我安质部长的责任。不能替代也不能僭越。”

无柱雨棚的焊点、柱头、连接点星罗棋布,为了避免有遗漏,李巍站着、蹲着、趴着、卧着,爬上爬下,一个焊点接着一个焊点,一条焊缝接着一条焊缝,逐一检查,不放过任何死角。

炎热的夏天,雨棚被晒得发烫,手脚烫得发红疼痛,衣服汗湿得可以拧出水来。见此情景,赵队长对李巍说:“你这是何苦呢?监理说可以,就算是通过了,人家是权威。”李巍撩起衣服擦了把脸上的汗水说:“这么多焊点、接点,这么多施工单位,监理不可能一一过目。我们一定要转变‘领导说行就行’的行为习惯，一切要以标准为尺度，让标准成为习惯，无论监理检查不检查，标准都要成为我们脑海中的一条底线。”

为了提高全体员工标准化作业意识，项目部还专门成立了以安质部为核心的“自我检测体系”，自我检测、互相检测、班组检测、试验检测、安质部检测。没有安质部部长的签字，经营部门不能计价，财务部门不能付款。

## 匠心

合肥枢纽南环线合肥南站是项综合性的工程项目，下面有地铁，上面是站房，中间是路基轨道。站房施工也是个立体交叉的工程，下面是桩基、地面、站台施工，以及设备安装，上面有钢结构、无柱雨棚、候车大厅、售票大厅等站房施工，中间有落客平台、送客高架桥。10 多家集团公司项目部、数百项单位工程项目、数万人的施工队伍，聚集在巴掌大的一点地方，摩肩擦踵、熙熙攘攘、车水马龙、机器轰鸣，是一场地地道道的“立体绞杀战”，相互影响、相互掣肘、相互冲突的事情在所难免。这不仅考验着各个施工单位的战斗力，更考验着项目经理的指挥艺术和匠心。

由中铁十一局项目部担负施工的一个站台板部位，设计为运梁通道，按照原设计要求只有待运梁结束后，站台板方能开始施工，常登峰计算了一下，如此安排，站台板施工工期将会拖延一年多的时间。等到那个时候，站台板项目不仅拖了项目部施工进度的后腿，也有可能影响整个车站的工程交付。常经理考虑到，运梁通道仅仅是一条线，只要留出一条通道，加强安全防范，周围照样可以进行施工。常经理的设想得到有关方面的支持，其结果也是实现皆大欢喜的双赢局面，使站台板施工提前一年时间顺利完成。

去年 5 月间，常登峰在带领大家进行送客高架桥施工时，发现属于甲供材料的桥梁支座朝向搞反了，不能用。如果等更换支座后再施工，十天半个月的时间过去了，时间等不起啊！常经理一方面当即指挥大家把支座安装停下来，先进行钢筋铺设，一方面派物资部部长立即乘飞机奔赴远在四川成都的支座生产厂家,连夜督促厂家重新加工高架桥所用支座,第二天返回工地,保证高架桥正常施工。

常登峰说:“在这样错综交织的地方施工,各种意外情况随时都有可能发生,作为项目经理和现场管理人员,任何时候都不能松懈,时刻保持高度警惕,及时做出决断,以保证施工顺利进行。”

# 标准化就是对不标准习惯的逆袭

## ——中铁十一局集团合肥南站项目部标准化作业纪实

肖秀珠　柯昌旺

在行为学里有一种行为纠错法叫做“负面消去法”，意思是，负面减少一项，正面就等于增多一项，当负面或消极面消除了，正面积极的东西自然而然地就会全覆盖了。

中铁十一局集团南环线合肥南站项目部，运用这种“负面消去法”，逆袭、消除不标准的行为习惯，让标准成为一种自觉，一种本能或一种潜意识，处处有标准，事事讲标准，行为符合标准，结果达到标准。项目部被上海铁路局评为“标准化项目部”，施工现场被上海铁路局评为“标准化工地”。

### 用数据说话：逆袭“差不多就行”的行为习惯

绑扎钢筋笼对于一些从事建筑施工多年的企业或劳务队伍来说，可以说是一项轻车熟路、驾轻就熟的活计。然而，在合肥南站施工中，一家钢筋笼加工施工队竟然“平地里摔了一跤”，加工出来的钢筋笼被定为“不合格”。

队长老王不解地问道：“钢筋的规格质量、绑扎的间距、钢筋的密度都没有问题，怎么能说不合格呢?”中铁十一局集团合肥南站项目部安质部部长李巍解释说：“按照钢筋笼的工艺标准，两根钢筋的搭接部分为 2.5 厘米，钢筋车丝露出部分不能超过 2.5 毫米，焊接的部位不能起泡。你量一量，钢筋笼车丝露出部分达到 2.8 毫米了。”老王惊讶地辩解道:“零点几毫米,肉眼都看不出来。再说,多一毫米少一毫米,又不影响工程质量,为什么这么认真?差不多就行了!”

“问题就出在这种‘差不多就行了’的思维习惯上,其本质是‘没标准’,跟着感觉走。久而久之,就可能‘差得多’。有时候看似差之毫厘,其结果可能谬以千里,导致严重事故的发生,这种现象不乏其例。要实现标准化作业,就必须逆袭、消除这种‘差不多就行’的习惯,一切用数据说话!”李巍严肃地对老王说。

以往墩柱施工所用的脚手架剪刀撑,用多少扣件没有硬性规定,只要牢固不晃动就行了。现在规定剪刀撑必须用5个扣件,少一个都要进行处罚。李巍对每个部位都要拍照,以立此存照,用数据说话。

“一切用数据说话”,成为中铁十一局集团合肥南站项目部标准化施工的座右铭和行动准则。

## 一步到位:逆袭“边干边看、边完善”的行为习惯

搭建防护栏或者是防护网是所有桥梁、房屋等高空、临边作业的“规定动作”,但“各庄的地道各有各的不同”,立几根钢管或竹竿作为围栏的并不少见。笔者在中铁十一局集团合肥南站施工工地看到的围栏和防护网,却令人叫绝:防护网内材料通道与人行通道分开,人行马道1.5米宽,全部用木板铺设得严密合缝,而且都用钢筋固定,所有的踢脚板规范统一,挂设的密目网严严实实,人们走在马道上如履平地,丝毫没有高空和眩晕感,即使你闭着眼走也不会有什么危险,存放材料的地方豁然开朗,材料码放得整齐划一,顺顺溜溜,给人以美感……

笔者问项目经理常登峰:“这样高规格的防护栏、防护网投入了大量的人力物力吧?”常经理说:“搭建这样高规格的防护栏和防护网,与其说是一种进步,不如说是一种‘革命’。”

他介绍说,以往搭建防护网都没有硬性的标准,材料通道和人行通道是“合二为一”的,相互碰着、撞着、擦着的事经常发生。人行马道是用竹排架或废料板铺设的,走起路来颤颤悠悠,咯吱咯吱作响,很不安全。更要命的是,搭建防护网都是走一步看一步,修修补补,哪里有漏洞,就在那里修补一下,边干边完善。去年春节期间,合肥刮起了多年

不遇的大风，人行马道上一块木板被吹落，幸亏没砸到人。这件事的教训是刻骨铭心的。对防护或临建设施，必须高标准定位、高起点运作，一步到位，转变“走一步算一步，边干边修补，边干边完善”的行为习惯，做到美观大方、方便施工、一劳永逸、万无一失。

## 一切以标准为尺度：逆袭“领导说行就行”的行为习惯

安质部部长李巍爬上站台无柱雨棚检查焊接质量。施工队的赵队长告诉他，监理已经检查过了，并且已经签字认可。李巍说：“监理进行检查是监理的责任，我来检查是我安质部部长的责任，不能替代也不能僭越。”

合肥南站共有 24 座无柱雨棚，每座无柱雨棚有 960 个焊点，另外还有成千上万个柱头、连接点。李巍爬上无柱雨棚，站着、蹲着、趴着、卧着，爬上爬下，逐一检查。炎热的夏天，雨棚被晒得发烫，手脚烫得发红疼痛，衣服汗湿得可以拧出水来。见此情景，赵队长对李巍说：“你这是何苦呢？监理都通过了，你何苦呢？”李巍擦了把脸上的汗说：“我们一定要转变‘领导说行就行’的习惯，一切要以标准为尺度，无论监理检查不检查，标准都要成为我们的一条底线。”

为了提高全体员工标准化作业意识，项目部还专门成立了以安质部为核心的“自我检测体系”，自我检测、互相检测、班组检测、试验检测、安质部检测。没有安质部长的签字，经营部门不能计价，财务部门不能付款。

在一次地源热泵系统地埋管井的管道检测过程中，主管工程师周强发现其中的一根管道出现了偏差，他立即要求施工队返工整改。施工人员说，这点误差在标准范围之内。周强强调说：“虽然没有超出误差范围，但有误差就会影响水压，导致水流不畅。工作既然做了，为什么不做得更好呢？”直到施工队消除误差，周强才签字认可。

正是这种高标准、严要求，消除了那些“差不多就行”“边干边完善”“领导说行就行”，以及“跟着感觉走”“凭经验办事”的旧习惯，让标准成为唯一尺度。中铁十一局集团合肥南站项目部以无可挑剔的工程质量，获得监理和业主的高度认可。

# 看不见的手　看得见的力量

## ——记中铁十一局集团合肥南站项目部经营管理

刘升琛　柯昌旺

“看不见的手”是亚当斯密在《国富论》中所提到的一种经济观点，经济的发展要按照市场经济规律本身运行，而不应当给予其他的干预。

在项目管理中或许存在一只“看不见的手。”

施工现场的安全管理要做好防护措施、警示装置、应急措施。质量管理中现场施工和材料实实在在的摆在那里，要经得住来自各方的检验，标准化管理的成果可以马上映入眼帘，然而，经营管理作为项目管理中的重要组成部分之一，某些程度上，可以说正是那一只“看不见的手。”

“项目精细化的经营管理即是对大家辛辛苦苦的一个交代，更要对得起上海铁路局的信任，对得起如此重要的国家项目，我们的经营决不能拖沓！”常登峰如是说。以项目经理常登峰为首的项目领导班子，在进场之初，就敏锐的观察到这只“看不见的手”的力量，他是这么说的，也是这么做的。合同的签订、成本的前期预算、施工队伍的选择等方面都细谨揣摩、精细预算、严格考核，把项目经营的算盘打在心中。

说经营管理“看不见”，并不是说它存在自己的规律，不可干预。相反，经营管理是灵活的，是多样的。经营管理本身对项目的影响并不会如其他项目管理内容一样在较短的时间内呈现在大家面前，它所带来的影响会通过一个潜在的运作周期才能看到它的成功与否和管理效应。也正是因为经营管理所具有的这种特点，就需要项目在经营管理方面必须未雨绸缪。

进场伊始，项目经理常登峰就和项目总工程师施忠原、经营部长李晓栋一起商讨制订合肥南站项目《合同管理办法》（后简称《办法》），根据国家《合同法》及《公司章程》结合项目实际情况制定《办法》初稿，再交由项目部领导班子集体决议。《办法》由合同管理机制、合同审查与签订、合同的履行变更等七大部分构成，经过一周反反复复、仔仔细细的修改核对，项目部《办法》完整出炉，项目领导班子顺利通过了决议，形成了项目经营管理的纲领性文件。

合肥南站项目站房部分主要工程量内容为：桩基共651根，地源热泵地埋孔钻井1 980孔，共计203 184米。无柱雨棚61 300平方米（含结构安装、屋面工程、虹吸排水工程、照明工程）；高架车道地面及车道上方吊顶的装饰装修工程，高架车道照明工程；股道上方吊顶全站的吸声材料等装饰装修工程，站台板2 864米。铁路部分工程，送客高架桥559.3延长米（站房两侧各一座），全站的信息系统安装工程，给排水管道4.573公里。无柱雨棚、送客高架桥和地源热泵都是项目经营风险的管控点。

面对多方施工交叉作业，工期紧，难度大，在保证安全准时的完成好上海铁路局委以重任的同时，并使项目经营情况处于正常运作之中，考验着中铁十一局合肥南站项目领导班子的能力，考验着项目经理常登峰的智慧。

第一个面临的问题是施工设备的选择，租赁还是采购？项目经理常登峰带领着物资部长、经营部长来到项目周边地区考察大型机械设备购买价格和租赁价格，回到项目部后要把一天考察设备使用寿命、价格、工期等进行比较，并权衡租赁和购置对项目履约进度、质量和成本的影响。通过近一周的了解与计算，常登峰决定项目主要设备的使用通过租赁方式来完成，建立设备租赁台账，完善设备报批手续，与供应商洽谈，租赁单价完全控制在上级部门规定的范围内，后续工作步步推进，步步为营。租赁设备也随之“跑步”进场。

成本管理是经营管理的另一个重要组成部分，我们知道，项目成本管理是在保证合同工程质量、合同工期下，在项目施工过程中所产生的一系列费用，通过规划、组织、运作和调整等方式实现预期的成本目标，并尽可能地降低成本费用的一种科学管理活动。总体上可以分成项目成本预测、目标成本、成本控制、成本核算、成本分析与考核。

有人把严格的成本管理理解为“抠门”，认为只要勤俭节约就可以达到成本管理的目的。但中铁十一局合肥南站项目部更加相信一个科学化、标准化、精细化的成本管理会给项目带来更大的利润空间。

一是加强对材料成本的管理。精细化管理是合肥南站项目管理的特色，对于材料成本的控制，常登峰经理要求物资部、经营部认真做好各种材料计划，根据施工实际需要分批进场。在材料供应商的选择上，认真做好相关材料供应商的花名册，联系方式，货比三家，选择信誉好，货源充足供应商；在材料采购上，励行勤俭节约，在满足工程需要的前提下，力求质优价廉；在材料使用上，对材料实行限额领料制度，所用材料一律经过施工员做计划、项目负责人审批等相关手续。根据施工现场实际需要，认真做好现场材料堆放工作，尽量避免材料二次搬运造成成本的增加。同时，加强对材料使用过程的监督，对施工余料要回收归类整理加以利用，杜绝材料浪费现象。在施工中，合肥南站站房两侧的送客高架桥是现浇混凝土连续梁，现浇梁施工前支架需要预压，预压采用的是沙袋预压，支架预压完成后，把预压所用的黄沙直接运到地源热泵施工现场，作为地源热泵水平管安装时沟槽铺地用，这样节省材料费和二次倒运费近 50 万元。

二是加强对人工的成本管理。人员成本与项目规划紧密相连，在施工中，要求项目管理人员自觉熟悉图纸，严格按照图纸和施工规范施工。认真研究现有人员的工作能力、特点、知识层次、工作经验等，根据施工任务具体需要，合理分配，严格按照施工工艺流程进行作业。同时，加强对施工过程的监督检查，尽量避免因返工或窝工而造成人员成本增加。合肥南站是高铁站房项目，新工艺新方法投入多，地源热泵就是节能、环保的新型空调系统。进场之后，项目人员对地源热泵比较陌生，更谈不上合理规划施工了。为此，项目部特别聘请了华中科技大学暖通学院教授对项目人员进行了强化培训，使项目人员对地源热泵有了新的认识和提高，并与其建立互动机制，使地源热泵施工平稳推进，提高人员技术能力，避免造成人力成本的浪费。

成本控制阶段，是整个经营管理的重要部分，每周经营部长李晓栋都会“潜入”施工现场，从现场了解成本控制的实际情况。

在整个成本控制阶段，项目部根据工期要求，认真编制好进度控制计划，在实施中加强监督检查和管理，通过对工程实际进度与计划进度的对比，找出存在偏差及原因。站台板、墙项目是项目施工比较大的成本风险管控点，交叉施工严重，周转性材料投入巨大，投入人工多，如何制定项目站台板砼投标价让经理常登峰有些为难，他寻访调研了周边城市正在施工的项目，发现兄弟单位制定的价格比原价格每立方便宜30元，向兄弟单位取经，项目部积极测算，合理配置资源，做到周转材料的优化利用，从细处控制成本，达到减亏的目的。结合工程实际，及时对计划调整完善，并有针对性地采取经济措施、技术措施、组织措施、合同措施等，做好纠偏补漏工作，确保施工管理工作向既定的目标有计划、有步骤地进行，确保经营情况不跑偏、不走弯路。

在同样重要的内业资料方面，按照业主的要求和公司的规定，项目部在责任成本执行过程中，建立相应的台账，合同管理台账、对上对下台账、工程数量控制台账、计日工台账、设备租赁台账等，做到规范化管理。

经营管理工作渗透在项目施工的每一个部分，它的选择、规划和铺垫是项目日后顺畅运转的关键，如春风一般“随风潜入夜，润物细无声”。

劳务队伍的选择和管理决定着项目的成败，一支有资质、有信誉、有能力、善合作的队伍是项目稳定施工的重要因素。

针对外部劳务管理方面，项目部对每个进场的劳务队伍进行资质和业绩考察外，还要调查在其他项目信誉度，并优先考虑集团公司合格名册内队伍，同时，决不允许“无合同，先进场”的事情发生，合同签订后，有经营部门牵头召开合同交底会，对合同内容进行明确，防止由于合同界限不明确造成的成本增加。项目对计日工的问题高度重视，项目领导在早会上多次提出严格审查计日工的使用，对不合理的和报审不及时（不能超过三天）的计日工不予确认。

项目部规定，在每月初召开经济活动分析会，对每个月项目经济运营情况进行分析，分析在经营风险和经营效益影响因素的前提下，进一步制订切实可行的项目经营管理策略以及保证措施，包括工程量控制，物资材料节超情况分析，管理费节超情况等，找出责任成本管理的漏洞，查漏补缺，确保项目经济活动平稳运行。合肥南站共有12个站台，60块站台板，前期工期紧、任务重，为赶工期，每个班组投入了两套周转材料有的甚至三套，投入比例很大，加之施工交叉严重，周转材料并未充分利用，在经济活动分析会上就提出了这个问题，投入周转材料与产值比例偏大，决定对部分周转材料退租，及时的解决了周转材料投入过大的问题，并化解了周转材料丢失的风险。

工地如战场，项目部作为前线战士的后盾，必不可无度挥霍，只有心抵一处，我们的队伍才有最强的战斗力！

项目部结合习近平总书记提出的“厉行勤俭节约、反对铺张浪费”的指示，经理常登峰、书记柯昌旺要求大家推行无纸化办公，能够电子传阅的，绝不用纸张打印；用电用水方面，不进入高温时节，决不允许开空调；就餐要守秩序，讲卫生，不浪费和乱倒饭菜，禁止在宿舍开小灶；原则上夜间12点前必须熄灯；节约用水，发现铺张浪费给予20元至200元罚款等措施，仅办公用品，水电费用等开支一季度节约近万元。

进入中铁十一局合肥南站项目经理部的大门，首先映入眼帘的便是“工程优质，干部优秀”的标语，两年多的日子里整个大院的人们都为了这一目标而努力。

看不见的手带来了看得见的力量，看得见的效益，项目经理常登峰在一次经营管理分析会议上谈到参与合肥南站建设中来的感受时说：“能够参与到如此重大的项目中，是我一生的荣耀，不要说我们做了什么，更重要的是我们从上海铁路局的管理理念，管理方式的标准化、专业化中学到了什么，合肥南站项目建设让我们的管理水平、管理层次和队伍建设，特别经营管理上又登上一个新台阶，在这里，我们十分感谢上海铁路局领导的支持和信任！”

经营管理需要项目经理的智慧与才能，经营管理需要项目大家庭的鼎力支持，只有项目部每个人都是“能算账、会算账的好管家”，这双“看不见的手”才能发挥最大的力量。

# 左右逢“缘”

## ——记中铁11局集团4公司合肥南站项目经理常登峰

肖秀珠　柯昌旺

中铁十一局集团四公司合肥枢纽南环线合肥南站项目经理常登峰，初任项目经理就一鸣惊人：领导班子同心协力，部门领导得力，外施队伍给力，监理助力，业主支持鼎力，要风得风要雨得雨，施工进度走在前面，安全质量有序可控，信用评价一直位居上海铁路局第一名，被上海铁路局授予“标准化项目部”和“标准化工地”奖牌。成本管理精细，经济效益显著，被集团公司评为“成本管理先进单位”。

他是怎样把合肥南站项目做得顺风顺水的呢？项目经理常登峰回答说：“靠人缘！”

### 善用人

毕业于郑州大学建筑工程专业的李晓栋，一直在施工一线担任现场工程师，但常登峰发现李晓栋做事细心严谨，小李来到合肥南站项目部后，常登峰特地安排他写一篇合肥南站桩基施工的调查报告。

过了几天，小李向常登峰交出了调查报告。常登峰一看不禁眼前一亮：报告严谨缜密，科学可行，不仅对桩基的地质状况、需要什么样的钻机以及桩基施工队伍的管理模式、桩基施工与土方装运施工的衔接等施工环节等表述得清清楚楚，而且对桩基施工土方运输的市场价格、施工队伍的遴选和盈利空间等，毫无遗漏地一一列举在目，这不仅是一份针对性极强的调查报告，而且也是一份具有可操作性的施工方案。

常登峰像淘宝人一样,看到了一个优秀的计划经营部部长人选。

李晓栋上任计划经营部部长职位后,果然不负众望,对项目的成本管理卡控到位,合情合理,效果明显,他个人被集团公司评为“责任成本管理先进个人”,项目部也被集团公司评为“责任成本管理先进单位”。

2012 年毕业于石家庄铁道学院土木工程专业的周强,性格内向,不善言辞,但周强肯动脑、善钻研、有韧劲,虽然从未接触过“地源热泵”技术系统,但常登峰仍然把“地源热泵”系统施工任务交给周强。周强虚心向“地源热泵”技术专家教授请教,在网上查找资料。他迅速由“地源热泵”技术的“门外汉”,转变为“行家里手”,创造了施工 1 980 口地埋管井,一次性成功率达到 99.9% 的惊人纪录。

常登峰慧眼识才,知人善任,让大家各得其所、各尽其能,释放出超乎寻常的正能量,各项工作蒸蒸日上,常登峰也落了个轻松惬意。

## 理解人

合肥枢纽南环线合肥南站是项综合性的工程项目,下面有地铁,上面是站房,中间是路基轨道。站房施工也是个立体交叉的工程,下面是桩基、地面、站台施工,以及设备安装,上面有钢结构、无柱雨棚、候车大厅、售票大厅等站房施工,中间有落客平台、送客高架桥。在巴掌大的一点地方涉及到 10 多家施工单位、数百项单位工程项目、数万人的施工队伍,各个单位都想争分夺秒,抢在前头,相互影响、相互掣肘、相互冲突的事情在所难免。

中铁十一局合肥南站项目部承担着部分站房桩基、落客平台、送客高架桥、无柱雨棚、车站信息系统、站场给排水系统等工程任务,被“围困”在中间部位,运土车辆以及施工设备进出,需要通过两个单位的施工现场,对方以正在施工无路可走为由,硬是不让十一局项目部的车辆进出。一些劳务队伍忍无可忍,提出要跟他们拼个鱼死网破。

为避免矛盾的激化,常登峰一次又一次地登门与对方协商沟通,另一方面,又言之凿凿地说服大家:“咱们任务紧迫,人家也不轻松,谁都想抢时间赶进度,要换位思考理解他人的难处。”虽然常登峰的说服教育暂时熄灭了职工心中的怒火，但一遇摩擦仍然可能擦出火星来。

中铁十一局集团公司项目部作业现场，被里三层外三层“包围”着，车辆进出经常发生“堵塞”现象。一次，几家施工单位的运土车辆纠结在几十平方米的路段上，越挤越堵，你别我的马腿，我塞你的“炮眼”，乱成了一锅粥，喇叭声震耳欲聋。此时，常登峰挺身而出，好言劝解所有司机：“如果大家这样互不相让，谁也别想动一动，各个单位都会受影响。”随后，他指挥着所有车辆辗转腾挪，疏通了车辆，司机们纷纷向他投来赞许的眼光。

事后，常登峰以此为鉴与几家施工单位领导交谈沟通：“与人方便，才能与己方便，相互制肘没有赢家。”在得到有关单位领导的理解后，常登峰又派出人员，帮助对方转移管道，终于开辟出了一条通道。

不打不相识。常登峰的大度受到业主和同行的好评，不仅消除了阻隔，也使大家彼此成为好朋友，相互之间尽量提供施工方便，加快了施工进度。

## 尊重人

监理单位与施工单位作为一种监督与被监督的关系，发生摩擦或龃龉是很普遍的事，你认为对方是“故意刁难”，他认为对方是“不服从监理”……如果处理不当很有可能导致相互抵触。为此，常登峰一直把“尊重监理、服从监理”作为一项制度纳入项目管理考核内容，要求项目部和各施工队把监理的事情当作自己的事情来做，而且要优先去做。

一段时间，由于现场施工交错纠结，许多单位在接线用电时出现乱搭乱接、线路不规范、用电不安全的现象，监理方一位年轻的电力工程师在检查线路时，提出必须按照“一机、一闸、一露、一电、一保护”的要求进行整改。当时，有的人认为，安装这些配电柜和保护设备的时间超过个别项目的施工时间，这样做“豆腐也会搞成肉价钱”，得不偿失啊！常登峰却认为，“安全生产重于一切，宁肯多花点时间多投入资金，也要落实监理的要求。”十一局项目部率先落实了年轻监理的要求。

在常登峰的亲自督导下，各个架子队连夜进行了整改，并且对所有的配电柜全部上锁,派专人监管。随后,又特地请那位电力工程师来检查。由于中铁十一局集团项目部行动快、抓得实,每次监理单位都把他们的做法作为样板在各施工单位中示范、推广。

施工单位把监理单位的事当作自己的事来做,监理单位也把施工单位的事当作份内的事来解决;施工单位对监理单位的要求立说立行,监理单位也千方百计帮助施工单位创效创收。久而久之,双方的信任度、关切度与日俱增。

在送客高架桥施工开挖土方过程中,中铁十一局集团项目部采用大开大合的开挖法,具有 20 多年监理经验的总监彭金宝向常经理建议说,只要开出一个 U 型槽,就完全达到施工要求。常登峰立即修改了施工方案,仅此就可节省三分之二的开挖量,节省开支达上百万元。在高架桥预压施工时,中铁十一局集团项目部按照常规采用水袋预压方法进行,又是彭总监建议常登峰采用沙袋预压,即可便于施工,又可重复利用,节约资金。监理单位既监督又建议,使得常登峰受益匪浅。

## 关心人

在中铁十一局集团合肥南站项目部施工高潮时,先后有 36 支农民工队伍、1 500 多人进场,他们也就成为工程施工的主力军。常登峰说:"关心、帮助、服务农民工兄弟,是保证队伍战斗力的关键举措。"

2013 年 1 月的一天凌晨,部分劳务队伍正在进行现浇梁混凝土浇注,这时天空突降雾霾,人员视线受限,继续作业危险很大,而且会影响员工身体健康。为了大家的健康安全,常登峰立即通知班组暂停施工,现场所有人员回驻地休息。

在"冬送温暖,夏送清凉",保障农民工身心健康的同时,尽量使农民工不窝工、不息工、不返工,赚到钱、按时拿到钱,就成为项目部服务于农民工的一项重要工作。因此,在签订合同前,项目部总是精心细致地做好市场调研和盈亏预测工作。某项工程需要多少人?有多大的盈利空间?盈亏临界点在什么地方?一一向外部施工队交代清楚,然后再签订合同。在施工过程中,还要跟踪服务,发现问题随时解决。

担负高架桥施工任务的是四川眉山县的一支劳务队伍。由于这些高架桥是在桥上建桥,连续跨横桥,作业面狭窄,吊车用不上,大量施工材料和设备需要人工倒运,无形中增加了施工成本。常登峰从实际出发及时给予预算调整。在他们由于作业面限制,延误施工时,常登峰又立即安排他们从事其他辅助工程或防护工程施工,避免窝工、停工,保证这支农民工队伍赚到钱、拿到钱。

2013年春节前,绝大部分农民工准备返乡与家人团聚,唯有带班人李志平提出自己留下来在工地过年,负责干完剩余的一点收尾工程。大年三十上午,常登峰拿着一张机票找到李志平说,这是到成都的最后一张机票,你赶快收拾一下,还赶得上与家人一起吃年饭。

原来,常经理在电视上看到安徽省工会组织的一个"免费送机票,情暖农民工"活动,他立即联系省工会,终于争取到一个名额。李志平得知事情原委后激动的热泪盈眶。

送人玫瑰,手留余香。常登峰处处为农民工着想,农民工也尽职尽责,施工进度走在各单位前面,受到业主的高度赞扬。他们也被公司评为"劳动竞赛优胜单位"。

# 七年磨一剑　展示在合肥

## ——记中铁十一局合肥南站项目部经营部长李晓栋

刘升琛　柯昌旺

2007年,青涩的李晓栋走出校园,满怀着对未来的憧憬成为中铁十一局集团的一员,他相信在这里会成就他事业的舞台。2012年,28岁的李晓栋担任了中铁十一局合肥南站项目部经营部长。

李晓栋参加工作的第一个项目是中铁十一局的重点难点项目,中国的第一条沙漠铁路——临策铁路,当时初来乍到,他感觉什么都很新鲜,对工作热情高涨,在项目部领导的帮助下,学习知识,积累经验,从技术测量到物资采购,积极了解工程施工的各项工作,圆满的完成领导安排的任务,在临策铁路项目的那些日子里,条件虽然艰苦,却是李晓栋成长最快的日子,深得领导和同事们的信任。

2012年中旬,李晓栋有了一个跟随临策铁路的老领导柯昌旺书记(中铁十一局合肥南站党工委书记)共事的机会,6年后,在合肥南站的相聚,他又会给老领导一个怎样的惊喜呢?

### 夯实"路基"

李晓栋所学是建筑工程专业,以前从事的都是公路、隧道建设。初到中铁十一局合肥南站项目部,与"素未谋面"的站房打交道,李晓栋难免有些找不出头绪,忙完前期入场的工作后,他开始借阅书籍、网络上查找相关材料。晚饭后,在大院里与有过类似经历的老同志聊聊天,弥补铁路以及高铁站房建设方面的知识和经验。

一次偶然的机会，项目经理常登峰安排李晓栋起草一份合肥南站桩基施工的调查报告，几天后常登峰看到的报告内容详细，条目清晰，且可行性强，有了让李晓栋担任计划经营部长的想法。

从事计划经营工作要求周到周全、灵活广泛的掌握各方面信息，合肥南站项目作为重点工程项目，工作更需细致严谨。李晓栋担任部长后，通过各种渠道了解劳务、材料、工艺等各方面的市场信息，密切关注各方的动向，作为管控成本的依据。进站伊始，项目部面对各方困难，李晓栋对成本的合理管控，为项目部前期建设打下了基础。

## 确保“计量”

中铁十一局合肥南站项目部承担着部分站房桩基、落客平台、送客高架桥、无柱雨棚、地源热泵系统（室外部分）、车站信息系统、站场给排水系统等工程，项目任务多，施工队伍多，进场人员多。

在项目大干阶段，工班人员流动大，有时一个月来来走走近百人。一次临近晚饭，李晓栋没有通知，直接来到施工队伍驻地，清查工班人数，“为什么人走了不向我登记？”“这个人是哪个工班？我怎么以前没有见过？”工班长赶紧解释。因为工班长知道，不管是工人的亲戚还是孩子，李晓栋都了解得清清楚楚。像这样的突击清点人数，每周都要一两次。

此外，李晓栋制订计量办法，以计划经营部为主，工程部及安质部等相关部门配合，每月各部门准时提报相应资料，月底项目部组织召开工程例会、成本分析专题会。将一个月的计划经营情况交由领导班子及时进行讨论，出现问题及时纠正，保证各项施工有序进行。由于李晓栋的协调，项目各部门计量分工明确，每月都能够省时高效的完成计量任务。

## 严把“劳务”

2012 年进场后，业主下达春节前完成所有 651 根站房桩基的节点要求，工期紧，任务重，交叉作业面多，作业难度大。同时项目部还面临着安家等一系列工作，如何能够在春节前完成指定任务，是摆在项目部前的“一座大山”。“巧妇难为无米之炊”项目部现有钻机的数量无法满足工期要求，李晓栋提议是否可以增加机械设备，领导同意了他的建议。

第二天，李晓栋和物资部的同志开始在合肥大街小巷里转悠，一天跑了几个厂家不是型号不符，就是价格太高。设备没有音讯，李晓栋一筹莫展，四处打听。如果现在向公司求助，把设备从外省运过来必是费时费力，时间不等人，任务更不等人。李晓栋把搜索设备的范围扩大至周边城市，通过各方询问，打听到安徽阜阳有合适的机械设备，李晓栋立马驱车前往。

功夫不负有心人，在 130 公里外的阜阳市终于找到了 280 型钻机，工期紧迫，当天李晓栋就冒雨往返于阜阳和工地，确定性能良好后，连夜引进钻机进场施工。紧接着合肥南站桩基施工会战吹响号角，项目部在工期内顺利的完成业主布置的 651 根站房桩基。

劳务协作队伍是否优秀决定项目经营成败。每选一个协作队伍，李晓栋都会进行摸底考察，审核其资质文件，考察施工业绩。及时清楚地向上级上报拟定劳务队伍资质，严格执行劳务队伍的注册审批，把了解的情况在项目例会上通报，充分听取大家的意见。

一连几天，李晓栋闷在办公室，吃饭时间都匆匆忙忙，下班后也不和大伙闲聊，他在忙什么？葫芦里装的什么药？

谜底终究有答案，一本近万字的项目合同暨劳务队伍管理办法“浮出水面”。项目领导开玩笑说；“李部长可以当作家了，而且是高产作家。”

原来在劳务队伍签订之后，李晓栋根据项目实际情况，抓紧时间完善劳务队伍管理办法，从农民工工资发放到劳务队施工能力考核；是否服从安排，是否能够按要求施工作业以及最后劳务队结算方式等方面进行细致的规定，做到有章可循，有法可依。

进入正式施工，李晓栋经常与工程部和安质部等部门走现场，问进度，看质量，时刻关注合同履行情况，严格审查结算工程量，有效的避免超结、漏结的现象发生。

## 未来路漫漫

2007 年,进入中铁十一局,在最艰难的项目上历练,作为“80 后”,李晓栋独有一份老成。工作上不谈苦,不“吐槽”,也不推卸责任。不论是“份内”“份外”的事情,只要是领导安排的工作,他都会保质保量完成。

由于在合肥南站出色的工作,2013 年公司特意安排新入职的大学生来到合肥南站李晓栋所在的计划经营部,他慢慢地适应新的角色,工作中以身作则,指导时耐心细致,不急不躁,从基础开始,逐步的讲解各个工作业务流程,在与新入职大学生的交流座谈会上他也将自己当初驻扎中国第一条沙漠铁路的经历和在合肥南站的工作心得与大家分享,亦师亦友的他起到“传”“帮”“带”的好作用。

2014 年初,中铁十一局组织为期两个月的计划经营人员“精英培训班”,机会难得,李晓栋的名字赫然在列。培训将近,李晓栋却毫无动身的意思,项目收尾年,合肥南站大干在即,关键时刻怎么能“三心二意”。他决定把名额让给“学生”小胡。

出发前,李晓栋叮嘱道:“我平时帮助你的有限,你去多学习,回来好好给我辅导一下。”

李晓栋作为中铁十一局合肥南站项目部“少壮派”代表,工作踏实认真,对生活充满热情,锻炼出他抓重点、讲高效的工作方法和充满激情的工作态度。七年磨一剑,他的业务能力不断提高,对专业知识虚心好学。2012 年被公司评为“经营管理先进个人”,2013 年被集团公司评为“责任成本管理先进个人”,他所在的合肥南站荣获集团公司“责任成本管理先进单位”。

雄关漫道真如铁,而今迈步从头越,面对荣誉,李晓栋却说,“那都是过去的事了,工作还要从头干,认真干。”

“路漫漫其修远兮,吾将上下而求索。”青年人未来的路还很长,不同的项目有不同的困难在等待着我们去克服,也会有更多的机会等待着我们去把握,未来会有更加美好的天地等待着我们去拼搏。

李晓栋说自己是一个幸运儿,参加到公司为数不多的高铁站房项目，又能在上海铁路局高水平的业务领导下工作，这将是他职业生涯中一笔宝贵的财富，他感谢过去的 7 年，更感谢在合肥南站帮助过他的人。七年磨一剑，如今的李晓栋已不是当初的愣小伙，他已能为项目独当一面了。

# 创新技术入合肥　铁兵青年练“铁拳”

## ——记中铁十一局合肥南站现场技术主管周强

刘升琛　柯昌旺

2012年周强入职中铁十一局合肥南站项目部，他负责的地源热泵设计在可再生能源利用、有效节能和环境效益等环节效果明显，工艺工序复杂，技术要求高，当前全国试点不超过五例。

合肥南站的地源热泵设计地埋孔钻井1 980孔，共计203 184米。地下管道盘根错节，十分复杂。周强因在地源热泵施工中的优异表现，连续两年被评为项目年度“优秀青年职工”。

### 拜师“学艺”

“本周，我们将进行地源热泵的工艺性试验，成败在此一战！”听到这句话，会议室里的周强既紧张又兴奋。而就在几个月前，周强与地源热泵还只是“陌生人”。

地源热泵是在一定的技术之上通过地下土壤蓄热蓄冷的能力，利用系统本身的运行将能量传到建筑物上，实现节能减排的功能。它是国家建设部积极推广运用的“四新技术”之一，是上海铁路局植入合肥南站的节能创新元素，也是中铁十一局首次承担的大型节能环保类设施建设。

周强，石家庄铁道大学土木工程专业毕业，性格腼腆内向，工作却严谨细致，善于动脑，韧劲足。现场分工时项目领导决定大胆启用新人，安排周强负责地源热泵设计的现场施工，后来证明这是一个慧眼识珠的选择。

接到"烫手的山芋",周强一夜没合眼,他来不及兴奋和忐忑,当晚就在网络上购买地源热泵技术的书籍,查找关于地源热泵的相关资料,一连几天他把搜集到的内容打印出来装订成册,林林总总近百页。白天泡在工地,晚上泡在资料里,经过一段时间的学习,周强从"一抹黑"到"略知一二",毕竟是新技术,他才刚刚接手,有些难题让他举步维艰,周强常想,如果有老师来点拨一下那该多好啊。

"想曹操,曹操就到。"没几天,中铁十一局就邀请到清华大学、中国科学技术大学等技术专家莅临指导,讲授地源热泵的专业知识,周强每讲必到,小本子密密麻麻的一片。专家走后,项目部又邀请到专业技术队伍进行具体施工指导,工艺性试验日益临近,抓紧时间学习经验,夜里挑灯看图,周强想趁老师们在赶紧把不懂的地方都挖出来。遇到了问题他就立马跑到专业队伍师傅的房间里请教,一坐就是两三个小时。技术队的李工说,"你们项目有这样的小伙子,地源热泵不是难题,一定能干好。"

周强回忆,那段日子他仿佛在备战高考。

## 小试"牛刀"

试验将近。一连几天,周强在东西各两个片区练着"折返跑",焊接质量、钻孔回填、管道保护每一个点都反复检查落实,晚上回到房间,他把一天的问题整理归案。

地源热泵施工涉及到新工艺和新方法,需要在前期工艺性试验阶段做大量工作,以此来保证后期施工的质量和进度。合肥南站的地源热泵系统工程工期很紧,前期钻孔数量为 1 980 口井,分布在东西五个不同的区域,增加了现场管理的难度;后期水平管开挖的任务量很大,而且基本上都是隐蔽工程,会增加现场施工质量控制的难度。

2013 年 7 月 3 日,地源热泵工艺性试验正式开始。周强担心的几个重要技术环节都没有出现差错,但是一颗"芝麻"却让试验亮起红灯,由于施工场地狭小,多单位交叉作业,抽出的泥浆如何及时处理且不影响到兄弟单位成为一个棘手问题,没有合适的排放方式,将严重影响工期和现场的文明施工。

周强第一时间将情况反映给项目领导，也提出了自己的意见，项目很快确定整改方案：在调制孔底反浆所需的混合浆时，适当增大混合浆的比重，加大泥浆的消耗速度，同时，增加泥浆的消耗速度确保钻孔过程的顺利进行，防止缩孔或者塌孔，为后续的垂直地埋管的安装奠定基础。此方法不仅解决泥浆排放的难题，也提高了钻孔的速度，节省泥浆外运的开支，在保证质量的前提下，加快了施工进度。

7 月 28 日，为期 25 天的工艺性试验顺利结束。周强心里的一块石头落地了。

## 再展“拳脚”

地源热泵进入正式施工阶段，进程却不是预想的一路高歌。

一日早会，周强突然接到通知，设计单位提出变更，要对地埋管的回水管局部安装闭孔橡塑保温套管，看似只是一个简单的保温套管，但它所带来施工难度的增加可一点不小。

项目部马上召开关于地源热泵施工变更分析会，根据要求首先要在下管前将管道套入保温套管，再将供回水管进行区分，以免保温套管装在供水管上；最后要在下管时保护好保温套管，以免其破损影响效果。周强在会上仔细记录，因为如何做到以上三点，需要他根据现场情况合理安排，灵活指挥。

分析会上，周强立下“军令状”，要用最短时间起草出具体的施工方案。

“磨刀不误砍柴工。”周强没有着急，他带着图纸上了工地，边走边看仔细的研究变更要求，在图纸上画了一遍又一遍，标了一处又一处标，别人打眼一瞧像是一片“涂鸦”，他自己看的却是信心满满。那段时间，中午别人都在午休，一辆摩托车从院子里驶了出去，周强是那种心里有事就睡不踏实的人，12 点午饭，不到一点他又上了工地。晚上把白天的情况悉数整理，后半夜他才悄悄睡下。

过了几天，一份关于现场的施工方案摆在领导的桌子上，周强起草的现场东西区方案领导认为理论充分，可操作性强；在什么时间如何恰当地穿插保温管;怎么迅速区分供回水管,以何种方式避免保温套管的损坏。材料交待的不仅清楚且符合工地的实际情况。

以此为基础,项目部很快组织进行工艺性试验,确定最后方案。

## 借力“出拳”

2014 年项目进入收官阶段,工序的增加,难度的增大,使工期十分紧迫,周强结合项目安排在现场稳中有快步步推进,这得力于他与监理方密切的配合。

每个周一的早晨他都跑到监理部,把一周将要进行的施工内容与监理方提前进行说明,做到事前交流,事中沟通,事后报检。充分尊重和争取监理方意见。在工期不能耽搁半分钟的关键期,借助“外力”合力出拳,不但技术水准得到进一步完善,和监理方融洽的关系也使得现场施工顺畅起来。

上对项目领导汇报变更情况,中与监理方及时协商,下和施工队伍合理沟通,周强的地源热泵现场施工让人放心,施工完成 1 980 口地埋管井,一次性成功率达到 99.9% 的骄人战绩,得到各方单位的交口称赞。

周强不但工作认真,更重要的是责任心强。2013 年 11 月,正值钻孔施工的关键时期,周强不知为何突然肚脐发炎,医院检查为病毒性感染,每天需要 5 个小时去医院输液治疗。为了保证现场正常施工,按照施工程序进行报检,确保钻孔施工能够如期完成,周强总是一大早就赶到医院排队输液,好在下午上班之前赶回工地,项目领导了解到情况后,“暂停”他上工地的权利,由其他同事代替他现场四个区的报检工作。可没到两天,又在工地上看到了周强的身影。

周强说,他还年轻,对领导的关心,他只有用更加努力的工作来回报。

# 测量队长张士龙

张　鑫

张士龙同志，男，现年四十岁，中铁十一局城轨公司合肥南站II标项目部测量队队长。自1996年参加工作以来，在工程测量岗位上已经奋战了17个年头。从青年测工到现在的测量队长，该同志一直用敬业之心测量着各项工程，用严于律己的标准测量着自己。在工作中，思想方面不计较个人得失，始终把集体利益放在首位；作风方面严谨务实，在自觉遵守各项规章制度的同时，认真、踏实、尽职尽责的做好各项工作；工作方面尽心尽职，以“服从组织、团结同志、认真学习、扎实工作”为准则，在平凡的工作岗位上兢兢业业，以不平凡的努力，为单位的发展默默地奉献着自己的力量。在2010年被评选为集团公司“十大测量岗位技术能手”，2011年获得“导师带徒——好师傅”的荣誉称号。

## 努力学习，提高思想

作为一名测量工作人员，深知学习是终身的事情，只有不断学习才能在思想上与时俱进，在业务上强人一筹。在十多年的工作中，他坚持认真学习马列主义、毛泽东思想、邓小平理论、“三个代表”、科学发展观等重要思想，认真学习党的各项方针政策，积极参加党组织的各项学习教育活动。在大是大非面前立场坚定、旗帜鲜明，与党中央时刻保持高度一致，忠实于党。平时他更是注意学习党的各项时事方针、政策，关心国家大事，并且运用学到的政治理论指导自己的工作实践。

## 不畏困苦，奋发图强

顶烈日，冒严寒，风里来，雨里去，全站仪、水准仪、三角架、塔尺……这

几乎就是他每天工地生活的全部；十七年如一日，他施测过的点不计其数，测量的数据数十万计，从来没有出现过任何差错。在平凡的测量岗位上，在一次次距离与角度的精确定位中，实现着人生的价值和追求。

为了满足不断提高的测量工作要求，多年来，他自学了高等数学、解析几何、测量学、工程制图学、计算机和计算机制图等相关学科。一步一步地学习，一个一个的解决问题，在这过程当中，他掌握了新知识，增强了实际本领，office 软件、网络办公、工程测量软件、CAD 绘图他都用的非常娴熟；新一代的测量工具，也照样用的得心应手。为了方便施工现场计算，经过刻苦钻研，一次次探索，利用卡西欧 4800 型计算器，编出坐标正算、坐标反算、坐标推算，线路高程计算、缓和曲线、圆曲线和直线段上的任意中边桩坐标计算的计算程序，在需要计算直线和各种曲线上某一点坐标时，只需要输入曲线要素和里程便可立即计算出该点的方位角和坐标，这样就大大缩短了在施工现场计算的时间，既提高了工作效率又降低了工作强度。

## 为保进度，加班加点

2014 年夏天迎来了百年不遇的酷暑。为保证不影响 6 号风井施工速度，他带领测量队所有成员为做到 24 小时待命、随叫随到的工作模式。在没有外业的时候，就组织队员审核图纸，统计、复核放样数据，编制报验资料，还经常前去查看当前施工进度，以确定何时需要测量工作，提前做好准备工作。当施工现场需要放样，不管任何时候只要现场负责人通知便立刻带人前去。下班时间到了，活没干完就继续加班直到干完再回；吃饭时间到了但活还没干完就在工地吃，吃完后继续接着干。有很多时候加完班已经是深夜，他还来到办公室审核当天放样数据，统计当天监测情况，准备第二天工作所需要的资料。在他带领下，在 6 号风井施工期间完成的 2、4 号风亭，南广场开挖，繁～高区间左线盾构始发，没有因测量原因而造成的工期延误。

## 言传身教，孜孜不倦

从事测量工作十多年来，他练就出一身过硬测量技术的同时又带出了

数名徒弟。如今,这些徒弟们也都在各自的岗位上也干得有声有色。他们会经常打电话来,向他问好,或跟他请教一些测量工作中的各种难题,他都能给出一套解决问题的方案,并经常询问解决情况,直至问题解决为止。常言说,师傅教徒留一手。但他对自己的徒弟却是倾囊相授,毫无保留。

“青年兴则企业兴,青年强则企业强”是他人生追求的又一个目标,他经常说:“只有青年员工在岗位上学习,帮助青年员工在岗位上成才,培育青年岗位能手,提高公司青年员工的整体素质,才能不断增强公司的市场竞争力,才能为推进公司跨越式发展做更多的贡献。”为给青年员工创造更多的学习和实践的条件,他还搜集、编制各种学习资料。水准测量、导线测量、联系测量、盾构测量,导向系统的日常维护及问题处理办法。凡是我们工程涉及到的测量方法,几乎都有他亲手编制的学习材料、工程实例,其内容切合实际,通俗易懂。而且他还在每项测量工作开始前,组织队员学习理论知识、安排好每个测量员的分工,并详细的讲述每项工作需要注意的事项以及可能出现的问题,然后在现场将演示各种测量的方法、步骤,以确保每人都了解测量流程。并让队员实际操作,他在旁边手把手指导操作仪器,当队员能独自完成后,便让队员自己动手完成以后的测量任务,锻炼他们驾驭现场的能力。是他在默默的用自己丰富的测量经验和过硬的技术水平给队员营造了一个良好的成长环境。现在所有队员都已经可以胜任基础测量工作,部分人员可以独立完成某项测量任务。

作为测量队的队长,他在工作上是师傅,在生活上又是兄长。他用自己平时积累的经验和知识教徒弟测量技术和业务同时又用自己的阅历和教训教他们做人,做事,在生活上给予关怀和体贴,使他们能安心工作,乐于吃苦。

诸如此类的先进事迹在他的身上还有许多,用他自己的话说:“路还很长,既然我选择了测量工作,我就会把我的一切都奉献给测量事业。在今后的工作中,我会以更加饱满的工作热情、更加积极的工作态度、更加无私的奉献精神投入到我所热爱的测量工作中去,力争做出更大的贡献。”

# 范从友与他的施工团队

## ——记中铁二十四局安徽公司项目部经理范从友

王运亮

一米八五的个头,壮实的身材,白皙的皮肤衬托着国字形的脸庞,平时不苟言笑,做事极其认真与诚实。你很难想象,1983 出生的他,年纪轻轻就指挥着千军万马,完成了一个又一个重点工程。

他就是中铁二十四局安徽公司项目部经理范从友。

### 行为典范　见习生变成万事通

思路决定出路。大凡积极上进的人,就像太阳一样,照到哪里,哪里都是光亮。2005 年 7 月,从南京工业大学土木工程系道路与桥梁工程专业毕业的范从友,没有选择留在中铁二十四局的总部上海,也没有选择留在江苏的家乡,而是毅然决然地选择了安徽公司,落户于皖北城市蚌埠。对于范从友的选择,有些人很不理解:“是呀,曾经是江苏教育名城的高才生,又毕业于名牌大学名牌专业,偏偏来到条件比较艰苦的地方干工程,他能安心留下来吗?”

范从友是一位非常有思想的人,他说:“我出生在农家,安徽公司给每位大学生开出 8 万元的安家费,这是很吸引我的,8 万元够当时买房子的首付,解除了我的后顾之忧,公司既然优厚的条件吸引人才,说明公司十分急需人才,也正好给我提供一个施展才华的舞台。”

范从友跨出校门,首先来到了淮南矿业集团谢桥矿疏解线特大桥工程项目部见习。初出茅庐,他带着虔诚的心,边学习边思考。为了学到真经,他没有一点大学生的架子,即使是巡守人员,他也恭敬地向他们讨教,他把项目部每一位员工当作老师。与范从友始终在一个项目部的材料工赵劲东说:“范从友从到工地开始,我就发现他与众不同。这小伙子为人憨厚,能吃苦,好学上进,做事利索,有章法,真是难得的人才!”

苦心人,天不负。一个工程下来,范从友就从见习生变成了万事通,在不到一年的时间里,他理论与实际相结合,从一位见习生变成能挑大梁的中间力量。他提出并引进运用的软件计算工程坐标的方法,至今仍是公司测量人员的“法宝”,他倡导的电控顶进涵,实现了公司由“土办法”施工向机械化施工的跨越。

## 吃苦耐劳　工程亮点光彩照人

2006 年 7 月,见习期满的范从友,被认命为淮南大唐洛河电厂卸煤沟工程项目部工程部长。这对他来说,既是压力更是动力。此时的公司正处在快速发展时期,人才流动比较快。范从友在工作中严格遵守公司的各项规章制度,业余时间刻苦钻研业务,不断学习管理知识。他明白,只要肯吃苦愿付出,就会有收获。一年之后,他就担任了淮南矿业集团潘集交接口疏解线及平煤直运线工程项目部总工程师。机遇总是青睐有思想准备的人,半年之后,原项目经理张百芹调任公司领导,范从友担任了项目经理职务。

淮南矿业集团潘集交界口疏解线及平煤直运线工程,全长 3.958 公里,合同造价约 8 500 万元,是安徽省“861”重点建设项目。这个项目为上跨国铁阜淮线铁路专用线工程,主跨为两孔 64 米钢桁梁,单孔重 250 吨。为高位拼装,经 16 次封锁要点横移、纵移、顶落梁架设完成。此外,94 孔混凝土预制梁全部采用安徽公司第一台架桥机架设,为满足线路最小曲线半径和钢桁梁的内部限界,架桥机进行特殊设计,为目前市场上为数不多的既能满足最小曲线半径又能通过钢桁梁的架桥机。在施工期间,项目部未出现一起安全质量事故,受到了业主和监理的表扬,业主曾多次发贺电到公司。

2009 年 1 月,在淮南潘集疏解线工程竣工之际,项目部全体人员转战淮北矿业集团蔡楼站疏解线工程。该工程为淮北矿业集团南环线重点工程，也是淮北矿业集团建设史上标的最大、难度最大、干扰最多的工程。工程上跨国铁青阜线特大桥工程，主跨为 32 米钢板梁，大桥全长 1.67 公里。主跨钢板梁采用高位拼装纵移架设，共封锁要点施工 9 次。因工程所处地的涡阳站不具备超级超限货物的运输资质，且成品预制梁厂在徐州，这给预制梁的运输架设带来了极大的不便，严重地制约了架梁工期。在项目部的努力下克服了种种困难，为业主办理了蔡楼站超级超限货物的运输资质，不仅仅保证了施工，还为运输其他超级超限货物奠定了基础，业主高兴的说："这个工程交给你们干，对了！"

这就是范从友，做事认真执着，干净利索。施工期间，淮北矿业局领导、铁运处领导多次莅临现场参观，还组织了宣传部门和电视台现场采访，在淮北矿业集团报上多次刊登报道和图片。施工期间，无一起质量事故，为公司赢得了市场，实现了公司两淮煤电市场的又一次滚动发展。

在范从友的带动下，淮南、淮北这两个项目的年轻团队，人人创先争优，培养了一大批年轻人才，从项目部员工中晋升并输出了 1 位项目经理、3 位项目总工程师、2 位工程部长。

## 抓好工程　赢得建设单位信任

2010 年 6 月，范从友带领他的项目团队转战安徽省城合肥，参与合肥铁路枢纽合肥高铁站轨道交通 1、5 号线土建一标的施工。合肥高铁站轨道交通 1、5 号线车站同台换乘，为明挖岛式站台车站。车站标准段净宽 46 米，深度为 19.7 米，采用地下两层三柱四跨钢筋混凝土框架结构，围护结构采用钻孔灌注桩加内支撑体系。

当时铁路处在大干快上的时期，预算为 1.7 亿元的工程，却只有 100 天的工期，而南站地铁换乘站要求高、标准严、工期紧，是全公司挑战最大的工程。

合肥高铁南站地铁换乘站，有合肥轨道公司、合肥铁路枢纽指挥部两家业主，代表着合肥市政和铁路两大单位。该工程为深基坑工程，基坑最深为25米,宽度为50米,难度大、风险高、影响力大。尽管在洛河电厂项目有过长300米、跨度18米的深基坑卸煤沟支护经验,有着穿越6股铁道线的人工浅埋暗挖经验,但因为范从友年轻,从没有与其打过交道的业主对他的能力还有些怀疑。

为了干好这一重要工程,范从友自开工以后,已有两个月没有离开工地半步。无论是刮风下雨,还是钻孔桩处的泥宁,都挡不住他匆匆地脚步。范从友开始下工地穿运动鞋,鞋子不防水,一天要湿几回,后来他改穿胶鞋,但几次业主开会,他大晴天仍穿着胶鞋,自己也觉不好意思,后来又改穿油皮鞋,工地走一圈,用水洗洗,马上就可以参加各种会议。就这样,他和班子成员一起带领员工攻难克艰,创造了一个个亮点。

为赶工期,他积极谋划,想法设法不能让施工机械在"工地打架",错开每一道工序;为赶工期,2010年的春节,带领大家日夜坚守在工地施工。为保质量,他处处采用标准化施工,用三天时间连续浇注近7千方混凝土,80米的深桩他亲自把关。

在范从友和他的团队顽强拼搏下,工程干得很漂亮。为弘扬正能量,合肥铁路枢纽工程指挥部在项目部工地召开了现场会,安徽省委书记、合肥市委书记、上海铁路局领导、合肥招投标中心领导、各施工单位领导及安徽公司职代会代表等参加现场会并对工地进行了参观,与会者给予高度评价。范从友用自己的实际行动,赢得了业主的信任。范从友领导的项目部,荣获2010年度合肥铁路枢纽指挥部"标准化工地"称号,范从友也被评为"优秀项目经理"。

在技术创新上,范从友带领技术人员一起确定了支撑梁破除方案,采用了先进的金刚石绳锯切割,既创造了经济效益,又节省了工期,达到了轻便、环保、经济、快速的工程标准,为企业树立了良好形象。

在项目管理上,范从友坚持以企业文化和标准化为抓手,以"责任心、专心、细心、恒心、交心、齐心、爱心、上进心"为项目文化,以快乐工作为理念,注重企业发展和人才培养,鼓励和组织大家不断学习业务知识,探讨更优更好的管理方法。在生活上,范从友关心员工疾苦,解决员工的实际困难,引导他们发挥聪明才智,奋发向上。

## 光环背后 是对家人深深的愧疚

受国内形势的影响,铁路投资突然放缓,合肥枢纽的工期向后推。这期间,公司在合肥又有几个工程中标。作为公司骨干,范从友先后参加了合肥市徽州大道、郎溪路立交桥的施工。

艰辛的汗水终于结出丰硕之果。继 2010 年范从友被合肥铁路枢纽指挥部评为“优秀项目经理”之后,2011 年,范从友又被合肥枢纽指挥部评为“优秀管理者”,项目部被评为“优秀分部”;2012 年被安徽公司评为“2011 年度优秀项目经理”“优秀共产党员”;2012 年,荣获合肥市“五一劳动奖章”。

光环的背后,是难以想象的付出。常言道:忠孝不能双全。自参加工作以来,范从友就很少回家,每年的春节都是在工地度过;年迈的父母在家里种着 20 多亩地,范从友却力不从心,几乎帮不上老人什么忙;恋爱谈了多年,婚期总是一托再托,女朋友陈欣蕾为了支持范从友的工作,辞去了在中国银行淮安支行的稳定工作,来到遥远的合肥与范从友结婚,并要重新寻找工作。从恋爱到结婚的 7 年时间里,陈欣蕾理解支持丈夫的工作。作为儿子和丈夫,范从友总感到内心十分愧疚,对父母、对爱人关心帮助的太少了的。作为妻子的陈欣蕾,也曾抱怨过丈夫,为什么每次打电话你要么是在开会、要么是在现场检查工作,偶尔回家一趟也是深更半夜,第二天天不亮就又返回工地。她也曾抱怨过丈夫不在家吃早饭,不能迟点走顺路送她一程。哪个女人不想与老公一起逛街?哪个女人不想与丈自己的丈夫、家人共享天伦之乐?然而这些对她来说,几乎是奢侈。但她理解丈夫肩上的责任,所以每次给他打电话一听丈夫那边有事,马上挂断电话让丈夫先忙。她在合肥竞聘到一家银行上班,有事丈夫也帮不了她。她宁愿在银行搞后勤,也不愿让丈夫帮她拉存款、做大业绩。她虽不懂工程,但理解丈夫工作的重要性,鼓励丈夫安心搞好工作,以建设铁路的大局为重,向全公司负责,家里的事由自己去做。

这就是范从友,一个舍小家顾大家的典范。办公室主任周志龙,原先是小车司机，给不少领导开过车，文化程度较低，可在范从友的带动下，一有时间就拿起书本学习，他说："范经理是一个有抱负、有思路的人，无论做什么事，思想始终超人一筹、领先一步，跟着这样的领导干工作，就会想着提升自己，天天劲头十足！"

# 为打造百年不朽工程护航

## ——记华东监理公司合肥枢纽南环线监理站

陈　凯

贯穿城区，跨路越河，南环线尽显蜿蜒身姿，以高时速线路牵手合宁、合武铁路；桥房融合，立体布局，合肥南站尽展恢弘气势，以大体量站房实现零换乘目标。5 年的环线施工、2 年的站房建设，当如梭的动车，以追风时速驶过南环线，驶入合肥南站时，参与全程护航的 82 位监理，充满了喜悦和自豪。

大到钢梁整体顶推的安全控制，小到混凝土中沙子的颗粒检测，在这里，严格管控的烙印无处不在。以建设百年不朽工程为目标，监理作用在安全、质量和工期、投资诸多控制要素中得到充分展现。发生在南环线和南站建设的这一切，清晰地留下一道印记：以规范严格的监控打造一流工程。

### 挑战，护航之路无坦途

在合肥南环线和南站建设工地，监理可不好当。屈指算来，建设南环线，新建合肥南站和合肥动车所，改造长安集站和肥东站，尤其是以 230 米跨度问鼎亚洲的柔性钢桁拱桥，3 200 吨重屋盖桁架一次整体提升，以近 10 万平方米建筑面积雄冠江淮的车站站房，不仅施工项目多、难度大、工期紧、场地小，而且作业环境复杂，进场机械和材料庞杂。

“这是华东监理公司目前介入的最大施工项目，并以其难点集中而颇具代表性和挑战性。”工程总监彭金保介绍，南环线设计时速达

250 公里、最大坡度为千分之 12‰，线路标准等级高，其正线 17 座桥梁总长达 25 公里、路基 14.5 公里、铺岔 154 组，整条线路穿城而过并两度跨越环城高速公路等城市主干道，无疑增加了监理难度。

南环线跨越金寨路，这是条日均通过 7 万辆车的城市主干道。跨越金寨路桥梁的同时越过公路收费站，这个收费站是合肥市繁忙进出口通道上的重要“门户”，施工作业得在不影响公路畅通的前提下进行，作业难度大，安全风险高。

南淝河特大桥和经开区特大桥均跨越合肥环城高速公路，把整条环线自然“切割”成三段，得配套建设三个制梁场，规模最小的梁场也得制作 122 孔箱梁，分散设置的梁场为全过程监制增加了困难。

作为特大型站房，位处徽州大道与庐州大道之间并南临绕城高速的合肥南站建设项目，包括站房、无柱雨棚和落客平台，实际上是三项工程的组合，同时包括代建的地下换乘工程。整个工程涵盖深基坑开挖、高大模板支撑、屋盖提升、预应力张拉、幕墙安装等，主要承重结构必须满足一百年耐久年限的要求，同时供电、供水、排污、燃气、电梯、泄水、通风、消防、供暖管线等会聚于站房，开通后每天要接受成千上万旅客的检验，装饰装修工艺必须精益求精，客服设备设施必须耐用牢靠，可谓是块难啃的“硬骨头”。

环线两端的肥东站和长安集站，分属合宁客专和合武客专，作为南环线的组成部分，两站的改造纳入项目之中，这是国内首次对运营中的高铁车站进行改造。

由于高铁施工天窗都在夜间 11 时之后的 180 分钟时间段内，得完成接触网硬横梁跨的拆老建新，常常多个作业点同步施工。2 000 个封锁点，无疑是 2 000 个风险点，“这是危险因素和各种困难相叠加的作业，责任重大，每个施工点都由不少于三名监理把关，以确保零事故目标的实现。”彭金保表示。

## 提素，担纲监理个个棒

聚四方英才，高起点建站。曾担任上海大功率机车检修基地总监的王勇来了，他明白，自己要面对的又是一场硬仗。整个项目涉及专业包括桥涵、土建、供暖、消防、给排水、强弱电、客服系统等等，且包含跳仓法作业、覆膜法防裂、顶推钢桁梁等新工艺，大跨度连续梁、大体积混凝土等高难度施工，监理们面临着重大考验。

监理站成立伊始，上海华东铁路监理公司坚持高起点、高标准，从各项目部“掐尖”，抽调路基、桥涵等专业监理和接触过高铁建设的有经验人员，最远从浙江甬台温工地、上海金山工地调来，汇聚了各专业人才，从通知建站，到组建完成并具备进场条件，仅用 10 天时间。

监理站将全体参战人员组成路基组、桥梁组等 4 个线上组、2 个线下代建工程组，还有铺轨组、四电组和合肥南站组，同时建立了一个现场试验室。这八组一室的监理队伍，成为监建这个复杂项目的“合成军”。在施工的关键阶段，最多一组配备了 20 余人，奋战在各作业点的监理达 82 人。

教材系列化，手册实用化。“打铁还需自身硬，来自四面八方的人员，尽管都是各自专业的尖子，但面对如此复杂的工程，要高水平完成监理工作，仍然面临着充电的问题。”彭金保说，监理站从人员培训入手，针对南环线和南站工程的特点，先后编印了砌体、钻孔桩、连续梁、钢结构、路基工程、钢筋工程、满堂支架和站房混凝土结构等教材，并制成教学幻灯片，同时编制了用电安全、营业线安全手册等。

“本着干什么、学什么，教什么、考什么的原则，监理站的培训工作常抓不懈。”王勇言简意赅。他介绍，监理站坚持一天一小时学习、一周一交流、一月一考试、一季一评优，并选送部分监理参加总公司和安徽省组织的业务培训，同时华东监理公司每月对监理站进行综合考评，业务培训情况是考核的重要内容之一。

在抓好自身提素的同时，监理站要求各施工单位把人员培训纳入“报验”内容之中，对施工负责人和带班人进行资格把关，同时严格作业人员进场资质的检查，对电焊工、起重工等特殊工种采取人证核对，确保作业人员必须持证上岗。

副总监袁红胜至今还记得，在一次例行抽查中，见一名作业人员正在进行钢结构焊接，在询问姓名的同时，按照已申报符合资质的焊接工名单进行核对，发现此作业人员并未在名单内，遂立即要求停工，并对相关施工单位进行了处罚。

## 立标，样板先行水准高

走进监理站，只见西墙上“规范严谨，协作进取”几个大字煞是醒目。“样板先行，开工创优，第一根桩、第一个承台、第一个墩柱、第一联梁等，工程总监必须亲临现场把关，并实行总监许可证制度。”彭金保说，先做工艺性试验，在此基础上总结提高，再推行成功做法。

混凝土现浇楼板在首次浇筑时采取了传统作业法，结果出现深度超过 10 毫米，最长达 1 米的不规则龟裂，监理工程师会同施工人员联合攻关，在混凝土表面边抹平边覆盖超薄的塑料薄膜，形成防风干、保水汽的隔离层，一举解决了龟裂难题，这防裂覆盖法得到全面推广，确保合肥南站 10 万平方米现浇楼板无一处开裂，这一成功经验还在现浇混凝土箱涵、桥梁防水层的混凝土保护层上得到运用，取得较好效果。

严格的监理，来自于严谨的制度。监理站坚持“月计划、周安排、日派工”工作法，充分利用监理联系单、监理通知书和旁站、巡检等监理手段，同步建立了监理考核办法和方案审批、开工报告审批、材料见证等 26 项管理制度。

提及合肥南站站房的钢结构屋架提升，王勇连用“跨度很大，面积很大，难度很大”来表述施工的困难。通过反复试验，掌握了一整套现场拼装、焊接、打磨、除锈、检测后提升的作业法，并召开专家论证会确定整体提升方案，采用原位拼装一次提升的方法，破解了这一难题。

与样板先行相适应，方案审批和机械设备的报验也早早纳入监理站重点盯控的视野。承台深基坑开挖，高支模搭设，塔吊的安装和拆除方案等，监理均提前介入，对方案的完善提出意见和建议。“对进场设备，如吊车最多时有 20 多台同场竞技，在进场前逐一核对所报技术资料与实物是否相符，决不能让没经报验并认可的机械进场，同时把好钢筋安装、混凝土浇筑、预应力施工等关键环节。”彭金保说。

至今，一提及“见石子”工作法，大伙仍啧啧称奇。原来，现场水下灌注的混凝土桩，其密实度依靠自重，由于水的浮力作用，上部较松散，这一松散层最多达到 2 米。监理站制定标准，对不密实桩头进行“破桩头”作业时,要以见到石子为标准,这一“见石子”工作法不仅运用于桥梁桩的施工,还推广至承台施工。

为固化成功做法,监理站先后制定了路基施工11种常见病防治对策,对声测量管安装,明确了7条措施,充分运用监理手段,对在检查中发现的问题,随即采取发出监理通知书和停工令措施,确保安全和质量。

## 严控,挑剔瑕疵手不软

“从抓好原材料进场关入手,确保监控到位。”袁红胜感触颇深。他提及对一批角钢的清场处置,这是吊顶装饰装修的材料,在检测中发现设计壁厚4毫米,但实际仅3毫米,当即要求更换,这涉及数吨角钢的清退,并对责任单位进行了处罚。

监理站坚持源头控制,对混凝土构建的质量,把监控的触角延伸到拌和站和梁场,对进场的沙子、石子、水泥、钢筋和其焊接头等进行见证、取样、送检,并依据合格的检测报告过验放关。

在袁红胜看来,这是一项必须认真精细的程序。他举例道,一次在检测沙子细度和含泥量时,发现报验细度模数为2.6,平检实测为2.2,几十吨沙子因不合格而“退场”。“我们对原材料的质量把控严格到挑剔的程度,对发现的问题,哪怕只是微小瑕疵也毫不手软,坚决整改到位。”

对隐蔽工程的质量控制,一直是监理站关注的重点。从工序控制入手,监理站制订了关键工序转换许可证制度,上道工序完成后在施工单位自检合格的基础上,由监理检查确认,符合施工图的规范后签署许可证,才可进入下道工序,这对把控混凝土浇筑前的隐蔽工序十分必要。

从地下基坑开挖直到浇筑承台,监理站建立了一整套现场确认准许制,把整个作业分成5部分,每完成一部分都得检查合格并经许可后,才进入下道工序。“若基坑检查不到位,待下道扎钢筋工序展开后,不仅密集的钢筋不便于检查,而且若返工得把上道工序的钢筋全部拆除,工序转换许可制度不仅以每道工序的合格保证了工程质量,也大幅度减少了返工的可能。”彭金保介绍。

“不放过任何蛛丝马迹”监理组长胡启铁说,去年夏季的一天,施工单位在夜间0时10分通知轨道层梁板钢筋扎好了,要求报验。监理立即赶到现场,对100多平方米的钢筋绑扎面仔细检查验收,一直到凌晨2点。监理发现局部钢筋绑扎不到位,部分钢筋直螺纹接头露丝过长,要求立即整改。他们干脆"旁站"在整改现场,汗水从汗毛孔涌出,蚊虫不断叮咬,涂抹避蚊剂根本不顶用,待整改到位签发许可证时,已是黎明时分。

监理站始终关注关键工序,把高速道岔、地源热泵、钢结构焊接、柔性拱和连续梁施工作为重点,督促施工单位编制施工方案并相应制定监理细则,实现从施工方案、原料进场至作业过程的全工序、全过程的严密监控,切实发挥了为建设精品工程保驾护航的作用。

# 不用扬鞭自奋蹄

## ——记华东监理公司安徽分公司南环线监理站总监彭金保

陈　凯

叩开合肥枢纽南环线监理站的门,迎面而来的彭总监短衫白面、清癯消瘦。穿过狭窄通道,就进入了一个书籍盈柜、资料积案的世界,30本100余万字的监理日志和《公路桥涵施工技术规范》《建设安全监理》《质量验收规范》《建筑工程施工》……汪洋恣肆,流露着主人的勤学多思。

走进上海华东铁路建设监理有限公司安徽分公司副经理兼合肥南环监理站总监彭金保的办公室,笃学、严谨、为事的气息扑面而来。活干到哪,他挑剔的目光就跟到哪,以学问多、办法多、思考多而广为称道的"彭三多",如今监建着穿城越河的环线和雄冠江淮的站房,他的担子很沉,他的思虑很远。

### 成功眷顾有准备的人

翻开日志,戴上花镜,彭金保一笔一划地记录着当天监理工作的每一个细节和体会,从南环线开工那天起,已累计记录了100多万字。每天审查、协调、布置、叮嘱,还得旁站、见证、抽查、巡检,忙得不可开交,但写日志是他每天必做的功课。在彭金保看来,善于总结和积累,才能不断提高,成功总是眷顾有思想准备的人。

熟悉彭金保的人都知道,他有个多年保持不变的习惯,每周都会抽

出半天时间，梳理本周的工作，哪些工作到位了，哪些有差池，哪些还不够完善，在此基础上思考下周的工作安排，思考内容涵盖监理内部管理，施工现场查验，安全质量监控，工期节点把握等等，根据工程进展的实际情况，结合阶段性、季节性工作的特点要求，有针对性地提出工作构想和思路。

提及老彭，几乎是众口一词的评价："办事认真，做事严谨，是个追求完美的人。"副总监袁红胜谈及合肥南站的雨棚吊装，在方案审查会上，彭金保提出吊装重量、大臂长度和行走路线等问题，要求在施工方案中充分考虑这些因素，并重新修改原方案，在事关安全的问题上，不能有任何闪失，必须慎之又慎。"他舍得在方案上下功夫，总是反复琢磨、仔细研判，几乎每个方案都会提出要求和注意事项。"袁红胜说。

面前的彭金保着装利落，整洁的办公室里花红草绿，尽管满头青丝中已见缕缕白发，但眼前的他依然精神矍铄。他端坐在办公桌前，墙上"总监岗位职责"和"合肥枢纽南环铁路工程安全质量风险公示图"很是醒目。

工程开工以来，彭金保经手的大小施工组织设计和方案近 500 份，这一次他格外着力，从准备相关资料、到现场核实查看，再对照施工组织设计，提出审查意见和建议，彭金保亲力亲为，一个方案常常反复修改三次才定案。所有的对外发文和监理通知他都一一过目，每个会议他都会做预案，有时会一口气手写 12 页发言文稿。

宝玉出山，自有巧匠上门，但已年近 6 旬的彭金保明白，这或许就是他亲手监建的最后一个区域性综合交通枢纽工程，他卯足了劲，将责任化作艰苦的努力、细致的工作。

自工程 2009 年 12 月开工后的这些年中，彭金保一年顶多回家 5 天，重要的节假日都安排大伙回去，他依然坚守在工地。有时食堂的工作人员回家过节，远在外地的老伴干脆接手监理站食堂的活，当起了大伙的"伙夫"，这监理站俨然成了彭金保的家。"以站为家"他可不是口头说说，已化作实实在在的行动。

## 一路上总有良师指点

采访中不断有电话打进来，讨论施工难题，询问监建事项。在接完一个“长话”后，彭金保解释道，一条3米宽的施工便道，却存在90度的转弯，接现场监理的询问后，指出重心高的重载车辆在急转弯时存在安全风险，要求必须将道路加宽至4.5米。“对现场监理的讨教得毫无保留的回复，这既有利于现场纠缺，更有利于监理人员尽快掌握业务知识。”

培训监理是彭金保最为上心的事。他分析，工程标准等级高，连续梁跨度大，站房体量大，涉及专业复杂，且城市施工干扰多，铁路营业线作业安全压力大，这对监理人员的综合素质是前所未有的考验。彭金保自己“主笔”，编写了涉及钢筋、混凝土和支架搭设等施工中常见问题如何预防和整治的教材。

监理站的南墙上，尽管挂满各类平面图、剖面图，但最引人注目的还是“合肥南站安全监理口诀”。监理桑三文告诉记者，彭总监有个多年不变的习惯，对每个施工的重要节点，比如打桩基础，他都要亲手编写技术标准、关键环节和安全要点并上墙。

依据每个监理组的专业，相应建立了业务题库，每月对全体监理进行一次业务测试，同步建立了定期培训机制。南环监理站六组组长胡启铁眼中的彭金保，也是循循善诱的老师，他不仅授课亲力亲为，平日里在交任务的同时，也经常讲原理、教方法。

从脚手架搭设、混凝土浇筑、墙体砌筑到混凝土塑料薄膜覆盖防裂，许多工艺是首次大规模运用。胡启铁回忆，在第一块梁板浇注时，尽管已有3名监理在现场旁站，彭总监照例出现在作业一线，现场讲浇注方法和防止开裂的措施，剖析薄膜保湿的原理和作用。“他经验丰富，勤于思考，善于总结，并乐于传授，这一覆膜防裂法得到了大面积推广。”

对于现场发现的问题，彭金保不光紧盯不放，更多的是想方设法解决问题，并举一反三防止类似问题再次发生。一次，在现场巡检桩基础施工时，他发现在凿桩头时，出现折断钢筋的问题，彭金保不仅要求立即整改,而且当即招集项目部相关人员开现场会,在讲清后果的同时,手把手教凿桩头的正确方法,避免类似问题重复发生。

桑三文眼中的彭总监,是个较真而又关心人的热心肠。老桑曾经因公导致腰尾椎受伤,在2011年到南环线施工工地后,彭金保时常嘘寒问暖。桑三文一直记得,2013年4月份的一个阴雨天,自己在下2米多深桩基坑检查模板时扭伤了脚踝骨,彭总监多次询问恢复情况,在批评自我安全防护不到位的同时,还讲解下基坑检查步骤和安全事项,那份耐心和细心如同兄长一般。

## 让每个细节完美无缺

“得之于严,失之于宽”是彭金保常挂在嘴边的话。他常叮嘱身边的监理,从事这项工作,就得坚持严格、严肃、严谨的“三严精神”,从前期预控、中间的过程控到事后控,形成闭环监控,这是监理的应有之举,更是担当所在。

2014年5月20日下午,桑三文在现场检查中发现,因地方修建立交桥挖桥墩基础坑,把合肥南站的站房东北角变压器两侧挖空,不仅遇雨会造成塌方而损毁设备,还可能会导致触电伤害。在第一时间告知彭总监后,他当即签发监理通知,并立即开车找到施工单位,不到两天变压器被迁到安全地方。

桑三文提及另一件事,2013年上半年,发现8台塔吊的承台基坑已经挖好,经测量塔吊基坑深度不够,在报告彭总监后,他毫不含糊,立即下监理通知书,要求立即整改并亲自拿处理方案,指导加固,确保安全。“塔吊的吊臂长,若基础不牢靠极有可能从基础根部侧翻,引发重大伤亡事故,要实现零事故,就得从基础抓起。”彭金保出语铿然。

合肥南站的站房刚开始施工时,由于工期较紧,进场施工单位为赶进度而抢活,有时会忽略了质量。一次,彭金保在检查桩头时,发现数根钢筋的折断处未焊接,尽管其上部三层钢筋网片已经绑好,他仍然坚持必须返工,“尽管造成了一时的浪费和对工期的影响,但杜绝了此类问题的发生,此后再也没出现返工现象。”

不久前,在检查现场文明施工情况时,彭金保发现一个项目部的施工现场，建筑垃圾未及时清理，现场包装材料等杂物较多，他当即拉下脸，把项目部副经理叫到现场，指出正在进行的焊接作业极可能因杂物存在而发生火情。“他认真负责、作风硬朗，因为不存私心而敢说敢讲，对发现的问题不留情面。”桑三文感慨道。

彭金保十分注重从源头抓质量，对每道工序都事先与施工单位对接，尤其对规模较大、危险因素性多的工序，确认施工组织设计方案，划定好检验批次，以书面形式与施工单位进行监理交底，依据规范图纸，预先确定能做什么，不能做什么。对施工单位梁场、工地试验、混凝土拌和站进行启用前的联合检查验收，对每批进场的材料更是不检验合格决不放行。

营业线施工安全一直是彭金保挂在心头的重点，每个封锁点施工他都到场，从严把施工方案关入手，对每项营业线施工都进行风险源评估，制定卡控菜单，在施工准备阶段和施工结束后对全线进行检查，有无机械、材料侵限或遗漏在线路上，完全具备放行列车条件后才允许开通线路。

如今，如梭的动车以追风速度在南环线上疾驰，功能齐全、壮观坚固的合肥南站迎来八方旅客，所有的付出在此时此刻都化作了喜悦。“安全高效地建成高品质工程，就是对我们的最高褒奖。”彭金保一再表示。

# 工地上的“辣味总监”

## ——记华东监理公司合肥南环线副总监袁红胜

陈　凯

作为建设队伍的一员,他很幸运,赶上了中国铁路大发展的黄金时期。作为副总监,他担起了上海铁路局在建规模最大车站的监理重任,成为建设合肥南站监理队伍的中坚。他就是上海华东铁路建设监理公司合肥南环线副总监袁红胜。当大气壮观的合肥南站矗立在合肥市南部,以区域性综合交通枢纽的角色,迎来八方旅客时,这位爱挑剔的“辣味总监”,已转战至新的建设工地。

### “承接一个工程就是承担一次挑战”

自2000年底踏入监理公司,袁红胜就与站房结了缘。从金温铁路青田站建设,到新建宁启铁路扬州站以及上海站候车室装饰改造;从京沪铁路宿州、滁州站改造,再到京沪高铁徐州东、蚌埠南、宿州东、定远站的监建,最令他自豪的是扬州站无柱雨棚和站房工程获得了2006年度“鲁班奖”,其雨棚工程还获得了由中国建筑金属结构协会颁发的“钢结构金奖”。

在得知担当合肥南站监理工作时,这位有着10多年站房监理履历,曾获得京沪高铁“优秀总监理工程师”和蚌埠市、安徽省“优秀项目总监理工程师”称号的监理仍不免担心。“这个单体建筑面积近10万平方米的建筑,具有体量大、结构复杂、涉及专业多、新工艺多的特点。”袁红胜顿了顿说,尤其是在家门口参与建设地标性工程,以后还会经常在此搭乘列车,一旦出现质量问题,岂不颜面扫地。

“比如预应力不仅有有粘结的,还有无粘结的;大面积混凝土浇筑不仅有通常留后浇带做法,还有跳仓法施工;钢结构施工不仅有常规的吊装施工,还有整体提升施工,都是前所未有的挑战。”专业术语不时从他口中“蹦出”。但熟悉老袁的人都知道,他虽学历不高,硬是靠自学,于1997年通过国家二级注册建筑师考试,2000年取得全国注册监理工程师资格,并于次年通过了国家注册造价工程师考试。

尽管从事过许多站房的监理工作,但面对合肥南站这个规模大、复杂程度高的工程,袁红胜没有丝毫掉以轻心。开工伊始,他首先要面对一个个施工专项方案的审核,为了使方案更有针对性,能够切实指导施工,在每次所审核方案涉及新工艺时,袁红胜都大量查阅各项规范和相关资料,对方案进行深入研究,指出方案中存在的问题,避免因问题存在给工程带来损失。

随着技术的进步,新材料、新工艺层出不穷,袁红胜利用业余时间,在网上查找相关资料,常常一钻研就是两个多小时。从第一次参与建设仅600平方米的4层小楼,到现在10万平方米站房,接手的活儿越来越大,也越来越复杂,但他多思勤学的习惯从未改变。“承接一个工程,就是承担一次挑战,咱得以充分的准备慨然应战。”袁红胜说。

提及袁总监,监理桑三文不假思索地说出“用功”二字。他举例,近10米高的高支模满堂支架,其上部为沉重的钢筋混凝土梁板,在审核方案时,经他反复琢磨,发现支架立杆的间距设计不合理,立即毫不含糊地打回,要求修改方案。

“精通建筑专业知识的袁总监,是典型的技术型工程监理。”桑三文说,正是因为业务过得硬,才发现了方案中存在的问题,这一隐患的根除对实现零伤亡目标极为关键,否则可能会导致群死群伤的重大事故。

## “把质量问题消除在现场验收之前”

“一次性做正确、做到位,把质量问题消除在现场验收之前,最大限度地减少返工。”是袁红胜常挂在口头的话。南环监理站六组组长胡启铁，对袁总监注重过程控制印象深刻，“他带着监理工程师，对南站的高架层、出站层、站台层的各个角落，每天都检查过一遍，有时甚至二遍，每次得走上好几公里路，连建筑的局部夹层也不放过。”

走进袁红胜的办公室，桌子上积尘很厚，显然主人很久没来过。胡启铁介绍，寻找袁总的诀窍是查看施工计划，在关键时段到关键工序的关键点准能找到他。2 400 多根桩的桩基施工从上年 11 月份持续到次年 3 月份，常常遇一次雨雪，工地连续半个多月仍然湿滑泥泞，施工环境极其恶劣，由于桩基础必须连续施工，中间不能间断，否则会导致塌孔，这就要求监理也要跟班作业。

桩基础施工被俗称为“做桩”，其作业全在地下，是典型的隐蔽工程，每道工序必须检查到位。白天挖一成孔七八小时，下钢筋笼 3 小时左右，清孔、浇混凝土大多在夜间和凌晨，他干脆每天穿着黑胶鞋，不分昼夜的待在现场。夜间照明条件不佳，他深一脚、浅一脚地走，一不小心就会崴着脚。由于连续几个月蹚泥水，脚上生了冻疮，奇痒难忍。

2013 年 7 月至 8 月，江淮地区遇到连续 40 多天的 40 ℃以上的持续高温，此时恰逢主体结构施工最紧张阶段，无遮挡的工地如巨大的烤箱，在扎好的钢筋上行走，如同“铁板烧”，隔鞋子都能感到烫。就这样，袁红胜连续一个多月，每块梁板的钢筋隐蔽验收都亲自参加，并且一验就是几个小时，常常一低头汗水就像雨水一样成串沿帽檐淌下来。

深入现场，把好施工质量和安全，在袁红胜看来是再平常不过事儿。除了开会，其余时间几乎全“泡”在工地，看监理人员是否旁站到位，看现场作业是否符合方案及规范要求等，有时在寒风凛冽的冬季，他会在下半夜出现在施工现场，“对隐蔽工序的验收，必须坚持不分时间逐项现场检查，以确保了主体结构的工程质量。”袁红胜说。

“工作有争、监控有力、帮助有法、指令有据”是袁红胜始终坚守的信条。在工序转换间，下道工序可能会遮蔽上道工序，若上道工序“失格”则造成费时耗资的返工，监理站建立了工序报验许可证制度，内有签认项目、检查内容和签发情况等，必须上道工序合格后，才可以进行下道工序。

“只要有报验他必到场。”桑三文感慨道。他说，对关键工序，常常专业监理工程师先验收，袁总监再复验，大热天，有时在露天一站就几个小时。对他验收时发现的问题，整改后要通知他本人，经复验合格后才签发许可证，从不含糊。

袁红胜常说，能监造合肥南站这样的地标建筑，是一种挑战，更是机遇和荣誉。“有排名争第一、无排名创一流。”在袁红胜的意识里，把合肥南站打造成百年不朽工程，必须体现在每道程序和每个细节中。

## “毫不留情地挑剔瑕疵是职责所在”

面前的袁红胜个儿不高，戴着眼睛，说话慢条斯理、温文尔雅，但一到工地却是出了名的较真，敢抓敢管，铁面无私，被称为“辣味总监”。

他常常到施工现场比施工人员还要早。一次，他早早来到工地，在对一个承台柱插筋进行检查时，发现本应扎 100 根 40 毫米粗的钢筋，却只有 96 根。袁红胜不禁倒抽一口凉气，这涉及主体结构质量，不能有丝毫闪失，他当即拉下了脸，硬是让施工方立即补上。

“以文字为凭，用数据说话”是袁红胜一直保持的工作习惯。合肥南站是桥建合一的工程，对质量容不得丝毫马虎。2013 年 7 月，在浇筑大面积梁板时，他在施工单位报验后立即赶到现场，在浇混凝土前逐根检查已绑扎的钢筋，一条条记录问题，并要求施工单位质量负责人逐条整改，回到监理站已经错过了午餐时间。

梁柱节点的钢筋连接是否符合要求，也是袁红胜关注的重点。几百个梁柱节点他都逐一过目，还检查每个套筒连结点是否接到位，“这是混凝土浇后就看不到的隐蔽工程，一旦出现质量问题，严重者会造成倒塌，不能有任何差池。”袁红胜说。

“混凝土浇注属重要工序，在采取跟班作业、旁站检查时，首先保证绑扎钢筋质量，然后检查混凝土质量，连坍落度是否达标也不能放过，再检查浇筑的振捣情况，并监督施工缝的处理等。”袁红胜颇有心得。他分析，甚至模板支撑都得验收合格，以确保浇筑过程中模板不会坍塌，或导致结构变形。

“为人随和，为事认真”胡启铁归纳道。说起袁红胜，他印象最深的一件事是一根 3 米高的柱。混凝土墙已浇筑好，但袁总监在拆模板后的现场检查中却发现存在灌注漏浆问题，局部出现麻面，他坚持要求施工方凿掉后重新浇筑。“他发现的问题，必须整改到位，以至专业监理工程师查过的梁板面都一一复查，甚至钢筋螺纹的长度都要量一下，保证符合标准。对安全和质量问题可谓‘零容忍’。”

边上的桑三文说起一次袁总监发现进场的砂子质量存在问题，当场批评施工单位把关不严。“施工方案能否在作业中得到落实，对此，袁总监不允许有任何偏差，对一些不易看到的部位，他常常打着电筒仔细检查。”桑三文钦佩不已。

“判断要准，制止要快，出手要重，不留遗憾，不当罪人。”袁红胜常常如此吩咐身边的专业监理。“带着责任感和危机感从业，洞察细微变化，对发现问题不推卸责任，盯住不放，认真分析问题的根源，完善监控措施，加强整改力度，反馈复查结果，努力打造一个高品质的合肥南站。”袁红胜表示。

# 当好“配角”不懈怠　主动对接保开通

## ——合肥铁路工务段配合南环线施工纪实

王效堂　李劲松

合肥铁路枢纽南环线工程是沪汉蓉快速通道的重要组成部分，始于合宁铁路肥东站，终至合武铁路长安集站，将合宁、合武铁路在枢纽内以高标准线路融入贯通，建成后还将串联起合蚌客专与合福铁路，对增强合肥铁路枢纽功能，促进区域性特大城市建设，进一步发挥省会辐射带动作用具有重要意义。随着合肥铁路枢纽南环线工程的如期推进，合肥工务段按照在南环线管内建成“六大亮点”精品工程建设的要求，集中精锐力量，全身心投入到各项配合施工中，确保线路如期开通运营。

在南环线施工时，中铁四局八公司是轨道施工主体单位，合肥工务段作配合单位，表现出主动支持的良好愿望。他们表示，一定积极配合中铁四局施工，当好“配角”，主动对接，做到“思想上不放松，行动上不懈怠”，推行标准化施工，促进精细化生产，确保南环线工程期到必成，按时竣工通车。

### 不辱使命：积极主动融入其中

2011 年 4 月，合肥枢纽南环线工程涉及营业线施工正式启动。肥东、长安集两站作为南环线东西两端的接入站改造工程也正式打响。站改工程囊括了道岔拆除、道岔插铺、增加股道、股道延长、线路拨接、既有线卸轨料、废弃胶结绝缘处理、既有接触网拆除、电缆槽开挖、接触网基坑开挖及立杆、电缆过轨、四电设备安装、电容枕卸车及抽换等众多项目,配合任务重、工作量多、安全压力大。面对时代赋予的重任,合肥工务段主动介入,宣传发动,立即召开了专题会议,认真学习贯彻铁路局的部署和要求,带领团队认清合肥枢纽南环线工程配合工作的重要意义,分析过渡期面临的形势任务,有效增强了团队的责任感和自觉性。该段专门成立了以党政主要领导为组长的站改领导小组,全面指挥协调肥东、长安集两站站改配合工作,施工前多次征求专业部门意见,合理统筹人力、物力、财力,做到目标明确、人员组织到位、安全卡控措施及职责要求清晰。

施工过程中,合肥工务段作为中铁四局八公司施工主体的配合单位,并没有把自身置于被动地位,始终积极主动与工程施工单位对接,多次召开专题会议,讨论施工组织方案、商定安全卡控措施、抽调专人配合施工等细节,做到精益求精,对施工过程的安全、质量监控及车间配合进行了详细的部署,为站改顺利进行提供支持。

## 统筹谋划:安全质量首当其冲

肥东站作为合肥枢纽站场改造的主要站场,是合宁线连接南环线起始站,新插铺道岔 12 组,胶结绝缘及焊接处理 76 处,线路拨接 3.4 公里,拆除道岔 5 组,新增肥东站 4 道 1.1 公里;长安集站提前改造主要目的则是为南环线铺轨提供通道,为东端由二线变为四线引入,其中Ⅲ、Ⅳ与合肥西站衔接,Ⅰ、Ⅱ接入合肥南站。站改主要工程量为:铺设道岔 11 组、拆除道岔 7 组、增设 5 道,既有股道有效长延长为 1 050 米,累计新铺钢轨 4.62 公里。面对时间紧、任务重、新设备多、压力大等困难,合肥工务段沉着应对,有总到分,再由分到总,反复细化方案,精心组织。根据总施工组织方案,认真编制工务配合方案,尤其对新设备更换,逐一细化分工,精心组织,严格按照要求组织配合道岔更换及轨枕更换等相关工作,同时督促施工单位,认真落实整改检查中发现的问题。他们始终把安全质量贯穿在两站施工改造整个过程中,把每项施工的工序落实到具体的责任人,确保站改施工实现无任何人员伤亡、未发生因工务设备养护不当造成晃车或非正常限速,实现以优质的施工品质确保了人身安全、行车安全和轨控质量。经过数月的艰苦奋战,堪称合肥枢纽南环线控制性工程长安集、肥东站站改工程圆满按期竣工验收。

## 攻坚克难:干群一体携手同心

新增设备类型多,熟悉标准是关键。肥东站站改施工,新增12组道岔类型多达5种,均与合宁线既有道岔型号不同,其中4组P60－1/30道岔,图号GLC(08)06,6组P60－1/18道岔,图号为客专(07)004一组,图号为GLC(07)02五组,P60－1/12道岔一组,图号专线4249,P60－1/9#道岔一组,图号CZ577,尤其4组1/30道岔及6组1/18道岔在合肥工务段范围内均是首次应用。在道岔设计预铺阶段,该段就意识到自身面临的最大困难是对新设备的不熟悉,更重要的是插铺在繁忙的合宁高铁上。压力带来动力,段专业技术人员成立技术攻关小组,对新上设备集中进行研究讨论,对新上道岔图纸和技术参数进行仔细研读解读,小组在彻底弄清新设备的特性和参数之后,随即组织对专业技术人员和车间生产骨干进行集中再学习,充分掌握新设备技术数据。他们用学到的理论数据到现场盯控道岔预铺质量,然后反过来在现场再弄清新道岔养护作业方法程序,在道岔正式上线使用前,确保了道岔结构健康。经多次检查,所有螺栓扭力矩达标,内部几何尺寸达到经常保养标准,在道岔施工前段测量小组反复对道岔插铺平面位置以及高程进行精确测量复核,结合道岔插铺施工过程的仔细盯控,有效的控制住道岔上线后的大平与大向问题。

长安集站、肥东站站改施工作业天窗均为夜间,施工作业光线暗、人员多、新设备多、蚊虫叮咬,并时有雨水天气出现,施工环境恶劣,管理起来难度大。为此,合肥工务段从实际出发,任命副段长张冬青全面负责站改工作,制定计划、协调内外、组织施工。在张冬青副段长的指挥下,他们专门抽调部分业务技术好、协调能力强的人员组成一支精锐队伍,并分别由长安集线桥车间和全椒车间两个主任担任具体施工负责人。两位车间主任很好地对车间的人力、机具设备等资源进行了科学合理的配置,做到人尽其责、物尽其用,现场指挥自如,充分发挥了个人潜能和团体优势。他们事无巨细，件件事情亲自上手。施工中，张冬青副段长作为段领导总是身先士卒，与职工和劳务工同吃、同住、同劳动，主动放弃各种休假，长期奋战在施工一线，职工们都称他“张铁人”。他既当指挥员又当战斗员的风格，感染在场的全体队员、参战职工奋力抗战，争当先锋。在张段长的带动下，施工现场干群一体，携手同心，尤其在关键的龙门口拨接施工时，通过集体智慧形成的数套预备方案，保障了施工顺利进行。

## 紧锣密鼓：后续养护环环相扣

在长安集线桥车间和全椒车间做好站改配合施工的同时，合肥工务段从线路科抽调 1 名副科长具体负责设备精调、日常工作推进和各项安全卡控措施落实；选派业务精干的主任领工员和工程师深入现场，进行业务指导、跟班作业和安全盯控；从重一、淮南线工队两个专业施工队，抽调职工和劳务工 210 名组织后期集中整治工作，分别组成专业技术、静态检测、现场作业、轨料回收、外观整治等专业组，强化设备精调。全体参战人员齐心合力，做到干一处、验收一处、达标一处，确保了站改设备优质和安全稳定。

在新设备上道后的 3 个月期间，两个车间每天都需对新道岔和龙门口进行细致的检查。细检的效果既是对于轨件和扣件系统的磨合过程，也是对道床和路基的融合过程。细检不但可以及时发现因不同的列车轮对撞击、震动造成轨件变形、光带不均匀和扣件松动等问题，还能够及时发现因道床不够密实而造成方向、和高低的偏差。参战人员十分清楚，只有及时发现问题、及时对不良光带进行打磨、复拧松动扣件、不密实的道床不断地进行密实性捣固，才会使新设备恢复常态。长安集线桥车间和全椒车间在后期 3 个月的时间里，组织专业突击队对施工过后的线路加强养护，不停地进行细检细整。经过列车碾压一段时间，线路设备质量逐步稳定，线路养护由原来的突击养护慢慢地向日常养护过渡。如今，两站该设备始终保持健康的结构和良好的几何尺寸。

## 全力奋战:后期工程一如既往

2014 年 6 月 13 日,上海铁路局局长郭竹学到合肥检查调研南环线工程进展情况,召集铁路局建设处、合肥枢纽指挥部、合肥站,合肥供电、工务、房建段等运营和设备接管单位负责人会议时强调,要倒排工期,确保按期开通,提前介入,做好接管运营。运营单位要提前介入,多挑毛病,提出解决问题的方案。接管单位要起到监理的作用,把握验收标准做好配合工作。6 月 14 日,合肥工务段专门召开会议,传达落实郭局长要求,随即成立静态验收领导小组,下设线路、桥涵、防护栅栏 3 个专业检查工作组,分别明确各小组职责范围,同时明确总体目标和验收范围,有力推进各项工作。

2014 年 6 月 26 日,全局建设工作会议暨加快铁路建设推进会召开,合肥工务段及时将精神传达到静态验收各小组,按照郭局长提出的"四个确保"目标,埋头苦干、实干。截至 6 月 30 日,合肥工务段累计完成检查线路上下行 K461 + 800 ~ K466 + 600(合肥南站 ~ 长安集)9.6 公里、曲线 2 条、道岔检查 15 组任务。各小组共检查发现测量、线路几何尺寸、钢轨、道床、轨枕及零配件、道岔、LKJ 七大类 594 个问题,各项问题正逐一督促施工单位予以整改销号。

# 邱元喜:冬天里的一把火

## ——记合肥工务段合肥东线路车间主任邱元喜

窦　铖

他不苟言笑,但谈起施工经历却滔滔不绝;他亲切随和,但对待工作却严肃而认真;他做事爽朗,但在班组管理上轻车熟路、耐心细心。

他就是上海铁路局合肥工务段合肥东线路车间主任邱元喜。

邱元喜干什么活,做什么事都力求完美,做得总比别人强,这是老邱一贯做事风格。从担当车间主任到参与合肥铁路枢纽南环线建设,不管工作如何变动,不变的是那满腔热情和亲力亲为的工作精神。参加铁路工作29年来,他练就出黝黑的面庞,健硕的身姿,邱元喜说:“我从小在农村长大,吃了不少苦,珍惜这来之不易的工作环境,无论是学习上还是工作中,总能迸发出一种执着追求的热情。”

他是冬天里的一把火。

### 讲责任:凌晨起床思考对策

合肥铁路枢纽南环线工程是沪汉蓉快速通道的组成部分,始于合宁铁路肥东站,终至合武铁路长安集站,建成后还将串联起合蚌客专与合福铁路。2012年9月,随着新建合肥枢纽南环线肥东站站改轨道工程的动工,对于头一回接触在客专线进行站场改造的邱元喜而言,迎接他的首要任务就是时间紧迫、困难重重。

责任心是做好工作的关键。他同车间一班人进行商谈研讨,制订出详细施工方案,反复同施工人员进行讲解,划分施工区域,在某段时间进行某项施工都安排的一目了然。但事无巨细,没到施工那一天,老邱心中总惦记着施工中的细节,常常一觉醒来已至凌晨2点,就再也睡不着了,干脆起来思考对策:作业机具、人员配备、设备保养、备用材料、人员伙食等这些都应该考虑的……老邱披上衣服走到书桌前,翻开笔记本将它一一写下来。

邱元喜还做了关于新线道岔养护维修的研究学习。肥东站改即将上线的5种共12组道岔全部与现有的道岔号数不同,他知道必须摸透这些新设备,才能在最短的时间内养好用好它们。同事们说,为解决这一难题,老邱不知道三更半夜起来多少次,一旦起床他总是想到哪记到哪,有时候顾不得休息,第二天便急匆匆来到段里向技术科室的专业人员借来道岔图纸仔细研究,针对困惑诚恳请教,尤其是P60/30#道岔,他甚至在施工前下功夫记住了所有的基本数据。待施工结束进行养护作业时,邱元喜却显得格外得心应手。

## 讲奉献:率先士卒精检细修

2012年9月6日凌晨1时许,随着一声尖厉的哨响,肥东站站改工作正式启动。现场一组一百多米的道岔轨排缓缓横移,现场800多名施工人员井然有序地随着哨声的节奏发力。现场紧张的气氛着实令邱元喜丝毫不敢懈怠,在肥东站改施工正紧锣密鼓的进行时,老邱带领着一支由20人组成的回检小组紧跟着大机捣固后的线路进行回检工作。为了不延误天窗时间,老邱决定将发现问题和水平不良地段采取人工起道、捣固。只见他冲在前,干在先,喊破了嗓子,磨破了嘴。随着施工进度加快,回检力度明显跟不上,老邱立即从前方施工组调来10名职工加入回检工作加快进度。而当日天公不作美,连绵小雨不停,给战场施工带来极大的困难。为了安全,老邱带领着大伙咬紧牙冲在前线。此时汗水雨水交织在一起,湿透了的黄马甲紧贴于身,老邱和大伙同进同出共同努力攻克难关。为了安全,老邱和他的团队主动放弃休息,一心扑在工作上,"虽然不能经常回家,但家人的理解和支持,让我身上充满了正能量,也许干好工作就是我回馈家人的最好方式。"邱元喜坦言道。经过一个多月的艰苦奋战,堪称合肥枢纽南环线控制性工程之一的枢纽东大门、肥东站站改工程圆满竣工验收。这项工程囊括了道岔拆除、道岔插铺、站场股道延长铺轨、线路拨接焊轨等13大项关键性单项施工，其中新插铺道岔12组，胶结绝缘及焊接处理76处，线路拨接3.4公里，大机捣7.8公里，拆除道岔5组，新增肥东站4道1.1公里。作为合肥工务段首次合宁线连接南环线高铁肥东站施工改造，安全贯穿始终，在邱元喜和他的团队共同努力下，杜绝一切设备故障，确保了行车安全和轨控质量。

## 讲科学：奋力攻关争创一流

在合肥铁路枢纽南环线施工期间，店埠河大桥是连接沪汉蓉通道的重要区段，全长1.5公里，也是整项南环线施工重点工程。由于店埠大桥左右两端紧挨着合宁绕上、绕下两座桥梁，就大型机械而言在桥面上施工存在一定安全风险，因此邱元喜毅然决定采取人工作业，保证人员和机具安全。随着时间推移，当施工到桥的护锥部位时，邱元喜吩咐身边的工作人员，要协调好相关部门做好护锥施工的配合工作，他不时扯着嘶哑的嗓子喊道："护锥部位人工开挖要加快进度！"他边喊边快步转向捣固地段，只见他俯身单膝跪地，脸贴于枕面，目视钢轨延伸方，指着前方不平顺地段让人进行画撬，并组织职工进行起道作业，丝毫不放过任何安全隐患地点，力保线路硬件设备达标。一场施工下来，大伙都累坏了，可邱元喜却哼着小曲，迈着小步向工区走去，他说："我们今天干了一场漂亮的施工，解决了关键问题。"

2014年6月18日，又一场硬仗在考验着他。在合福铁路引入合肥枢纽改建合武绕行线Ⅰ级施工中，合肥工务段主要承担合九线路所7#、9#、10#拨接口施工及桃花店站、合肥西站1#～5#拨接口的施工配合、监督检查和验收工作。邱元喜被安排在桃花店2#、3#龙门口的两处负责线路拨接任务把关。在他的带领下，参与施工的45名职工分为两组，一组为10人，利用白天进行值守，结合晃车仪数据，提前介入查找问题根源，并反馈给第二组进行夜间整改。自6月14日开始连续4天，邱元喜反复添乘合肥至六安区段，所负责线路几何尺寸、人体感觉、外部环境以及外观整治等情况进行收集，全方位把控安全。

施工结束后,对于养护工作尤为重要,但是在杂乱的施工工地面对新设备与众多龙门口,养护工作从哪下手呢,是个棘手的问题,然而凭着他多年的经验,邱元喜能够对新设备的变化规律做到准确的分析和预判,并结合现场检查数据,使每天的工作重点与工作量在他的脑海里都有一本清晰的账目。“跟他在一起的职工都知道,他指出的地方都是病害的重点,有他在从来不用做重复无效工作。”职工们对邱元喜的工作态度纷纷竖起大拇指。

## 讲关爱:传道解惑提高素质

在新入路的青年职工眼中,邱元喜不仅是一位好领导,也是一名传道解惑的好老师。“看待这些年轻职工就像看待自己孩子一般,有时候我这个人性子急嘴上严厉了些,但心里面还是希望他们个个成才。”短短几句话让老邱道出真谛。

家住武汉的雷耀是全椒线路车间一名青年职工,有一次在工区基地线进行小半径曲线拨道时,他拿到检查资料后不知道从何下手,时任全椒线路车间主任的邱元喜看见小伙子正在发愁,就主动上前询问,得知情况后,便手把手的教了起来,并将绳正法计算曲线等一些学习资料交给雷耀,让他多利用时间琢磨自学。经过一段时间钻研,雷耀渐渐掌握了这门技术,最终顺利解决这一难题。入路以来,雷耀从一名见习生成长为一名技术能手。肥东站改中,雷耀带领一帮青年职工组建青年突击队支援在肥东站改施工一线。雷耀挑起了重任,这让邱元喜感到无比欣慰。

“追求无止境。”面对施工,邱元喜克服诸多困难,一步步前进,用辛勤的汗水和奉献的精神感染他人,激发出对合肥铁路枢纽南环线工程施工的正能量。

# 立足本职岗位　奋战施工一线

## ——记合肥电务段长安集车间工程师潘杰

朱玲钰

潘杰，是合肥电务段长安集车间分管施工、联锁业务的工程师。作为一名车间技术人员，他积极从各方面提高自己的业务素养和技术水平，努力做好本职工作的同时，积极完成上级布置的各项任务，协助做好车间工作，时时不忘自己共产党员的身份，时刻提升自身政策理论水平和政治思想觉悟，对于党的群众教育实践活动学习更是一丝不苟。

2014 年沪汉蓉铁路引入合肥枢纽信号改造工程进入新的阶段，按照车间总体部署和安排，潘杰主要负责配合合肥西站、合九线路所及长安集站改造施工。在施工工期紧、配合任务重、工区人员少的情况下他投入全部精力，积极与施工单位沟通，共同确认每一项施工内容，积极跟进每一项施工进度，合肥西站及合九线路所、长安集站先后分别顺利开通。

### 严谨调查，细致入微，确保过渡施工安全

提到潘杰，车间上下无一不是竖起大拇指。都说潘工看起来大大咧咧，其实十分细心，尤其对待工作，更是细致入微，小到一个螺丝，一条配线，都力求准确，从不含糊。

明确“零误差”目标，树立“以我为主，掌握主动”的工作理念深度介入。从拿到设计图纸开始，他对图纸中的每一条拆配线进行审核，带领工区人员对要拆除设备逐一核对，并在设备上做上“拆除”标记。同

时利用施工点，组织人员对室外每一根电缆芯线进行校核，校核后的配线做好标识，箱盒中有过渡条件的，就在设备上打上“保留”字样。经过潘杰和工区人员的反复调查和确认，在24个施工点内，室外拆除的26组道岔、49架信号机、31个轨道区段中，没有出现拆错一个箱盒、一根电缆的情况。

对于室内外过渡条件的制作，潘杰也是费了一番心思，首先按照设计图纸，要求施工单位做好拆配线表，根据施工单位提供的拆配线表组织人员进行核对，发现问题及时提出修改意见，报设计批复后实施。每次施工潘杰都严把联锁关，按照每次拆除设备的影响范围，精心做好每次联锁试验方案，认真做好每一项试验项目，杜绝了因没有试验彻底，导致联锁失效或者影响既有设备使用的情况发生。

## 严格盯控，杜绝隐患，确保施工质量

今年2月份以来，长安集站及合肥西站线路改造施工进入攻坚阶段，本次施工涉及到2个站场和3个区间，既有合肥南站新建线路建设，也有既有线路改造，公里数长，任务繁杂。每天，潘杰的手里都拿着《客运专线施工标准》，在施工现场严把隐蔽工程质量关。因为工期紧，前期许多施工条件不到位，比如施工过程中，站前电缆槽道还没有铺设完全，电缆无法一次到位，但若电缆不放，后续的施工就无法继续进行，因此只能先把电缆铺设下去，等到电缆槽道铺设好后再把电缆放到槽道中。这个过渡期比较长，站场施工人员多，电缆长期裸露在外极有可能被损伤，这样将直接影响整个工期。经过多次研究，他要求施工单位对没有进槽道的电缆先用水泥槽道或者波纹管进行防护，槽道做好的及时把电缆放进去，在盖板还没有到位情况下先用沙袋进行防护，确保整个施工期间的电缆安全。

施工后期设备安装、调试时，潘杰更是严格盯控，发现问题及时让施工单位进行改正，一时无法克服的做好记录，录入施工问题库，盯控施工单位整改。特别是给日后使用带来安全隐患的缺点，紧盯不放。2014年4月28日，在一次检查中，潘杰发现在桥下有一段约200米的贯通地线和电缆同沟，并只用一层套管进行防护，桥下都是用钢槽架空过去，若不整改，雷雨天气很容易造成地线与钢槽打火，极易烧毁电缆，他立即要求站前单位把贯通地线取出，用水泥包封在路基边。5 月 15 日检查电缆槽道时，发现引入箱盒的设备贯通地线直接从电气化基础上引出，通过电缆槽引入设备箱盒内，没有进行任何物理隔离，他迅速提出整改措施，要求施工单位用水泥包将地线封在电缆槽道底部，和电缆进行物理隔离。

## 勤奋钻研，认真研读，理论标准付诸实际

潘杰平常就爱琢磨业务，遇到新技术新知识更是刻苦钻研，这次施工更是不会放过这样难得的学习机会。CTC 厂家、列控厂家、联锁厂家、施工单位等，事无巨细，不遗余力地询问，增长知识的同时也检验了施工质量和设备质量。研究新知识的同时，对于施工标准更是细心研读，并严格与现场对照，进行整改。施工紧张进行之时，正是炎炎夏日的开始，潘杰每天都顶着烈日奔波在施工现场，带着工区人员和现场监理人员行走在站内和区间，检查施工工艺是否达标，施工过程是否有漏项或未完成的工作。经过细致排查，发现了 168 条没有按照标准施工或施工工艺不达标的问题。他迅速采取措施，及时进行汇报，并联系施工单位进行整改。其中就有 ZPW2000A/K 轨道区段分支连接线没有按照要求进行布线、布线距离不均匀、分支连接线长短不一的问题。潘杰及时联系施工单位，要求其将分支连接线定长，并重新布线，长连接线中间要用小水泥枕固定，到枕木头和中间要打化学锚栓上 M 卡进行固定，这样在确保了固定良好同时也达到了走线美观的效果。

对于已安装完毕的设备，潘杰带领工区人员进行全面检查，室外箱盒内的每一个套管名称是否正确，每一个电缆铭牌是否对应正确，每一根地线是否都达到要求；室内每一个配线端子是否紧固，对应是否正确。机械室内的万科端子上每一根线都组织人员进行核对和复查，防止配线松动而影响之后的设备使用。

## 发扬党员精神，舍小家顾大家只为平安开通

“无论在哪儿，都要时刻准备着，工作摆在第一位，作为一名党员，

更是义不容辞。”这句话常常挂在潘杰的嘴边，事实上，他也确实是这么做的。远在200公里外的家中，爱人一边照顾10岁的儿子，一边工作，着实辛苦。然而为了施工的顺利开通，潘杰放弃了休息，放弃了与家人难得的团聚时光，将家庭的重任全部交到了妻子单薄的肩上。虽然妻子毫无怨言，但愧疚之情屡屡展现在潘杰的言谈举止间。“她一个人家里家外不容易啊，可越临近施工尾声，我越不能掉以轻心，要全神贯注，她理解我，理解我们铁路事业！”潘杰转而自豪地说。

带着爱人的鼓励与支持，潘杰全身心地投入到施工配合中。站场即将开通，他带领工区人员对新设备的限界、地线和电气特性进行仔细测量，发现有超标情况立即联系施工单位进行克服，因为这些问题直接影响开通后的行车安全和人生安全。他每晚利用施工点，带着图纸，一条线一条线的排查，把每一个设备位置，影响使用的每一根电缆走向都在图纸上逐一标明，然后对影响电缆进行迁改，确保了开通过程中既有设备的正常使用和运行，作为新建合肥铁路枢纽工程的一部分，长安集的顺利开通为日后合肥南站的开通奠定了坚实基础。

长安集站及合肥西站顺利开通后，对于段和车间的赞许，潘杰却非常淡然：“工作是大家干的，成绩应该属于大家，我只是做了该做的事情，况且我作为一名共产党员，不做出表率，又怎能对得起自己呢！”

# 瞧！这帮能干的小伙子

## ——合肥电务段合肥南站配合施工纪实

高艳侠　王长伟

合肥枢纽南环线工程，包涵合肥南站沪汉蓉场、动车所和长安集至合肥南、合肥南至肥东站两区间，被简称为“两站两区间”，共计108组道岔、39公里区间线路。在合肥南站配合的小伙子们，心里都有一张时间节点表：7月30日，完成长安集到合肥南区间设备整治；8月8日，完成合肥南站沪汉蓉场和上行咽喉区设备精调；8月中旬，南环线电务设备具备联调联试条件……从合肥枢纽南环线“党员突击队”授旗那天起，这帮小伙子们就顾不得天气炎热，突击队员们立即投入到热火朝天的设备“精加工”中，忙而不乱、痛并快乐着。加大的施工难度、繁琐的试验项目、恶劣的试验条件，这些难题不仅考验着该段的组织能力，更是考验我们这帮负责联锁试验、施工配合小伙子的智力、精力、耐力……

### 业精于勤的“状元”

在施工配合任务最重的合肥南站，时常能看到一个瘦弱身影穿梭在机械室组合架间、奔波在钢轨线路上，黝黑削瘦的脸庞时常带着憨厚的笑容，瘦小的身体里仿佛蕴藏着无穷的能量，出身农村的他身上带着一股子“犟劲”，他就是我段信号试验室的叶洪友。提起他，在合肥电务段是无人不知、无人不晓，知道他的人都会竖起大拇指说：“叶工，业务技术很棒，那是我们段的‘大拿’、今年段技术员考试的状元。”

合九线路所开通后,叶洪友又全身心的扑入到配合合肥南开通长安集站的联调联试配合任务中来。由于施工难度大、涉及口子多、试验时间长,各种事情更是千头万绪,技术科没有人愿意去当这个联锁主管。刚调到试验室不久、带着满口阜阳口音的他去找科长:“让我去吧,反正我家也不在合肥,我就住在长安集了,这样还省得来回的路上折腾了。”于是,他就带着施工图纸、联锁图表、现场设备以及应用软件、仿真软件等等一系列资料“驻扎”到了长安集,没想到,这一住就是一个半月……

8 月份开始进入了施工联锁的繁忙季节,南环线 8 月 17 号必须开通,本次他负责既有长安集站,联锁、列控、CTC 软件换装,道岔拆除 2 组,电码化电路修改,轨道区段拆除 2 个区段,所有工作量必须在 10 个施工点内完成。要确保每次施工点安全正点,又要保证 8 月 17 号试验工作量全部结束且试验无故障开通,他和技术科徐升对每次施工点进行认真细化,优化试验方案,针对试验中存在问题认真分析,找出解决方案,确保问题及时解决,确保 8 月 17 号安全正点开通。作为负责合肥南站及南环线联调联试的应急人员,他必须对动检车试验中发现的问题及时进行处理,不能立即处理的必须对问题进行分析,提出令人信服的理由及解决方案。他先后处理合肥南、长安集下行线码不连续的问题,8 月 26 号,合肥南站 200 km/h 试验车在 10G 侧线通过后越过 S10 信号机后出现紧急制动,大多数人员认为可能时应答器数据出现问题,作为接触 C2 数据时间不长的他,结合平时试验中积累的经验,发现 10G 与 129DG 均为 2300 - 2 载频,试探提出是否为相邻两区段同载频影响,受到技术专家的肯定,并采取进行修改载频的建议,在动车验证过程中,经常出现动检车 B7 最大常用制动现象,通过分析,提出分路效应不好造成向股道发码迟的想法,提出将侧线接车股道占用发码改为预发码的建议被领导采纳并给予表扬。

为了掌握设备的状态,及时发现问题,提前克服问题,于是叶洪友就想方设法,根据现场条件,带着设备到现场去试验,瘦弱的身体常常被接收箱盒挡住看不见脸。8 月的夜空,蚊虫更是肆虐横行,但以叶洪友为首的小伙子们完全顾不得这些,仍然埋头于箱盒边、股道旁……

笔者找到正在办公室埋头苦干的叶洪友时，已经是联调联试结束后的第四天了，当问到："施工配合中最让你难过的是什么时?"这个北方的汉子再也控制不住自己的眼泪："前期联调联试时，我的老母亲被车撞了，都没有时间回去探望……"8 月 5 号，叶洪友的老母亲被车从腿上直接轧过去，这时距离安全正点开通还有 12 天的时间，时间紧、任务重，叶洪友硬是含着眼泪没有回家一趟看望病榻上的母亲。技术科科长带着几名人员到医院看望，此时的他还在合肥南站继续奋战，永远无怨无悔、默默无闻，做自己应该做的事，迎接一个又一个挑战……

## 奔走在高铁线上的身影

走近合肥南环线施工现场，总能看到这样一个忙碌的背影，一双绝缘鞋、一身工作服、一个斜挎包、一副近视镜，这就是施工配合组成员"磊磊"的形象。

"磊磊"原名张庆磊，是典型的 80 后，他为人热情大方、乐于助人，熟悉他的人都喜欢叫他"磊磊"。"磊磊"2009 年毕业于南京铁道职业技术学院铁道信号专业，有较强的专业知识和业务技能，是合肥电务段工程配合组合肥南沪汉蓉信号工区的信号工，自 7 月上旬抽调到施工配合组以来，先后负责施工配合组工具材料的供应、设备原理图纸的制作打印、硬面化施工配合及电缆引入施工配合等工作。

工作上他敢于较真、一丝不苟。在配合施工单位电缆敷设、电缆进楼、电缆引入箱盒等作业时，他严格执行标准，敢于对施工单位说不。在发现施工单位电缆引入箱盒防护措施不到位时，他立刻要求施工单位进行停工整改，直到防护措施安全有效后才同意其继续施工。配合施工过程中，他认真盯控每一处细节，从电缆敷设前对成端的检查到入槽时对有无打环、背扣、扭绞现象的确认再到引入箱盒时电缆是否有损伤、防护措施是否到位的检验，他都能认真做到执标、对标，从不懈怠。

生活上他乐于助人、关心同事。记得有一次，工区的新职工小王在配合施工作业时，由于用力过猛不小心扭伤了腰，不能独立行走，得知这一消息后，他主动请缨担负起照顾小王的责任，为了方便小王的日常起居，他还主动把自己睡在下铺的床位让给小王，在小王养伤期间，他认真查阅大量资料，通过合理改善饮食，及时补充营养的方法，使小王的腰伤提前得到康复。

学习上他勤奋刻苦、乐于钻研。自从配合施工作业以来，他认真学习了电缆敷设施工工艺作业标准、主动学习了整体道床高速道岔浇铸的相关标准及要求，仔细研读了《维规》内关于设备使用时的数据标准，熟练掌握了设备基础硬面化施工作业标准及相关测试数据，及时将所学知识与标准运用到施工配合中去。

作为工程配合组中的一员，他认真履行着配合组人员该有的职责，面对各项突如其来的任务时，他总会以积极的心态面对，总能以出色的表现换来满意的答卷。每当提及家庭时，他阳光的笑容下就会流露出一丝的愧疚，三个月的时间里，老婆的“抱怨”很多，19 个月大的孩子对他的想念很多，电话里无尽的安慰与解释很多……为了工作他不止一次放弃休息，即使是中秋、国庆期间也总能看到他忙碌的身影，唯一请的半天假也是在得知老婆、孩子生病无人照顾不得不回家看望的情况下才请的。

上班 5 年以来，他时刻履行着一名信号工人对铁路运输安全的承诺，时刻践行着铁路企业对旅客“安全出行、温馨出行、方便出行”的承诺。工作中他任劳任怨、不计个人得失，总能以勤劳、朴实的工作作风感动着我们，总能以“为了安全，活儿总要干啊”的话语激励着我们。

## 关键时刻的担当

合肥南环线开通前的各项准备工作正如火如荼地进行，我段从各个车间抽的近百名职工白天头顶骄阳、晚上冒着酷暑，奋战在各个设备整治现场。

淮西车间联锁工程师宋栋是他们其中的一员，这几天，他每天起早贪黑，不分白天黑夜地在合肥南站参与设备整治和联调联试。在别的同志休息时，他还要到安徽医科大学第一附属医院看护生病住院的爱人，本来就很苗条的他越发清瘦……

事情是这样的，前段时间他爱人生病到合肥治疗，他谁也没说，默默地请了公休假前去陪护。车间主任桑世松得知情况后，代表车间班子在周末前往探望。在医院，桑主任接到段里打来的电话，合肥南站施工需从车间抽调联锁工程师参加设备整治和联调联试。桑主任边接电话边犯嘀咕，思考派谁去才可替代宋栋。在一旁听到电话内容的宋栋看到主任迟疑的声音，说："车间近期生产任务较多，再派人出去会影响正常生产，还是我去吧，一来我熟悉联锁工作，二来合肥南站到医院也不远，能顾得过来。"在他的坚持下，桑主任同意了宋栋的请求，从合肥南站施工现场到医院十多公里的路上，又多了一个忙碌的身影。

他把图上一个个单项设备、一条条进路的联锁关系进行逐项确认、打勾，旁人看起来都眼花缭乱，更别说从这些联锁关系中发现问题。就这样，他凭着对联锁工作的热爱、一丝不苟的精神，每天工作近 20 个小时，发现多处安全隐患，逐一记录并与段技术科探讨解决方案，使存在的问题得到及时解决，他严谨的做事态度得到了参加施工人员的一致好评。本来就有胃病的他，由于长期在施工现场，吃不好饭，经常犯病，但他坚持参与每一次施工，严把质量关，确保设备一次成优、正点开通，近 2 个月的施工下来，他瘦了很多，也黑了不少。

我们每个人都在为家庭担当重担、为工作担当责任，宋栋用他的实际行动把二者进行了完美的结合，陪护妻子，体现他作为丈夫的担当；参加施工，诠释了他对工作的态度。每个人都承担着繁琐的工作，书写着平凡；但关键时刻的担当，既意味着伟大。

为了合肥南站的顺利开通，合肥电务段进行周密的布置和准备，400 余名干部职工参与奋战，他们用自己的实际行动，用无怨无悔的付出为大开通默默做着自己的贡献，有的全程参与前期试验，连续奋战几十个夜晚，有的放下家中大小事务，一门心思扑在作业点，还有的带病参加施工，一直坚持到最后……随着问题一个又一个得到有效解决，使联锁试验人员增添了顺利开通的信心与把握。

一个个奋斗的深夜，一个个奔走的午后，一个个坚守的假日，换来了这一声声响亮清脆的炮竹声；多少辛酸、多少疲惫、多少不安，都在这一声炮竹中化成了无法抑制的喜悦，也化成了合电人口中呼出的长长的一口气。

# 默默发光的“萤火虫”

## ——记合肥电务段岳汗青

高艳侠

岳汗青,27岁,合肥电务段合蚌、合福前期施工阶段配合技术骨干,高高的个子,清瘦的身材,却是十分的精神、干练。2008年8月南京铁道职业技术学院毕业后,就在桃花店巡检工区锻炼学习,2010年2月,他用不到两年的时间就被提拔为撮镇巡检工区的工长;2012年5月,由于合蚌配合施工工作突出,又被提拔为合蚌高铁车间技术员;乍暖还寒的2013年初,合肥铁路枢纽信号工程开始进入施工准备阶段,已有过一次配合经验的他又全程参与到合福各项施工配合监理任务中去。他始终以“道虽通不行不至,事虽小不为不成”的人生信条,从每一件小事做起,从点点滴滴做起,在平凡的岗位上默默的奉献自己的青春。他的成长总是和施工配合,质量监理有着千丝万缕的联系,看似弱不禁风的他却有着高标准和讲科学的严谨态度,正朝着合肥电务段新建信号工程“一次成优”的目标迈进。

### 完善工艺标准,提高工程质量

合肥铁路枢纽南环线工程是沪汉蓉快速通道的组成部分,始于合宁铁路肥东站,终至合武铁路长安集站,工程改建肥东站、长安集站、新建合肥南站,合肥南站场采用分场设计(沪汉蓉场14线,合福线12线),同时设置动车运用所一处。工程包含新建项目也包含改造项目,包含普速有砟线路也包含高铁无砟线路,涉及到的工程项目类型多、设备器材种类多、工艺标准流程多。为了更加适应这些新特点新要求、更好的完成施工配合任务、提高工程质量、完善工艺标准,在段领导的帮助指导下,他与技术科分管施工和维修的工程师共同探讨完成了南环线信号工程技术协议的修改制定工作。在认真学习掌握以往施工标准的各项内容后,结合上级发布的各项新规定及段制定的新标准,对技术协议做出了针对性的调整,从技术标准到施工流程,再到工艺要求,通过反复的讨论和修改,最终在原有高速铁路技术协议的基础上修改协议 30 多处,提升了协议的适用性和针对性,为合肥铁路枢纽信号工程工作的顺利开展打下了基础。

## 配合认真负责,严格工艺把关

合肥南动车运用所是合肥铁路枢纽工程中的重要一环,承担着日后合肥片区动车组日常维修养护的重要任务,全站股道数量 25 条,包含 69 组道岔,57 架信号机,84 个轨道区段,同时还设有动车检修四线库、自动化清洗房,信号设备数量多,电缆通道走行复杂。在信号工程施工准备阶段,岳汗青对动车运用所信号施工图纸进行认真研读,发现设计上没有设置槽道对电缆进行防护,也没有设置综合防雷贯通地线,给信号电缆防护及设备防雷安全带来了隐患。发现这些问题后,他第一时间以书面形式向上级进行了汇报,同时告知施工单位准备整改措施,由于问题发现汇报及时,很快设计单位发文进行了设计变更,问题及时得以解决。

干铁路的人都知道,信号工程是个细活,不在体量大而在工艺巧,考量施工质量的一项重要标准就是工艺好不好,从室内到室外每一处设备都能体现出工艺的好坏。为了把好施工工艺这道关,岳汗青努力做到心细、眼勤、嘴快。心细就是不放过每一个细节,从螺栓质量到走线方式,再到线环工艺以及套管编号等等,每一个环节都不轻易放过,都进行严格的标准控制;眼勤就是要坚持去现场,不厌其烦的对工艺标准进行盯控,走到哪看到哪,看到哪想到哪,主动寻找问题发现问题;嘴快就是发现问题及时向施工单位进行沟通,第一时间对存在的问题进行指正,避免出现大范围的返工现象,同时还要不断提醒施工人员坚持标准、严守规范。由于长期对施工工艺坚持高标准严要求,施工队也养成了一种习惯,就是有新项目开始作业前,一定会联系他到现场对工艺标准进行确定,清楚掌握之后再开始大规模的安装作业,一方面提高了工作效率,另一方面也避免了出现工序漏检、返工的情况,真正地达到与施工队伍之间的相互帮助、共同提高的目的,就因为这,施工队的小伙子们都亲切地喊他“小岳”。

## 克服炎热酷暑,及时沟通对接

合肥南站是合肥铁路枢纽工程中的重中之重,是上海铁路局管内在建规模最大的车站,包含沪汉蓉场及合福场。由于设计标准不同,两场设备安装方式存在很大区别,为了保证设备安装既安全可靠又统一美观,并确保没有一处设备在没有标准的情况下进行施工,岳汗青主动联系施工单位负责人员,对全站所有不同类型不同位置的设备进行调查,并详细考虑线路高度各类排水沟槽以及电缆井的影响,结合以往施工经验和现场实际,他制定出了适用于合肥南站的设备安装标准,不但给施工单位提供了便于施工的参考依据,也为日后全站信号设备的美化创优奠定了有坚实的基础。合肥南站信号机械室在综合站房内部,不同于以往单独设置信号楼的情况,包括防雷、消防、电缆引入以及与其他专业接口等很多方面,都可能出现不符合规范的情况,为了尽早发现可能存在的问题,从房屋建造开始,他不断亲临现场盯进度。南站房建规模大,施工现场地形复杂,从地上到地下到处都有施工人员在作业。现场没有正式照明,很多时候都是摸着黑踩着泥,磕磕绊绊甚至滑倒摔跤都是常有的事。到了夏天,进到施工现场就像进了一个大蒸笼,又热又潮,汗水止不住的往下流,加上空气中漂浮的尘土与颗粒物,要不了多久就会变成一只“大花猫”。环境虽然恶劣,但他还是坚持每天都要去现场,就像上满发条的机器人一般,穿梭在各个配合点,及时将各类问题与施工单位进行沟通对接,先后发现并解决了机械室吊顶高度不达标,电缆进楼通道不畅,行车控制台与机械室间无走线通道以及设备用房,没有消防泄压窗等大大小小十几条问题,为室内信号工程施工创造了有利条件。

在动车运用所室外设备安装期间，正值合肥炎热的七、八月份，由于工期紧、任务重，施工队伍没有休息日，为了保证工程质量，尤其是电缆开剥、地线引接等隐蔽工程质量的可靠，岳汗青主动放弃休息，全程参与到施工中去，哪里有作业人员他就赶到哪里。气温高、阳光烈，身上的汗衫是湿了干、干了又湿，大水壶、风油精则成了包里的必备品，擦汗的毛巾不知换了多少条。通过不懈地坚持与努力，动车运用所室外设备安装配线工作顺利完成，过程中发现的所有问题均得以及时整改克服，施工工艺及施工质量得到了上级领导的一致认可。

在施工配合的这段时间里，岳汗青积极主动与施工单位进行联系交底，坚持实时掌握各项施工进度，对发现的问题逐一进行记录，并在第一时间联系施工单位进行整改克缺。期间，岳汗青共发现各类问题355条，实际已经解决289条。南环线动车所信号机械室防尘措施改进、吊顶不达标整治、动车所站内主干电缆没有增设电缆槽对电缆进行防护、动车所没有增设信号电缆进楼通道及电缆守井、不符合标准的轨道电路绝缘、不达标道岔蛇管、合肥南站电缆守井无隔离防护措施整改、综合防雷施工过程中压接工艺不达标、包封措施不完善、以及合肥南站信号用房不规范等等问题都在他和施工单位的及时沟通中进行解决、整改。虽然天天跑现场很辛苦，但是他从来不叫苦、不喊累，每当他看到自己发现的一项项问题被处理克服时，心里都会觉得十分欣慰、满足，因为这就意味着又向"一次成优"的奋斗目前迈进了一步。

# 创精品供电线路　谋创新发展之路

## ——合肥供电段合肥南环线介入施工纪实

徐　磊

合肥铁路枢纽南环线是沪汉蓉客运专线的重要组成部分,新建肥东—长安集铁路、合肥高铁南站、南站沪汉蓉场、合肥动车运用所工程,南环线正线 39.6 公里,设计时速 250 公里。合肥南实行综合维修管理模式,在合肥南站建设工电供综合维修基地。合肥南站地区在站房内建设 1 座 35/10 千伏变配电所,南站站房内 10/0.4 千伏室内配电所 3 座、南北电力远动间 2 座、南北 1 000 千瓦发电机房 2 座,动车所内 10/0.4 千伏室内配电所 5 座(含综合工区)、箱变 4 座(含公安)。新建挂网肥东站(含)至长安集站(含),全长 36.62 公里,接触网 200.873 条公里,支柱组立 3 336 根。新建合肥南 1#分区所 1 座、动车所开闭所 1 座、龙塘 AT 所 1 座。合肥南环线的建成开通,将在合肥铁路枢纽内实现合宁线与合武线的贯通,还将串联起合蚌客专与合福铁路,合肥铁路将连起四面八方。因此,合肥南环线对于增强合肥铁路枢纽功能,促进区域向特大城市建设,进一步发挥省会辐射带动作用具有重要意义。

在不增加职工总数的情况下,接管合肥南环线对于上海铁路局合肥供电段来说可谓困难重重,压力巨大。为确保合肥南环线的顺利接管运营,合肥供电段不等不靠,超前谋划,于 2014 年 4 月份成立了施工介入和验收接管领导小组,分变配电、电力两个专业,总计抽调 35 人于 5 月进驻施工现场,监督检查施工质量、设备安装工艺等,全面熟悉现场供电设备,对检查发现的问题督促施工单位及时整改,与建设指挥部、施工单位、设计单位、监理单位等建立了前期介入定期沟通机制，协调解决施工中存在的问题，确保了南环线建设工程质量和建设速度，力争实现“设备优良、职工优秀”的精品线路创建目标。

## 完善介入施工模式，为设备接管打下坚实基础

2014 年 5 月初，合肥供电段 35 人组成的介入施工小组正式进驻合肥南环线施工现场，正式拉开了该段合肥南环线施工的序幕。在 4 月底的介入施工布置会上，供电段长黄荣星对施工介入提出具体要求：“介入工作要严格对照施工标准和设备安装工艺，认真查找设备安全隐患，牢牢控制住设备质量。”从 2007 年合宁线介入施工算起，合肥南环线已经是该段近年来介入施工的第 6 条铁路线了。8 年来，该段不断总结介入施工的经验及教训，逐步建立完善具有供电段特点的介入施工管理模式。

“作为设备管理单位，我们的介入施工要针对设备管理特点展开，对施工项目一定要严格按照设备安装标准和安装工艺监督规范施工质量，努力提升设备质量，控制安全隐患，为下一步静态验收和设备接管打下良好的基础。”黄荣星段长反复叮咛介入施工的工作人员。为了提高介入施工质量，介入施工组与施工单位同吃同住同劳动，确保随时掌握工程施工状况。对于在施工中发现的问题，及时向施工单位提出，督促起按期整改，并拍摄照片存档以便今后核对整改进度。

## 锻炼职工业务技能，为人才建设提供后备力量

参加本次合肥南环线验收的人员，主要来自合肥供电段的合蚌高铁供电车间、长安集供电车间和合肥检修车间。这支队伍长期从事高铁和客专的日常设备管理工作，每名验收人员都有丰富的现场工作经验，能够满足介入施工的要求。而且本次介入施工的设备，今后又是由他们直接管理，因此验收组的每一名成员都格外的用心和细致。用电力验收组现场负责人、长安集供电车间电力工孙毅的话说“今天介入施工的设备，也就是明天我们维护保养的对象，现在多流一点汗，将来就少一份故障风险。”

“南环线和合肥南站是上海铁路局重要的客站之一，设备多、线路复杂，也是我段今后设备管理的重中之重。因此，必须从介入施工伊始，就牢牢卡控住设备隐患，降低安全风险。”段长黄荣星对介入施工组提出要求，段领导班子多次开会研究部署介入施工事宜，安排多次参与新线验收的专业工程师为介入组进行技能培训，重点讲授施工安全、施工组织、设备工艺和安装标准等相关内容，为规范介入工作打下基础；合理调配介入组人员结构，确保了电力、变配电和接触网三个主要专业人员的合理搭配；在介入组选树党员模范标杆，把施工现场作为学技练功的竞赛场地，在介入组形成你追我赶、学习技能的良好竞争氛围，通过这种形式，提高了介入组成员的工作技能，增强了介入施工工作的实效性。为加强段人才梯队建设，该段还安排了 8 名新入路的大中专毕业生到介入施工跟班现场学习。经过两个多月的锻炼，他们的业务技能均有很大提高，用合肥检修车间副主任靳玉海的话说“两个月的时间，他们的身上已经不再有浓浓的书生气，现在已经完全融入到工作岗位中去，这种锻炼机会对于他们的成长来说真是太重要了。”

## 加强管理基础建设，全力打造精品线路

随着南环线和合肥南站的介入接管，加上“三线”电化改造的逐步完成，该段管内电气化铁路线路的数量已超过普速铁路，供电管理模式也由为站场照明和信号电源供电，逐步转变为维护接触网设备安全和满足牵引动力需求。据估算，今后几年，该段还将陆续验收接管阜淮、淮南、水蚌、合福、商合杭等电气化线路及站场的供电设备。为此，段领导班子研究决定，必须把今后接管的每一条线路，都打造成精品线路。为实现这一目标，该段成立由副段长领衔的联合检查组，牢牢盯住新线介入施工、设备验收接管、再到新线基础管理等每一个关键环节。同时，组织职能科室负责人现场办公，与介入组、验收组人员一起对设备缺陷和施工质量进行检查把关，盯促施工单位整改设备缺陷，确保设备质量满足供电安全要求。

联合检查组加强与合肥铁路枢纽工程指挥部、施工单位的横向联系，注重收集相关技术图纸、资料、标准等，并结合介入施工，与现场设

备进行核对检查，发现不相符的就地修改，保证第一手资料的完整性和正确性。同时，职能部门帮助新线车间班组整章建制、规范管理，制订相关作业指导书，完善岗位工作标准，严格按标作业，确保新线设备质量和人员素质双达标，争取接收一条新线，创建一个精品。

介入施工暂告一段落，静态验收、设备接管工作又紧接而来。面对诸多困难和挑战，合肥供电段干部职工将继续用汗水和奉献，全力打造优良的设备质量和优秀的职工队伍。

# 用心做好每件事

## ——合肥供电段合肥检修车间电机钳工严长生工作纪实

乔华金

入路工作31年，工种两度变换，无论是在条件艰苦的合肥南环线验收现场，还是身处繁华的都市，他都用心做好每件事，力求完善是他不懈的职业追求。先后多次荣获段先进生产者荣誉称号。他就是上海铁路局合肥供电段合肥检修车间检修组电机钳工、52岁的共产党员严长生。

### 南环线介入的“大忙人”

2014年初，在合肥供电段介入南环线施工的最关键日子里，他带领车间技术生产骨干满负荷工作，白天不辞劳累跑现场，耐心与施工单位人员沟通交流，对施工中发现的设备问题细心记录，一丝不苟指出修正意见；晚上回到简易工棚还要与其他人员一起对照图纸、查找不足，每天工作在10小时以上。累了，他就躺在汽车上稍作休息。女儿连续几天高烧不退，爱人不停的打电话催其回家，为不影响工作，他竟然不接妻子的电话，并安慰自己道：“医生在，我去了也没用，有她在就可以啦。”

自5月全面介入施工以来，他带领10多名介入人员，认真监督施工质量和设备安装工艺，全面熟悉变压器、各类开关、电缆接头箱、电缆路径等供电关键设备和部位，累计发现和督促整改电力设备缺陷100

余处。因为他对工作要求特别严,技术专业精湛,参与配合的施工人员私下里叫他“严教授”。“介入施工的责任重大,不仅需要扎实的业务技能,更重要的是要具备协调沟通能力和强烈的责任心,特别是后面两点尤为重要。”合肥供电段段长黄荣星谈到介入施工工作时说,“在设备静态验收前发现并整改问题,将为接下来的静态验收和设备接管打下坚实基础。从这个意义上讲,这些参与介入施工的职工为我段做出的贡献是很大而显著的。”

## 不惜流汗的有心人

虽说严长生在检修车间检修组中是年龄最大的,可干起活来,却丝毫不逊色于年轻人。检修组人员少,工程施工任务重,故障处理是“家常便饭”。做为生产骨干的他,积极主动配合工长做好班组的各项工作,施工中他总是拣最重最累的活干,无论白天还是深夜,故障处理他都是主力军,在去年的裕溪口变电所改造施工中,他承担的工作量最多。平时的班组检修施工,他也总是揽下最难啃的“骨头”。问他累不累?他总是眯着眼笑道:“不累是假的,可力气是使不完的。”可谁又知道,每次施工完回到家,没有贤惠的妻子为他按摩,哪有第二天虎虎生威的他哟。

合肥检修车间担负 18 座电力变配电所、3 座牵引所、10 座 AT 所和分区所的年度检修作业和预防性试验工作,再加上频繁的专运和故障处理,工作量确实很大。作为一名技师,严长生深知自己所担负的责任与安全压力重大,工作中任何一个细小的疏忽都有可能造成故障,并可能会影响到段乃至铁路的整体形象。因此,他在工作中始终严于律己,从不松懈,只能做好,不能出错。由于工作的特殊性,他每周几乎都是超负荷运转,工作时间超过 60 小时。为了照顾家,爱人成了他和女儿的全职保姆,女儿今年 20 岁了,却从来没有和父亲一起出去旅游过,女儿问他最多的就是“爸爸,你什么时候带我和妈妈出去玩?”

## 善于学习钻研的老大哥

今年 52 岁的严长生在电机钳工这个岗位可以说是“半路出家”,

36 岁才入门,他硬是凭着钻劲,在短时间内成了班组的业务尖子。他总是说,作为老同志,不仅要把手头的活干得“漂亮”,还要在工作中让人心服口服,特别是在技术上要有拿手的“绝活”。为此,他养成了每天临睡觉前看 1 个小时业务书籍的习惯。遇到不懂的,就利用休班时间查资料、请教老师,直到弄懂为止。凭着这股好学肯钻的韧劲,他的业务水平提升很快,专业技术全面,被称为班组里的“小教授”。

随着铁路供电专业技术的快速发展,严长生所在的班组需要检修维护的设备种类和数量不断增加,需要尽快掌握设备结构和性能,这要过的第一关就是要学会看那些枯燥难懂的设备电路图。通常大家会以死记硬背的方式来熟悉设备情况。而严长生却另辟径路,从搞清每个设备零配件的作用入手,结合现场实践,不仅知其然还要知其所以然。为了全面掌握设备情况,他业余时间都用在了业务学习上,半年时间,严长生就把所有设备状况都储藏在了脑子里,做到灵活运用,大大提高了故障处理的速度。2013 年 9 月,在水家湖牵引所进行主变投切作业时,2B 比率差动保护动作导致主变投切失败故障处理中,他比对故障报文和波形,认真分析,判断为变压器保护误动作。组织班组骨干人员对主变进行全面的检测试验,一切参数均正常,第二次申请主变投切时顺利完成,配电值班员情不自禁的鼓起掌来“严师傅真不愧是故障处理的‘快刀手’!”

## 乐于传帮带的业务能手

作为班组安全员和技术骨干,严长生在每次施工和故障处理中,都认真为同事指导示范。车间主任说:“只要有老严在,没有干不了和干不好的活。”平时,严长生总是利用各种机会,向新同志讲解业务知识和技术要点。无论在工作中还是休班时,他毫不保留地向大家悉心传授学习经验和心得体会。只要有人向他咨询业务问题,他总会细心解答,直到对方弄懂为止。

对于南环线上应用的新设备、新技术,严长生总是不懂就问,虚心向施工单位技术人员学习请教,并结合既有线上类似设备和技术进行认真研究,摸清设备结构,找出技术关键。同组的小伙子们好奇的问他:“严师傅,您都这么大年纪了,为啥还这么喜欢‘琢磨’呢?”他嘿嘿一笑:“铁路发展速度这么快,我年龄大、底子薄,不学习怎么能处理好设备故障?还不早就被淘汰了?”介入组的同志在他的影响下,逐步养成了人人学知识练技能的良好习惯,并形成了你追我赶的浓厚学习氛围。这就是一名普通的供电人,一名老共产党员的胸怀。

默默耕耘在岗位,用心做好每件事。严长生用实际行动彰显着共产党员的模范作用,为合肥南环线验收接管树起了一面鲜艳的旗帜。

# 全程控质量　全员铸精品

## ——上海通信段合肥高铁车间南环线配合工作纪实

张卫斌

2014年3月,规模壮观的合肥铁路枢纽南环线新线工程决战打响,从合宁客专肥东站至合武客专长安集站,在全长39.6公里的战线上,上海通信段合肥高铁车间担负着新线工程中的9个新建通信基站、6个电力所及合肥南站沪汉蓉场,扩建肥东站、长安集站等18处通信机房的施工配合任务。

面对繁重的任务,加上人员少、时间紧,合肥高铁车间在确保既有高铁通信安全的同时,抽调精兵强将,成立了新线工作配合组,充分发挥党员的先锋模范作用,确保各项工作高标准、高质量地推进。

### 精兵强将,打造新线配合特战队

合肥高铁车间主任朱磊说:“我们要将精兵强将派到南环线施工配合组,打造攻坚克难的通信特战队。”

车间副主任吴钢,曾参加过合宁、合武客运专线的联调联试,具有丰富的高铁通信施工管理经验。他主动请缨,担任新线配合组组长。

4名业务精、责任心强、能吃苦的党员充实到新线配合组,还根据工作需要,成立了通信质量对标卡控分队和精品站创建整治分队等二个小分队,为高标准完成任务提供组织保障和人员支持,明确了分队长和队员的岗位职责。分队的力量配备很强,都是车间里数一数二的技术骨干。精品站创建整治分队长潘亮，业务主管、助理工程师；通信质量对标卡控分队长李江龙，北城工区工长、助理工程师，获得过上海铁路局优秀共产党员称号。从北方交大毕业的王帅和西南交大毕业的李晶，还有业务骨干陆伟民、胡秋生、李银峰等都加入其列。

为在施工配合中达到统一标准、统一规范，通过借鉴以往高铁建设经验，新线配合组制作了图文并茂的作业提示卡，包括设备安装、配线方法、工艺工法等内容，分发到配合组人员和施工负责人手中，让配合组人员在介入过程中有统一的工艺标准，并与施工单位协商沟通，确保施工质量，为今后正式接管维护高铁通信设备打下基础。

新线配合组建立了不定期上技术课制度，队员的技术素质得到进一步提升，为高标准完成任务提供技术保障。

“全力以赴保质量，不遗余力创精品”，是新线配合组做出的庄严承诺。新线配合组向全组人员发出了《保质量创精品倡议书》，全组人员在承诺书上签名并郑重承诺：卡控质量，保驾护航施工配合；杜绝两违，急难险重发挥作用；提前介入，锻炼队伍增长才干；创先争优，优异成绩向党献礼。

## 关键盯牢，确保施工质量一流

合肥铁路枢纽南环线工程要求高、时间紧，为确保施工质量不下降，质量卡控小分队全程盯控，把握关键，确保质量万无一失。

合肥南环线通信配合施工，通信配合任务异常艰巨，要完成 19 套传输、16 套电源、5 套防灾监控单元等近百套设备定标、安装、性能测试等，32 芯主干光缆和 8 芯分歧光缆要分上下行布放近百公里，重点盯控接续、分歧引下、性能测试等关键性施工。此外，还要督导完成肥东站、长安集站等既有机房的设备安装、光缆布放，对所有设备的加电、数据配置、调试，其他工种所用电路的开通配合工作也是重头戏。

为确保质量万无一失，新线配合组及时建立了问题库，并每日梳理，每日销号，及时完成盯控、销号工作。

各施工点的新线配合组人员起早贪黑，早晨 5 点多就要踏着泥巴路赶赴岗位，夜晚披着星星月亮才回来。

高高矗立的9个无线通信铁塔,林立在南环枢纽线上。铁塔天线下端有个关键的设备:功分器。功分器由于长年日晒雨淋、冷热交替,免不了有潮气进入,时间久了,银接点便会氧化,造成技术指标参数变化,影响语音通话质量,严重的甚至不能通话,直接影响到高铁行车安全。

为克服这一顽症,由吴钢、潘亮、李江龙领衔的攻关小组,经过多次实验,提出了让功分器住进"安居房"的设想,给其创造一个密闭、干燥的小环境,从而避免风雨潮气侵袭。很快,厂家按照功分器尺寸要求设计出密封保护盒的样品。

吴钢带领攻关小组来到02基站,施工人员登上无线铁塔,模拟安装了20米馈缆,挂在塔顶,对无线通信铁塔功分器加装了黑色密封保护盒,端口用封堵材料堵实。经过实验,功分器安然无恙。全线推广了这一做法,功分器住进了"安居房",避免受天气影响引发故障。

新线配合组每周对机房进行一次平推检查,每两周对线路进行一次平推检查,一次静态验收,一次动态验收配合工作,确保了新线配合施工安全。

## 典型引领,劳动竞赛掀起热潮

为激发全体队员打造精品、勇创一流的热情,形成奋勇争先、你追我赶的良好氛围,新线配合组掀起了"保质量、创精品"劳动竞赛热潮。

利用早点名、晚分析会开展点评活动,新线配合组民主评议产生"每周之星",被评上星的职工增加了一分责任感、荣誉感,没有评上星的职工感受到了工作的压力。

在新线配合组办公室的门前,"全力以赴保质量,不遗余力创精品"的标语格外醒目。吴钢说:"这是新线配合组的郑重承诺,如不兑现,我们无颜见江东父老。"吴钢把写有承诺标语的横幅挂在办公室的门前,时刻提醒、鞭策自己。

在劳动竞赛中,党员的先锋模范作用对群众触动很大,大学生李晶深有体会:"身边的党员工作拿得起,急难险重工作冲在前,我十分佩服。"

党员王帅，患病发烧，挂完点滴仍坚守在岗位上。

党员李江龙，父亲去世早，年逾七旬的老母亲过来帮忙照料两岁的小孩，却不料因劳累血压升高，眼睛毛细血管破裂，导致瞳孔被淤血遮挡，双眼失明看不见东西。李江龙把家务全交给了妻子，一天假也没请。有次抽空回家探望，端起饭碗，还没扒两口饭，工地突然来电话，临时增加施工点，李江龙放下饭碗，匆匆忙忙去了工地。

共产党员潘亮异地上班，每天忙得脚不沾地，没空去医院照顾将临产的妻子，好几个星期都没回家，妻子说："也指望不上他照顾，回家后鞋也没脱就一头倒在床上睡着了。"党员吴钢因施工忙，脱不开身，孩子的家长会他从来没参加过，以至于老师将其列入不负责的"家长黑名单"。

党员的模范言行，大大焕发了突击小分队"保质量，创精品"的意识，激发了全员的积极性。党员群众比干劲比奉献。胡秋生母亲患脑血栓，半身不遂，让妻子请假照顾老人；李银峰 24 小时连轴转跟班施工队；陆伟民为确保施工质量，每天啃方便面毫无怨言，全力保障施工通信质量全优。

## 精品机房，联手创建全线开花

"一次成优，全线精品"是新线配合组的明确目标。多样化、立体化、创精品工作在南环线施工中硕果累累，通信工程精品样板全线开花。

基 7 站被确定为首个通信精品站示范点。在基 7 精品站施工中，中铁四局电气化处精心施工，新线配合组人员全程跟随，全程参与，按照"一次成优、全线精品"标准把控。经过 20 多天的努力，共规范整理光缆 15 根，配线 157 条，更换尾纤 58 根，挂标牌 125 处，更换标签 568 个，建立各种设备电路运用台账 4 本，圆满完成基 7 精品站创建工作。基 7 精品站实现了机房环境美观、设备配线整齐、技术台帐完善、标签标牌统一，电源线蓝色、数字传输线灰色、光缆尾纤黄色，层次分明铺设在地槽里，走线横平竖直，弯曲部分弧线平滑圆润，本端、对端、用途标识明晰。基 7 站通信机房像做工精细的工艺品，经上级多次严格核对和考核，基7精品站被评为“合肥南环线枢纽通信工程精品站示范站”。

在施工中，新线配合组积极介入，主动上手，职工接续光缆、故障处理的水平都提高了档次。

新线配合组还有个重要任务，就是探索通信设备的变化规律，为今后的维护工作积累数据与经验。新线配合组从实战出发，对运营设备万一出现故障如何进行高效、快速处置，作细致安排。“假如某一光缆尾纤有问题了，如果布线杂乱、标识不全就要通过查图纸、测数据才能找到故障线路的走向，而通过建精品站，只要看一下标签就明明白白，确保提高排查故障速度。”新线配合组长吴钢说。

为防老鼠咬断通信电缆，在进门处做了个防鼠挡板，在电缆地槽用铁皮封死通道，不让老鼠有可趁之机。

“今后新线创建标建化精品机房，我们多了一份自信。”助理工程师潘亮说。

合肥南环线枢纽通信工程静态验收工作启动后，新线配合组出动人员50人次，起早摸黑，经常在途中啃方便面、喝矿泉水，步行500公里，发现光缆受损43处，单纤测试1 280条，发现介入衰耗点247个，其中不合格衰耗点106个，为线路质量的整改提供可靠依据。

新线配合组还出动人员45人次，对9个基站、7个变电所、2个车站通信机房的通信传输数据设备、通信电源设备、数调设备、BTS设备、铁塔、地线等全面验收，发现不达标138处，为通信设备可靠运行扫除障碍，奠定了基础。

建设中的南环线是沪汉蓉快速铁路通道的重要组成部分，也是合肥综合交通运输体系中的重要组成部分。南环线将取直现在的合宁合武线，节省20分钟进入合肥。今后，还将联接合蚌与合福铁路，进入该站，顺利通行各个方向，大大提高合肥铁路枢纽地位。

上海通信段合肥高铁车间党支部书记韩永华说：“合肥南环线枢纽建设中，新线配合组奋勇争先，锤炼了队伍，提升了素质，我们车间干部职工要发扬光大这种精神，推动各项工作登上新台阶。”

# 较真的通信卫士吴钢

## ——记上海通信段合肥高铁车间副主任、南环线施工配合组长吴钢

张卫斌

声如洪钟，快步如飞，处理新线通信施工配合难题精、准、快，但对通信工作质量标准高、要求严，对发现的问题，严格查处，绝不手软。你若不服气，他就亲自做示范给你看，大家称他“喜欢较真的通信卫士”。

他就是上海通信段合肥高铁车间副主任、合肥南环线枢纽施工配合组组长吴钢。

### 确保质量，恪尽职守

在下工地巡查中，吴钢对发现的任何质量问题严格查处，决不手软。

说起吴钢较真的敬业精神，参建合肥南环线枢纽的中铁四局通信工程项目部的同志都十分佩服，有的说：“吴主任对施工质量问题从不含糊，铁面无私，即便是熟人或者老朋友，他也丁是丁，卯是卯，决不姑息，毫不留情。”

今年上半年，吴钢在合肥南站一个工地巡查时发现，该通信机房旁有一段约百米长的电缆槽沟的施工质量没有达到规定标准。施工队的负责人闻讯赶到现场，吴钢当面严厉地说：“这种活你们也能拿得出手？我都替你们脸红，必须返工重做！”推倒返工，对施工单位意味着前面投入的人工、材料全部泡汤。这位负责人连连求情：“咱俩认识的

时间也不短了，都是老朋友了，看在这个缘分上，您就高抬贵手吧。我让工人们把没有达到标准的地方好好整一下，这样您向上也好有个交代。”

面对求情，吴钢更加严肃地说道：“虽然这些是通信附属设施，但也是高铁的组成部分。在质量问题上没有通融的余地，必须推掉返工。”他又对随同检查的车间业务主管、助理工程师潘亮说：“马上对这个施工队开具整改通知书，一周后再联合复查！”

一周后，吴钢再次来到这个工点。尽管电缆槽沟已经重新建造，但吴钢还是很认真地一米一米地检查。施工队负责人感慨地说：“对工作真是恪尽职守呀，吴主任不愧是一位称职的领导。”

别看吴钢平时乐呵呵的，一幅老好人的模样，但他对工作认真负责，眼里容不得半点沙子。只要遇到执标稍有偏差，他就立马黑下脸来要求整改。

一次在基 7 站的施工中，施工单位接续的光缆经 OTDR 测试衰耗值为 0.06 db，虽低于正常标准 0.08 db，但较吴钢要求的 0.05 db 只有 0.01 db 的差值。吴钢立即拉下脸来要求重做，并边示范边讲解：“接续之前，要将纤芯擦净，8 字形盘顺着光纤，否则会产生扭矩增大衰耗；胶布也不能粘得太紧，过紧也会造成衰耗增值。”自那以后，施工单位接续光缆丝毫都不敢马虎。

## 一次成优，全线精品

“一次成优，全线精品”，在新线配合施工中，吴钢和同事们以此为目标，着力打造精品通信设备。在基 7 站通信精品站打造中，吴钢带领同事们与施工单位日夜奋战，经过 20 多天的努力，规范整理光缆 8 根、配线 187 条，整理尾纤 270 根，挂标牌 300 处，更换标签 568 个，更换地线牌 2 处，建立了各种设备电路运用台账。基 7 站实现了机房环境美观、设备配线整齐、技术台账完善、标签标牌统一，经上级多次严格核对和考核，被评为“通信工程精品站示范站”。

铁路通信是铁路运输的中枢神经，直接关系到铁路行车调度、客票、防灾、办公自动化等系统的安全运转，一旦中断，将打乱运输秩序，造成运输效率低下，严重威胁铁路运输安全。

“确保通信畅通，必须要有过硬的技术作为支撑。”在新线施工配合中，吴钢为培养职工练就光缆接续过硬本领，他对新线配合小组进行培训，除了解读设备的原理、功能、故障处理方法，传授技艺要领，有时一天出一张卷子，发生疑难故障时，他一边操作，一边分析故障原因，根据故障现象，讲解故障处理流程。他经常走访施工单位，观摩技法，并从中得到启发。如今，小组人人会“绝活”，大大缩短了接续时间。

吴钢在传、帮、带中，执行作业标准近乎苛刻，对工具的摆放和使用，要求做到闭上眼睛不看，拿放时要准确到位。在基 7 精品站光缆接头作业中，一名职工由于天气较冷，手脚有些僵硬，测试结果不合格，其实也只是比吴钢定的内定标准大了 0.01 个 db，但在合格范围内，天气冷，这位职工想通融一下，话还没出口，吴钢就命令道：“推倒重来！”这给大家重重地敲了警钟。从此，每次光缆接头，大家不敢有丝毫的马虎。

通过传、帮、带、练，带出了一批技术骨干，2 位徒弟在上海通信段比赛中进入前 10 名。

## “黑”名家长，自觉愧疚

吴钢从蚌埠铁路技术学校毕业到铁路后，由于技术全面，很快担任了工班长。熟悉的人都知道，吴钢的手机 24 小时从不关机。无论白天黑夜或是酷暑严寒，只要有事，他总是随叫随到，施工单位亲切地称呼他“通信 110”。

“通信是铁路运输的‘千里眼’‘顺风耳’，提供优质、安全、高效、快捷的通信保障，是我们的职责，来不得半点粗心大意。”吴钢常常这样说。合肥枢纽南环线施工配合开始后，吴钢把确保通信安全视为自己的神圣职责，全心全意当好合肥枢纽南环线施工配合的通信卫士。

按照施工单位计划，吴钢每天安排专人上作业点，把控好施工质量。繁忙期间，他就连轴转，参与施工建设点的质量把控。

他的孩子所在学校每周都有双休日，按规定还放社会节假日，可老师不明白，一年 365 天，吴钢却没有一天休息的时间。以至于有时周末开家长会,从没见过孩子的爸爸,孩子的老师将家长吴钢列入了“黑”名单,为了孩子成长,要求必须定期联系。

吴钢忘我的工作,经常加班到深夜,不辞辛劳,不论双休日还是逢年过节,都能看到他忙碌的身影。在施工配合中,吴钢处处以身作则,人手少时,自己顶上,脚受伤了,坚持不下“火线”,一瘸一拐地奔波在现场。有人劝他休息,吴钢笑着说:“遇到这点轻伤就当逃兵,还叫特战队员吗?”

吴钢勤勤恳恳,兢兢业业,为合肥枢纽南环线通信施工建设提供了可靠的保障。多次被评为先进工作者的吴钢,2013 年度又被授予“优秀共产党员”称号。

# 精心精细　铸造精品

## ——合肥铁路枢纽南环线动车所工程建设纪实

徐　波

合肥南动车运用所作为合肥铁路枢纽南环线重要配套工程，坐落于合肥市宿松路、龙川路与习友路之间，是合肥南环线枢纽的重要组成部分，主要承担华东地区和部分华中地区动车组日常维护检修任务，配备有动车组检修作业平台、受电弓和踏面检测设备，动车组不落轮镟设备、探伤设备和动车组外皮自动清洗机等高科技检测检修设备。

精心的布局设计、精致的施工质量、精美的站场环境、精准的科技装备、精细的生活保障，一座现代化的动车所屹立在合肥南环线上，必将为高速运行在高铁线上的动车组安全正点保驾护航。合肥南动车运用所建设大军精诚协作，践行着“精心精细、铸造精品”这一庄严承诺，向合肥市人民交上一份满意的答卷。

### 瞄准精品目标，突出精心组织

优化设计、合理布局、精细施工、装备先进、打造一流，在合肥南动车运用所建设过程中，各级领导高度重视，早在设计论证阶段，上海铁路局多次召开设计方案协调会，邀请各方专家论证，确保了动车所布局合理，检修能力满足运营要求。进入施工建设阶段后，各级领导多次深入合肥南动车所施工现场，了解施工进度，检查施工质量，听取意见建议，协调问题解决，有效督促了合肥南所按期高质量完工交付使用。

上海铁路局副局长池毓敢多次深入到合肥南动车所施工现场，检查指导动车所工程建设工作。详细查看了解动车所建设进度、功能布局等情况。对前期动车段精心准备、主动介入、跟踪协调工作给予充分肯定，并对动车所工程建设提出了具体目标：一是优化动车所功能布局，做到精细合理；二是确保工程质量，加强现场盯控，把合肥所打造成一个百年工程；三是统筹兼顾，同步考虑后勤配套设施的建设，满足职工生产生活要求。池局长为合肥所下阶段建设工作指明了方向。

铁路局车辆处处长张伟带队深入合肥南动车所建设现场检查指导工作。详细查看了解动车所建设进度、功能布局和设备安装情况。对动车段提前介入合肥南所建设工作予以充分肯定，并对下阶段工作提出要求：要提前谋划，精心布局，做好动车所开通运营准备各项工作；抓好动车所项目的补强和变更配套设施建设；继续做好现场盯控，确保工程质量，保证设备按期进场安装。

领导的关注，不仅是督促，也是对广大建设战线上职工的鼓励和关怀，激励了全体职工再接再厉，努力打造高标准的现代化动车运用所的决心和信心。

## 突出专业管理，积极提前介入

为提前掌握合肥南动车所工程进度，确保布局方案符合动车所标准化作业流程规范，了解设备进场安装情况，及时发现和协调解决问题，上海动车段领导班子多次带领专业团队深入建设一线，指导建设工作，并选派精通业务的工程人员进驻合肥南所，提前介入工程建设工作。

上海动车段领导班子多次莅临合肥南动车所建设现场，检查指导动车所基础设施建设和开通准备工作，听取现场驻点同志的工作汇报，并就工程质量、设备安装、生产组织、后勤保障等多个方面对下阶段工作做出指示。领导对上海动车段工程推进组现场驻点同志的工作业绩予以了充分肯定，考察了他们的生产、生活条件，鼓励他们克服困难，再创佳绩。工程推进组同志也表示将再接再厉，为把合肥南所建设成为标准化、现代化的动车运用所做出贡献。

自2014年年初以来，上海动车段工程推进组几名同志坚守建设一线，克服了重重困难。吃饭休息在狭小的集装箱板房里，烈日炎炎下每天步行10多公里，掌握和盯控动车所土建和设备安装情况，有的同志长期不能与家人团聚。“工作和生活上再苦大家都能克服，只要能够确保工程质量，让合肥南所能够按期开通运营，再苦再累我们心甘情愿!”这是推进组驻点人员负责人的回答，他代表了所有战斗在南环线动车人的心声。是啊，要是没有这群吃苦耐劳、兢兢业业的高铁人，中国如何能在短短时间里，发展成为世界上高铁运营里程最长、运营速度最快、系统技术最全的国家。

动车组的检修与普通的车辆维修不同，标准之高不亚于民用客机，因此，动车所的筹备是一项极富专业性和挑战性的工作。动车段在选派筹备人员时，充分考虑人员搭配，由富有多年动车所管理经验的干部带队，组员包括技术人员、检修工长和设备工长，都是有着多年从事动车所运营经验的骨干。这样的队伍在进驻合肥南所后，能够根据建设布局情况，迅速把握合肥南所脉络，了解合肥南所特点，对将来的生产运营情况形成初步预想。对施工现场的基础设施建设和设备安装工作提出专业化的建议，有利于施工建设标准化和专业化，更好地服务于未来的动车组检修工作。

细节决定成败，动车运用所建设筹备是一个庞大的系统工程，包括人员组织和培训、工程建设、设备安装、生产组织、技术管理、综合后勤等各个方面。但具体到其中的每一项事务又是非常细致的工作，这就需要筹备人员既要有全局视角，又要有足够的耐心和细致的工作态度。例如设置存车场的登车台和停车标，不仅需要考虑存车场的线路长度、轨道中心距离、动车组外形参数等，还要符合调车作业相关规章和方便司机上下车，最重要的是登车台不能侵限，造成安全隐患，最终设计草图出台可以精确到毫米级。上海铁路局就是以这样细致认真的态度，打造一个标准化的精品工程。

一桩桩，一件件敬业精神、专业态度和细致认真的工作作风，正在这里发扬光大。上海铁路局的高铁人,用自己的智慧和辛勤汗水全力打造精品动车所。金秋十月是收获的季节,当一座标准化、现代化的动车运用所投入使用时,就是对建设者最好的回报。

## 严格按标准规范,建标准化动车所

标准,即衡量事物的准则。一个标准化的动车运用所,不仅作业环境美观整洁,还保证动车组检修作业高效有序,并促使职工养成良好的工作习惯,进一步提升动车组检修作业水平。打造标准化的动车所必须要以铁路总公司"十个标准化"(注:"十个标准化"指安全管理标准化、过程管理标准化、质量管理标准化、技术管理标准化、生产管理标准化、队伍管理标准化、装备管理标准化、信息管理标准化、置场管理标准化和考核管理标准化)的要求进行规范。

如何打造标准化动车所?在筹备阶段,就应当提前谋划,严格要求。使得办公和生产场所既保证生产效率,又符合安全标准;生产组织方式既方便车组检修,又能够规范有序;筹备各项工作既做到面面俱到,又保持严格细致,为开通运营后,实行"6S"管理打下良好基础,以实现生产作业的标准化和精细化。

高效的一体化合署办公调度室确保了调车安全,科学的物料配送车间确保了作业质量,有序的工具室方便了检修作业,干净整洁的办公室和待检室提高了工作效率。经过上海铁路局上海动车段半年多的精心筹备,合肥南动车运用所已初步具备了标准化动车所的条件。

## 多方协同配合,共同打造辉煌

动车所建设,涉及房屋、水电、供风、设备、车辆等多专业协同配合,各环节、各单位必须紧密配合,协同作业。任何一个环节出现问题,都会导致全局性的负面影响。

为促进合肥动车所建设,解决现场问题,上海铁路局合肥枢纽指挥部定期召开协调会,动车段积极与指挥部、设计院、铁四局项目部及各设备供应商对接,协调变更改造事宜,确保每一处设计精益求精、每一项变更合理有序,最终建成完全符合高标准的动车检修要求的动车所。

领导的高度重视、专业的团队、高标准要求以及各部门的紧密配合,是打造标准化动车运用所的关键因素。合肥铁路枢纽南环线的建成,贯通了合宁线与合武线,将合蚌客专与合福铁路串联起来。将极大地便利合肥地区的铁路交通,密切了合肥市与周边地区的联系,促进当地经济的快速发展。

# 大湖名城　党旗辉映

## ——合肥站党委开展合肥南站筹备工作纪实

苏　楠

在合肥这座大湖名城上，一座具有浓郁的徽文化特色，外形简洁大气，典雅清新，彰显“粉墙黛瓦、五岳朝天”的徽派建筑——合肥南高铁站正在3 000余名工人昼夜施工中有条不紊的建设着。在这热火朝天的施工现场，一面面党旗鲜艳夺目，高高飘扬。

### 勇于担当，提前介入

2013年11月20日，合肥站党委班子在党委书记李昌勤和站长李亚伟的带领下驱车来到合肥南站建设工地，在现场查看了站场、站房工程进度，实地了解站区配套设施，参观了合肥南站枢纽立体模型，观看了合肥南站建设宣传片后，车站党委当即宣布成立合肥南站筹备临时党支部，主动介入到合肥南站建设筹备工作中。同时车站党委与合肥枢纽指挥部就建成通车后运输生产、配套设施、职工生产生活条件等方面与枢纽指挥部进行了深入细致的沟通，为合肥南站筹备组顺利介入奠定基础。

合肥南站位于安徽省合肥市南部，三大交通要道徽州大道、庐州大道、繁华大道之间，地处合肥市包河区及经济开发区交界处，连接老城区和滨湖新区。合肥南铁路枢纽连接合宁高速铁路、合武客运专线、合蚌高铁、合福客运专线，与南京南站、上海虹桥站、杭州东站并称“华东四大铁路枢纽站”。在筹备工作伊始，合肥站就成立了以党政主要领导为组长的合肥南站筹备组。在组员的挑选上,合肥站调兵遣将,把能吃苦能打硬仗、语言沟通、客运组织业务能力等突出人才调离原岗位,专心筹备合肥南站建设。同时,合肥站党委在日常就开始在全站客运岗位物色优秀年轻俊才,为合肥南站开通后职工队伍建设提供第一手资料。

“让党支部带领党员啃硬骨,让勇于担当的精神体现在合肥南站筹备这场没有硝烟的战场上,既能锻炼队伍又能树立党组织、党员为民务实的工作作风。”这是车站党委书记李昌勤在任命合肥南站筹备组主任兼党支部书记时提出的要求。

虽是临时党支部,虽然党支部仅有 3 名党员,但是组织生活不能少。在开展党的群众路线教育实践活动中,南站筹备党支部的党员学习笔记和“三会一课”一项都不少。打开筹备组主任兼党支部书记潘凯的群众路线学习笔记,你能清晰地看到满满的笔记本里写满了学习计划、学习内容和心得体会。特别是在不断学习习总书记关于党的群众路线教育实践活动论述摘编等“三本书”的同时,该党支部还将合肥南站建设的各项业务知识、客运组织规章、全路各大高铁站先进管理案例作为技术党课纳入到党员学习内容中,既丰富组织生活又联系实际,让组织活动与实际工作紧密地联系到了一起。

当合肥南站筹备临时党支部刚进驻合肥南站时,对合肥南站建设工作是一点头绪都没有。如何和建设单位沟通,如何和设计部门协商,如何将现有设计图纸进行合理化更改以适应未来的客运管理等等问题和困难时刻困扰着党支部全体成员。但这些难不倒他们,在车站党委的帮助下,筹备临时党支部积极与合肥南站设计部门中铁二院、中铁四院党组织取得联系,主动担起筹备合肥南站运营前各项工作的重担。他们精心研究设计图纸,对设计方案中的站房布局,生产办公用房设置,旅客流线、票厅、进出站闸机设置进行优化,对不合理的地方进行跟踪盯控,建议设计部分进行优化,制定优化方案针对客运生产用房和旅客设施的最佳性进行整改。在经过一段时间的适应后,很多建设单位逐渐认识到合肥南站筹备党支部的重要性,不断拓展合作领域,让南站筹备工作逐渐走上正常化。

## 严谨科学，确保安全

2014年6月18日，微风吹走了初夏的溽热。当日21时30分，合福铁路改建合武绕行线一级施工正式开始。此次施工是合肥南站开通运营前最大的一次施工，也是安徽铁路史上使用现代化机械最大的一次施工，其施工涉及10余家单位、上百台施工机械、上万名职工，施工线路长度达12公里、10个拨接口。

此次施工主要涉及到合肥站合肥西站、长安集站的微机联锁、列控、调度集中软件等。为此合肥站党委高度重视，在施工前就积极采用中央级媒体权威声音、召开新闻发布会和利用双微平台等手段向广大旅客广泛宣传因“6.18”枢纽施工导致部分列车开行方案调整的情况，让广大旅客能第一时间了解到6月16日～19日列车开行调整情况，避免耽误行程。同时，车站党委提前筹划，在5月份就已进入临战状态，细化施工方案，展开人员培训，组织模拟演练，并制定相应安全措施和预案，确保施工安全万无一失。

“天天晚上挑灯夜战，展开模拟仿真试验。”在合肥西站把关的合肥站副段长万祝生说，从16时到次日凌晨3时，所有参战的合肥站人员都到现场确认位置，严格按照计划锁闭或开通道岔，保证施工安全。

紧张地施工在暑热的夜晚稳步进行。在合肥西站信号楼里，11家单位30余技术人员正有条不紊地听从合肥西站值班员、共产党员张建军的命令，安排着线路上的施工。19日凌晨，合肥站合肥西站信号楼结束了长达10余年的作用，合肥西站行车信号室开始搬迁。合肥站合肥西站党支部副书记赵远亮指挥着西站行车信号工作人员在对设备进行紧张地调试。合肥站技术科包保祖程在工作台忙着指导一线职工对新设备进行操作。

周遭寂静，只能听到虫鸣，除了高楼顶端警示灯还在眨巴眼睛外，整个城市已沉沉入眠。时间过得飞快，在信号楼里的合肥西站党员们一点都没有感到困倦，他们心中有着对即将面临首次接发车安全的敬畏和对确保此次安全完成施工任务坚定的信心。

6月19日8时20分，当工地上响起庆祝圆满成功的鞭炮声时，合肥西站值班员最后一次认真核对第一批调度命令。根据计划，合肥西站8时30分将开通接发车作业。10分钟后，东风8B型压道单机51001次隆隆驶过合肥西站，指挥部内顿时掌声四起。不久，一列动车组驶过，掌声再次在指挥部回荡。

“这么大型的施工能保证安全无事是合肥西站党支部严格按照合肥站党委事前部署才能取得的。”合肥西站党支部书记葛森在庆祝施工顺利完成后高兴地说道，“此次施工是给合肥南站顺利运营的一份最好的礼物。”

## 无私奉献，培育典型

在合肥站筹备合肥南站活动中，涌现出不少无私奉献、连续作战、勇挑重担、攻坚克难和“舍小家为大家”的可歌可泣事迹与先进人物。

合肥站合肥西站党支部书记葛森，2014年5月下旬刚做过一次手术。在手术后，医生再三叮嘱他要静养一段时间。但是“6.18”合福铁路改建合武绕行线一级施工迫在眉睫，作为此次施工关键点，合肥西站施工段的主要负责人，他毅然决然地在手术后不久就重返岗位。他既当指挥员、又当战斗员，与其他同志一样，每天吃住在行车室，对每个作业环节都亲自布置、督促到位。“6.18”一级施工时，葛森负责合肥西站北信号机先关道岔加锁、解锁工作。在施工前，他再三叮嘱行车室值班员要严格按照施工计划严把施工安全关。在通往北信号机近1公里的铁路沿线上，他边走边最后一次检查施工区域道岔是否到位。深夜里施工忙，他在接到施工命令后严格按照要求准确地回复命令内容，做到万无一失；加锁、解锁，解锁、加锁，一遍遍地重复作业并没有让他有一丝懈怠。

党员傅强，作为长安集站党支部书记，恪尽职守，严格执行各项安全标准。自从合肥南环线开始施工后，长安集站调车作业和行车作业工作量骤增，傅强带领长安集站的4名共产党员，不叫苦不叫累，埋头苦干。每天凌晨1点左右，傅强就会按照路局调度的要求对线路停靠车辆进行车体检查，确保无异物侵限。特别是“6.18”一级施工期间，长安集站每天夜里都有施工安排，傅强组织各家施工单位开展安全联合检查，现场检查每一处施工便道、每一米栅栏围挡、每一组道岔，每一只螺栓，从站内向站外，从站外向站内来来回回彻底检查一遍，确认站区内全线已停止一切施工、线路已全部封闭、无人员上道等试验列车开行所要具备的条件后，才能放心地回到行车室。每天施工结束往往就是五六点钟，他还要召集各施工单位负责人，总结夜间的施工工作，确保问题第一时间销号，一直要忙碌到早上7点左右。每天忙碌18个小时，合上眼就算小睡一会已经成为傅强正常的作息时间表。

广大党员在创先争优活动中展示出严谨的工作作风、无私的奉献精神、呕心沥血的工作态度、率先垂范的先锋作用，感染和激励着每一位同志。入党积极分子陈玮耀刚结婚不久就被调到合肥南站筹备组，每天早出晚归，很多的节假日里他都守在筹备工作一线，放弃了和新婚妻子团聚，他说："在合肥南站筹备期间，我看到身边共产党员们无私奉献的品格与精神，我决心用自己实际行动接受党组织的考验，优秀党员同志们学习，无私奉献，为建好管好合肥南站贡献力量。"

# 勇于担当　管好现代化高铁站

## ——记合肥站合肥南站筹备组主任、共产党员潘凯

苏　楠

潘凯,合肥站合肥南站筹备组主任。合肥南站是合肥铁路枢纽南环线和京福高速铁路上的新建客站,是上海铁路局继上海虹桥站、南京南站、杭州东站之后,即将建成启用的又一座现代化大型客站,合宁、合武、合蚌和合福等多条高铁在此交汇。车站设 12 个站台,26 条线,站房总建筑面积 9.92 万平方米,分为地上二层,地下四层,配套建设南北两个出站广场,其中北广场面向老城区,为交通主广场。合肥南站是以铁路客运为中心,集城市轨道交通,长途汽车,城市公交,出租车等多种交通方式于一体的综合性交通枢纽,实现铁路与公路,地铁“零换乘”。潘凯自 2013 年 11 月开始,就与其他同志一道进驻合肥南站。“我的目标就是按照路局、车站的要求,从合肥南站建设阶段起开始介入,用近年来高铁站管理思想与高质量的合肥南站建设相融合,将合肥南站打造成全国一流的现代化高铁站。”当潘凯第一天接到担任合肥南站筹备组主任命令后,他用一名属于共产党员勇于担当的革命意识向合肥站党政领导掷地有声地说道。

时间飞逝,进驻合肥南站建设工地已有半年,当笔者准备对潘凯进行采访时,站在笔者面前的潘凯,虽然双眼布满了血丝,但精神十足。他指着即将建成的合肥南站笑着说:“合肥南站虽然还没正式运营,但很多设备设施已经是现在最新的技术,与之配套的是我们事先准备好的现代化管理措施和办法。”当说起合肥南站未来的运营和管理,潘凯

的眼睛里闪烁出别样的光彩。

潘凯和4名筹备组人员进驻合肥南站时，当时的筹备组对合肥南站建设工作是一点头绪都没有。如何和建设单位沟通，如何和设计部门协商，如何将现有设计图纸进行合理化更改以适应未来的客运管理等等问题和困难让很多筹备组成员的信心都动摇了。这时，潘凯毫不犹豫地站了出来，主动担起筹备合肥南站运营前各项工作的重担。他积极与合肥南站设计部门中铁二院、中铁四院以及北京设计院取得联系，并精心研究设计图纸，对设计方案中的站房布局、生产办公用房设置、旅客流线、票厅售票窗口、进出站闸机设置进行优化，对不合理的地方进行跟踪盯控，建议部分设计进行优化，制定优化方案，针对客运生产用房和旅客设施的最佳性进行优化整改。每天，潘凯上班前首先主动与公安消防、建设指挥部、施工单位及工、电、供、监理单位相关项目负责人进行沟通，了解合肥南站建设推进情况。往往潘凯一通电话打下来就需要一个上午的时间。不仅如此他还一边打电话联系一边编制工作推进表，根据筹备组工作人员分工逐一布置工作，安排人员介入到建设指挥部、施工单位等单位的工作中。每天下午，无论刮风下雨，潘凯总是要到合肥南站建设工地对站区内的每一处施工便道、每一米栅栏围挡、每一股道、每一组道岔、每个售票厅、每个候车室等，从站内向站外，再从站外向站内巡回检查，确认站区内各项建设项目进展按照筹备组相关要求有序进行。晚上7点，正当上班族开始踏上归家路时，潘凯的工作才刚刚开始。他要逐一听取筹备组成员从各个单位收集来的南站建设信息，归纳梳理出对未来开站运营有利的信息和对未来管理可能造成不良影响的工程问题。每当夜晚的工地渐渐恢复寂静时，10平方米不到的合肥南站筹备组办公室里的灯总是最明亮的，这里也是工区里最热闹，讨论声最响亮的地方。潘凯带领着筹备组人员一遍一遍地讨论着南站建设设备设施上的一个个小设置，一个个小细节，不断策划着未来客运管理可能出现的各项问题和应对办法，直至深夜。一天紧张工作十几个小时，已经成为了潘凯每日不变的作息时间表。

在不少人看来，潘凯是合肥站合肥南站高铁客运筹备的先行者。其实他是取经归来的“师傅”。2014年1月至7月为提前培养高铁运输组织管理人才，他被车站选派到成都东站、上海虹桥站、北京南站、杭州东站、深圳北站、南京南站等全国多所大型高铁车站，提前介入到高铁现代化管理工作。每一次外出学习，他总是带着相机、笔记本，看到好的地方他总是要拍下来、记下来，碰到有疑问的地方他总是谦虚的不厌其烦的提出来，当得到满意地答复后他总是要一字一句地记录下来。没过多久，潘凯就密密麻麻记满了三个笔记本。这些笔记本被合肥南站筹备组成员们赞誉为“红宝书”。因为在筹备合肥南站过程中，“红宝书”中记录的其他高铁站先进经验都被一一地借鉴到了合肥南站建设中，一些在建设设计上的问题也根据“红宝书”记录逐一地被排查出来进行了整改。

“合肥南站要尝试设计‘一站式’服务产品，即旅客在决定出行的时候，从出发点即可以选择多种交通方式之间的自由组合到达目的地，无需经过多次的购票、安检、候车、付费，自主完成整个运输过程。”在合肥南站筹备工作月度例会上，潘凯正用多媒体向合肥站领导班子汇报道。如何将合肥南站建设成一个一座立体换乘与功能齐全的全国一流的现代综合交通枢纽中心是潘凯担当合肥南站筹备组主任以来一直思考的核心问题。在经过多所高铁站现场观摩学习后，潘凯在容纳与吸收高铁站建设管理经验的同时，将这一命题牢牢地扎根在心里，在工作中不断地实验和践行着。为了让合肥南站能够在建设初期就能够按照这一思路进行衍变，潘凯泡在合肥南站工地现场，找问题，寻思路。他常常把自己当作成一名旅客，想象自己走在合肥南站各个建设地段，耐心琢磨建设设计和运营管理中的矛盾点，先后罗列出建议变更站房布局、站场设计、客运设施和客服系统等各类问题 117 条。同时克服遇到的种种困难，亲自与多方部门进行协调对接，建立了与合肥枢纽指挥部、中铁二院、四院、中铁建设等参建单位的联系对接制度。并每周参与合肥南站工程进度推进会，及时掌握合肥南站工程建设情况，在建设过程中提出合肥直属站合肥南站筹备组建议，在建设源头上发出满足旅客“三个出行”需要的声音，让合肥南站从建设布局伊始就站在满足旅客“三个出行”常态化的高度，为做好旅客乘降安全服务奠定坚实基础。

来自合肥枢纽指挥部的黄雷副指挥长告诉笔者:合肥南站建设工地里大家都认识潘凯,不是他名气大,而是他几乎每场会议都要到场,并且十分善于交流。特别是聊到合肥南站建设,他总要刨根问底。站房功能、设备分布的有些项目甚至比我们还清楚!

信息渠道畅通是合肥站合肥南站筹备组的工作首要任务,没有畅通的信息就不能掌握第一手资料,就不能第一时间介入南站建设中去。在南站筹备阶段,潘凯总是能通过验收会议、报告会、推进会等各种场合和每位工程师、联络员、设计员等关键核心人员交流。在每次会议前,潘凯还专门列出问题库和相关责任人脉表,做到有的放矢,避免沟通不畅。在一次推进会上,潘凯突然了解到原先的客运综控室设计出现了变化,没有按照原先筹备组和建设单位事前约定的方案进行。他立即拨通了建设单位联系人电话。当了解到建设单位在推进会上的设计方案是备选方案后,他提请对方放弃该方案,并说出了原定方案的优势。在经过一番交涉后,该建设单位同意取消备选方案,完全采纳筹备组提出建设方案。这样的事情还有很多,潘凯总是能第一时间敏锐地发现问题,妥善地处理好合肥南站筹备期间发现的各项问题。到发稿时止,合肥南站筹备组在潘凯的参与下已经向合肥枢纽建设指挥部提交施工联系单48次,共涉及大小问题117条,妥善解决问题89条,上报问题28条。

潘凯,一个心细如发的柔情汉子,瘦弱的双肩,一头担着事业,一头担着家庭。合肥南站筹备阶段,年迈的母亲、体弱的妻子和即将参加高考的儿子,把他的心压得沉甸甸的,他恨自己分身乏术,每次挤时间回到家,都是步履匆匆,停留短暂,满心愧疚。妻子对他说,你的岗位在合肥南站工地,只要你忙的开心、工作干得充实,我支持你。潘凯回到合肥南站,他的身影很快又出现在施工工地……

# 南环线工程大事记

（2008 年 2 月至 2014 年 10 月）

## 2008 年

2 月，铁道部计划司电话通知铁四院开展合肥铁路枢纽南环线工程预可行性研究工作，合肥铁路枢纽南环线工程开始启动。

4 月 23 日，上海铁路局向铁道部上报《关于报送合肥铁路枢纽南环线工程项目建议书的请示》（上铁计发〔2008〕78 号）。

8 月 28 日，铁道部和安徽省人民政府联合下发《关于合肥铁路枢纽南环线工程项目建议书的批复》（铁计函〔2008〕1009 号）。

## 2009 年

7 月 1 日，铁道部和安徽省人民政府联合下发《关于合肥铁路枢纽南环线工程可行性研究报告的批复》（铁计函〔2009〕904 号）。

10 月 20 日，铁道部和安徽省人民政府联合下发《关于合肥铁路枢纽新建南环线工程初步设计的批复》〔铁鉴函〔2009〕1303 号〕。

11 月 3 日，铁道部、安徽省联合在合肥召开合肥铁路枢纽南环线及南客站建设动员大会。出席大会的有：安徽省委书记王金山，安徽省省长王三运，铁道部副部长彭开宙，安徽省委常委、合肥市委书记孙金龙，安徽省委常委、常务副省长孙志刚，上海铁路局局长安路生、上海铁路局党委书记刘涟清，以及铁道部、安徽省有关部门，合肥南环线沿线地方政府有关领导。安徽省委书记王金山宣布合肥铁路枢纽南环线及南客站开工。安徽省常务副省长孙志刚主持了动员大会。

11 月 13 日，上海铁路局常务副局长王峰、铁道部鉴定中心副主任徐尚奎、路局总工程师高静华率领路局有关职能处室领导和铁道部鉴定中心人员与合肥市市长吴存荣等市领导及有关区局负责人就合肥铁路南客站建筑概念设计方案进行了沟通商谈。确定了由中铁二院和北京市建筑设计院联合体完成的合肥南站建筑概念设计方案为下一步实施方案。

11 月 27 日 ~28 日,合肥枢纽南环线站前和四电工程施工、监理招标在铁道部工程交易中心进行开标评标工作。施工标由中铁四局中标;监理标由上海华东铁路建设监理有限公司中标。

12 月 10 日,合肥南环线工程开工。

12 月 30 日,合肥铁路枢纽工程建设指挥部与检察院联合组织召开合肥铁路枢纽南环线工程创“双优”工作动员大会。

## 2010 年

1 月 14 日,指挥部在经开区特大桥 31#墩举行南环线第一墩浇注仪式。

2 月 24 日,合肥枢纽南环线工程桥梁桩基第三方检测招标在铁道部工程交易中心上海分中心进行开标评标工作。广东省物料实验检测中心为中标单位。

2 月 25 日,铁道部鉴定中心组织上海铁路局、合肥市规划建设主管部门、中铁二院、北京市建筑设计院等各方在北京完成合肥南站深化设计方案审查。

3 月 24 日,铁道部鉴定中心组织上海铁路局、合肥市规划建设主管部门、中铁二院、北京市建筑设计院等各方在北京完成合肥南站实施方案审查。

4 月 12 日,中铁四局承建施工的南环线包河制梁场正式启用,开始了第一片 32 米箱梁的浇注。

4 月 23 日,上海铁路局常务副局长王峰深入合肥铁路枢纽南环线经开区特大桥工地,检查指导安全质量大检查和专项治理工作。

5 月,铁道部鉴定中心组织完成合肥南站初步设计审查。

5 月 18 日 ~20 日,上海铁路局局长助理李迎九深入到合肥铁路枢纽南环线工地检查指导工作。

7 月 27 日，由合肥市政府投资、合肥枢纽指挥部代建的合肥南环线合肥南站配套城市轨道交通工程开工。中铁二十四局、中铁十一局、中铁二院、上海斯美科汇监理公司等单位分别在开工仪式上表态发言。

9 月 1 日，合肥铁路枢纽南环线合肥南站高架站场工程“第一钻”正式开钻。

9 月 25 日，随着提梁龙门吊准确地将 32 米 750 吨箱梁架设到南淝河特大桥 264#～265#墩上，合肥铁路枢纽南环线包河架梁区域首孔箱梁按时成功架设。

10 月 22 日，铁道部总规划师、鉴定中心主任郑健和鉴定中心副主任徐尚奎在上海铁路局局长助理李迎九的陪同下视察合肥铁路枢纽南环线合肥南站工程建设。

11 月 3 日，铁道部副部长陆东福带领部计划司司长杨忠民在路局局长龙京、常务副局长周红云、京福客专安徽公司总经理兼路局副局长张骥翼、副局长李迎九陪同下，检查合肥铁路枢纽工程建设。

11 月 22 日，合肥市市长吴存荣、副市长李红率市发改委、建委、规划局、土地局、轨道办、包河区政府等单位和部门到合肥铁路枢纽南环线合肥南站工地检查调研。

11 月 25 日，合肥铁路枢纽南环线包河特大桥 1－128 米系杆拱桥正式开工。

11 月 24 日～26 日，合肥铁路枢纽南环线高新区制梁场顺利通过铁道部生产许可认证审查。

## 2011 年

2 月 3 日，安徽省委常委、合肥市委书记孙金龙，合肥市委副书记、市长吴存荣一行来到合肥枢纽指挥部负责建设管理的中铁四局集团公司合肥南环线工程项目部四分部职工食堂，看望慰问节日期间坚守施工一线的广大建设者，向大家致以节日的问候和新春的祝福，并同桌一起吃年夜饭，共度佳节。

2 月 17 日，路局副局长李迎九到合肥铁路枢纽南环线经开区特大桥钢桁柔性拱工地，督导质量安全大检查活动落实情况。李迎九副局长从“质量、安全、队伍稳定、技术创新”等方面对现场的设计、施工、监理等单位的领导和工程技术人员提出了要求。随后,李迎九副局长在合肥枢纽指挥部会议室主持召开了有设计、施工、监理单位负责同志、指挥部全体人员参加的会议。会上,李迎九副局长充分肯定了各参建单位贯彻中央决定和部党组的要求态度坚决、行动迅速、措施有力,同时对指挥部下一步工作提出要求。

3 月 7 日,南环线长安集站接触网改造新横梁首次架设就位,由中铁四局南环线项目部九分部承担施工的合肥南环线长安集站接触网改造工程开始架设硬横梁。到 3 月 8 日 0 时 30 分,完成四组硬横梁架设,标志着首次在客运专线进行接触网改造进入冲刺阶段。

3 月 13 日,铁道部工程质量安全监督总站李强处长率铁道部质量安全督导组到指挥部检查指导工作。督导组一行 3 人突出路基、桥梁实体工程质量,重点检查了合肥南环线工程施工生产及安全质量情况,实地察看了南环线工程肥东站改、店埠河特大桥、长安集站改、金寨路连续梁、经开区钢桁柔性拱、合肥南站高架站场等施工现场,认真检查了路基填料、路基边坡、架桥机养护、连续梁施工、钢筋加工等施工质量,并对路桥过渡段、沉降观测等细节问题进行了详细询问。

3 月 14 日,安徽省委常委、合肥市委书记孙金龙,市委常委、秘书长安烈,合肥市副市长李红等一行检查调研合肥铁路枢纽南环线合肥南站工地。

4 月 7 日,路局副局长李迎九检查南环线经开区特大桥、动车运用所、南站高架站场、合肥北货场、合肥机务候班楼单身宿舍等工地,对指挥部安全质量管理、施工进度安排和紧紧抓住当前绿化时机给予肯定。

4 月 10 日,两台 70T 起重吊机将第 18 节长 5.7 米、高 3.4 米的拱肋顺利吊起,定位安装在高达 25 米高度的包河大道特大桥上并连接合龙,标志着华东地区最大的 1 – 128 米系杆拱桥主体完工。

5 月 7 日,由中铁四局集团公司合肥铁路枢纽南环线项目部三分部承建的包河大道特大桥 1 – 128 米系杆拱桥拱肋上弦管混凝土成功灌注。

5 月 12 日,安徽省委书记张宝顺在安徽省委常委、合肥市委书记孙金龙,合肥市市长吴存荣等陪同下,率领省有关部门负责人深入合肥铁路枢纽南环线工程合肥南站施工现场检查调研。

6 月 20 日,安徽省总工会组织演出团莅临合肥铁路枢纽南环线南站建设工地慰问演出,为现场施工的职工和农民兄弟送来了一场丰富多彩的文化大餐。

6 月 22 日,合肥市委常委、统战部长张进、副部长束遵银、副部长兼市工商联党组书记汪达升、副调研员高淑敏、市铁办主任顾晓地等带领各民主党派、工商联一行,检查合肥铁路枢纽南环线合肥南站工地。

6 月 27 日,铁道部副部长卢春房一行在检查地方水利工程间隙,深入合肥铁路枢纽南环线工地检查调研。检查过程中,卢春房对合肥南站建设过程中能坚持以“安全生产、创造精品”为目标给予充分肯定,并对南环线下一步的建设提出了三点要求。一是要高标准定位,合肥南环线建成后将打通沪汉蓉铁路的快捷通道,也使得合肥成为全国重要的铁路交通枢纽中心,工程建设要坚持高标准、高定位、严要求;二是要确保安全,工程建设中要始终把安全工作放在首位,不能掉以轻心,做好安全防护措施;三是打造精品,工程建设质量标准要高,要打造百年不朽工程,把合肥南环线、合肥南站建成一流精品工程。

7 月 20 日,合肥铁路枢纽南环线跨南淝河 60 米 + 100 米 + 60 米连续梁合龙。

7 月 22 日,路局副局长李迎九深入合肥铁路枢纽南环线合肥南站和动车运用所工地,在听取张守利指挥有关工程进度汇报后,要求各参建单位:一、要树立服务运输的思想,科学安排好工期,调整好重点和关键部位的施工进度。二、要严格控制投资,克服资金紧张的现状,合理调配资源,把钱用在刀刃上。三、要在抓好主体质量的同时,深化房屋外观设计,打造精品工程。

8 月 10 日,铁道部和安徽省人民政府联合下发《关于合肥铁路枢纽南环线工程合肥南站工程补充初步设计的批复》(铁鉴函〔2011〕538 号)

8 月 11 日,安徽省政协副主席李卫华、副秘书长汪沪敏率领人资、环保、规划等相关单位和部门的主要负责人一行 20 余人考察合肥南环线、合肥南站工程建设情况。

8月11日,合肥市委常委、副市长卢仕仁来到合肥南环线合肥南站工地,代表市委、市政府向合肥铁路枢纽建设者表示亲切慰问。

8月20日,安徽省政府发展研究中心主任吴克明、香港理工大学中国商业中心主任陈文鸿教授一行6人到合肥铁路枢纽合肥南环线合肥南站工地调研。

8月30日,合肥铁路枢纽南环线跨度最大的悬灌连续梁——经开区特大桥跨金寨路最后一跨两米悬拼梁顺利合龙。

10月12日,路局副局长李迎九在建设管理处副处长武凤远的陪同下,到合肥枢纽指挥部检查建设项目。李迎九副局长一行先后实地查看了合肥南货搬迁工程居民复建点拆迁、合肥南环线高架站场、合肥南环线动车运用所、合肥北货场建设工地等施工现场。

11月2日,国家发改委基础产业司巡视员李国勇在安徽省、合肥市发改委有关领导的陪同下,深入合肥南站地下轨道换乘站施工现场检查调研,仔细察看了现场施工过程、安全保障措施、施工质量控制等情况,详细了解了深基坑开挖、工程进度、工期节点等,现场听取了合肥南站综合交通枢纽的工程建设情况汇报和合肥铁路枢纽南环线工程施工情况汇报,李国勇巡视员对指挥部科学高效地组织南环线、地下轨道换乘站工程建设给予充分肯定,强调各参建单位要高度树立“百年大计、质量第一”的责任意识和质量理念,进一步加强沟通协调,精心组织设计施工,努力打造精品工程,为区域经济发展做出更大贡献。

12月28日,南环线最后一墩经开区特大桥—114#墩墩身顺利浇筑,标志着南环线工程(不含南站高架)墩身全部完工。

## 2012 年

2月12日,合肥铁路枢纽南环线经开区钢桁梁柔性拱特大桥柔性拱顺利合龙,创国内同类型桥梁跨高速公路施工高度之最。

2月28日,路局组织完成合肥南站指导性施工组织方案审查。

3月24日,路局常务副局长王峰到合肥铁路枢纽南环线合肥南站检查调研。现场查看了高架站场、地铁换乘站等施工情况,详细了解了工程进度、安全质量，并在合肥枢纽指挥部会议室召开了班子成员、各部门负责人座谈会，充分肯定合肥铁路枢纽指挥部建设管理和工程推进工作取得的成效，并提出要求。

4 月 11 日，由路局消防处组织完成合肥南站站房消防性能化设计专家评审。

5 月 4 日，安徽省委第五巡视组在组长夏望平的带领下来到合肥南站观摩。

5 月 6 日，动车运用所临修库及不落轮镟库正式动工。

5 月 17 日，铁道部工管中心组织完成合肥南站指导性施工组织审查。

5 月 18 日，铁道部鉴定中心专家组到合肥南站施工现场进行了检查指导。

5 月 21 日，铁道部工管中心组织完成合肥南站施工图审查。

5 月 29 日，南环线的第 689 片桥梁顺利落到墩位，标志着最后一片桥梁架到位。

7 月 9 日，合肥铁路枢纽南环线控制性工程南淝河钢桁梁柔性拱顺利合龙。

8 月 3 日，安徽省委副书记、省长李斌，安徽省委常委、常务副省长詹夏来，省委常委、合肥市委书记吴存荣，在时任上海铁路局局长安路生陪同下来到合肥铁路枢纽南环线合肥南站施工现场，看望慰问施工人员，现场调研铁路建设工作，并主持召开全省铁路建设工作现场推进会。

8 月 9 日，合肥市政协副主席王世清一行 20 余人冒着大雨视察南环四分部合肥南站工地，在合肥南站工地，项目负责人汇报了合肥南站工程概况和施工情况。

9 月 6 日，指挥部顺利完成肥东站站改Ⅱ级施工任务。肥东站启用了新的微机联锁等信号设备，标志着合肥铁路枢纽南环线已经联通合宁线。

9 月 13 日，合肥南环线肥东站新插铺 17#、19#道岔大机捣固、焊接及相关接触网调整作业正点完成，标志着合肥南环线肥东站改工程顺利完成。

9 月 18 日 ~19 日,合肥枢纽南环线合肥南站工程施工招标在南京市公共资源交易中心进行开标评标工作。中铁建设集团和中铁十一局联合体为中标单位。

9 月 22 日,铁道部总规划师、经济规划研究院院长、工程设计鉴定中心主任郑健检查调研合肥南站工地。强调在做好维稳的同时,一定要抓住施工的黄金时期,在确保安全优质的前提下不断推进施工进度,把合肥南站打造成精品工程。

10 月 13 日,经过近 8 小时的拼搏奋战,合肥南环线合肥南站第一孔站台梁成功浇筑。

10 月 16 日,合肥枢纽南环线合肥南站房及相关工程桩基第三方检测招标在南京市公共资源交易中心进行开标评标工作。上海功大建设工程检测有限公司为中标单位。

10 月 17 日,合肥南站开工动员大会在合肥召开,路局常务副局长王峰、路局建设管理处处长金武及指挥部领导班子成员、各设计、施工、监理单位的相关负责人分别参加了会议。

11 月 29 日,随着自重达 13500 多吨的钢铁长虹缓缓下落到桥墩上,合肥铁路枢纽南环线经开区钢桁梁柔性拱特大桥整体落梁安装就位,目前在亚洲同类型桥梁中主跨跨度最大。

12 月 5 日,长安集站场改造Ⅱ级封锁施工顺利完成,为南环线铺轨提供通道。

## 2013 年

2 月 21 日,合肥铁路枢纽指挥部、合肥铁路运输检察院在中铁建设合肥南站工程项目部会议室联合召开合肥南站、宁西线增建二线工程创“双优”工作动员大会。

3 月 22 日,合肥枢纽指挥部在中铁建设合肥南站项目部召开“建人民满意工程”立功竞赛活动启动仪式。

5 月 5 日,路局党委书记黄殿辉到合肥枢纽指挥部调研,先后深入合肥南站和合肥南环线动车所工地检查指导工作,在听取路局建设处、指挥部领导和中铁建设、中铁11局项目经理及上海华东监理站总监的工作汇报和表态发言后，对指挥部在宁西线增建二线工程靠近既有线施工时，开挖地界沟划清界限；在合肥南环线、合肥南站工程中重视对民工的技能培训，确保工程质量；在工程建设中加强资金管理，严格控制投资；重视更改工程项目建设，不断完善运输设备设施；注重技术创新，提高工艺工法的做法和参建单位的精神状态给予肯定。

5月14日，中铁四局文化宫座无虚席，不时爆发出一阵阵热烈的掌声。带着中国铁路总公司党组的关怀与问候，中国铁路文工团在这里为合肥铁路枢纽工程建设者献上一场主题为“一路有你”的慰问演出。

5月31日，随着一阵欢快的鞭炮声，合肥铁路枢纽南环线工程正线铺下第一排轨，标志着合肥南环线正线铺轨拉开序幕。

7月11日，国家发改委基础产业司巡视员李国勇、省投资集团副总经理杨俊社、省发改委基础处副处长盛玉、市轨道交通公司总经理姚凯一行检查调研合肥南站工程建设。

9月23日，合肥市政协主席董昭礼率中共界别委员，检查调研合肥南站工程建设情况。

10月9日，合肥市委常委、常务副市长韩冰带领市政府办公厅、发改委、国土局、规划局和包河区政府相关负责人检查调研合肥南站检查工程建设情况。

10月1日，路局常务副局长兼总工程师周红云到合肥南站检查指导工作，实地查看了合肥南站沙盘模型、合肥南站3D介绍片、南站施工现场，听取了张守利指挥就指挥部近期工作汇报后，对指挥部紧密围绕“六位一体”的建设目标，科学高效地组织合肥南站工程建设给予肯定，并就合肥南站建设以及推进施工进度，强化资源统筹，健全管理机制，进一步加强质量卡控和地方政府的沟通等提出要求。

10月9日，合肥枢纽南环线合肥南站房及相关工程钢结构第三方检测在南京市公共资源交易中心进行开标评标工作。深圳市生富钢结构检测科技有限公司为中标单位。

10月27日，中国铁路总公司工管中心副主任何志军一行在路局建设处金武处长陪同下莅临指挥部检查调研。何主任一行先后检查了合肥动车运用所、合肥南站建设工地，观看了合肥南站沙盘模型，在施工现场，详细听取了南站工程的总体概况、形象进度、南站建成后的交通情况以及下一步工作的有关安排，了解了施工生产中的安全质量控制。

11 月 10 日，合肥南站工程继一、二、三、四区主体结构混凝土施工完成之后，第一块钢屋面管网桁架顺利提升到位。

11 月 12 日，合肥铁路运输检察院检察长朱南斌、副检察长胡永利、宇宝华、谢本成，政治处主任陈昌美，反贪局局长杨友林一行六人检查调研合肥南站工程建设情况。朱南斌检察长一行先后察看了合肥南站建设工地，观看了合肥南站沙盘模型和合肥南站 3D 片介绍，详细了解了南站工程的总体概况、形象进度及南站建成后的交通情况。

11 月 11 日，在合肥亚明艺术馆参加“铁龙驰骋，笔墨传情”中国铁路十人书法展的书法家们，开展之前走进合肥南站工地现场挥毫泼墨，墨宝传情。

11 月 13 日，安徽省政协主席王明方率领在皖全国政协委员一行 20 余人在合肥市市委书记吴存荣、市政协主席董昭礼一行陪同下检查调研合肥南站工程建设。

12 月 5 日，合肥市人大组织在肥 40 位省人大代表来到合肥南站工地检查指导工作。在施工现场，听取了指挥部领导关于工程建设的情况介绍。在项目模型室，代表们不时拿出相机拍摄具有徽派建筑神韵的站房模型，关切的询问工程项目施工进展和相关设施的配套对接等，代表们指出：合肥南站工程作为合肥市乃至安徽省的地标性建筑项目，关系到改善老百姓的出行环境和条件，受到社会各界的广泛关注，视察组对指挥部超前谋划，科学组织的建设理念表示赞许。

12 月 10 日，合肥市驻包河区 31 位人大代表在包河区人大常委会主任刘宗言，副主任王有宏、陈杰，区政府副区长宋贵国陪同下到合肥南站工地检查调研。市人大代表一行，在仔细听取工程项目讲解和认真观看《精心打造江淮大地新地标—合肥南站》电视片后，对合肥南站将实现真正意义上的零换乘交口称赞，纷纷表示要积极做好工程项目建设的配合工作。

12 月 10 日，路局副局长何元庆到合肥南站建设工地进行检查调研，了解了合肥南站建设情况以及商业开发利用情况，听取了指挥部工作汇报，对优化客运服务设施设备提出建议，对站房商业、广告方案及下一步实施提出了要求。

## 2014 年

1 月 18 日，铁路总公司工管中心副主任何志军带领“铁总公司 2014 年春节及两会期间铁路建设安全稳定第四督导组”莅临指挥部督导检查了合肥南站房、动车运用所工地，查看了现场的施工组织、安全控制和文明施工情况，了解了各施工点的工程概况、施工任务完成情况及 2014 年的施工重点安排，要求：要高度重视工程的安全和质量，在此基础上确保工程进度和工期目标实现。要做好冬季施工的防护和保护措施，进一步加强现场施工安全管理，尤其是加强高空作业、大型机械安全管理及生产生活防火、防煤气中毒等情况，严格落实营业线施工安全，确保人员的安全和工程的质量。

1 月 27 日，安徽省委副书记李锦斌在省委副秘书长王信、省委政研室副主任李中等陪同下，到合肥南站建设工地慰问建设者。合肥市市委副书记凌云、市委副秘书长毛万里陪同慰问。李锦斌副书记在送上慰问品的同时，转达了省委对建设者的关怀，向大家致以节日的慰问和新春的祝福，勉励大家要进一步增强做好各项工作的责任感和使命感，建设好合肥南站，努力为打造“加速崛起的经济强省、充满活力的文化强省、宜居宜业的生态强省”三个强省目标、建设美好安徽作出积极贡献。

2 月 8 日，路局党委书记黄殿辉、总公司计划统计部副巡视员王亦军一行到合肥南站建设工地进行检查调研，现场查看了施工组织、安全控制和文明施工情况，了解了各施工点的工程概况、施工任务完成情况以及商业开发利用情况。

3 月 15 日，指挥部以建人民满意工程为标准，以转变作风为突破口，以“抓源头、抓过程、抓结果、抓达标”为主要内容，创新工作方式，优化管理手段,围绕合肥南环线(合肥南站)工程质量、工期进度,开展了“大干200天,确保按期开通”立功竞赛。

5月14日,铁路总公司工管中心副主任徐尚奎、客站工程管理部副部长张立新、路局副局长李迎九、建设处处长金武、质监站站长陆雨抗、副站长产光杰一行到合肥南站工地检查指导工作。要求要按照总公司“三个出行”的服务目标,让旅客做到:安全出行、方便出行、温馨出行,必须下大力气,系统研究施工组织,合理安排资源配置,确保项目期到必成。

6月6日,路局副局长李迎九、建设处处长金武带领中铁二院、中铁建设、中铁十一局、中铁四局、上海华东监理公司、合肥站等设计、施工、监理、运营单位领导和工程技术人员,对合肥南站工地进行全面检查调研,对参建单位前一阶段卓有成效的工作和高昂的斗志给予了肯定并提出要求。

6月12日,路局副局长何元庆到合肥南站工地进行调研,并就做好商业开发和配套事项提出要求。

6月13日,路局局长郭竹学到合肥南环线动车运用所和合肥南站工地检查调研。随后,召集路局建设处、合肥枢纽指挥部、合肥站,合肥供电、工务、房建段等运营和设备接管单位负责人会议,研究解决工程建设和提前介入等事宜。指出:一要倒排工期,确保按期开通。二要提前介入,做好接管运营。三要狠抓安全,制定好防范措施。四要合理分配,提高最大效益。

6月14日,安徽省委常委、合肥市委书记吴存荣调研合肥南站市政配套工程高铁路建设情况。指出:高铁路是合肥市高铁片区路网重要组成部分,要以开展群众路线教育实践活动为动力,坚持安全第一、质量至上,更加高效、优质、利民地推进合肥市大建设;要进一步加强协调沟通,创造性地开展工作,为合肥高铁南站运行提供有力保障。要坚持建管并重,强化问题导向,不断提升城市管理精细化水平,努力打造生态宜居城市,为“大湖名城、创新高地”建设作出新的更大贡献。

6月18日上午,路局副局长赵峻到合肥南站检查调研。就客运部门提前介入、配合好指挥部做好合肥南站相关建设工作,以及做好投入运营前期相关工作提出要求。

7月11～12日,路局副局长李迎九与路局相关处室、站段负责人往返添乘检查合肥枢纽南环线合肥东至长安集,现场检查合肥南站、合肥动车运用所建设情况,并组织召开合肥枢纽南环线工程静态验收推进会,研究协调存在问题,对剩余工程推进、提前介入安排和联调联试准备等工作进行部署。

7月14日,京福客专安徽公司总经理兼上海铁路局副局长、党工委书记张骥翼、副总经理周方道、总工程师冀福孝、总会计师李家国一行到合肥枢纽南环线工地检查调研。

7月29日,路局常务副局长兼总工程师周红云、副局长李迎九率路局有关部门、合肥地区有关单位负责人组织召开合肥枢纽南环线静态验收及联调联试推进会,就进一步做好静态验收工作,加快解决存在的各种问题,做好联调联试各项准备工作提出要求。

8月10日,路局副局长李迎九率领路局工务、电务、供电、建设处、合肥公安处、铁科院以及合肥地区相关站段负责人添乘检查合肥枢纽南环线工程建设情况。李迎九副局长一行先后查看了南环线路基边坡、线路及站场绿化、通信基站及站房建设,边检查边点评。就加快剩余工作量推进、强控质量安全、严格现场管理,以及南环线线路外观、道床整形、绿化补强工作提出要求。

8月13日～15日,合肥南环线完成工务、通信信号、电力及牵引供电、建设用地、环水保、房建工程等七个专业静态验收。

8月16日,合肥南环线接触网一次送电成功。

8月17日,完成长安集站联锁、列控、CTC软件更换Ⅱ级施工。

8月18日,路局常务副局长兼总工程师周红云带领路局相关处室、合肥地区各站段,铁科院,各施工、设计、监理单位对合肥南环线现场平推检查。并召开联调联试布置会。要求:1. 指挥部要组织设计、施工、监理等参建单位,对南环线线路、桥梁、站场的相关设备进行全面检查,清除线路内的路料、工具及垃圾,做好设备的交接工作,从19日18时起,路局将正式接管南环线。2. 各运营和设备接管单位要提前介入,做好配合,在动检车上道前将应该做的工作,精调细检,全部到位,做好21日联调联试的各项准备工作。

8月19日,合肥枢纽南环线接触网热滑实验取得成功。

8月24日,路局党委常委、工会主席孙曙光到合肥南环线检查调研“三线”建设工作。孙主席先后到建设中的合肥动车所、合肥南站等实地勘察综合保养点建设推进情况,与一线职工面对面交流,详细了解生产生活情况。要求:一是要高度重视抓好“三线”建设,集中运用各种资源,逐步分批解决职工生产生活实际问题。二是要立足当前、着眼长远,以高度负责的精神抓好综合保养点建设,全力确保工程建设质量,满足职工的生产生活需求。三是要切实关心职工生活,注重加强文体设施投入,努力为职工创造温馨和谐的生产生活环境。

8月26日,路局局长郭竹学在副局长侯文玉、李迎九的陪同下,率路局相关业务处室主要负责人,检查合肥南环线工程和宁西线工程建设。在合肥南站工地,郭竹学局长先后查看了进站广厅、售票厅、自动售票机、高架候车室、旅客出站层等,针对安检区域设置、进出站闸机设置、售票厅分布以及售票机的设置等问题现场作出了部署。并就下一步的收尾工程和开通运营前的准备工作提出要求:一是路局建设管理处要针对相关站段在会议上提出的问题进行整理,迅速抓好落实。二是合肥南站工作量较大,要明确工期目标,统筹兼顾,抓好结合,做到时间服务质量,九月底完成站房装修、设备安装工作,10月份完成调试和保洁工作,总体工期按照10月份控制。三是要狠抓施工安全质量,严防机具侵限,电化立杆要在封锁点内进行作业,拆除设备、回收路料要在天窗点内进行,施工完毕后做到工完料净场地清。四是路局相关部门要加大支持力度,与项目参建各方精心配合,做好提前介入工作。五是工务系统要加强设备养修工作,高标准、严要求,提高养修质量,缩小与宁启线的差距。六是要更加重视更改工程,要把更改工程放到与基本建设项目同等重要位置,切实加大工作力度,调动各方积极性,确保完成年度更改任务。

9月17日,路局党委副书记、纪委书记蒋辉到合肥南站、合肥南动车运用所检查调研。先后查看了合肥南站进站广厅、基本站台、高架候车室、售票大厅、地下出站层,查看了动车所四线库等,仔细询问了工程建设情况和人员准备情况,并就加强工程质量、确保工程进度,以及开通前人员、设备等准备工作提出要求。

9 月 23 日,南环线联调联试工作总结表彰大会在肥召开。路局常务副局长兼总工程师周红云到会并作了重要讲话。

9 月 25 日,路局副局长赵峻到合肥南站、合肥南动车运用所检查调研,详细检查了车站客服设备调试和工程进度、站台层主售票厅、高架层售票厅、综控室、行车室、动车所四线库等。并提出以下要求:一要总结既有大型客站好的经验,及早发现问题,解决问题;二要树立高铁客运服务理念,把高标准的理念贯穿在为旅客服务的全过程中;三要进一步优化现场标识,要根据现场布局的不断变化,以方便旅客出行的角度优化现场标识;四要用好先进的设备设施,要加强人员培训,确保所有人员能够熟练掌握使用设备,更好的为生产服务。

9 月 25 日,路局组织召开合肥枢纽南环线运行试验动员部署会,赵峻副局长到会并作了重要讲话。

9 月 28 日,合肥市市长张庆军、副市长周善武到合肥南站检查指导工作,现场查看站台、候车大厅、综控中心等处试运行情况,实地考察出站口附近交通换乘规划布局情况,对站房工程进展情况给予肯定。张庆军指出,合肥南站是我市铁路交通的重要枢纽,其对于进一步对接长江经济带城市群、发挥城市辐射带动效应及方便广大市民出行具有十分重要的意义。各级各相关部门要高度重视,密切配合,形成合力。以时不我待的精神强力推进重点工程建设,要进一步完善细节,精益求精,切实做好相关配套工程建设,全力打造精品工程。

10 月 3 日,路局副局长李迎九添乘轨道车检查合肥枢纽南环线。对线路外观质量、沿线建筑垃圾清理、剩余工作量推进、绿化补强工作提出要求。添乘结束之后,李迎九副局长来到合肥南站,先后查看了进站广厅,售票大厅、站前广场、高架候车室、站房东西两侧高架落客平台、站台层吊顶、地下出站层等。就候车室沉降缝处理、站台层吊顶管道的包装、后期保洁工作、地方配套工程推进、广告牌的设置、以及向合肥市发函做好 312 国道限速防护等工作一一提出要求,并向国庆期间坚守在工作岗位的建设者表示了亲切慰问。

10月10日，上海铁路局建局65周年、中国高铁事业发展十周年和合肥铁路枢纽南环线暨合肥南站即将开通之际，由中国铁路书法家协会、上海铁路局工会主办，上海铁路局工会生产宣传部、合肥铁路枢纽工程建设指挥部承办的《建设者之歌——万传新书法展》在合肥亚明艺术馆隆重开幕。

10月13日，根据合肥铁路枢纽南环线和合肥南站工程建设情况及地方市政配套工程进展，合肥市市长张庆军、副市长周善武、市政府秘书长杨伟、副秘书长常先米带领市发改委、建委、国土局、规划局、重点局主要领导，到上海铁路局与路局局长郭竹学、常务副局长兼总工程师周红云、副局长李迎九以及总师、运输、工务、建设、计统等处室负责人共同商定合肥铁路枢纽南环线、合肥南站开通事宜，计划11月上中旬开通运营。

10月14日至15日，路局组织开展合肥南环线故障模拟和应急演练，以便进一步检验应急处置预案的安全性、合理性和操作性。本次应急演练制定了23个项目的应急演练方案，内容涉及区间闭塞分区出现红光带，相关工种配合处置；临时限速服务器故障，限速命令无法下达；出站信号开放后因特殊情况需要取消发车进路；动车组受电弓自动降弓，换弓运行；司机在列车运行中反映晃车，列车调度员及时处置；接触网发生故障，动车组降弓惰行通过等。在路局相关业务处室指挥协调下，相关站段、施工单位配合下，演练取得了成功，有效提高了行车设备发生故障后的应急处置能力。

10月15日，上海铁路局合肥铁路枢纽新建南环线工程初验委员会对合肥枢纽新建南环线及合肥南站进行检查并召开初验会议，认为：合肥铁路枢纽新建南环线工程验收程序符合规定，工程满足设计标准，工程质量合格，能够满足运营要求，同意通过初步验收。路局副局长李迎九对合肥南环线工程参建各方近五年的努力表示感谢；同时对指挥部科学组织、周密安排，路局相关部门大力支持、通力协调，运营站段和设备管理单位提前介入，紧密配合给予肯定；并对后续工作提出要求：一、充分认清合肥南环线工程按时开通运营的重要意义。工程的按期开通将极大的促进合肥乃至安徽区域社会经济的发展，对路地双方意义重大。二、各参建单位要再接再厉，再掀会战高潮，全面做好工程收尾工作，确保高品质开通。一是加强剩余工程收尾工作，突出两线间道碴、地源热泵、静态标识、显示屏、绿化等重点，确保10月底清场。二是加快动静态验收发现问题的整改销号。三是加快合肥南站电梯、消防取证。四是加快督促地方市政配套工程建设。五是加快安全评估各项准备工作。六是积极做好合肥南站开光保洁工作。七是加强竣工资料整理交接工作。三、各单位加强应急值守，细化各项应急预案，为全线开通运营增强安全保障。四、针对遗留问题迅速制定展开表，明确整改措施、责任人和整改时间节点，确保在开通运营前整改到位。

10月22日~24日，受中国铁路总公司安全监督管理局委托上海铁路局组织总师、安监室，运输、客运、机务、供电、工务、电务、车辆、建设、计统、劳卫、土房、职教、信息化处，调度所，上铁公安局，合肥办事处，合武公司，合肥公安处，上海动车、通信段，合肥机务、供电、维管、电务、工务、客运、房建段，合肥站分管领导和相关人员，对合肥铁路枢纽新建南环线工程进行安全评估检查。24日，评估小组召开合肥南环线安全评估工作总结会议，各安全评估小组组长、各相关站段、合武公司分管负责人及指挥部主要负责人和各相关工程设计、施工、监理单位派员参加了会议。在听取完各组汇报后，路局宣布安全评估意见：合肥南环线安全管理、规章制度、作业标准、应急预案、安全保障措施、人员配备和培训、劳动安全、路外安全、治安消防和移动设备配备等已基本到位。合肥南环线肥东站至合肥南站沪蓉场最高线路允许速度200公里/小时，合肥南站沪蓉场至长安集站最高线路允许速度250公里/小时，能够满足开通运营速度运行要求。至此，合肥铁路枢纽新建南环线工程通过上海铁路局安全评估，标志着全线即将安全投入运营。